FIONA MCINTOSH
Der Champagnergarten

Autorin

Fiona McIntosh wuchs in England auf, verbrachte aber viele Jahre ihrer Kindheit in Westafrika. Sie gab ihren Beruf als PR-Managerin auf, um zu reisen, und entschloss sich 1980, in Australien zu bleiben. Sie hat weltweit bereits zahlreiche Romane und Kinderbücher veröffentlicht und gilt als eine der beliebtesten australischen Autorinnen. Wenn sie nicht auf der Suche nach neuen Ideen ihrer Reiselust folgt, lebt Fiona McIntosh mit ihrer Familie in Adelaide.

Von Fiona McIntosh bereits erschienen:
Herzen aus Gold
Der Duft der verlorenen Träume
Wenn der Lavendel wieder blüht
Das Mädchen im roten Kleid
Der Schokoladensalon
Die Diamantenerbin

Besuchen Sie uns auch auf www.instagram.com/blanvalet.verlag und www.facebook.com/blanvalet.

FIONA MCINTOSH

Der Champagnergarten

Roman

Deutsch von
Theda Krohm-Linke

blanvalet

Die Originalausgabe erschien 2020 unter dem Titel
»The Champagne War« bei Penguin Random House
Australia, Melbourne.

Sollte diese Publikation Links auf Webseiten Dritter
enthalten, so übernehmen wir für deren Inhalte keine
Haftung, da wir uns diese nicht zu eigen machen,
sondern lediglich auf deren Stand zum Zeitpunkt der
Erstveröffentlichung verweisen.

1. Auflage
Copyright der Originalausgabe © 2020 by Fiona McIntosh
Copyright der deutschsprachigen Ausgabe
© 2022 by Blanvalet, einem Unternehmen der
Penguin Random House Verlagsgruppe GmbH,
Neumarkter Str. 28, 81673 München
Redaktion: Friedel Wahren
Umschlaggestaltung: www.buerosued.de
Umschlagmotiv: © Elly De Vries/Trevillion Images;
www.buerosued.de
LA · Herstellung: sam
Satz: Buch-Werkstatt GmbH, Bad Aibling
Druck und Bindung: GGP Media GmbH, Pößneck
Printed in Germany
ISBN 978-3-7341-1140-2
www.blanvalet.de

Hat das Schicksal oder der Zufall eine australische Schriftstellerin und eine französische Champagner-Produzentin zusammengeführt? Die eine wurde durch die Geschichte inspiriert, die andere schrieb sie auf. Keine von uns konnte wissen, dass wir beide während der Entstehung dieses Buches die Männer verlieren würden, die uns als Erste an der Hand gehalten und als kleinen Mädchen schon versichert hatten, dass wir alle unsere Träume verwirklichen könnten. Für unsere wunderbaren Väter, die für immer in unseren Herzen leuchten.

Frederick Richards und Michel Antoine Gonet

Prolog

Es ging auf den Februar des Jahres 1910 zu. Im Januar war die Seine über acht Meter angestiegen und hatte die gesamte Innenstadt überflutet. Doch erstaunlicherweise hatte es nur wenige Tote in Paris gegeben. Entgegen allen Voraussagen sprengte das Wasser die Uferbefestigungen nicht; stattdessen bahnte es sich einen viel teuflischeren Weg, stieg durch die Metro-Ausgänge auf und drang durch jeden Abfluss und jeden Kanal, den es fand. Heimlich und leise zwang Mutter Natur die Stadt auf die Knie und bedeckte alles mit Wasser. Dabei hatte sie die Einwohner gewarnt. Im Winter hatte es wesentlich mehr als sonst geregnet, und auch andere Flüsse führten Hochwasser. In Paris mussten Behelfsbrücken gebaut werden, damit sich die Menschen fortbewegen konnten, und auf vielen Straßen und Boulevards, sogar auf den Champs Élysées waren Ruderboote das Transportmittel der Wahl. Es herrschte eine Atmosphäre in der Stadt, die an Karneval erinnerte. Die Szenen, die für den Rest der Welt dokumentiert und in Fotografien festgehalten wurden, wirkten surreal.

Die Seine riss alles mit sich, Baumstämme, Möbel und Verkaufsstände, aber auch die Kadaver von Tieren, die vom Wasser überrascht worden waren.

Und drei Mitglieder der Familie Delancré fanden in den Fluten den Tod.

Sophie war als Einzige am Leben geblieben, weil sie in

Épernay zu tun gehabt hatte, während ihre Familie sich in Paris aufhielt. Sie war wütend gewesen, weil sie ihren absoluten Lieblingsort, die Opéra Garnier, nicht besuchen konnte. Mittlerweile jedoch wollte sie lieber nie mehr an den Winter 1910 denken. Ihre Gedanken allerdings nahmen darauf keine Rücksicht. Sie konnte ihre Trauer nicht einfach so ablegen, wie Paris die Erschütterungen der Flut überwunden hatte.

Vier traurige Jahre waren vergangen, seitdem sie erfahren hatte, dass ihre Eltern in den schlammigen Fluten umgekommen waren. Ihr Bruder jedoch – ein Himmelsgeschenk, wie ihre Mutter ihn genannt hatte – war nie gefunden worden. Dass er sein Leben in den wirbelnden Tiefen ausgehaucht hatte, war nur ein winziges Ereignis in dem unfassbaren Drama, in dem mehr als zweihunderttausend Pariser in der Flut ihr Zuhause verloren hatten.

Sophie hatte nie erfahren, was tatsächlich passiert war, als ihre geliebten Angehörigen von der Flut mitgerissen wurden, doch sie musste davon ausgehen, dass der zehnjährige Olivier vielleicht ins Wasser gefallen war. Wie seine Mutter hatte sein Vater bestimmt versucht, ihn zu retten, und sie waren beide von den reißenden Wassermassen weggespült worden. Keiner von ihnen konnte schwimmen, und sie hoffte nur, dass ihr Todeskampf nicht allzu lange gedauert hatte. Der entsetzliche Gedanken daran quälte sie in vielen einsamen Winternächten, bis der Winzer Jerome Méa sie am Ellbogen packte, als sie stolperte, und ihr Leben so rasch veränderte, wie die Flut das ihrer Familie verändert hatte.

Sie waren sich nur zufällig begegnet, denn obwohl ihre Väter sich kannten, hatten sich die Wege der Kinder nie gekreuzt. Jerome war in Avize geboren, knapp dreißig Kilometer von Épernay entfernt, wo Sophie geboren und aufgewachsen war. Vier Jahre nach dem Tod ihres Vaters erhielt sie eine Nachricht von Louis Méa, Jeromes älterem Bruder, der mit dem Champagner-Produzenten eine neue Technik besprechen wollte. Sie sollte beim Winterschnitt ausprobiert werden.

Méas überraschter Gesichtsausdruck, als statt des Firmeninhabers die Tochter den Termin mit dem Seniorchef des Weingutes, Étienne Doremus, wahrnahm, wich rasch einem süffisanten Lächeln. Er zeigte ihr das Schloss ... obwohl sie aus diesem Grund ja gar nicht gekommen war. Er gab sein Bestes, um sie zu beeindrucken, und prahlte damit, welcher König in welchem Flügel während der letzten Jahrhunderte übernachtet hatte und in welchem Zimmer Napoleon seine Geliebte Josephine mit den nach Rosen und Veilchen duftenden Handschuhen überrascht hatte, die er für sie im Haus Gallimard in Grasse hatte anfertigen lassen. Dabei stellte Sophie fest, wie sehr sie dieser ziemlich beleibte und extravagante Méa langweilte. Er war mindestens zehn Jahre älter als sie. Als er es wagte, sie sanft am Rücken zu berühren, um sie durch einen Flur zu geleiten, fiel ihr auf, wie klein und sorgfältig manikürt seine Hände waren. Wusste er überhaupt, wie ein Weinberg aussah?

»Meine Liebe, wissen Sie, was das hier ist?«

Sophie hätte ihn am liebsten mit einem scharfen Blick zum Schweigen gebracht und ihm erklärt, dass sie es nicht nur nicht wissen konnte, sie konnte es noch nicht einmal erraten. Außerdem interessierte es sie nicht die Bohne, aber das wäre unhöflich gewesen ... und hier ging es ums Geschäft. Also hielt sie den Mund und lächelte fragend.

Er redete weiter, als hätte er lediglich eine rhetorische Frage gestellt. »Dies ist der Raum, in dem Victor Hugo, der meine Vorfahren regelmäßig besuchte, am liebsten schrieb. Er wurde nur etwa drei Stunden von hier in Besançon an der Schweizer Grenze geboren«, fuhr er fort. Seine hohe Stimme klang, als würde sie Klatsch und Tratsch lieben. »Es heißt, er verehrte das Licht in diesem Zimmer ... Ich stelle mir gern vor, wie er hier am *Glöckner von Notre-Dame* schrieb. Vielleicht inspirierte ihn ja unsere Kathedrale in Reims.«

Er war wirklich ein aufgeblasener Dummkopf! Sie konnte es kaum erwarten, dem grässlichen Kerl zu entkommen, aber sie blieb diplomatisch. Seine Trauben waren von unvergleichlicher Qualität, und die brauchte sie.

»Und, meine Liebe, glauben Sie an den ersten Eindruck?«

Erstaunt blickte sie ihn an. »Ja, daran glaube ich«, behauptete sie und verkniff sich erneut die Wahrheit, die ihr am liebsten über die Lippen gekommen wäre.

»Oh, ich auch«, sagte er und leckte sich über die Lippen. Ständig saugte er daran, damit sie röter wirkten. »Und mein erster Eindruck ist, dass Sie eine Frau von Geist und Motivation sind. Sie haben die Oper erwähnt ... nur wahrhaft intelligente Menschen verstehen sie.«

»Und doch geht es in der Oper nicht um Intellekt, sondern eher um Gefühle ...«

Ohne Entschuldigung unterbrach er sie, als ob er ihre Erwiderung gar nicht gehört hätte. »Eines Tages möchte ich mit Ihnen in die Oper gehen, meine Liebe ... In der Tat, lassen Sie mich in diesen schwierigen Zeiten aufrichtig sein, Ihnen und Ihrem Champagnerhaus gegenüber. Wie gern würde ich Sie zu vielen schönen Anlässen begleiten. Ich habe das Gefühl, Ihnen das bieten zu können, was Sie am meisten brauchen.« Angesichts seines schmierigen Lächelns erschauerte sie innerlich.

»Und was soll das sein, Monsieur Méa?« Er sollte es laut aussprechen.

Nach kurzem Überlegen wählte er ein Wort. »Bindung«, erwiderte er und hob eine Augenbraue, was aussah, als würde sich eine Raupe in eine neue Richtung bewegen.

Ihr innerliches Erschauern verwandelte sich in Ekel. Was dachte er sich nur? »Äh, Monsieur Méa, ich ...«

Er zog ihre Hand an die Lippen, schnupperte daran und stieß einen leisen Seufzer aus, ehe er sie küsste. Seine roten Lippen lagen viel zu lang auf ihrer Haut und hinterließen einen feuchten Fleck. »Für Sie Louis, bitte«, drängte er. »Wir sind jetzt Freunde und wahrscheinlich bald noch mehr. Wir müssen schützen, was unsere beiden Familien aufgebaut haben. Unsere Väter standen sich immer nahe, und ihre Kinder sollten dieses Band vertiefen. Vor allem jetzt, da unsere geliebten Eltern verstorben sind. Mögen sie in Frieden ruhen.«

Sophie war so angewidert, dass sie die Hand am liebsten an ihren Röcken abgewischt hätte. Stattdessen lachte sie nur nervös. »Äh, Louis, was ist mit den Weinbergen? Es ist wichtig, dass ...«

Da wurden sie durch das hektische Heranstürmen eines groß gewachsenen Mannes unterbrochen, der sich beim Laufen die Kappe vom Kopf zog. Leise keuchend verzog er das Gesicht zu einem entschuldigenden Grinsen. Seine Stimme war laut, seine riesigen Hände starrten vor Schmutz, und seine Augen unter den buschigen Augenbrauen blickten von Louis zu Sophie. Louis' Berührung hatte sich feucht angefühlt, aber der Blick dieses Mannes schien ihr die Haut zu versengen, als er ihr seine Aufmerksamkeit zuwandte. Er war unrasiert, schien sich aber nicht viel um seinen Aufzug zu scheren. Bevor er die Hand ausstreckte, um sie zu begrüßen, wischte er sie rasch an seiner fleckigen Arbeitshose ab, als hätte er ihre Gedanken erraten.

»Es tut mir leid, ich komme zu spät. Louis musste einen Boten schicken, um mich zu holen.«

Sophie starrte ihn fasziniert an. »Wer sind Sie?«

Er lachte, laut und herzlich. »Entschuldigung, Mademoiselle Delancré! Ich bin Jerome Méa, der Bruder von Louis.«

»Mit seinen Verspätungen hat mein Stiefbruder seit seiner Geburt meine Geduld ständig auf die Probe gestellt, meine Liebe«, warf Louis ein.

Sophie blinzelte verwirrt.

»Wir haben verschiedene Mütter«, erklärte Jerome freundlich. »Aber das stört mich nicht weiter. Was mich angeht, so sind Louis und ich Brüder. Wir teilen alles.«

Sophie warf Louis einen raschen Blick zu. Sie bezweifelte, dass er genauso empfand.

»Meine Mutter starb bei meiner Geburt. Jeromes Mutter zog uns groß.« Er gab sich Mühe, sachlich zu klingen, aber sie hörte das Bedauern in seiner Stimme.

»Ah«, sagte sie. Langsam dämmerte es ihr. »Das wusste ich ja nicht. Es tut mir leid, dass Sie Ihre Mutter so früh verloren haben.«

Louis nickte und sprach sichtlich ungerührt weiter. »Ich bat Jerome, Ihnen das Weingut zu zeigen, damit Sie sehen, was unsere Familie mit den Reben bewirken möchte.«

Jerome grinste sie an. »Ich hoffe, es ist Ihnen recht, Mademoiselle.«

Welches Glück! »Ja, sehr recht«, erwiderte sie so fröhlich, wie ihr zumute war. Sie freute sich, dem angeberischen älteren Bruder zu entkommen. »Sollen wir gleich losgehen?«

Er verneigte sich, als ob er zu ihren Diensten stünde. Er

roch nach dem Land, auf dem er arbeitete, nach Erde und Blättern. Seine Haut glänzte eher vor Schweiß als vom ständigen Lippenlecken.

»Im Morgenzimmer habe ich eine kleine Mahlzeit anrichten lassen«, erklärte Louis. »In Victors Zimmer«, fügte er mit gezwungenem Lächeln hinzu, das sich mühsam einen Weg über sein blasses rundes Gesicht bahnte. »Ich hoffe, wir sehen uns dort später, Mademoiselle Delancré. Wir haben noch so viel zu besprechen.«

Sophie schenkte ihm ein Lächeln, das sein Ansinnen zwar nicht ablehnte, ihm aber auch nicht zustimmte. Dann folgte sie seinem Bruder, der sie mit raschen Schritten aus dem Schloss in die frische, klare Luft der Weinberge ... seiner Weinberge führte.

»Louis gehört das Haus. Mir die Weinberge. So ist die Abmachung. Den Ertrag teilen wir uns.«

Sie hatte ihn nicht um eine Erklärung gebeten, aber sie war dankbar für seine Offenheit. »Das ist sehr ... äh, brüderlich.«

Er grinste sie von der Seite an. »Ich weiß, wir sind sehr unterschiedlich.«

Erleichtert seufzte Sophie auf. »Ich hätte Sie nie für Brüder gehalten. Worin sind Sie sich ähnlich?« Er runzelte die Stirn, und sofort bereute Sophie ihre Kühnheit. »Verzeihen Sie mir! Ich hätte nicht einfach so fragen dürfen.«

»Doch, selbstverständlich.« Jeromes Lachen klang unbekümmert. »Louis und mich verbindet lediglich unser Vater. Und wir haben ihn beide sehr geliebt. Meine Mutter versuchte, Louis zu lieben, und sie standen einander sicher auch sehr nahe, bis ich kam.« Er zuckte mit den Achseln. »Blut ist dicker als Wasser, sagt man«, fuhr er fort, und seine Stimme klang leicht schuldbewusst. »Ich war ihr leiblicher Sohn, und die Gefühle für mich konnte sie vermutlich nicht unterdrücken.«

»Kommen Sie denn gut miteinander aus?«

Er schüttelte den Kopf. »Nein. Aber ich liebe ihn als Bruder, auch wenn das wahrscheinlich seltsam klingt, weil wir nicht einmal gute Freunde sind. Ich gehe ihm einfach aus dem Weg. Hier, bei meiner Arbeit in den Weinbergen, bin ich glücklich. Louis fährt gern nach Reims oder Paris zu Bällen oder großen gesellschaftlichen Ereignissen. Nach Avize kommt er hauptsächlich, um die Bücher zu überprüfen oder anwesend zu sein, wenn er jemanden beeindrucken will.« Er pflückte ein Blatt von einer Weinrebe. »Jemanden wie Sie«, fügte er hinzu.

»Mich? Er kennt mich doch gar nicht.«

Jerome nickte, und sein Gesichtsausdruck wurde ernst. »Doch. Seit wir das mit Ihrem Vater erfahren haben ... Louis verfolgt einen Plan.«

Erschreckt zuckte Sophie zusammen. »Oh, nein!«

Jerome kratzte sich die Bartstoppeln. »Er sieht es als ideale Vereinigung zweier Familien, die durch Heirat verbunden sein möchten. Sie, Sophie, erzeugen Champagner. Er verfügt über die Trauben.«

Sophie warf ihm einen entschlossenen Blick zu. »Aber die Weinberge gehören Ihnen.«

Im Lauf der Zeit hatte die Familie Méa ihr Geld mit zahlreichen Unternehmungen gemacht. Vor allem aber im Weinanbau war sie äußerst erfolgreich. Die drei berühmten Traubensorten der Region um Épernay - Meunier, Pinot Noir und Chardonnay - waren ihre Spezialität. Und Chardonnay ganz besonders die von Jerome.

Er erwiderte ihren Blick mit einem amüsierten Lächeln, als wären sie Komplizen. »Ich kann mich ja weigern, die Trauben für Sie anzubauen ... würde Ihnen das helfen?«

Sie stach mit dem Finger in die Luft. »Ich werde Louis nicht heiraten, und wenn er der einzige Mann auf der ganzen Welt wäre oder mir die letzte Traube auf diesem Land anböte.«

Jerome lachte herzhaft. »Ich glaube Ihnen, Mademoiselle. Ich hielt es nur für angemessen, Sie über die hinterhältigen Pläne meines Bruders aufzuklären.« Er fuhr sich mit der Hand durch das dichte Haar, das in der Sonne rötlich schimmerte. Seine Haut war gebräunt, und seine Lachfalten, von denen er viele hatte, traten umso deutlicher hervor. Sie dachte daran, wie blass sein Bruder war. Jeromes glatte Haut wies kaum Falten auf, die auf herzliches Lachen hindeuteten. Er war kräftig gebaut, während die dickliche Figur seines Bruders auf ein bequemes Leben hinwies. Jeromes Körper war fest und muskulös von der Arbeit im Weinberg, während Louis verweichlicht und schlaff wirkte, da er sich offensichtlich nur selten sportlich betätigte.

»Ist alles in Ordnung?«, fragte er und kniff die Augen zusammen, als er bemerkte, dass sie ihn musterte.

»Ja, auf einmal ist alles in Ordnung«, antwortete sie kryptischer als beabsichtigt. »Zeigen Sie mir Ihre Weinberge und erzählen Sie mir von Ihren Plänen. Dann überlegen wir, wie Sie und ich am besten zusammenarbeiten.«

Lachen war der Funke gewesen, aber ihre gemeinsame Faszination für Chardonnay brachte den eigentlichen Durchbruch. An jenem Nachmittag entdeckte Sophie, wie gern sie ihm zuhörte, während er von seinen Reben erzählte. Über den Wachstumszyklus eines Weinbergs wusste sie Bescheid, aber die Art, wie Jerome Méa von seiner Arbeit in den Rebenreihen berichtete, bezauberte sie. Er sprach von den Weinreben, als wären sie seine Kinder, und Sophie begeisterte sich angesichts seiner Liebe und seines Respekts für das Land, das seinen kostbaren Trauben ihr besonderes Aroma verlieh.

»Ich wollte Étienne zeigen, wie ich dieses Jahr einen kraftvolleren Schnitt erreichen konnte. Es war nur respektvoll ihm gegenüber, ihm die Gründe für mein Tun zu erklären, zumal mein Vater – würde er noch leben – mit meinen Maßnahmen wahrscheinlich nicht einverstanden wäre, nachdem die katastrophale Seuche Frankreichs Weinberge so stark geschädigt hat.«

Sophie nickte. »Sie sind also ein Revolutionär, Monsieur Méa.«

Er grinste. »Sie planen doch sicher ebenfalls Neuerungen.«

»In der Tat.« Sie erwiderte sein Lächeln.

»Als Erben unserer Familien müssen wir fortschrittlich denken und dürfen keine Angst vor Risiken haben.«

»Darauf sollten wir anstoßen! Doch höre ich da die Warnung heraus, dass der Ertrag in diesem Jahr nicht so hoch sein wird, wie wir ihn sonst von Ihrem Weingut erwarten sollten?«

»Ja.« Sie schätzte seine offene Art. »Es könnte weniger sein als sonst, aber 1915 werden wir mit Sicherheit eine unserer besten Ernten einfahren. Ich hoffe von ganzem Herzen, dass Delancré dann stolz einen der besten Jahrgänge anbieten kann.«

»So gut werden die Trauben sein?«

Er legte die Hand aufs Herz und versprach es ihr. Seine Augen funkelten amüsiert, und das romantische Gefühl, das in ihr aufstieg, hatte sie noch nie für einen Mann empfunden. Viele hatten versucht, ihr den Hof zu machen, aber bisher hatte sie sich eher geschämt, weil sie allen so gleichgültig gegenübergestanden hatte. Sogar ihre Mutter hatte ihr geraten, nicht so viele ansehnliche junge Männer abzuweisen.

»Sie sind mir alle zu ernst, zu glatt und zu vornehm«, hatte Sophie erklärt. Ihre Mutter hatte nur geseufzt, dass sie solch lobenswerte Eigenschaften ablehnte. »Ich möchte jemanden, der mich zum Lachen bringt, der anders ist als ich, nicht aus einer Winzerfamilie stammt. Vielleicht jemanden, der das genaue Gegenteil von mir ist.«

Wenn ihre Einstellung ihre Eltern zur Verzweiflung gebracht hatte, so hatten sie es nicht gezeigt, aber selbst Sophie war klar gewesen, dass es Anlass zu Klatsch gab, wenn ein Mädchen mit fünfundzwanzig immer noch nicht verlobt war.

Und jetzt hatte ein Winzer ohne jede Vorwarnung ihr Herz erobert. Sie hatte Liebesromane gelesen und sich dabei gefragt, ob es wohl tatsächlich möglich war, wenn das Herz schneller schlug, wenn ihr der Atem stockte, wenn es ihr beim Anblick des anderen die Brust zuschnürte. Das konnten doch nur Klischees sein. Doch dass sie jetzt all das empfand, entsetzte und freute sie zugleich. Also waren es tatsächlich reale Erfahrungen und nicht nur Erfindungen der Schriftsteller. Die Erkenntnis brachte sie aus dem Gleichgewicht. Sie stolperte, und Jerome ergriff sie am Ellbogen, damit sie nicht stürzte. Als sie in diesem Moment in sein offenes, leicht zu lesendes Gesicht blickte, wusste sie, dass dieser breitschultrige große Mann mit den rauen Bartstoppeln, dem zerzausten Haar und der Tweedkappe, die er verwegen nach hinten geschoben hatte, der Bruder war, den sie heiraten wollte.

Wie sich herausstellte, empfand er genauso wie sie. Und

als er ihr später an jenem Tag in den Wagen half, wussten sie beide, dass ihnen etwas Besonderes widerfahren war. Er küsste ihr die Hand und blickte ihr tief in die Augen.

»Sind Sie sicher, dass Sie nicht zu Louis' Imbiss bleiben möchten?«

Sie lächelte darüber, wie er das Wort *Imbiss* betonte. »Würden Sie ihm bitte erklären, dass ich mich länger in den Weinbergen aufhielt, als ich vorhatte, und dass ich mich nun ein wenig erschöpft fühle?«

»Natürlich. Besuchen Sie uns wieder?«

Sie schüttelte den Kopf. »Ich vertraue Ihnen, Jerome. Und Ihrem Bruder möchte ich lieber nicht noch einmal begegnen. Kommen Sie doch nach Épernay! Sie können ja erwähnen, dass ich Ihnen unsere Kellerei zeigen möchte.« Sie versuchte, munter zu klingen, aber am liebsten wäre sie noch länger geblieben ... um zu spüren, wie sich diese großen Arbeitshände um ihre Taille legten und sie an sich zogen.

»Ja, gern.« Er zuckte mit den Achseln. »Morgen?«

Sophie lachte. »Wunderbar. Kommen Sie allein! Bleiben Sie zum Abendessen.«

Er blieb über Nacht. Und von diesem Moment an wich er ihr kaum noch von der Seite.

Die Familie Méa hatte immer Wein angebaut, während ihre Familie Champagner hergestellt hatte. Man hätte ihre Verbindung als strategischen Schachzug ansehen können, aber Sophie wusste, dass die Engel ihre Finger im Spiel gehabt hatten. Sie empfanden eine so tiefe Zuneigung zueinander, dass sie beide ihrem großen Glück kaum trauen konnten.

Ihre Freude war jedoch ebenso groß wie Louis' Entsetzen, als er von ihrer Verlobung erfuhr. Er entwickelte einen solchen Hass auf das Paar, dass Sophie ihn förmlich spürte, wenn er sie ansah, ganz gleich, wie er ihn hinter seinem Lächeln verbarg, als er ihnen gratulierte.

An der Hochzeit im Spätsommer nahm die ganze Stadt teil. Zahlreiche Menschen säumten die Straßen, um zuzusehen, wie der Bräutigam seine Braut zur Kirche begleitete.

Sophie trat aus ihrem leeren Haus, das auf einmal so still war ohne die Geräusche ihres geschäftigen Alltags. Sie hatte als Braut keine Mutter, die aufgeregt an ihrem Schleier herumzupfte, keinen strahlenden Vater, der sie am Fuß der Treppe erwartete. Diese Rolle übernahm natürlich Gaston de Saint Just, ihr Cousin und bester Freund, der sie anstelle ihres Vaters zum Altar führte.

»Ich warte draußen«, flüsterte er, damit der Bräutigam ungestört einen ersten Blick auf die Braut werfen konnte.

Das Gesicht ihres Verlobten wurde ernst bei ihrem Anblick, und Sophie zögerte.

»Jerome?«

»Du siehst aus wie eine Erscheinung. Beweg dich nicht!«, bat er. Gehorsam blieb sie mitten auf der Treppe stehen. Die Morgensonne, die durch das Fenster im Treppenhaus drang, umgab ihren Kopf mit schimmerndem Licht. »Dieser Moment wird sich mir für immer einprägen. Dieses Bild deiner strahlenden Schönheit und den Gedanken, dass du Ja zu mir gesagt hast, werde ich nie vergessen.«

In Sophie wollte leises Schuldgefühl aufsteigen, weil sie so glücklich war, aber sie drängte es zurück, raffte ihr seidenes Kleid und ging vorsichtig über die letzten Stufen auf ihn zu. Erneut blieben sie stehen, um den intimen Moment festzuhalten.

»Jerome, ich war noch nie glücklicher als gerade jetzt«, gestand sie. »Mein Herz gehört für immer dir.«

»Auf dass es nie anders werde!«

Sie traten aus dem Haus. Gaston ergriff ihren Arm, um sie zur Kirche zu geleiten, während Jerome unter dem Jubel der Bürger von Épernay den Festzug über die Hauptstraße anführte. Einige von ihnen arbeiteten für das Haus Delancré, andere für die benachbarten Champagner-Kellereien, aber alle kannten sie. Sie war unter diesen Menschen aufgewachsen, und in dem jubelnden Applaus spürte sie ihre Zuneigung.

Gaston beugte sich über sie. »So hast du seit einer Ewigkeit nicht mehr gestrahlt, Sophie«, sagte er. »Es macht mich sehr stolz, für dich da sein zu dürfen. Danke, dass du mich darum gebeten hast!«

»Außer meinem Vater kann ich mir niemanden vorstellen, neben dem ich heute lieber in die Kirche ginge, mein liebster Gaston.«

»Jerome ist ein guter Mann. Ihr seid ein ideales Paar.« Gaston zwinkerte ihr zu.

»Es freut mich, dass du meine Wahl billigst«, murmelte sie unter ihrem Schleier. Soweit überhaupt möglich, fühlte sie sich noch glücklicher.

»Vor seinem Bruder musst du dich allerdings hüten. Ich kenne Louis Méa seit meiner Kindheit. Er ist kein Mann, der sich zurückweisen lässt.«

»Er macht mir keine Angst.«

»Darum geht es nicht. Du hast mir doch erzählt, dass er sich Hoffnungen auf dich gemacht hat. Du musst dir im Klaren sein, dass er einen Weg finden wird, um dir diese Demütigung heimzuzahlen, auch wenn du seinen Bruder geheiratet hast.«

»Das ist doch lächerlich.«

»Seiner Meinung nach nicht. Für ihn ist deine Zurückweisung eine Beleidigung.«

»Gaston, er straft mich mit Nichtachtung, seit meine Beziehung zu Jerome bekannt wurde.«

»Das heißt gar nichts. Louis ist wie eine Spinne. Er hockt in der Ecke und lauert.«

»Nun gut, dann musst du mir eben helfen, eine Frau für ihn zu finden. Diese hier ist bereits vergeben.«

Gaston beugte sich zu ihr herab und küsste sie durch den Schleier auf den Scheitel. »Entschuldige, dass ich ihn überhaupt erwähnt habe. Und dass dein verdientes Glück von so viel Unfrieden in Europa umgeben ist.«

»Darüber wollen wir an meinem Hochzeitstag nicht sprechen. Es wird schon nichts passieren. Wir empfinden eben alle nur nationalistisch«, behauptete sie zuversichtlicher, als sie sich fühlte. In Wahrheit hatte man selbst hier, im kleinen Épernay, das Gefühl, als sei Europa ein Pulverfass, das beim kleinsten Funken in die Luft fliegen könnte. Sophie las regelmäßig die Zeitungen aus Paris, sie wusste von den Unruhen und Aufständen in Europa, und politisch war sie besser informiert, als sich die meisten Männer vorstellten. Da sie so lange das einzige Kind gewesen war, hatte ihr Vater sie zu seiner Erbin erzogen. Ein Teil ihrer Ausbildung hatte darin bestanden, die politische Weltlage zu beurteilen.

»Unsere Welt ist nicht Épernay ... unsere Großstadt ist nicht Reims. Wir gehören nicht zur Champagne, auch nicht zur Marne-Region, mein Kind. Nein, wir gehören zu Europa. Das musst du im Blick behalten, und du musst über Frankreich hinaus auf Großbritannien und die Vereinigten Staaten von Amerika blicken. Dort werden unsere Produkte verkauft, und dorthin müssen wir schauen.«

Diese Gedanken hatte er ihr schon eingeimpft, als sie noch so klein war, dass er sie durch die Kellergewölbe tragen musste, die sich in schmalen Gängen unter ihrem Haus und den anderen Spitzenhäusern erstreckten. Als Kind verstand sie überhaupt nichts und hatte auch kaum Ahnung von Geografie. Als sie älter wurde, begriff sie, dass ihr Vater ihr wichtige Kenntnisse vermittelte. Fortan hörte sie ihm aufmerksam zu, und mit den Jahren erweiterte er ihre Sicht auf die Welt, brachte ihr viel über Politik bei und ermutigte sie, mit ihm darüber zu diskutieren und sich eine eigene Meinung zu bilden. Allerdings stimmte die nicht immer mit der ihrer Freunde überein.

»Als zukünftige Chefin des Hauses musst du die Welt der Männer kennenlernen und dich zugleich mühelos in der Welt der Frauen bewegen«, hatte er gesagt. »Bis du meinen Platz einnimmst, werden die meisten dich nur als schöne Tochter wahrnehmen, die nichts anderes im Sinn hat, als zu heiraten und mit einem wohlhabenden Mann der Champagne eine Familie zu gründen. Nur du, deine Mutter und ich wissen, dass dies nur der kleinste Teil von dir ist, mein Kind. Die Zukunft des Hauses Delancré liegt in deinen Händen. Du bist seine Tochter, sein Lebenssaft ... seine Erbin.«

Und so war sich Sophie kurz vor ihrer Heirat sehr wohl der Tatsache bewusst, dass der Kaiser in Deutschland aufrüstete und zwischen England, Amerika und Frankreich ... ja, sogar Russland diplomatische Gespräche geführt wurden. Wie jeder, der Interesse an einem friedlichen Europa hatte, verließ auch sie sich darauf, dass die familiären Beziehungen zwischen den drei Monarchen in Deutschland, England und Russland einen Krieg verhindern würden. Aber sie war auch besorgt über die Konsequenzen, die die Ermordung des österreichisch-ungarischen Thronfolgers und seiner Gattin in Sarajewo vor einem Monat nach sich ziehen mochten. Die Weisheit ihres Vaters war ihr noch nie prophetischer vorgekommen.

»Was auch immer in der Welt geschieht, wirkt sich auch auf den Champagner aus«, hatte er zu ihr gesagt.

Ihr Champagner wurde von den Reichen dieser Welt, vor allem in Übersee getrunken. Sie produzierten nicht nur für Paris, sie brauchten auch London, New York, Berlin und andere große Städte wie St. Petersburg und Moskau, um ihren Champagner in großen Mengen abzusetzen. Falls es Krieg gab, würde der Umsatz leiden, weil sie dann nicht mehr ohne Weiteres exportieren konnten.

Doch dies war nicht der Tag, um darüber nachzudenken. Dies war der größte, schönste und glücklichste Tag ihres Lebens, und Sophie wollte nicht an politische Probleme denken.

Das junge Mädchen, das zu der Kinderprozession gehörte, die sie zum Rathaus begleitete, wandte sich um und winkte ihr lächelnd zu. Der Spätsommertag war so warm wie ihr Lächeln, und die Sonne strahlte weich und golden vom klaren azurblauen Himmel. Es herrschte ideales Wetter für das Festmahl im Freien, das später stattfinden sollte. Die Kinder hüpften voran und schwenkten aufgeregt Bögen aus schmalen Bändern, durch die das Brautpaar beim Verlassen der Kirche schreiten würde. Jerome plante eine große Familie. Sie musste jedes Mal lachen, wenn er über mögliche Vornamen sprach und dabei mindestens ein halbes Dutzend Vorschläge für jedes Geschlecht machte.

»Wir werden so viele Kinder haben, dass wir alle unsere Lieblingsnamen aufbrauchen«, hatte er ihr versprochen.

Sophie lächelte innerlich, da sie wusste, dass sie sich schon heute Nacht an die Realisierung dieses Versprechens machen würden. Jerome war nicht ihr erster Verehrer gewesen. Unter den Männern, die ihr seit ihrem neunzehnten Geburtstag den Hof gemacht hatten, hatte sie ihre Wahl getroffen. Aber er war ihr erster Liebhaber, und das fand sie aufregend. Sie konnte verstehen, dass man in den letzten Jahren schon befürchtet hatte, dass sie dem Unternehmen keinen Erben schenken würde. Sie verlor ihre Jungfräulichkeit spät – niemandem war das deutlicher bewusst als ihr –, aber gerade weil sie ohne Eltern dastand, hatte sie auf die wahre Liebe gewartet.

Gaston tätschelte ihr die Hand und unterbrach ihre Gedanken. »Genießt du die allgemeine Aufmerksamkeit? Ich weiß, dass dir eigentlich nicht allzu viel daran liegt.«

»Ich freue mich über ihre Bedeutung. Aber ich bin tatsächlich froh, wenn alle Formalitäten vorüber sind.«

Er nickte. Mittlerweile waren sie am Rathaus angekommen, und nachdem der Bürgermeister sie getraut und zu Mann und Frau erklärt hatte, durften sie ihre Prozession für die heilige Zeremonie in Saint-Pierre Saint-Paul fortsetzen. Sophie hatte die romanisch-byzantinische Kirche mit ihren Buntglasfenstern schon immer schön gefunden. Darauf waren die heiligen Schutzpatrone der Champagne dargestellt, Vincent aus dem Jahr 304 und Urban, der Schutzpatron der Flaschenabfüller.

Jerome grinste sie an, während er in der Kirche verschwand, um am Altar auf sie zu warten. Alle Kinder der Stadt rollten ihre weißen Bänder auseinander.

Jemand reichte Sophie eine Schere, und sie schnitt sich einen Weg durch die Seidenbänder, die von den Kindern hochgehalten wurden. Für die Dorfbewohner bedeutete diese Sitte, dass Sophie alle Hindernisse im Leben überwinden würde. Aber ihr kam es so vor, als schnitte sie damit jegliche Verbindung zu ihrer traurigen Vergangenheit ab.

Sie bahnte sich einen Weg in ihre Zukunft, und bei jedem Band, das sie zerschnitt, sagte sie im Stillen ein optimistisches Wort vor sich hin.

Liebe

Glück

Zuneigung

Lachen

Kinder

Sicherheit

Starke Weinstöcke

Starke Arme, die mich umschlingen

Musik

Tanz

Liebemachen

Familie

Beim letzten Wort, *Freude*, mit dem der Kummer der vergangenen Jahre gebannt wurde, betraten sie und Gaston die Kirche. Der Bau, gespendet von der Familie Chandon, war erst zwei Jahre nach ihrer Geburt vollendet worden. Dies war die Kirche, in der sie gefirmt worden war.

Der Duft von Weihrauch, Myrrhe und Sandelholz stieg vom Kohlebecken auf. Ringsum wurde es so still, dass sie das leise Rascheln ihres Seidenkleides hörte.

Im Entwurf des Gewandes zeigte sich ihre rebellische Natur. Von den Korsetts, die zur Zeit ihrer Mutter modern gewesen waren, hielt sie nichts. Sie hatte sich auf Anhieb in Paul Poirets avantgardistische Empiresilhouette verliebt. Die war feminin und schmeichelnd, betonte ihre schmale Taille und verlängerte den Oberkörper. Die weiche Seide schmiegte sich in sanften Falten um ihren Leib. Statt des traditionellen Weiß, hatte sie sich für einen exquisiten Cremeton in der Farbe ihres Champagners entschieden.

Durchsichtige Glasperlen deuteten die winzigen Champagnerperlen an, während graue Stiftperlen die Erde darstellten, auf der Jeromes Weinstöcke wuchsen. Sie hatte auf einer bescheidenen Schleppe bestanden, und Meister Poiret hatte ihren Wunsch respektiert, indem er das Kleid mit einer kurzen, spitzen Seidenschleppe versehen hatte, die durch kleine Bleigewichte in Form gehalten wurde.

Von vorn wirkte der Aufzug klassisch, aber von hinten enthüllte ein tiefer Rückenausschnitt Sophies Schulterblätter. Einige ältere Frauen keuchten überrascht auf, während ihr die jüngeren entzückte, zustimmende Blicke zuwarfen. Wenn eine Frau von Sophies Reichtum und Status ein so gewagtes Hochzeitskleid trug, konnten in Zukunft alle Bräute ihre Korsetts und voluminösen Röcke ablegen. Jede Braut konnte nun ein solches Kleid tragen. Es zeugte von Freiheit und Unabhängigkeit, zeigte Haut und Weiblichkeit.

Während sie durch den Mittelgang auf ihren strahlenden Ehemann zuschritt, dachte sie an die starken Frauen der Champagne, die vor ihr gegangen waren, so die Witwe Clicquot oder Madame Pommery. Sie hätten ihre Entschlossenheit begrüßt, sich nicht unterzuordnen, sich vor der Männerwelt der Champagnerproduktion nicht zu fürchten. Und vor allem hätten sie gutgeheißen, dass sie einen Gatten gewählt hatte, der modern dachte und sie in ihrer Unabhängigkeit ermutigte.

Kurz überlegte sie, wie es gewesen wäre, wenn sie Louis geheiratet hätte. Sie nahm seinen finsteren Blick im Rücken wahr wie einen unangenehmen Geruch. Er muss sich damit abfinden, dachte sie. Vielleicht tröstet es ihn ja, dass sein Plan, ihre Familien miteinander zu verbinden, erfolgreich war. Eben nur mit seinem Bruder. Jerome drehte sich um, und Sophies Herz schlug schneller. Louis war auf einmal völlig unwichtig. Er hatte sowieso keinen Einfluss auf ihr Leben, weil die Brüder sich endgültig darauf geeinigt hatten, dass Jerome den gesamten Gewinn aus dem Weingut erhielt, während Louis das Schloss mit dem Mobiliar und die Einkünfte aus ihrer äußerst ertragreichen Landwirtschaft bekam.

Sophie besaß ihr eigenes Schloss sowie mehrere Häuser und war reicher als beide Brüder zusammen. Sie brauchte weder Louis' Ratschläge noch sein Geld und erst recht nicht seine Einmischung. Ab jetzt waren sie nur noch Monsieur und Madame Delancré-Méa. Sophie trat unter den Baldachin aus Seide und Spitze, ein Relikt aus jener Zeit, bevor der Schleier in Mode kam, und atmete erleichtert auf. Endgültig wurde ihr bewusst, dass sie und Jerome bis an ihr Lebensende glücklich miteinander leben würden.

Vor der Kirche war der Weg mit Lorbeerblättern ausgelegt worden, die Liebe und Respekt bedeuteten, und die Frischvermählten wurden von den fröhlichen Gästen mit Reis beworfen. Die Wohlhabenderen verwendeten sogar Goldmünzen, damit die Unternehmungen des Brautpaares stets vom Glück begünstigt wurden. Und noch später im Garten hinter Sophies Haus, als der offizielle Teil und das Festmahl vorüber waren, türmten die Gäste nach alter Tradition kleine Kuchen zu einer Pyramide auf, und die Frischvermählten mussten sich über dem Stapel hinweg küssen, ohne dass ein Gebäckstück herunterfiel.

»Und jetzt kommt die Hochzeitstorte«, erklärte Sophie schließlich. Mit ihren Gehilfen trug die stolze Haushälterin eine mehrstöckige Torte aus Windbeuteln auf, die von einer Wolke aus gesponnenem Zucker zusammengehalten wurden. Der Croque-en-bouche war übersät von winzigen frischen Blüten, die erst am Morgen auf den umliegenden Wiesen gepflückt worden waren. Die schimmernde hohe Kreation entlockte den Gästen bewundernde Rufe.

Zum Kuchen öffnete Gaston weitere Flaschen von Sophies Champagner, und zwar auf traditionelle Art durch Sabrieren mit einem Champagnersäbel. Den intakten Flaschenhals samt Korken überreichte er dann dem Brautpaar, und Jerome legte Sophie einen Choker mit Kristallperlen um den Hals.

»Sie erinnern mich an die perlenden Bläschen deines Champagners«, flüsterte er, als er die Schließe befestigte, und küsste sie sanft auf den Scheitel.

Der Blick aus seinen grauen Augen sagte ihr, dass sie später, wenn sie endlich allein waren, noch viel mehr Zuneigung erfahren würde.

»Sie sind wunderschön, Jerome«, erwiderte sie und strich mit den Fingerspitzen über die Perlen.

»Mit dir verglichen sind sie nichts«, flüsterte er. »Womit habe ich ein solches Glück verdient?«

Sie schenkte ihm ein Lächeln, das nur für ihn bestimmt war. Nie würde sie einen anderen Mann so lieben wie ihn.

»Ich fürchte, ich muss singen, sonst platze ich vor Glück«, warnte er sie.

»Oh, nein! Bitte nicht, Jerome!« Sophie lachte.

»Doch, ich muss!« Und schon schmetterte er ein Lied, in das bald alle Gäste einfielen.

So war Jerome. Laut, lärmend und liebevoll. Er liebte jeden, und jeder liebte ihn ... außer vielleicht Louis, der sich heimlich von den Festlichkeiten weggestohlen hatte. Niemand vermisste ihn, am wenigsten Sophie. Sie fühlte sich gesegnet. Ihre Verbindung war wahrhaftig im Himmel geschlossen worden, und Épernay würde davon profitieren, dass eine der wichtigsten Champagner-Produzentinnen in der Region sich mit einem der aufregendsten jungen Winzer zusammengetan hatte.

»Ich habe noch ein weiteres Geschenk für dich, meine Liebste«, meinte Jerome, als sein Lied geendet hatte.

Ob er jetzt wohl etwas Verführerisches zu mir sagt?, fragte sie sich im Stillen.

Aber er grinste nur. Er sah ihr an, was sie dachte. »Dieses Geschenk kann warten. Kommst du mit mir?«

Sophie runzelte die Stirn. »Sollen wir unsere Gäste allein lassen?«

»Nur kurz.« Er wartete ihre Antwort gar nicht erst ab, sondern teilte allen Hochzeitsgästen mit, dass er und seine Frau kurz einmal verschwinden müssten.

Seine Ankündigung wurde mit Jubelrufen und Pfiffen begrüßt.

»Beruhigt euch, Leute! Nur ein Geschenk für die Frau, die ich liebe. Wir kommen gleich wieder zurück.«

»Nur zu!«, rief Gaston. »Ich kümmere mich um alles.«

Mit offenem Mund spähte Sophie über die Weinreben hinweg, die von der untergehenden Sonne in schimmerndes Licht getaucht wurden. Ihr Seidenkleid hatte sie gerafft, damit die Schleppe nicht mit der trockenen dunklen Erde in Berührung kam.

»Chardonnay!«, wisperte sie. »Hier?«

»Ein Experiment, in das diese Göttin der Trauben eingewilligt hat. Sie gehört dir allein.«

»Jerome!« In ihrem Gesichtsausdruck spiegelten sich ihre Freude, ihre Dankbarkeit und ihre Liebe wider. »Das hast du für mich getan?«

Lächelnd nickte er. »Ich habe alle zu absoluter Geheimhaltung verpflichtet. Dieses Feld lag zwar schon seit Jahren brach, aber ich glaube, die Traube wird hier gut gedeihen, weil ich deinen Traum vom Champagner ganz aus Chardonnay wahrmachen will. Ich glaube fest daran, dass eines Tages alle Champagnerhäuser danach streben werden. Aber du wirst zu den Ersten gehören, die diesen Wunsch umsetzen. Wahrscheinlich wirst du sogar die Allererste sein.«

Plötzlich bekam sie feuchte Augen. Sie liebte ihn so sehr! »Ich weiß nicht, was ich sagen soll. Ich bin dir unendlich dankbar, dass du an mich glaubst.«

»Verhilf den kleinen Weinstöcken zum Erfolg! Liebe sie so, wie ich dich liebe.«

Sie schlang die Arme um ihn, wollte ihn leidenschaftlich küssen und ihm mit den Händen durchs Haar fahren, aber dann fiel ihr etwas Besseres ein. »Komm, bringen wir rasch unser Hochzeitsfest hinter uns, damit du mich die Treppe hinauftragen kannst und wir endlich allein sind.«

»Das sind aber viele Stufen«, murmelte er, als sich seine Lippen auf ihren Mund senkten und sie einen Vorgeschmack davon bekam, was sie im Schlafzimmer erwartete ... in ihrem gemeinsamen Haus.

Aber es war ihnen nicht vergönnt, für sich zu sein. Als sie ihren Mann an sich zog, rannte ein Junge herbei und unterbrach sie.

»Monsieur, Madame!«

»Was gibt es, Stéphane?« Jerome runzelte die Stirn, und bei dem dringlichen Tonfall des Jungen hob auch Sophie die Brauen.

»Sie müssen rasch kommen.«

»Was ist passiert?«, fragte Sophie, und eine böse Vorahnung stieg in ihr auf.

»Kommandant de Saint Just hat mich geschickt. Sie sollen sofort kommen.« Verwirrt blickten sie ihn an. »Er hat eine Nachricht bekommen und ihren Gästen gerade mitgeteilt, dass Deutschland Russland den Krieg erklärt hat, Monsieur ... Er sagt, Frankreich sei als Nächstes dran.«

Der Junge zupfte an Jeromes Ärmel. Aufgeregt verfielen alle in Laufschritt, und Sophie dachte nicht mehr daran, dass ihr Seidenkleid möglicherweise schmutzig wurde. Sie erinnerte sich an damals, als sie erfahren hatte, dass ihre Familie vermisst wurde. Eisige Furcht erfasste sie. Hastig griff sie nach Jeromes Hand und wollte sie nie wieder loslassen.

»Wartet!« Sie blieben stehen. »Woher wissen wir denn, dass sich auch Frankreich beteiligen wird?«, fragte Jerome. Er machte den Eindruck, als wolle er keinen Schritt weitergehen, bevor er eine Antwort auf seine Frage bekam.

Der Junge schüttelte den Kopf. »Ich weiß nur, was der Kommandant mir aufgetragen hat, Monsieur. Offensichtlich sammeln sich die deutschen Truppen an der belgischen Grenze.« Er zuckte mit den Achseln. »Ich weiß nicht, was das bedeutet, aber er meinte, Sie wüssten es.«

Verzweifelt verzog Sophie den Mund. »Ja, wir wissen es.«

Teil I

Ypern, Belgien
April 1915

Dieter dachte an seinen Säugling zu Hause, während er den Rückzug seiner Infanterie beobachtete. Wenn sein Sohn alt genug wäre, um alles zu verstehen, wäre er bestimmt stolz darauf, dass sein Vater für diese besondere Aufgabe ausgewählt worden war. Und wenn er später einmal ebenfalls Interesse an Naturwissenschaften hätte, wäre er sicher fasziniert, dass der kluge deutsche Chemiker Fritz Haber seinen schlauen Plan ausgeführt hatte.

Das wird den Krieg beenden, hatte man ihnen gesagt, und Dieter glaubte seinen Vorgesetzten. Er wollte unbedingt zu jenen Männern gehören, die die neue Waffe auf diesem verfluchten Vorsprung in Belgien einsetzten, um den sie alle kämpften. Er wollte nach Hause zu Frau und Kind ... rechtzeitig zum Sommer. Vielleicht blieb das ja kein Traum, und der Krieg endete tatsächlich im Frühjahr. Er konnte sich kein besseres Geburtstagsgeschenk für seine Frau ausdenken. Und wenn alles nach Plan lief, beendete die Wissenschaft diesen höllischen Krieg und nicht die Artillerie. Er wollte endlich nach Hause in sein friedliches Dorf Kerpen, zurück in seinen Beruf als Lehrer für naturwissenschaftliche Fächer, als Ehemann, als Vater. Mit dem Fahrrad zur Schule zu fahren, in der er unterrichtete, kam ihm auf einmal nicht mehr unwahrscheinlich vor. Es war seine sichere Welt, und er wollte von ganzem Herzen dorthin zurückkehren, denn die neue Welt, in der er sich hier bewegte, war hässlich und beängstigend. Nichts konnte so wichtig sein, dass dafür unzählige Menschen leiden und ihr Leben lassen mussten.

Die Verantwortlichen hatten den Tag perfekt ausgewählt. Es herrschte klare Sicht, und der Wind aus Flandern würde seine kühle, feuchte Luft am Abend in die richtige Richtung schicken. Dieter gehorchte einfach nur den Befehlen. Er stellte fest, dass es einen kurzen Augenblick lang ungewöhnlich still war. Die Waffen schwiegen, nichts rührte sich. Es fühlte sich so an, als hielten - zumindest auf seiner Seite - alle die Luft an.

Dieter warf seinem Nachbarn im Schützengraben einen Blick zu, den dieser in beunruhigter Erwartung erwiderte. Der Brustkorb wurde ihm eng, und sein Herz schlug wie ein Hammer auf einen Amboss. Es war sein Moment, er war einer der Helden. Er gehörte zu jenen, die diesen Krieg beenden würden, dank Fritz Haber und seinem Verstand.

Und so zog Dieter Meyer aus einem kleinen Dorf etwa zwanzig Kilometer von Köln entfernt an der Schnur, die die Ventile der Flaschen öffnete, für die er verantwortlich war - drei von mehr als fünftausend, hatte er gehört - an diesem sonnigen Spätnachmittag im Gebiet nördlich von Ypern. In der Ferne sah er zwischen dem Gewirr der französischen Schützengräben grüne Flecken mit frischem Gras, da der Frühling allmählich in den Sommer überging. Wenn Fritz Haber mit seinen Berechnungen recht hatte, würde in der nächsten Stunde kein Franzose mehr am Leben sein. Dieter lauschte dem zischenden Geräusch, mit dem das Gas entwich, und fragte sich, wie es wohl den Tieren in diesem

Gebiet ergehen würde. Würden alle Lebewesen durch das Gas sterben? Niemand seiner Vorgesetzten beim Militär hatte ihm die Wirkungsweise oder die Effizienz des Gases als Waffe genau erklären können.

Der Gasdampf, der entwich, sollte eigentlich die Farbe des frischen Frühlingsgrases annehmen, aber das Grün war eher so giftig wie Schleim in einem Brunnen oder wie grüner Eiter. Dieter beobachtete, wie das Chlorgas am Rand des Schützengrabens aufstieg. Dort hing es einen Moment lang in der Luft, als müsse es sich erst einmal orientieren, aber dann bewegte sich die grüne Nebelmauer mit dem Wind. Langsam, aber stetig kam sie vorwärts, bis sie sich wie eine Walze über die Schützengräben der Franzosen und ihrer Verbündeten legte.

Während Dieter Meyer sich für einen Helden hielt, dachte Jerome Méa im gegenüberliegenden Schützengraben darüber nach, dass die Armee zum Glück endlich etwas gegen die furchtbaren Verluste der französischen Infanterie getan hatte. Die roten Hosen hatten sie für den Feind nur allzu deutlich sichtbar gemacht. Aber jetzt waren neue Uniformen geschneidert worden, die gerade auf dem Weg nach Belgien waren und in Kürze zur Verfügung stehen würden. Bitter verzog Jerome das Gesicht. Ypern hätte eigentlich ganz oben auf der Liste stehen sollen, denn hier waren die Kämpfe am heftigsten. Der Stoff, der ursprünglich in den Farben der Trikolore hergestellt worden war – rot, blau und weiß –, wurde anscheinend nur noch zweifädig gewebt, wobei der Farbton *Horizontblau* entstand. Ironischerweise konnte das Rot nur mit einer ausschließlich in Deutschland erhältlichen Farbe erreicht werden. Kopfschüttelnd überlegte Jerome, warum er eigentlich über so triviale Probleme nachdachte ... wahrscheinlich deshalb, weil diese flandrische Gegend berühmt war für ihren Tuchhandel. Aber das machte seine Gedanken nicht weniger nutzlos als seine Anwesenheit hier. Er bedauerte es nicht, sich freiwillig gemeldet zu haben und seine Pflicht für das Vaterland zu erfüllen. Aber er glaubte nicht daran, dass der Ort, an dem er kämpfte, sein Leben und das seiner Männer wert war. An ihrer Seite kämpften auch Algerier in farbenfrohen Uniformen und sogar Australier von der anderen Seite der Welt. Es machte ihn stolz, dass alle diese Männer von so weither gekommen waren. Sie wollten für Frankreich in den Krieg ziehen, stattdessen aber lagen sie in Flandern im Schützengraben, um die Deutschen an der Einnahme von Belgien zu hindern.

Ja, er würde sie bis zum letzten Atemzug verteidigen, aber es war nicht die Nation, der sein Herz gehörte und für die er freudig sein Leben geben würde, sondern es war seine Frau Sophie. Sie waren kaum einen Monat verheiratet gewesen, als er zur Armee ging und unter brausendem Jubel mit den anderen Männern aus Épernay und Reims und dem Versprechen in den Krieg zog, schon bald siegreich heimzukehren. Das war letzten Sommer gewesen – noch kein ganzes Jahr her, aber es kam ihm so vor, als hätte er ihr liebes Gesicht schon seit einer Ewigkeit nicht mehr gestreichelt. Sie legte keinen Wert auf ihr Aussehen und machte sich selten die Mühe, ihre Schönheit mit Kosmetik oder schicker Kleidung zu unterstreichen. Missgünstig nörgelten manche, es sei leicht, sich nicht um ein hübsches Aussehen zu kümmern, wenn man mit einem Körper wie ein Mannequin und derartig harmonischen Gesichtszügen gesegnet war. Und es stimmte, der Spiegel konnte die Schönheit ihrer weit auseinanderstehenden Augen und ihrer fein gezeichneten Wangenknochen nicht verbergen. Der Schwung ihrer Augenbrauen passte zu ihren makellosen Lippen, mit denen sie ihn so liebevoll anlächelte. Und am besten gefiel es ihm, wenn sie den Strohhut abnahm, den sie auf dem Feld trug, und ihr Haar löste, dessen goldene Strähnen in der Sonne schimmerten. Jerome verstand immer noch nicht, warum sie nicht ihren attraktiven Cousin, Gaston de Saint Just, geheiratet hatte. Er befehligte arabische Truppen und hielt sich wahrscheinlich ganz in der Nähe auf. Stattdessen hatte sie ihn gewählt. Unwillkürlich musste er lächeln. Er hatte sie bis zu ihrer ersten Begegnung nur von Weitem als Mitglied der Familie Delancré gekannt. Im Gegensatz zu seinem beleibten Bruder hatte er nie geglaubt, für die Erbin des Champagnerhauses infrage zu kommen. Deshalb hatte er auch nie versucht, ihre Aufmerksamkeit zu erringen, um nicht zurückgewiesen oder enttäuscht zu werden.

Doch wenn er ehrlich war, sah nur er sich als einfacher Weinbauer, und Sophie hatte ihm schon bei einigen Gelegenheiten falsche Bescheidenheit vorgeworfen. Diese Frau duldete einfach keine Dummköpfe. Natürlich war er Bauer, aber er kam auch aus einer wohlhabenden Winzerfamilie, die bestes Ackerland und Weinberge in und um Reims und Épernay besaß.

Und jetzt wollte er endlich wieder nach Hause. Er hatte seine Pflicht erfüllt und sich in den letzten sechs Monaten in den unvorstellbar heftigen Kämpfen als Held erwiesen. Er war seinen Männern mit Mut und gutem Beispiel vorangegangen, hatte nie etwas von ihnen verlangt, was er selbst nicht auch getan hätte. An diesem Frühlingstag aber, in der milden Luft des späten Nachmittags, war ihm besonders sentimental zumute. Ihn überkam das seltsam morbide

Gefühl, dass er nicht mehr lange zu leben hatte, als ob ihn eine Kugel treffen oder eine Granate in seinem Schützengraben explodieren würde. Warum? Warum hegte er gerade an diesem Tag so prophetische Gedanken? Vielleicht weil die Waffen einen Moment lang schwiegen, so als wäre der Feind nicht mehr aufs Töten aus. In der letzten Stunde schienen die Deutschen gar nicht mehr vorhanden gewesen zu sein. Aber der feuchte Wind, der auf sie zuwehte, brachte wie immer den Gestank des Todes mit sich. Das Schweigen der Deutschen kam ihm verdächtig vor, zumal sie am Morgen unter heftigem Beschuss gestanden hatten. Warum war es auf einmal so still?

Während er noch darüber nachdachte, tauchte ein Unteroffizier neben ihm auf. »Abendessen, Kommandant?«

Jerome nickte; er hatte gar nicht gemerkt, dass der Nachmittag in den Abend übergegangen war. In dem kurzen Monat, den er und Sophie als Ehepaar zusammengelebt hatten, war das Abendessen seine Lieblingsmahlzeit gewesen. Was hätte er darum gegeben, endlich wieder die Mahlzeiten zusammen mit ihr einnehmen zu können! Und für eine Nacht mit Sophie hätte er sein Leben geopfert.

»Ich komme sofort.« Er nickte, aber seine Aufmerksamkeit war auf einen seltsamen Dunst gerichtet, der über den Rand des feindlichen Schützengrabens in der Ferne kroch. Giftig grüne Rauchsäulen stiegen auf und bildeten eine Wand, die sich über die ganze Breite der Front zog. Setzten die Deutschen ein neues Schießpulver ein? Er begriff nicht, was er da sah. Unwillkürlich stieß er einen Ruf aus.

Männer eilten herbei, Befehle wurden gegeben, und sie schossen. Die grüne Wand aber setzte sich in ihre Richtung in Bewegung, als führe sie auf unsichtbaren Rädern. Entsetzen packte Jerome. »Zieht euch zurück!«, schrie er. Insgeheim jedoch wusste er nicht, ob sie sich tatsächlich weit genug entfernen konnten. Was immer dieser grüne Nebel bedeutete, er wollte es nicht herausfinden. »Lauft!«

Die meisten seiner Kameraden kamen etwa tausend Meter weit, dann hatte das Gift sie eingeholt, und sie stürzten, grünen Schaum vor den Mündern. Die Schreie der Pferde und Esel mischten sich mit den Schreien der Menschen. Jerome war stark, er zog zwei Soldaten mit sich, bevor er selbst stürzte. Sein Brustkorb zog sich zusammen, und sein ganzer Körper prickelte, als er verzweifelt nach Luft rang.

Erstaunt und zugleich tief betrübt stellte er fest, dass rings um ihn Mäuse und andere Kleintiere ebenfalls den Erstickungstod starben.

2

Épernay, Frankreich
August 1915

Die Frau vor Sophie wandte sich um und warf ihr einen Blick zu. Seit über zwei Stunden drehten sie Champagnerflaschen, die in den Pulten lagen. Die Aufgabe erforderte volle Konzentration, da Tausende von Flaschen nur um ein Achtel aus ihrer Lage vom Vortag weitergedreht werden durften. Sophie wollte der Frau eine Pause empfehlen, sah aber, dass der Bürgermeister auf sie wartete.

Stirnrunzelnd richtete sie sich auf. Hatte sie einen Termin vergessen?

Lächelnd wandte sie sich dem Besucher zu, angesichts seiner Miene aber verzog sie das Gesicht, als würde sie plötzlich einen bitteren Geschmack im Mund verspüren. Bürgermeister Maurice Pol-Roger sah aus, als hätte er etwas gleichermaßen Bitteres geschmeckt, und wirkte niedergeschlagen und kraftlos. Beunruhigt wischte sich Sophie die Hände an der Schürze ab. Im Keller, der zuvor vom fröhlichen Geschnatter der Frauen erfüllt gewesen war, wurde es auf einmal still. Es konnte nur einen Grund dafür geben, dass der Bürgermeister unangemeldet in der Villa Delancré erschien. Trotz ihrer Angst tat er ihr leid, bevor der Schmerz sie überflutete und verzehrte. Die Nachricht traf sie mitten ins Herz, und innerlich schrie sie auf wie ein gepeinigtes Tier.

Nur Sophie hörte sich. Nach außen hin bewahrte sie die Fassung, denn sie musste in diesem Augenblick Mut zeigen. Dies verlangte das Land von allen Frauen, aber gerade ihr Name stand für so viel, und ihre Tapferkeit musste für die Frauen in Épernay ein Vorbild sein. Auf ihre Stärke stützten sie sich. Seit der Krieg vor knapp einem Jahr auch in Frankreich angekommen war, trieben die Frauen auf einem dunklen Meer. Mit der heutigen Nachricht war auch Sophie nicht mehr vor den Schmerzen des Krieges geschützt.

Jerome war tot. Ihr blieb nur noch die Trauer.

Der Bürgermeister sah ihr an, dass sie es bereits wusste, und ersparte ihr lange Vorreden. »Madame Delancré, es tut mir so leid ...«

Mehr brauchte sie nicht zu hören. Diese Worte, an andere trauernde Frauen, Mütter, Verlobte und Schwestern gerichtet, hatte sie immer wieder gehört.

Pol-Roger überbrachte nur Nachrichten von Verlusten. Verlust der Zukunft und ihrer Möglichkeiten, Verlust des einzigen Aspektes ihrer Existenz, der das Leben im Krieg erträglich machte. Und vor allem überbrachte er Nachrichten über den Verlust der Liebe. Nur dank der Liebe konnten die Frauen den Krieg überleben. Wenn sie schwand, wurde einem Menschen alles geraubt. Sophie hatte so lange gebraucht, um die Liebe ihres Lebens zu finden, und nachdem sie ihr endlich begegnet war, hatte sie jeden Winkel ihrer Existenz beherrscht. Mit dieser Liebe hatte sie sich unbesiegbar gefühlt. Liebe war ihre Rüstung gewesen. Als Jerome stolz mit seiner Uniform mit den roten Hosen in den Krieg gezogen war, hatte sie sich stark gefühlt und gelächelt, obwohl sie innerlich von Traurigkeit überwältigt wurde. Sie hatten einander doch gerade gefunden, gerade erlebt, wie sich ein übervolles Herz anfühlte. Sie verlangte nach ihm und trauerte, das gemeinsam angestrebte Ziel nun nicht zu erreichen.

Der Krieg hatte ihn aus Épernay weggeholt. Und jetzt holten wenige Worte ihn von ihr weg ... für immer.

Sophie Delancré weinte nicht. Die Tränen würden später kommen, wenn sie allein war. Jetzt stand sie unter Schock, und ihre Augen blieben so trocken wie das Rascheln des Umschlags, als der Bürgermeister ihr mit weiteren Worten des Beileids das Telegramm in die Hand drückte. Er hätte einen Boten schicken können, aber er betrachtete es als seine Pflicht, jeder Frau die Nachricht persönlich zu überbringen, sosehr ihn das auch quälte. Er war ein guter Mann, eine exzellente Galionsfigur für Épernay, und ihm zuliebe musste sie stark sein. Als sie den Blick vom Telegramm hob, sah sie, wie er um Fassung rang. Alle hatten Jerome geliebt.

»Wir müssen tapfer sein«, hörte sie sich selbst sagen, erschrocken über ihren kühlen Tonfall. Die Worte klangen bedeutungslos, doch in ihrer Hohlheit lag ein Gefühl des Trostes. Den Satz auszusprechen half allein schon deshalb, weil sie damit das furchtbare Schweigen durchbrach. Mit seinem dicken, drahtigen Schnurrbart ähnelte er seinem immer glatt rasierten Vater, einem der Gründer der Branche, der auch sie angehörte. Stumm berührte er die Krempe seines Hutes und zog sich zurück, als die Arbeiterinnen sich mit leisen Lauten eng um Sophie scharten. Sie spürte Hände auf dem Körper, und die Frauen umarmten sie, um ihr Mitgefühl und ihre Anteilnahme auszudrücken.

»Danke«, flüsterte sie. »Entschuldigt mich bitte!« Sie konnte die mitleidigen Blicke nicht mehr ertragen. Genau wie die anderen Frauen wusste sie, dass der Schmerz gerade erst begann. Eine Zeit lang würde der Schock die Qual der Trauer noch in Schach halten, aber schon bald würde die

Realität sie überwältigen und ihr nicht einmal das kleinste bisschen an Selbstbeherrschung lassen. Sie schaffte es bis in die erste Etage, wo sie einem Hausmädchen, das von den Neuigkeiten nichts wusste, ein lächelndes Gesicht zeigen musste. In der Tiefe ihrer Schürzentasche wartete der Umschlag darauf, geöffnet zu werden.

»Madame?«

»Es geht mir gut, Helene ... nur leichte Kopfschmerzen.«

»Ruhen Sie sich aus, Madame!« Die junge Frau runzelte die Stirn. »Sie arbeiten zu viel.« Dann ging sie weiter ihren Pflichten nach, auch sie viel zu dünn und überarbeitet, weil sie mehrere Hausmädchen ersetzen musste. Jeder von ihnen schulterte weit mehr, als eine einzelne Person es sonst vermochte. Niemand beklagte sich.

Mühsam zog sich Sophie die Holztreppe hinauf, über die sie zu den Hausgöttern entkommen konnte. Sie hatte den Dachboden ausbauen lassen und sich dort einen Zufluchtsort geschaffen. Die anderen sechs Schlafräume hatte sie für Besucher vorbereiten lassen, für Politiker, Offiziere und andere bedeutende Männer, die für Frankreich arbeiteten und einen privaten Raum benötigten. Es tat ihr gut, ihnen allen Gastfreundschaft anbieten zu können. Damit war sie nicht allein. Alle größeren Häuser trugen ihren Teil zu den Kriegsanstrengungen bei. Vielleicht sollte sie ganz auf den Dachboden ziehen. Dann konnte das gesamte erste Stockwerk als Gästehaus genutzt werden, und der größte Teil des Erdgeschosses konnte für verwundete oder genesende Soldaten ausgebaut werden.

Mit einem Wimpernschlag hatte sich ihre Welt verändert. Am Tag zuvor hatte sie noch Pläne geschmiedet. Und heute? Hatte das Leben überhaupt noch einen Sinn?

Sophie hatte noch nie eine so große Last auf den

Schultern gefühlt wie in dem Moment, als sie die Klappe zum Dachboden aufdrückte und hinter sich wieder zufallen ließ. Allein. Sie griff nach einem der Balken und umschloss ihn so fest mit den Händen, dass ihre Knöchel ganz weiß wurden. Und immer noch schluchzte sie nicht laut, ihr Schmerz blieb stumm. *Halt ihn zurück!*, befahl sie sich. *Ertrag ihn! Du musst! Du hast keine andere Wahl. Du bist nichts Besonderes. In deiner Trauer bist du eine von Hunderten in Épernay, eine von Tausenden in Frankreich, eine von Zehntausenden in Europa.*

Sie zwang sich, ruhig zu atmen, so wie sie es auch den Frauen empfohlen hatte, die das Gleiche erlebt hatten. Erneut atmete sie aus, hörbar diesmal, mit gespitztem Mund, damit der Atem wie durch einen Tunnel floss. *Unterdrück die Angst!*, sagte sie sich. *Atme ein und aus ... und noch einmal.* Beim letzten Atemzug stöhnte sie, aber sie fühlte sich ein wenig ruhiger und gefestigter. Als sie spürte, dass ihr die Beine wieder gehorchten, trat sie an den Sessel, den sie hinaufgeschleppt und ans Fenster gestellt hatte. Dieser Rückzugsort war seit einem Jahr ihr einziger Luxus.

Vor dem Krieg hatte sie ein privilegiertes Leben geführt, aber mittlerweile war es hart geworden. Dieser Sessel jedoch gehörte zu den tröstlichen Utensilien der Vergangenheit, und dankbar sank sie in das weiche Kissen und legte die feuchten Hände auf die Lehnen aus goldenem Walnussholz, die teilweise mit dem gleichen Stoff gepolstert waren wie die Sitzfläche. Sie liebte diesen Sessel. Hier fühlte sie sich sicher und geliebt. Der Sessel hatte ihrer Mutter gehört. Sophie sah sie vor sich, wie sie dasaß und mit ihrer Handarbeit beschäftigt war, umflossen vom Licht, das durch die großen Panoramafenster drang. Im Licht des Dachfensters musste Sophie sich jetzt dem Telegramm stellen, obwohl es ihr lieber gewesen wäre, sich wie ihre Mutter zufrieden ihrer Handarbeit widmen zu können. Sie versuchte sich vorzustellen, wie sie aussah. Bestimmt war ihr schmales Gesicht blass und verkniffen. Zum Glück hatten wenigstens ihre Eltern diesen Krieg nicht mehr erlebt, der sie so erschöpft und unglücklich machte.

Doch nun ging es nicht mehr nur darum, dass sie zu dünn, zu müde, aufgrund der Situation zu bekümmert war. Auf einmal betraf sie dieser Krieg zutiefst persönlich.

Sie zog den Umschlag aus der Schürzentasche, während sie ihren Tränen freien Lauf ließ. Heiß und salzig rannen sie ihr über die Wangen, und die Sätze des offiziellen Schreibens verschwammen ihr vor den Augen. Der Text war sorgfältig formuliert, konnte doch den heftigen Schlag aber nicht abmindern.

Jerome war auf dem Feld gefallen. Sie überflog das Telegramm, ohne es wirklich zu verstehen, doch es bestätigte nur, was sie schon vermutet hatte. Der Bürgermeister wusste anscheinend mehr, und das würde man ihr bald schriftlich mitteilen. Zeugen hatten offenbar gesehen, wie er starb. Zwei oder drei Zeugen? Es war ihr gleichgültig. Der Bürgermeister versicherte, es habe sich um einen breitschultrigen großen Mann mit lockigem dunklem Haar gehandelt. Er war Bauer – Weinbauer, erinnerten sich zwei –, immer gut gelaunt und trotz der düsteren Lage stets optimistisch. Besser hätten sie ihn nicht beschreiben können.

Und so, einfach so ... war ihre große Liebe innerhalb eines Wimpernschlags gestorben.

»Weihnachten bin ich zu Hause«, hatte er versprochen.

Sophie atmete ihre Qual aus.

»Das war vor acht Monaten, mein Geliebter«, flüsterte sie ihm zu, wo auch immer er unter französischer Erde lag, wahrscheinlich mit einer deutschen Kugel in der Brust. Hoffentlich war sie ihm nicht durchs Herz gedrungen. Das gehörte allein ihr.

Sie stand auf und lehnte sich ans Fenster. Der Bürgermeister hatte eine kluge Entscheidung getroffen. Die deutschen Soldaten waren durch ihre verängstigte stille Stadt marschiert, hatten sie aber nur eine einzige Woche lang halten können. Tapfere französische Soldaten hatten sie zurückgedrängt, und die Feinde waren überstürzt geflohen. Die französischen Truppen hatten sie bis zu den Hügeln um Chemin des Dames zurückgejagt. Die furchtbare Schlacht an der Marne hatten die Alliierten gewonnen, aber ihr Sieg war kurzlebig, als die Deutschen erneut vorstießen. Bis auf eine waren alle kleinen mittelalterlichen Festungen, die im Halbkreis um Paris lagen und in der Vergangenheit die Stadt geschützt hatten, von den Deutschen eingenommen worden. Sophie seufzte. Sie hatten Épernay und Reims zwar nicht besetzt, trotzdem waren sie Gefangene. Und wieder einmal war Reims die einzige Stadt, die zwischen den Deutschen und der Hauptstadt Frankreichs stand.

Sophie blickte über die vertrauten Dächer der Dörfer Dizy und Ay. Im Süden sah sie die Weinfelder, die sich bis zu den Hügeln erstreckten. Jenseits des Hügels hatten Jeromes kostbare Chardonnaytrauben schon Knospen angesetzt. Neues Leben entstand, während Sophie das Gefühl hatte, dass ihr Leben geendet hatte. Die Weinstöcke wussten nichts von Krieg oder Frieden, sie kannten nur den Zyklus des Lebens. Sie hatten sich durch die Epidemie gekämpft, die die meisten Weinstöcke in Europa vernichtet hatte. Und jetzt gediehen sie wieder, gestärkt durch den Zukauf amerikanischer Weinstöcke. Sie hatten das Phylloxeravirus besiegt, und noch im ersten Kriegsjahr hatten sie einen der besten Jahrgänge geerntet. Sophie musste ihre Kraft aus Jeromes stolzen Reben ziehen und sie beschützen. Ohne ihre Hilfe würden sie eingehen, und der Krieg hätte gewonnen.

Wie viele Männer waren von Kugeln getroffen worden, während sie hier stand? Wie viele Männer waren im Granatenhagel gestorben? In Belgien tobte schon wieder eine neue Schlacht. Flandern stand abermals in Flammen, und die französischen Soldaten kauerten neben ihren Verbündeten in den Schützengräben. Erst vor wenigen Tagen hatte sie die schrecklichen Nachrichten gehört, dass die Deutschen Chlorgas einsetzten, das vom Nordostwind als grässlicher gelblich grüner Dunst in die Schützengräben der Feinde strömte. Das erste Mal war es in der Abenddämmerung passiert, und den Berichten zufolge hatten die Männer kaum glauben können, was sie sahen. Aber der giftig grüne Nebel hatte nur knapp tausend Meter zurücklegen müssen, um die französischen Truppen überraschend zu treffen. Innerhalb weniger Minuten waren zahlreiche Männer gestorben, und die Überlebenden waren blind geworden oder hatten Lungenverätzungen davongetragen. Tausende hatte es getroffen, und Sophie hatte geweint, als sie davon gehört hatte.

Vielleicht gehörte Jerome zu den Glücklicheren. Vielleicht war er gestorben, bevor er die Zusammenhänge begriffen hatte. Vielleicht hatte er keine Gelegenheit gehabt, seine Lage zu verstehen, an seine Frau zu denken, die er über alles liebte. Vielleicht hatte er keine qualvollen Schmerzen aushalten müssen wie die anderen Soldaten ringsum. Vielleicht hatte eine Kugel seinem Leben ein rasches Ende bereitet.

Sollte sie dafür dankbar sein? War er tapfer und ehrenhaft bei der Verteidigung seines geliebten Heimatlandes gestorben? Der Gedanke quälte Sophie. Sie mochte allzu romantisch sein, aber tief im Innern wollte sie nicht hinnehmen, dass dies schon alles war, dass ihr gemeinsames Leben bereits zu Ende war. Sie wollte einfach nicht glauben, dass ihr Ehemann nicht mehr lebte. Man hatte Jerome nicht gefunden, er galt als vermisst. Aber vielleicht war er ja nur verwundet, hatte sich verlaufen, irrte irgendwo herum. Diesen winzigen Hoffnungsschimmer gestattete sie sich.

Und deshalb musste sie, für ihn und seinen Mut, noch stärker sein. Er hatte für Frankreich gekämpft. Sie musste ihren winzigen Umkreis verteidigen. Ihre Weinfelder, das Vermächtnis ihrer Familie, ihren Namen und die Menschen ringsum. Das allein war nun ihre Aufgabe. So war es vom Schicksal bestimmt. Ihr Vater hatte gesagt, sie sei die Einzige. Sie musste die Last allein schultern.

Sie war Champagner-Produzentin in sechster Generation. Das Haus Delancré musste überdauern. Und Sophie musste allein weitermachen, zuerst aber wollte sie sich von Jeromes Tod überzeugen. Den würde sie erst akzeptieren, wenn sie den Beweis dafür fand. Bis dahin würde sie in blinder Hoffnung weitermachen. Sie würde seine Trauben anbauen, seine Weinstöcke pflegen, ihren Champagner herstellen und vor allem auf seine Rückkehr warten.

3

Schützengräben der Engländer, Ypern
1917

Er erinnerte sich daran, dass er in den Schlamm des Schützengrabens zurückgeschleudert wurde und erst in einem Feldlazarett wieder zu sich kam.

»Hallo, Captain Nash! Ich bin Ellen.« Ihr Lächeln war so strahlend, dass sie damit jedem Mann das Herz gebrochen hätte. »Wie geht es Ihnen?«

»Benommen«, antwortete er. Er schätzte sie auf Mitte zwanzig. Goldblondes Haar, während sich nur eine Locke unter ihrer Schwesternhaube hervorringelte. Am liebsten hätte er sie berührt.

»Das kommt von der Gehirnerschütterung. Hören Sie mich deutlich?«

Er hob einen Finger und bohrte ihn ins Ohr. »Ich höre immer noch Detonationen«, gestand er. »Es klingelt ständig.«

»Das war zu erwarten«, bestätigte sie, legte den Kopf schräg und blickte ihn an. Ihre Augen hatten die Farbe von gefrorenem Wasser. Doch sie wirkten nicht kalt. Vielleicht bildeten diese Gletscher eine tropische Strömung, denn wie ihr Lächeln strahlten sie Wärme aus. »Sie haben eine schwere Kopfverletzung, die wir nähen mussten. Das heißt, ich habe Sie zusammengeflickt.« Sie zuckte mit den schmalen Schultern, die auf lange Arbeitsstunden und bescheidene Mahlzeiten hindeuteten. »Ich war früher Näherin ...« Sie runzelte die Stirn. »Vor dem Krieg. Deshalb bekomme ich hier die schwierigeren Fälle. Es wird eine schöne Narbe zurückbleiben, die gut zu Ihrem schönen Gesicht passt.« Sie schwieg, doch als er nicht antwortete, berührte sie ihn sanft an der Schulter. »Ach, kommen Sie, Soldat! Lächeln Sie doch wenigstens mir zuliebe! Sie sind gerade mit dem Leben davongekommen.«

Er versuchte es, merkte aber sogleich, dass er nicht überzeugend klang. »Dafür bin ich auch dankbar«, log er.

»Aber?« Sie war sehr aufmerksam.

»Ehrlich gesagt, Ellen, bin ich nicht überzeugt, dass das Leben im Moment die Mühe wert ist. Aber danke, dass Sie mich so gut zusammengeflickt haben.«

»Wissen Sie was, Charlie?« Erneut legte sie den Kopf schräg. Ihm gefiel diese Angewohnheit. »Ich habe lange an Ihnen gearbeitet und außergewöhnlich gute Arbeit geleistet.« Sie lächelte, aber er erkannte die Traurigkeit in ihren Augen. Er musste sie am Weiterreden hindern, bevor sie ihm erklärte, er müsse fröhlich bleiben.

»Kann ich jetzt zu meinen Leuten zurückkehren?«

»Ja. Aber darf ich noch etwas sagen?« Sie wartete nicht erst auf seine Antwort. In ihren Augen blitzte Trotz auf. Das ruhige schöne Grau schien weit entfernt von dem trostlosen Grau der Welt, in der er sich bewegte. »Ich habe Soldaten getroffen, die ebenfalls so herzzerreißende Bemerkungen gemacht haben wie Sie. Der Krieg frisst die Menschen von innen auf.« Stirnrunzelnd folgte er ihren Worten. Offenkundig war sie gebildet, und anscheinend wollte sie ihm nicht raten, tapfer zu bleiben. »Es infiziert uns alle. Wir befinden uns im Krieg. Ich liege nicht neben

Ihnen im Schützengraben, aber hier im Lazarett sehe ich aus nächster Nähe, was dieser entsetzliche Krieg anrichtet. Es wird nicht leichter, aber wenn Sie nicht stark bleiben, wie können Sie dann erwarten, dass Ihre Männer Ihnen folgen?« Es traf ihn wie ein Schlag. »Wie wäre es, wenn wir einen Pakt schließen, Captain Nash? Wenn Sie nicht aufgeben, gebe auch ich nicht auf.« Die grauen Augen erinnerten ihn an Quecksilber.

»In Ordnung«, hörte er sich sagen, nicht sicher, ob sie ihn verführt oder hypnotisiert hatte, weil er eigentlich diesen Pakt nicht schließen wollte. Sie klopfte auf sein Feldbett, als wolle sie *Abgemacht!* sagen. »Unter einer Bedingung«, fügte er hinzu. »Nein, eigentlich zwei.« Er konnte ihr die Ermahnung schließlich nicht durchgehen lassen, ohne sich selbst zu verteidigen. Und das nur, indem er mit ihr flirtete.

»Ach ja?« Ihre grauen Augen funkelten ihn erheitert an. Ihre Furchtlosigkeit beeindruckte ihn, zumal sich die sauertöpfische Oberschwester in der Nähe aufhielt.

»Wenn wir beide lebend hier herauskommen, gehen Sie mit mir tanzen.«

Wieder legte sie den Kopf schräg und lächelte. Das Versprechen, das darin lag, schmerzte ihn. »Ich kann sehr gut nähen, wie Sie sehen werden, wenn Sie sich im Spiegel betrachten. Aber tanzen kann ich fast noch besser. Nehmen Sie die Herausforderung an, Captain?«

Er konnte kaum glauben, dass er tatsächlich lächelte, und noch unglaublicher fand er es, dass sie seinen flirtenden Tonfall erwiderte. Er nickte. »Das zu beurteilen überlasse ich Ihnen.«

»Dann passen Sie gut auf sich auf, und eines Tages sehen wir uns wieder.« Sie kritzelte etwas auf eine Seite ihres

Klemmbretts. »Hier sind einige Empfehlungen, die Ihnen helfen, die Wunde richtig zu versorgen, da sie in einigen Tagen neu verbunden werden muss. Ich gebe Ihnen Torfmoos mit, denn dieser weiße Verband ist viel zu auffällig. Schließlich freue ich mich darauf, mit Ihnen das Tanzbein zu schwingen.« Sie lachte über seinen Gesichtsausdruck. »Damit können Sie den Verband schmutzig machen«, riet sie ihm und drückte ihm den Zettel in die Hand.

»Schmutzig wird er in wenigen Sekunden dort draußen sowieso.« Charlie blickte auf das kleine Blatt Papier. Sie hieß Peterson und stammte aus Surrey. Ihre Telefonnummer hatte sie auch aufgeschrieben. Kein Wort stand da von Wundversorgung. Ob sich auch die Oberschwester täuschen ließ?

»Passen Sie auf sich auf!« Höflich schüttelte sie ihm die Hand. »Sie haben mir die zweite Bedingung noch gar nicht genannt.«

Er erhob sich vorsichtig und wartete ab, bis sich das Zelt nicht mehr vor seinen Augen drehte. Dann nickte er. »Dass Sie mich Charlie nennen.« Er zwinkerte ihr zu.

»Ich heiße Ellie«, erwiderte sie.

Charlie legte grüßend einen Finger an die Schläfe. »Ich werde an Sie denken, wenn ich mich rasiere und dabei Ihre Narbe im Spiegel sehe.«

Ihr sanftes Lächeln schmerzte viel mehr als sein Kopf. »Bleiben Sie am Leben, Charlie«, flüsterte sie.

Die Erinnerung an dieses Lächeln war erst wenige Tage alt, aber es hätte auch schon Jahre her sein können. So schrecklich fühlte sich Captain Charles Nash von den 8th Leicesters, als ihm Blut ins Gesicht spritzte und er feststellte, dass der Mann, mit dem er gerade noch geredet hatte, nicht mehr lebte.

Erst eine Minute zuvor hatte Royce ihm eine Zigarette angeboten.

»Das ist weder gut für meine Lunge ... noch für meine Zielsicherheit beim Schießen.« Charlie hatte freudlos gelächelt.

»Glauben Sie etwa, Sie leben noch so lange, dass Sie sich Gedanken um Ihre Lunge machen können, Sir?«, hatte Royce mit dem typisch makabren Humor der Schützengräben geantwortet. Der ältere Mann hatte noch zwei tiefe Züge genommen und wollte dann grinsend den Zigarettenstummel im Schlamm austreten. »Ich zähle auf Ihre ...«

In diesem Augenblick pfiff eine Kugel heran und zerstörte den größten Teil von Royces Gesicht.

Charlie fing ihn auf, als er fiel, ohne darauf zu achten, dass das Blut über seine Uniform lief. »Oh, Royce, du dummer Kerl!«, murmelte Nash. Er ertrug dieses Sterben ringsum nicht mehr, musste aber die Zähne zusammenbeißen. Man hätte es ihm als Schwäche ausgelegt, wenn er es sich anmerken ließ. Aber dieser deutsche Scharfschütze im Graben gegenüber musste sterben. Die Nachricht, dass Royce, der Kundschafter, tot war, verbreitete sich rasch. Charlie konnte den Blick nicht von ihm abwenden. Gerade eben hatte der Mann ihn noch angegrinst. Er rieb sich über das Gesicht, als könne er seine innere Qual wegwischen. Dabei berührte er die Torfmoosbandage über dem Verband, der seine Kopfwunde verdeckte.

Obwohl es schon einige Tage her war, meinte er immer noch, den Veilchenduft von Krankenschwester Ellie zu riechen. Kurz verschwand sogar der stechende Gestank der Latrinen dahinter.

»Alles in Ordnung, Nash? Hören Sie mir zu?« Der ärgerliche Tonfall des Majors riss ihn aus seinen Gedanken, zurück in die hässliche Gegenwart.

Nur widerwillig ließ er Ellie ziehen. »Ja, Sir. Hören Sie, es hat keinen Zweck, diese Stellung beizubehalten. Die Scharfschützen wissen jetzt, wo ich mich aufhalte«, sagte Charlie. Er versuchte, sachlich zu klingen, und wandte den Blick von Royce ab. »Ich kriege den Mistkerl, Sir, und wenn es nur wegen Royce ist. Schicken Sie mich mit den anderen ins Feld, wenn wir angreifen«, bat er zum x-ten Mal. »Ein Captain kämpft zusammen mit seinen Leuten.«

Zum wiederholten Mal schüttelte sein Vorgesetzter den Kopf. »Wir können Sie nicht verlieren, Nash. Das wissen Sie.«

»Sir ...«

»Das steht nicht zur Diskussion.«

»Warten Sie, Sir. Bitte!«, bat Charlie und versuchte es auf andere Art und Weise. »Ich habe meine Arbeit zurückgelassen und mich freiwillig gemeldet, weil ich meinen Anteil übernehmen wollte«, erklärte er nicht ganz wahrheitsgemäß, denn er war aus seinem Labor geflohen, weil er kein Massenvernichtungsgas für die Alliierten produzieren wollte. Charlie hatte nicht den Wunsch, mit seinem vorgesetzten Offizier über die Philosophie des Krieges zu diskutieren, während die Deutschen sich auf weiteres morgendliches Artilleriefeuer vorbereiteten.

»Wir alle wollen unseren Anteil leisten!« Der Major reagierte zunehmend gereizt.

»Wenn ich hier im Schützengraben herumlungere, Sir, kann ich nichts beitragen.«

»Captain Nash, ein für alle Male! Sie tun Ihre Pflicht, indem Sie unsere Feinde töten. Sie erledigen mehr Männer als wir mit unseren fruchtlosen Vorstößen. Ich bin nicht gewillt, Sie zu verlieren, auch wenn es Sie noch so sehr schmerzt«, knurrte er und stieß mit dem Finger gegen Charlies Brust. »Mir ist klar, dass Sie kein Scharfschütze werden wollten. Aber ein Schuss mit Ihrer Treffsicherheit hält einige unserer Jungs ein bisschen länger am Leben«, fügte er hinzu und wies über Charlies Schulter. »Und wenn Sie Ihre Aufgabe noch länger erfüllen, dann schaffen es einige vielleicht, dieser Hölle zu entkommen.« An dem Tonfall hörte Charlie, dass er keine weitere Diskussion duldete. »Und, was ist jetzt mit einem Ersatz für Royce?«

Charlie gab sich den Anschein, die Worte seines Vorgesetzten beherzigen zu wollen. »Wie wäre es mit dem neuen jungen Burschen, Hartley? Er trägt keine Brille.« Es war eine schlechte Wahl, und Charlie sah dem Major an, dass auch er das wusste. Er versuchte es noch einmal. »Er gab ein falsches Alter an und ist erst seit wenigen Monaten siebzehn. Noch braucht er nicht hinauszustürmen, um zu kämpfen, Sir. Jedenfalls noch nicht gleich. Er ist gerade erst angekommen und wirkt wie ein erschrecktes Häschen.«

Der Offizier nickte resigniert. »Da schlägt ja wahrhaftig ein Herz in Ihrer Brust, Nash. Sie wollen nur nicht daran erinnert werden.« Mit diesen Worten tippte er ihm erneut auf die Brust, diesmal jedoch sanfter. »Ich schicke ihn zu Ihnen.«

»Danke, Sir.«

Weil sein derzeitiger Standort bekannt war, wählte Charlie einen neuen Abschnitt im Schützengraben aus, von dem aus er arbeiten konnte.

Der Scharfschütze, der ihn bis in seine Träume verfolgte, weil er mit schrecklicher Regelmäßigkeit Soldaten seiner Einheit tötete, war in seiner Vorstellung zum Ungeheuer geworden. Auf einmal wollte er ihn nur noch abknallen.

Das Leben wurde nicht einfacher, sondern schwieriger, je mehr er sich an den Krieg gewöhnte. Eigentlich verabscheute Charlie als Pazifist den Gedanken, einen anderen Menschen zu töten.

Manchmal begannen die Kämpfe früh, an anderen Tagen blieb es manchmal stundenlang ruhig. Dann wiederum wurde nur nachts gekämpft. Zwischen den Scharmützeln kämpften die Soldaten auf beiden Seiten mit dem Dreck und den Widrigkeiten des täglichen Lebens, immer in der Angst, getötet zu werden. Die meisten, so dachte Charlie, hatten sich damit abgefunden, dass ihr Ende bevorstand. Es ging nur noch darum, wie sie starben. Würde der Tod schnell kommen? Unsichtbar? Mit lauter Warnung? Mit Schmerzen? Blutig und furchtbar? Würde ihr Sterben Stunden dauern oder nur einen kurzen Moment? Das Warten machte sie alle fertig, und in der Zwischenzeit war es ihre Pflicht zu überleben. Die Angst zu überleben, die ihre Gedanken beherrschte. Den Kugeln und dem Artilleriefeuer auszuweichen, unter unmöglichen Bedingungen ein wenig Schlaf zu finden. Trotz magerster Essensrationen stark und beherrscht zu bleiben. Den Sinn für Humor nicht zu verlieren, obwohl es keine Menschlichkeit gab. Die Trauer um gefallene Freunde und gute, tapfere Männer zu verdrängen. Töten, töten, immer weiter Fremde zu töten, gegen die man persönlich doch gar nichts hatte. Den Hunger, die Frostbeulen, die vom Schützengraben verfaulten Füße, die Ratten, die Exkremente, das Blut, die Schreie der Sterbenden und Verwundeten auszublenden. Und vor allem nie das Gewehr zu verlieren, nie aufzugeben, auch wenn alle fast wahnsinnig wurden. Wie machten es die anderen, dass sie sich an die Wand des Schützengrabens lehnen und eine Zigarette rauchen konnten? Woher nahmen sie die fröhlichen

Worte, um mit Bleistiftstummeln Briefe oder Postkarten zu schreiben? Er bewunderte den Gleichmut, den manche an den Tag legten. Wie oft hörte er, dass Soldaten miteinander lachten, manchmal sogar schallend, als ob sie sich im Pub einen großartigen Witz erzählten und nicht hier stünden, wo sie jeden Moment mit dem Tod rechnen mussten. Und die meisten schienen ein reines Gewissen zu haben, ganz gleich, wen sie gerade auf der anderen Seite töteten. Sie befolgten Befehle. Sie beschützten Großbritannien, ihre Familie, ihre Freunde, ihr Land, alles, wofür ihr Land stand. Die Deutschen empfanden wahrscheinlich genau das Gleiche. Auch sie kämpften für ihre Liebsten, ihr Land, ihren Kaiser, ihre Befehle. Es war nichts Persönliches. Würde es überhaupt eine Rolle spielen, wenn die Waffen einfach schwiegen und die Männer auf beiden Seiten aus den Schützengräben kletterten, sich die Hände schüttelten und den Krieg für beendet erklärten?

Die Tigerbrigade, wie das Leicestershire-Regiment auch genannt wurde, war Ende September hier im Polygon-Wald in Flandern eingetroffen. Charlie hatte in der Hölle der Sommeschlacht gekämpft. Die Zahl der Toten war unfassbar hoch gewesen, aber er hatte überlebt, obwohl er aus dem Schützengraben herausgekrochen und dem feindlichen Maschinengewehrfeuer entgegengelaufen war. Da hatte er nicht geglaubt, dass es noch schlimmer kommen könnte. Aber natürlich war es noch schlimmer gekommen, noch viel, viel schlimmer.

Das 8. Regiment war so viel herumgezogen, dass es mittlerweile keine Rolle mehr spielte, in welchem Schützengraben sich die Männer gerade aufhielten. Letztlich waren sie doch alle gleich, Gräben der Verzweiflung, und auch die Landschaft sah mittlerweile überall ähnlich aus. Matsch,

Baumstümpfe, ein grauer Himmel. Im Graben stand Charlie immer mindestens knöcheltief im verseuchten, schlammigen Wasser, und das auch nur, wenn er und seine Männer Glück hatten. 1916 die Schlacht an der Somme in Nordfrankreich, die Arras-Offensive an der Westfront im Frühjahr des gleichen Jahres, und jetzt waren sie hier. Wieder ein Schützengraben, wieder eine Schlacht in Ypern, und es wurde Herbst. Allerdings waren die Jahreszeiten sowieso nicht mehr voneinander zu unterscheiden. Schließlich gab es keine Anzeichen mehr, die darauf hindeuteten. Keine Vögel und Insekten mehr, kein Duft in der Luft ... alles fühlte sich gleich an. Dämmrig, voller Rauch, stinkend, von trübem Grau, eingehüllt in Schmerzensschreie und den Lärm des Geschützfeuers.

Hier in Ypern lernte Charlie mehr über das Gas, das für ihn der Anlass gewesen war, sich freiwillig zu melden. Er erfuhr, dass die Deutschen die Unterschiede farbig markierten. Die Granaten mit dem gelben Kreuz enthielten Senfgas, das sich auf die Atemwege senkte, schwere Brandblasen verursachte und vor allem die Augen schädigte. Dann gab es jene mit dem grünen Kreuz, und Charlie als Chemiker wusste sofort, dass sie Chlor und Phosgen enthielten, eine Mischung, die ihm zutiefst widerstrebte. Seit seiner Ankunft hatte er auch noch ein drittes Gas entdeckt, das mit einem blauen Kreuz markiert war. Dieses Gas enthielt Diphenylchlorarsin. Es brachte seine Opfer so heftig zum Niesen und Husten, dass sie sich die Gasmasken vom Gesicht rissen und sich dem Gift aussetzten. Charlie fragte sich, ob sein alter Chef in Lancashire an der Entwicklung der Filter beteiligt gewesen war, die in diesem Sommer in ihre Gasmasken eingebaut worden waren, um sie vor dem Gas in den blau markierten Granaten zu schützen. Doch das war ein müßiger Gedanke, der niemandem half, am wenigsten Charlie selbst.

In Wahrheit löste sich in diesem Ödland voller Schützengräben und Granatenlöcher das Senfgas in den Wassertümpeln auf, Gift, das man trank, wenn man sich aus diesem Wasser einen Tee kochte ... immer noch tödlich. Er hatte versucht, seine Männer vor dieser Gefahr zu warnen. Aber achteten sie darauf, wenn sie Durst hatten?

Widerwillig stellte Charlie seine Enfield.303 für eine neue Position neu ein. Außen putzte er das Gewehr nicht. Er glaubte fest daran, dass es dem Feind umso weniger auffiel, je schmutziger es war, auch wenn er sich manchmal nicht sicher war, ob es sich dabei nur um einen Aberglauben handelte. Innen jedoch hielt er die Waffe makellos sauber.

Ein junger Mann stolperte heran, offensichtlich noch nicht daran gewöhnt, sich im Schützengraben fortzubewegen.

»Ich bin H ... Hartley, Sir«, stammelte er und blickte Charlie aus weit aufgerissenen Augen besorgt an. »Äh ... ich bin Ihr neuer Späher ... Sir.«

»Kopf nach unten, Hartley!«, schrie Charlie und zog den Jungen grob hinunter. »Hast du einen Spiegel?«

»Ja, Sir.«

»Gut.« Er wies auf die obere Kante ihres Schützengrabens. »Das ist deine Zimmerdecke. Komm nie auf den Gedanken, darüber hinwegzublicken.« Er drehte sich um und musterte das sommersprossige Gesicht. »Du willst doch heute Abend noch am Leben sein, oder?«

»Ja, Sir.« Bestürzt starrte der Junge ihn an.

»Erzähl mir von deinem Mädchen!«

Hartley errötete unter den Schlammspritzern auf seinen Wangen. »Es wäre schön, wenn ich eins hätte.«

»Oh, bald musst du die Frauen abwehren, das verspreche ich dir. Du wirst ein Held sein.«

Der Junge grinste schief, aber sein Lächeln erstarb sofort, als plötzlich ringsum Artilleriefeuer ausbrach. Die Hand, die den Spiegel hielt, zitterte, und der Atem des Jungen beschleunigte sich. Das musste aufhören, wenn er überleben wollte, selbst wenn es nur der heutige Tag war. »Woher kommst du, Hartley?« Sie warteten auf das allgemeine Signal, das die Männer in Bewegung versetzte, aber Charlie musste den Neuling ablenken und ihn am Reden halten.

»Aus Burnley, Sir.«

»Ich kenne Burnley. Woher da genau?«

»Queen's Road, S ... Sir.« Hartley drückte sich eng an die Wand des Schützengrabens.

Charlie merkte, dass es den Jungen alle Willenskraft kostete, nicht einfach die Augen zu schließen und laut zu schreien. Im Plauderton fuhr Charlie fort. »Ah ja. Das ist angeblich die einzige Straße im Land, die so heißt. Das macht sie einzigartig. Wusstest du das?«

»Nein, Sir. Ich glaube, ich verstehe Sie nicht, Sir.«

Charlie untersuchte weiterhin sein Gewehr, damit alles parat war, wenn er seine Fähigkeiten einsetzen musste. »Nun, es gibt wahrscheinlich zahlreiche Straßen, die King's Road, Princes Lane oder sogar Hartley Street heißen. Aber es gibt nur eine einzige Queen's Road in ganz England, und genau dort wohnst du.«

»Mann!« Hartley kratzte sich unter dem Helm am Kopf. Er klang aufrichtig beeindruckt, und Charlie wusste, dass es ihm gelungen war, die Aufmerksamkeit des Jungen von der Angst und der Scham abzulenken, die auch er selbst empfand. »Das muss ich meiner Mutter schreiben, Sir. Sie wird baff sein.«

»Ja, schreib ihr am besten gleich heute Abend.«

Von der deutschen Front her ertönten Maschinengewehrsalven.

Charlie rückte den Helm des Jungen zurecht und wies auf den Spiegel. »Darin ist deine Welt enthalten. Hör nicht auf das Gewehrfeuer! Achte nicht auf die anderen Soldaten! Lass dich nicht ablenken! Schau nur in den Spiegel! Halt ihn hoch ... höher ... noch ein bisschen höher. So. Und jetzt lass dir Zeit. Ich möchte, dass du mir hilfst, die feindlichen Schützen auszumachen, vor allem aber den Scharfschützen. In diesem Abschnitt gibt es nur einen einzigen, und auf den habe ich es abgesehen. Siehst du irgendetwas, das für mich interessant sein könnte, Hartley?«, fragte er leise.

»Nein, Sir.«

»Mach langsam! Ich habe ihn Adolph Topperwein getauft«, gestand Charlie. Dann duckte er sich noch ein bisschen tiefer in den Schützengraben, bis er schließlich auf Augenhöhe mit Hartley war. Der hatte ein richtiges Kindergesicht, wirkte jünger als die meisten Siebzehnjährigen. Wie sollte er diesen Halbwüchsigen nur am Leben erhalten?

»Warum?«

»Es gibt einen Mann«, begann er und machte sich erneut an seiner Waffe zu schaffen. »Der reiste durch Amerika und trat dort als treffsicherer Schütze auf. Er konnte die Umrisse eines Indianerhäuptlings mit Kugeln nachzeichnen. Das war sein berühmter Trick. Er hatte den deutschen Namen Adolph Topperwein. Deshalb habe ich den gerissenen Schützen uns gegenüber genauso getauft. Er ist der Beste, den ich je erlebt habe. In den letzten Tagen haben wir allein durch ihn vier Männer verloren. Ich will nicht auch noch einen fünften verlieren.«

»Dann wollen wir ihn mal erwischen, Sir.« Hartley grinste.

»Ein Scharfschütze muss Geduld haben«, fuhr Charlie fort. Er musste schreien, da ringsum die Welt explodierte. »Ganz gleich, was passiert, ich muss ruhig bleiben und gleichmäßig atmen – eigentlich sogar langsamer als sonst –, und auf klare Sicht auf das Ziel warten.«

Zufrieden warf Charlie einen Blick auf die Männer seiner Kompanie. Die nervöse Spannung unter den Soldaten war mit Händen zu greifen. Allen war klar, dass der Tod auf sie lauerte. Die meisten von denen, die aus dem Schützengraben flohen, kamen nicht zurück, und sie konnten ganz bestimmt auch nicht weiter vordringen. Hinter ihrer Stellung donnerte das Geschützfeuer. Nichts war mehr zu verstehen inmitten dieses Höllenlärms. Es war, als spielten Hunderte von Orchestern gleichzeitig so misstönend und so laut wie möglich.

Charlie stellte sich vor, wie der Dirigent die Musiker anwies. *So viele Beckenschläge und Trommelwirbel, wie ihr schafft. Setzt eure Muskeln ein, Jungs!*

Eine Granate explodierte in ihrem Schützengraben, und es zerriss ihm das Herz, als er sah, wie sich Hartley mit angstverzerrtem Gesicht duckte. Die Schreie der Männer waren leise im Vergleich zum Toben der Waffen – wie Triangelgeklimper in der schrecklichen Symphonie –, und doch hörte er sie. Es schien, als könne nur er den Tod hören, denn die Männer, die die Granate getroffen hatte, waren gestorben, ohne dass die Soldaten wenige Meter weiter etwas davon mitbekamen. Sie waren einfach weg, wie Royce, in einem Moment noch da, im nächsten tot. Aber jemand musste ihre letzten Atemzüge bezeugen. Und dieser Jemand war Charlie. Der treffsichere Captain mit dem guten Gehör und einem Herzen, dessen Vorhandensein ihm nur deshalb bewusst war, weil es immer weiterschlug. Er hörte das Keuchen und wünschte den Gefallenen Frieden.

»Spiegel, Hartley!«, schrie er. »Konzentrier dich auf den Spiegel! Und denk daran, wir müssen nur heute überleben. Heute ist der letzte Tag unserer Viertageschicht. Danach sind wir erst einmal wieder in der Reserve. Das schaffst du doch, oder?«

»Ja, Sir!«

»Guter Junge. Gehen wir an die Arbeit!«

Von der anderen Seite knatterten die Stakkatoschüsse der Maschinengewehre ihren mörderischen Refrain inmitten des Feuers und der Explosionen. Ganz in der Nähe spritzte Schlamm auf, und Charlie spähte suchend durch das dämmerige Licht. Als der zweite Pfiff ertönte, setzte strömender Regen ein.

Obwohl die Männer außer sich vor Angst waren, machten sie sich bereit, aus dem Schützengraben hinauszusteigen, sorgfältig darauf bedacht, nicht auszurutschen. Jeder suchte in Gedanken den besten Weg über das hügelige Schlachtfeld, das sich rasch in eine Kraterlandschaft verwandelte, die einen Mann innerhalb weniger Augenblicke verschlingen konnte. Charlie spürte, wie sein ganzer Körper prickelte, ein animalischer Instinkt, der bedeutete, dass jeder Nerv aufs Äußerste gespannt war und er nur noch funktionierte. Keine innere Auseinandersetzung darüber, ob er sich der Bedrohung stellen oder fliehen sollte. Der Geist hatte gewonnen, der Körper ergab sich und gehorchte. *Wir kämpfen!*, wies sein Bewusstsein jeden Muskel an.

Kein Wind heute. Hoffentlich also kein Chlorgas, obwohl es mittlerweile in den Granaten steckte und die Hilfe der Natur nicht mehr benötigte. Trotzdem zog er die verhasste Maske ab. Für seine Schüsse brauchte er keine besondere Berechnung mehr. Aber es herrschte ein solcher Lärm, dass er dies dem armen Hartley nicht mehr mitteilen konnte. Charlie holte tief Luft, atmete langsam aus und dann noch einmal tief ein. Der letzte Atemzug war sogar noch tiefer, und während er schmerzhaft langsam die Lunge leerte, hielt er die Luft an. Ein letzter Blick, er legte den Finger auf den Abzug und sah das verräterische Blinken eines Maschinengewehrs im gegenüberliegenden Schützengraben. Triumphierend kniff er die Augen zusammen und drückte den Abzug sanft hinunter. Mit einem freudigen Seufzer verließ die Kugel den Lauf, nachdem sie endlich ein Ziel hatte. Sie flog auf ihr Opfer zu, und kurz darauf sah Charlie, wie der Kopf eines Mannes zurückfiel, während ihm das Gewehr gegen die Schulter schlug. Langsam ließ Charlie den Abzug wieder zurückgleiten und genoss einen kurzen Moment lang insgeheim seinen guten Schuss. Das Ergebnis seiner Treffsicherheit bereitete ihm keine Freude. Wenn er zu lange innehielt, um darüber nachzudenken, was der Todesschuss für die Familie dieses Mannes und seine Liebsten bedeutete, dann verlor er die Beherrschung. Das wusste er genau. Rasch machte er weiter. Dadurch gewannen seine Leute Zeit, aber dieser Soldat war nicht die Beute gewesen, auf die er es abgesehen hatte.

Der dritte Pfiff kreischte wie ein Vogel in Panik, und seine Männer kletterten auf den Rand des mit Sandsäcken gesicherten Schützengrabens. Charlie sah einige sofort fallen, ihre Körper zuckten und sprangen hoch, als die Kugeln sie trafen. Sie sanken nach hinten oder zur Seite wie Stoffpuppen. Da er keine Lust hatte, sich das Gemetzel anzusehen, konzentrierte er sich auf den Blick durch sein Zielfernrohr. Dabei beobachtete er, wie der Kopf eines Mannes förmlich explodierte, als ein Geschütz ihn traf. Der Körper bewegte sich kopflos noch eine volle Umdrehung lang, bevor er wie ein halb leerer Mehlsack zusammenbrach. Charlie schloss die Augen und wandte den Blick ab. *Halt Ausschau nach Topperwein!*

Rote und schwefelgelbe Blitze brachen vor den feindlichen Linien aus, und das Maschinengewehrfeuer, das gerade erst losgegangen war, schwieg erneut. Charlie spähte durch sein Zielfernrohr in das Chaos. Als sich sein Blick daran gewöhnt hatte, entdeckte er, wie die Infanterie vorwärtsstolperte, bis zu den Knien im Schlamm. Die Männer schleppten sich von einem mühsamen Schritt zum nächsten, achtzig Pfund Ausrüstung auf dem Rücken, die Gewehre im Anschlag. Alles ringsum war so desolat wie Charlies Gemütszustand. Früher war dies bestimmt einmal eine hübsche Landschaft gewesen, mit einer pittoresken mittelalterlichen Stadt, die berühmt war für ihre Tuchherstellung. Jetzt standen hier nur noch schwarze Baumstümpfe; das frische Grün war einem Sumpf gewichen, bedeckt mit den Überresten des Krieges: Metall, Holz, Gummi und Leichen.

Allmählich glaubte er, dass es trotz aller Risiken, die er einging, wohl keine deutsche Kugel oder Granate gab, auf der sein Name stand. Keine Bombe würde ihn töten. Kurz überlegte er, ob er nicht einfach aus dem Schützengraben klettern und auf den Feind zulaufen sollte, um seine Theorie zu überprüfen. Wenn sie stimmte, dann konnte er jede Menge feindliche Soldaten erledigen, bevor er verwundet wurde. Und wenn er unrecht hatte ... nun ja, selbst der Tod war besser als das, was er hier erlebte. Das war doch kein Leben. Nicht einmal eine Existenz. Er kam sich vor wie ein gefangenes Tier, das noch kurze Zeit überlebt, indem es seinen Jäger anknurrt.

Er hatte gar nicht gemerkt, dass er sich bewegte, bis Hartley ihn am Ärmel packte. »Sir?«

Aber Charlie riss sich los und robbte zur grob zusammengezimmerten Leiter. »Hartley, vergiss nicht, deiner Mutter zu schreiben!« Er stieg nach oben und marschierte los ... freier, als er sich in der letzten Zeit im Schützengraben gefühlt hatte. Sofern der sumpfige Boden es zuließ, konnte er sogar aufrecht gehen. Er trug keinen schweren Rucksack auf dem Rücken, er hatte nur sein Gewehr. Er würde so viele Feinde erschießen, wie es ihm nur möglich war. Anerkennung brauchte er dafür nicht.

Er prallte gegen einen herumtaumelnden Soldaten, und als der Mann sich umdrehte, sah Charlie, dass sein halbes Gesicht weggerissen worden war. Der Soldat brach in seinen Armen zusammen. Charlie ließ ihn zu Boden sinken. Erneut überfiel ihn der heiße Schmerz der Verzweiflung. Wieder ein Sohn einer Mutter. Und wofür war er gestorben? Für ein kleines Stück Land? Sollten sie es doch behalten, um Himmels willen. Ein weiterer Soldat stolperte über ihn hinweg, während er bei dem Toten hockte.

»Beweg dich!«, schrie er, die Augen vor Angst weit aufgerissen.

Sobald er inmitten des Chaos und des Rauchs besser sehen konnte, würde er auf die Deutschen zielen. Zum Teufel, er würde sich einen Weg zu diesem Scharfschützen freischießen und ...

Charlie hörte die Explosion nicht, er spürte nur ihre Wirkung. Er wusste nicht mehr, dass er auf den Rücken gefallen war, hatte keine Ahnung, wie lange er dort gelegen hatte, ob er bewusstlos oder nur benommen gewesen war. Dann tastete er nach seinem Gewehr. Es lag nicht in greifbarer Nähe. Schließlich überprüfte er, ob er unversehrt geblieben war. An den Händen fühlte er klebriges Blut, konnte die Füße indes bewegen. Aber schob er sich nun dem britischen Schützengraben oder den feindlichen Linien entgegen? Er wusste es nicht. Konnte er noch alle seine Finger bewegen? Offensichtlich. Also war er vielleicht gar nicht so schlimm verletzt. Irgendetwas war gebrochen, vielleicht eine Rippe. Irgendwo pochte ein ferner Schmerz, und er fühlte sich plötzlich ganz so, als hätte er Watte im Kopf und könne nicht mehr klar denken.

Eine weitere Explosion. Ein Teil eines Schrapnells verpasste ihn um Millimeter, bespritzte ihn mit Schlamm, und harmlose Metallteilchen landeten auf seinen Stiefeln. Er konnte nicht sagen, ob die Bombe von Freund oder Feind kam. In der Nähe hörte er Männer schreien, aber er sah sie nicht. Erschöpft sank er zurück, schloss die Augen und ließ seine Gedanken treiben.

Topperwein hatte natürlich kein Zielkreuz auf dem Helm, aber Charlie wusste einiges über ihn. Der Mann trug seinen Helm gern arrogant zurückgeschoben. Das Schießen ließ sich so leichter bewerkstelligen, das wusste Charlie. Aber lieber stellte er sich vor, dass Topperwein derartig von seiner Unbesiegbarkeit überzeugt war, dass er den Feind förmlich einlud, auf seine ungeschützte Stirn zu zielen. Er wusste auch, dass Topperwein orangerotes Haar hatte. Dick und so geschnitten, dass es hochstand wie karottenfarbenes Gras. Charlie brauchte diese beleidigenden Gedanken, damit er sein Feindbild aufrechterhalten konnte, denn der Scharfschütze konnte natürlich nichts für seine Haarfarbe oder die Tatsache, dass auch er treffsicher war.

Mit der Zeit fühlte sich Charlie stärker. Er hatte Schmerzen, aber vermutlich rührten die von keinem Bruch her. Wahrscheinlich waren es blaue Flecken und ein Klingeln in den Ohren. *Bleib still liegen!*, befahl er sich. *Warte auf den Abend!*

Bleiben Sie am Leben, Charlie!, hörte er Schwester Ellens Stimme.

Ich kann nicht sterben, wollte er seinen Männern sagen, vor allem dem Major, der angesichts seines Ungehorsams sicher außer sich vor Wut wäre. *Ich muss Adolph erwischen,* flehte er stumm.

Dann beobachtete er, wie die Deutschen eine Rakete hochjagten. Sie beleuchtete die gesamte Umgebung, und ihm war klar, dass der Feind auf jede Bewegung achtete, damit sie im Niemandsland lebende Kameraden bergen konnten. Also stellte er sich tot und wartete, bis das Licht wieder erlosch. Erneut zündeten die Gegner eine Rakete, und wieder bewegte er keinen Muskel, weil er wusste, dass Topperwein die Gefallenen durch sein Zielfernrohr scharf beobachtete. Er hörte, wie eine Kugel pfiff und in der Nähe auf etwas Weiches traf. Vermutlich war sie auf dem gefallenen Soldaten gelandet. Er war froh, dass der arme Kerl schon vor Stunden gestorben war. Bis zuletzt hatte er leise gestöhnt und den Namen einer Frau gerufen. Wahrscheinlich hatte Topperwein die Rakete abgefeuert, aber trotz dieser Einschüchterung rührte sich Charlie nicht. Er vertraute auf seine Unbesiegbarkeit.

Die zweite Rakete erlosch, und auf beiden Seiten schienen sich die Soldaten zu entspannen. Für heute waren die Deutschen fertig. Doch am Abend würde noch ein weiterer Mann sterben, und zwar durch seine Kugel, gelobte sich Charlie innerlich. Die Abendluft glitt kühl über sein Gesicht, trocknete den Schlamm auf seinem Kampfanzug. Vielleicht war er sogar unsichtbar. Trotzdem hätte er gern Hartley an seiner Seite gehabt, damit der ihm Bericht erstattete. Und der Major erwog hoffentlich, einen Köder auszulegen, um ihm zu helfen, auch wenn er über Charlies Alleingang sicher verärgert war.

Charlie ließ sich Zeit. Er konzentrierte sich nicht auf die verstreichenden Minuten, sondern versuchte, an nichts zu denken, und bewegte die Finger, um sie warm zu halten. Er würde einfach noch warten, falls die eigene Seite ihm doch noch helfen konnte. Diese Zeit wollte er nutzen, um sich schon einmal in eine schießbereite Haltung zu begeben. Langsam wie eine Katze, die sich anschleicht, drehte er sich in unmerklichen Bewegungen. Es dauerte eine Ewigkeit, bis er endlich auf dem Bauch lag, mit aufgestützten Ellbogen, das Gewehr bequem auf der Schulter. *Gott segne Sie, Major,* dachte er, als er hörte, wie ein Lied gepfiffen wurde. Es war der Code seiner Kompanie. Diese Melodie bedeutete, dass ein Täuschungsmanöver bevorstand. Gelächter ertönte, und die Männer im Schützengraben stimmten *Happy Birthday to you* an. Aber er wartete weiterhin, denn der Major hatte sicher noch etwas vor. Ein Leuchtsignal flackerte auf, um die Herkunft des Gesangs zu orten.

Charlie lächelte grimmig und spähte in die entsprechende Richtung. Der Gesang hatte die Aufmerksamkeit der Deutschen und damit auch die von Topperwein erregt. Er hielt sein Gewehr so zärtlich wie eine Geliebte und kroch vom britischen Schützengraben weg. Langsam und stetig, mit winzigen Bewegungen und zunehmendem Selbstvertrauen, rutschte er auf den Knien so weit durch den Schlamm, wie er sich traute.

Wolken verdeckten den Mond wie Schwester Ellens Torfmoosverband, dessen Geruch ihn an englische Torfmoore erinnerte. Unter dem geisterhaften Mondlicht, das immer wieder durch die Wolken drang, und bevor er den Abzug drückte, gab er sich ein Versprechen. Sollte er den Krieg überleben, wollte er das Leben heller und leichter gestalten. Gefangen zwischen zwei Schützengräben und in einem Land, in dem niemand aufrecht gehen konnte, gelobte er in der Einsamkeit der schrecklichen Umgebung, die er nur mit Leichen teilte, dass er sich auf seine Ausbildung als Chemiker besinnen würde. Er würde eine Destillerie für edlen Whisky oder Gin eröffnen oder an der Entwicklung neuer Medikamente aus Naturstoffen wie dem Moos auf seinem Kopf arbeiten.

Erneut brach lautes Gelächter aus ... das war das Stichwort.

Im deutschen Schützengraben hustete jemand, und darauf richtete Charlie seine ganze Aufmerksamkeit. Leise atmete er ein und drehte den Kopf so langsam, wie ein zäher Tropfen Honig vom Löffel rinnt. Er hatte alle Zeit der Welt. Charlie schien es sowieso, als stünde die Welt still. Es gab keine Zeit mehr. Es gab nur ihn und Topperwein, und obwohl der Feind nichts ahnte, behielt Charlie ihn im Visier. Und da war er, geisterhaft im blassen Mondlicht. Ein Streichholz war aufgeflammt, eine Zigarette angezündet worden, und ein Mann hatte sich aufgerichtet. Heute Abend trug er keinen Helm, und sein schlecht geschnittenes orangerotes Haar leuchtete. Das war Topperwein, arrogant und überzeugt davon, dass ihn niemand sah. Er richtete sich sogar auf und streckte den Rücken. Ja, er rauchte sogar eine Zigarette. Charlie sah die Glut über dem Rand des Schützengrabens aufleuchten. Von seinem eigenen Schützengraben aus hätte er niemals eine so klare Sicht gehabt.

Quälend langsam, Zentimeter für Zentimeter, rückte Charlie sein Gewehr auf der Schulter zurecht. Seine Beine waren mittlerweile schon ganz taub vom kalten Schlamm, aber er war bereit. »Na los, Topperwein!«, flüsterte er. »Zeig dich noch einmal!«

Laute Stimmen drangen aus seinem Schützengraben, um von ihm abzulenken. Das war seine einzige Chance. Vielleicht musste Topperwein die Gliedmaßen strecken, um sich auf das Gemetzel des morgigen Tags vorzubereiten. Auf jeden Fall konnte Charlie seinen Gegner ganz klar erkennen. Eine Lücke zwischen den Sandsäcken gab den Blick auf den Mann frei, den er so verabscheute. Charlie hielt den Atem an, blickte mit zusammengekniffenen Augen durch sein Zielfernrohr. Langsam drückte er den Abzug nach unten und wartete auf den Rückschlag an der Schulter.

»Leb wohl«, hauchte er. Als der Kopf des Rothaarigen zuckte, zog sich Charlie sofort zurück. Er konnte nur hoffen, dass jemand im Schützengraben nach ihm Ausschau hielt, denn seine tauben Beine gehorchten ihm kaum noch. Um Hilfe zu rufen, traute er sich nicht. Er hatte Angst, seine Position zu verraten. Die Deutschen verharrten noch im Schockzustand. Er hörte sie laut schreien.

»Packt mich!«, rief er, erstaunt über seinen Lebenswillen.

Starke Hände packten seine Stiefel und zogen ihn unsanft nach unten. Er rutschte aus, und wie ein großer Fisch in ein Boot glitt er in den Schützengraben. Dann versank er in einem Tümpel aus schlammigem Wasser, hielt jedoch geistesgegenwärtig sein Gewehr hoch, damit es nicht nass wurde. Die anderen Soldaten schlugen ihm auf den Rücken und zogen ihn unter wilden Glückwünschen heraus. Charlie wusste nicht, ob er lachen oder weinen sollte, wahrscheinlich tat er beides.

»Haltet die Köpfe unten, Männer!«, bellte der Major.

»Captain Nash! Sie sind ein verdammt ungehorsamer Mistkerl. Aber auch ein Held«, setzte er leiser hinzu.

»Wer hat mich hereingezogen?« Charlie blickte sich um. »Hartley? Er hatte Angst, dass ...«

Der Major blinzelte. »Hartley ist tot, Junge. Nachdem Sie weg waren, hat es Ihren Teil des Schützengrabens schwer erwischt.«

Charlie starrte ihn an. Seine Erregung erlosch. »Sind Sie sicher?«

Der Major nickte. »Es tut mir leid, Nash.«

Der Major drückte ihm die Schulter, aber Charlie starrte nur blicklos in den Schlamm.

»Wir haben neue Befehle.«

Er bemerkte, dass diejenigen aus seiner Kompanie, die noch lebten, sich in Bewegung gesetzt hatten. Die Bombardierung dieses Schützengrabens würde bald das Problem einer anderen armen Einheit sein.

Charlie runzelte die Stirn. »Wohin, Sir?«

»Ein paar wohlverdiente freie Tage. Die Leicesters werden in die Region Marne geschickt, östlich von Paris. Dort ist es ruhig geworden, da die Deutschen sich in einige Festungen zurückgezogen haben. Und seit die Franzosen Reims gehalten haben, herrscht dort eine Pattsituation. Wir können uns die Haare schneiden lassen ... und vielleicht sogar ein bisschen französische Plörre trinken.«

»Reims und Épernay sind Champagnerland, Sir.«

»Na, da wissen Sie mehr als ich, Nash.«

»Warum gerade wir?«

»Sehen Sie sich doch um! Schon seit Wochen werden wir niedergemacht. Eigentlich will ich gar nicht wissen, wie viele Männer wir in den letzten Tagen verloren haben. Mir graut davor, die Informationen weiterzugeben, über die ich verfüge. Mir graut davor, dass schon wieder eine Ehefrau, schon wieder eine Mutter dieses entsetzliche Schreiben erhält. Aber ich muss. Und wenn jemand der Kompanie ein paar freie Tage in einer verschlafenen Gegend in Frankreich anbietet, dann sage ich nicht Nein. Machen Sie sich mit Ihren Männern fertig!«

Charlie nickte. Wenn sie tatsächlich in diese ruhige Region von Frankreich kamen, dann würde er Mrs. Hartley in der Queen's Road in Burnley einen Brief schreiben, um ihr mitzuteilen, dass ihr Sohn als Held gestorben war.

4

Reims
April 1918

Sophie, die alle außer sie selbst als Witwe betrachteten, stand im großen Kirchenschiff der Kathedrale, als die Stadt wieder brannte. Sie dachte an den ersten Angriff auf den Kirchenbau zu Beginn des Krieges, im September 1914. Die meisten hatten Angst gehabt, aber Sophie hatte nichts als Wut empfunden, vor allem, als der Bürgermeister von Reims alle in einem Schreiben zur Ruhe aufgefordert hatte. Reims sei eine *offene Stadt*, hatte er verkündet, was im Wesentlichen bedeutete, dass die deutsche Armee ohne jeden Widerstand durchmarschieren konnte. Es war ihr sauer aufgestoßen, dass der Bürgermeister dem Feind einen jubelnden Empfang auf dem Weg in die Hauptstadt bereiten wollte, während ihr Mann für Frankreichs Sicherheit kämpfte. Wenn Paris falle, seien sie verloren, hatte sie ihm entgegnet. Er hatte gerade sie als prominente Bürgerin um Unterstützung gebeten, damit alle am Leben blieben.

Beim Anblick der brennenden Kathedrale war sie fassungslos gewesen. Riesige schwarze Rauchsäulen waren in den Himmel aufgestiegen, als das hastig errichtete Gerüst in Flammen aufging, das die Fassade und das prächtige Rosettenfenster schützen sollten. Zwei Wälder hatten ihre Bäume für das Dach gespendet, und Sophie trauerte um diese verglühenden Wälder. Die Bleiverglasung war geschmolzen, und es blieben nur noch nackte Stege übrig, die das Tageslicht hereinließen. Zwei Könige hatten in den vergangenen Jahrhunderten Mittel zur Verfügung gestellt, um das Dach zu errichten, und jetzt war es nicht mehr vorhanden, genau wie seine damaligen Wohltäter. Betroffen war auch der Bischofspalast. Die beiden Könige, welche die Vision zum Bau der Kathedrale gehabt hatten, und auch jene, die seitdem an diesen heiligen Ort gepilgert waren, hatten sich am Altar salben und krönen lassen. Und das unter den Farben der Buntglasfenster, die sie in ihr Regenbogenlicht hüllten. Auf diesen Grundmauern hatte fünfzehnhundert Jahre lang eine Kirche gestanden, und jetzt war sie in einem einzigen Handstreich von einer Armee des zwanzigsten Jahrhunderts zerstört worden. Insgeheim glaubte Sophie, dass der Feind sich die Kathedrale vorgenommen hatte, um Frankreich mitzuteilen, dass weder prunkvolle Bauten noch Monarchen dem Land jetzt noch helfen konnten. Der Brand traf mitten ins Herz der stolzen französischen Geschichte.

An diesem Tag waren die Kämpfe seltsam verhalten. Trotzdem hörte sie den bedrohlichen Lärm einer massiven Frühlingsoffensive. Die Realität würde sich als hundertmal schlimmer erweisen, wenn sie an die letzten Jahre dachte. Sie blickte auf die einst so hochragenden Mauern ihrer prächtigen Kathedrale, deren Schutt den Boden bedeckte.

»Unfassbar, dass es sich wiederholt.« Der Priester war neben sie getreten.

»Es geschah mit Absicht, Vater.«

»Nein, das haben die Deutschen abgestritten«, entgegnete er, ihrer Meinung nach viel zu naiv.

Sie warf ihm einen nachsichtigen Blick zu. »Sie nutzen

die Türme der Kathedrale als Ziel, um ihre Zielfernrohre daran auszurichten. Sie wollen die Stadt in Schutt und Asche legen. Sie lügen uns an, und wir pflegen ihre Männer gesund.«

»Verlieren Sie nicht den Glauben an sich oder an uns, Madame Delancré!«

Seit Jerome nicht mehr lebte, nannte Sophie niemand mehr bei ihrem Ehenamen. Sie waren nicht lange genug verheiratet gewesen, damit der Name in aller Munde war. Jeder, auch sie selbst, fand es einfacher, jenen Namen zu benutzen, unter dem man sie immer gekannt hatte.

»Nun, Vater, derzeit können wir uns jedenfalls nicht länger darauf verlassen, dass hier Verwundete gepflegt werden, ob es nun Franzosen, Deutsche, Engländer oder Australier sind.«

»Unten ist noch reichlich Platz«, widersprach der Geistliche.

»Ja, aber die Verwundeten brauchen frische Luft, um zu gesunden. Die Katakomben retten unseren Leuten das Leben, aber die Luft dort unten macht sie noch kränker. Sie ist ungesund.« Sophie seufzte. »Wir brauchen nicht nur ein Hospiz für die Genesenden, wir müssen auch Platz für weitere Verwundete schaffen.«

»Ich weiß, dass Sie alles in Ihrer Macht Stehende tun, Sophie.« Er war einer der wenigen Personen, die sie beim Vornamen nannten, wenn er ihrer Meinung war. »Die Frauen sehen trotz ihrer Jugend zu Ihnen auf.«

Sophie lächelte traurig und nickte. »Meine Schultern sind breit genug. Ich möchte rasch nach unten gehen.«

»Wie lange können Sie bleiben?«

Sie zuckte mit den Achseln. »Zumindest heute ... ich muss meine Weinfelder rings um Reims in Augenschein nehmen. Immerhin ist jetzt eine wichtige Zeit für uns.«

»Aber es sind nur noch wenige übrig, oder?«, meinte der Priester, offensichtlich entsetzt über ihr Vorhaben.

»Trotzdem muss ich die ersten Knospen mit ebenso viel Zärtlichkeit schützen, wie ich es bei einem Neugeborenen in den Katakomben täte.«

»Aber es ist eiskalt draußen.«

Er hatte natürlich recht. »Sie könnten trotzdem sterben. Das ist der Lebenszyklus in den Weinbergen. Aber die Weinstöcke haben seit Jahrhunderten für uns gesorgt, Vater, jetzt müssen wir für sie sorgen. Gerade Sie sollten wissen, dass wir mit fast religiöser Innigkeit an unserem Land hängen.« Ihre Stimme klang leicht, denn es sollte sich auf keinen Fall nach einer Anklage anhören. Aber der Priester wirkte trotzdem niedergeschlagen und seufzte verständnisvoll. »Da die Waffen heute ruhiger sind«, fuhr Sophie fort, »kehre ich im Schutz der Dämmerung vielleicht nach Épernay zurück. Vorher schaue ich aber noch in der Schule und im Lazarett nach dem Rechten.«

»Wir haben kaum noch Desinfektionsmittel und Verbände. Können Sie Ihre Kontakte beim Militär nutzen? Saint Just ist hier.« Sophie warf ihm einen frustrierten Blick zu.

»Ich weiß, ich weiß, Sophie. Mir macht es auch keinen Spaß, so vom Wohlwollen wichtiger Leute abhängig zu sein, aber ...« Flehend hob er die Hände. »Wir versuchen, das Leben ihrer Soldaten zu retten.«

Sie betrachtete die zahlreichen feindlichen Verwundeten, die eng beieinander neben einer hoch aufragenden Säule der Kathedrale lagen. »Es wird immer schwieriger, die Leute davon zu überzeugen, wenn wir uns zunehmend auch um deutsche Soldaten kümmern.«

»Unter Gottes Dach sind alle gleich.«

»Das wird Gaston de Saint Just sicher verstehen.« Wieder

blieb sie betont sachlich. Der Priester war einer der wenigen wirklich guten Menschen auf der Welt. »Auf Wiedersehen, Vater. Ich rede mit ihm, wenn ich ihn das nächste Mal sehe.«

Als sie ging, wandte er sich um und betrachtete den entweihten heiligen Raum mit einer Verzweiflung, die sie förmlich spürte. Regen hatte eingesetzt. Das Wasser lief an den Wänden herunter, und die Kathedrale schien zu weinen. Aber sie konnte sich jetzt nicht mehr damit befassen. Der Krieg hatte sie pragmatisch gemacht. Sie konnte die Kirche nicht wiederherstellen, sie konnte sich nur um ihre Leute kümmern.

Auf der Straße entdeckte Sophie eine der Lehrerinnen, die vier Kinder begleitete, von denen keines älter als fünf Jahre war. Sie hielten sich an den Händen und bewegten sich wie ein Schleppnetz hinter einem Boot. Aufgeregt blickten sie zu den Wolken hinauf. Verständlicherweise waren sie blass, weil sie selten an die frische Luft kamen. Die meiste Zeit lebten sie in den unterirdischen Kreidegruben der Stadt. Die waren ursprünglich angelegt worden, um in den Gewölben Champagner zu lagern. Der einzige Junge in der Gruppe, der kleine Gilbert, grinste sie an. Es berührte Sophies Herz, wie glücklich er in diesem Moment war. Ihnen allen blieben nur die einfachsten Freuden. Selbst sie, die wohlhabender war als viele andere, musste sich an den kleinen Dingen erfreuen ... wie an diesem Lächeln.

Ach, wie schön wäre es gewesen, wenn sie von Jerome schwanger gewesen wäre, als er in den Krieg zog. Ein Kind großzuziehen und zu beschützen, hätte ihrem Leben mehr Sinn gegeben. Aber in der kurzen Zeit ihrer Ehe war sie nicht schwanger geworden, und das schmerzte sie zutiefst.

»Bonjour, Madame Delancré!«, rief die Frau und wies die Kinder an, es ihr nachzutun.

»Guten Morgen, Madame«, sagten sie im Chor.

»Hallo, Kinder!« Sophie strahlte. »Geht es Ihnen gut, Madame Rondeau?«

»Wir geben uns Mühe«, erwiderte die Lehrerin. »Da die Waffen gerade schweigen, tut den Kindern ein kurzer Spaziergang durch die Stadt sicher gut. Alle haben Atemprobleme.«

»Kann ich irgendetwas für sie tun?« Sophie runzelte die Stirn.

»Ja, vielleicht dafür sorgen, dass nicht mehr geschossen wird«, erwiderte die Lehrerin mit schiefem Lächeln.

»Wenn ich ein Gewehr hätte, würden alle erschossen«, sagte der Junge.

»Oh, Gilbert, sei still!«

Sophie ging vor dem kleinen Jungen in die Hocke und blickte ihm unverwandt ins Gesicht. »Wir brauchen dich dort unten in den Katakomben. Du musst stark sein und alle in deiner Klasse beschützen.«

»Die haben Angst, nur ich nicht«, versicherte er ihr und hustete.

Das klingt tatsächlich nicht gut, dachte Sophie. »Ich schicke Ihnen einige Kräuter«, versprach sie der Lehrerin. »Regelmäßiges Inhalieren täte dem Jungen sicher gut.«

»Danke. Ich weiß gar nicht, wie Sie das alles schaffen, Madame.«

»Ich kann gut verhandeln.« Sophie lächelte. »Sagen Sie seiner Mutter, die Kräuter kommen heute Abend. Wo genau halten Sie sich in den Katakomben auf?«

Die Lehrerin beschrieb ihr die Örtlichkeit, und Sophie nickte. »Auf Wiedersehen, Kinder. Hört auf Madame Rondeau und passt auf euch auf!«

Die Klasse verabschiedete sich und zog weiter. Zwei der Kinder hüpften und lachten trotz ihres Hustens, als ob sie noch nie einen schöneren Tag erlebt hätten. Die genagelten Sohlen ihrer Stiefel klapperten auf den glatten Pflastersteinen, die der Regenschauer zum Glänzen gebracht hatte. Sophie blickte ihnen nach und dachte daran, wie widerstandsfähig Kinder doch waren. Sie sollte von ihnen lernen, sagte sie sich. Die Kinder lebten im Moment. In diesem Gedanken lag etwas Tröstliches.

Vom Platz bog Sophie in eine der schmalen Verbindungsstraßen ein, die durch die Zerstörung nicht wiederzuerkennen waren. Auf jeder Straßenseite hatten Häuser und Geschäfte gestanden, doch jetzt bahnte sie sich vorsichtig ihren Weg durch geborstene Ziegelsteine und zerbrochenes Glas. Fensterläden hingen schief vor leeren Fensterhöhlen an Fassaden, die ein Windstoß jederzeit zum Einsturz bringen konnte. Sophie sah sich um und zwang sich zu einem Blick auf das verkohlte Skelett der Kathedrale hinter ihr. Die unersetzlichen Buntglasfenster waren zerstört, und aus diesem Blickwinkel sah es so aus, als hätte sie ein flaches Dach. Wie ein geisterhaftes schwarzes Zeugnis des Schlimmsten, zu dem die Menschheit fähig war, ragte sie empor, während in ihrem Innern und darunter, wo Nationalität keine Rolle spielte und das Leben kostbar war, das Beste passierte, was Menschen tun konnten.

In der Straße, durch die sie ging, waren nur die Laternen stehen geblieben. Sie schienen sie zu grüßen – wieder eine Überlebende –, als sie auf ihrem Weg zum Stadtsitz der Familie vorbeiging. Sie musste noch etwa zehn Minuten zügig den Berg hinaufsteigen, aber sie genoss den Marsch trotzdem. Es war eine Erleichterung, dass die Waffen schwiegen.

Als sie sich dem Stadthaus näherte, senkte sie den Blick,

um die Einschusslöcher in der Fassade ihrer einst so stolzen Villa nicht sehen zu müssen. Auch ihr Heim war den Schießübungen der Deutschen zum Opfer gefallen. Eine Ecke des Hauses, das sich seit über einem Jahrhundert in majestätischer Höhe am Stadtrand von Reims erhoben hatte, war unter dem ständigen Beschuss eingestürzt. Für Sophie sah es so aus, als beuge es vor den Deutschen die Knie.

Gaston, der Mann, mit dem sie sprechen musste, hatte sie angelächelt, als sie dies am Morgen der Zerstörung ihm gegenüber geäußert hatte.

»Sophie, vergiss niemals, dass *du* das Haus Delancré bist, nicht dieses Gebäude! Dieses Gebäude ist stumm und seelenlos. Du kannst gehen, sprechen, atmen, und du trägst die Erinnerungen an deine Familie in die Zukunft.«

»Und dann ist da noch Épernay«, hatte sie gemurmelt und tief Luft geholt, um sich zu beruhigen.

»Ja, und dann ist da noch Épernay, ein weiterer prächtiger Besitz der Familie Delancré ... und nicht zu vergessen das Schloss in Sézanne.« Gaston hatte ihr die Hände auf die Schultern gelegt, damit sie ihn ansah. »Deiner Familie gehören viele Häuser«, hatte er gesagt. »Man könnte sagen, ein jedes ist Delancré, aber ...« Er berührte ihre Schultern. »Aber jedes dieser Häuser besteht nur aus Stein und Mörtel, aus Ziegeln und Holz. Das Fleisch bist du ... Du bist die lebendige Verkörperung von Geist und Wissen der Delancrés. Du kannst nicht wiederaufgebaut werden wie dieses Gebäude. Also, soll der Feind doch ruhig deinen Besitz zerstören, deinem edlen Geist kann er nichts anhaben.«

Dies waren die richtigen Worte zur richtigen Zeit gewesen. So etwas brachte nur Gaston zustande, hatte es als ihr engster Freund schon seit ihrer Kindheit zustande gebracht.

»Sieh einfach nicht auf das Haus!«, hatte er ihr geraten. »Blick auf deine Füße, die darauf zugehen, und denk an etwas Wichtiges. Und dann geh nach unten! Anschauen musst du es erst wieder, wenn Frieden herrscht. Dann kannst du es instand setzen. Im Moment zählt nur, dass du in Sicherheit bist.«

Sie hatte seinen Rat befolgt, und als sie die Treppe in die Kreidegewölbe hinunterstieg, die sich unter dem Haus erstreckten, rief sie sich erneut in Erinnerung, dass sie in diesem Haus nicht aufgewachsen war. In Épernay, der Stadt der echten Erinnerungen, wo sie mit Jerome gelebt hatte, war es nicht so gefährlich wie in Reims.

Trotzdem war das Haus das Aushängeschild ihres Unternehmens, und darunter lagen die Keller der Stadt. Mehr als einhundert Gruben aus Kalkstein und Kreide, welche die Römer während der Belagerung von Gallien ausgehoben hatten, waren von ihrem Ururgroßvater Marcus Delancré erworben worden. Der gehörte zur vierten Generation der Champagner-Dynastie. Die Gewölbe bildeten ein kilometerlanges Labyrinth unter der Stadt, und die Keller waren nur ein kleiner Teil der Katakomben, auf denen sich die größtenteils zerstörte Stadt einst stolz erhoben hatte.

Sophie blieb auf der Treppe stehen, um zweimal tief einzuatmen. Das gehörte zu ihren Ritualen. Ganz gleich, wie ihre Stimmung war, ihr Körper reagierte jedes Mal positiv darauf. Manchmal hielt der dumpfe, tröstliche Geruch nach Kreide und Kalk länger an, manchmal, wie heute, war er nur ein flüchtiges Vergnügen, aber vorhanden war er immer und beruhigte sie.

Sie war noch nicht ganz in die Kühle eingetaucht, die sie unten in achtzehn Meter Tiefe erwartete. Für den Moment reichte es ihr, den einzigartigen Duft der Crayères einzuatmen. Zuerst war es, als schnuppere man an Pilzen ... es roch erdig. Ihre Hand glitt über die Wände, die sich feucht und doch seidig anfühlten. Die Kreide war porös, nahm Regen und die Feuchtigkeit auf, die von unten aufstieg. Sophie hielt sich die Fingerspitzen an die Nase, um erneut daran zu riechen; das hatte sie schon als Kind gemacht. Sie liebte den Duft der Kreide. Sie roch die Römer und Generationen ihrer Familie. Sie schmeckte die Atmosphäre, die diese Gewölbe bewahrten. Nur hier konnte der trockene, kühle, ja, sogar kreidige Geschmack entstehen, den die Welt an Champagner so schätzte. Die Crayères der Familie boten ihr und anderen Sicherheit. Und zugleich konnte in ihrem Schutz der junge Wein reifen.

Sie stieg weiter hinunter. Die glatten Wände wirkten leicht gelblich im Schein der Lampen, die in bestimmten Abständen angebracht waren. Als sie unten angelangt war, tat sie, was sie an diesem Punkt immer tat. Sie blickte nach oben an den Rand der ursprünglichen Grube. Tageslicht drang durch die kreisförmige kleine Öffnung, die in Reims auf Straßenniveau lag, während sich der Raum weiter unten weitete und in ein riesiges unterirdisches Gewölbe führte. Als Kind hatte sie die Vorstellung fasziniert, dass unter der grünen Landschaft ein geheimes Reich lag.

Sie umrundete eine Pfütze, die der Regen hinterlassen hatte, und eilte tiefer in die labyrinthische Welt hinein, die sich für sie wie ein zweites Zuhause anfühlte. Die Feuchtigkeit brächte vermutlich Krankheiten mit sich, und sie beschleunigte ihre Schritte. Sie hätte die schmalen Gänge blind durchqueren können. Andere brauchten Richtungspfeile und Wegweiser, um ihren Standort zu ermitteln, Sophie aber wusste ganz genau, wo sie sich aufhielt, und fand sich nicht nur in den Kreidegewölben ihrer Familie zurecht, sondern im gesamten Labyrinth unterhalb der Stadt. Das war bei allen Champagner-Familien so üblich, und die Kinder wurden schon früh an selbstständige Orientierung in den Kellern gewöhnt. Und so kam Sophie an zahllosen Reihen voller Flaschen mit Delancré-Champagner vorbei, die in ihren Gestellen lagerten. Dabei vermied sie es, an die vielen Diebstähle zu denken, die immer wieder vorkamen.

In der Ferne waren Stimmen zu hören. Ab sofort würde es belebter werden, nicht nur wegen des Lazaretts, sondern weil es hier viele Notunterkünfte gab. Manche waren nur durch Möbel voneinander abgetrennt, andere mit schweren Vorhängen. In diesen kleinen Nischen, in denen sich früher Flaschengestelle befunden hatten, kochten, lasen oder nähten jetzt Frauen im Kerzenschein. Sie wiegten ihre Kinder in den Schlaf und schrieben Briefe mit Bleistiftstummeln an ihre Liebsten in den Schützengräben.

Das Leben – oder zumindest das, was davon geblieben war – erinnerte an das Innere eines Bienenstocks; alle gingen ihrer Arbeit nach. Stadtratssitzungen fanden statt, Schulstunden und Turnunterricht, in der Apotheke wurden Medikamente ausgegeben. Das Rathaus war ebenso wie andere wichtige Dienststellen einschließlich der Polizei und der Feuerwehr in die Welt unter der Stadt gezogen.

Es gab nur wenig Licht, Kerzen und Öllampen wurden sorgfältig gehütet, und doch bewegten sich alle im Rhythmus des Tageslichts. Erstaunt stellte Sophie fest, dass selbst die Kanarienvögel, die in den dunklen, nur schwach erhellten Kreidekellern lebten, ohne Mithilfe der Sonne ihre Melodien zwitscherten.

Sie beobachtete eine ältere Frau, die eifrig strickte, begleitet vom Gesang ihres Kanarienvogels. Die Frau lächelte leise, es war ein Bild völliger Zufriedenheit. Selbst in den dunkelsten Ecken setzte sich der menschliche Geist durch.

Sophie freute sich nicht auf das Treffen, das vor ihr lag, aber es war nötig. Sie betrat ein unterirdisches Café, eines von mehreren, und hob grüßend die Hand, als sie den Mann sah, den man gebeten hatte, hier auf sie zu warten. Bei seinem Anblick wurde ihr klar, dass es schon wieder Frühling geworden war. Und der Krieg ging unablässig weiter. Wie waren die fast vier Jahre vergangen, seit Jerome in den Krieg gezogen war? Wohin waren die fast drei Jahre entschwunden, in denen sie um ihn getrauert hatte? Diese Fragen quälten sie, aber nur dann, wenn sie allein in ihrem Bett lag. Ansonsten gestattete sie sich kein Selbstmitleid und verbannte jeden Gedanken an Jerome tief in ihrem Innersten. So fiel es ihr leichter, einen Fuß vor den anderen zu setzen. Indem sie anderen Menschen half, half sie sich selbst. Aber dafür brauchte sie manchmal eben auch die Unterstützung von Menschen wie dem Mann, der jetzt vor ihr stand.

»Du liebe Güte, Sophie! Wir haben uns ja lange nicht gesehen«, bemerkte Louis Méa. Der kleine Korbstuhl ächzte protestierend, als er sich darauf niederließ.

Sie hatte sich vorgenommen, Jeromes Bruder zugänglich und sogar herzlich entgegenzutreten, zumal er sich die Zeit genommen hatte und gekommen war. Wahrscheinlich nutzte er die Gelegenheit, um nach dem Haus und dem Geschäft in Avize zu schauen, aber sie durfte nicht kleinlich sein. Schließlich gehörte er zur Familie. Doch noch wichtiger war, dass Louis über hervorragende Verbindungen verfügte ... und nur das zählte für sie im Augenblick. »Louis, es tut mir leid, dass wir nicht ...«

Er unterbrach sie mit einem Zungenschnalzen. »Du

brauchst dich nicht zu entschuldigen, liebe Sophie. Wir sind ja zusammen, und ich bin hocherfreut, dass dieses Treffen möglich ist. Dein Brief kam zur rechten Zeit.« Er erklärte nicht den Grund dafür, sondern fuhr fort. »Ich bin entzückt, dich zu sehen. Du siehst bezaubernd aus wie immer, meine Liebe. Darf ich sagen, dass der Krieg dir gut steht?« Sophie schwieg und schenkte ihm lediglich ein halbes Lächeln. »Ich würde dich natürlich lieber in einem prächtigeren Gewand sehen. Aber ich müsste lügen, meine Liebe, wenn ich nicht zugäbe, dass du in dieser strengen Kleidung sehr kraftvoll wirkst.«

»Das trage ich immer, wenn ich im Lazarett helfe«, erwiderte sie und blickte an dem dunkelgrauen Kleid mit dem knöchellangen schmalen Rock hinunter. Sie hatte lediglich ihre Schürze abgelegt, da es immer so lange dauerte, sie zu stärken und zu bügeln. Bezaubernd? Düster traf es wohl eher.

»Nun, das hier ist mir neu«, bemerkte Louis und blickte sich in dem Raum um, der zu einem beliebten Café geworden war, seit die Stadt Reims sich im Untergrund neu erfunden hatte. »Ich hatte ja keine Ahnung, dass ihr alle Geschöpfe der Unterwelt geworden seid.« Er gluckste, als wäre das Leben nie fröhlicher gewesen.

»Bei deiner Ankunft hast du ja sicher gesehen, dass von Reims nicht viel übrig geblieben ist«, sagte Sophie, die sorgfältig darauf achtete, dass sich nicht der leiseste Unterton von Verachtung in ihre Stimme schlich. »Wir hatten keine Wahl. Es ist ein Glück, dass es diese Gewölbe unter der Stadt gibt.«

Er nickte. »Auch in Paris kommt es zu Einschränkungen ...« Das glaubte sie nicht, wenn sie seinen Leibesumfang betrachtete. Er war wesentlich runder geworden, als sie ihn in Erinnerung hatte. Die Leute hier unten in den Champagner-Kellern wirkten dagegen wie Gespenster. Dünn, blass, ohne Lebenskraft. Das lag an der unterirdischen Existenz, wo Sonne und frische Luft sie nie erreichten. Ganz abgesehen davon, dass sie so dicht an der Front lebten, was alle an den Rand der Verzweiflung brachte. »Das ist wirklich faszinierend, meine Liebe«, meinte er. Sicher versuchte er, nicht herablassend zu klingen, aber es gelang ihm nicht.

»Wie ist es dir ergangen, Louis?« In ihre Frage legte sie so viel Anteilnahme wie möglich.

Die tanzenden Flammen der wenigen Kerzen in dem unterirdischen Café schufen eine Grabesatmosphäre, die Louis gut zu Gesicht stand, wie Sophie fand. Er gab sich gern lebhaft, aber Sophie hielt dieses Verhalten für Theater. Sie war davon überzeugt, dass er die Kühle der Schatten bevorzugte. Trotz seiner blutroten Krawatte, die – wahrscheinlich unabsichtlich – zu seinen Lippen passte, standen ihm Grautöne am besten.

Er fuhr sich mit der Zunge über die Lippen. »Recht gut, Sophie, danke. Ich freue mich über deine Einladung, mehr noch, sie berührt mich sehr. Wir haben den gleichen Nachnamen, wir trauern beide um die gleiche Person, wir sind durch die gleichen Interessen miteinander verbunden. Du und ich, wir haben viel gemeinsam.«

Sophie blinzelte. Louis wollte auf etwas hinaus und verschwendete offenbar keine Zeit. Sie tat es ihm gleich und ersparte sich höfliches Geplänkel. »Ich gebe zu, es gibt einen Grund, warum ich dich hergebeten habe«, sagte sie.

»Da bin ich mir sicher.« Er tätschelte ihr die Hand. Seine wurstähnlichen Finger lagen auf ihren. Sie waren weich und leicht feucht. Ob er den Siegelring mit dem Familienwappen wohl noch vom kleinen Finger ziehen konnte? Sie bezweifelte es. Er war tief in das Fleisch eingebettet, und wie er ihn davon lösen wollte, konnte sie sich nicht vorstellen. Da halfen kein Öl und keine Seife. Sie widerstand der Versuchung, ihre Hand wegzuziehen, und richtete den Blick auf seine schmalen Augen. Als sie sah, dass er sie intensiv beobachtete, war sie froh, dass sie sich beherrscht hatte. Er stellte sie auf die Probe. »Es wäre schön, wenn wir uns näherstünden«, fuhr er fort. »Und ich möchte dich ermutigen, mich jederzeit um Hilfe zu bitten.«

Sophie lächelte verlegen. »Das ist großzügig, Louis, danke. Dann lass uns auf die Familie trinken!« Sie ergriff die Flasche Champagner, die sie mitgebracht hatte. Es war ihre Marke, aber sie hatte sie im Café gekauft, damit die Inhaber Einnahmen hatten. »Das ist ein Jahrgangssekt vom Beginn des Krieges, kurz nachdem Jerome eingezogen wurde.«

Sie stießen an.

»Mmm, Sophie, meine Liebe! Der Champagner spricht meine Sinne auf gute Art an.«

Sie nickte, beeindruckt von seiner Bemerkung. »Es ist schockierend, nicht wahr, dass unser bester Jahrgang aus dem allerschrecklichsten Jahr stammt. Ich weiß noch, wie wir weinten, als wir ihn abfüllten und verkorkten.«

»Vielleicht liegt ja deine Trauer, die sicher exquisit in ihrem Schmerz ist, in diesem Getränk.« Die Bemerkung überraschte sie noch mehr. Sie hatte ihn nie gut genug kennengelernt, um einschätzen zu können, ob er Mitgefühl für andere empfand. Plötzlich war Sophie über sich selbst enttäuscht, weil sie sich Louis gegenüber von ihren Impulsen hatte leiten lassen. Bereits ihr Vater hatte ihr davon abgeraten. Jerome hatte ihr mehrmals versichert, dass Louis trotz seiner aufgeblasenen Art ein gutes Herz hatte. Doch ihr

Instinkt hatte ihr immer zugeraunt, dass Louis gierig war. Darauf hatte sie mehr vertraut als auf Jeromes Loyalität seinem Bruder gegenüber.

Er sehnt sich so sehr nach Liebe, hatte Jerome wiederholt gesagt.

»... und so ist er nie ganz verschwunden. Du kannst ihn immer wieder probieren, ihn schmecken ... ihn lieben«, erklärte Louis gerade.

Erneut blinzelte Sophie. Solche Zärtlichkeit hatte sie bei Jeromes Bruder gar nicht erwartet, aber sie kannte ihn ja auch wirklich nicht gut.

»Wie schön, dass du es so betrachtest, Louis, danke«, entgegnete Sophie. »Mir kommt es so vor, als wäre eine Ewigkeit vergangen, seit ich diesen Champagner gemacht habe. Die Zeit, kurz nachdem wir Jerome verloren haben, kommt mir so unwirklich vor ... eine dunkle, elende Höhle ohne jedes Licht, ohne Ausweg.«

»Und doch bist du herausgekommen.« Lächelnd legte Louis eine Hand an seine fette Wange, denn die Jahre waren nicht freundlich mit ihm umgegangen. »Und dieser Champagner enthält nichts Dunkles oder Grüblerisches«, fuhr er fort, hob sein Glas und bewunderte im schwachen Kerzenlicht das Aufsteigen der perlenden Bläschen.

Alle unterirdischen Cafés waren gut geführt, und Sophie verkaufte wie anderswo auch in diesem Café ihren Champagner zu ermäßigten Preisen. So wollte sie dazu beitragen, wenigstens ein kleines Gefühl der Normalität zu erhalten. Und so war in den letzten Jahren Champagner aus dem Haus Delancré fester Bestandteil zahlreicher stiller Feiern gewesen, von Geburtstagen, Jubiläen, Taufen und sogar Hochzeiten. Staunend hatte sie hier unten Menschen an Festtafeln gesehen, die Tafeln eingedeckt mit Leinentischwäsche, teurem Porzellan ... ja, sogar mit Kerzenleuchtern. Die Widerstandskraft der Menschen, die ihr Leben auch im Untergrund weiterführten, beeindruckte Sophie zutiefst. Selbst jetzt, da es gar nichts Besonderes zu feiern gab, konnte man sich einreden, dass das Leben nicht nur trübe war, solange man an einem kleinen Tisch saß und einen Aperitif oder ein Glas Champagner trank.

»Erzähl mir von diesem Jahrgang! Jerome sagte einmal, dich über Champagner reden zu hören sei so, als lausche man einem Gedicht.«

Sophie war berührt. Louis versuchte, charmant zu sein, das wollte sie anerkennen und ihm ebenso antworten. »Nun, ich höre das Rascheln von Seidenröcken in den Bläschen ...«, begann sie. »Hör doch!«

Lächelnd folgte er ihrer Aufforderung und hielt das Glas ans Ohr. Sein gelichtetes Haar wurde ausgeglichen durch lange Haarbüschel um die Ohren, die für seinen Kopf viel zu klein waren. Sie konnte die beiden Halbbrüder nicht vorurteilsfrei miteinander vergleichen, weil ihrer Meinung nach Jerome eindeutig der Attraktivere gewesen war. Für den älteren Bruder war dies in der Jugend bestimmt nicht immer leicht gewesen. Jerome war nicht makellos gewesen. Er hatte sich beim Sturz von einem Pflaumenbaum die Nase gebrochen und davon eine tiefe Kerbe zurückbehalten. Ein Auge war ein wenig kleiner gewesen als das andere, und wenn er gegrinst hatte, war nur auf einer Wange ein Grübchen entstanden, aber Sophie hatte diese Unvollkommenheiten geliebt. Sie hatten Jerome ein verwegenes Aussehen verliehen. Ihr Mann war hoffnungslos unordentlich gewesen. Oft auch ungeschickt, er hatte Dinge fallen gelassen, war an Möbelstücke gestoßen, sein Haar war selten ordentlich gekämmt gewesen, und er hatte immer unrasiert ausgesehen, selbst wenn er sich gerade rasiert hatte. Plötzlich spürte Sophie das Kratzen seiner Bartstoppeln auf ihrer Haut. Alle Flaschen in ihren Kellern hätte sie hergegeben, um sie noch einmal zu fühlen

Im Gegensatz zu Jerome war sein Bruder blass, aufgeschwemmt, trotz seiner Rundlichkeit sehr gepflegt, sicher und sparsam in seinen Bewegungen ... an Louis war nichts Offenes, Sorgloses oder Verträumtes. Sein Verstand war schnell und beweglich, während sie bei Jerome immer darüber hatte lachen müssen, wie lange es dauerte, bis er etwas kapierte, ob es sich um einen einfachen Scherz oder um eine Anspielung handelte. Er hatte seine Mitmenschen nicht durchschaut, denn er war viel zu vertrauensselig gewesen. Jerome hatte seiner Frau gegenüber einmal zugegeben, dass er alle wichtigen Entscheidungen Louis überließ, weil er sich auf seine eigene Umsicht nicht verlassen konnte. »Außer dass ich mich in dich verliebt habe«, hatte er gesagt. »Das war mein scharfsinnigster Moment.« Sie hatte diesen Satz nie ganz verstanden, aber es bestand kein Zweifel, dass Jeromes Bruder entschlossen, nüchtern und zielorientiert war. Sie hatte keine Ahnung, welche Rolle er in Paris spielte, aber sie wusste, dass es etwas von Bedeutung war. Er gehörte zur Regierung, und da sie Louis kannte, hatte er wahrscheinlich auch die besten Beziehungen, auf die er gegebenenfalls zurückgreifen konnte. Aber es war Jeromes aufrichtige, unkomplizierte Art gewesen, die sie angezogen hatte. Wenn es um Liebe ging, legte sie keinen Wert auf einen schwierigen Charakter.

»Wo warst du gerade in Gedanken?« Louis hob fragend die buschigen Brauen. Ihm entging nichts. »Lass die Erinnerung ruhen, Sophie!«

Er beobachtete sie. Sie seufzte. »Das kann ich nicht.«

»Er ist schon seit drei Jahren tot.«

»Nicht tot, Louis. Er wird vermisst.«

Zustimmend neigte er den Kopf. »Aber du hättest mittlerweile doch etwas gehört, wenn er tatsächlich vermisst wäre«, entgegnete er im Plauderton. Sophie senkte den Blick. »Würde er noch leben, meine Liebe, hätten uns schon längst verschiedene Behörden kontaktiert, selbst wenn Jerome es wegen einer Verwundung nicht selbst tun könnte.«

»Er könnte an Gedächtnisverlust leiden.«

Louis lächelte nachsichtig. »Das französische Rote Kreuz ist über jeden Kriegsgefangenen in deutschen Gefängnissen informiert. Du liest doch die Gefangenenlisten, oder?«

»Ja, sehr sorgfältig.«

»Ich auch, meine Liebe. Bis jetzt habe ich seinen Namen noch auf keiner Liste gefunden.«

Eine Pause entstand, und sie wusste nicht, wie sie sie füllen sollte. Louis fand die Überleitung.

»Lass uns von etwas Fröhlicherem reden! Soll ich dir berichten, was ich in deinem köstlichen Champagner höre?«

Sophie rang sich ein Lächeln ab.

»Ich höre, wie Frauen miteinander plaudern«,

»Das klingt bezaubernd, Louis«, erwiderte sie aufrichtig überrascht. »Genau das solltest du hören, neckendes Flüstern und schelmisches Plaudern. Und jetzt sag mir, was du siehst.«

»Ich sehe die perlenden Bläschen ganz nach oben streben.«

»Sie bilden die sogenannte Collerette ... kristallklar und strahlenförmig. Ich wünschte, du könntest es im Sonnenlicht sehen.«

»Eines Tages, wenn dieser elende Krieg vorbei ist, werden wir das wieder können«, versicherte er ihr. Seine Bemerkung klang irgendwie besitzergreifend und löste einen seltsamen Alarm in ihr aus.

»Wie würdest du die Farbe beschreiben?«, wich sie aus.

»In diesem Licht fast wie Silber«, antwortete er, ganz bei der Sache.

»Louis, wenn ich dir so zuhöre, könnte ich glauben, dass du Champagner produzierst.«

Bescheiden hob er die Schultern. »Nein ... lass dich nicht täuschen! Ich trinke ihn sehr gern, und genau wie dir macht es mir Freude, über Wein zu sprechen. Ich weiß noch, wie dein Vater uns beeindruckte, als er uns auf die graugoldene Farbe hinwies.«

Sophie lächelte. Daran hatte sie auch gerade gedacht, es gefiel ihr, dass er sich so klar an ihren Vater erinnerte. »Und er sagte immer, dass diese Bläschen zu winzigem Goldflitter zerplatzen, sodass die Collerette aussieht wie eine glitzernde Halskette aus Diamanten.«

Er lächelte sie über den Rand seines Glases an. »Wundervoll beschrieben. Sophie, ich muss gestehen, ich empfinde nichts als Bewunderung für dich. Und dass du trotz der unseligen Umstände etwas so Köstliches herstellst, ist unglaublich.«

»Das bin ja nicht nur ich. Es gibt so viele tapfere Frauen, alte Männer, ja, sogar Kinder, die mir auf den Feldern helfen.«

»Du nimmst viel zu viele Risiken auf dich.«

»Das ist meine Art, Frankreich zu verteidigen. Ich muss etwas tun. Ihr Männer habt wenigstens eine sinnvolle Aufgabe.« Die Äußerung war großzügig, wenn sie bedachte, dass Louis die meiste Zeit am Schreibtisch in relativer Sicherheit in Paris saß.

»Ihr arbeitet tatsächlich unter Beschuss auf den Feldern?« Louis' Tonfall klang neckend. Er tat sicher sein Bestes, aber er wusste nichts von der Angst, die alle jedes Mal empfanden, wenn sie in Jeromes Weinbergen arbeiteten.

»Ich weiß, dass ich unserem Feind draußen auf den Feldern die Stirn biete. Jede Frau, die mich begleitet, jedes Kind, jeder alte Mann, der lieber zu den Waffen griffe und Frankreich verteidigen würde, sie alle wissen, dass wir mit unserer Arbeit den Angreifern unseren Widerstand zeigen.«

»Dein Mut ist beispiellos, aber nicht viele deiner Arbeiter werden überleben, wenn sie sich weiterhin nicht um die Angriffe kümmern, und ich fürchte, auch du nicht. Es wird noch viel schlimmer kommen.«

»Warum sagst du das?« Schockiert blickte sie ihn an. »In der letzten Zeit war es so ruhig. Was weißt du?«

Er schüttelte den Kopf. »Ich höre so einiges, meine Liebe. Zufällig weiß ich, dass die meisten kampferprobten Truppen aus Flandern verlegt wurden und sich jetzt hier in der Marne-Region aufhalten. Angeblich, um neue Kraft zu schöpfen.« Seine feuchten Lippen legten sich um den Rand des Champagnerglases und erinnerten sie an Nacktschnecken. Er seufzte entzückt, als er einen Schluck trank. »Aber die Regierung misstraut der Waffenruhe.« Stirnrunzelnd lauschte Sophie Louis' Ausführungen. »Uns allen ist Folgendes klar«, fuhr er fort und deutete nach oben. »Dies ist die Route, den unsere Feinde einschlagen werden.« Als sie zustimmend nickte, sprach er weiter. »Man hat mir noch etwas anderes verraten«, sagte er kryptisch und tippte sich an die Nase, die gebogen war wie der Schnabel eines Raubvogels. »Die deutschen Streitkräfte werden von ihrem Weg nach Paris nicht abweichen, solange dieser Krieg andauert.« Sie dachte nicht mehr an die Spritzigkeit ihres Champagners, als ihr die Bedeutung dieses Satzes aufging. »Liebste Sophie, ich weiß, dass wir uns nie besonders nahegestanden haben, aber jetzt ist es an der Zeit, dass ich als einzig verbliebenes Familienmitglied meine Rolle als dein Beschützer übernehme.«

Die Vorstellung, dass deutsche Truppen erneut durch Reims marschierten, entsetzte sie so sehr, dass es einen Augenblick dauerte, bis die Frage in ihr Bewusstsein durchsickerte. Sie schüttelte den Kopf. »Was meinst du damit? Wie denn?«

»Indem du für eine Weile nach Paris kommst.« Er zuckte mit den Achseln. »Weg von hier, Sophie, weg von diesen dunklen Kellergewölben, den Verletzten und dem Krieg, der bald wieder mit voller Wucht ausbrechen wird.«

»Das ist nicht dein Ernst, Louis, oder?«

»Doch, sicher. Ich habe meinem Bruder versprochen, dass ich mich um dich kümmere. Bisher habe ich nicht darauf bestanden. Schließlich weiß ich, dass du einen unabhängigen Geist besitzt, aber allmählich wird es für euch alle hier lebensgefährlich.«

Und was ist mit den anderen?, hätte sie am liebsten gefragt. »So wie du es sagst, klingt es so, als wäre es bisher nicht gefährlich gewesen«, erwiderte sie so gleichmütig wie möglich. »Wir leben täglich mit der Gefahr.«

»Das, was kommt, wird um vieles schlimmer werden.«

Sophie zog sich der Magen zusammen.

»Ich kann nicht riskieren, dass du hierbleibst«, fuhr er fort, und sein Tonfall änderte sich, der Plauderton verschwand. »Hör zu, ich sage es jetzt einfach. Ich finde, wir sollten heiraten.«

Hätte er sie mitten ins Gesicht geschlagen, wäre sie nicht überraschter gewesen. Ungläubig starrte sie ihn an. Sie konnte ihr Entsetzen nur mit Mühe verbergen.

»Heiraten?«, wiederholte sie mit erstickter Stimme.

»Sophie, meine Liebe, dieser Vorschlag ist sicher ein Schock für dich, und du musst mir auch nicht sofort antworten, aber es wäre aus vielen Gründen der richtige Schritt. Wir können festigen, was unsere beiden Familien verband, bevor die Deutschen unsere Heimat überfielen. Das war nie wichtiger als jetzt. Und ich kann die Forderung meines Bruders einlösen, dass ich die Frau beschützen soll, die er liebte.«

Liebt, korrigierte sie ihn in stummer Verzweiflung.

»Eine Ehe verleiht dir alle Privilegien, die ich genieße, und das sind nicht wenige«, brüstete er sich, besaß zumindest aber so viel Anstand, den Blick beschämt zu senken. »Sophie, ich würde alles schützen, was dir am Herzen liegt.«

Du nähmst es dir, willst du wohl sagen, tobte Sophies innere Stimme.

»Und wir könnten eine Familie gründen, damit unser Stammbaum erhalten bleibt. Du wirst nicht jünger. Und ich spüre mein Alter auch schon«, gestand er und klopfte sich auf den üppigen Bauch. Offenbar suchte er einen Weg, ihr schockiertes Schweigen zu durchbrechen. Sie sollte erkennen, wie rational und vernünftig sein Angebot war. Bevor sie etwas erwidern konnte, hob er die Hand, als wolle er ihre Einwände abblocken. »Ich erwarte keine schnelle Antwort, meine Liebe. Ich bilde mir keinen Moment lang ein, dass du mich aus Zuneigung heiraten würdest. Nein, Sophie, ich weiß, du liebst meinen Bruder, und das soll sich auch nicht ändern. Aber das muss auch nicht so sein. Die Ehe zwischen uns beiden müsste aus zahlreichen Gründen eine strategische Entscheidung sein. Du denkst vielleicht anders darüber, aber ich möchte dir sagen, dass ich meinen Bruder auf meine Art geliebt habe. Das wusste er auch. Im

Gegensatz zu dir halte ich ihn für tot. Seine Seele fände sicher Frieden in dem Wissen, dass sich ein Mann um dich kümmert, der seinen Namen trägt, ein Mann, der das Familienvermögen nicht verschwendet, und vor allem ein Mann, der dir Schutz gewährt. Also, denk bitte darüber nach! Hinzufügen möchte ich, dass du dein Leben nicht drastisch ändern sollst. Wenn erst einmal wieder Frieden herrscht – und dieser Fall wird eintreten –, kannst du einen Haushalt in Épernay und natürlich auch in Reims führen. Ich würde weiterhin in meiner Wohnung in Paris leben und Avize besuchen, wenn es sein muss. Wir können getrennt und durchaus zufrieden unser Leben führen.«

Sie wartete, bis er geendet hatte. Es war ihm gelungen, einen so fern liegenden, schrecklichen Gedanken nicht nur pragmatisch, sondern tatsächlich auch ganz einfach klingen zu lassen. Es war schockierend, und das war ihrer erstickten Stimme anzuhören. »Louis, ich muss dich fragen«, sagte sie und räusperte sich. »Was hättest du denn davon?«

»Außer dem Offensichtlichen, meinst du?«

Sie blinzelte. »Was wäre das Offensichtliche?«

»Eine schöne, intelligente, tüchtige Ehefrau natürlich. Eine Frau, die meinem Intellekt gewachsen ist ... vielleicht sogar einige Interessen mit mir teilt, aber im Wesentlichen eine Ehefrau, die ich mit Stolz in meine Kreise einführen kann.«

Ein Schmuckstück, dachte sie. *Du willst mit mir glänzen.* »Nun gut.« Sie nickte. »Und jetzt sag mir, was du abgesehen vom Offensichtlichen gewinnst!«

Sein dünnes Lächeln reichte nicht bis zu den Augen. Louis konnte wahrscheinlich gar nicht richtig lächeln, und er wusste auch nicht, wie sich das anfühlte. »Ich möchte eine Familie, meine Liebe, deshalb ...« Er gab sich den Anschein, verlegen zu sein, aber da er sich bei seinen Worten über die Lippen leckte, wirkte er eher lasziv. Wahrscheinlich unabsichtlich, aber trotzdem unübersehbar. »Diese wichtige Pflicht müsste berücksichtigt werden.« Sein Kichern klang trockener als ihr Champagner. Wieder streckte er ihr die Handflächen entgegen, damit sie nicht sofort antwortete. »Denk darüber nach! Keine Eile … Vielleicht können wir Gelegenheiten wie diese nutzen, um uns besser kennenzulernen. Sozusagen ein Neuanfang.« Sein Gesichtsausdruck hellte sich auf. »Nun«, sagte er lebhaft, »keinen Moment lang habe ich geglaubt, dass du mich zu einem Plauderstündchen eingeladen hast. Ich nehme an, ich kann dir irgendeinen Dienst erweisen. Vielleicht möchtest du dich auf mein Netzwerk aus wichtigen Kontakten stützen.« Louis schüttelte den Kopf, wobei sich sein Kinn mitbewegte. Er war wirklich zu gerissen für sie. »Du brauchst dich deswegen nicht zu schämen. So läuft es eben. Du erweist mir einen Gefallen, und ich werde dir einen erweisen … mit Vergnügen.« Er lächelte. »Ich stehe zu Diensten, Sophie, und möchte dir helfen. Wende dich immer zuerst an mich!«

Es verwirrte sie, wie weit er ihren Gedanken voraus war.

»Wir brauchen Vorräte, Louis«, sprudelte es aus ihr hervor. »Das Lazarett hat von allem zu wenig. Wir brauchen …«

»Betrachte dies als erledigt«, beteuerte er und winkte gelangweilt ab. »Stell eine Liste auf, bevor ich heute abreise. Ich lasse die Sachen mit dem nächsten Zug schicken.«

»Einfach so?«

Er zuckte mit den Achseln. »Für dich … ja. Vorausgesetzt, wir verstehen einander.«

Ein weiterer angsterregender Moment. Die Vorstellung, Louis könne mit ihr im Bett liegen, bereitete ihr Übelkeit, aber er schien ihre größte Schwäche zu kennen. Dass sie keine Familie hatte, war ein stetiger Schmerz, und der Gedanke an ein Kind von Louis war pragmatisch, wenn nicht sogar verführerisch. Ein echter Méa. Vielleicht. Das Kind konnte sie innig lieben, selbst wenn es ihr schwerfiel, den Vater zu mögen.

»Louis?«

Fragend blickte er sie an.

»Ich brauche deine Hilfe noch bei etwas anderem.«

»Darf ich raten? Hat es etwas damit zu tun, Jerome zu finden?«

»Du liest in mir wie in einem aufgeschlagenen Buch«, schmeichelte sie ihm. Dabei fand sie es furchtbar, dass sie so leicht zu durchschauen war. »Kannst du mir einen Kontakt zu jemandem herstellen, der eine gewisse Führungsposition beim Roten Kreuz innehat?«

»Zu welchem Zweck, meine Liebe?« Er klang nicht einmal überrascht. Sein Tonfall war gemessen, seine Stimme gleichmütig, als ob er sich darauf vorbereiten würde, einem Dummkopf etwas Komplexes zu erklären. »Die Information ändert sich nicht, ganz gleich, ob du hier im Untergrund in Reims bist oder vor einem Schreibtisch in Paris stehst.«

»Bitte, Louis, tu mir den Gefallen!« Sie wusste, dass sie verzweifelt klang. »Ich sage dir etwas«, fuhr sie fort, entschlossen, seine Taktik anzuwenden. »Sollen wir nicht zusammen in die Oper gehen? Vor langer Zeit hast du einmal geäußert, dass du die Oper liebst.«

Seine braunen Augen, deren Farbe im Dämmerlicht kaum zu erkennen war, glitzerten plötzlich. »Die Oper? Meine Güte, ist das verführerisch! Du verstehst es wirklich, mich zu locken, Sophie. Zahlst du mir mit gleicher Münze heim, meine Liebe?«

Sie konnte sich nicht vorstellen, dass Jerome so etwas jemals zu ihr gesagt hätte. Wie unterschiedlich sie waren, und doch schien Louis zu glauben, er könne sie glücklich machen.

»So sehe ich es eigentlich nicht«, erwiderte sie gleichmütig. »Wenn ich nach Paris komme, um mit jemandem vom Roten Kreuz zu sprechen, dann kann ich doch auch die Vorteile unserer schönen Hauptstadt genießen ... und mit dir die Oper besuchen, was ich bisher mit kaum jemandem getan habe.«

Die Schmeichelei wirkte, obwohl er vermutlich genau wusste, dass er manipuliert wurde. Er ließ sie nur zu, weil sie seinen Plänen entgegenkam. »In diesem Fall lasse ich Karten reservieren und schicke dir ein Telegramm, sobald ich ein Treffen mit dir vereinbart habe.«

Louis hob sein Glas, und ihr blieb nichts anderes übrig, als erneut mit ihm anzustoßen, als ob sie einen Handel besiegelten. Hoffentlich ging es noch nicht um die Hochzeit. Er wirkte jedenfalls äußerst zufrieden. »Erzähl mir doch bitte mehr über den Jahrgang 1914! Wir waren beim Geschmack angekommen, nicht wahr?«

Sophie rang sich ein Lächeln ab. Aus bitterer Erfahrung wusste sie, dass sie nur ihre Energie verschwendete, wenn sie sich bei jenen Aspekten des Lebens aufhielt, auf die sie keinen Einfluss hatte. Und sie brauchte ihre ganze Energie für das, was sie beeinflussen konnte.

Sie zwang sich zu einem leichten Tonfall und richtete sich bewusst auf. »Nun, der Geschmack ändert sich von Jahr zu Jahr. Da wir einen bestimmten Jahrgang trinken, schmecke ich die Fässer, in denen er seinen Geschmack entwickelt hat.«

Louis lächelte und blickte sie träge unter verhangenen Lidern an, als ob er schläfrig wäre.

Ermutigt sprach sie weiter. »Ich schmecke florale Noten,

weiße Freesie zum Beispiel, die ihren Duft verströmte, als die Ursprungsrebe dieser Trauben Früchte ansetzte. Und dann verändert er sich, je nach Atmosphäre, und unsere feuchten Gewölbe und der Kalkstein schenken uns das, was wir eine zweite Nase nennen ... komplexer, reifer, weniger hell auf der Zunge.«

»Sprich weiter!«, ermunterte er sie, als genösse er einfach nur den Klang ihrer Stimme.

Sophie fand Louis widerwärtig, aber sie lenkte sich selbst ab, indem sie über den Geschmack des außergewöhnlichen Champagners redete. »Ich stelle mir immer vor, dass dieser Jahrgang mit Blut kultiviert wurde. Und wenn ich ihn trinke, meine ich die Begeisterung der zweiundzwanzig Kinder zu spüren, die starben, als sie ihren Müttern und Großeltern bei der Weinlese halfen, während ihre Väter das Land verteidigten. Dieser Wein schmeckt immer frischer und spritziger als alle Jahrgänge, die danach kamen. Ich glaube fest daran, dass die Sorglosigkeit und das Lachen der Kinder darin eingefangen sind. Ihre Erinnerungen sind im leicht süßlichen Prickeln gespeichert, und die Fruchtigkeit, die auf der Zunge und am Gaumen spürbar ist, erinnert an ihre junge Haut.« Sie hatte gar nicht gemerkt, wie sehr die Rührung sie mittlerweile überwältigt hatte. Tränen waren ihr in die Augen getreten. »Verzeih mir!« Sie hasste es, ausgerechnet vor Louis so viel Schwäche zu zeigen.

Zu ihrer Überraschung nutzte er die Situation nicht aus. »Dann auf die Kinder von Reims, die ihr Leben für diesen Jahrgang gaben!«, rief er aus. »Ich erhebe mein Glas auf sie und auf dich, weil du in diesem Champagner die Erinnerung an sie lebendig hältst.«

Sophie nickte und trank. Wie bisher nach jedem Schluck seufzte er befriedigt.

»Bedauerst du deine Kinderlosigkeit?«, fragte er.

Das kam unerwartet. Einen Moment lang wusste sie nicht, ob sie sich verletzt fühlen sollte, und blitzte ihn an. Doch in seinen Augen stand nur eine aufrichtige Frage.

Sophie holte tief Luft. »Ich würde schrecklich gern die Hand von Jeromes Kind halten, in dem Wissen, dass er in seinem Sohn oder seiner Tochter bei uns wäre. Aber ehrlich gesagt wäre es mir als Mutter nicht möglich, so furchtlos zu sein, wie ich es bin.«

»Du zweifelst zu sehr an dir.«

»Du meinst, weil ich dann ein Kind hätte, für das es sich zu leben lohnt?«

»Nein, einfach nur, weil du eine wunderbare Mutter wärst. Dir liegt die Empathie im Blut. Und ich habe auch schon gehört, dass Kinder ihre Mütter tapferer machen.« Hörte sie da etwa einen wehmütigen Unterton? »Ich denke oft an meine Mutter und dass sie gestorben ist, bevor ich sie kennenlernen konnte. Mein Vater hat mir immer voller Bewunderung erzählt, wie mutig meine Mutter im Angesicht des Todes war. Noch auf dem Sterbebett sagte sie zu ihm, das Leben habe sich gelohnt, weil sie einen Sohn hinterlasse. Bevor sie ging, gab sie mir noch einen Beinamen ... sie nannte mich ihren *kleinen König*.« Während des Sprechens sah Louis Sophie unverwandt an. Es schien ihm nicht peinlich zu sein, von so viel Zärtlichkeit und Verlust zu sprechen. »Allmählich fühle ich mich bereit, Vater zu werden, für einen anderen Menschen wichtig zu sein.«

»Ja, in der Tat bedaure ich, dass Jerome und ich kein Kind hatten.«

»Dann müssen wir beide es eben erreichen, Sophie. Wenn uns das gelingt, sterben die Familien Delancré und Méa nicht aus. Wir haben eine Verantwortung zu tragen.«

Er leerte sein Glas. »Jetzt muss ich so langsam wieder zurück nach oben. Es war ein faszinierendes Treffen. Denk an deine Liste!« Sophie war entsetzt, wie beiläufig er von dem Wunsch gesprochen hatte, ein Kind mit ihr zu haben. Sie griff in ihre Tasche und zog zwei gefaltete Blätter Papier heraus, die sie ihm reichte. Sie musste sich zusammennehmen, damit ihre Hand nicht zitterte. »Ah, du bist natürlich gut vorbereitet gekommen!« Er lächelte, als ob sie gerade einen Geschäftsabschluss getätigt hätten. »Ich freue mich schon auf unsere gemeinsame Zeit in Paris.«

5

Épernay
April 1918

Nach ihrem Treffen mit Louis war Sophie sofort nach Épernay zurückgekehrt. Jetzt stand sie vor Étienne, ihrem zuverlässigsten Mitarbeiter, der bereits in den Achtzigern war, und musterte ihn verzweifelt. Die Frau neben ihnen hustete. Offensichtlich hatte sie die Krankheit verschleppt, die sie ereilt hatte. Trotzdem hatte sie weitergearbeitet.

»Sie haben Ihr Bestes getan, Yvette«, versicherte ihr Sophie. »Bitte gehen Sie nach Hause und kümmern sich um Ihre Kinder.« Leidend blickte die Frau auf und nickte müde. Doch Sophie musste darauf bestehen, dass sie sich wirklich daran hielt. Sie packte Yvette an den Schultern und drängte sie in Richtung Ausgang. »Ruhen Sie sich aus!«, befahl sie. »Meine Haushälterin verwaltet die Medikamente, die ich aus Reims mitgebracht habe. Nehmen Sie sich, was Sie brauchen.«

Sie blickten der Frau nach, und schließlich wandten sich Étienne und sie schweigend wieder den wenigen Säcken Zucker zu, die noch im Lager verblieben waren.

»Wie konnte sie es so weit kommen lassen?«

Étienne seufzte. »Sie arbeitet aus Respekt und Pflichtgefühl, Madame. Eigentlich ist es ja die Arbeit ihres Mannes, und Paul hätte das nie zugelassen. Sie wissen das. Aber Yvette nicht.«

»Ich mache mir Vorwürfe.« Sophie stöhnte auf. »Ich hätte besser aufpassen sollen.«

»Lassen Sie uns aufrichtig sein, Madame! Wir sind uns doch einig, dass es keinen Unterschied gemacht hätte, ob sie es Ihnen im Winter oder jetzt gesagt hätte.«

»Aber ich hätte mich darauf einstellen können, Étienne. Ich hätte ...« Sie sprach ihren Gedanken nicht aus. Plötzlich überwältigten sie die Ereignisse, und sie schwieg.

»Madame, wir sollten uns lieber eine Lösung überlegen und nicht über vergossene Milch klagen.«

»Kein Zucker, kein Champagner ... die Gleichung ist einfach«, murmelte sie. Sie starrte auf die verbliebenen Säcke, die aus der Karibik hierher verschifft worden waren. »Als ich das letzte Mal nachschaute, hatten die kubanischen Zuckerproduzenten ihre Produktion verdoppelt, sogar verdreifacht. Mir kam nicht in den Sinn, dass die Lieferungen nicht ankommen.«

»Man hat zwar die Produktion erhöht, aber den Zucker in Kriegszeiten auf dem Seeweg zu transportieren ist wahrscheinlich ein Problem.«

»Was ist mit Afrika? Früher haben wir dort doch auch eingekauft.«

Er schüttelte den Kopf. »Im Moment ist das unmöglich.«

»Wann haben Sie entdeckt, dass wir nur noch über wenige Säcke verfügen?«

»Letzte Woche, Madame.« Mit offenem Mund starrte Sophie ihren Mitarbeiter an. Der zuckte mit den Achseln. »Ich habe versucht, das Problem allein zu lösen ... An den afrikanischen Produzenten habe ich auch gedacht, aber im Moment ist Zucker nirgends zu bekommen.«

Étienne wäre für ihre Familie gestorben, das wusste sie. »Auf keine Weise?«, fragte sie deshalb in freundlicherem Ton.

Er schüttelte den Kopf. »Man kann Zucker nicht kaufen, man kriegt ihn nicht durch Bestechung ... nicht einmal, wenn man ihn stiehlt. Ich glaube sogar, wir besitzen noch einige Säcke mehr als die anderen.«

Hilflosigkeit und Ohnmacht schnürten Sophie die Kehle zu. Im Geist sah sie schon, wie sich die Mauern um sie schlossen ... und außerhalb der Mauern stand Louis und lockte sie zu sich.

»Was ist mit Zuckerrüben? Das ist nicht gerade meine bevorzugte ...«

»Die Rübenfelder sind nur noch Schlamm und Schützengräben, Madame. Weder in Frankreich noch in Belgien gibt es Zuckerrüben.«

Das hatte Sophie sich schon gedacht, sie hatte nur noch eine Bestätigung gebraucht. Wieder schwiegen sie, bis sie es nicht länger ertragen konnte. »Gut.« Er blickte sie an und wartete auf ihre Anweisung. »Wir nehmen den letzten Zucker für die Flaschenabfüllung.«

Eigentlich brauchte er es nicht zu sagen, tat es aber trotzdem. »Und für die Tirage, Madame?«

Für diesen Prozess war Zucker sogar noch wichtiger, aber sie wussten beide, dass es überhaupt keinen Champagner geben würde, wenn sie jetzt nicht den Zucker zufügten, um die perlenden Bläschen hervorzurufen. Und was noch schlimmer war ... ihr Wein würde leiden und wäre letztendlich ganz verloren.

»Bis zur Tirage habe ich einen Plan.« Trotz ihrer optimistischen Worte fühlte sie sich machtlos. Wortlos nahm der kleine alte Mann, der seit ihrer Kindheit für ihre Familie arbeitete, sie in die Arme.

»Ganz bestimmt, Madame«, beteuerte er. Einen Moment lang schmiegte sie sich in seine Umarmung und weinte, aber sie ließ sich von der Verzweiflung nicht übermannen und fasste sich schnell wieder. Sein blindes Vertrauen rührte sie. Er war alt genug, um ihr Großvater zu sein, und sie profitierte von seinem Wissen und seiner Erfahrung.

»Sie nehmen am wenigsten Zucker in der ganzen Branche«, erklärte er. »Wenn jemand mit so wenig Zucker Champagner herstellen kann, dann Sie.«

Dankbar nickte sie. »Aber es reicht trotzdem nicht, Étienne. Wir wissen beide, dass wir mehr brauchen, und wir müssen Zucker auftreiben.« Ihre Gedanken überschlugen sich und landeten unglücklicherweise beim Bruder ihres Mannes, dessen Berührung sie in der Erinnerung immer noch als unangenehm empfand.

»Was wollen Sie tun?«

»Ich mache meinen Einfluss geltend«, versicherte sie ihm und plante im Geist schon ihre Reise nach Paris.

Was war schöner als Frühling in der schönsten aller Städte? Sophie erlaubte sich ein leises Lächeln, weil sie vor einem der eindrucksvollsten Gebäude der Stadt stand. Seit ihrer Kindheit hatte sie glückliche Erinnerungen an diesen Ort. Sie wünschte sich einen Abend in der Oper im Palais Garnier, wo sie für kurze Zeit ihre Sorgen und ihren Kummer vergessen und sich in der Musik verlieren konnte.

Leider musste sie dieses Erlebnis mit Louis Méa teilen, aber das war eben der Preis.

An diesem Abend gab es Rossini. Leichte Musik, amüsant und mit dem Motiv der Liebe. Hätte Jerome jemals in die Oper gehen wollen, dann hätte sie ihm Rossini empfohlen. Die Musik machte einfach Spaß, war oft laut und manchmal rasend schnell, genau wie er. Selbst ein schlecht gelauntes Publikum empfand das so, aber die Pariser Oper wirkte sich sowieso auf die Stimmung aus. Sie vermittelte dem Publikum eine fantastische neue Welt. Sophie brauchte bloß das prächtige Palais Garnier zu betreten, schon beschleunigte sich beim Anblick der funkelnden Opulenz und der kühnen Ausstattung ihr Puls. Überall strahlte es ... eine Mosaikdecke aus Muranoglas, allenthalben Spiegel, welche die Pracht reflektierten und dem Publikum die verstohlene Beobachtung der anderen Zuschauer ermöglichten. Jeder Raum schien den vorherigen an Glanz übertreffen zu wollen. Sophie aber wusste auch, wie funktional die prächtigen Räume mit ihrem Marmor, Stuck, dem Samt und den Vergoldungen in dem hufeisenförmigen Theater angelegt waren. Über allem hing der berüchtigte Kronleuchter aus massiver Bronze und Kristall, der das Auditorium mit dreihundertvierzig glitzernden Lichtern erhellte. Eines Abends war sein Kontergewicht herabgestürzt und hatte einen Gast getötet. Der Journalist Gaston Leroux hatte daraus einen Roman gemacht, *Das Phantom der Oper*, in dessen Mittelpunkt der Leuchter stand. Sophie betrachtete ihn und stellte sich den gesichtslosen Mann vor, der das berühmte Opernhaus bedrohte und Loge fünf bevorzugte. Sie warf einen Blick nach links, wo diese Loge hoch über der Bühne über der Königsloge hervorragte.

»Wusstest du, dass die Männer früher auf den Sperrsitzen sitzen mussten, während die Frauen oben in den Logen saßen, die mit roten Samtvorhängen zugezogen werden konnten?«, fragte sie Louis.

»Wie gut, dass es diese Regeln nicht mehr gibt!«, erwiderte er. Dabei hakte er sie noch fester ein und verweilte mit seinem Blick länger auf ihrem Nacken, als ihr lieb war. »Du siehst heute Abend bezaubernd aus, Sophie.«

In dem Kleid, das sie seit Jahren nicht mehr getragen hatte, einem ihrer Lieblingsstücke, weil Jerome es ihr geschenkt hatte, fühlte sie sich stark und selbstsicher. Deshalb antwortete sie auf Louis' Kompliment, statt sich davon eingeengt zu fühlen. »Sehen wir nicht alle großartig aus? Man könnte meinen, es gäbe keinen Krieg.«

Im Publikum saßen nur wenige Männer, doch immer noch so viele, dass sie überrascht war. In Reims und in Épernay sah sie keinen Mann im arbeitsfähigen Alter, es sei denn, er war verwundet oder erholte sich von seinen Verletzungen. Unwillkürlich fragte sie sich, ob sich Louis als ein einzelner Mann vielleicht unwohl fühlte, verwarf den Gedanken aber rasch wieder.

Sie war so lange nicht mehr in der Oper gewesen, sie musste sich zusammennehmen und sich konzentrieren, zumal sie ja diesen Ausflug nicht nur zu ihrem Vergnügen machte. Im Stillen rief sie sich den Augenblick ins Gedächtnis, als Jerome ihr die Schachtel mit dem Kleid überreicht hatte, das sie an diesem Abend trug.

»Die Farbe erinnert an die Erde meiner Weinfelder zu Beginn des Sommers«, hatte er gesagt, aber ihrer Meinung nach hatte er entschieden zu viel Fantasie. Das Kleid im Empirestil war von einem blassen Grün, eingefasst mit cremefarbener Seide, und das Mieder war mit rosa Perlen und Rosenknospen aus Chiffon bestickt. Es war ein hübsches Gewand mit einer bescheidenen Schleppe und Dreiviertelärmeln, von denen silberne Perlenstränge herabhingen. Sophie hatte sich die Haare hochgesteckt und wusste, sie sah für den Abend angemessen aus. Unglücklicherweise wirkte sie damit umso verführerischer auf Louis.

Erfreut stellte sie fest, dass sie sich mit wohlhabenden Freunden ihrer Eltern eine Loge teilte. Eine der Frauen war die Gattin eines Kaufmannes, den sie bei ihrer Zuckerkrise um Hilfe bitten wollte, bevor sie sich an Louis wandte. Lächelnd erzählte sie ihm, sie habe gerade eine Freundin gesehen, mit der sie seit Jahren nicht mehr gesprochen habe.

Auch die Frau hatte sie erblickt und winkte aufgeregt »Meine liebe Sophie!«, rief sie »So lange haben wir uns nicht mehr gesehen!«

Sophie trat auf die Freundin ihrer Mutter zu.

»Ja, seit Jahren nicht mehr«, erwiderte sie. »Verzeihen Sie, dass ich mich nicht gemeldet habe, Brigitte. Ich ...«

»Aber natürlich!« Die Frau lachte glucksend. »Die Welt ist verrückt geworden. Und warum solltest du dein schönes Épernay verlassen?«

Sophie hätte Madame Charpentier gern erklärt, dass Épernay dicht an der Front lag und das Leben dort nicht annähernd so sicher war, wie die schlecht informierte und wohlbehütete Pariserin annahm. Da sie aber mit ihrem Ehemann sprechen musste, schluckte sie die Bemerkung hinunter und lächelte freundlich.

»Sophie, meine Liebe ... hast du etwas von deinem attraktiven Ehemann gehört?«

»Nein, leider nicht.«

»Nun, es heißt ja, keine Nachricht ist eine gute Nachricht.«

»Tatsächlich? Ja, das hoffe ich sehr. Ich habe geschäftlich in Paris zu tun, Brigitte, und ich wollte Sie fragen ...«

»Oh, meine Liebe, wir wollen doch nicht von Geschäften reden! Darf ich dich meiner neuen Freundin vorstellen, Mademoiselle Guignon. Sie ist verlobt und wird niemand Geringeren heiraten als ...«

Sophie hörte nicht zu. Es kümmerte sie nicht, wessen Ring Mademoiselle Guignon trug. Deshalb hielt sie sich bei den beiden Damen gerade so lange auf, dass sie die junge Frau beglückwünschen konnte. Dann begab sie sich wieder nach hinten in die Loge, um ihre Strategie neu zu überdenken. Louis war in ein Gespräch vertieft, und so hatte sie ein wenig Zeit für sich selbst.

Ihre Nachbarin, die sich ähnlich wie sie nicht unter die plaudernde Menge mischen wollte, nickte ihr freundlich zu.

»Fühlen Sie sich in Ihrem Abendkleid genauso lächerlich wie ich, während überall in Europa Männer sterben?«

Erstaunt blickt sie in ein blasses rundes Gesicht. Die Frau hatte kupferfarbenes Haar, und lächelte sie mit ihrem schön geschwungenen Mund an. Sophie blinzelte und überlegte, ob sie beleidigt reagieren sollte. Als sie dem ruhigen Blick der Frau begegnete, stellte sie allerdings fest, dass ihre Gesprächspartnerin nur die eigenen Gedanken ausgesprochen hatte.

»Ich muss zugeben, dass ich Rossini liebe, aber ehrlich gesagt bin ich nicht hier, um mir den *Barbier von Sevilla* anzuhören. Ich versuche, Spendengelder aufzutreiben.« Sophie lächelte und schüttelte leicht den Kopf. »Ich brauche Zucker.«

Ihre Nachbarin runzelte die Stirn. »Habe ich Sie richtig verstanden?«

»Ich stelle Champagner her, und wir haben keinen Zucker mehr.«

»Ach ja, für die Gärung.«

Sophie riss die Augen auf. »Verstehen Sie etwas von der Champagnerproduktion?«

»Nicht wie Sie, aber ich bin Wissenschaftlerin. Ich verstehe etwas von der Chemie des Vorgangs, habe aber keine Ahnung, wie man Traubensaft in das fantastische Getränk verwandelt, an dem wir heute Abend nippen.«

»Ich bin Sophie Delancré. Es ist mir eine Freude, Sie kennenzulernen.«

Die ältere Frau lachte leise. »Dito, meine Liebe. Ich bin Marie Curie.«

Überrascht öffnete Sophie den Mund. Die Frau hatte bereits zweimal den Nobelpreis erhalten. »Es ist mir eine Ehre.«

»Das wäre nicht nötig, aber danke. Ich sollte Sie warnen, Sie sind nicht die Erste heute Abend, die mit dem Gatten Ihrer Freundin sprechen möchte.«

Sophie sank das Herz. »Wirklich?«

Marie Curie nickte. »Leider ja. Ich glaube, sie genießt die Aufmerksamkeit. Er hält sich vermutlich gar nicht in Paris auf.« Sophies Laune verschlechterte sich. »Im Gegensatz zu Ihnen brauche ich ihn gar nicht persönlich«, fuhr Marie Curie fort. »Ich will nur ein bisschen Geld von ihr.«

»Für die Forschung?«

Die Wissenschaftlerin schüttelte den Kopf. »Nein, ich baue mobile Röntgenstrahlenapparate für die Front. Dazu benötige ich dringend Spendengelder.«

Das Orchester hatte die Instrumente gestimmt, und die Lichter des großen Kronleuchters erloschen.

»Wir unterhalten uns später«, schlug Sophie vor.

In der Pause mied Sophie den überfüllten Spiegelsaal, der angelegt war wie der in Versailles. In einer ruhigen Ecke trank sie mit Marie Curie ein Glas Champagner. Sie stellte Louis der Wissenschaftlerin vor, und man unterhielt sich. Nach einer Weile linste Louis zum Spiegelsaal hinüber.

»Verzeihen Sie mir, meine Damen! Mir sind viele der Besucher bekannt, und alle möchten etwas von mir. Ich muss sie ... äh ... im Auge behalten.« Er wandte sich ab.

Lächelnd wandte sich Sophie an Marie Curie. »Ich habe gelesen, dass Sie zwei neue chemische Elemente entdeckt und Tumore mit Radium behandelt haben. Wie sehr bewundere ich Ihre Forschungsarbeit!«

»Es freut mich, dass Sie trotz ihrer Jugend mit meiner Arbeit vertraut sind. Danke! Es war ein schwerer Weg. Als berufstätige Frau wissen Sie sicher um die Schwierigkeit, seiner Berufung zu folgen, wenn man nicht gerade Lehrerin oder Krankenschwester sein möchte. Ein naturwissenschaftliches Studium, wie es für meinen Beruf erforderlich ist, war Mädchen in Polen verwehrt. Ich musste nach Frankreich auswandern, wo ich zum Glück Chemie, Mathematik und Physik studieren konnte.«

»Auf Französisch ...«

»Ja.« Die ältere Frau lachte. »Ich musste sehr schnell französisch lernen, um den Vorlesungen folgen zu können.«

Staunend schüttelte Sophie den Kopf. »Ich wusste zum Glück seit frühester Kindheit, wo meine Zukunft lag. Und mein Beruf ist eng mit meinem Nachnamen verbunden.«

Erneut lächelte ihre Gesprächspartnerin sie an. »Und doch schlagen Sie sich offenbar hervorragend in einer reinen Männerwelt.«

»Ich muss. Mein Mann ist Soldat und seit 1915 vermisst.« Sie zuckte mit den Achseln, um zu zeigen, dass sie nicht nach Mitleid heischte, merkte jedoch schnell, dass sie das auch nicht erwarten konnte. Madame Curie war wahrscheinlich zu klug, um leere Phrasen zu dreschen.

Sie musterte Sophie mit scharfem Blick. »Er wäre stolz auf Sie, dass Sie in seiner Abwesenheit stark bleiben.« Sie warf Louis, der ihr den Rücken zuwandte, einen skeptischen Blick zu.

Sophie seufzte. »Er hat hervorragende Beziehungen«, flüsterte sie. »Ich muss ihn auf meine Seite ziehen.«

»Seien Sie vorsichtig!«, warnte Madame Curie so leise, dass nur Sophie es hörte. In normaler Lautstärke sprach sie weiter. »Ich habe noch nicht vielen davon erzählt, aber mein Radium befindet sich sicher verpackt in einer bleiverstärkten Kiste und wird weit entfernt von Paris in einem geheimen Lager aufbewahrt.« Als Sophie sie überrascht anblickte, fuhr sie fort: »Ich wollte nicht, dass die Deutschen mein Radium in die Finger bekommen, aber ich konnte auch nicht müßig herumsitzen und diesen Krieg von Paris aus verfolgen. Ich musste einfach irgendwo helfen. Wissen Sie, was radioaktive Strahlen sind? Ich möchte nicht herablassend klingen, aber die meisten haben keine Ahnung davon.«

Sophie gefiel die direkte Art der Wissenschaftlerin. »Ich würde schrecklich gern erfahren, was man mit radioaktiven Strahlen bewirken kann.«

Madame Curie trank einen Schluck Champagner und setzte zu einer kurzen Erklärung an. »Radioaktive Strahlen sind elektromagnetische Strahlen, mit denen man durch Stoff auf das Skelett schauen kann. So kann man Verletzungen der Knochen erkennen und fremde Objekte im Körper wie zum Beispiel Gewehrkugeln nachverfolgen. Die modernen zylindrischen Kugeln dringen durch Muskelgewebe und Knochen, bevor sie irgendwo im Körper verschwinden.«

»Ah ja«, sagte Sophie.

»Es gibt auch Granatsplitter, die so tief in den Körper eingedrungen sind, dass man sie mit bloßem Auge nicht entdeckt. Als dieser grässliche Krieg begann, gab es nur in städtischen Krankenhäusern die Möglichkeit, Röntgenaufnahmen zu machen, aber wir brauchen auch in den Feldlazaretten dringend medizinische Geräte. Deshalb habe ich etwas erfunden, was allgemein mein *radiologischer Wagen* genannt wird. Irène – das ist meine Tochter – und ich können mit unserem Automobil unmittelbar zum Feldlazarett fahren, wo die Militärärzte unsere Geräte für ihre Operationen nutzen können.«

»Ich bin begeistert. Wie wird dieses mobile Gerät angetrieben?«

»Wir haben einen Dynamo eingebaut.«

»Einen Dynamo?« Sophie lächelte verständnislos.

»Einen Generator«, erklärte Madame Curie. »Der mit Petroleum betriebene Wagen liefert den Strom für unser Röntgengerät. Das Geld für den ersten Röntgenwagen habe ich von der französischen Frauenunion bekommen. Wir haben ihn in ihrer Region eingesetzt, bei der Schlacht an der Marne 1914.«

Fasziniert lauschte Sophie den Ausführungen, die in ihr den Wunsch weckten, ebenfalls zu helfen. »Wie viele Röntgenwagen haben Sie denn mittlerweile?«

»Hm ... ich glaube zwanzig. Irène kennt die genaue Zahl. Wir haben Frauen in der Physik des Stroms und der Röntgenstrahlen ausgebildet, ihnen praktische Lektionen in Anatomie und fotografischen Vorgängen erteilt und sie dann an die Front geschickt.«

»Unglaublich!«, hauchte Sophie. »Und wie viele dieser großartigen freiwilligen Helferinnen haben Sie?«

»Auch hier weiß Irène wahrscheinlich die genaue Zahl, aber es müssen um die hundertfünfzig sein. Die Wagen hatten alle möglichen Formen und Größen und mussten angepasst werden. Alle wurden von reichen Pariserinnen gestiftet. Ohne ihre Hilfe wäre das alles nicht möglich.«

»Marie, ich möchte auch einen Wagen spenden.«

Bei dieser Bemerkung drehte sich Louis um. Offenbar hatte er ihre Unterhaltung belauscht, und Sophie war froh, dass sie bei ihren ersten Bemerkungen vorsichtig gewesen waren.

»Ist das nicht ein bisschen übereilt?«, fragte er und lächelte undurchsichtig.

»Ich wollte nicht, dass Sie sich verpflichtet fühlen, Madame Delancré.«

Sophie warf Louis einen bösen Blick zu. »Das tue ich auch nicht. Im Gegenteil, die Vorstellung inspiriert mich. Ich werde dafür sorgen, dass Sie einen Wagen aus unserem Wagenpark in Épernay erhalten. Nein, besser noch, ich werde hier in Paris einen Wagen kaufen, wenn das einfacher ist.«

»Ihre Spontaneität ist erstaunlich, aber ich bin Ihnen sehr dankbar.«

»Wenn ich mir überlege, was Sie und Ihre Tochter Irène zustande bringen, möchte ich meinen Teil dazu beitragen.«

»Sie haben doch bestimmt auch sehr viel zu tun.«

»Mit Sicherheit«, warf Louis unfreundlich ein. »Sie hat den Aufbau eines unterirdischen Lazaretts unterstützt, sie bearbeitet die Weinfelder meines Bruders ...« *Es sind jetzt meine Weinfelder, Louis,* dachte Sophie. »... und sie stellt Champagner her. Sie ist sehr beschäftigt.«

»Ein unterirdisches Lazarett! Das erfüllt mich mit Ehrfurcht. Zucker kann ich Ihnen leider nicht besorgen, aber vielleicht kann ich Sie anderweitig unterstützen.«

Bevor Madame Curie das Wort ergriff, wäre Sophie gar nicht auf den Gedanken gekommen, aber jetzt fanden ihre Worte ganz von selbst den Weg. Wie hatte sie diese Gelegenheit übersehen können? Eigentlich war sie wegen des Zuckers nach Paris gekommen, aber nun würde sie nicht mit leeren Händen zurückkehren. »Wollen Sie uns in Reims besuchen, Madame Curie? Wir haben viele schwer verwundete Männer in unserem unterirdischen Lazarett, die von der Front zu uns gebracht werden, und oft finden wir die Schrapnelle und Kugeln in ihren Körpern nicht.« Marie Curie zuckte zusammen. »Unser Chirurg ist hervorragend«, fuhr Sophie fort. »Aber er könnte bessere Arbeit leisten, wenn er wüsste, wonach er sucht. Dann könnte er sicher weit mehr Leben retten.«

Die Wissenschaftlerin nickte. »Irène und ich kommen gern, versprochen!«

»Ich weiß nicht, wie ich Ihnen danken soll.«

»Das haben Sie doch schon ... ein Wagen! Mehr brauche ich nicht. Noch etwas, bevor wir wieder hineingehen und uns in der Musik von Rossini verlieren! Ich möchte nicht in alten Wunden herumstochern, aber Sie sagten, Ihr Mann werde vermisst. Haben Sie nichts von ihm gehört?«

Sophie schüttelte den Kopf. »Nichts. Es gibt Zeugen, die aussagen, er sei gestürzt.«

»Augenzeugen, die sahen, wie mein Bruder getötet wurde«, warf Louis ein.

Sophie blieb geduldig. »Das ist nicht bestätigt. Gegenwärtig gilt er als vermisst.«

Marie dachte nach. »Er gilt als vermisst ... es wird also nur angenommen, dass er tot ist?«

Sophie nickte. »Er könnte in Gefangenschaft geraten sein.«

»Wir haben jeden einzelnen Stein umgedreht, Madame Curie«, erklärte Louis über die Schulter hinweg und klang verärgert.

»Sie stehen wahrscheinlich in Kontakt mit dem Roten Kreuz.«

»Ja, seit 1915 gehen wir den Mitarbeitern auf die Nerven. Sie haben mich sicherlich mittlerweile satt. Mein Schwager war so freundlich, mir für morgen einen Termin im Pariser Hauptquartier zu beschaffen, und ich hoffe sehr, dass ich dann mehr herausfinde.«

»Ich möchte nicht, dass du dir zu große Hoffnungen machst, Sophie.« Louis drehte sich zu den Damen um. »Bitte versprich dir von diesem Termin nicht allzu viel.«

Marie Curie sah das anders. »Fragen Sie immer weiter nach. Belästigen Sie die Helfer, sooft Sie können. Auch das Rote Kreuz ist nicht unfehlbar, und jemand, der noch nie an der Front stand, kann sich nicht vorstellen, wie schnell Fehler im Chaos der Schlacht und beim Bergen der Gefallenen und Verwundeten gemacht werden. Männer haben womöglich ihre Uniform verloren oder die Gegenstände, die sie ausweisen. Ich habe Schockzustände erlebt, in denen manche sogar ihre Persönlichkeit veränderten. Natürlich möchte ich Ihnen keine Angst machen, meine Liebe, aber Sie dürfen niemals die Hoffnung aufgeben.«

»Nein, das tun wir auch nicht«, beteuerte Louis und legte Sophie beschützend einen Arm um die Schultern. »Nicht wahr, meine Liebe? Es sieht so aus, als neige sich die Pause dem Ende entgegen. Es war reizend, mit Ihnen zu plaudern«, wandte er sich an Madame Curie.

Sophie drückte Marie Curies Arm. »Kommen Sie nach Reims ... bitte! Ich halte mein Versprechen wegen des Wagens. Danke für heute Abend!«

»Halten Sie Ihre Hoffnungen wach, Madame Delancré! Vielleicht hofft Ihr Mann ja, dass Sie ihn finden.«

6

Marne
Mai 1918

Captain Charlie Nash und seine Kompanie marschierten durch eine sonnendurchglühte Landschaft. Wären nicht ihre Uniformen, ihre Gewehre und die ganze Kriegsausrüstung gewesen, hätten sie glauben können, auf der Welt herrsche Frieden. Nachdem sie ihr Lager in Belgien verlassen hatten, hatte das 8. Bataillon des Leicestershire Regiments seine Verlegung nach Frankreich in den ruhigeren Bereich nahe Reims angetreten. Zuerst zu Fuß, dann mit dem Zug. Dabei hatte es ihnen nichts ausgemacht, in Viehwaggons transportiert zu werden, im Moment dem einzigen rollenden Transportmittel in diesem Teil Frankreichs, wie es hieß. Sie waren einfach nur erleichtert, die Verzweiflung von Flandern hinter sich zu lassen. Es hatte Charlie schwer auf der Seele gelegen, dass es ihm nicht gelungen war, Hartley bis zu ihrer Versetzung am Leben zu halten. Aber seit sie in Frankreich waren, hob sich seine Laune.

Er nickte, als sein Major bemerkte, was so ein bisschen Sonnenschein und blauer Himmel im Frühling doch bewirken konnten. »Genießen Sie die Wärme auf Ihrem Rücken, Captain Nash?«

»Über die Maßen, Sir. Ich glaube, meine Uniform

fühlt sich zum ersten Mal seit Monaten einigermaßen trocken an.«

Die Männer ringsum lachten zustimmend.

»Wie weit ist es noch bis zum nächsten Halt, Sir?«

»Ehrlich gesagt weiß ich das nicht, aber ich glaube, unser Aufenthalt in Wizernes war der letzte. Der nächste Halt ist ein Ort, den ich nicht aussprechen kann.« Er buchstabierte ihn.

»Aougny, Sir.«

»Ja, nun, nicht jeder von uns spricht so gut Französisch wie Sie, Nash. Auf jeden Fall befindet sich unser Halt dort in der Nähe.«

»Niemand beschwert sich, Sir«, erwiderte Nash. »Es kommt mir wie Luxus vor, dass ich mich so frei bewegen kann.«

Charlie hatte recht. Die Männer äußerten kein Wort der Unzufriedenheit, dass sie mit ihren schweren Tornistern marschieren mussten. Sie wurden von den französischen Zivilisten in jedem Dorf und jeder Stadt, durch die sie kamen, so gut versorgt, dass Charlie sich allmählich fragte, ob sie jemals wieder kämpfen konnten. Besonders besorgt war er allerdings nicht, schließlich hatte man ihnen versprochen, dass in der Marne-Region nur sporadisch Kämpfe aufflackerten. Sie würden wahrscheinlich nur abschreckend wirken. Es war eine überraschende Gelegenheit für jeden, die körperlichen Wunden zu heilen, die Gesundheit zu verbessern und hoffentlich auch mental zuversichtlicher zu werden. Allerdings würde sich Letzteres sicher als schwierig erweisen.

Mitte Mai marschierten die Tiger durch Jonchery, und Charlie staunte, als er sah, dass die französischen Soldaten eine Ehrengarde bildeten, um den Engländern ihren Respekt und ihre Dankbarkeit zu erweisen. Schließlich hatten sie ihr Volk und Paris vor der deutschen Invasion geschützt. Von Châlons le Vergeur schickte er einen Brief an Hartleys Mutter, als das achte Regiment seine neue Stellung erreichte, etwa zehn Kilometer von der Front entfernt. Er kam sogar dazu, an seinen alten Chef im Labor in Lancashire zu schreiben. Sonst hatte er niemanden, den er benachrichtigen konnte. Keine Familie, keinen guten Freund, der auf ein Lebenszeichen wartete ... nur einen Mentor, den er respektierte. Aber er hatte immer noch ein schlechtes Gewissen, ihn verlassen zu haben, als er zur Armee gegangen war.

Professor, in Ypern schliefen wir abwechselnd in Hütten auf dem harten Fußboden und wickelten uns die Gamaschen um die Füße, damit sie wärmer wurden. Viel brachte das allerdings nicht. Hier in Frankreich schlafen wir nackt, wegen der Wärme im Süden, aber auch wegen der Flöhe. Mir macht das Jucken nichts aus, solange ich den Wald in der Nähe rieche. Das gab es in Flandern nicht. Die Bäume hier haben Äste und schönes dichtes Laub. Den ganzen Tag höre ich die Vögel, und mir wird klar, dass ich seit länger als einem Jahr kein Gezwitscher mehr gehört habe. Das Gras ist üppig und lang, wie ein dicker Teppich. Obwohl das Wasser kalt ist, scheint der Fluss sauber zu sein, und wir springen alle hinein und baden. Die Häuser im nahegelegenen Ort sind verlassen, aber sie sind unversehrt. Die Leute haben einfach die Fensterläden geschlossen und sind gegangen. Alles wirkt intakt, und nur die verwelkten Blumen auf den Fensterbänken deuten darauf hin, dass niemand mehr hier wohnt. Allerdings, wenn man ein bisschen weitergeht, in einen anderen Ort in der Nähe, dann stößt man auf alltägliches Leben. Meine Güte!

Ich habe sogar in einem Café in der Sonne gesessen und ein Glas Wein getrunken, als ob ich nichts Wichtigeres zu tun hätte! Ich fühle mich schuldig wegen der armen Teufel, die in Belgien auf diesen platten, grauen Ebenen kämpfen müssen, wo die ganze Nacht über Granaten explodieren, Wunden schlagen und ohne Nachsicht töten.

Die französischen Soldaten lächeln uns an, wenn wir vorbeimarschieren, und die Frauen werfen uns Kusshände zu. Mann, sie geben uns das Gefühl, Helden zu sein! Allerdings ist mir aufgefallen, dass sich hier in der Gegend die Truppen sammeln, ein unbehaglicher Anblick. Dabei dachten wir doch eigentlich, man habe uns hierhergeschickt, damit wir uns ein wenig ausruhen. Mir fällt auch auf, dass sich die feindlichen Stellungen oben auf den Hügeln befinden. Sie beobachten alles, was wir tun. Aber in den zehn Tagen, die wir hier sind, haben sie erst sechs Granaten auf uns gefeuert. Im Vergleich zu dem Beschuss in Flandern ist dies das reinste Paradies.

Es gibt feindliche Patrouillen, aber wir sind auf der Hut. Wir haben den Befehl, nur zu schießen, wenn die Gegner das Feuer eröffnen. Sobald es allerdings heftiger wird, kann ich für nichts garantieren. Aber bisher gibt es dafür keine Anzeichen, und wir verbringen einen faulen Nachmittag mit reichlich Wein. Ich darf Ihnen nicht sagen, wo ich mich aufhalte, aber unser Hauptquartier liegt auf einer Anhöhe. Das ist beruhigend, weil wir den nahe gelegenen Kanal und zahlreiche verlassene Schützengräben gut im Blick haben. Die Schützengräben hier sind sauber und werden nicht gebraucht. Aber sollte es doch einmal wieder der Fall sein, gibt es nicht genug Latrinen. Allerdings hoffe ich, dass es nie dazu kommt. Auch der Kanal, den ich erwähnte, trennt uns von den Deutschen, und das ist doppelt beruhigend.

Ich hoffe, dieser Brief erreicht Sie bei bester Gesundheit.

Ich habe ihn mit etwas leichterem Herzen geschrieben als meinen letzten und hoffe, wir können irgendwann in glücklicheren Zeiten wieder ein Bier zusammen trinken.
Ihr ergebener Nash

Charlie schickte den Brief an Professor Clunes sofort ab. Bei einem Viertel Wein, den Rücken an die warmen Backsteine des Cafés in Trigny gelehnt, dachte er, welches Glück er doch hatte, hier zu sein, während so viele Männer aus seiner Kompanie tot waren.

»Sie befolgen Befehle, selbst wenn sie dumm sind, und dann sterben sie«, murmelte er in seinen billigen Wein hinein.

»He, Soldat!« Die Stimme einer Frau riss ihn aus seinen Gedanken. Er grinste sie an, dankbar für die Ablenkung. »*Santé*«, sagte er und hob sein Glas.

Ermutigt von seinem Lächeln, kam sie mit wiegenden Hüften auf ihn zu. »Verstehst du unsere Sprache?«, fragte sie auf Französisch.

»Ja«, erwiderte er, ebenfalls auf Französisch. Ihre Augen weiteten sich vor Überraschung.

»Ah, mein gut aussehender Soldat ist auch noch klug!«, rief sie amüsiert.

»Nur, wenn ich Lust dazu habe«, erwiderte er, immer noch auf Französisch. Er trank sein Glas aus.

»Ich bin beeindruckt, Engländer. Darf ich dich Tommy nennen?«

»Gern, aber ich heiße Charlie«, erklärte er und richtete sich auf. Sofort fehlte ihm die beruhigende Wärme der Hauswand.

»Nun, Charlie ...« Es gefiel ihm, wie sie seinen Namen aussprach, mit weichem *Sch* am Anfang. »Wie wäre es mit

etwas französischem Trost?« Sie zwinkerte ihm zu und stellte sich so vor ihn hin, dass er ihre attraktiven Rundungen bewundern konnte, ohne in die Sonne blinzeln zu müssen.
»Auf jeden Fall besser als der Essig, den du da trinkst.«

Ein träges Lächeln breitete sich auf seinem Gesicht aus. Es war schon lange her, seit er weibliche Haut ertastet hatte.

»Ein verführerischer Gedanke«, bestätigte er. »Aber ...« Er wies auf seine Schulter und die drei Sterne auf seinen Epauletten. »Ich bin Captain und muss meine Leute aus diesem hübschen Ort wegbringen, damit wir Frankreich und seine schönen Frauen verteidigen können.« Er nickte ihr zu. Seine Worte schienen sie zu erfreuen.

»Komm mit mir, Captain Scharlie!«

»Wie heißt du?«, fragte er. Schon öffnete sie den Mund, um zu antworten, aber er stellte die Frage auf andere Weise. »Wie lautet dein wirklicher Name?«

Sie kniff die Augen zusammen. »Man nennt mich Coraline.« Er wartete. »Aber mein echter Name ist Fayette.«

»Das klingt hübsch.«

»Meine Mutter hat ihn mir gegeben. Sie war hübsch.«

»Was bedeutet er?«

Sie zuckte mit den Achseln. »Kleine Fee. Meine Freunde nennen mich Fay.«

Ihre Worte machten ihn plötzlich traurig. Es lag wohl an der kleinen Enthüllung, zumal er wusste, dass sie die Wahrheit sagte. »Darf ich dich Fay nennen?«

Sie nickte.

»Dann komme ich mit dir, aber ich habe nicht viel Zeit.«

Sie schenkte ihm ein verheißungsvolles Lächeln und führte ihn in ein winziges Zimmer über einem Laden, das lediglich mit einem kleinen Tisch, einem Schrank, einem

Bett und einem Sofa für zwei Personen möbliert war. An der Wand hing ein Bild, das primitiv wirkte, als ob es ein Kind gemalt und schief aufgehängt hätte. Im Zimmer roch es nach Essen. Durch die Bodendielen drang Knoblauchgeruch.

»Im Café kochen sie Knoblauchsuppe«, erklärte sie, als Charlie schnupperte. »Preiswert und nahrhaft.«

Der Geruch war nicht unangenehm. Charlie bekam Hunger. Als er es ihr gegenüber erwähnte, lachte sie.

»Vielleicht Hunger auf mich?«, fragte sie flirtend.

»Können wir vielleicht einfach nur reden?« Er kam sich albern vor, sie darum zu bitten.

Sie wollte bereits ihre Bluse aufknöpfen, hielt aber inne und starrte ihn an, als wäre er schwachsinnig. »Ich glaube, du meinst es ernst.«

»Ja.«

»Worüber möchtest du reden?

»Erzähl mir, wie es war, als kleine Fee aufzuwachsen!«

Er führte sie zum Sofa, und sie setzte sich mit einer Karaffe Wein und zwei dickwandigen kleinen Gläsern neben ihn. Den Wein stellte sie auf dem Hocker davor ab. Die Sprungfedern des Sofas ächzten unter ihrem Gewicht.

»Nein, Scharlie! Erzähl du mir von *deiner* Kindheit! Erzähl mir, warum deine Augen so traurig sind.«

Er hatte bisher noch nie jemandem davon erzählt, aber als Fay ihm ein Glas billigen Wein einschenkte, begann er so frei heraus zu reden, als wäre sie seine beste Freundin.

»Ich weiß nicht, wer meine Eltern waren. Im Waisenhaus aufzuwachsen war schrecklich. Aber ich bin auf eine gute Schule gegangen, weil ich ein Stipendium gewonnen hatte. Deshalb haute mir ein Junge namens Nobby ständig ein blaues Auge.« Charlie untermalte seine Worte mit Gesten, für den Fall, das sein Französisch nicht ausreiche, um Fay die Geschichte begreiflich zu machen. Bei der Erinnerung stieß er hörbar die Luft aus. »Er hatte alles, Eltern, ein Zuhause, das beste Fahrrad der ganzen Schule, Geld für Süßigkeiten und Groschenhefte in der Tasche.«

Fay runzelte fragend die Stirn. »Das sind billige gedruckte Heftchen.«

»Ah ja, ich verstehe. Warum hat er dir wehgetan?« Sie trank einen Schluck Wein, und Charlie prostete ihr zu.

»Weil er es konnte. Er jagte jedem Angst ein, aber mich nahm er sich immer wieder vor, weil ich klein und arm war. Eines Tages kam ich zufällig vorbei und sah, wie Nobby einen anderen Jungen umarmte. Er schlug mich zusammen, bis ich hustete und Blut spuckte. Wahrscheinlich brach er mir eine Rippe und verletzte die Nieren.« Charlie deutete auf die Stellen, wo er verletzt worden war, und Fay verzog besorgt das Gesicht. »Meinen Lehrern erzählte ich, ich sei von einem Baum gefallen, als ich in einem Obstgarten Äpfel gestohlen hätte. Sie versuchten ein paarmal, mir die Wahrheit zu entlocken, aber ich blieb bei meiner Geschichte. Als Nobby mir erneut hinter der Schulbaracke auflauerte, hob ich beide Hände.« Charlie machte die Geste und beobachtete Fays mitleidigen Blick.

»Ich sagte zu ihm: ›Wenn du mich wieder zusammenschlägst, komme ich ins Krankenhaus, und dann wird die Polizei eingeschaltet.‹ Ich musste an seinen Verstand appellieren. Nobby fragte mich, warum ich die schändliche Wahrheit nicht ausgeplaudert hätte. Ich sagte ihm einfach, ich hätte keinen Grund, sein Geheimnis zu verraten. Es sei wahrscheinlich schon schwer genug, ohne dass andere es wüssten.«

Fay war so fasziniert von der Geschichte, dass sie sich vorbeugte und ihm konzentriert zuhörte.

»Und was hat dieser Nobby gemacht?«, wollte sie wissen und schenkte ihm ein weiteres Glas Wein ein. Ihre Bluse war halb aufgeknöpft und enthüllte ihre üppigen Brüste, die aus einem Spitzenbüstenhalter hervordrängten. In einer intimen, aber völlig unaffektierten Geste legte sie ihm ein Bein über den Oberschenkel. Offenkundig war sie aufrichtig an seiner Erzählung interessiert.

Charlie räusperte sich. Ihr Anblick erregte ihn.

»Nun, ich war erstaunt, als Nobby mir eine Hand entgegenstreckte. Ich hatte zu viel Angst, um zu reagieren, aber er ergriff meine Hand und drückte sie. Er versicherte mir, er würde mir vertrauen.«

»Und?«

»Ich glaube, ich schlug ihm vor, seine Prüfungen zu beenden, auf die Universität zu gehen und einen glänzenden Abschluss hinzulegen. Danach könne er die Freiheiten genießen, die so vielen von uns gar nicht offenstanden.«

»Und, ist er deinem Rat gefolgt?« Sie beugte sich vor. Er spürte die Wärme ihres Beins durch seine Uniform, und die neckende Verlockung ihrer Haut berauschte ihn. Ihm wurde schwindelig.

Er trank einen Schluck Wein. »Ich erfuhr, dass Richard Hardwick – das war Nobby – im Krieg ausgezeichnet worden war und als Held auf dem Schlachtfeld an der Somme fiel, als er zwei verwundete Soldaten in Sicherheit bringen wollte. Es stellte sich heraus, dass er in Oxford studiert hatte – an einer unserer besten Universitäten – und Literat geworden war. Als er eingezogen wurde, arbeitete er gerade an seinem ersten Roman.«

»Du bist stolz auf ihn, nicht wahr?«

Charlie nickte. »Ja.«

»Mir gefällt diese Geschichte, Scharlie. Sie ist zwar traurig, aber sie schenkt mir trotzdem ein gutes Gefühl. Warum hast du gerade sie ausgesucht?«

Er hob die Schultern. »Weil ich mir wahrscheinlich allzu bewusst bin, wie zerbrechlich das Leben ist. Er hätte der Welt mit seinen Büchern viel geben können, aber wir werden es nie erfahren. Er verkörpert das ganze Potenzial, das in diesem Krieg verloren geht.«

»Ich glaube, du hast mir die Geschichte erzählt, weil Deutschland Europa tyrannisiert, und du verabscheust Tyrannen.« Fays Beine waren lang und schmiegten sich an seinen Körper. Schließlich konnte er nicht mehr widerstehen und streichelte ihre glatte Haut. »Ich glaube, du brauchst ein wenig Liebe, Captain.«

Sein Blick richtete sich auf die Frau, die ihren Körper verkaufte. »Warum tust du das, Fay?«

Charlie spürte, wie sie zögerte, was sie auf seine Frage antworten sollte, ob sie lügen oder die Wahrheit sagen sollte. »Ich habe ein Kind und eine kranke Mutter. Der Vater meines Sohnes ist tot. Ich habe keine Geschwister und auch sonst keine Familie. Hier im Ort finde ich keine Arbeit, aber ich habe Nachbarn, die mein Kind versorgen und mich nicht verurteilen. Deshalb bleibe ich hier. Diese Art der Tätigkeit bringt viel ein. Ich kann meine Miete bezahlen, Lebensmittel kaufen, Medikamente für meine Mutter, Kleidung für meinen Sohn und vielleicht sogar noch etwas für seine Zukunft sparen. Ich schäme mich nicht für diese Arbeit und bin nicht unglücklich. Außerdem wohne ich nicht hier«, fuhr sie fort und wies auf das Zimmer. »Hier arbeite ich nur. Ich kann es mir leisten, das Zimmer vom Café hier unten zu mieten. Lieber würde ich natürlich meinen Lebensunterhalt nicht so verdienen, aber im Moment bin ich zufrieden.«

»Eine bodenständige kleine Fee.« Charlie lächelte. »Und eine kluge noch dazu.«

Sie nickte. »Die Soldaten sind dankbar und großzügig, aber selten so attraktiv wie du, Captain Scharlie.« Sie blickte auf seinen Schoß. »Und du hast den schönsten Mund, den ich je bei einem Mann gesehen habe. Ich würde ihn gern küssen.«

»Nächstes Mal vielleicht. Jetzt muss ich wirklich gehen.«

Sie lächelte traurig und leicht enttäuscht.

Charlie holte Geld aus der Tasche, und da er es ihr nicht in die Hand drücken wollte, legte er es auf den Tisch.

»Das ist zu viel«, wehrte sie ab.

»Auf keinen Fall, denn ich habe die Zeit mit dir sehr genossen, Fay.«

Sie seufzte. »Besuch mich wieder, Captain Scharlie!«, bat sie.

Er ergriff seine Kappe mit dem grollenden Tiger im Innenfutter und setzte sie auf. Dann deutete er eine Verbeugung an. »Bis zum nächsten Mal, schöne Fee«, sagte er. Er hatte ein schlechtes Gewissen wegen der Lüge, vermutete jedoch, dass Fay sowieso wusste, dass sich ihre Wege nicht wieder kreuzen würden.

Er konnte nicht leugnen, dass er sich in den letzten Tagen gut erholt hatte.

Unsichtbare Dämonen quälten ihn, als er die Treppe zum Café hinunterstieg und dabei zwei Stufen auf einmal nahm. Die letzten drei Stufen sprang er sogar hinab, um zu seinen Männern zu gelangen.

Wie lange mag das gute Gefühl anhalten, Charlie? Vielleicht stirbst du schon morgen.

Vielleicht ist dies die Ruhe vor dem Sturm.

He, Charlie!, rief ein anderer. *Vielleicht wird die Kugel, auf der dein Name steht, gerade geladen, und du wirst nie wieder die Haut einer Frau spüren.*

Vielleicht, vielleicht, vielleicht, erwiderte er in Gedanken, um die Stimmen zum Schweigen zu bringen.

7

Paris
Mai 1918

Während ein Soldat Trigny mit der Erinnerung an eine großzügige Frau und ihre rauchige Stimme verließ, dachte Sophie an einen Mann mit lächelnden Augen und lautem Lachen.

»Gestatten?« Louis stieß die Tür des französischen Hauptquartiers des Roten Kreuzes auf.

Sophie hätte sich gern allein dorthin begeben, aber sie war auch aufgeregt, weil sie vielleicht Neues über Jeromes Verbleiben erfuhr. Jedenfalls fühlte sie sich in Louis' Gegenwart halbwegs sicher, auch wenn er ihr die ganze Fahrt über erklärt hatte, das Ganze sei bestimmt eine Sackgasse, und sie solle sich nichts erhoffen. Aber ihre Zuversicht wuchs trotzdem, vor allem jetzt, da sie darauf warteten, in das Büro des zuständigen Mannes gebeten zu werden. Sie betrachtete die Plakate und Bekanntmachungen und beobachtete die Menschen, die geschäftig die Flure entlangeilten. Sie alle verfolgten den gleichen Zweck ... irgendwo in diesem Gebäude musste jemand etwas über Jerome wissen.

»Sagst du mir noch einmal, warum du nicht neben deinem Bruder an der Front gekämpft hast?«

»Weil ich in Paris gebraucht wurde, meine Liebe«, wich Louis ihrer Frage aus.

Damit ließ sie sich jedoch nicht abspeisen. »Aber du hast

doch bestimmt auch einen Einberufungsbefehl bekommen, nicht wahr?«

Er zuckte mit den Achseln. »Es gibt zwei Gründe, Sophie. Die Regierung braucht mich für die Beschaffungen«, behauptete er, als würde das alles erklären. In Sophies Ohren klang es jedoch wie eine einstudierte Entschuldigung.

»Und der zweite Grund?«, fragte sie.

Er legte sich eine Hand auf die Brust. »Erwähnte Jerome nie, dass ich ein schwaches Herz habe?« Sophie schüttelte den Kopf. »Ich rede nicht darüber. Das ist so seit meiner Kindheit, vermutlich angeboren. Ich durfte auch keinen Sport treiben. Jerome war immer der Starke.«

»Monsieur Méa? Madame Méa?«

Louis wirkte erleichtert über die Unterbrechung. Eine Frau stand vor ihnen und lächelte. »Kommen Sie bitte mit mir!« Sie führte die Besucher den Gang entlang, und Sophie lauschte dem rhythmischen Klappern ihrer Absätze auf dem Fußboden. Hoffentlich brachte ihr das Gespräch die gewünschten Neuigkeiten. Schließlich blieb die Frau vor einer Tür stehen und klopfte, bevor sie sie öffnete, sie wurden schließlich erwartet. Als sie eintraten, setzte ein drahtiger kleiner Mann seine Brille ab und sprang hinter seinem Schreibtisch auf.

»Louis, Louis, mein alter Freund! Wie geht es dir?«

Louis schüttelte dem Mann herzlich die Hand und entgegnete, es gehe ihm gut. »Mein lieber Freund Jean, dies ist Madame Méa-Delancré«, stellte er Sophie vor.

»Oh, Madame, welche Freude, Louis' Schwägerin kennenzulernen.«

»Ich hege die Hoffnung, dass Sie mir helfen können, Monsieur«, sagte sie. Für bangloses Wortgeplänkel hatte sie keine Geduld.

Er bedeutete Sophie und Louis, Platz zu nehmen, ließ sich wieder hinter seinem Schreibtisch nieder und setzte seine Brille auf. Dann sprang er erneut auf und fragte, ob er etwas zu trinken anbieten dürfe. »Nein, Monsieur«, versicherte ihm Sophie. Sie warf Louis einen Blick zu, und er lehnte ebenfalls ab, wenn auch nur zögernd. »Ich weiß, Sie haben viel zu tun, wenn wir also ...« Sie setzte sich auf die Stuhlkante.

»Ja, natürlich.« Er setzte sich abermals und schlang die dünnen Drahtbügel seiner Brille sorgfältig um jedes Ohr. Sophie wartete gespannt. »Nun, Jerome Méa«, sagte er entschlossen und schlug eine Akte auf. »Ja, ja, hat sich äußerst tapfer auf dem Schlachtfeld geschlagen, Madame. Sie und sein Bruder Louis können stolz auf ihn sein.«

»Das sind wir«, bestätigte Louis und nickte Sophie beruhigend zu.

Jean wandte sich wieder der Akte zu. »Er wird vermisst seit ...«

»April 1915«, ergänzte Sophie.

»Ja, ja, das sehe ich. Wir haben zwei Zeugen, die ...«

Sie hielt die Anspannung nicht mehr aus. »Aber sie berichten Unterschiedliches, Monsieur«, warf sie ein. »Einer sagt aus, der Mann sei kräftig, dunkelhaarig und groß gewesen. Er sei zu Boden gestürzt, nachdem ihn eine Kugel getroffen habe. Der andere beschreibt Ähnliches, erklärt allerdings nicht, dass der Mann kräftig gewesen sei.«

Sophie lächelte nervös, denn sie wusste, dass sie zu schnell redete. Dem Beamten gefiel es bestimmt nicht, zur Eile angetrieben zu werden. »Und er sagt, er sei nach einem Gas-Angriff zu Boden gegangen.«

»Äh, ja, das lese ich hier«, erwiderte der Beamte säuerlich. Anscheinend hatte er tatsächlich etwas dagegen, wenn man ihm ins Wort fiel.

»Das muss Ihnen doch auch merkwürdig vorkommen, Monsieur, oder? Es sind sehr unterschiedliche Berichte.«

Sie musste Louis nicht ansehen, um zu wissen, dass er seinem Freund einen Blick zuwarf, mit dem er um Nachsicht ihr gegenüber bat. Am liebsten hätte sie beide Männer angeschrien.

Stirnrunzelnd las Jean beide Zeugenberichte noch einmal durch, und Louis räusperte sich. Sophie rang die Hände und zählte rückwärts mit den wenigen Brocken Russisch, die sie beherrschte. »Sie unterscheiden sich nicht allzu sehr voneinander, Madame«, sagte er schließlich und blickte auf. »Es ist die Beschreibung eines Leutnants aus der Einheit Ihres Mannes, der nach einem Gas-Angriff von einer Kugel getroffen wurde.«

Sophie hatte es tief im Innern gewusst, hatte aber trotzdem das Gefühl gehabt, es lohne sich, auf diesen kleinen Unterschied hinzuweisen. »Meines Wissens erwähnt keiner der beiden Zeugen irgendwo, dass dieser Mann tatsächlich starb.« Ihre Stimme war noch höher geworden, und sie klang so verzweifelt, wie sie sich fühlte.

Jean lehnte sich zurück. Sein Blick glitt zu Louis hinüber, dann zurück zu ihr. Er wirkte peinlich berührt. »Äh, Madame, entschuldigen Sie, aber darüber wird in diesen militärischen Zeugenberichten geschwiegen. Wir bekommen sie nur, um herauszufinden, wer auf dem Schlachtfeld zu Tode kam.«

»*Geschwiegen*«, wiederholte sie. »Damit ist nichts bewiesen.«

Erneut warf Jean seinem Freund Louis einen nervösen Blick zu. »Der Name Ihres Mannes taucht auf keiner unserer Listen auf, Madame. Seit Ihr Schwager uns kontaktierte, habe ich die Mühe auf mich genommen, eigene Nachforschungen über Ihren Mann anzustellen. Wiederholt erhielt ich die Information, dass der Name Jerome Méa weder in einem Gefängnis noch in einem oder irgendwo in der Nähe des Schlachtfelds auf einer Liste mit Überlebenden steht. Sie haben uns mehrfach angefragt, Madame, und wir verfolgen gern jede mögliche Spur ... was wir auch getan haben.« In seiner Hilflosigkeit zählte er an den Fingern ab, was sie bereits wussten. »Er befindet sich nicht in Gefangenschaft, er ist nicht verwundet, er liegt in keinem Lazarett oder auf dem Land oder in der Stadt. In der Tat gilt er als vermisst. Damit meine ich, dass wir keinen Leichnam gefunden haben. Verzeihen Sie mir, Madame«, setzte er hinzu, als er sah, dass sich ihre Augen mit Tränen füllten. »Die französischen Gerichte werden zu gegebener Zeit eine endgültige Empfehlung aussprechen. Aber hinsichtlich Ihrer Anfrage entnehmen wir unseren militärischen Informanten, dass Ihr Gatte endgültig als verstorben betrachtet werden kann.«

Sophie spürte, wie sich Louis bewegte, um ihr ein Taschentuch anzubieten. Sie kam ihm zuvor, zog eines aus ihrer Handtasche und schüttelte den Kopf.

»Er ist einer von Zehntausenden tapferen Franzosen, die auf Belgiens Schlachtfeldern ihr Leben ließen. Angesichts des langen Zeitraums, der inzwischen vergangen ist, fand er wohl in Ypern sein Grab. Mit der Zeit finden wir vielleicht diese Männer, die dort begraben wurden, aber für jetzt gelten sie als *vermisst und vermutlich tot*, Madame. Wenn ich aufrichtig zu Ihnen sein darf, so meinen wir damit, dass Ihr Mann wahrscheinlich tot ist und wir seinen Leichnam niemals finden werden.«

Es war eine lange Rede, und sein Blick schweifte zwischen Sophie und Louis hin und her. Ihr Schweigen machte ihn anscheinend noch nervöser. »Ich habe alles versucht, das versichere ich Ihnen«, fügte er hinzu und klang beinahe flehentlich.

Sophie weinte jetzt ohne jede Zurückhaltung. Sie hasste es, vor diesen Männern Schwäche zu zeigen, zumal Louis das Ganze wohl vorausgesehen hatte. Er stieß beruhigende Laute aus, entschuldigte sie bei Jean und dankte ihm überschwänglich für seine Bemühungen.

»Komm jetzt, meine Liebe! Ich glaube, wir brauchen beide einen doppelten Cognac, um wieder zu uns zu kommen.«

Louis führte Sophie aus dem Gebäude des Roten Kreuzes auf die feuchten Straßen von Paris. Er hatte den Arm um sie gelegt, aber für sie fühlte sich die Geste weniger beschützend als vielmehr besitzergreifend an. Sie war gekommen, um bei der Suche nach Jerome einen Schritt weiterzukommen. Stattdessen stand sie nur noch tiefer in Louis' Schuld. Von Verzweiflung überwältigt, saß sie stumm in dem Taxi, das sie durch die schönste aller Städte fuhr, vorbei an der Madeleine zum Place de la Concorde am Ende der Champs-Élysées. Dort bog der Wagen ab und hielt vor der viel bewunderten neoklassizistischen Fassade des Hôtel de Crillon. Vor zehn Jahren war es eröffnet worden, und seitdem lieferte ihre Familie den Champagner in die Edelherberge. Ihre Eltern hatten an der Eröffnungsfeier teilgenommen, ohne zu wissen, dass sie ein Jahr später nicht mehr leben würden.

Louis hatte die ganze Fahrt über leise auf sie eingeredet, wahrscheinlich um sie zu beruhigen. Erst jetzt hörte sie, was er überhaupt sagte.

»... und der Graf von Crillon kaufte diesen Palast am Ende des achtzehnten Jahrhunderts. Seine Nachkommen lebten hier bis zum Beginn des zwanzigsten Jahrhunderts.«

Sophie nickte. Sie wusste, dass sie mehr auf Louis eingehen und ihn bei Laune halten sollte, denn sie brauchte ihn noch. Und sie musste auch ihre Emotionen besser im Zaum halten, sonst erreichte sie gar nichts. Schließlich musste sie ein Champagner-Unternehmen leiten. Sie rief sich in Erinnerung, dass sie keineswegs schlechter dran war als am Morgen. Es ging ihr zwar nicht besser, ja, es war ein Rückschlag, aber sie hatten immer noch keinen Leichnam gefunden. Und solange sein Tod nicht bewiesen war, war Jerome für sie nicht tot. Daran dachte sie, als Louis sie aus dem Taxi durch den prächtigen Hoteleingang in das berühmte Restaurant *Les Ambassadeurs* geleitete.

»Komm, Liebling!«, gurrte er. »Ich fand schon immer, dass das Leben mit vollem Magen besser zu ertragen ist.«

Liebling. Offensichtlich hatte er seine Erwartungen hochgeschraubt, wie sie geistesabwesend dachte, als der Oberkellner vor sie hintrat und sich nach einem kurzen, leisen Wortwechsel mit Louis verbeugte. »Natürlich, Monsieur Méa, folgen Sie mir bitte!«, forderte er ihn auf.

Sie schritten über den Marmorboden zu einem runden Tisch, der mit Damast und Kristall eingedeckt war. Von der mit Fresken verzierten Decke hingen Kristallleuchter herab und verbreiteten ihr funkelndes Licht. Sophie gestattete Louis, das Menü mit dem Kellner auszusuchen, sagte allerdings, sie könne höchstens einen Gang hinunterbringen. Er wirkte enttäuscht, aber seine Miene hellte sich auf, als sie einem Cognac zustimmte. Im Duft des Remy Martin erahnte sie Geißblatt und Iris, begleitet von kandierten Früchten, und sie hätte schwören können, dass der Cognac auch nach Haselnüssen roch. Ohne dies zu erwähnen, trank sie das Glas aus und ließ zu, dass der Alkohol seine wohltuende Wirkung entfaltete.

»Oh, das ist gut, nicht wahr?« Louis leckte sich den Cognac von den Lippen.

»Danke. Ja, er schmeckt köstlich.«

»Lass dich davon beruhigen, Sophie! Ich rede und bestelle, während du deinen Gedanken nachhängst.«

Das war nett von ihm. Er wählte Seezunge Müllerin, und die Einfachheit des Gerichts kam ihr sehr gelegen. Danach ließ er sie in Ruhe, bis ihr Essen kam, was überraschend schnell geschah. Als die Teller vor ihnen standen, ergriff er wieder das Wort.

»Ist dir bekannt«, fragte er im Plauderton, »dass Marie Antoinette in diesem Haus Klavierstunden nahm?«

Das hatte sie nicht gewusst. »Wirklich?« Hätte sie nicht solche Angst gehabt, dass Louis sie manipulieren wollte, wäre er durchaus ein interessanter, intelligenter Gesprächspartner gewesen.

»Oh, ja. Und wie du aus dem Geschichtsunterricht weißt, verlor sie während der Revolution genau dort draußen ihren Kopf.« Mit einem dicklichen Finger wies er auf das von Satinvorhängen eingerahmte Fenster. »Auf dem Platz, auf dem sie sich so gern aufhielt, wurde sie guillotiniert.«

»Was du nicht sagst! Da habe ich wieder etwas gelernt.« Sophie rang sich ein Lächeln ab.

»Wie schmeckt dein Fisch?«

»Köstlich, auch wenn ich mich frage, wie Pariser Köche an solche Delikatessen kommen, während ...«

»Ach was, liebe Sophie, genieß das Essen einfach!«, wies er sie zurecht. Schweigend speisten sie weiter, bis Louis auf einmal einen leisen Laut von sich gab, als ob ihm etwas einfiel. »Oh, ach ja, du musst mir verzeihen! Zufällig hörte ich, was du zu dieser Madame Curie gestern Abend sagtest.«

»Was denn?«, fragte sie zerstreut.

»Wegen des Zuckers?« Er klang ganz unschuldig.

»Ja. Ich brauche dringend Zucker.«

Er blickte sie lächelnd an, und sie fühlte sich wie eine Maus in den Fängen einer hungrigen Katze. »Wie dringend?«

Sophie blinzelte. Sie war sich nicht sicher, was sie auf diese Frage antworten sollte. Schließlich schluckte sie den letzten Bissen hinunter. Sie wollte Zeit schinden und schüttelte achselzuckend den Kopf. »Ja ... nun, wir haben nur noch wenige Säcke.«

»Und das ist sozusagen die Totenglocke deines Unternehmens, oder?«

Sie seufzte in einer Mischung aus Lachen und Verzweiflung. »Ja, so könnte man sagen.«

»Und wie würdest *du* es sagen, Sophie?« Er beugte sich vor, und sie sah die Buttersoße auf seinen Lippen schimmern. Er tupfte sich den Mund mit der Serviette ab.

»Wenn ich in den nächsten Monaten keinen Zucker auftreibe, dann kann ich dieses Jahr keinen Champagner produzieren. Das wird das erste Mal in der Geschichte des Hauses sein. Allerdings fühlt es sich noch viel dramatischer an.«

»Dramatischer?« Er runzelte die Stirn.

»Vor allem die Traube aus dem speziellen Chardonnayweinberg ist in Gefahr.«

»Ah, der Hochzeitsweinberg!«, rief er aus. »Jeromes Experiment.«

»Das ist misslungen. Zu seinen Ehren möchte ich einen Champagner ganz aus Chardonnay herstellen.«

Er blickte sie an. Bei jedem anderen hätte sein Gesichtsausdruck freundlich gewirkt, bei Louis wirkte er nur verschlagen. »Und wenn ich sagen würde, ich könnte Zucker besorgen?«

»Dann würde ich dich einen Lügner nennen.« Sie lachte neckisch, obwohl ihr selbst auffiel, dass es nicht fröhlich klang. Louis gefiel ihre Bemerkung offensichtlich auch nicht. Seine Miene hatte sich nicht verändert, aber der Ausdruck seiner zusammengekniffenen Augen hatte sich verdüstert. Die Art, wie er Fischmesser und Gabel hielt, verriet ihr, dass sie zu weit gegangen war. Sie versuchte, ihre Bemerkung abzumildern. »Ich meine, wenn alle anderen Champagnerproduzenten trotz ihrer mächtigen Freunde keinen Zucker bekommen, dann kann ich mir nicht vorstellen, wie du Zucker auftreiben willst. Das sind alles Männer wie du, Louis, die über weitreichende Beziehungen verfügen.«

Er lächelte ohne Wärme. »Sie sind nicht wie ich, liebe Sophie. Du sagst, du bist verzweifelt auf der Suche nach Zucker, aber ich spüre, dass du es noch ein wenig aushalten kannst.«

»Ja, ich habe noch ein wenig Zeit.«

»Dann schlage ich vor, dass wir etwas Süßes als Dessert nehmen.«

»Du kannst gern ein Dessert nehmen, Louis. Ich habe heute keinen Appetit.« Das war keine Lüge. Seit dem Besuch beim Roten Kreuz war ihr leicht übel.

Er nickte und winkte dem Kellner, der geräuschlos an ihren Tisch trat. »Eine Portion Madeleines und ein Schüsselchen Sabayon zum Eintunken.«

»Sehr wohl, Monsieur.«

Sophie rang sich ein Lächeln ab. »Jerome liebt Sabayon.«

»Das ist seit unserer Kindheit so«, bestätigte Louis. »Unsere Mutter bereitete die Süßspeise regelmäßig zu. Im Frühjahr gab es dazu einen buttrigen Mandelkuchen, den unser Vater so gern aß. Die Mandeln sammelte er für sie. Im Sommer löffelte sie gekühltes Sabayon über zerdrückte Beeren, die wir für sie gepflückt hatten, und im Winter servierte sie die Weincreme warm, direkt vom Herd, mit diesen langen, schmalen Biskuits, die in die schaumige Creme eingetunkt wurden. Oh, wie hießen sie noch einmal?«

»*Langues de chat?*«, fragte Sophie.

»Ja! Als Jerome noch klein war, wollte ich ihm immer einreden, es wären echte Katzenzungen.«

Sophie erwiderte sein Lächeln. »Jerome ist so lieb. Er glaubt immer nur an das Gute im Menschen. Ich kann mir vorstellen, dass er dir jedes Wort abgekauft hat.«

»Ja! Der arme Kerl. Er hat bestimmt gedacht, unsere Mutter habe die Zungen von Katzen gesammelt und sie im Ofen gebacken, damit wir etwas Leckeres zu essen hatten.«

Nun lachten beide.

»Es freut mich, wenn du so klingst ... so glücklich, wollte ich sagen, aber ich weiß ja, dass das nicht so ist. Trotzdem ist es eine Freude, dich lachen zu hören.«

Sophie zuckte mit den Achseln. »Ich bin ständig auf der Suche nach Erinnerungen, die mit glücklicheren Zeiten verbunden sind, auch wenn sie nicht aus meiner Kindheit stammen.«

»Du sagtest, du hättest noch ein bisschen Zeit.« Sophie runzelte verwirrt die Stirn, bis ihr einfiel, dass Louis sich auf das Gespräch über den Zucker bezog.

»Du meinst, bevor die Zuckersituation noch schlimmer als verzweifelt ist?«

Er schmunzelte über ihre Untertreibung. »Ja. Und wenn du diesen Punkt erreicht hast, komm bitte zu mir! Vielleicht kann ich ja beweisen, dass ich nie etwas anbiete, was ich nicht auch besorgen kann.«

»In Ordnung«, stimmte sie zu. »Du könntest vielleicht etwas über die Kosten herausfinden und ...«

Verärgert schnalzte er mit der Zunge. »Das lass meine Sorge sein! Ich kenne jemanden, der jemanden kennt, und sie alle schulden einander einen Gefallen. Also, ich besorge dir Zucker.« Er nickte, um die Endgültigkeit seiner Aussage zu bestätigen, und schob seinen Teller weg. Dann richtete er sich auf und sah ihr so unverwandt in die Augen, dass sie den Blick nicht abzuwenden wagte. »Ich will kein Geld von dir, Sophie.«

»Ich verstehe.«

»Und du?«

Sie sahen sich an.

Er griff in seine Tasche und zog ein Ringkästchen hervor. Sophie hielt die Luft an. Am liebsten hätte sie laut geschrien und wäre aus dem Restaurant gerannt. Doch sie sah nur in entsetzter, hilfloser Faszination zu, wie er das Kästchen öffnete. Es enthielt einen goldenen Ring mit einem Saphir. Im gleißenden Licht der Kronleuchter schimmerte er wie die Dämmerung. Eingerahmt wurde er von zwei gleich großen Diamanten, die sie einladend anfunkelten. Sie waren umgeben von kleineren Diamanten. »Der Ring gehörte meiner Mutter. Ich kann mir keine Frau vorstellen, an deren Hand ich ihn lieber sähe, als dich.«

Sophie brachte kein Wort hervor. Ihre Kehle war wie zugeschnürt, ihr Mund fest zusammengepresst.

»Als wir uns das letzte Mal sahen, versicherte ich dir, dass ich keine Eile habe. Ich wollte dich nicht bedrängen. Das hat sich nicht geändert, und ich will dich auch jetzt nicht zur Heirat drängen. Aber ich möchte, dass du meinen Ring trägst.«

»Louis, ich bin verheiratet!«

Mit einem Kopfschütteln tat er ihre Bemerkung ab. »Verheiratet mit einem Mann, der als tot gilt. Fast alle betrachten dich als Witwe.«

Sie musste ihre Zunge mit Gewalt vom trockenen Gaumen lösen. »Warum gerade jetzt?«, fragte sie.

»Ich möchte meine Absicht kundtun.«

»Du willst, dass die Leute es sehen, meinst du?«

Er zuckte mit den Achseln. »Vermutlich. Aber unter uns, es würde bedeuten, dass unsere Beziehung nicht völlig einseitig ist. Ich will etwas als Gegenleistung für meine Mühen haben.«

Sophie nahm ihre Serviette vom Schoß und faltete sie sorgfältig, bevor sie sie auf den Tisch legte. »Nun, Louis, der Besuch in Paris war sehr erhellend«, formulierte sie vorsichtig. »Du warst sehr großzügig, und ich bin dir dankbar dafür. Allerdings musst du wissen, dass ich im Gegensatz zu dir nicht alles hinnehme, was man uns über Jerome berichtet hat.«

Du brauchst Louis' Hilfe, rief sie sich ins Gedächtnis. *Sieh zu, dass du ihn nicht beleidigst!*

Bei ihren Worten bröckelte seine Fassade ein wenig, aber er hatte sich schnell wieder in der Gewalt. »Was willst du denn noch, Sophie?«, fragte er müde.

»Einen Beweis.«

»Einen Leichnam?« Er klang so, als wolle er ihr ins Gesicht lachen. Zornig sprach er weiter. »Du hast es doch gehört. Einen Beweis für Jeromes Tod gibt es nicht.«

»Ich brauche genauere Aussagen, weil ich bisher nur unklare Bemerkungen von traumatisierten Männern habe, und dein Freund beim Roten Kreuz glaubt nur zu bereitwillig alles, was er hört.«

Louis blickte sie an, als wäre sie einfältig. »Dir liegt ein militärischer Bericht vor, dass es Jerome Méa nicht mehr gibt.«

»Nein, es ist nur so, dass jene, die diese Berichte verfassen, nichts über ihn wissen.« Ihre Stimme klang jetzt ärgerlich, und sie sah ihm an, dass auch in ihm der Zorn wuchs. Seine Selbstbeherrschung war bewundernswert. »Louis, ich habe Männer im Lazarett gesehen, die nicht einmal mehr ihren Namen wussten.«

»Na und?« Sophie runzelte die Stirn über seine unbekümmerte Erwiderung. »Wir wissen aber, wer sie sind«, fuhr er fort. »Sie haben eine Uniform, eine Nummer, einen Ausweis.«

Lass nicht zu, dass er deine Einwände beiseiteschiebt!, warnte ihre innere Stimme. »Vielleicht hat Jerome ja alles verloren«, flehte sie.

»Wie ... alles? Du machst es dir zu einfach und greifst nach jedem Strohhalm, Sophie. Ich verstehe ja, dass du hoffst, dass er noch lebt. Deshalb baust du dir dein eigenes Gerüst, um die Überzeugungen aller anderen ablehnen zu können. Und du tust dir weh, indem du dich an diese Hoffnung klammerst.«

»Bitte, hilf mir, Louis!«, bat sie. Vielleicht erreichte sie mit weiblichem Bitten mehr als mit jedem Einwand.

»Mir scheint, als hätte ich dir schon geholfen«, murrte er und verzog leicht angewidert das Gesicht.

»Hilf mir, einen stichhaltigen Beweis zu finden!«

»Und dann?« Jetzt klang er mürrisch.

Ich muss vorsichtig vorgehen, dachte sie. »Wenn es so ist, wie du glaubst, dann reden wir über uns.« Sie konnte es kaum fassen, dass sie diese Worte tatsächlich ausgesprochen hatte, aber jetzt war es heraus. »Ich werde deinen Ring nicht tragen, noch nicht. Finde Jerome für mich ... oder den Beweis seines Todes. Und besorg mir Zucker!« Achselzuckend sprach sie weiter. »Und dann reden wir über uns.«

Sophie konnte über die Tatsache hinwegsehen, dass sie Louis körperlich nicht anziehend fand. Wenn sie aber ehrlich war, musste sie zugeben, dass er und sie über genügend gemeinsame Interessen und übereinstimmenden Intellekt verfügten, um bei nüchterner Betrachtung ein Paar auf Augenhöhe abzugeben. Doch leider ging es im Leben nicht so zu, und sie wollte nicht aus vernunftsmäßigen Erwägungen heraus geheiratet werden. Die Vorstellung, wie es wäre, ein Kind mit Louis zu haben, war ihr zuwider. Der Gedanke an eine körperliche Vereinigung mit ihm war einfach abstoßend. Aber der Zucker? Der Zucker war wie ein fetter Köder für einen hungrigen Fisch. Ohne Zucker würde sie ihrem Familiennamen untreu werden. Und noch wichtiger ... sie würde Jerome im Stich lassen. Ihn zu ehren, den Namen ihres Vaters und die Geschichte seiner Champagnermarke hochzuhalten, schien ihr das einzige Lebenswerte zu sein. In diesem Krieg schien alle Hoffnung verloren, und ihr Leben, in dem es keinen Mann, keine Kinder, keine Familie gab, war ihr gleichgültig. Sie lebte nur aus dem reinen Gefühl, das aus Hoffnung und Pflicht entstand. Es war ein schreckliches Gefühl, aus Jeromes Hochzeitsweinberg – seinen kostbaren Trauben, einem besonderen Geschenk nur für sie allein – keinen Champagner machen zu können. Den Zucker für den Champagner nicht zu haben war schlimmer, als Louis heiraten zu müssen. Ob er wohl ihre Verzweiflung spürte? Wenn ja, so war sie ihm gleichgültig. Er verfolgte seine Pläne und überließ seiner potenziellen Braut ihre eigenen Vorhaben. Unwillkürlich erschauerte Sophie.

Er beobachtete sie aufmerksam, schwieg jedoch, um das

unsichtbare Band nicht zu zerstören, das sich zwischen ihnen gebildet hatte. Sie spürte, wie Übelkeit in ihr aufstieg. Wollte sie Louis wirklich mit einem Eheversprechen bestechen? Was war aus ihr geworden?

Sie war stark geworden, versicherte sie sich. Es kostete Kraft, solche Entscheidungen zu treffen.

»Quid pro quo, Louis.« Sie lächelte und musste sich zusammenreißen, damit sie die Seezunge nicht auf den Teller erbrach.

Louis Méa hatte eine gleichmütige Miene bewahrt, als er seine Schwägerin zum Abschied küsste und dem Zug nachwinkte, der sie nach Épernay zurückbrachte. Nun aber ging er auf dem Parkettboden seiner Pariser Wohnung im 9. Arrondissement zwischen Opéra und Pigalle auf und ab und ließ seiner Wut freien Lauf. Allerdings richtete er sie, wie es seine Art war, nach innen und nicht nach außen. Vorbei an einer prächtigen Anrichte mit Intarsien aus Holz und Marmor, über der ein dekorativer ovaler Spiegel hing, vorbei an einem Gemälde von Boldini, das einen liegenden Akt darstellte, trat er an ein hohes Fenster, von dem aus er auf den Platz blickte, an dem man der lasterhaften Lust frönen konnte.

In diesem Viertel hatte Frankreichs andere Revolution stattgefunden, denn hier wurde jede sexuelle Vorliebe bedient, und natürlich strömten die Männer herbei, vor allem nachts. Louis selbst nahm die Angebote ebenfalls häufig wahr. Würde Sophie sich nur endlich als Witwe sehen, wäre das Leben für sie beide wesentlich einfacher. Er konnte ihr nicht von seinen finanziellen Problemen erzählen. Falls er sie zu einer Verlobung überreden konnte, würden seine Schuldner ihn sicher mit anderen Augen betrachten. Das Unternehmen Delancré war riesig ... der gesamte Grundbesitz und die profitable Champagnerproduktion. Das galt selbst in diesem verfluchten Krieg. Spöttisch verzog er das Gesicht. Welch eine Ironie, dass Sophie Zucker brauchte, um ihren Champagner herzustellen, und dass er so viel seines privaten Vermögens in neue Zuckermühlen auf Kuba investiert hatte. Mit seinem Geld waren 1914 drei neue Mühlen gebaut worden, aber seine Investition ließ sich nicht in Bargeld umwandeln, da der Zucker nicht verschifft werden konnte. Trotzdem kam er an Zucker heran, jedenfalls genug, um Sophie in die Ecke zu drängen. Er überschlug seine Finanzen. Ein großer Teil seines Vermögens war in der Passagierschifffahrt gebunden und mit der RMS *Lusitania* im Frühjahr 1915 gesunken. Etwa um die gleiche Zeit, als ihn die Nachrichten über Jerome erreichten.

»Bleib tot, Jerome!«, murmelte er.

Es war nicht so, dass er seinen Stiefbruder nicht liebte. Er liebte ihn durchaus, aber Jerome hatte ihm vor vier Jahren Sophie Delancré vor der Nase weggeschnappt, und er ließ es nicht zu, dass sein ständig anwesender Geist auch die zweite Gelegenheit verdarb, Sophie zur Frau zu nehmen und an ihren Reichtum zu kommen. Sie brauchte einen Beweis. Louis hatte immer wieder darüber nachgedacht und sich den Handel ins Gedächtnis gerufen. Sie würde seinen Ring tragen, wenn er beweisen konnte, dass Jerome nicht mehr lebte.

»Das ist also mein Ziel«, sagte er zu den Passanten, die unten auf der Straße vorbeigingen. Es waren hauptsächlich Frauen, aber auch viele Soldaten und Regierungsbeamte. Eigentlich sollte er jetzt am Schreibtisch sitzen, aber er war zu abgelenkt, zu unruhig, und das musste sich ändern, wenn er klar denken wollte.

Aus den Augenwinkeln sah er etwas Rotes aufblitzen. Eine Frau in einem roten Mantel. Marie. Eine Hure, die seine Unruhe für ein paar Francs und ein Glas Wein beheben würde. Er leckte sich über die Lippen. Ja, Marie würde ihm helfen, seine Gedanken darauf zu konzentrieren, wie er Jerome für tot erklären konnte.

8

Reims
26. Mai 1918

In Reims herrschte Aufregung, und Sophie spürte sie ebenso sehr wie die Ärzte, die Krankenschwestern und die anderen freiwilligen Helfer im Lazarett. Die Ankunft besonderer Gäste aus Paris belebte die Gemüter.

Dr. Langevin war am aufgeregtesten von allen. »Die Leiterin des physikalischen Labors der Sorbonne!«, rief er. »Eine Frau«, fügte er hinzu, als wäre das eine Blasphemie. Sophie wusste, dass der Arzt es nicht so meinte. In Wahrheit war er zutiefst beeindruckt von dieser Wissenschaftlerin. »Sie hat die Stelle ihres Mannes nach seinem Tod in der wissenschaftlichen Fakultät als Physikprofessorin übernommen, als weltweit erste Frau.« Angesichts seines entsetzten Tonfalls hätte Sophie am liebsten laut gelacht.

»Seien Sie vorsichtig, Doktor Langevin! Eines Tages wird eine Frau vielleicht sogar Präsidentin.«

Er schüttelte den Kopf, ob bewundernd oder alarmiert, wusste sie nicht. Es spielte aber auch keine Rolle. In diesem Moment war nur Madame Marie Curie wichtig. Die berühmte Wissenschaftlerin hatte Wort gehalten und ihr mobiles Röntgengerät nach Reims gebracht. Dass sie Sophies Einladung so prompt gefolgt war, schien ein Segen zu sein, den alle feierten. Jetzt wussten die Ärzte genau, wo die Kugel in dem jungen französischen Soldaten steckte, der kürzlich eingeliefert worden war, und Langevin bereitete sich auf die Operation vor. Ebenso konnten sie deutlich sehen, wo der Knochen im Bein des Algeriers gebrochen war, sodass es gerichtet werden konnte, damit der Mann in einigen Monaten wieder zu seiner Einheit zurückkehren konnte. Viele Einwohner aus dem Ort waren an die Oberfläche gekommen, um die berühmte Wissenschaftlerin jubelnd zu begrüßen, und auch Sophie hatte Madame Curie und ihre Tochter Irène willkommen geheißen.

Marie und Sophie hatten sich mit aufrichtiger Zuneigung umarmt. »Ich danke Ihnen beiden, dass Sie gekommen sind, und ich hoffe, Sie haben Ihren neuen Wagen bekommen«, flüsterte sie bei der Begrüßung.

»Letzte Woche«, erwiderte Marie Curie lächelnd. »Danke.«

Jetzt saßen sie in den Katakomben, nachdem die beiden Besucherinnen den ganzen Tag mit den Patienten im Lazarett verbracht hatten.

»Morgen Abend findet ein Konzert statt, falls Sie noch so lange bleiben können.«

»Unter der Erde?«

Sophie lächelte und hob die Schultern.

»Nun, Madame Delancré, Sie stecken voller Überraschungen und Neuerungen. Sie sollten einen Orden bekommen!«

»Es ist gleich halb elf. Was denke ich mir nur, Sie so lange hier mit Champagner wach zu halten?«

»Habe ich mich beklagt?«

Sie lachten beide. »Sie können jetzt Ihre Unterkunft beziehen. Es tut mir leid, dass ich Sie nicht in meinem Haus beherbergen kann, aber ich glaube, es ist zu gefährlich. Mir ist es lieber, Sie sind außer Reichweite der Gewehre.«

»Das verstehen wir, und wir sind Ihnen dankbar für Ihre Umsicht, Sophie. Sie brauchen sich nicht zu entschuldigen. Aber hier schweigen die Waffen. Also glaube ich, dass Ihr Konzert morgen Abend nicht gestört wird.«

Sophie nickte zustimmend, aber vier Jahre Krieg hatten sie gelehrt, dass man das Schweigen der Waffen nie für selbstverständlich halten sollte.

Es war lange warm geblieben an diesem milden Frühlingsabend, aber schließlich war die Nacht hereingebrochen, und kühle Dunkelheit hatte sich herabgesenkt. Charlies Kompanie war an die Front gebracht worden, um das sechste Bataillon ihres Regiments abzulösen, und jetzt kauerten sie wieder im Schützengraben.

Er sah eine hügelige Landschaft, bereits üppig grün, nicht so öde wie Flandern. Ob Belgien sich wohl jemals von den Verwüstungen des Kriegs erholen würde? Hier war der Wald unzerstört und erstreckte sich die Hügel hinauf. Dort waren die Stellungen der Deutschen am stärksten. Der Feind hatte alles im Blick, was sie vorhatten. Wahrscheinlich hielt nicht einmal der optimistischste General dies für eine gute Voraussetzung zum Sieg. Also fand sich Charlie damit ab, dass er und alle Männer ringsum einfach nur weiteres Kanonenfutter waren, eher eine Abschreckung als eine echte Bedrohung für die Deutschen. Im Moment war er allerdings dankbar, dass der Feind anscheinend nicht mehr plante, Paris über Reims zu erreichen. Alles war ruhig, und der wirkliche Kampf fand in Belgien statt ... auf der anderen Route nach Frankreich. Seit die Männer in dieser Gegend angekommen waren, blieb es ruhig. Aber obwohl

Charlie nicht befürchtete, dass sich das ändern würde, war er unruhig. Es sei seine Pflicht, auf der Hut zu sein, redete er sich ein, und als Captain musste er wachsam sein und alle Möglichkeiten für seine Männer im Auge behalten, falls es zu Kämpfen kommen sollte. Wahrscheinlich dachte er viel zu analytisch, nachdem sie jetzt wochenlang nicht gekämpft hatten. Trotzdem betrachtete er den Aisnekanal und überlegte, wie der ihnen hinderlich oder nützlich sein konnte. Eigentlich war er ein schützender Ring in ihrem Rücken, aber dieser Schutz konnte sich auch als Last erweisen, wenn sie sich zurückziehen mussten.

Im Moment jedoch dachte niemand an Rückzug. Die Stimmung war so gut wie das Wetter. Es herrschte eine angenehme Wärme, und es gab nicht das leiseste Anzeichen für Regen oder Sturm. Vor einigen Tagen hatte Charlie Donnergrollen in der Ferne gehört und anfangs angenommen, es käme vom Geschützfeuer, aber es war tatsächlich ein Gewitter gewesen, das nach einem einzelnen Blitz am Horizont allerdings schon wieder vorbei gewesen war. Die neue Umgebung hatte eine dramatische Veränderung bei den Männern zur Folge. Sie lachten und entspannten sich während der ungestörten Abende. Sie spielten Karten, erzählten Geschichten, dachten an das Leben in England, redeten davon, wie sehr sie sich nach einem Bier sehnten und dass sie ihre Mädchen bei nächster Gelegenheit heiraten wollten. Es waren kleine Alltagsgespräche zwischen Männern, die sich langsam wieder auf die Zukunft freuten. Charlie teilte ihren Optimismus nicht, weil ihm die Stille bedenklich vorkam ... so ähnlich wie die Stille vor einer Naturkatastrophe. Dabei war er nicht einmal sicher, wie er sich die Gefahr eigentlich vorstellte.

»Wollen Sie eine ziehen, Captain Nash?« Einer der Männer unterbrach seine Gedanken und hielt ihm ein Kartenspiel hin. Eine Zigarette hing ihm im Mundwinkel. Er hatte den anderen zur Unterhaltung bestimmte Kartentricks vorgeführt.

»Machen Sie ruhig weiter, Green! Ich bin nicht so leicht zu beeindrucken wie die anderen Jungs.«

Gespielt beleidigtes Murmeln erhob sich, und selbst Charlie musste lächeln.

»Worüber denken Sie nach, Sir?«, fragte einer der älteren Männer und trat neben ihn.

Charlie mochte Davies, der einen beruhigenden Einfluss auf die anderen hatte. Davies bot ihm einen Schluck aus seiner Feldflasche an.

Nash runzelte die Stirn. »Was ist das?«

»Cognac«, erwiderte Davies grinsend. »Köstliches Gesöff, Captain ... Ich habe es vor ein paar Tagen drüben in Trigny gekauft. Vorher hatte ich so etwas noch nie probiert.«

Aus Höflichkeit nahm Charlie einen Schluck. Die schwere Flüssigkeit brannte ihm in der Nase und im Hals. »Wirklich sehr stark.«

»Aber gut.« Davies zwinkerte. »Ich nehme jeden Abend vorm Schlafengehen einen kleinen Schluck.«

»Hoffentlich macht der Cognac nicht zu müde«, warnte Nash, aber ohne echte Überzeugung.

Schweigend blickten sie in die Dunkelheit.

»Sie wirken besorgt, Sir«, fuhr Davies schließlich fort. »Worüber denken Sie nach?«

Charlie hatte eigentlich nicht vor, dem Mann sein Herz auszuschütten, tat es aber trotzdem. »Ich dachte gerade an den Geografie-Unterricht in der Schule.«

»Ach ja?«

Charlie lachte leise. »Am meisten hat uns in dem sonst eher langweiligen Fach die Kontinentaldrift fasziniert.«

»Da komme ich nicht mit, Sir«, gestand Davies.

»Wie große Landmassen ständig in Bewegung sind.«

»Ich verstehe, Sir«, sagte Davies. Er klang so, als ob er es bedauere, zu ihm gekommen zu sein und die Frage gestellt zu haben. Offensichtlich hatte er keine Ahnung, worauf der Captain hinauswollte.

Charlie spürte den Mangel an Interesse, aber er redete trotzdem weiter. Jetzt hatte er schon einmal angefangen, und die Stille fühlte sich leichter an, wenn er redete. Ohne seinen Gesprächspartner anzusehen, untermalte er seine Worte mit Gesten. »Landmassen verschieben sich, krachen ineinander, brechen ab ... dies alles passiert natürlich über Jahrtausende hinweg. Aber es gibt faszinierende Beobachtungen, dass zum Beispiel Bergketten auf verschiedenen Kontinenten exakt ineinanderpassen ... wie Puzzleteile.« Er verschränkte die Finger.

»Tatsächlich, Sir?«

Charlie merkte, dass Davies sich nach einem Fluchtweg umsah. Er sollte ihn gehen lassen.

»Genug Schulzeit-Erinnerungen, Davies! Machen Sie weiter! Ich glaube, unser Kartenspezialist hat einen weiteren Trick auf Lager.«

»Ja, genau, Sir.« Davies klang erleichtert und tippte sich grüßend an die Schläfe. »Schlafen Sie gut, Sir.«

»Danke, Davies ... auch für den Cognac.« Grinsend zog sich der Mann weiter in den Schützengraben zurück, wo mehr Spaß zu erwarten war.

Nash hing weiter seinen Gedanken über die Kontinentalverschiebung nach. Er hatte gelernt, dass Erdbeben auf dem Meeresgrund Tsunamis verursachen konnten.

Als er sich umblickte, stellte er fest, dass die meisten Männer schliefen, außer den Wachen natürlich ... und ihm.

Sie dösten im Sitzen, aneinandergelehnt, manche hatten sich aber auch hingelegt. Er drehte ihnen den Rücken zu und beobachtete den Wald auf dem Hügel. Seine Gedanken kehrten erneut zu den Tsunamis zurück. Merkwürdig, dass vorher immer eine angespannte Stille herrschte!

Eine seltsam angespannte Stille. So fühlte es sich auch jetzt an. Hätte Davies jetzt noch neben ihm gesessen, hätte er ihm klarmachen können, was er meinte.

»Es ist zu still«, murmelte Charlie. Es kam ihm vor wie das archetypische unheilschwangere Innehalten, als ob gleich etwas Bedeutsames passieren müsse. Seine Gedanken überschlugen sich. *Die Vögel wissen immer im Voraus, dass die Welle kommt, denn selbst die Geschöpfe der Nacht sind plötzlich unheimlich still geworden.*

Er blickte auf die Uhr. Es war eine Minute vor eins.

Sophie hätte schon seit Stunden schlafen müssen, nachdem sie sich von Marie verabschiedet hatte, aber sie war unruhig und hatte sich schon seit Langem darauf eingestellt, produktiv zu sein, wenn sie nicht schlafen konnte. In dieser Zeit schrieb sie Briefe, erstellte Einkaufslisten oder erledigte die Buchhaltung. Letzteres half ihr dabei, doch noch schnell einzuschlafen. Dieser Tage war sie immer todmüde und konnte gar nicht früh genug zu Bett gehen. Aber es kam gelegentlich auch vor, dass sie, so wie jetzt, nicht einschlafen konnte. Dabei beschäftigte sie doch eigentlich gar nichts im Besonderen. Es war sogar einer der besseren Tage im Krieg gewesen. Keine Kämpfe, kein Blutvergießen, kein Andrang frisch Verwundeter, die sogleich versorgt werden mussten oder Betten benötigten, die es nicht gab. Es war ein Tag des Lächelns und der Inspiration gewesen. Warum war sie also so aufgewühlt?

Fühlte sie sich schuldig, weil sie den Curies nicht angeboten hatte, in ihrem Stadthaus zu übernachten? Nach längerem Überlegen kam sie zu dem Schluss, dass sie ein reines Gewissen hatte. Nein, es war viel zu gefährlich, sie hier schlafen zu lassen. Zurzeit gab es zwar keine Bombenangriffe, nicht einmal gelegentliches Geschützfeuer. *Aber warum sollte ich bei diesen wichtigen Personen ein Risiko eingehen?*, hatte sie sich gefragt. Also hatte sie die Einladung nicht ausgesprochen und sich damit zufriedengegeben, die beiden Frauen zu umarmen und ihnen gute Nacht zu wünschen. Sie kämen in einem Haus unter, das weit weg von jeglicher Bedrohung lag.

Sophie zog den Gürtel ihres Morgenmantels enger um den Körper. Es war zwar nicht besonders kalt, aber er umhüllte sie tröstlich, als sie an das Fenster trat, von dem aus sie über die Stadt hinweg bis zu den Weinbergen blicken konnte. Alles war in Ordnung. Keine Blitze, keine Detonationen, keine pfeifenden Kugeln. *Die alliierten Soldaten und auch die Deutschen sind heute Abend in Sicherheit*, dachte sie.

Alles war still.

Die stillste Zeit des Tages. Durch den Garten huschten noch nicht einmal Eichhörnchen. Das war merkwürdig.

Zu still?

Sophie sah auf ihre Armbanduhr. Im blassen Mondlicht konnte sie die Zeiger gerade so erkennen.

Es war ein Uhr. Der nächste Tag hatte schon begonnen.

Gaston de Saint Just drängte seine melancholischen Gedanken zurück. Es war doch alles ruhig, und seit vielen Wochen hatte es so gut wie keine Kämpfe gegeben. Er hatte seinen Teil von den Abscheulichkeiten des Krieges mitbekommen. Er war mit Gas vergiftet und verwundet worden, hatte zu viele Kameraden sterben sehen. Wenn sie in der Marne-Region blieben, würden er und seine algerischen Tirailleurs den Krieg vielleicht ohne weitere Verluste überstehen. In der ruhigen Zeit hatten sie die Schützengräben gesäubert und ausgebessert. Alles in den schmalen Gräben seines Regiments wirkte so ordentlich, dass er seinen Männern am Abend freigegeben hatte, damit sie sich entspannen konnten.

Er hatte Wache gehalten, während er voller Dankbarkeit darüber nachgedacht hatte, wie seine Cousine mobile Röntgengeräte nach Reims geholt hatte. Jetzt konnte vielen Verwundeten viel schneller und besser geholfen werden, und sie hatten die Chance, wieder ganz gesund zu werden. Und wem das nicht reichte, der konnte sich dank Sophies Unternehmungsgeist auf ein seltenes Ereignis freuen. Sie hatte nicht nur Madame Curie nach Reims geholt, sondern es war ihr auch gelungen, zahlreiche Musiker zum Kommen zu bewegen. Dort würden sie ein Konzert geben. Er hatte keine Ahnung, wie sie das bewerkstelligt hatte. Eigentlich wusste er jedoch, dass Sophie alles erreichte, was sie sich vornahm. Hoffentlich konnte er den morgigen Abend mit ihr verbringen.

Er sah auf seine neue Armbanduhr, die ihm seine Schwester mit einem lieben Brief geschickt hatte. Sie hatte ihm geschrieben, der beste Uhrmacher der Schweiz habe sie hergestellt. Er war froh, dass sie auf neutralem Territorium wohnte, weit weg vom Krieg. Am liebsten wäre es ihm gewesen, Sophie hätte die Einladung ihrer Cousine angenommen und wäre nach Zürich gezogen. Aber das war eine leere Hoffnung geblieben, obwohl die beiden Frauen gute Freundinnen waren und sich häufig schrieben. Das leuchtende Zifferblatt zeigte ihm an, dass es ein Uhr morgens war. Wahrscheinlich sollte er ein wenig schlafen, wenn er ...

Gaston beendete diesen Gedanken nicht mehr, denn auf einmal explodierte die Welt rings um Reims.

Niemand blieb im Bett, aber Sophie, die noch nicht geschlafen hatte, als die Bombardierung begann, war als eine der Ersten angezogen. In ihrer Arbeitskleidung rannte sie auf die Straße und zog sich den Schal fester um die Schultern, weniger der Kälte wegen als aus Angst. Um ihr Haus am Rand der Stadt sammelte sich eine Menschenmenge und beobachtete, wie sich der Nachthimmel im tödlichen Orange des Krieges färbte. Von ihrem Haus aus war das besonders gut zu erkennen.

»Es fängt wieder an!«, schrie der Bürgermeister. Entsetzen im Blick, eilte er herbei, während er sich den Gürtel festschnallte. Die Hemdschöße hingen ihm aus der Hose.

»Leider ja«, erwiderte Sophie. Sie konnte kaum glauben, dass sie noch vor wenigen Momenten über die Stille und die Sicherheit ihrer Umgebung gestaunt hatte. Einen Wimpernschlag später hatte sich alles geändert. Die Angst in den Gesichtern der vertrauten Menschen ringsum war kaum zu ertragen. Sie spürte die allgemeine Sorge, ob die Schützengräben ausreichten, um den Feind zurückzuhalten, ob es in der Stadt genügend Lebensmittel und Vorräte gab, sollten sie eingeschlossen werden. Manche, wie sie, dachten an Familie, Freunde und Häuser in Épernay und die anderen Ortschaften in der Umgebung. Und wahrscheinlich beschäftigte auch jeden die Frage, was passieren würde, wenn die Deutschen die Kampflinie durchbrachen, die Reims schützte. Dort war auch Gaston.

Dies war die Landschaft, die er und seine Männer schützten. Er war jetzt dort draußen und kämpfte vielleicht um sein Leben. Sie wusste kaum etwas über Schlachtstrategien und Frontlinien. Jeder gebrauchte diese Wörter, aber nur wenige verstanden, was wirklich dahintersteckte. Hoffentlich wussten die Generäle, worum es ging, denn ihr bester Freund befand sich dort draußen an der Front, gab Befehle und sorgte dafür, dass seine Männer Reims heroisch verteidigten. Sie konnte ihn nicht auch noch verlieren. Nicht, nachdem Jerome nicht mehr auffindbar war.

Sie sah, wie in Richtung ihres Weinbergs eine Granate explodierte. Es machte sie nur noch elender, weil sie Gaston nicht helfen konnte. Sie konnte ihre Trauben nicht retten, nur hier stehen und beobachten, wie vor ihren Augen die Schlacht tobte.

Das Geschützfeuer wurde immer heftiger.

9

Seine schlimmsten Ängste bewahrheiteten sich. Charlie spürte und hörte die erste Detonation, kurz nachdem der leuchtende Zeiger seiner Armbanduhr bestätigt hatte, dass es eine Stunde nach Mitternacht war. Er zuckte zusammen, denn dieses Geräusch hatte er seit vielen Wochen nicht mehr vernommen. Auch die Männer ringsum regten sich. Schlaftrunken hörten sie die Stimme ihres Captain, der sie anbrüllte.

»Das ist echt, Jungs! Kein Donner! Die Deutschen haben das Geschützfeuer eröffnet!«

Chaos schien auszubrechen, aber die gut ausgebildeten Männer waren sofort auf den Beinen und hielten die Gewehre bereit.

»Gasmasken!«, brüllten einige Soldaten, die ebenso wie Charlie die Gaswolke bemerkt hatten, die sich mit dem Morgennebel mischte und ihnen entgegentrieb.

»Gelbes Kreuz!«, schrie Charlie. Seine Stimme klang gedämpft unter der Gasmaske. *Chlor.* »Gelbes Kreuz!« Er brüllte so laut, wie es seine Stimmbänder zuließen. Allerdings vermutete er, dass wahrscheinlich auch noch andere Gase im Spiel waren.

In weniger als einer halben Stunde war die Kommunikation mit den anderen Bataillonen abgeschnitten.

»Ich sage an der Front Bescheid, Sir«, versprach sein Läufer. Er wartete Charlies Antwort gar nicht erst ab, sondern war schon aus dem Schützengraben heraus und auf dem Weg zu den anderen Offizieren in den anderen Gräben.

In den nächsten Stunden nahmen die Bombardierungen zu, und Charlies Männer waren gefangen, nicht aus Mangel an Wissen oder Befehlen, sondern wegen des Gases und der Dunkelheit. Das französische Regiment neben ihnen meldete die niederschmetternde Nachricht, dass die Deutschen den Kanal überquert hatten. Etwa eine Stunde später wurde Charlie von der 110. Brigade informiert, dass kein Läufer durchkam. Schlimmer noch, der Feind war in ihren Sektor eingedrungen und hatte den Kanal genau in der Gegend überquert, die sie schützten.

»Was jetzt, Sir?«, fragte Charlie seinen Vorgesetzten. Er wollte nicht hören, dass die Flanken offen waren. »Es ist ein Gewirr von Schützengräben, die wir nicht besetzen können.« Er blinzelte in die Dunkelheit. »Die Deutschen nehmen wahrscheinlich Stellungen ein, die wir nicht gesichert haben. Jetzt ist es zu spät. Sollen wir zum Rückzug blasen?«

Der Major und Charlie verstanden sich gut. Bestimmte Themen brauchten sie nicht offen anzusprechen. Jetzt aber wirkte der Befehlshaber geistesabwesend, als ob er die Frage nicht gehört hätte. »Die Deutschen haben Jäger eingesetzt, die über offenen Grund in starker Besetzung geradewegs auf uns zukommen.«

Charlie ließ sich seine Ängste nicht anmerken. Er wusste genau, was seine Tiger erwartete.

»Sie bombardieren sich den Weg frei«, fügte der Major hinzu. Sein Tonfall klang hoffnungslos.

»Wenn sie die Hauptstraße überqueren, sind wir geliefert, Sir«, erwiderte Charlie. Sie mussten hier weg.

Der Major schien seinen niedergeschlagenen Tonfall nicht zu bemerken. »Ich glaube, die eigentliche Frontlinie wird im Moment nur von unseren Scharfschützen gehalten.«

Charlie nickte. Er wusste, dass die Wachposten sich für gewöhnlich mindestens vierhundert Meter weit zurückzogen. Er wartete, aber weitere Befehle erfolgten nicht.

»Wir müssen stillhalten, Captain Nash. Weitere Anweisungen habe ich nicht bekommen. Seien Sie auf der Hut!«

»Zu Befehl, Sir«, entgegnete Charlie, aber er war nicht einverstanden. Erneut versuchte er es. »Äh ... Sir.«

»Ja.« Der Major klang gereizt.

»Meiner Meinung nach sollten wir uns zurückziehen, Sir. Wenn sie auf uns zulaufen und unsere Flanken offen sind, sind wir im Nu umzingelt.«

»Zurückziehen?« Der Major starrte ihn entsetzt an.

»Uns in eine stärkere Position zurückziehen, Sir«, korrigierte sich Nash. »Wir müssen die Brücken über den Kanal nutzen, bevor die Deutschen sie eingenommen haben. Viele Männer unter meinem Kommando wurden gerade erst frisch rekrutiert. Sie sind wie gelähmt vor Angst und haben keine Erfahrung im Kampf. Daher sollten wir jenen, die bereits durch die Hölle gegangen sind, eine Chance geben, damit sie kämpfen und den Neuen helfen können. Es sind keine Feiglinge, Sir. Aber wir brauchen einen gewissen Abstand zwischen uns und den Deutschen, um uns zu organisieren.«

»Wir wissen ja gar nicht, wie lange wir Zeit haben«, gab sein Vorgesetzter zu bedenken. Er klang unsicher, so als wolle er überzeugt werden.

»Nun, Sie haben keine gegenteiligen Befehle, Sir. Wir sollten uns also lieber zurückziehen, bevor wir überrannt werden. Und vielleicht können wir uns ja dem Vierundsechzigsten anschließen, damit wir uns verteidigen können.«

Die Gesichtszüge des Majors entspannten sich, und Charlie sah ihm an, dass er den Vorschlag sinnvoll fand.

»Wir sehen ja sowieso nichts«, knurrte der Major durch seine Gasmaske.

»Sie könnten in zehn Minuten schon bei uns sein, Sir«, stimmte Charlie ihm zu.

»In Ordnung, Captain, lassen Sie Ihre Männer zurückfallen! Wenn Sie einem Läufer begegnen, sagen Sie ihm Bescheid, dass wir uns näher an die N44 zurückziehen, aber nicht bis an den Kanal.

»Ja, Sir. Viel Glück, Sir.«

Charlie salutierte. In diesem Moment gab es dicht am Schützengraben eine gewaltige Explosion, und Charlie sah nicht, ob der Mann gelächelt oder etwas erwidert hatte. Vielleicht hatte er die Explosion ja auch nicht überlebt. Überall wurden Befehle gebrüllt und an die Männer weitergegeben.

Aber keiner der Befehle kam direkt vom Major.

Charlie nahm die Dinge in die Hand und trieb seine Männer zurück. Sie fanden sich in der Gegend von Le Godat in einem Schützengraben wieder. Dies war das letzte Mal, dass er seine Kompanie als Ganzes sah, auch wenn er sich mit ihr bewegte, sich aus dem Graben stemmte und sie anführte, damit sie zur Hauptstraße nach Reims gelangten. Ein Soldat sah aus wie der andere, und es wurden immer weniger.

Was in den folgenden Stunden geschah, fühlte sich so an, als wären sie gleichzeitig an der Somme und in Flandern. Eine solche Schlacht hatte Charlie noch nie erlebt, und er hatte schon an den schlimmsten teilgenommen. Es war, als zerfalle die Welt in Einzelteile. Alles geriet aus den Fugen. Soldaten wurden in die Luft geschleudert, Gliedmaßen flogen umher, andere lösten sich buchstäblich in nichts auf. Granaten pfiffen, zerstörten, mordeten. Der Rauch, die Flammen, das giftige Gas und die schlechte Sicht durch die Maske engten Charlies Welt auf ein kleines Fenster ein.

Nach etwa zweistündiger Bombardierung fiel Charlie auf, dass sich die Geräusche veränderten. Maschinengewehre und Gewehre waren jetzt häufiger zu hören als große Geschütze und Artillerie.

»Sie rücken vor!«, brüllte er den Männern zu, die ihn umstanden. Die Außenposten seiner Kompanie kamen zurückgerannt, stolperten durch die Kommunikationsgräben und fielen zurück in die zweite Verteidigungslinie, wohin Charlie die Überlebenden gebracht hatte.

Ihre angstvollen Gesichter verrieten ihm alles, was er wissen musste, und er blies zum Rückzug. Er musste mit den wenigen Männern, die ihm geblieben waren, wenigstens bis zur Straße kommen. Blinzelnd blickte er auf seine Uhr. Es war fast vier Uhr morgens, und Charlie wurde klar, dass wahrscheinlich kein einziger Läufer durchgekommen war. Das bedeutete, dass es auch keine Verstärkung in der Nähe gab. Höchstwahrscheinlich waren sie bereits umzingelt, und dies war ihre letzte Stellung.

Er würde schießend untergehen.

»Schießt, so viel ihr könnt, Jungs!«

Sein Befehl wurde sofort ausgeführt, aber es schien sinnlos. Selbst er vermutete, dass er auf Schatten im Nebel zielte. Er versuchte zu entscheiden, ob sie lieber ihre Munition sparen oder weiter auf geisterhafte Gestalten zielen sollten, bis sie selbst zu Geistern wurden.

Inmitten des allgemeinen Chaos hatte er sich auf offenen Grund geschleppt, aber auf einmal sah er nichts mehr. Da waren keine Tiger mehr, nichts lag vor ihm außer einer

Wand aus Rauch. Angesichts plötzlicher Feuerblitze sprang er hin und her. Bei dieser Gelegenheit prallte er gegen einen anderen Mann. Sie versuchten, sich gegenseitig festzuhalten, um zusammenzubleiben. Es war Davies, den er trotz Gasmaske an der Stimme erkannte. Als Davies zu Boden stürzte, wurden sie aber wieder getrennt.

Charlie beugte sich über ihn. Er konnte es nicht riskieren, seine Gasmaske abzunehmen, aber er sah genug, um zu wissen, dass Davies auf dieser Welt seinen letzten Schluck Cognac getrunken hatte. Angewidert, wütend und voller Verzweiflung unterdrückte er einen Schluchzer und ließ den toten Mann neben den anderen toten Tigern, die im Morgennebel verborgen lagen, auf dem Schlachtfeld zurück. Warum Davies und nicht er? Warum konnte er einfach nicht sterben?

In dem Lärm konnte niemand den anderen hören oder verfolgen. Charlie rannte einfach weiter, ohne zu wissen, was ihn wenige Meter weiter erwartete. Rasch verlor er die Orientierung. Seit er bei Davies stehen geblieben war, wusste er nicht mehr, in welche Richtung er lief. Entsetzen stieg in ihm auf, als er plötzlich nur noch deutsche Laute hörte. Der Feind überrannte ihn. Kummer stieß mit der Verwirrung zusammen, wie die Atome, die er so gern abstrakt studierte. Doch an diesem Morgen gab es nichts Abstraktes.

Dies war die Realität. Ringsum brach die Hölle los. Er hatte geglaubt, den Krieg zu kennen, dachte, er hätte das Schlimmste überlebt, was Menschen einander antun konnten. Er hatte sich geirrt. Plötzlich hielt er mitten im Lauf inne. Warum, wusste er selbst nicht genau. Vielleicht wollte er die Fähigkeit des Menschen zur Zerstörung genauer betrachten. Seine Umgebung hatte sich in schmutziges, schlammiges Graugrün verwandelt. Kein samtig grünes Sommergras mehr, keine uralten Bäume in vollem Laub. Die Waffen des Menschen, seine Kenntnisse in Wissenschaft und Ingenieurwesen beschränkten die Natur. Und Charlie wusste, dass er Teil dieser hässlichen Maschinerie war ... er war einer dieser klugen Wissenschaftler.

Er hörte das Wort *Flammenwerfer*, das ganz in der Nähe gebrüllt wurde, und als ein Feuerstoß erfolgte, wurde ihm klar, dass die deutschen Soldaten jetzt Flammenwerfer einsetzten. Inmitten des Blutbads explodierten Granaten. Charlie fiel rückwärts in einen Schützengraben und brachte einen feindlichen Soldaten mit dem Bajonett zum Schweigen. Der Mann öffnete den Mund, aber es drang nur Blut hervor. Dann brach er mit seinem ganzen Gewicht über Charlie zusammen.

Er wusste nicht mehr, wie lange er im Dreck unter dem blutenden Deutschen gelegen hatte, aber er spürte, wie schwere Stiefel über sie hinwegmarschierten. Als er wieder zu Bewusstsein kam, realisierte er, dass die Deutschen zum Kanal strömten.

Er musste sich jetzt entweder ergeben, damit er die wenigen kostbaren alliierten Soldaten unter seinem Kommando rettete, oder er musste mit seinen Männern den Kanal vor den Deutschen erreichen, damit sie ihn schützen konnten. Er rief nach seinem Sergeant, in der Hoffnung, dass sie zusammen mit einem kleinen Trupp vorwärtsstürmen konnten, aber eigentlich wusste er, dass dieses Vorhaben hoffnungslos war. Wer sollte ihn in diesem Chaos hören? Und als sich der Morgendunst langsam lichtete, entdeckte er im Schützengraben nur seine eigenen toten Männer.

Eine Hand packte ihn an der Schulter. Ein bekanntes Gesicht beugte sich über ihn, dann ein weiteres.

»Da sind Sie ja, Sir. Die Lage ist ziemlich hoffnungslos«, erklärte der Mann. Es war eine der heftigsten Untertreibungen, die Charlie je gehört hatte. »Sie sind verwundet, Sir.«

Charlie schüttelte den Kopf, als wäre die Feststellung für ihn ohne Bedeutung.

»Ich habe Harper bei mir, Sir.« Die Stimmen hinter den Gasmasken klangen verzerrt, und sie konnten sich kaum sehen.

»Gute Jungs. Harper?«

»Ja, Sir?«

»Irgendwie müssen Sie dem Bataillon HQ eine Nachricht überbringen. Wir ziehen uns bis zum Kanal zurück und halten dort die Stellung.« Er wies in die Richtung. »Ich glaube, dort geht es entlang.«

Harper nickte und lief los. Er war kaum vier Schritte weitergekommen, als er zu Boden stürzte. Charlie erstarrte. Er war für einen weiteren sinnlosen Tod eines Mannes aus seiner Kompanie verantwortlich. Als er seine Stimme wiederfand, war trotz der Gasmaske zu hören, wie er seinen Zorn beherrschte. »Lassen Sie uns gehen!«, sagte er zu seinem letzten Kameraden. »Der Kanal ist unsere einzige Hoffnung.«

Kurz zog er seine Gasmaske ab. Vielleicht hatte sich das Gas ja schon genügend zerstreut. Er roch nichts und nutzte den Moment, um durchzuatmen und sich zu orientieren. Dann setzte er die Maske wieder auf und ging schweigend voraus. Entgegen seiner Intuition bewegte er sich in die Richtung, in der er ursprünglich die N44 und damit den Kanal vermutet hatte. Als sie einige Minuten halb laufend, halb stolpernd unterwegs waren, hatte Charlie das sichere Gefühl, den Kanal erreicht zu haben. Doch er musste feststellen, dass er einen falschen Winkel eingeschlagen hatte und vielleicht sogar auf die Deutschen zugelaufen war. Er warf einen Blick zur Seite, aber der Soldat – er konnte sich nicht mehr an den Namen erinnern – war nicht mehr da. Wild blickte er sich in dem schmutzigen Rauch um, sah aber nichts. Erneut spürte er einen stechenden Druck an der Schulter. Kein Schmerz, nur ein alarmierendes Gefühl. War er getroffen worden? Er hatte keine Zeit, darüber nachzudenken. Leider war er noch nicht tot, deshalb blieb ihm nichts anderes übrig, als in Bewegung zu bleiben. *Du musst deine Taktik ändern, Charlie!*, drängte er sich. Er wandte sich in eine andere Richtung, und Hilflosigkeit und Hoffnungslosigkeit stiegen erneut in ihm auf. Er hatte keine Angst, war eigentlich sogar froh, als er sich eingestand, dass er in den nächsten Augenblicken höchstwahrscheinlich sterben würde. *Na los, Tod!*, wütete er innerlich- *Komm schon, ich bin bereit für dich!*

Taumelnde Soldaten warfen ihm Blicke zu, schattenhafte Gestalten, die gleich darauf wieder verschwunden waren. Er wusste nicht, ob es seine Männer oder feindliche Soldaten waren. Das spielte auch keine Rolle mehr. Vielleicht waren sie alle zu Geistern in einer anderen Welt geworden.

Vielleicht war er ja schon tot. Nur noch ein Gespenst.

Eine gewaltige Explosion belehrte ihn eines Besseren.

Als er das Bewusstsein wiedererlangte, hatte er keine Ahnung, wie lange er ohnmächtig gewesen war. Blinzelnd linste er auf seine Uhr, aber das emaillierte Zifferblatt war so mit Schmutz verschmiert, dass er in dem schwachen, grauen Licht dieses seltsamen Morgens, der ihn an die Unterwelt gemahnte, nicht das Geringste erkannte. Er versuchte, einen klaren Kopf zu bekommen, und langsam wuchs in ihm das Gefühl, als erwache er wie ein Tier aus einem langen Winterschlaf. Wie lange war er schon unterwegs gewesen, bevor er zu Boden gegangen war? Zehn, vielleicht fünfzehn Minuten. Möglicherweise auch eine halbe Stunde. Aber es hatte sich nichts geändert. Die Bombardierung war noch in vollem Gange, wenn auch die Häufigkeit der Explosionen nachgelassen hatte. Ringsum schweres Gewehrfeuer, aber er wusste nicht, wessen Gewehre es waren und in welche Richtung geschossen wurde. Noch konnte er nicht klar denken; sein Kopf fühlte sich an wie weiche Wolle. War er getroffen worden? Er hatte Blut am Körper gesehen, aber war es sein Blut gewesen? Das ließ sich nicht nachprüfen.

Beweg dich, Charlie!. »Bleib am Leben, Charlie!«, hörte er Schwester Ellens Stimme. »Du hast mir versprochen, mit mir tanzen zu gehen.« Er durfte sie nicht enttäuschen.

Neue Kraft stieg in ihm auf, und er verdoppelte seine Anstrengungen. So einsam wie in diesem Augenblick hatte er sich noch nie gefühlt, obwohl er eigentlich sein ganzes Leben lang allein gewesen war.

Jetzt jedoch, während diese entsetzliche Schlacht tobte, hatte er alles verloren, was er jemals in seinem Besitz geglaubt hatte: seinen Willen, sein Selbstgefühl, seine Kameraden – seine ganze Kompanie, so wie es aussah –, sein Land. Charlie hatte schon lange keinen Lebenswillen mehr gehabt, aber jetzt spürte er, dass er etwas viel Wichtigeres aufgab: den Glauben an sich selbst und an die gesamte Menschheit. Sein Geist wollte diese Hässlichkeit nicht länger ertragen, aber sein animalischer Instinkt drängte ihn weiter. Überrascht entdeckte er unter dieser Verzweiflung einen winzigen, tief in ihm verborgenen Teil, der ihn daran erinnerte, dass er sich in seinem Leben bisher immer auf seine Instinkte hatte verlassen können. Dieses Schlachtfeld zu überleben war bestimmt die härteste Prüfung seines Lebens.

Ganz in der Nähe explodierte eine weitere Granate und riss ihn von den Füßen. Er spürte Erde, Gras, und etwas Nasses traf sein Gesicht. Auf seinem Arm war ein merkwürdiger Druck, aber er spürte keinen Schmerz. *Vielleicht werde ich am Boden festgehalten,* überlegte Charlie so sachlich, wie er im Café die Speisekarte studiert hätte. Trotzdem zwang er sich, seine Position zu verändern, und stellte fest, dass nichts ihn niederdrückte, außer der Flüsterstimme im Kopf. Die redete ihm ein, er solle den leichten Weg aus dieser Hölle wählen und sich für immer verabschieden. Aber dann erhob sich die stärkere Stimme in ihm und raunte, er müsse durchhalten bis zum letzten Atemzug.

Charlie traf seine Entscheidung. Mittlerweile völlig desorientiert, ohne sein Gewehr, das er irgendwo verloren hatte, bewegte er sich weiter in der Hoffnung, auf jemanden von der 110. Brigade zu stoßen. Dann könnten sie zusammen weitergehen und würden unterwegs vielleicht noch weiteren Kameraden aus ihrem Regiment begegnen. Bei dem Sturz hatte er seine Gasmaske verloren, vielleicht hatte er sie sich in seiner Verwirrung ja auch abgezogen. Doch es gab auch Hoffnung, denn irgendwie glaubte er Wasser zu riechen. Entschlossen wandte er sich in die Richtung, in der er den Aisnekanal vermutete. Wenn er ihn erreichte, konnte er ihm folgen.

10

Ab dem Moment des deutschen Überraschungsangriffs riss die Kommunikation ab. Der Radiumzeiger seiner Armbanduhr zeigte ihm genau ein Uhr an. Gaston blickte regelmäßig auf seine Militäruhr, wie es wahrscheinlich überall ringsum Männer taten, einerlei, ob Freund oder Feind. Das Geräusch des Geschützfeuers kam wie ein dunkles Omen über das Tal, in dem es so ruhig gewesen war, dass die meisten Soldaten geglaubt hatten, es werde auf ewig so bleiben.

War dies das Ende für Reims? Für Paris?

Für Épernay? *Nein!* Für Épernay, für die Cousine, die er liebte, für die Familie, zu der er gehörte, und für seinen Geburtsort würde er so erbittert kämpfen wie nie zuvor. Und das tat er auch. Er organisierte seine Truppen und begeisterte sie so, dass sie noch tapferer gegen den Feind vorgingen, der das Leben derer, die sie liebten, zu verändern drohte. Ganz einfach war das nicht. Wenn die Deutschen wenige Kilometer näher an Paris herankämen, betraf das die nordafrikanischen Orte, die Heimat seiner Tirailleurs, eigentlich nicht.

Es war kaum von ihnen zu erwarten, dass sie Mitleid mit den Pariser Bürgern hatten, aber Gaston konnte die Männer überzeugen, wie wichtig die großen Städte, von denen auch ihr Volk abhing, für sie waren.

Als Saint Just merkte, dass die Briten sich zurückzogen,

stand sein Regiment an vorderster Front. Vielleicht würden sie überrannt werden, und ein Gemetzel drohte. *Gegenangriff.* Das war die tapferste Möglichkeit, aber nach Gastons Überzeugung war es auch die einzige, wenn sie nicht einfach still sitzen bleiben, den Kugelhagel und das unvermeidliche Schlachtfest über sich ergehen lassen wollten.

Gegen drei Uhr morgens befahl er den Angriff. Die andere Seite des Kanals war verloren. Wenn die Deutschen ihn überqueren, würde Reims fallen, und das bedeutete, dass auch Paris verloren war. Ein mutiger Bote hatte ihm bereits mitgeteilt, dass einige Schützengräben auf ihrer Seite des Kanals überrannt worden waren.

»Wir holen sie uns zurück!« Kämpferische Worte, aber entscheidend wären die Verluste. Trotzdem gab er den Befehl.

Gaston rief einen Läufer, verlangte nach dem Jüngsten im Regiment, und in den wenigen Augenblicken, bis der Mann bei ihm war, kritzelte er eine Notiz. »Hier«, sagte er zu dem Jugendlichen, der nicht älter als siebzehn sein konnte. »Lauf nach Reims! Finde diese Frau!«, sagte er und wies auf den Namen auf dem Blatt Papier. Mit schmutzigen Händen griff der Junge nach der Notiz, und Gaston beobachtete traurig, wie der Schlamm das feine, weiße Briefpapier befleckte. Das passte zu seinem gegenwärtigen Leben. »Übergib ihr den Brief persönlich! Nur in ihre Hände! Hast du verstanden?« Um sicherzugehen redete er arabisch mit dem Jungen.

»Jawohl, Sir. Madame Della ...« Er mühte sich mit dem Namen ab.

»Madame Sophie Delancré«, berichtigte Gaston. »Delancré. Sprich es mir nach!«

Der Junge wiederholte den Namen.

»Sag es dir die ganze Zeit bis Reims vor, damit du es nicht vergisst! Und jetzt lauf!«

Der Beschuss dauerte jetzt schon fast eine Stunde. Zumindest verhüllte die Nacht den Krieg, der jetzt wieder vor Sophies Haustür stattfand. Helle Explosionen erleuchteten den Himmel. Gegen Morgen wurde es nebelig, und die Luft roch scharf nach Pulverdampf und Kordit oder vielmehr nach Pikrinsäure, die die Briten Lyddit und die Franzosen Melinit nannten. Sophie blinzelte verwirrt, als sie sich ihrer Gedanken bewusst wurde. Es spielte doch gar keine Rolle, wer es wie nannte. Auf jeden Fall entsetzlich, vor allem in Verbindung mit Chlorgas und dem scharfen Gestank nach menschlichem und tierischem Blut. Vor allem hasste sie den schrecklich vertrauten Geruch, den der Wind zu ihr herübertrieb. Das Kordit roch leicht süßlich, eigentlich überhaupt nicht nach Krieg.

Sophie musste sich beschäftigen, damit ihre Gedanken nicht allzu wild kreisten. Außerdem mussten die Weinstöcke gewärmt werden, und sie hatte schon immer vorgehabt, in diesen kühleren Nächten im Weinberg zu arbeiten. Andere dachten vielleicht, es gebe Wichtigeres zu tun, aber niemand - vielleicht außer den anderen Champagnerproduzenten - verstand, dass man sich um die kostbaren Traubenknospen kümmern musste wie um Säuglinge. Deshalb würde sie an diesem kalten Abend Fackeln entzünden und die Knospen wärmen, damit Leben und Früchte daraus entstanden ... und eine gute Ernte.

Einige Leute hatten sich eingefunden, um zu helfen, damit sie trotz aller Furcht ein wenig Geld verdienen konnten. Sie nickte ihnen dankbar zu, als sie aus ihrem Haus in Reims trat. Vier der Helfer folgten ihr, darunter ein heranwachsendes Mädchen und ein kleiner Junge. Sophie hatte zwar ein schlechtes Gewissen, weil auch Kinder an dieser gefährlichen Arbeit beteiligt waren, aber sie hatte die Bewerbungen nicht ablehnen können. Das Mädchen Antoinette wollte unbedingt aus den Katakomben heraus, und ihre Mutter hatte Sophie gebeten, sie helfen zu lassen. Der Junge war ein Waisenkind. Seinen Vater hatte er in den ersten Monaten des Krieges verloren, und seine Mutter war gerade an der Grippe gestorben. Er folgte Sophie wie ein Schatten, wenn sie sich in die Weinberge aufmachte.

»Henri, trägst du das bitte für mich?«, fragte sie, damit er glaubte, wichtige Arbeit zu leisten. »Das ist die Kanne mit Benzin für unsere Fackeln.«

»Darf ich die Fackeln anzünden, Madame?«

»Wir erledigen es zusammen.«

»Schützen die Flammen die Traubenknospen, Madame?«

»Oh, das will ich doch hoffen, Henri!«, versicherte sie ihm. Sie dachte daran, dass Henri schon letztes Jahr um diese Zeit mit ihr in den Weinberg gegangen war, um die gleiche Arbeit zu verrichten. »Glücklicherweise weißt du, was wir tun müssen.«

»Das hat mein Großvater mir beigebracht. Aber er ist gestorben, mein Vater ist auch tot. Deshalb will ich von Ihnen lernen, Madame. Ich möchte eines Tages Champagner herstellen.«

»Nun, das ist ein großartiger Berufswunsch.«

»Darf ich für Sie arbeiten, Madame Delancré, wenn ich größer bin?«

Sophie lächelte. »Wir arbeiten doch schon zusammen. Warum solltest du nicht auch für mich arbeiten, wenn du größer bist als ich?«

Er strahlte sie an. »Sie werden stolz auf mich sein!«

»Wie alt bist du, Henri?«

»Neun, Madame, aber meine Mutter sagte immer, ich sei zwar klein, aber der klügste Neunjährige, den sie kennt.« Er blinzelte und korrigierte sich. »Kannte.«

Sophie strich ihm über die Schulter. Was sollte sie auch sagen, um seinen Kummer zu lindern? Erwachsene waren einfacher zu trösten. Kinder konnten mit den Worten, sie seien nicht die ersten oder letzten Trauernden, nichts anfangen. Die Trauer eines Kindes war grenzenlos, nicht stärker oder schwächer als die eines Erwachsenen. Sie fühlte sich nur so grenzenlos an, weil ein Kind im Hier und Jetzt lebte. Außer Henri, denn er sprach davon, als Erwachsener in Sophies Weinbergen zu arbeiten und von ihr zu lernen, wie Champagner hergestellt wurde. Für diese Aussage liebte sie ihn. Vielleicht würde er zu dem Sohn, den sie nicht hatte. Schließlich lag es in ihrer Verantwortung, ihr Wissen an junge Menschen weiterzugeben. Henri war strebsam, er verfolgte einen Traum. Das fand sie beruhigender als alles, was ihr in den vergangenen Jahren begegnet war.

Sie würde Henri einstellen. Sie würde ihm das Handwerk der Champagnerherstellung zeigen. Sie würde in das Leben eines Kindes investieren und ihm helfen, den Traum zu erfüllen, den sein Großvater in ihm angelegt hatte. Der hatte seinem Enkel beigebracht, die kostbaren Knospen zu schützen, die sich im April ausbildeten und im Mai gewärmt werden mussten, wenn die Nächte noch kühl waren.

»Wir wissen, was zu tun ist, Madame Delancré«, versicherte ihr ein älterer Mann. »Soll ich die Arbeit für Sie vorbereiten? Sie haben doch den größten Teil des Tages im Lazarett verbracht. Ich hingegen habe einen langen Mittagsschlaf hinter mir und bin voller Energie.«

Sie lächelte ihn an. »Jean-Claude, Sie sind immer so galant.«

»Darauf bestand meine Mutter immer«, erwiderte er und lüpfte seine Kappe, die mindestens so alt war wie er.

Sie beobachtete ihn, als er die Leute einteilte. Dann wandte sie sich wieder an ihren jungen Begleiter.

»Die Chardonnaytrauben knospen früh, Henri, deshalb sind sie anfälliger für kalte Nächte. Es gibt zwar keine Minusgrade, aber ich will sie nicht gefährden. Der Chardonnay ist zu wichtig.«

»Deshalb kümmern wir uns zuerst um diese Trauben.«

»Ja, wir tun unser Möglichstes, um sie zu schützen.« Sie reichte dem Jungen die Streichhölzer, die sie in die Tasche gesteckt hatte. »Sei vorsichtig damit, Henri! Zünde die Streichhölzer erst an, wenn Jean-Claude die Erlaubnis dazu gibt. Ihr müsst zuerst die Lappen um die Fackeln mit Benzin tränken.« Gehorsam lief der Junge zu dem alten Mann, der auf den Feldrand wies, wo die anderen Arbeiter gerade die Fackeln entzündeten.

»Ich komme gleich, Jean-Claude, inspiziere nur rasch die Pflanzen. Hier kann ich besser sehen!«, rief sie und deutete mit ihrer Laterne auf die ersten Weinstöcke.

»Madame, verzeihen Sie, aber die entzündeten Fackeln liefern den Deutschen ein Ziel.«

»Ja, aber ich glaube nicht, dass sie sich im Moment um uns kümmern, Jean-Claude. Die Schlacht findet in der Ferne statt, um den Weg nach Reims freizumachen. Wenn sie dort siegen, ist unsere Stadt sowieso offen für sie. Dazu wird es aber nicht kommen. Ich habe keine Angst.«

»Dann habe ich auch keine, Madame.« Der Mann humpelte davon.

Sophie lächelte traurig. Trotz des Geschützdonners in

der Ferne fühlte es sich besser an, im Weinberg zu sein als in den Katakomben unter der Stadt. »Hier weiß ich wenigstens, was ich zu tun habe«, murmelte sie. Mit ihrer Laterne beugte sie sich über einen Weinstock. In den nächsten Minuten kümmerte sie sich nur noch um die Trauben. Ihre Gedanken kreisten darum, wie viel Schutz die Knospen in diesem Abschnitt des Weinbergs brauchten. Deshalb merkte sie gar nicht, dass das Artilleriefeuer ringsum zunahm.

Erst als sie sich aufrichtete und über das Feld spähte, sah sie, dass der Himmel über ihnen taghell war. Die Bomben waren nahe ... viel zu nahe. Ihre Flammen tauchten die Nacht in ein scheußliches, schmutzig gelbes Licht. Sophie hielt Ausschau nach den Leuten, die mit zum Weinberg gekommen waren, um sie zurückzurufen. Es war zu gefährlich geworden. Für diese Nacht mussten sie die Aktion abbrechen. Vielleicht konnten sie sich ja tags darauf wiedertreffen, je nach Geschützlage. Die Knospen brauchten zwar Hilfe, aber sie konnten durchaus noch einen Tag warten.

Blinzelnd linste sie in die Dunkelheit. »Jean-Claude?«, rief sie laut.

Die Leute rannten bereits auf sie zu. Wahrscheinlich hatte der kluge alte Mann die Weiterarbeit als zu gefährlich für sie erachtet. In den letzten Jahren waren sie wirklich zu unvorsichtig gewesen. Kopfschüttelnd dachte sie an die Zeit zurück, als sie auch im schlimmsten Artilleriefeuer alles getan hätte, um ihre Trauben zu schützen. Vielleicht war sie mit den Jahren klüger geworden und hatte zu viele Menschen sterben sehen, als dass sie eine Pflanze über ein Leben gestellt hätte.

Und dann kam das Geräusch, das sie alle fürchteten. Sophie kam es vor wie eine Dampflok, die außer Kontrolle vorbeiraste und aus den Schienen zu springen drohte, während Wahnsinnige sie mit immer mehr Kohlen fütterten, damit die Lok so viel Lärm wie möglich machte.

Sie kannte dieses Geräusch aus ihren Albträumen. Jeder kannte es.

Sophie sah zu den Menschen hinüber, die auf sie zurannten. Bis zur Stadt würden sie es auf keinen Fall schaffen, aber schon am Eingang zum Weinberg wären sie aus der Gefahrenzone heraus, da war Sophie sich sicher. Aber das war kein Kanonendonner. Ihr Gehör hatte sich mittlerweile so an das Orchester des Kriegs gewöhnt, dass sie größere von kleineren Geschossen zu unterscheiden wusste. Was da auf sie zuflog, war von einer kleineren Feldwaffe abgeschossen worden.

»Warum?«, schrie sie in hilfloser Wut in die Nacht hinein. Die Deutschen durften ihre Waffen doch nicht auf Unschuldige richten, nicht auf Weinberge oder auf eine Stadt, die sie schon zerstört hatten.

Das Geräusch kam immer näher. Sophie wartete auf die Detonation, aber das geisterhafte Dröhnen kündigte nur weiter die bevorstehende Ankunft an.

»Lauft!«, schrie sie ihren Leuten verzweifelt zu, doch ihre Stimme ging im Heulen des Artilleriefeuers unter.

Entsetzt beobachtete sie, dass die brennenden Fackeln im Weinberg einen gelblichen Rauchschwall beleuchteten, der ihr ankündigte, dass die Bombe ihren höchsten Punkt erreicht hatte und mit dem Abstieg begann. Sie befand sich jetzt direkt über der Gruppe. Dann prallte sie auf dem Boden hinter den Menschen auf, und bei der Explosion lösten sich mörderische Schrapnellteile, die mit rasender Geschwindigkeit durch Äste, Laub und Gliedmaßen schnitten.

Sophie wurde zur Seite geschleudert und landete ächzend

auf ihrer Hüfte, rappelte sich aber sofort wieder auf. Die Geschütze hörte sie nur noch gedämpft, als hätte ihr jemand Wolle in die Ohren gestopft. Ihr war schwindelig und übel. *Gehirnerschütterung*, dachte sie geistesabwesend, während sie verzweifelt in den Qualm blickte und auf ihre Mitarbeiter wartete. Antoinette tauchte als Erste auf. Sie schleppte zwei Frauen aus ihrem Haushalt mit sich. Andere taumelten auf Sophie zu, aber ihre Füße fühlten sich schwer an, als sie rasch auf sie zueilen wollte, als ob der Weinberg sie festhalten wollte. Sie wusste, dass sie die Arme ausgestreckt hatte, aber nur deshalb, weil sie in ihrer Kleidung steckten. Sie fühlte nichts, hörte kaum etwas. Die Desorientierung durch den Geruch und den Rauch, die Angst vor Gas, der Anblick der blutverschmierten Gesichter wirkten wie die Szene eines Theaterstücks, bei dem sie nur Zuschauerin war.

Als die Frauen sie erreichten, sanken sie einander in die Arme, und die Empfindung katapultierte Sophie wieder in die Realität zurück. Ihr wurde die Kehle eng, aber jetzt war keine Zeit für Tränen.

»Wo sind die anderen?«

»Sie sind hingefallen«, erklärte das Mädchen mit hilfloser Geste und wies über die Schulter zurück.

Trotz ihrer Benommenheit rannte Sophie zu der angegebenen Stelle. Es fiel ihr schwer, die Zahlen im Gedächtnis zu behalten. Fehlten drei oder vier? Vier, da war sie sich sicher.

»Jean-Claude!«, rief sie.

Sie hörte ein Stöhnen, und als sie näher kam, fand sie den alten Mann am Boden liegen. Sie kniete neben ihm nieder. »Sind Sie verletzt?«

»Das weiß ich nicht«, erwiderte er mit rauer Stimme. »Bis ich Ihre Stimme hörte, dachte ich, ich wäre tot.«

Sophie half ihm beim Aufsetzen. Aus ihrer Tasche zog sie die andere Schachtel mit Streichhölzern, entzündete ein Hölzchen und nutzte den kurzen Lichtschein, um den Mann zu betrachten. Er wirkte unversehrt, kein Blut, keine Knochen, die in seltsamen Winkeln herausstachen.

»Schmerzen?«

Erneut zuckte er mit den Achseln. Sophie hörte eine weitere Stimme. Es war ein Mann, der seiner blutenden Frau aufhalf. Der Mann hörte schlecht, fiel ihr ein. Er war ein tüchtiger Arbeiter im Weinberg, einer von Sophies bevorzugten Kräften, und sie schluckte vor Erleichterung, als sie ihn sah.

»Alain«, sagte sie, wobei sie sich fragte, ob er sie überhaupt hörte.

»Chantal ist getroffen!«, rief er. Die Frau hatte eine große Wunde in der Schulter, aber Sophie hatte schon genug Verletzungen im Lazarett gesehen und wusste, dass sie daran nicht sterben würde. Gefährlich wurde es nur, wenn sie eine Blutvergiftung bekam.

»Wir bringen sie sofort ins Lazarett«, versicherte sie dem Mann. Dann rief sie Antoinette. Sie kam, und die beiden anderen Frauen stützten sich noch immer auf sie, hustend und gebeugt. Sophie betrachtete sie aufmerksam. Das Blut auf ihrer Haut und ihrer Kleidung ergab keinen Sinn. Sie schienen heil und nicht ernsthaft verletzt zu sein.

»Henri!«, schrie sie plötzlich, und dieses Mal rannte sie, so schnell sie konnte.

Während Kugeln und Artilleriefeuer leuchtende Bögen über den Nachthimmel zogen, fand sie Henri, der wie ein Lumpenbündel auf dem Boden lag. Die Druckwelle hatte ihn hochgeschleudert. Dies erklärte auch den seltsamen Winkel, in dem seine Knie abstanden. Er sah aus wie die Puppe eines Bauchredners, die darauf wartete, von ihrem Besitzer zum Leben erweckt zu werden. Erst als sie ein Streichholz entzündete, sah sie, dass aus seinem Mund Blut rann. Sein Kopf lag auf der Seite, und er hatte die Augen geschlossen.

»Henri«, flüsterte sie. Tränen liefen ihr über die Wangen, Schuldgefühle überwältigten sie, ihr Herz brach zum zweiten Mal, dieses Mal wegen eines Kindes.

»Ich wollte doch nur die erste Fackel entzünden«, stieß er mühsam hervor. Die Worte klangen undeutlich, aber Sophie verstand ihn.

»Ich weiß«, sagte sie und streichelte ihm die Wange. In wenigen Minuten wäre er tot. Es hatte keinen Zweck, ihn hinzulegen. Sein Bauch war von Schrapnellkugeln durchlöchert worden, die ihn schwer verletzt hatten. Sophie vermutete, dass er kaum Schmerzen litt.

Sie setzte sich neben ihn und legte ihm einen Arm um die schmalen Schultern. Dankbar lehnte er sich an sie.

»Ich mache Ihre schöne Kleidung schmutzig, Madame.«

»Das ist mir gleichgültig.«

»Ich konnte noch nie schnell laufen«, murmelte er kraftlos.

»Das mag sein, aber du verstehst dich gut auf Reben. Ich wäre stolz, wenn du in meinen Weingärten arbeiten würdest.«

»Danke, Madame. Das würde meine Eltern stolz machen.«

Sophie weinte heftig, aber stumm. Sie hoffte, dass er nicht spürte, wie sehr ihr Körper zitterte.

»Ich wünschte, ich hätte eine Mutter, die mir die Hand halten könnte, Madame.«

»Ich werde deine Hand halten, Henri«, sagte sie und umfasste seine kalten Finger.

»Können Sie mir auch einen Abschiedskuss geben, Madame? Ich habe ein bisschen Angst vor dem Sterben.«

Sie beugte sich hinunter und küsste ihn auf die feuchten Haare, die nach Kordit rochen. »Leb wohl, mein stolzer kleiner Champagnermeister!«

»Leb wohl«, flüsterte er, und sie spürte, wie seine schmale Gestalt schlaff wurde und sein Körper ihr leblos entgegensank.

Sophie glaubte, stumm um ein Ende des Blutbads gefleht zu haben, in Wirklichkeit jedoch hatte sie einen so lauten, verzweifelten Schrei ausgestoßen, dass ihre Kehle ganz rau wurde. Doch gegen das Donnern der Geschütze und die Verzweiflung über den Vorstoß der Deutschen an der Marne kam ihr Schrei nicht an.

Die Detonationen ringsum zeugten davon, dass Weinberge, unschuldige Menschen und das Gewissen keine Rolle mehr spielten ... es ging nur noch um den Sieg.

Charlies Sicht wurde durch Rauch, Staub und vor allem durch seinen Gemütszustand getrübt, während er durch den Matsch stapfte, der in dieser Jahreszeit wenigstens teilweise fest war. Er hatte keine Angst, das wusste er und hätte eine Explosion oder ein Schrapnell willkommen geheißen. Aber da sich seine Beine bewegten und sein Gehirn zwar leicht umnebelt war, aber ansonsten in Ordnung zu sein schien, musste er weiterlaufen. Das war seine Pflicht. Er hatte keinen Helm, aber er hatte wieder ein Gewehr, das er einem gefallenen Soldaten weggenommen hatte, der es nicht mehr vermissen würde. Allerdings fehlte ihm die eigene Waffe.

Während er versuchte, die Puzzleteile des Tages einigermaßen zusammenzusetzen, aus Bildern und undeutlichen Erinnerungen an Bewusstlosigkeit und Wachwerden, spürte er, wie das Land immer mehr verschwand. Zuerst glaubte er, eine Granate sei wieder explodiert. Als er aber Wasser spürte, begriff er, dass er am Ufer des Kanals hinuntergerutscht und in den schmutzigen, eiskalten Kanal geglitten war. So unangenehm die Empfindung war, so verschaffte sie ihm doch Klarheit und zumindest eine kleine Erleichterung darüber, dass er endlich seinen Aufenthaltsort kannte. In näherer Entfernung hörte er deutsche Laute. Also musste er davon ausgehen, dass er vom Feind umzingelt war. Seine einzige Überlebenschance, so klein sie auch war, bot der Kanal. Ringsum trieben Trümmer, hauptsächlich Holzplanken, wahrscheinlich Reste von Booten. Er hätte gern gewusst, wo genau auf dem Kanal er sich befand. Es hatte keinen Zweck, im flachen Wasser herumzustapfen und zu hoffen, nicht bemerkt zu werden. Am besten, so überlegte er, hielt er sich dicht am Ufer auf. Also schwamm er darauf zu, wobei er erst jetzt bemerkte, dass ihm seine linke Hand nicht gehorchte. Sie sah übel zugerichtet aus. Er konnte sich nicht daran erinnern, wie das passiert sein sollte. Wahrscheinlich hatte er deshalb auch nichts bemerkt.

Die Deutschen waren eindeutig näher gerückt, fast am Rand des Kanals, und das Wasser – das ihm nur bis zu den Knien reichte – war nicht tief genug zum Tauchen. Nach vier Kriegsjahren war der Kanal fast ausgetrocknet, voller Schlamm und verrotteter Lastkähne. Wenn die Deutschen zum Wasser blickten, würden sie ihn bestimmt entdecken. Sein Gewehr war nass, er hatte keine Maske, und seine einzige zusätzliche Waffe war sein Bajonett, mit dem er bisher hauptsächlich Dosen geöffnet und Ratten in den Schützengräben getötet hatte. Er drehte sich um und warf einen

Blick zu den Überresten eines verlassenen Kahns, auf dem auf dem Kanal früher Waren transportiert worden waren. Er war beschädigt, lag mit Schlagseite aber noch im Wasser. Charlie musste eine Entscheidung treffen. Deshalb dachte er auch nicht lange über seine Möglichkeiten nach, sondern glitt wieder ins Wasser und robbte auf die uferabgewandte Seite des Kahns zu. Dahinter tauchte ein kleiner Trupp feindlicher Soldaten aus dem Nebel des Schlachtfelds auf. Die Männer waren viel zu nahe.

Erneut paddelte Charlie so weit wie möglich weg, hinter den Kahn, und dort hievte er sich auf das flache Deck. Langsam robbte er vorwärts bis zur Einstiegsöffnung und ließ sich in den kleinen Frachtraum hinunter.

Als er tief Luft holte und sich umdrehte, stand er einem Soldaten gegenüber. Es war ein Deutscher.

11

Als es endlich Morgen wurde, war Sophie ungewohnt jämmerlich zumute, aber das verzieh sie sich. Der Tod des kleinen Henri traf sie tief. Sein Verlust verkörperte für sie den Krieg auf deutlichste Weise. Unschuld, Hoffnung, Patriotismus, alles sinnlos. Henri hatte all das besessen, und nichts davon hatte ihn vor dem tödlichen Schlag des Feindes gerettet. Offensichtlich war er durch eine verirrte Granate umgekommen, die gar nicht für den Weinberg bestimmt gewesen war. Andere Explosionen hatte es auf dem Feld nicht gegeben, aber dieses eine Geschoss hatte Sophies Glauben mit sich genommen. Warum gerade Henri? Warum zu diesem Zeitpunkt? Warum hatte ihn eine Granate getroffen, nachdem er doch nur ihre Weinstöcke retten wollte? Warum war Jerome vermisst? *Warum?* Das war die schlimmste Frage in diesem Krieg, weil es einfach keine Antwort darauf gab.

Sophie hielt sich wieder in den Katakomben auf und kümmerte sich um die Verwundeten im Lazarett. Sie hatte versucht, sich abzulenken, indem sie mit einigen anderen Schwestern Inventur gemacht hatte. Sie wollten herausfinden, was sie rationieren mussten. Die meisten ernsthaft Verwundeten würden zum Arzt des Bataillons transportiert werden, der in der Nähe von Gastons Stellung arbeitete. Dort würden sie aufgenommen und untersucht werden. Diejenigen, die dann in die Stadt zurückgeschickt wurden, würde man mit dem Krankenwagen ins Untergrundlazarett bringen, wo sie weiter gepflegt oder zumindest so gut wie möglich versorgt werden konnten, bis sie starben.

Gaston hatte durch seinen Boten eine Nachricht an sie persönlich geschickt. Er bereitete sie darauf vor, dass es viele Verwundete mit grässlichen Verletzungen geben würde. Der Junge, der sie überbracht hatte, war völlig erschöpft und außer sich gewesen, weniger wegen der Schlacht als wegen der Tatsache, dass er sich nicht erinnern konnte, wie ihr Name auszusprechen war. Er konnte kein Französisch, aber ein Passant hatte ihm geholfen und den Namen auf der Nachricht erkannt.

»Ist alles in Ordnung, Madame?«

»Ja, es geht mir gut«, versicherte Sophie der älteren freiwilligen Krankenschwester. »Wo ist der Algerier?«

»Er verzehrt gerade sein Frühstück. Anscheinend hat er einen Riesenappetit. Er ist erst siebzehn.« Die beiden Frauen lächelten sich traurig an.

»Schicken Sie ihn nicht zu schnell wieder zurück! Ich will keinen weiteren Jungen auf dem Gewissen haben.«

Die Frau nickte mitfühlend. Jeder hatte Angehörige verloren.

»Henri war ein so liebes, ernsthaftes Kind. Könnte er hören, was Sie gerade sagen, wäre er sicher sehr stolz, obwohl er erst neun war.«

Sophie schüttelte den Kopf. »Er hätte nicht mit in den Weinberg gehen dürfen. Aber er wollte unbedingt, und ich hätte Nein sagen sollen.«

Die Schwester schwieg, wies nur auf einen Stapel frischer Verbände. »Darf ich, Madame?«

»Natürlich. Aber ...«

»Ich weiß. Ich gehe sehr sparsam damit um ... und wähle sorgfältig aus.«

Sophie schluckte. Entsetzlicherweise war sie gezwungen, zwischen Leben und Tod zu entscheiden. »Haben wir etwas von den Curies gehört?«

»Ja. Sie möchten nach der Bombardierung etwas länger bleiben.«

Sophie seufzte. »Sie wissen, dass wir viele Schwerverletzte bekommen werden.«

Die Frau nickte und griff nach einem Bleistift, um zu notieren, wie viel Verbandsmaterial sie aus dem Lagerraum geholt hatte. »Vielleicht könnte Madame Curie für uns in Paris anrufen.«

»Ich frage sie. Wenn jemand weiteres Material besorgen kann, dann sie.«

Sophie eilte durch die Tunnel und machte zwischendurch an verschiedenen Stellen halt. Sie besuchte die zwei kleinen Schulräume. Grüßend hob sie die Hand, als sie an dem Café vorbeikam, in dem sie regelmäßig zu Gast war. Bei einigen älteren Frauen, deren Männer ihre besten Arbeiter gewesen waren, blieb sie stehen. Unglaublich, wie fröhlich die Menschen unter diesen Umständen noch waren! Natürlich hatten sie auch nicht gerade ein sterbendes Kind in den Armen gehalten und wussten nicht, was Sophie wusste. Trotzdem zog sie Kraft aus dieser klaglosen Zuversicht.

»Sie brauchen frische Luft«, riet sie der alten Madame Dellaport.

»Ich habe keine Lust, Kordit einzuatmen«, brummelte die Frau. »Ich ziehe den feuchten Kalk in unseren geliebten Kellergewölben vor, Madame.«

»Ich glaube, ich auch.« Sophie strich der Frau lächelnd über den Arm. »Gibt es Neuigkeiten von Jean-Paul?«, fragte sie.

Die Augen der Frau leuchteten auf, und sie zog einen Brief aus ihrer Schürzentasche. »Ja. Bisher ist er am Leben geblieben. Diesen Brief schrieb er vor neun Tagen. Ich gebe die Hoffnung nicht auf, Madame Delancré.«

»Das sollten Sie auch nicht«, erwiderte Sophie. »Wie schön, dass der Brief Sie so schnell erreicht hat!«

»In meinem letzten Brief habe ich ihm von Ihrem Konzert erzählt.«

Sophie winkte ab, als ob sie daran gerade nicht denken könnte.

»Oh, bitte, sagen Sie nicht, dass es nicht stattfindet! Wir zählen alle schon die Stunden bis dahin. Die Musiker sind doch schon hier, oder?«

»Ja, aber ich habe überlegt, das Konzert abzusagen. Wegen ...«

»Oh , nein, Madame! Bitte nicht! Es wird uns alle aufmuntern.«

Sophie runzelte die Stirn. »Ich rede mit den anderen Beteiligten. Solange es nicht respektlos ist.«

»Wem gegenüber?« Die Frau zuckte mit den Achseln. »Den Toten ist es gleichgültig. Und die Lebenden werden sich an der Musik erfreuen.«

»So habe ich es noch gar nicht betrachtet.«

»Dann wissen Sie es jetzt!«, erwiderte die alte Frau. »Ich habe sogar schon mein Kleid gewaschen«, fügte sie hinzu.

Sophie lief weiter. Sie würde den Bürgermeister nach seiner Meinung zu dem Konzert fragen. Vielleicht war ja fröhliche Musik genau der Widerstand, den sie brauchten. Und das Orchester war ja bereits gekommen. Sie würde das Konzert Henri widmen, und sie würde nicht schlafen ... nicht bis sie sich um jeden einzelnen verwundeten Soldaten gekümmert hatte.

Instinktiv drückte Charlie dem Deutschen die Hand auf den Mund. Dessen Augen traten hervor, und Charlie sah ihm an, dass er Schmerzen litt. Trotz des schwachen Lichts erkannte er, dass der Mann blutete. Er legte einen Finger auf die Lippen und blickte ihn eindringlich an. Der verstand ihn und nickte. Vorsichtig lockerte Charlie den Druck seiner Hand auf dem Mund des Feindes. Aber der Mann seufzte nur leise, als er die Hand schließlich wegnahm.

»Mein Name ist Charlie«, sagte er leise auf Deutsch. Wieder einmal war er froh über seine Schulbildung und seine Sprachbegabung.

Die Augen des anderen weiteten sich. »Willi«, antwortete er ebenso leise. »Ich kann kein Englisch«, gestand er.

»Darf ich Ihr Bein untersuchen?«, fuhr Charlie auf Deutsch fort.

Der Mann hatte nicht mehr die Kraft, Gewalt auszuüben. »Warum?«

»Weil ich das Töten leid bin.«

»Ich auch.«

Charlie runzelte die Stirn. »Wie alt sind Sie?«

»Morgen werde ich vierzig.«

Charlie nickte traurig. Der Mann wirkte älter auf ihn. »Sie haben nicht viel von Ihrem Geburtstag.«

»Es ist mein vierter in diesem Krieg, wenn ich bis dahin überlebe.«

»Warum sollten Sie nicht überleben?«

»Wir wissen doch beide, dass Sie mich töten müssen.«

»Ich werde Sie nicht töten. Ich habe Ihnen doch gesagt ...«

»Aber Sie *müssen*. Sonst töte ich Sie.«

»Das bezweifle ich, Willi. Wir kennen uns inzwischen

doch.« Charlie konnte kaum glauben, dass er dem Mann tatsächlich zuzwinkerte. »Das wäre unhöflich.«

Er fand einen Lappen und zerriss ihn mithilfe der Zähne, um einen Druckverband herzustellen. Gemeinsam banden sie ihn über Willis Knie, und Charlie legte dem Mann erneut die Hand auf den Mund, als er spürte, dass der verwundete Deutsche aufschreien wollte. Wieder nickte Willi, und als Charlie die Hand wegnahm, unterdrückte der Mann den Schmerz.

»Der Druckverband wird die Blutung verlangsamen, aber nicht stillen. Sie brauchen Hilfe«, erklärte Charlie.

»Soll ich danach rufen?«, flüsterte Willi und rang sich sogar ein Grinsen ab. Die deutschen Stimmen waren ganz nah.

Charlie erwiderte das Grinsen. »Besser nicht. Sind Sie sonst noch irgendwo verletzt?«

Willi nickte, zog seine Jacke hoch und wies auf eine Wunde in der Seite, die ebenfalls heftig blutete. »Ich bleibe nicht mehr lange auf dieser Welt, Charlie. Das sehen Sie doch.«

»Versuchen Sie es einfach. Sonst verschwende ich meine Zeit, während Ihre Kameraden nach mir suchen.«

»Tun sie das?«

Charlie schüttelte den Kopf. »Nein. Aber wahrscheinlich bin ich als Letzter übrig geblieben. Alle anderen sind verschwunden oder tot.«

»Ich wünschte, das Morden würde aufhören.«

»Ich glaube, das sieht jeder Soldat so.«

»Ich habe meine Tochter noch nie gesehen.«

Charlie achtete nicht mehr auf seine eigene Wunde, sondern versuchte, die Blutung seines neuen Freundes zu stillen. »Sie müssen mir helfen, Willi, weil meine eine Hand nutzlos geworden ist.« Er fürchtete, dass seine Anstrengungen vergeblich waren, machte aber trotzdem weiter. »Erzählen Sie mir von ihr!«

»Wir haben sie nach meiner Großmutter Agnes genannt.«

»Agnes«, wiederholte Charlie lächelnd. »Nun, denken Sie an Ihre Kleine und bleiben Sie am Leben für sie.« Willi zuckte zusammen, als Charlie den Verband festzog.

»Warum sind Sie nicht verheiratet? Sie sehen doch gut aus.«

Charlie lachte leise. »Ich habe viele Frauen gehabt, aber *die eine* war nie dabei.«

»Dann haben Sie nicht richtig nach ihr gesucht.«

»Wahrscheinlich nicht.« Diesen Gedanken hatte er sich selbst noch nie eingestanden, geschweige denn einem Fremden gegenüber. Doch bei Willi machte es ihm irgendwie nichts aus, so offen zu sein.

»Wenn Sie hier heil herauskommen, müssen Sie nach ihr suchen.«

»Das verspreche ich.« Charlie grinste.

»Was nun, Charlie? Meine Kameraden kommen näher.«

Er hatte recht. Die Stimmen waren mittlerweile so laut, als ob die Männer dicht neben dem Kahn stünden. Charlie lauschte ihrem Gespräch und stellte fest, dass einer gerade laut überlegte, ob sie im Kahn nachsehen sollten.

»Haben Sie immer noch das Gefühl, sie rufen zu wollen?«

Willi schüttelte den Kopf. »Aber Sie müssen jetzt gehen, sonst werden Sie erschossen. Sie haben keine Lust, Gefangene zu machen, und Sie wollen sicher nachsehen, was hier drinnen los ist.«

Charlie nickte. Dann beugte er sich hinunter und küsste Willi auf beide Wangen. »Bleiben Sie am Leben, mein

Freund! Nach dem Krieg besuche ich Sie. Mein Name ist Charles Nash.«

»Wilhelm Becker aus Bayern. Ich komme aus Freising, einem hübschen Städtchen unweit von München. Dort braut man das beste Bier der Welt. Es heißt Weihenstephaner. Können Sie sich das merken?« Charlie wiederholte das Wort. »Gut. Wenn wieder Frieden herrscht, trinken wir zusammen ein Bier.«

Sie schüttelten sich die Hände. Wie seltsam, dass er sich seinem Feind Willi in diesem Moment näher fühlte als irgendeinem anderen Menschen. »Denken Sie an Agnes!«, sagte er. »Und jetzt geben Sie mir zwei Minuten, damit ich hier herauskomme, bevor Sie Ihre Kameraden rufen. Sie werden Hilfe für Sie holen.«

»Ich lenke sie ab.« Willi grinste und zuckte erneut zusammen. Sein Atem ging stoßweise. »Charlie?«

Charlie blickte ihn an.

Willi deutete über die linke Schulter. »Dort hinten gibt es ein Loch. Wenn meine Leute am Ufer stehen, können sie Sie nicht sehen. Laufen Sie in diese Richtung ...« Er wies dorthin. »Den Kanal entlang, nach Courine Basse. Die Franzosen haben es gerade zurückerobert. Nehmen Sie den unterirdischen Kanal ... nehmen Sie den!«

Charlie verstand nicht alle Wörter – dazu reichte sein Schuldeutsch nicht –, aber er erfasste, was Willi meinte. Dankbar nickte er, bevor er dessen Hände losließ und sich zum Gehen wandte.

Gaston hatte zugesehen, wie Gas und Granaten in der Dunkelheit explodierten, und als sich die ersten Anzeichen der Dämmerung am Horizont zeigten, nahm die deutsche Infanterie ihren Vormarsch in Angriff. Mit zunehmendem

Entsetzen hatte er beobachtet, wie schnell die Soldaten auf den Kanal vorstießen und die britischen Soldaten überrannten.

Gegen Mittag waren die Briten zurückgefallen, die Linien zerstört, Männer gestorben, ganze Einheiten verloren. Als Gaston wieder einmal zu seinem Feldstecher griff, traf einer seiner Männer völlig atemlos ein.

»Was ist los?«, fragte Gaston ungehalten auf Arabisch.

»Der Unteroffizier hat mich geschickt, Sie zu holen. Wir haben einen seltsamen Mann aus dem Wasser gezogen.«

»Was für einen seltsamen Mann?«

Der Soldat deutete auf seine Schläfe. »Er hat den Verstand verloren, Kommandant.« Er hob die Schultern. »Er trägt eine englische Uniform, das glauben wir zumindest. Aber er redet nicht Englisch ... auch nicht Französisch.«

»Eine britische Uniform? Ist Ihnen klar, dass das unmöglich ist?«

»Kommen Sie bitte, Kommandant!«

Da war bestimmt etwas verwechselt worden, da glaubte Gaston ganz sicher zu sein. Schließlich hatten die Deutschen die Engländer abgeschnitten. Um bis zu ihrer Stellung zu gelangen, hätte er die deutschen Linien durchbrechen müssen. Sein Soldat aber führte ihn zu einem Mann, der tatsächlich eine englische Uniform trug, jedoch deutsch sprach. Da Gaston die Sprache beherrschte, erkannte er, dass der Mann nur ganz einfache Wörter benutzte. Offensichtlich hatte er nur geringe Kenntnisse. Auf jeden Fall war er kein Deutscher. Er war jedoch verwundet und hockte zusammengesunken auf dem Boden zwischen Gastons Männern, die ihn misstrauisch beäugten.

»Wer sind Sie?«, sagte er auf Französisch und rüttelte den Mann an der Schulter.

»Äh ...«

»Regiment?«

Das vertraute Kommando schien ihn wach zu rütteln. »Tiger. Alle tot«, murmelte er. Dann fiel er nach vorn, und Gaston fing ihn auf. Er seufzte, als er das Blut auf dem senfgelben Uniformärmel entdeckte.

Er rief nach Riechsalz. Einer seiner Tirailleurs rannte los. Gaston hielt den verwundeten Soldaten fest, der den Kopf an seine Brust lehnte. Er glaubte zu hören, dass der Mann »Danke« sagte, war sich aber nicht sicher. Sein Läufer kam mit einer kleinen blauen Flasche zurück. Gaston hielt sie dem Verwundeten unter die Nase und wartete auf das unvermeidliche Hochschnellen des Kopfes.

»Versuchen Sie es noch einmal! Wie ist Ihr Name, Soldat?«

Der Verwundete runzelte die Stirn, als versuche er sich zu erinnern. »Charlie, glaube ich.«

Gaston verlor die Geduld. »Haben wir eine Ambulanz?«, fuhr er auf Arabisch seine Männer an. Sie schüttelten den Kopf.

»In zwei Stunden vielleicht, Kommandant«, erwiderte einer.

»Legt ihm einen Druckverband um den Arm über dem Ellbogen, und dann muss der Mann zum Arzt gebracht werden. Auf jeden Fall müsst ihr ihn loswerden. Das Bataillonslazarett soll sich um ihn kümmern.«

12

Reims
21 Uhr

Sophie blickte durch die größte der Höhlen und entdeckte Gaston.

Den ganzen Tag über hatte ein Druck auf ihr gelastet, wie ein großer Ballon in ihrem Brustkorb, der ihr den Atem nahm. Sie hatte nicht gemerkt, wie angespannt sie war. Aus Verzweiflung über Henri und Sorge um ihren Cousin krampfte sich alles in ihr zusammen. Und als sie jetzt über den Köpfen des Publikums sein schiefes Lächeln sah, war es so, als wäre der Ballon geplatzt. Alle Luft entwich, und sie sank erleichtert in sich zusammen. Sie hörte Freudenlaute und leisen Applaus von anderen Gästen, die ebenfalls froh waren, den Kommandanten wieder zurück in der Stadt zu sehen. Seine algerischen Truppen waren beliebt, weil die Leute es zu schätzen wussten, dass Menschen von so weit her Frankreich zu Hilfe gekommen waren. Dass diese Männer aber von einem der Ihren – nicht nur einem Franzosen, sondern einem Mann aus Reims – angeführt wurden, sicherte Gaston immer Jubel. Vor allem bei Frauen, wie Sophie befand.

Sie hörte, wie er sich bei den Umstehenden entschuldigte, um sich einen Weg zu ihr zu bahnen. Sie lehnte mit dem Rücken an der kühlen Kalkwand, deren vertrauter

Geruch ihr Sicherheit verlieh. Die deutsche Offensive war noch keine vierundzwanzig Stunden her, aber dieser Tag hatte sich angefühlt wie eine Ewigkeit. Nicht zu wissen, was über ihnen geschah, das Beben der Erde, das unablässige Donnern der Geschütze. An einen schlimmeren Tag konnte sie sich nicht erinnern und wagte es nicht, an die Verluste zu denken, die Gaston vorhergesagt hatte. Sie musste die Musiker mitten im Krieg statt in der versprochenen Stille begrüßen.

Aber abgesehen davon war die Tatsache ein Segen, dass Gaston lebendig und lächelnd vor ihr stand.

»Sophie? Fühlst du dich nicht wohl?« Er stützte sich mit einem Arm an der Wand ab und musterte sie forschend. Sie fühlte sich ihm sehr nahe. Es war beinahe wie eine Umarmung, die sie so dringend brauchte.

Vor Erleichterung traten ihr die Tränen in die Augen, sodass sie ihn nur undeutlich sah. »Nein ... nein, es ist alles in Ordnung. Es war ...« Sie fand nicht die richtigen Worte, um den Verlust von Henri zu beschreiben, vor allem dem Mann gegenüber, der nur allzu oft lieb gewonnene Menschen sterben sah. Nein, Henri war ihr Geist, und mit der Erinnerung an ihn musste nur sie allein leben und trauern ... wie bei Jerome. »Ich freue mich nur so, dass du da bist!«

Gaston küsste sie auf beide Wangen. Die Leute sahen sich schon nach ihnen um. »Ich habe dir doch gesagt, ich sterbe nicht, wenn du versprichst, dass dir nichts passiert.«

»Ich dachte, ich hätte dich verloren.«

»Und doch gibst du ein Konzert«, scherzte er.

»Gaston, nicht! Ich konnte nicht ...«

»Ich weiß«, flüsterte er. Sie blickte ihn an. »Ich weiß, Sophie. Und ich bin stolz auf dich, dass du es stattfinden lässt.«

»Dann mach dich nicht über mich lustig! Die erste Hälfte hast du natürlich verpasst. Vivaldi. Nach der Pause wird noch Mozart gespielt.«

»Ich muss dir leider sagen, dass ich sehr viel zu tun hatte«, erwiderte er leicht ironisch.

Sie seufzte. »Du musst mir nichts erklären. Lass uns einfach nur plaudern!«

Umstehende traten näher, um Gaston zu gratulieren und mit ihm über die Schlacht zu sprechen. Sophie hörte nicht zu, sondern konzentrierte sich auf die Musiker, die gerade zurückkehrten, um die Instrumente für die zweite Hälfte des Konzerts zu stimmen. Das fiel ihr zumindest leichter, als an den kleinen Jungen zu denken. Sie lauschte den Geräuschen, die irgendwie widerspiegelten, was sie im Moment empfand. Es gab keine Melodie. Laute ohne Rhythmus ... nur Angst.

»Es war der blutigste, grausamste Kampf, den ich in den vergangenen vier Jahren erlebte«, hörte sie Gaston zum Bürgermeister sagen.

»Die Curies sind heute Abend nicht gekommen. Sie hatten das Gefühl, im Lazarett von größerem Nutzen zu sein als hier. Es wurden so viele Verwundete eingeliefert. Wir anderen fühlten uns hilflos, und Madame Delancré bestand darauf, dass wir uns die Musik anhören.«

»Das war richtig von ihr, Herr Bürgermeister.«

Sie plauderten noch eine Zeit lang, aber dann nahmen die Musiker ihre Plätze ein und räusperten sich. Sophie staunte immer noch, dass es ihnen gelungen war, ein Klavier im Gewölbe aufzustellen. Es hatte sogar einen wunderbaren Klang.

Erst jetzt fielen ihr die verräterischen Flecken an Gastons Uniform auf. »Oh, Gaston, du bist verwundet!«, rief sie erschrocken.

Ihr Cousin schüttelte den Kopf. »Das ist nicht mein Blut«, flüsterte er. »Es tut mir leid, aber ich hatte gerade noch Zeit, mir die Hände zu waschen und das Haar zu kämmen. Ich wollte dich unbedingt sehen, um dir zu sagen, dass ich lebe. Es hätte dir sicher den Abend verdorben, wenn du nichts von mir gehört hättest.« Stirnrunzelnd erwiderte sie sein Lächeln. »In Ordnung, ich höre schon auf. Das meiste hiervon ...« Er blickte auf den großen Blutflecken auf seinem Ärmel. »Das meiste Blut gehört einem merkwürdigen Kerl, den ich aus dem Kanal gezogen habe.«

»Merkwürdig? Wieso?«

»Weil wir nicht wissen, wie er zu uns gelangte. Auf jeden Fall ist er verletzt, ziemlich schweigsam und stammt aus einer englischen Kompanie. Aber er spricht ausgezeichnet französisch.«

Mittlerweile war der Bürgermeister auf die behelfsmäßige Bühne getreten. Er entschuldigte sich dafür, das Konzert unterbrechen zu müssen, und berichtete, was Gaston ihm über die Schlacht erzählt hatte. Niemand erhob Einwände, die Menschen dachten sowieso an nichts anderes.

»Meine Damen und Herren, diejenigen, die nicht auf dem Schlachtfeld sein können, haben das Konzert als Ablenkung genossen und ...«

Sophie konnte es nicht weiter ertragen. »Gaston, können wir gehen?«

Ohne auf seine Antwort zu warten, bahnte sie sich einen Weg durch die Höhle, wobei sie sich leise entschuldigte, ihr sei schwindelig. Gaston folgte ihr gehorsam, bis sie in einem dunklen, einsamen Teil des Kreidegewölbes ankamen.

Auf seinen besorgten Blick hin zuckte sie mit den Achseln. »Mir geht es gut.« Ein blasses Licht erhellte den

Tunnel, und ihre Augen mussten sich erst an die Umgebung gewöhnen. »Erzähl mir, was passiert ist!« Zum ersten Mal, seit Gaston bei Kriegsbeginn seine Führungsrolle übernommen hatte, fiel alles Draufgängerische von ihm ab. Er lehnte sich an die Wand und stützte sich mit einer Hand ab. Sophie konnte den Blick nicht von der blutdurchtränkten Uniform abwenden. Wer mochte der Verwundete sein? Hatte er Frau und Kinder?

»Ich habe so etwas noch nie erlebt, Sophie, und ich kann nur beten, dass ich es nie wieder erleben muss. Es war ein Blutbad, so als ob das Land vor den Toren von Reims eine Hölle auf Erden geworden wäre. Der Teufel war unter uns und tötete völlig willkürlich. Die Deutschen haben bestimmt genauso viele Verluste zu beklagen wie wir. Wegen der Explosionen war nichts zu sehen, und viele Männer haben allein deswegen ihr Leben verloren, dass sie in die falsche Richtung rannten. Wer könnte ihnen das verübeln?« Gaston schüttelte den Kopf. »Es begann mit der Bombardierung der Deutschen.« Sophie nickte, entschlossen, nichts von Henri oder ihrem Weinberg zu erwähnen. »Aber sie merkten bald, dass wir eine Reihe von falschen Schützengräben angelegt hatten, in denen sich kaum Soldaten aufhielten.«

»Zur Täuschung?«

»Ja, unser Oberkommandant hatte sich die Strategie überlegt, um Zeit zu schinden, während die Deutschen ihre Munition in die vorgelagerten Schützengräben abgeschossen hatten. Bis sie es merkten und die tatsächliche Frontlinie erreichten, konnten wir ihren Beschuss entsprechend erwidern. Unser Feind erlitt schwere Verluste, und das half uns dabei, einen großen Gegenangriff zu starten.«

»Und was passiert jetzt?«

»Die Deutschen haben sich noch nicht ergeben. Sie kämpfen weiter, erreichen aber nicht mehr viel. Ich erwarte einen Anruf meiner Vorgesetzten, die mir bestätigen, was wir alle vermuten.«

»Was denn?«

»Dass wir uns für höchst gerissen hielten. Dabei war ihre ganze Offensive eine Täuschung.«

Sophie runzelte die Stirn.

»Ein Trick, um unsere Truppen abzulenken«, erklärte er.

Sophie bedachte ihren Vetter mit einem erschrockenen Blick. Warfen Generäle tatsächlich Männer wie Brennholz ins Feuer, um den Feind zu überlisten? »Um uns wovon abzulenken?«

»Von Flandern«, antwortete er. Er klang erschöpft. »Wir glauben, die Deutschen halten den einzig erfolgreichen Weg nach Paris über Belgien. Deshalb gaben sie sich so große Mühe, uns abzulenken. Wir dachten, sie wollen auf dem kürzesten Weg nach Paris. Stattdessen ziehen sie sich zurück in die Schützengräben zwischen Aisne und Vesle.«

»*Grundgütiger!*« Sophie schlug sich die Hand vor den Mund. Sie dachte an Henri, der nur wegen einer Finte sterben musste. »Und wie viele haben jetzt wegen einer List ihr Leben gelassen?«, fragte sie schwer atmend.

»Tausende ... auf beiden Seiten. Ein Engländer hatte allerdings Glück.« Er wies auf das Blut auf seinem Ärmel.

»Der wahre Krieg findet also woanders statt?«

Er nickte. »Die Deutschen sammeln sich für einen endgültigen Vorstoß von Belgien aus.«

Sophie stöhnte. »Es fühlte sich nicht vorgeschoben an.«

»Nein, und ich kann dir versichern, dass es auf dem Schlachtfeld auch nicht so aussieht. Vor Kurzem ließ ich zwei Dutzend Verwundete ins Lazarett bringen, darunter den Engländer.« Sophie warf Gaston einen verblüfften Blick zu, aber er sprach weiter. »Was soll ich tun? Die Männer müssen versorgt werden. Auf dem Feld sind sie nutzlos, für ihre Kompanie eine Belastung. Im Lazarett müsst ihr euer Möglichstes tun, um sie zusammenzuflicken und wieder hinauszuschicken. Einige werden natürlich die Nacht nicht überleben, und manche müssen wir auch einfach nur nach Hause schicken.«

»Warum kannst du diesen Engländer nicht in sein eigenes Feldlazarett schicken?«

Gaston schnaubte. »Sophie, ehrlich gesagt weiß ich nicht einmal, wie er so weit in unser Gebiet vordringen konnte. Nach allem, was mir bekannt ist, gibt es die Engländer nicht mehr. Der Mann gehörte zu einem Regiment, den Leicesters, das links von uns stand. Von den Männern lebt keiner mehr. Ein Wunder, dass er davonkam. Er muss durch den Kanal geschwommen sein, der mitten durch feindliches Gebiet verläuft, vermutlich halb paddelnd, halb watend. Ich weiß nicht, wie er das schaffte, denn irgendwann muss er den Kanal verlassen haben und neben den Deutschen hergelaufen sein. Kein Wunder, dass er in ihrer Sprache plapperte. Das war wohl seine einzige Verteidigung. Er setzte sein Deutsch schlau ein, und der Nebel half ihm noch zusätzlich.« Verwundert schüttelte er den Kopf.

»Was sollen wir tun?«

Gaston hob die Schultern. »Unsere medizinische Versorgung an der Front ist nur ein Paketdienst. *Einpacken, adressieren, abschicken.* Ich ließ ihn zum Bataillonsarzt in unserem Feldlazarett bringen und nehme an, er hat ihm einen Aufkleber verpasst.«

Sophie nickte. »Wahrscheinlich einen roten.«

»Ich hätte eher gedacht, blau für Operation, aber ich bin

kein Mediziner. Zu den Engländern konnten wir ihn jedenfalls nicht zurückschicken.« Gaston machte eine hilflose Geste. »Die Front befindet sich in so schlimmem Zustand, dass keiner weiß, wo sich die anderen befinden. Ich musste meine Beziehungen spielen lassen, um überhaupt zu kommen, aber jetzt muss ich wieder los. Zu meinen Männern.«

»Ich weiß. Es ist eine Zumutung für dich, dass ich dich herbat.«

»Es tut mir leid, dass ich der zweiten Hälfte des Konzerts nicht mehr beiwohnen kann. Jeder Mann wird auf seinem Posten gebraucht.«

»Du brauchst dich nicht zu entschuldigen. Ich mache mich auch lieber nützlich, gehe ins Lazarett und sehe mir den englischen Soldaten an. Vielleicht kann ich mit meinen Sprachkenntnissen helfen.« Müde umarmten sie sich zum Abschied. »Pass auf dich auf, Gaston!«, flüsterte Sophie, als sie sich von ihrem Cousin löste. Er schenkte ihr ein fröhliches Lächeln und verschwand im schwach beleuchteten Gang, während sie in die entgegengesetzte Richtung eilte.

Alle hatten sich für das Konzert in Schale geworfen, aber jetzt kam sie sich albern vor, als sie die Röcke raffen musste, während sie zum Lazarett lief. Sie trug zwar keinen Schmuck außer ihrem Ehering, aber ihre elegante Kleidung erregte Aufsehen. Gewöhnlich trug sie dunkle, schlichte Kleider, doch das scharlachrote Kleid, das sie für diesen Abend passend gefunden hatte, kam ihr auf einmal viel zu auffällig vor.

Im Gegensatz zu Gastons Uniform wäre das Blut darauf nicht entdeckt worden. Und so machte sie sich auf die Suche nach dem Mann, der es vergossen hatte.

Er wollte nicht sprechen. Zwei Tage lag er schon hier. Die Curies waren abgereist, die Musiker ebenfalls, und er war geröntgt worden. Man hatte festgestellt, dass mehrere Knochen im Arm gebrochen waren. Ringsum waren Männer gestorben, aber er lag bewegungslos in seinem Bett und starrte an die Decke. Die Schwestern hatten versucht, ihn zum Sprechen zu bewegen. Selbst Gaston hatte noch einmal mit ihm geredet, aber der englische Soldat – der einzige verwundete Brite – merkte vielleicht gar nicht, dass Männer laut riefen, ihren letzten Atemzug taten, im Schlaf stöhnten, während er keinen Laut von sich gab.

»Er schließt nie die Augen«, berichtete eine Pflegerin. »Es ist unheimlich.«

»Vielleicht traut er sich nicht, weil er zu viel gesehen hat«, meinte Sophie mitfühlend.

»Warum soll er anders sein als unsere Jungs?«, erwiderte die Frau beleidigt.

»Das ist er ja nicht, Jeanette. Er ist verwundet und steht offenkundig unter Schock. Wir müssen geduldig mit ihm sein.«

Gaston strich ihr über die Schulter. »Ich will versuchen, ihn zu seinen Leuten überstellen zu lassen. Zurzeit habe ich jedoch keine große Hoffnung.«

Sie verabschiedeten sich. Für den Rest des Tages und die Nacht behielt Sophie den unbekannten Soldaten im Auge. Er war ein Rätsel, einfach nur weil er Engländer und den Deutschen entkommen war. Genau wie ihr Konzert trotzte sein Überleben den Umständen, und insgeheim empfand sie Bewunderung für ihn.

Tief in der Nacht kam die französische Rotkreuzschwester, die in den nächsten zwanzig Stunden die Verantwortung für das Lazarett hatte, mit einem Becher Kaffee zu ihr. »Madame Delancré, Sie beschämen uns alle mit Ihrer Hingabe.«

Sophie lächelte. »Mir wäre es lieber, Sie würden mich Sophie nennen.«

Die Frau, die kaum älter war als sie, lächelte ablehnend. »In der Krankenpflege ist es ein bisschen wie beim Militär, Madame. Wir brauchen Struktur. Wir sind nicht unfreundlich, aber Hierarchie schenkt Vertrauen. Dieser Engländer fasziniert Sie, nicht wahr?«

Sophie zuckte mit den Achseln. »Ich wüsste schrecklich gern, was er denkt. Er ist so verschlossen. Vielleicht hat er Angst, weil er von Menschen umgeben ist, die in einer fremden Sprache reden.«

Die Krankenschwester schüttelte den Kopf. »Er merkt ja an der Pflege, dass wir ihm nur Gutes wollen.«

Sophie nickte. »Ich glaube, seine Geschichte fesselt mich einfach. Ich hoffe, wir werden sie noch erfahren.«

»Ich habe gehört, dass in den nächsten Stunden seine Hand amputiert wird.«

Erschreckt hob Sophie die Hand an ihre Maske. »Oh, nein!«

»Das überrascht Sie doch nicht, oder? Sepsis macht vor niemandem halt. Besser, wenn sie weg ist. Erst dann kann die Heilung einsetzen.«

»Ich frage mich, welchen Beruf er ausübte, bevor er in den Krieg zog. Wenn er nun Musiker war wie diese großartigen Künstler, die wir gerade gehört haben? Oder wenn er Maler und Linkshänder ist? Wenn er nun ...«

»Und wenn er einfach nur überleben will? Nur das sollte wichtig für uns sein«, wies die Krankenschwester sie sanft zurecht. »Das ist unsere Aufgabe, zu trösten, zu pflegen, das Überleben zu sichern. Der Rest liegt an ihm.«

»Wie soll man seinen Schockzustand behandeln, wenn er nicht spricht?«

Die Krankenschwester seufzte. »Es gibt keine richtige Methode. Wir müssen erst noch lernen, welche Auswirkungen der Krieg auf den Gemütszustand der Soldaten hat. Aber ich weiß, dass es Sanatorien für die Männer gibt, die nicht mehr bei Sinnen sind. Viele sind äußerlich unversehrt, sie haben keine körperlichen Verletzungen, aber hier drinnen ...« Sie tippte sich an die Schläfe. »Innerlich haben sie eine große offene Wunde davongetragen.«

Sophie runzelte die Stirn. »Sanatorien?«

»Frische Luft, einfaches, gutes Essen, Ruhe, Spaziergänge, Besuche von anderen Soldaten, die wissen, was der Patient gesehen und erlebt hat. Ein friedlicher, sicherer Tagesablauf, der bewirkt, dass sie wieder zur Normalität zurückfinden, auch wenn das Leben für uns alle nie wieder wirklich normal wird.«

»Und wenn ich ihn mit zu mir nach Épernay nehme?«

»Madame Delancré, wie kommen Sie denn auf solch einen Plan?«

»Weil ich dort alles, was Sie gerade aufgezählt haben, zur Verfügung hätte.« Sophie zog eine Schulter hoch. »Vielleicht können wir den Heilungsprozess einleiten, damit er mit der Gegenwart besser zurechtkommt, bevor er in sein Heimatland zurückkehrt.«

»Aber was ist mit seiner Hand?«

»Was muss denn nach einer solchen dramatischen Operation für ihn getan werden, außer die Verbände zu wechseln und dafür zu sorgen, dass er sich wohlfühlt? Dafür bin ich hier doch auch zuständig. Ich weiß, wie ich ihn pflegen muss, und wir haben einen Arzt und zwei Krankenschwestern. Wir sind mittlerweile als Lazarett registriert.«

Der Blick der Frau wurde weich. »Das wusste ich nicht. Wie viele Patienten haben Sie denn in Ihrem Haus?«

Sophie überlegte. »Oh, ich glaube, mittlerweile sind es an die zwanzig Männer.«

»Zwanzig!«, wiederholte die Krankenschwester. »Beeindruckend! Also, dann sehe ich keinen Grund, warum Sie ihn nicht mitnehmen sollten. Wir brauchen jedes Bett.«

Sophie nickte. »Das dachte ich mir auch. Er kann transportiert werden, und die Pflege wird einfach sein. Dann können Sie sein Bett für einen anderen schwer Verwundeten nehmen, der rund um die Uhr versorgt werden muss.«

»Oh, ich glaube, das wird unser Engländer verstehen. Attraktiv genug ist er ja.« Die Schwester zwinkerte Sophie zu.

13

Es war früh am Morgen. Sophie hatte schon so lange nicht mehr geschlafen und konnte sich kaum noch erinnern, wie es war, in einem Bett zu liegen. Sie sollte nach Épernay zurückkehren, wo weiche Kissen lockten. Auch um die Weinberge musste sie sich dringend wieder kümmern. Und doch fühlte sie sich Jerome hier in Reims irgendwie näher. Wahrscheinlich deshalb, weil sie hier ständig von den Waffen bedroht war, die ihn getötet hatten. Auch Gaston, um den sie sich jeden Tag sorgte, fühlte sie sich näher. Und jetzt war sie auf einmal auch für einen englischen Soldaten verantwortlich.

Sophie war allein auf der Station und hatte gerade ihre Runde gemacht. Es war kurz vor drei, vielleicht die einsamste Stunde der Nacht. Nicht einmal ein Tier war zu hören. Alles schlief. Auch bei den Patienten war es überraschend ruhig. Sie hörte weder Stöhnen noch Schnarchen. Selbst der Soldat, der nie die Augen schloss, schlief tief und fest, aber das lag an der Narkose.

Sie trat an sein Bett und betrachtete seinen dick verbundenen Arm. Wundersamerweise war seine Hand gerettet worden. Ob er sie jemals wieder benutzen konnte, blieb abzuwarten, aber er wirkte zumindest äußerlich unbeschädigt. Das bedeutete, dass seine Würde gewahrt blieb, und vielleicht hatte man so auch sein Leben gerettet. Der Chirurg arbeitete unter gewaltigem Druck, er musste sich um unendlich viele Patienten kümmern. Und sie hatte beschlossen, sich auf diesen Mann zu konzentrieren? Warum?

Sie hätte es nie laut ausgesprochen, aber zum ersten Mal hatte sie gehofft, eine Amputation würde ihm erspart bleiben, als sie ihn Stunden nach dem Konzert gewaschen hatte. Er war blutüberströmt gewesen, zu stark, als dass es nur sein eigenes Blut sein konnte. Sie wollte sich lieber nicht vorstellen, was er vor zwei Nächten erlebt hatte, während sie ein sterbendes Kind im Arm gehalten hatte. Dieser Captain war Kugelhagel, Artilleriefeuer, Mörsern und Bajonetten entkommen.

Sie hatte ihn für die Operation nur oberflächlich gesäubert. Langevin dankte ihr für ihre Hilfe, richtete aber dann den Blick auf die zerschmetterte Hand. »Sofortige Amputation, Oberschwester, bitte!«

Verzweifelt blickte sie zur Oberschwester hinüber, doch die wandte sich ab. Es war keine Grausamkeit ... sie war einfach nur realistisch. Sophie verstand die Geste. Das bedeutete jedoch längst nicht, dass sie kampflos aufgab.

»Doktor Langevin, bitte, die Curies sind noch hier!«, unterbrach sie den Arzt, als er sich an die Oberschwester wandte.

»Und?« Er war offensichtlich in Eile.

»Könnten wir ihn nicht röntgen?«

»Das könnten wir, Madame Delancré, aber es wäre Zeitverschwendung. Mir ist schon klar, dass Sie den armen Kerl vor der Operation bewahren möchten.«

»Aber ...«

»Madame, das haben wir doch alles schon einmal erlebt, nicht wahr? Erinnern Sie sich noch an den jungen Mann aus Marseille?«

»Ja. Sie hatten recht, sein Bein konnte nicht gerettet werden«, schmeichelte sie. Er nickte. »Aber ich finde es nicht falsch, wenn wir uns vergewissern.«

»Die Hand dieses Mannes ist völlig zerschmettert.«

»Bitte, Jules!«, flehte sie und durchbrach damit absichtlich das Protokoll. Sie waren im Lauf des Krieges gute Freunde geworden, und er trank gern ihren Champagner ... kostenlos. Jetzt erwartete sie für ihre Großzügigkeit eine Gegenleistung. »Bitte, lassen Sie es uns versuchen! Ich weiß, dass Sie ein Künstler sind, was Knochen angeht. Wenden Sie Ihren Zauber an, um die Hand des Mannes zu retten!«

Er warf ihr einen ärgerlichen Blick zu, aber er gehörte auch zu den Menschen, die es wirklich schätzten, wie sehr sie sich für die Zustände in Reims aufrieb. Und es war kein leeres Kompliment ... er war ein Zauberer, wenn es darum ging, Knochen zu heilen. Außerdem schuldete er ihr etwas. Langevin hob die Schultern. »Welche Rolle spielt es schon, ob der arme Kerl noch ein bisschen mehr Blut verliert?«

»Danke.«

Sie klammerte sich an die Hoffnung und wurde belohnt. Der britische Soldat kehrte ohne Amputation aus dem Operationssaal zurück.

»Wir haben es versucht, Sophie«, berichtete Langevin erschöpft. »Ich habe mein Bestes gegeben, und auch wenn ich nicht glaube, dass er sie je wieder benutzen kann, so hat er zumindest noch eine Hand.«

»Es macht schon etwas aus, dass sie ihn äußerlich heil gelassen haben. Danke, Doktor!« Sie stand auf und küsste ihn auf die Wange. »Danke, Jules«, flüsterte sie.

Aber jetzt musste der Mann richtig gewaschen werden. Es war ihre Aufgabe, die Soldaten zu reinigen, um den Schmutz des Schlachtfelds zu entfernen. Während sie ihn wusch, plauderte sie die ganze Zeit über. Sie redete französisch und war sich nicht sicher, wie viel er überhaupt verstand, aber das war auch ohne Belang. Sie wusste, dass freundlich ausgesprochene Worte in jeder Sprache gleich klangen.

Seine Uniform gab sie zum Waschen und Flicken; jetzt trug er ein Nachthemd.

Sie fragte sich, welches Leben er wohl vor dem Krieg geführt hatte. War die Hand wichtig für seine Arbeit? Wenn er Familie hatte, so war er in dem Alter, wo die Kinder noch klein waren. Ohne die zweite Hand hätte er die Kleinen nicht mehr hochheben können. Vielleicht konnte er auch nie wieder Sport treiben. Ganz bestimmt konnte er kein Gewehr mehr halten, also war der Krieg für ihn vorbei. Aber sein Leben würde einen anderen Verlauf nehmen, es sei denn, seine Hand würde gänzlich verheilen.

Solche Gedanken hatte Sophie bei jedem neuen Verwundeten, und sie tröstete sich, dass sein Leben schon von dem Moment an anders verlaufen war, als er in den verdammten Krieg zog. Vielleicht war es ja sein Glück, dass er wegen seiner schweren Verwundung nicht mehr zu kämpfen brauchte. Schließlich verloren andere ihr Leben auf dem Schlachtfeld.

Und doch musste Sophie ihn immer wieder ansehen. Der englische Soldat, der seinen Morphiumrausch ausschlief, war anders als die meisten anderen Männer. Sie studierte ihn, genoss es, ihn zu betrachten. Er war schlank, groß und durchtrainiert wie alle Soldaten in den Schützengräben. Aber er war wohl auch vor dem Krieg nicht korpulent gewesen. Beim Ausziehen der Uniform und dem Überstreifen des Nachthemds war ihr aufgefallen, dass er zwar muskulös, dabei aber ziemlich schlaksig war. Trotz der Entspannung durch die Narkose gab sein Gesicht nichts preis.

Er machte den Eindruck eines Mannes, der seine Gedanken für sich behielt. Sein entschlossenes Kinn wirkte so, als wolle er nicht sprechen. Sie wischte ihm das Blut vom Gesicht und stellte fest, dass er eine gerade Nase und volle Lippen hatte, die zum Küssen verführten.

Sophie stockte der Atem, als ihr dieser Gedanke durch den Kopf schoss. Was war nur los mit ihr? Sie hatte doch nur die Aufgabe, den Verwundeten zu waschen. Sein Körper war voller Blutergüsse und blauer Flecken, und der Arzt hatte vermutet, er habe die Rippen gebrochen. Zum Glück gab es aber keine Anzeichen für innere Blutungen.

Das warme Seifenwasser enthüllte nach und nach den Mann unter dem Schmutz der Schützengräben und des Schlachtfelds. Sie legte ihm ein Handtuch unter den Kopf und wusch Blut und Schmutz aus seinem Haar. Eine alte Kopfwunde, die sauber genäht worden war, fiel ihr auf. Die Haare, von seltsam unbestimmter Farbe, nicht dunkel, aber auch nicht blond, waren noch nicht vollständig darübergewachsen. Von Weitem hatte sie gedacht, er sei braunhaarig, aber aus der Nähe sah sie dunkelgoldene Strähnen, die wie Karamell wirkten. Diese hellere Farbe wurde immer deutlicher, je mehr sie die Haare mit einem feuchten Handtuch abwusch. Er hätte eine Rasur gebraucht, aber das wollte sie jetzt lieber nicht versuchen. Seine buschigen Augenbrauen verliehen ihm einen ernsthaften Ausdruck, und sein schöner Mund war fest zusammengepresst. Von welchen Entsetzlichkeiten er wohl träumen mochte, um so finster auszusehen? Weil er noch kein Wort geredet hatte, wusste niemand, wie sich seine Stimme anhörte. Bisher hatte sie noch nie darüber nachgedacht, wie wichtig der Klang der Stimme war. Erst jetzt wurde ihr klar, wie entscheidend die Stimme war. Jeromes Stimme hatte einen vollen Klang gehabt. Er hatte gern gesungen und den Menschen dabei ein Lächeln ins Gesicht gezaubert. Er hatte alle mit seiner Stimme angezogen. Gastons Stimme war aus dem entgegengesetzten Grund attraktiv ... sie war samtig, kultiviert und verführerisch. Er redete leise, wenn er einer Frau den Hof machte, aber auch dann, wenn er jemanden einschüchtern oder auf sich aufmerksam machen wollte. Louis hingegen klang affektiert, wie eingeübt. Es hatte etwas Weibisches, wie er manche Silben dehnte.

»Wie klingst du wohl, Captain?«, murmelte Sophie, während sie den Unbekannten wusch. Wenn sie ehrlich war, musste sie zugeben, dass sein Gesicht auf Frauen wie auf Männer attraktiv wirken musste. Er sah aus wie ein Schauspieler. Die Kamera würde ihn lieben. Obwohl sein Körper entspannt war, verschwanden die Falten in seinem Gesicht nicht. Ihr gefielen sie. Sie fand es liebenswert, dass er sich sogar im Schlaf sorgte ... vielleicht dachte er ja an seine Frau, an seine Familie, an die Männer, für die er verantwortlich war. An die Albträume vom Krieg wollte sie lieber nicht denken. Gaston, der die Insignien an der Uniform erkannt hatte, hatte ihr erzählt, er sei Captain und gehöre zu einem Regiment aus Nordengland, aber das sagte ihr nichts. Sie war bisher nur in London gewesen und konnte nicht zwischen Norden oder Süden, Osten oder Westen Englands unterscheiden. *Die Insel ist so klein, welchen Unterschied soll es da schon geben?*, fragte sie sich und strich die Haarsträhne zurück, die ihm in die Stirn gefallen war. Er musste auf jeden Fall in die Badewanne, das war klar. Obwohl sie ihn gewaschen hatte, waren seine Haare noch immer fettig und mit Schmutz verklebt.

Instinktiv wusste sie, dass er Zuneigung brauchte, und ergriff seine unverbundene Hand. Natürlich hatte sie genug zu tun in dieser Nacht, aber in einer Stunde war Schichtwechsel, da konnte sie auch versuchen, einem verwundeten Fremden, der sich ins Leben zurückkämpfte, stillen Trost zu schenken. Das Rote Kreuz würde bald Nachforschungen über ihn anstellen. Aber jetzt schliefen alle. Sie beide waren in dieser Ecke der unterirdischen Tunnel ganz allein.

Langsam tauchte er aus dem Morphiumrausch auf. Seine Lider flatterten, aber er war noch nicht wach. Das würde noch dauern, da war sie sich sicher. Sie murmelte leise vor sich hin.

»Nun, da du nicht besonders gesprächig bist, übernehme ich das Reden. Worüber sollen wir uns unterhalten? Ich erzähle dir etwas über meine private Leidenschaft. Ich spreche nicht oft darüber, weil es hier nur wenige verstehen, aber ich liebe die Oper.«

Er schlug die Augen auf. Sophie hielt den Atem an, als er den Kopf wandte. Es war seine erste willentliche Bewegung, seit er ins Lazarett gekommen war. Sie wollte die Stimmung nicht zerstören, deshalb sprach sie weiter. »Und warum liebe ich die Oper? Weil sie meine Liebe zum Champagner widerspiegelt.«

Seine Augen wurden klarer, und er sah sie an, doch sofort flackerte sein Blick wieder. Es strengte ihn an, sich zu konzentrieren – das war normal.

»Hallo!«, sagte sie auf Englisch. Ihre Kenntnisse waren etwas eingerostet, aber sie freute sich, dass ihre Eltern auf dem Erlernen von Fremdsprachen bestanden hatten. »Keine Angst! Sie sind in Reims, in den Champagnergewölben.« Ob er sie verstand, wusste sie nicht. Sein Gesichtsausdruck blieb undurchschaubar, was wahrscheinlich am Morphium lag.

»Ich wollte immer schon einmal nach Reims«, erwiderte

er auf Englisch. Sophie war erleichtert, ihn sprechen zu hören, und dankte dem Himmel, dass sie auf Wunsch ihres Vaters Englisch gelernt hatte.

»Warum gerade nach Reims?«

»Ich liebe Kathedralen«, antwortete er auf Französisch.

Besser, sie erzählte ihm nichts von den Trümmern der Kathedrale über ihnen.

»Und ich liebe Champagner«, fügte er hinzu.

Sie lächelte. »Ich bin Sophie.«

»Sophie«, versuchte er zu wiederholen, aber erneut übermannte ihn der Schlaf.

»Sophie Delancré.«

»Wie der Champagner«, murmelte er auf Englisch. »Ich habe Männer Arabisch reden hören. Vielleicht habe ich schlechtes Deutsch geredet, weil ich dachte, es seien Türken. Der freundliche französische Kommandant hat mich aufgeklärt.«

»Sein Name ist Gaston de Saint Just. Wir bewundern ihn alle«, erklärte sie. »Wenn Sie sich an Gaston erinnern, dann wissen Sie bestimmt auch, wie Sie heißen, oder?«

»Captain Charles Nash von den Leicesters.« Seine Aussprache war verwaschen, aber trotzdem zu verstehen. Er zog einen Mundwinkel nach oben, um ein Lächeln anzudeuten, doch es misslang ihm. »Alle nennen mich Charlie.«

»Scharlie«, wiederholte sie. »Was amüsiert Sie daran?«, wollte sie wissen, als er die Brauen hob.

»Sie klingen wie Fay, wenn Sie meinen Namen aussprechen ...« Wieder driftete er in den Schlaf ab.

Fay. Wahrscheinlich seine Frau oder Freundin. Wenigstens hatte sie ihm einige Worte entlockt. Alle würden sich darüber freuen, dass er nach der Narkose sinnvolle Sätze von sich gab. Das war ein gutes Vorzeichen für seine

Heilung. Und sie hatte seine Stimme gehört. Sie war nicht besonders tief oder hell. Sie klang nicht so musikalisch wie Jeromes Stimme oder so verführerisch wie die von Gaston, doch Sophie nahm etwas Idealistisches darin wahr. Der weiche Klang gefiel Sophie.

14

Charlie glaubte zwar nicht, dass er unter Schock stand, aber trotzdem fiel ihm kein einziges Wort ein. Der Schrecken dessen, was er erlebt hatte, hielt seinen Verstand wohl umfangen, und er war überrascht, dass er noch lebte. Ein freundlicher Araber hatte ihn aus dem Wasser gefischt, in dem er sonst, obwohl es so flach war, ertrunken wäre. Jetzt wurde er von französischen Krankenschwestern gepflegt, die seine Verbände überprüften und sanft mit ihm redeten. Eine besonders schöne Schwester hatte ihm gerade das Gesicht gewaschen und von der Oper erzählt. So viel Freundlichkeit nach so viel Entsetzen.

Sein linker Arm war verbunden, und so konnte er nichts über seine Verletzung sagen. Er wusste nicht einmal, ob er überhaupt noch eine Hand besaß. Erneut stieg Angst in ihm auf, dass sie ihm vielleicht amputiert worden war. Und wie sollte er diesen hilfreichen Menschen erklären, dass er lieber starb, als ohne Hand weiterzuleben. Zu Hause wartete niemand auf ihn. Der Krieg hatte ihm alles genommen, was ihm wichtig gewesen war, und jetzt hatte er vielleicht sogar eine Hand verloren, ohne die er allein nur schwer zurechtkäme. Ein solches Leben wollte er nicht. Er wollte keine mitleidigen Blicke für den Kriegsveteran, der zu einem Invaliden geworden war. Wer wusste schon, wie lange der Krieg noch dauern würde? Ihn würde man bestimmt nach England zurückschicken. Dort würde er das

Kriegsende abwarten. Ausgemustert. Nutzlos. Er wäre einer dieser Männer, die mit leerer Manschette und baumelndem Ärmel herumliefen. Er fand es schrecklich, sich so in Selbstmitleid zu suhlen, aber er konnte nicht anders. Das Leben auf dem Schlachtfeld war trübe gewesen, aber es hatte sich zumindest wie eine ehrenvolle Aufgabe angefühlt. Als jämmerlich verwundeter Soldat nach England zurückzukehren schien ihm wesentlich schlimmer zu sein.

Die Anwesenheit der Opernliebhaberin, der Frau, deren Name wie Champagner klang, riss ihn aus seinen Albträumen, in denen er auf der Suche nach seiner Hand durch einen dunklen Schützengraben gelaufen war. Er folgte dem Klang dieser Stimme, die so leicht perlte wie die Bläschen im Champagner. Weich und ein wenig heiser führte sie ihn aus dem Schützengraben heraus, bis er wieder zu Bewusstsein kam.

Er spürte, dass sie sich bemühte, in seiner Muttersprache mit ihm zu reden. »Hallo, Charlie! Wir stellen gerade Nachforschungen an, um Sie zu Ihren Männern zurückzuschicken.« Sie schüttelte den Kopf. »Allerdings kann ich den Zeitpunkt noch nicht nennen. Die Kämpfe dauern weiter an.«

Jetzt, da sie es erwähnte, vernahm er dumpfe Gewehrschüsse.

»Charlie, Ihr Bett wird gebraucht. Jeden Tag kommen mehr Verwundete.«

Er nickte und versuchte, sich zu räuspern. »Ich gehe«, erklärte er krächzend.

»Das ist vorerst nicht möglich«, entgegnete die Frau. »Erst müssen wir in Erfahrung bringen, zu welchem Regiment Sie gehören.« Er liebte ihre leicht raue Stimme. Sie klang, als trüge sie ihr Atem über feine Sandkörner, bevor der erste Ton erfolgte. Sie lächelte. »Ich habe einen besseren Vorschlag. Wären Sie damit einverstanden, mit mir nach Épernay zu kommen, bis Sie wiederhergestellt sind?«

Er warf ihr einen fragenden Blick zu und öffnete die unversehrte Hand. Es fühlte sich so an, als ob er beide Hände öffnete, aber er sah nur die rechte. »Mit Ihnen? Warum?«

Ihr Lächeln schenkte ihm mehr Kraft als der Schluck Cognac, den er mit Davies geteilt hatte, kurz bevor die Welt in die Luft geflogen war.

»Weil ich glaube, dass Sie in Épernay schneller gesund werden. Wo sollen wir Sie sonst unterbringen, bevor Sie nach England zurückkehren können? Und nun müssen wir sofort aufbrechen.«

Charlie überlegte nicht lange. Er nickte. »Ist es denn sicher? Ich meine, für Sie?«

Sie lächelte. »Sicherer als hier. Außerdem brauchen mich meine Weinberge.«

Sie hatte also tatsächlich etwas mit der Champagnerfirma zu tun. »Dann wollen wir gehen«, stimmte er zu.

Sophie lachte und erläuterte ihren Plan der Oberschwester, die in Sichtweite gewartet hatte.

»Aber Sie haben doch in Ihrem Geschäftshaus sicher keinen Platz, Madame Delancré!«

»Für eine Person mehr ist immer Platz«, stellte sie freundlich klar.

»Wie wollen Sie ihn denn transportieren? Es gibt doch keine Krankenwagen«, widersprach die Schwester.

»Er sitzt ja bereits im Bett«, erwiderte Sophie gleichmütig. »Dann kann er doch bestimmt auch in einer Kutsche sitzen. Nicht wahr, Captain?«

Sie schien keine Sekunde lang zu zögern. Charlie nickte. »Natürlich. Ein anderer Soldat braucht mein Bett.«

Die Oberschwester schniefte. »Wie Sie wollen, Madame.«

Sophie warf Charlie einen triumphierenden Blick zu. Er hätte ihr gern zugezwinkert, aber das misslang anscheinend.

Sophie Delancrés Ankunft in seinem Leben kam ihm vor wie etwas Helles, Glänzendes in einer trüben, metallgrauen Welt. Plötzlich verspürte er das leise Flackern von Hoffnung, die in ihm perlte wie Champagnerbläschen. Konnte er tatsächlich noch einmal Freude empfinden nach allem, was an der Somme geschehen war? Angesichts des verschwörerischen Lächelns dieser Frau aus Épernay erschien es ihm sogar machbar, in England ein neues Leben ohne Hand anzufangen. Die Gefühle überwältigten ihn.

»Wir müssen Sie anziehen, Captain Nash«, erklärte die Oberschwester. »Wir kümmern uns schon darum, Madame.«

»Sagen Sie mir Bescheid, wenn ich den Captain abholen kann.«

»Wie Sie wünschen«, erwiderte die Oberschwester, ein wenig sauertöpfisch, wie Charlie fand. Offensichtlich hatte Sophie einen gewissen Einfluss in diesem Lazarett. Sie war wohl mehr als eine wohlhabende Freiwillige, die ein wenig aushalf. Sie wurde immer faszinierender.

Es dauerte eine halbe Stunde, bis endlich ein Junge zu Madame Delancré geschickt werden konnte. Sie hatte sich umgezogen, stellte er fest, als sie auftauchte, und die allgemeine Schwesterntracht gegen ein graues Nadelstreifenkleid getauscht, das zwar praktisch zu sein schien, jedoch weder ihre schlanke Taille noch ihren langen Hals verbarg. Die dreiviertellangen Ärmel und der V-Ausschnitt enthüllten ihre makellose, honigfarben getönte Haut. In seiner Fantasie sah Charlie sie in ihren Weinfeldern, das hochgesteckte dunkelblonde Haar unter einem Strohhut mit hellem Band verborgen.

Du bist schön wie ein Bild, dachte er, froh, dass er den Gedanken nicht laut aussprechen musste.

»Er gehört Ihnen«, sagte eine der jüngeren Schwestern zu Madame Delancré. Die Oberschwester indes warf ihr einen so wütenden Blick zu, dass sie errötete. »Verzeihen Sie mir!«, stieß sie verlegen hervor. »Ich meinte ...«

»Suzette, ich weiß, was Sie meinten, und es stimmt ja auch, ich bin für Captain Nash verantwortlich. Ich werde die notwendigen Nachforschungen anstellen, damit wir ihn nach England zurückschicken können. Ich danke allen.«

»Suzette und Paul begleiten Sie nach oben, Madame.«

Die beiden nahmen Charlie in die Mitte. Es war ein seltsames Gefühl, wie nutzlos sein linker Arm um Suzettes Schultern lag. Eine Schlinge wäre bestimmt hilfreich. Er würde darum bitten.

Er hätte den beiden Helfern gern gesagt, dass er allein gehen konnte. Aber ihm war schwindelig, nachdem er tagelang nur gelegen hatte. Beinahe fürchtete er, es nie bis nach oben zu schaffen. Es war wirklich erstaunlich, dass es dieses Lazarett im Untergrund gab. Mühsam schlurfte er zwischen seinen beiden Helfern über den unebenen Boden. Dabei war er sich bei jedem Schritt im Klaren darüber, wer hinter ihnen ging.

Seine Helfer luden ihn in eine Kutsche, und Sophie nahm neben ihm Platz. Als er sah, dass Reims in Trümmern lag, konnte er sein Entsetzen und seine Trauer nicht verbergen.

»Ich weiß, Charlie«, sagte Sophie. »Selbst uns fehlen die Worte.« Sie wechselte das Thema. »Unter anderen Umständen würde ich Sie komfortabler in einem Automobil transportieren, aber ich habe meinen Wagen in Reims als Krankenwagen zur Verfügung gestellt.«

Er winkte ab, um ihr zu zeigen, dass ihm das gleichgültig war.

»Sitzen Sie bequem genug?«

Ihr Oberschenkel drückte sich an sein Bein, und es fiel ihm schwer, einen klaren Gedanken zu fassen. »Ich habe das Gefühl, ich bin auf dem Weg zu einem Picknick.«

»Fahren Sie zu!«, rief sie leise lachend dem Kutscher zu.

Weinfelder erstreckten sich zu beiden Seiten des holperigen Wegs nach Épernay, und Charlie genoss ihre leicht heisere Stimme, während sie ihm von den Champagnerproduzenten der Region erzählte.

Er blickte sie an. »Sie sind also eine Delancré aus der Champagnerdynastie?«

Sophie nickte. »Die jüngste Generation.« Er glaubte, einen traurigen Unterton in ihrer Stimme zu vernehmen. »Die letzte, fürchte ich. Mit mir endet unsere Linie. Wie ist es bei Ihnen? Wartet jemand in Ihrer Heimat auf Sie?«

»Weder Eltern noch Geschwister. Aber das macht es vielleicht auch einfacher.«

»Warum sagen Sie das?«

Charlie dachte nach. »Es erzeugt so viel Angst, wenn man einen wichtigen Menschen zu verlieren hat. Aus Erfahrung weiß ich, dass auf dem Schlachtfeld nichts mehr von Bedeutung ist, weder Geld noch Besitz oder der Beruf. Alles verblasst, und jeder denkt nur daran, wer einem fehlt. Ich sah Männer zusammenbrechen, wenn sie über ihre Familie sprachen, für die sie um jeden Preis am Leben bleiben wollten. Man kämpft nicht mehr für König und Vaterland ... doch, das natürlich auch. Aber man kämpft jeden Tag aufs Neue um das eigene Leben, damit man nach Hause schreiben und der Familie mitteilen kann, dass man noch lebt. Da ist es wahrscheinlich einfacher, allein zu sein. Sind Sie verheiratet?«

»Vonseiten der Armee wird behauptet, ich sei verwitwet.« Charlie öffnete den Mund, um sich zu entschuldigen, aber sie legte ihm eine Hand auf den Arm. »Ich habe meinen Mann Jerome innerhalb weniger Monate nach Kriegsbeginn verloren.« Sie seufzte. »Wie alle diese Frauen lerne ich noch, allein zu leben.«

»Das sollten Sie nicht. Sie sind noch zu jung, um über ein Leben in Einsamkeit nachzudenken.«

»Das Gleiche könnte ich zu Ihnen auch sagen, Captain Nash.«

Er nickte. »Dann lassen Sie uns einen Pakt schließen! Wir sagen nicht, dass es für immer sein muss.«

Ihr Lächeln umfloss ihn wie warmes Wasser in einer Badewanne.

An eine glücklichere Zeit als an diese holperige Fahrt in der Pferdekutsche konnte Charlie sich nicht erinnern.

»Die Weingärten hier gehören Maurice Pol-Roger«, sagte Sophie plötzlich auf Englisch und durchbrach die Stille zwischen ihnen. Sie hatte lange Finger mit kurz geschnittenen rosigen Nägeln. »Maurice war zu Beginn des Krieges unser Bürgermeister. Als sich die Behörden, auf die wir uns verlassen hatten, nach und nach zurückzogen, war es unser Bürgermeister, der uns aus eigener Tasche unterstützte. Er opferte sein ganzes Vermögen für die Rechnungen an die Stadt. Aus Dankbarkeit schlugen wir ihn zum Ritter, und später wurde er in die Ehrenlegion aufgenommen.« Sie seufzte. »Wir haben alle viele Weinstöcke verloren. Die Weinberge sind jetzt durchzogen von Schützengräben, und im Marnetal fanden zwischen den Weinreben schreckliche Kämpfe statt. Die Kaufleute weinen über die Zerstörung, aber was sollen wir tun? Die Situation in Épernay ist viel einfacher. Zwar haben wir Angst wegen der Luftangriffe, und es gab auch schon Schäden, aber das hält uns nicht von der Arbeit ab. Außerdem müssen wir uns dort nicht mit dem unablässigen Artilleriefeuer wie in Reims herumschlagen.«

»Sind auch andere Champagnerhäuser von Reims nach Épernay gezogen?«

»Ja, viele haben ihre Produktionsstätten nach Épernay verlegt. Aber es gibt Probleme mit der Versorgung. Zum Beispiel ist es ungeheuer schwer, Glasflaschen zu bekommen. Wir müssen die Flaschen spülen und ein weiteres Mal verwenden, was wir sonst nie täten.«

»Warum?«

»Nun, der Druck auf das Glas ist so enorm, dass wir traditionell das Risiko scheuen, falls das Material schwächer geworden ist. Bisher sind uns jedoch noch keine Flaschen zerbrochen. Unsere Frauen haben trotz des Krieges noch Hunderttausende von Champagnerflaschen produziert.«

Überrascht blickte Charlie sie an.

»Ja, unterschätzen Sie nie, was Frauen leisten können! Ich bin sehr stolz darauf, dass wir die Produktion all die Jahre über aufrechterhalten konnten.«

»Was ist mit dem Transport?«

»Das ist immer ein Problem. Champagner ist zwar äußerst begehrt in Paris, London, Moskau, New York und anderswo, aber wir können ihn nicht zum Alleinstellungsmerkmal machen. Wir leiden unter gefährlichen Transportwegen und beschränkter Lieferzahl ...« Sophie zuckte mit den Achseln. »Die Linie Nancy-Paris, die im Marnetal verkehrt, wird regelmäßig aus der Luft beschossen. Also müssen wir uns genau überlegen, wann wir was liefern. Exporte sind noch schwieriger, weil weniger Schiffe den Kanal überqueren. Die deutschen Soldaten bestehlen uns bei jeder Gelegenheit. Ich könnte sogar behaupten, dass wir nur deshalb siegreich sein können, weil unser Champagner den Feind beduselt und er deshalb nicht zielen kann.« Sie lachte. »Aber man hat mir versichert, dass wir genug Vorräte für zehntausend Schlachten an der Marne haben. Wenn wir dadurch in Sicherheit sind, will ich die Feinde gern betrunken machen. Was war Ihr Beruf vor dem Krieg, Charlie?«

»Ich war Chemiker«, erwiderte er.

Überrascht riss Sophie die Augen auf. »Wunderbar! Und in welchem Bereich?«

»Ich arbeitete in einem Labor. Medizinische Grundversorgung. Ich widersetzte mich meinem Chef und der Regierung, und dann meldete ich mich freiwillig als Soldat, denn ich hatte Angst.« Zum ersten Mal gab er dies zu, und ihm schien eine Last von den Schultern genommen zu werden. Welche Erleichterung, einem Menschen das Herz ausschütten zu können, erst recht dieser schönen Fremden! *Was mögen die Französinnen an sich haben*, fragte er sich, *dass sogar ein sonst so verschlossener Mann ihnen seine Seele öffnet?*

»Sie hatten Angst und zogen deshalb in den Krieg?« Sophie warf ihm einen verständnislosen Blick zu. »Männer sind verwirrende Geschöpfe. Mein Mann meldete sich am Abend unserer Hochzeit freiwillig und wurde schon kurz darauf eingezogen.« Bekümmert schüttelte sie den Kopf. »Es war der glücklichste und zugleich traurigste Tag meines Lebens. Wie konnte er mir das antun?«

»Pflichtgefühl ... Patriotismus ... und vor allem, weil er Sie liebte.«

»Und deshalb verließ er mich?«

Charlie merkte ihr an, dass sie sich schon lange mit dieser Frage beschäftigte. Sie enthielt so viel Schmerz ... Er sah es an ihrem Gesicht und ihren Augen. Diese Frau verkörperte die Natur. Schönes dunkelblondes Haar, Augen, in die er lieber nicht so lange blickte, aus Angst, zu viel von sich preiszugeben. Aber er wusste, dass sie grün waren ... grün wie eine sommerliche Wiese. »Er verließ Sie, Madame Delancré, um Sie zu retten.«

Sie atmete tief durch. Er hätte nicht so tief schneiden sollen, aber auf einmal lag sie deutlich zutage, die offene Wunde voller Sehnsucht und Verzweiflung, verlorener Liebe und Wut, weil er gegangen war. »Ich würde auch kämpfen ... ich gäbe mein Leben zweimal hin, wenn ich Sie zu Hause in Sicherheit wüsste.«

»Oh, Charlie!«, stöhnte sie und tupfte sich verstohlen die Augen ab. Vielleicht sollte der Kutscher ihre Tränen nicht sehen.

»Es tut mir leid ...«

»Das braucht es nicht. Ich schäme mich ja selbst, dass ich so wütend auf ihn bin.« Sie schniefte. »Jahre voller aufgestauter Wut darüber, dass er sich für den Krieg entschied und dass der Krieg ihn als eines der frühesten Opfer wählte.«

»Der Krieg wählt nicht, dazu besitzt er weder den Intellekt noch die Fähigkeit. Er zerstört alles, was ihm im Weg steht. Und am schrecklichsten ist der Umstand, dass wir ihn morgen beenden könnten. Er hätte schon am Tag, nachdem er begonnen hatte, zu Ende sein können. Wir sind diejenigen, die den Verstand besitzen, und wir haben entschieden, ihn nicht zu beenden. Geben Sie den Generälen die Schuld, nicht tapferen Männern wie Jerome!«

Sie küsste ihre Fingerspitzen und legte sie zum Dank auf seine Hand, ob für seine Klugheit, für die klaren Worte oder für die Zärtlichkeit im richtigen Moment, konnte er nicht sagen. Die Geste aber traf ihn mitten ins Herz. »Sagen Sie mir, wovor Sie Angst hatten, Charlie!«, bat sie ihn lächelnd, während ihre Tränen trockneten.

»Es war 1915«, begann er. »Wir hatten erfahren, dass die Deutschen bei ihren Angriffen Giftgas einsetzten. Es war der schrecklichste Moment meines Lebens, als mir klar wurde, dass die britische Regierung unser Labor angewiesen hatte, zur Vergeltung ein noch schmerzhafteres, noch tödlicheres Gas zu entwickeln. Innerhalb weniger Stunden war ich von einem leitenden Chemiker, der an einem neuen Chlorprozess forschte, zu einem potenziellen Massenmörder geworden.«

Diesmal ergriff sie seine Hand. »Jerome ist seit diesem ersten Gasangriff in Ypern vermisst. Sie hätten sich selbst retten können, wenn Sie in Ihrer privilegierten Stellung geblieben wären. Aber ich finde, Sie sind ein Held, weil Sie sich weigerten, daran mitzuwirken.«

Charlie wusste nicht, was er sagen sollte, aber er wünschte sich, dass sie seine Hand nie wieder losließ. Leider tat sie es nach einer Weile doch.

Dann räusperte sie sich und beschrieb ihm in fröhlichem Tonfall die Landschaft, durch die sie fuhren. »Nun, wie Sie sehen, haben wir das feindliche Gebiet verlassen und das schöne Épernay erreicht.« Sie seufzte leise.

Er folgte ihrem Blick über die sanft geschwungenen Hügel und die Felder, die in verschiedenen Schattierungen von Grün leuchteten. Manche waren heller, manche dunkler, ein Feld lag sogar in strahlendem Sonnenschein. Zwar lag der Geruch nach Kordit in der Luft, aber nirgends war

Rauch zu sehen, nur Reihen von Weinstöcken in vollem Laub. Dass sie nicht wie mit dem Lineal gezogen waren, freute Charlie irgendwie. Er lächelte Sophie an. Der Kutscher zügelte das Pferd, das bereitwillig in Schritt verfiel, um die Kutsche den gewundenen Weg bergauf ins Dorf zu ziehen. Charlie sah eine Reihe prächtiger Villen am Hang. Unterhalb floss ein Bach, und ringsum herrschte auf einmal reges Treiben. Jenseits des Baches entdeckte er Häuser und Gehöfte, die wahrscheinlich zu anderen Ortschaften gehörten.

Charlie kam es vor, als wären sie in eine Bilderbuchwelt geraten, weit entfernt vom Wahnsinn des Krieges. Einen Moment lang hatte er das Gefühl, in Tränen ausbrechen zu müssen, aber dieses Verlangen verdrängte er schnell wieder. Was würden seine Männer von ihm denken, wenn er hier herumheulte? Der kühle, beherrschte Captain Nash weinte? Niemand würde es glauben ... aber dann wurde ihm klar, dass auch wahrscheinlich niemand mehr am Leben war.

Schweigend fuhren sie weiter und umrundeten einen Ort. Der Weg stieg leicht an, als sie auf einen breiteren Boulevard mit prächtigen Gebäuden gelangten. »Das ist die Rue du Commerce. Hier haben über die Jahrhunderte hinweg zahlreiche bekannte Champagnerfamilien ihre Privathäuser gebaut.«

Charlie stieß einen leisen Pfiff der Bewunderung aus.

Sophie lächelte zustimmend. »Sie sehen ja selbst, dass die Gebäude nicht alle gleich sind. Irgendwie steht hinter jedem Haus der Wunsch, die Marke der Familie und ihr Produkt widerzuspiegeln.« Sie lachte leise. »Viele behaupten, es sei die teuerste Straße der Welt.« Charlie runzelte die Stirn. In London und in New York gab es doch sicherlich teurere Straßen. »Nicht wegen der Häuser, die hier stehen, Charlie«, korrigierte sie ihn, als könnte sie seine Gedanken lesen. »Vielmehr wegen der Örtlichkeiten, die unter den Häusern liegen und vor mehr als zweihundert Jahren erbaut wurde.«

»Crayères ... ich habe davon gehört.«

»Genau. Endlose Gewölbe mit großartigem Champagner erstrecken sich unter unsern Füßen. Diese Straße wurde tatsächlich früher einmal als Faubourg de la Folie bezeichnet. Wie Sie sagen, der wahnsinnige oder verrückte Ort.«

Charlie grinste.

»Gegen Ende des achtzehnten Jahrhunderts war diese Straße die Wunschadresse für alle aufstrebenden Produzenten, aber in der Region entstanden auch wunderschöne Schlösser, nicht nur für Champagnerhersteller. Einige steinreiche Mitglieder des Klerus schätzten die Lage hier schon immer und errichteten riesige Landhäuser. Zum Beispiel Moët et Chandon ... vielleicht kennen Sie diesen Champagner?«

Charlie nickte.

»Napoleon und seine Kaiserin Josefine gehörten zu den zahlreichen wichtigen Gästen, die das Hôtel Moët & Chandon in Épernay besuchten. Ich könnte noch eine Reihe weiterer Namen aufzählen, aber ich fürchte, meine Stimme und die Leidenschaft für meinen Geburtsort würden Sie ermüden.« Nach einer Weile sprach sie weiter. »Seit Erfindung der Eisenbahn und der gestiegenen Exporte in die ganze Welt ist unser Architekturgeschmack natürlich noch grandioser, wenn nicht sogar monumentaler geworden, aber zum Glück nicht hier.« Sie beugte sich vor, und die Kutsche hielt an. »Willkommen in meinem Heim, Charlie! Das ist Haus Delancré.«

Charlie blickte durch spitze Eisengitter auf ein hohes, typisch französisch aussehendes Landhaus aus grauem Stein. Ein steil ansteigendes Schieferdach mit Mansardenfenstern saß wie ein Hut auf dem zweistöckigen Gebäude. Der zweite Stock war genauso hoch wie der erste und verlieh dem Haus eine aristokratische Symmetrie. Und doch war dieses Märchenschloss, das Sophie als ihr Zuhause bezeichnete, bescheiden im Vergleich zu den palastartigen Anwesen, an denen sie vorbeigekommen waren. Wenn Charlie aus den vielen Häusern eines für sie hätte aussuchen müssen, dann wäre es dieses gewesen. Wenn die Gebäude ihre Eigentümer und deren Champagnermarke widerspiegelten, dann war die edle Untertreibung dieses Hauses ein Spiegel dieser Sophie Delancré, die er nun nach und nach kennenlernte.

Kurz darauf befand sich Charlie in einem lichtdurchfluteten Schlafsaal im zweiten Stock der Villa. Die drei anderen Soldaten auf dem Weg der Genesung, mit denen er den Raum teilte, waren Franzosen. Keiner von ihnen sprach englisch. Sophie hatte ihnen seine Situation erklärt und ihnen berichtet, wie er hergekommen war.

»Kommandant de Saint Just war gerade da, als sie ihn aus dem Kanal fischten«, sagte sie. »Er spricht sehr gut französisch, aber überfallen Sie ihn nicht mit Ihren Fragen, Philippe! Ich weiß, wie gern Sie das tun.« Sie lächelte den jungen Mann an, der einen Verband um den Kopf trug und den Arm in der Schlinge hatte. »Lassen Sie Charlie einfach eine Zeit lang in Ruhe!« Sie wandte sich an Charlie. »Machen Sie es sich bequem! Unser Arzt wird sich Ihre Hand ansehen.«

Er empfand es wie einen Verlust, dass sie ging. Es dauerte fast eine Woche, bis er sie wiedersah.

15

Épernay
Juni 1918

Aufmerksam studierte Sophie die *Gazette des Ardennes*. Sie hoffte inständig, dass sie Jeromes Name auf den Listen der Kriegsgefangenen entdeckte. Die Deutschen veröffentlichten diese Listen regelmäßig. Dies geschah allerdings nicht aus Großzügigkeit, sondern weil sie Spaß daran hatten, ihren Feinden mitzuteilen, wie viele Soldaten und Zivilisten sie gefangen hielten und zur Zwangsarbeit verpflichteten. Sophie konnte nur hoffen, dass Jerome, falls er gefangen genommen worden war, sich nicht wie ein gewöhnlicher Soldat zu Tode schuften musste, sondern dass sein Rang als Leutnant ihm einen gewissen Schutz verlieh. Beim Anblick der vielen Namen merkte sie, dass sie nicht genug Platz im Herzen hatte, um über alle Gefangenen nachzudenken, die keine Offiziere waren. Für sie war nur ein einziger Name wichtig, doch sie fand ihn nicht. Wahrscheinlich würde sie nie auf ihn stoßen, aber sie redete sich trotzdem ein, diese Gewohnheit nicht aufgeben zu dürfen.

Beim ersten Überfliegen hatte sie seinen Namen vielleicht überlesen. Deshalb machte sie sich noch einmal an eine genauere Überprüfung. Aufmerksam und konzentriert las sie jede Zeile. Fast eine Stunde lang saß sie aufrecht auf dem Stuhl ihrer Mutter. Das gleiche Licht, das ihre Trauben wachsen ließ, schien auf sie herab, als sie am Fenster saß und die Seiten der Zeitung umblätterte. Die übliche Enttäuschung schlich sich in ihre Gedanken, und sie legte die Zeitung beiseite. Sie stützte den Kopf in die Hände, bis die Verzweiflung – wie immer – verging.

Seit ihrem Treffen hatte sie Jean beim Roten Kreuz schon zweimal kontaktiert. Sie hatte die wachsende Ungeduld in seiner Stimme gehört, doch es war ihr gleichgültig, dass er sich über sie ärgerte. Sie verstand ihn durchaus. Es gab wahrscheinlich Zehntausende von Vermissten, und jede Familie wollte wissen, ob das Rote Kreuz über Informationen verfügte. Immer wieder hatte man ihr versichert, so erst kürzlich Jeans Sekretärin, dass Jerome Méa laut ihren Unterlagen und den Aussagen des Militärs nicht gerettet worden war. »Dann wird er also immer noch vermisst?«, hatte sie sie dann stets gefragt.

»Er gilt als tot, Madame Delancré«, hatte die Frau unbehaglich ins Telefon gemurmelt.

»Bitte, halten Sie mich auf dem Laufenden!«, hatte Sophie erwidert, obwohl das natürlich eine überflüssige Bitte war.

Seufzend zwang sich Sophie zum Aufstehen. Sie lockerte die verkrampften Schultern und widmete sich einer anderen Aufgabe. Der Zeitpunkt, an dem sie Jerome hatte gehen lassen müssen, kam näher. Er würde in ihrer Erinnerung durch seine Weinstöcke und ihren Champagner weiterleben.

Sie linste zu dem Paket hinüber, das am Morgen aus Paris eingetroffen war. Sie wusste, was es enthielt, da sie Kauf und Lieferung selbst veranlasst hatte, an dem Tag, als sie Reims mit Charlie verlassen hatte. Noch war sie nicht bei ihm gewesen. Sicherlich fragte er sich, warum sie nicht kam. Schließlich hatte sie ihm den Vorschlag gemacht, ihn nach Épernay zu holen. Andererseits erholten sich viele Soldaten hier, und sie durfte sich nicht auf einen einzigen Patienten konzentrieren. Er war nichts Besonderes.

Gut gemacht. Lüg dich ruhig weiter an, Sophie!, warnte eine kleine Stimme in ihrem Innern. *Damit schützt du dich.* Mit einem widerwilligen Laut stand sie auf und war froh, dass gerade in diesem Moment nach ihr gerufen wurde.

Eine ruhige Woche war vergangen, und in dieser Zeit versuchte Charlie, die ständigen Fragen des neugierigen Philippe zu beantworten. Die anderen Patienten waren älter und hielten sich an Sophies warnende Worte. Sie nickten ihm grüßend zu, teilten den Wein, der ihnen geschickt wurde, mit ihm, machten ab und zu eine Bemerkung über das Essen. Charlie bekam mit, dass sie seine Gespräche mit Philippe belauschten. Er hatte festgestellt, dass alle Soldaten, die sich hier erholten, französische Uniformen trugen. Sie waren wahrscheinlich genauso fasziniert von ihm wie Philippe, zeigten es aber nicht so deutlich. Eigentlich hatte er ja auch kaum etwas zu erzählen. Aber er war eben anders, war Engländer. Das war der Unterschied.

Als er plötzlich Sophies Stimme hörte, wandte er sich zum Fenster um und sah, dass sich eine kleine Menschenmenge im weitläufigen Garten aufhielt. Die Leute wirkten aufgeregt, sie weinten, umarmten sich, und Sophie befand sich mitten unter ihnen. Als ob sie spürte, dass er sie beobachtete, blickte sie nach oben. Sie lächelte ihn an, und er hob grüßend die gesunde Hand. Er kannte sie kaum, hatte sie aber in den letzten Tagen vermisst. Immerhin hatte sie ihn aus dem unterirdischen Lazarett geholt und ihm das Gefühl gegeben, Verschwörer zu sein.

Ab und zu hörte er Applaus und Jubeln im Haus, und auch seine Zimmergenossen gesellten sich zu ihm. Offenbar wollten sie erfahren, was der Grund für die allgemeine Aufregung sein mochte. Kurz darauf erschien Sophie persönlich, und ihr fröhlicher Gesichtsausdruck konnte nur bedeuten, dass sie gute Nachrichten brachte.

»Meine Herren, gerade haben wir erfahren, dass die Stadt Reims gerettet wurde!«, rief sie und trat zu den Patienten. Dann verkündete sie die frohe Botschaft in allen Räumen ihres behelfsmäßigen Lazaretts. Charlie hätte gern applaudiert wie alle anderen, konnte aber nur mit der Faust der gesunden Hand im Takt auf das Geländer schlagen.

»Die Front ist stabil«, fuhr Sophie fort. »Kommandant de Saint Just schickte mir gerade die Nachricht, dass die Amerikaner die Front um Château-Thierry gehalten und im Wald von Belleau einen Gegenangriff gestartet haben. Es war eine blutige Schlacht, aber sie behaupteten ihre Stellung nicht nur, sondern zusammen mit unseren Alliierten haben wir den Feind zurückgedrängt.«

Hochrufe waren zu hören, und Charlie fiel in den allgemeinen Jubel mit ein.

Als seine Kameraden sich zur Treppe umdrehten, um sich zu den anderen zu gesellen, schloss er sich ihnen an. Dann könnte er mit Sophie plaudern und die glückliche Atmosphäre genießen.

»Im Garten steht für jeden von Ihnen ein Glas bereit. Gehen Sie an die frische Luft und genießen Sie die guten Nachrichten!«, rief sie lachend, bevor sie sich ihm zuwandte. »Hallo, Captain Nash!«

»Charlie, wissen Sie noch?«, erwiderte er und warf ihr einen erwartungsvollen Blick zu.

Sie korrigierte sich. »Wie geht es Ihnen, Charlie?«

Er lächelte schief. »Ich muss mich immer noch kneifen, weil ich hier bin, statt in einem schmutzigen Schützengraben zu hocken.«

Sophie nickte. »Kann ich Sie bitten, kurz mit mir zu kommen? Ich habe etwas für Sie.«

»Für mich?«

»Es ist ... äh ... privat«, entgegnete sie verlegen lächelnd.

Charlie war fasziniert. Er folgte ihr die Treppe hinauf ins oberste Stockwerk des Hauses.

»Diese Räume sind eigentlich für hohe Würdenträger reserviert. Im Moment hält sich hier niemand auf.« Stirnrunzelnd beobachtete Charlie, wie sie eine Falltür mit einem Haken an einem langen Stock entriegelte und die Leiter herunterzog, die zum Vorschein kam. »Und hier wohne ich.« Sie lachte über seinen Gesichtsausdruck. »Schaffen Sie es? Was meinen Sie?«

Die Erwähnung seines Handicaps verletzte ihn, insgeheim freute er sich aber, dass sie sein Geheimnis mit ihm teilte, und er wies auf die Leiter. »Machen Sie sich um mich keine Gedanken! Gehen Sie voraus!« Der Aufstieg war schwieriger als gedacht, und als er sich endlich durch die Öffnung gehievt und mit Sophies Hilfe den Speicher betreten hatte, keuchte und schwitzte er.

Lächelnd blickte er sich auf dem Dachboden um. Das war also Sophie Delancrés private Welt, weit weg von allen Menschen, die sie so dringend benötigten. Er fragte sich, warum sie ihm ihre Zuflucht zeigte. Gehörte er nicht auch zu allem, dem sie entfliehen wollte?

Anscheinend bemerkte sie seine Verwirrung. »Ich habe Sie mit hierhergebracht, weil ich Ihnen etwas geben möchte, und das müssen andere nicht unbedingt sehen.« Sie zögerte. »Nun ja, der Grund dafür spielt eigentlich keine Rolle. Vielleicht verbreiten Sie um meinetwillen die kleine Notlüge, dass Kommandant de Saint Just es für Sie geschickt hat. Damit soll Ihre großartige Leistung gewürdigt werden, dass Sie die deutschen Linien durchbrochen haben. Und es soll ein Dank an die Briten sein, die so tapfer in unserer Gegend gekämpft haben.« Sie musterte ihn besorgt.

»Mit meiner Unterstützung können Sie natürlich rechnen«, erwiderte er. Im sanften Dämmerlicht des Dachbodens tanzten Staubflöckchen. Charlie hätte Sophie gern gesagt, wie schön sie aussah mit den leicht geröteten Wangen und den dunkelblonden Haarsträhnen, die sich aus ihrem Chignon gelöst hatten. Im Sonnenlicht, das durch die Fenster fiel, wirkten sie wie gesponnenes Gold. Sie sah aus wie ein Mädchen, und er hatte das Gefühl, einen Blick auf das Kind zu erhaschen, das von seinem Vater alles über die Welt des Champagners gelernt hatte. »Ich lüge gern für Sie, Madame.«

»Sophie, wissen Sie noch?«, neckte sie ihn lächelnd.

»Kennen Sie die Redensart *Sie ist eine Augenweide?*«

Sophie schüttelte den Kopf.

»Es ist ein uralter Ausdruck dafür, dass jemand allein durch seinen Anblick das Gefühl von Sicherheit vermittelt.« Diese Übersetzung entsprach nicht ganz den Tatsachen, aber sie drückte den Sinn seiner Worte aus.

»Mein Anblick vermittelt Ihnen ein Gefühl der Sicherheit, Charlie?«

»Ja. Ich kann mir keinen anderen Ort vorstellen, an dem ich im Moment lieber wäre als auf dem Dachboden eines schönen Hauses, in dem von einer außergewöhnlichen Frau Champagner hergestellt wird.«

Sophie lachte leise. »Es ist nett von Ihnen, dass Sie das sagen, aber Sie wären doch sicher jetzt lieber zu Hause.«

»Ich habe kein Zuhause.«

»Ich meine England. Gibt es keine Frau, die sich nach Ihnen sehnt?«

Lächelnd schüttelte er den Kopf.

»Was haben Sie bloß angestellt? Ich dachte, dass Dutzende von Frauen Ihre Aufmerksamkeit erringen wollen.«

»Vielleicht tun sie das auch«, gab er zu und versuchte, nicht allzu überheblich zu klingen. Ihm wurde klar, dass sie tatsächlich miteinander flirteten. »Ich merke es nur meistens nicht.«

»Nun, dann passen Sie gut auf, Charlie! Gut aussehende, alleinstehende Männer sollten nicht außer Acht gelassen werden.«

Er lachte.

»Ich habe es gern, wenn die Soldaten unter meinem Dach wieder lächeln. Wie schön, Sie lachen zu hören!« Eine verlegene Pause entstand zwischen ihnen, und auf einmal spürte er die Verbindung zwischen ihnen ganz stark. Auch sie nahm dieses Gefühl wahr, denn sie wandte sich plötzlich ab und machte sich an Papieren zu schaffen, die nicht geordnet werden mussten. »Ich hoffe, Épernay trägt zu Ihrer Erholung bei. Das haben Sie sich verdient nach Ihren Heldentaten.«

Charlie zuckte mit den Achseln. »Ich habe nur einen Rückzug zu den alliierten Linien versucht.«

»Sie waren sehr mutig. Das finden wir alle.«

Erneut schwiegen sie. Charlie trat ans Fenster, und Sophie gesellte sich zu ihm. »Dies ist mir der liebste Platz auf der ganzen Welt.« Sie deutete auf die kleinen Dörfer, auf den Fluss, der hinter dem Anwesen entlangfloss, auf den Bahnhof und die Richtung, in der Paris lag. Und dann wies sie auf die Weinberge, wo ihr Chardonnay wuchs. »Zu unserer Hochzeit legte mein Mann hinter diesem Hügel einen besonderen Weinberg für mich an«, erzählte sie.

»Er ist ein Romantiker.«

»Sie nicht?«

Charlie blinzelte. Seine verlegene Reaktion war ihr sicher nicht entgangen, aber die Frage war auch allzu enthüllend gewesen.

»Ich hoffe, wir sind alle Romantiker, vor allem angesichts des Zustands, in dem sich die Welt gerade befindet.«

Er sah sie wieder an, fand aber ihren Blick zu intensiv und seufzte verlegen. »Danke, dass Sie mich nach hier oben eingeladen haben. Ich fühle mich privilegiert.«

»Danke, dass Sie über meinen Mann geredet haben, als wäre er noch am Leben. So verhält sich sonst niemand in meinem Umfeld.« Sophie wandte sich um und griff nach einer Schachtel. »Charlie, mir ist gerade bewusst geworden, dass ich Sie vielleicht damit beleidige.«

Fragend runzelte er die Stirn.

»Ich möchte, dass Sie es als Geschenk betrachten, aber Sie empfinden es vielleicht als Beleidigung.« Hilflos blickte sie ihn an, und er sah auf einmal das kleine Mädchen aus ihrer Vergangenheit, unsicher und ängstlich. Doch vor ihm brauchte sie sich nicht zu fürchten. Wenn überhaupt, dann wurde er durch ihre Haltung und ihren Mut eingeschüchtert. In diesem Moment hätte er sie am liebsten geküsst. Es war ein so ungeheurer Gedanke, dass er sich räuspern musste.

»Nichts, was Sie sagen oder tun, kann mich beleidigen.« Charlie stand jetzt so dicht vor Sophie, dass er ihre Haut hätte berühren können, wie unabsichtlich, damit sie es nicht bemerkte. Verärgert über sich selbst und sein jungenhaftes Verlangen blinzelte er.

»Das ist nett von Ihnen, Charlie.« Die Wärme in ihrer Stimme munterte ihn auf. Sie war wie ein Leuchtfeuer, dem er aus der Dunkelheit des Krieges an diesen sicheren Ort gefolgt war. Nein, es war nicht nur die Stimme ... Sophie stellte die sichere Zuflucht dar.

Vielleicht spürte sie seinen Kampf, deshalb öffnete sie rasch die Schachtel und lenkte seine Aufmerksamkeit auf den Inhalt. Auf dunkelblauem Samt lag da eine künstliche Hand aus glänzend poliertem Metall und Leder. Er starrte so lange darauf, dass es schon beinahe unhöflich war, aber sie hielt sein angespanntes Schweigen aus.

Charlie hatte das Gefühl, in dieser Stille zu verschwinden. Ihm kam es so vor, als wäre er aus seinem Körper herausgetreten und sein Geist hätte sich auf eine Reise durch den Verlauf seiner Kriegserlebnisse begeben. Er sah Schlachten, die er wiedererkannte, sogar Schützengräben, die er auf der Landkarte exakt hätte verorten können. Er erkannte die Landschaft von Arras und den eiskalten Winter von Ypern. Er sah Männer, die gefallen waren, und beobachtete sich selbst, wie er in den Schützengraben zurückgezogen wurde. Mit blutigem Gesicht und bewusstlos nach seinem schicksalhaften Schuss, mit dem er den Todesschützen Topperwein getötet hatte. Und jetzt hatte ihn die Reise von den Kämpfen befreit und ihn ins milde Ostfrankreich gebracht, wo er die Dankbarkeit der Menschen in den Dörfern und Städten genoss. Er schmeckte die Weine der Region, spürte im Rücken die Wärme einer sonnenbeschienenen Wand vor einem Café, wo ihn eine Frau mit breiten Hüften bediente. Doch er schmeckte auch Blut, roch es sogar. Er sah, wie er tötete und andere ringsum starben. Er rannte, er fiel, er ertrank im flachen Wasser. Er begegnete einem Deutschen, und sie schlossen einen privaten Friedenspakt. Er hörte arabisch, er hatte Schmerzen, lauschte einem anständigen Mann, einem französischen Offizier. Er erfuhr Freundlichkeit, Zärtlichkeit, roch Verbandsmull und Desinfektionsmittel ... und dann sah er Sophie. Sie verkörperte das Licht, auf das er in den letzten drei Jahren zugelaufen war. Sie wusste es nicht, hatte es zumindest bis am Tag zuvor wohl nicht gewusst, aber mit Sophie begrüßte er zum ersten Mal nach fast vier Jahren das Leben. Er fühlte sich auch hier zu Hause ... Zu Hause war für ihn ein wenig greifbarer Begriff. Er hatte sich noch nie irgendwo zu Hause gefühlt, bisher. Zu Hause war ein Gefühl, war Sicherheit, ein Ort, an dem er lächelte, Zuneigung erfuhr und erwiderte ... zu Hause war, wo Sophie Delancré lebte und lachte.

Endlich hatte er gefunden, was er wollte ... und doch konnte er es nicht haben. Sie gehörte einem anderen Mann.

»Ich weiß nicht, wie ich Ihnen danken soll. Die Hand ist wunderschön«, murmelte er heiser.

»Jetzt werden Sie schneller gesund.« Sie stellte die Schachtel beiseite und umarmte ihn so innig, wie es sonst nur Liebende taten. Es war die instinktive Geste spontaner Zuneigung. »Ich bin so froh, dass sie Ihnen gefällt und Sie das Geschenk annehmen.«

Er umschlang sie, als ginge es um sein Leben, denn ohne diesen Augenblick, diese Umarmung, diese Frau gab es kein Leben mehr für ihn. Lange schlanke Arme legten sich um seinen Nacken, als er seinen Arm mit der gesunden Hand zu heben und ihre Umarmung zu erwidern wagte. Er spürte ihre schmale Taille und die Rippenbögen, die bewiesen, dass sie zu viel arbeitete und zu wenig aß. Wie war er jemals auf den Gedanken gekommen, sterben zu wollen, während ihm doch diese Begegnung bevorstand? Sophie

Delancré zu umarmen ... etwas Schöneres gab es nicht. Ihre weichen Brüste, die sich an sein Hemd drückten, allein dafür lohnte sich der Kampf ums Leben. Sein Verlangen, das er seit so vielen Jahren nicht mehr gespürt hatte, erwachte jäh. Immer noch standen sie eng umschlungen da.

Schließlich löste sie sich von ihm, und Charlie wandte sich ab. Er räusperte sich, während Sophie an der Lederhand in der Schachtel herumzupfte. »Verzeihen Sie mir, das war unpassend«, sagte sie, um die peinliche Situation zu überspielen.

»Entschuldigen Sie sich nicht! Ich finde, jeder Soldat sollte jeden Tag umarmt werden.«

Sie lachte leise. »Ich habe diese künstliche Hand kurz vor Kriegsausbruch in einem Laden in Paris gesehen, der Kuriositäten verkaufte. Ich fand sie handwerklich sehr gut gemacht, und der Besitzer erzählte mir ihre Geschichte. Sie wurde für einen reichen Offizier angefertigt, der im Krimkrieg eine Hand verloren hatte. Es ist noch eine ganze Schachtel voller großartig gefertigter Werkzeuge dabei, die man an dieser künstlichen Hand befestigen könnte. Allerdings brauchen Sie sie wohl kaum. Ich habe ein Telegramm an den Laden geschickt und hatte Glück. Es gab die Hand noch, und der Ladeninhaber gab sie freundlicherweise sofort einigen heimreisenden Offizieren unserer Armee mit, die mit dem Zug nach Épernay fuhren. Ich zeige Ihnen die Werkzeuge gleich, weil der Ladeninhaber unbedingt wollte, dass die einzelnen Teile zusammenbleiben sollten. Er verstand aber auch, dass ich eigentlich nur die Hand brauche. Ich glaube, sie könnte Ihnen passen, Charlie.«

Er betrachtete die baumelnden Lederriemen, und kurz durchzuckte ihn das traurige Gefühl, dass er nur noch darauf reduziert war. Dann aber sah er, wie eifrig sie ihn anblickte, und begriff, dass es Zeit war, sein Schicksal anzunehmen.

Lächelnd nickte er. »Es ist überwältigend, wie viel Freundlichkeit hinter Ihrem Geschenk steckt.«

»Die britische Armee hilft uns, Frankreich zu retten. Die Männer Ihrer Kompanie sind gefallen, weil sie Reims und Épernay davor bewahrten, erneut eingenommen zu werden. Dieses Geschenk ist nur ein schwacher Ausdruck meiner Dankbarkeit Ihnen und Ihren Soldaten gegenüber.«

Charlie schwieg. Sie hatte recht, vor allem, wenn er daran dachte, wie viele Engländer in diesem Gebiet ihr Leben gelassen hatten.

»Darf ich sie Ihnen anlegen?«, bat sie.

»Natürlich.

»Wir müssen vorsichtig sein, so kurz nach der Operation.«

Er grinste. »Meine Hand ist sowieso taub.«

Sie führte ihn zu einem kleinen Sessel. »Bitte, setzen Sie sich!« Verlegen ließ er sich nieder, wobei er auf eine Zeitung trat, die achtlos auf den Boden geworfen worden war. Sophie hockte sich auf die Fensterbank.

»Legen Sie Ihren Arm hierhin, Charlie!«, sagte sie und wies auf ihren Schoß.

»Ich habe Angst, dass das ...«

»Sie sollten sich keine Gedanken um meine Befindlichkeiten machen. Mir ist es nicht peinlich, wenn Sie es auch so sehen.« Sie wartete.

Charlie hob die Schultern und grinste schief. Er legte seine Hand, die immer noch verbunden war, auf ihren Schoß. Es war wohl ein Glück, dass sie nichts fühlte. Wäre es anders gewesen, hätte er sicher mit den Fingern seiner verbliebenen Hand durch ihren Rock hindurch die Wärme

243

ihres Körpers und die Wölbung ihrer Hüften erkundet. Er wagte es nicht, darüber nachzudenken, ob ein wenig mehr sie beide in Verlegenheit bringen würde.

»Äh ... Sie lesen die Zeitung?«, fragte er im Plauderton, um die Spannung zu durchbrechen.

Sophie nickte. »Die deutschen Gefängnisse haben besonders viel Freude daran, Listen ihrer Gefangenen zu veröffentlichen, die in unseren Gazetten abgedruckt werden. In jeder Ausgabe suche ich nach Jerome.«

»Ich sollte sie auch lesen, um Neuigkeiten über Mitglieder meiner Kompanie zu erfahren.« Unwillkürlich fragte er sich, ob sie sich wohl jemals damit abfinden würde, ihren Mann nicht mehr zu finden. Dann jedoch wandte er seine Aufmerksamkeit wieder Sophie zu, die gerade den Lederhandschuh vorsichtig über seinen verbundenen Unterarm schob. Fasziniert betrachtete er ihre langen schlanken Finger. »Mir ist aufgefallen, dass Ihre Hände von der Sonne gebräunt sind.« Irgendetwas musste er ja schließlich in diesem für ihn unangenehmen Augenblick sagen.

Sie nickte. Seine Bemerkung schien sie nicht zu stören. »Bevor ich heiratete, war ich ganz blass, weil ich mich so viel in meinen Kellergewölben aufhielt. Aber mittlerweile verbringe ich so viel Zeit wie möglich im Weinberg an der frischen Luft.«

»Erzählen Sie mir von den Weinbergen!«

Sophie zog die Lederbänder durch die Metallösen, die beide Teile des Handschuhs miteinander verbanden. Der Metallreif um das Handgelenk glänzte so blank poliert, dass er sich selbst darin sah. Er spürte bereits, dass die Hand seinem Arm mehr Kraft verlieh.

Ein Lächeln huschte über ihr Gesicht. Anscheinend war dies ein Thema, über das zu sprechen sie nie müde wurde.

»Nun, im März und April, wenn der Winter langsam ins Frühjahr übergeht, wachen auch die Weinberge auf und zeigen die ersten Anzeichen neuen Lebens. Früher war dies die Aufgabe meines Mannes, aber nun bin ich dafür verantwortlich, in dieser Zeit die Weinstöcke zu beschneiden, damit sie genügend qualitativ gute Trauben hervorbringen. Wir nennen das *les travaux en verts.*«

»Die grüne Arbeit«, übersetzte er. »Das klingt seltsam auf Englisch, oder?«

Lächelnd dachte sie nach. »Wie gern würde ich Ihre Sprache besser beherrschen, damit ich noch mehr Champagner nach England verkaufen kann.«

»Erzählen Sie weiter!«

Sophie stieß einen Seufzer aus und fiel zurück ins Französische. »Die wichtigste Aufgabe fand kurz vor der jüngsten Schlacht statt. Wir mussten entknospen.« Als sie seine Verwirrung bei dem unbekannten französischen Wort bemerkte, versuchte sie es zu umschreiben. »Äh ... wir nehmen einige der neuen Triebe weg, damit die anderen besser gedeihen.« Zum Zeichen, dass er sie verstanden hatte, lächelte Charlie. »Und dann müssen wir wässern. Das ist harte Arbeit, die wir mit großer Konzentration von Hand vornehmen, weil bei jeder Knospe die Entscheidung neu getroffen werden muss.«

»Man muss also ganz präzise arbeiten.«

»Ja, es ist anstrengend.« Zufrieden stellte sie fest, dass die Prothese gut auf seiner Hand saß, und zog die Bänder vorsichtig zu.

»Was passiert als Nächstes?«

»*Relevage*. Die Zweige des Weinstocks beginnen Anfang Juni zu wachsen, und zwar in alle Richtungen. Dann ist es an der Zeit, sie vom Boden wegzuhalten. Im Weinberg meines Mannes führen wir die Äste an zwei Drähten entlang, um die sie sich schlingen, damit die Luft frei zirkulieren kann. So lässt es sich besser zwischen den Reihen arbeiten, und die Reifung wird im Auge behalten. Das führen wir mehrmals durch, halten damit den Weinberg in Ordnung und ermöglichen den Trauben erfolgreiches Wachstum und Gedeihen.«

»*Relevage*«, wiederholte Charlie, als wolle er sich das Wort einprägen.

Sophie versuchte gerade, einen Knoten in die Bänder zu machen, und musste dabei seinen Arm zwischen ihre Schenkel klemmen. Er merkte, wie vorsichtig sie vorging, und versuchte, keinen Druck auszuüben. Aber es war ihnen beiden nur allzu bewusst, wie intim dieser Moment war.

»Und dann?«, fragte er, um die Stille zu durchbrechen.

»Dann findet in den nächsten Wochen die *Palissage* statt. Weil die Reben gern durcheinanderwachsen ...« Sie sah ihm an, dass er nicht verstand, was sie meinte. »Äh ... warten Sie!«, bat sie und zog die Schleife an der Manschette fester. »Ich überlege mir ein anderes Wort ...« Sie legte einen Finger an die Lippen, und am liebsten hätte er sie auf den Mund geküsst. Stattdessen blickte er auf seine Hand. »Wild«, sagte sie plötzlich. »Wissen Sie, was ich meine?«

»Ja.«

»In dieser Phase schneiden wir also diese Zweige ab, damit alle Knospen Sonne und Luft bekommen, ohne dass sie im Schatten des Laubs wild wachsender Äste liegen. Es geht alles nur darum, den Aufbau des Weinstocks zu verbessern, und nur durch diese Maßnahmen erreichen wir das beste Ergebnis. Es ist sehr harte Arbeit für die kleinen Hände der Frauen und Kinder, aber auch für die schwächeren Hände der alten Männer, die mir helfen. Aber wir erledigen sie, weil Épernay überleben muss, der Champagner muss fließen.«

Das Anpassen der Manschette war beendet, und er hätte eigentlich den Arm von ihrem Schoß ziehen können, aber er wollte nicht, dass dieser intime Augenblick endete. Außerdem hörte er ihr schrecklich gern zu. Sie hatte so einen verträumten Tonfall in der Stimme, wenn sie von den Weinstöcken sprach. »Und im Sommer überlassen Sie die Stöcke dann sich selbst?«

»Nun, es gibt noch eine weitere Wachstumsphase, die man *Rognage* nennt.«

»*Rognage*«, wiederholte er.

Sophie lächelte. »Die Reben werden beschnitten ... wie ein Haarschnitt. Wie Sie ihn zum Beispiel dringend benötigen, Charlie.«

»Ach ja?«

»Ich kümmere mich darum.« Sie berührte die Haare um seine Ohren, um zu demonstrieren, wie unordentlich sie waren, erreichte damit aber nur, dass ihm erneut ein Schauer über den Rücken lief. »Ich glaube, die neue Vorrichtung wird sich bewähren. Vielleicht noch nicht für die ganze Hand, aber die Prothese verleiht ihr Festigkeit.« Sie blickte ihn an. Ihre Augen, die die Farbe einer Waldwiese hatten, blitzten vor Freude. Er sehnte sich danach, sich in der Nähe dieser Wiese auszuruhen. »Ich schlage vor, dass sie sie nicht allzu lange tragen. Noch ist Ihre Hand schwach. Vielleicht versuchen Sie es erst einmal für ein paar Stunden nachts, damit die Muskeln stark und fest bleiben. Tagsüber ist eine Schlinge wahrscheinlich besser geeignet. Allerdings sieht es so sehr gut aus.«

Er nahm ihre Worte kaum wahr, sondern betrachtete ihren Mund, der immer zum Lächeln bereit zu sein schien.

Er sah ihr an, wie aufgeregt sie ihm gegenüber war. Aber er wagte nicht laut zu fragen, warum sie gerade seinen Fall so interessant fand. Letztlich wurde mit der Prothese nur ein nutzloses Stück Fleisch eleganter gekleidet.

»Welches Glück, dass es in dem Kuriositätenladen gerade eine Lederhand für den linken Arm gab«, bemerkte er und hob den Arm, um den Sitz der Vorrichtung zu bewundern.

»Ein glücklicher Zufall, aber für Sie ein Segen, nicht wahr? Ich hoffe, es fühlt sich nicht zu ...« Sie wiegte den Kopf, um die richtigen Worte zu suchen. »... zu merkwürdig an.«

»Nein, überhaupt nicht. Ich bin Ihnen sehr dankbar.«

»Ist es nicht unbequem?«

»Überraschend bequem«, erwiderte er. »Ich glaube, man könnte die Prothese noch fester schnallen, aber im Moment ist es absolut in Ordnung. Ich meine, sie sieht großartig aus mit den glänzenden Schnallen. Sie ist so präzise gearbeitet, wirklich sehr schön. Allerdings kann ich mit der Hand immer noch nichts anfangen.«

»Das wird bestimmt noch besser. Geben Sie sich Zeit, Charlie! Ihre Hand wird sicher nicht mehr so funktionieren wie vorher, aber der Körper verfügt über erstaunliche Heilkräfte. Wenn wir die Hand stärken, heilt sie vielleicht von selbst. Denken Sie daran, die Knochen mussten gerichtet und geflickt werden. Die Bänder mussten erst wieder zusammengenäht werden. Der Heilungsprozess wird noch eine Weile dauern. Erst einmal müssen Sie geduldig sein, und wir werden zahlreiche Übungen machen, die Ihnen Ihre Kräfte zurückgeben.«

»Was zum Beispiel?«

»Zum Beispiel Flaschendrehen in meinem Keller.« Sophie lachte. »Da liegen Tausende von Flaschen, das habe ich Ihnen doch erzählt.«

Charlie gefiel die Vorstellung, bei der Champagnerproduktion mitzuhelfen. »Es wäre mir ein großes Vergnügen. Was sonst noch?«

»Hmm ... Nun, Sie könnten lernen, Weinstöcke hochzubinden. Das ist eine der wichtigsten Arbeiten in dieser Jahreszeit. Diese Beschäftigung verleiht Ihrem Körper sicher zusätzliche Kraft. Dabei könnten Sie Ihre gesunde Hand einsetzen.«

»Sonst noch etwas«

»Nun, probieren, zum Beispiel.« Sie sah, wie sein Blick auf ihren Lippen verweilte, einen Wimpernschlag zu lang, dann wandte er sich ab. »Äh ... dabei könnten wir regelmäßig überprüfen, ob Ihre Hand schon ein Champagnerglas halten kann.« Sie lächelte schief. »Wenn wir dieses Jahr überhaupt Champagner herstellen können.«

»Zeigen Sie mir den restlichen Inhalt!«, bat er und wies auf die zweite Schachtel. Sie nahm seinen Arm vom Schoß und erhob sich. Mit der Prothese fühlte sich der Arm irgendwie vollständiger an, stellte er fest. Er hätte schwören können, dass er die Nerven in seiner schlaffen Hand spürte, deren Finger ihm wie geisterhafte Auswüchse vorkamen. Wie gern hätte er Sophie berührt!

Sie kehrte mit der zweiten Schachtel zurück. »Bereit?« Sie öffnete den Deckel, um den Inhalt freizugeben. Der Karton enthielt sieben meisterhaft gefertigte Geräte aus poliertem Stahl, die man in die Prothese einklinken konnte: ein Messer, eine Gabel, einen Löffel bis hin zu einem Gerät, mit dem man einen Schreibblock halten konnte. »Sehen Sie, hier gibt es sogar einen kleinen Hammer«, stellte Sophie fest. »Ich weiß nicht genau, wozu Sie ihn brauchen könnten, aber es gibt immerhin einen.« Sie klang wieder nervös.

»Großartig«, kommentierte Charlie und stieß einen leisen Pfiff aus.

»Der Haken wirkt ein wenig Furcht einflößend, muss ich zugeben«, fuhr sie fort und berührte ihn.

»Er ist aber nützlich.«

»Finden Sie?«

»Natürlich.« Er hob den schimmernden Haken aus der Schachtel, studierte ihn und nickte. »Sehen Sie das hier?« Er wies auf den wundervoll gefertigten Halbkreis mit der eleganten Gravierung. Sophie nickte. »Nun, das hier passt perfekt auf die Prothese. Vermutlich war er für einen Mann gedacht, der die ganze Hand verloren hat.«

»Ja, das glaube ich auch.«

»Der Haken und die anderen Geräte werden auf der Lederprothese angebracht wie ein Bajonett auf einem Gewehr«, erklärte er und demonstrierte, wie leicht die beiden Enden verbunden werden konnten. »Sehen Sie?«

Charlie stand auf und drehte den aufgesetzten Haken in der gesunden Hand, sodass er in der Sonne schimmerte, die den Raum durchdrang. »Der Mann, der ihn benutzte, muss sich damit wie ein ...« Er kannte das Wort für *Pirat* nicht, deshalb sagte er *Seemann*, aber das wirkte natürlich nicht so witzig. Sophie schien ihn jedenfalls nicht zu verstehen.

Charlie trat vom Stuhl weg und tat so, als schwänge er ein Entermesser. Damit er piratenhafter wirkte, legte er die gesunde Hand vor ein Auge. »Sie wissen schon ... die Seeleute, die anderen die Schiffe stehlen ... äh, äh, ach ja ... *Korsaren* vielleicht?«

»Ah!« Sophie lachte.

Charlie schwang noch einmal sein unsichtbares Schwert.

»Sie sehen sehr gut aus mit Ihrem Haken, Charlie!«, rief

Sophie fröhlich. »Wofür hat er ihn wohl tatsächlich gebraucht?«

»Oh, ich kann mir mehrere Einsatzmöglichkeiten vorstellen.«

»Was denn zum Beispiel?« Sie lächelte immer noch, erleichtert, dass ihm seine neue Hand gefiel. In diesem Moment fühlte Charlie sich wieder wie früher, charmant, amüsant, ein guter Gesellschafter. Ein wenig überraschte ihn seine eigene Unbekümmertheit. Er reagierte nicht nur kühn, sondern auch so riskant, wie es sich selbst ein Spieler nicht getraut hätte.

Doch Charlie machte weiter, weil er immer zu Risiken geneigt hatte. Möglicherweise war es der Waisenjunge in ihm, der wusste, dass sich niemand um ihn kümmerte, wenn er sich nicht selbst in den Mittelpunkt stellte. Die Wagnisse, die er in der Schlacht eingegangen war, konnte er schon gar nicht mehr zählen. Jede einzelne Mutprobe hätte ihn das Leben kosten können. Doch dieses Risiko, was er jetzt einging, kostete ihn seinen ganzen Mut. Nie hatte er sich verletzlicher gefühlt, als er Sophie jetzt ansah.

»Dazu zum Beispiel«, erklärte er und schob den glänzenden Haken in ihren Gürtel, um sie zu sich heranzuziehen. »Um das hier zu tun.« Seine Stimme war heiser vor Verlangen.

Erstaunlicherweise wehrte sich Sophie nicht.

Passiert das wirklich?, war Charlies letzter Gedanke, während sie sich eng an ihn schmiegte. Ihre Lippen berührten sich, zögernd zuerst. Der Kuss war sanft, zwar nicht flüchtig, aber Charlie wollte ihn nicht zu lange ausdehnen. Er wich leicht zurück und warf ihr einen sehnsüchtigen Blick zu, wie um ihre Zustimmung zu bitten. Diesmal ergriff Sophie die Initiative. Sie schlang ihre schlanken Arme um seinen

Hals, womit sie ihm nicht nur ihre Erlaubnis gab, sondern ihm auch zeigte, dass sie ihn auf diesem unbekannten Gebiet führen wollte.

»Vom ersten Moment an habe ich mir vorgestellt, deine schönen Lippen zu küssen«, gestand sie leise, leicht entsetzt über sich selbst. »Ich fühle mich schuldig, ich schäme mich.«

Charlie lächelte ungläubig. »Warum hast du es nicht getan?«

»Die Oberschwester hätte es nicht erlaubt.«

Beide lachten verlegen.

»Sophie ... es ist jetzt drei Jahre her, nicht wahr? Kein Wort? Keine Nachricht?«

»Nichts.«

»Darf ich davon ausgehen, dass dies ein Leben nach dem Krieg ermöglichen könnte? Ich wage nicht zu hoffen, dass es mit mir sein könnte, aber du kannst auf jeden Fall nach vorn blicken. Du brauchst nicht einsam zu sein oder im Witwenstand verharren. Sich mit einem anderen Mann zu verbinden ist kein Verrat.«

Er sah ihr nicht an, ob sie von seinen Worten überzeugt war, aber sie ermutigte ihn, indem sie ihn erneut an sich zog. Es schien so, als ob sie ihrem eigenen Verlangen nicht länger widerstehen konnte. Auch er gab nach, und als sie sich küssten, war er der glücklichste Mensch der Welt.

16

Es war nicht geplant, aber tief in ihrem Herzen wusste Sophie, dass sie sich der Wahrheit stellen musste. Seit dem Tag, als Gaston seinen seltsamen Fund nach Reims ins Lazarett geschickt hatte, fühlte sie sich zu Captain Nash hingezogen.

Und hier stand sie mit ihm. Er hatte den Arm mit der gesunden Hand um ihre Taille gelegt. Seine Verwundung war von einem begabten Chirurgen und dank ihrer Entschlossenheit gerettet worden. Und er hatte diesen wunderschönen Mund, der sie vom ersten Blick an fasziniert hatte. Noch vor zwei Wochen hätte sie nicht geglaubt, jemals seine Lippen zu spüren. Weich lagen sie auf ihrem Mund, und sein Kuss war zärtlich, nicht leidenschaftlich, wie sie es sich bei einem Mann vorgestellt hatte, der so lange ohne Zuneigung gelebt hatte. Er hielt sich zurück und erlaubte ihr zu entscheiden, wie weit und wie schnell die Episode ihren Lauf nahm.

Er wandte den Kopf, und seine Wimpern streiften ihre Wange. Seltsamerweise fühlte sich die federleichte Berührung intimer an als jede andere romantische Erfahrung ihres Lebens. Diese Zärtlichkeit schien ihn auszumachen, so sanft, so leicht, als könne sie sich jederzeit in nichts auflösen.

Allein der Gedanke, jemals einen anderen Mann als Jerome zu küssen, hatte sich entsetzlich angefühlt, zumal

Louis nun ernsthaft auf Heirat drängte. Die Vorstellung, dass er sie intim berührte und ihr ein Kind machte, war so widerwärtig, dass sie das Bild ständig aus ihrem Kopf verdrängen musste. Und doch schenkte sie ihre Zuneigung jetzt einem Fremden. Bis vor wenigen Augenblicken hatte kein Mann außer Jerome ihr je den Atem geraubt. In dem Moment jedoch, als Charlie auf sie zugekommen war, wusste sie plötzlich mit großer Klarheit, dass sie nie wieder jemanden küssen würde, wenn sie sich nicht für einen anderen öffnete. Charlie hatte recht, es war kein Verrat. Wenn sie sich gestritten hatten, hatte Jerome immer gesagt, Lippen seien zum Küssen, nicht zum Widersprechen geschaffen. Und gerade er wäre enttäuscht gewesen, wenn sie ihre Möglichkeiten für Liebe und Lachen ihm zuliebe aufgegeben hätte. Auf gewisse Weise entehrte ihre Treue zu einem Toten seine gesellige, lebensfrohe Persönlichkeit.

Charlie löste sich von ihr und legte die Stirn an ihren Kopf.

»Sophie, so verrückt es klingen mag, aber das macht mir mehr Angst als der Krieg«, flüsterte er auf Französisch.

»Wovor hast du Angst?« Sie erwähnte nicht, dass es ihr genauso ging.

»Das hier zu verlieren«, erwiderte er und berührte die linke Seite seiner Brust. »So viel zu verlieren hatte ich noch nie.«

Sophie lächelte unwillkürlich. »Hast du noch nie ein Mädchen geliebt, Charlie?«

Er zuckte mit den Achseln und blieb ganz ernst. »Nur von Weitem.«

»Sie hat nie davon erfahren?«

»Alle Jungs liebten sie.«

»Wie alt warst du?«

Er war bestimmt ein Jugendlicher gewesen, zu schüchtern, um sich dem Mädchen seiner Träume zu nähern. »Sechs.«

»Sechs!« Sie brach in Gelächter aus.

»Du brauchst nicht zu lachen. Es war eine ernsthafte Liebe.«

»Und als Erwachsener?«

»Nein, wenn du die Verliebtheit in Miss Peabody, unsere Schulpflegerin, nicht mitrechnest.«

»Ich kann gar nicht glauben, dass du keine Beziehung von Bedeutung hattest.«

»Ich ging mit vielen Frauen aus, aber bei keiner zog ich eine Beziehung in Erwägung. Meine Gefühle für sie waren nicht stark genug, um mir ein Leben an ihrer Seite vorzustellen. Ich glaube, ich liebte meine Arbeit zu sehr ... bis ich in den Krieg zog.«

Warum gerade er? Warum dieser Engländer? Sophie hörte geradezu Gastons herablassende Worte. Und sie konnte sich nur zu gut Louis vorstellen, wie er beinahe vor ihr ausspuckte, wenn er davon erfuhr. *Du warst so stark und Jerome so sehr ergeben in all den Jahren seiner Abwesenheit. Warum gerade jetzt?* Charlie beantwortete die Frage für sie.

»Du hast in jeder Beziehung mein Leben gerettet«, gestand er.

Genau das war es. Sie war für einen anderen Menschen die Heldin.

»Das klingt allzu dramatisch«, widersprach sie, obwohl seine Worte sie erregten. Es fühlte sich an, als ob ein neues Leben nach ihr rief.

»Ich wollte oft sterben, weil ich nichts hatte, wofür es sich zu leben lohnte. Du hast in mir wieder den Wunsch nach Leben geweckt.«

Genau das empfand sie auch.

Sie küsste ihn wieder, um ihm zu zeigen, wie viel seine Worte ihr bedeuteten. Sie zauste ihm das Haar und schmiegte sich eng an ihn. Doch dann brach sie auf einmal den Kuss unvermittelt ab. Scham und Schuldgefühle drohten sie zu überwältigen.

»Ich muss zurück, Charlie. Die Leute in den Gewölben warten auf mich. Komm, ich gebe dir etwas zu tun.«

Die *Gazette des Ardennes* raschelte unter ihren Füßen, während sie sich zögernd voneinander lösten.

Als sie den Dachboden verließen, wirkten sie beide wie Kinder, die ein schlechtes Gewissen hatten.

»Am liebsten wäre ich für immer dort oben geblieben«, flüsterte Charlie auf Französisch. In diesem Moment kam eine der jungen Krankenpflegerinnen die Treppe heraufgerannt.

Sophie ließ Charlies Hand los, als hätte sie sich verbrannt.

»Langsam, Marie!«, beruhigte sie die Krankenschwester. »Ist etwas passiert?«

Das junge Mädchen blickte Sophie erleichtert an. Sie klang atemlos, als ob sie schon den ganzen Weg zum Haus gelaufen wäre. »Kommandant de Saint Just ist hier, Madame. Er hat nur wenig Zeit. Er bat mich, Sie rasch zu suchen.«

»Danke, ich komme sofort«, erwiderte Sophie munter. »Ich glaube, Captain Nash sollte tagsüber den Arm in der Schlinge tragen und nachts mit dieser Prothese. Kümmern Sie sich darum?«

»Ja, Madame. Soll ich noch ein Laken zerschneiden?«

»Haben wir schon wieder keine Schlingen und Verbände mehr?«

Das Mädchen nickte. Seufzend löste Sophie den Schal, den sie immer trug.

Sie reichte ihn Marie. »Nehmen Sie den hier!«

»Oh, Madame, bitte, ich ...«, stammelte Marie.

»Ich habe noch andere«, wehrte Sophie ab. »Außerdem gibt dieser Schal eine passende weiche Schlinge ab.« Sie warf Charlie einen Blick zu. »Ich bin froh, dass die Prothese Ihnen passt, Captain«, sagte sie über die Schulter. »Kommen Sie später in den Gewölbekeller!

Dort gibt es Arbeit für Sie.«

Mit diesen Worten lief sie die Treppe hinunter und entschwand seinen Blicken.

Teil II

Heidelberg, Deutschland
Juni 1918

Der neue junge Wachsoldat musterte den Gefangenen voller Überraschung. »Wieso sprechen Sie eigentlich deutsch, Bouchon? Aber es kommt natürlich sehr gelegen, Sie als Übersetzer zu haben.«

Der Mann, den alle Jacques Bouchon nannten, zuckte mit den Achseln. »Ich muss es wohl gelernt haben.«

»Sie sprechen es sehr geläufig, anscheinend konnten Sie es schon als Kind.«

»Vielleicht lebte meine Familie an der Grenze. An meine Vergangenheit kann ich mich nicht erinnern.«

»Kein bisschen?«

»Doch«, gab Bouchon mürrisch zu. »Manchmal kommen Erinnerungsblitze. Im Traum höre ich Stimmen. Ab und zu sehe ich auch einzelne Szenen wie Fotos, aber sie verschwinden genauso schnell wieder, wie sie gekommen sind.« Er schüttelte den Kopf. »Ich kann sie nicht festhalten.«

»Was denn zum Beispiel?«

»Ich sehe eine Frau.«

Rolfs Augen weiteten sich. Er lachte.

»Ihr Gesicht sehe ich nie, aber sie hat langes dunkelblondes Haar, bis hier ungefähr.« Jacques deutete auf eine Stelle unterhalb seiner Schulter. »Es ist dick und schimmert in der

Sonne wie Gold ... und ich höre ihre Stimme. Sie klingt ein wenig rau.«

»Was sagt sie?«

»Die Worte verstehe ich nicht, aber sie winkt mir. Auch andere Menschen sehe ich manchmal, aber sie kommen mir vor wie Fremde.«

»Sie haben Glück, dass der andere französische Soldat Sie als Offizier erkannt hat, sonst wären Sie in ein wesentlich härteres Gefangenenlager geschickt worden.«

Jacques nickte. »Ich wünschte, er wäre noch am Leben, damit ich ihm weitere Fragen stellen könnte. Aber er hat mich ja auch nicht wirklich erkannt. Er wusste nur, dass ich Offizier war, und meinte, ich hieße Jacques. Den Nachnamen aber wusste er nicht. Es war schon schwer genug, das Wenige aus ihm herauszukriegen. Dafür bin ich dankbar, aber so ganz vertraue ich nicht darauf.«

»Warum?«

»Ich fühle mich nicht wie ein Bretone.«

Der deutsche Soldat lachte.

»Wenn ich tatsächlich aus der Bretagne stamme, warum spreche ich dann nicht so?«

»Woher soll ich das wissen? Ich bin Deutscher! Sie haben es wahrscheinlich vergessen. Der Schock, über den man in den Schützengräben spricht, hat Ihnen die Sprache verschlagen.«

»Aber Französisch, Deutsch und Englisch kann ich noch? Pah!« Bouchon machte eine abfällige Handbewegung.

Dass er übersetzen konnte, hatte ihn bei allen beliebt gemacht, vor allem bei den deutschen Bewachern, die nur sehr wenig Englisch konnten. Außer ihm gab es keine französischen Gefangenen.

»Ich war in Belgien«, erklärte Jacques und sog an seiner Zigarette.

»Gasangriff?«

»Merkt man mir das an?«, fragte Jacques und blies den Rauch in die Luft.

»Ihr Husten«, erklärte Rolf. »Daran ist es zu erkennen. In dem Gefängnislager, in dem ich vorher arbeitete, war es noch viel schlimmer. Ihr Husten kommt nicht vom Rauchen, der klingt anders. Wie fühlte sich das Gas an?«

»Was für eine gefühllose Frage!« Spöttisch verzog Jacques die Mundwinkel. »Das wünsche ich meinen schlimmsten Feinden nicht. Seltsamerweise kann ich mich gerade daran erinnern. Es brannte im Hals, und ich hatte das Gefühl, zu ersticken und nach Luft ringend im Schlamm zu verrecken.« Er zuckte mit den Achseln. »Glücklicherweise gehörte ich zu den Überlebenden. Man prophezeite mir aber, dass meine Lunge für den Rest meines Lebens beschädigt bleiben und ich immer mit Atemproblemen zu kämpfen habe. Töten kann mich das Gas immer noch.«

Der Mann musterte ihn eher neugierig als mitfühlend. Er nahm einen tiefen Zug an seiner Zigarette und wechselte das Thema. »Warum sind Sie bei den Engländern und nicht bei Ihren eigenen Leuten? Ich meine, da Sie doch Franzose sind.«

Seufzend sog Jacques noch einmal an der Zigarette und wandte den Blick vom sommersprossigen Gesicht seines Gefängniswärters ab. Rolf gehörte zu den netteren Wachsoldaten. Er war neu, und Jacques vermutete, dass er lieber ausgegangen, Bier getrunken und weibliche Gesellschaft genossen hätte, als in einem behelfsmäßigen Gefängnis herumzustehen.

»Ich weiß nur, was man mir erzählte«, sagte er. »Alles andere ist mir entfallen.«

»Was hat man Ihnen denn erzählt? Ich habe nichts Wichtiges zu tun, und meine Zigaretten gehen zur Neige.«

Jacques schlang die Arme um den Körper. Es konnte vermutlich nichts schaden, ein gutes Verhältnis zu den Wächtern zu haben. Vielleicht musste er irgendwann darauf zurückgreifen, vor allem, wenn die anderen Gefangenen ihn baten, an Informationen heranzukommen. Möglicherweise erfuhr er so etwas, das den anderen Hoffnung schenkte.

»Offenbar habe ich den Gasangriff vor drei Jahren in Ypern überlebt, aber danach irrte ich im Nebel herum und wurde dabei von meinem Regiment und den Männern getrennt, für die ich verantwortlich war. Ich war allein, als Ihre Jungs mich gefangen nahmen. Anscheinend war ich halb nackt, ohne jede Identifikation.« Er tippte sich an die Schläfe. »Und ich hatte den Verstand verloren. Ich konnte keinen einzigen klaren Gedanken fassen und hatte keine Ahnung, wer ich war. Ich folgte einfach den anderen auf dem langen Marsch durch Flandern nach Deutschland. Jemand, vielleicht einer meiner Männer, schien mich zu kennen. Er sagte, ich sei Leutnant, aber ich könnte Ihnen nicht sagen, wer das war. Schließlich waren nur noch wenige französische Soldaten bei mir, als ich hier ankam. Ich weiß nicht, ob sie an ihren Verletzungen gestorben sind oder ob ich von ihnen getrennt wurde, weil ich Englisch sprach.« Jacques seufzte. Er beobachtete, wie sehr Rolf die Geschichte faszinierte. »Wir haben an allen möglichen Orten übernachtet, aber das wissen Sie sicher.« Er wollte eigentlich nicht mehr darüber reden.

»Erzählen Sie weiter! Ich höre gern zu. Dann habe ich nicht solchen Hunger«, gestand der junge Mann und lächelte. Sowohl die Wachsoldaten als auch die Gefangenen bekamen kaum etwas zu essen. Alle waren dünn, halb verhungert und warteten verzweifelt auf Nachrichten von der Front. Und alle sehnten sich nach dem Ende des Krieges.

»Nun, ich erinnere mich, dass wir mit anderen Gefangenen, Zivilisten wie Soldaten, zusammengelegt wurden. Wir schliefen auf der Erde ... in Scheunen, Schuppen, auf dem offenen Feld, und irgendwann in diesen kalten Wochen bekam ich Fieber. Vielleicht murmelte ich auf Englisch vor mich hin ... ich weiß es nicht. Auf jeden Fall steckte man mich zu den englischen Soldaten. Als wir hier ankamen, war möglicherweise der Franzose, den ich vorhin erwähnte, noch mit dabei. Er stammte aus meiner Division, aber nicht aus meiner Einheit. Für eure Listen brauchtet ihr Deutschen einen Namen, den ihr mir geben konntet. Dass ich kein Engländer war, sondern nur die Sprache beherrschte, war klar. Ich besaß zwar nur noch ein zerfetztes Hemd und war irgendwie in den Besitz einer Decke gekommen, in die ich mich einwickelte, aber ich trug die blaue Hose der französischen Armee.« Jacques berührte die Narbe auf dem Kopf, wo keine Haare mehr wuchsen. Gern hätte er gewusst, wo ihm diese Verletzung zugefügt worden war. Auch die Herkunft der anderen Wunden, die ihn für immer verändert hatten, blieb ihm verborgen. »Die britischen Offiziere nannten mich Corky.«

»Corky«, wiederholte Rolf verwirrt.

Jacques zog den Korken, den er immer bei sich trug, aus der Tasche. Zum Glück hatte er ihn nicht verloren. »Deswegen«, erklärte er.

»Was ist das? Ein Champagnerkorken?«

»Eines Tages erinnere ich mich vielleicht. Aber ich passe gut auf ihn auf. Er steckte in meiner Tasche. Als mir niemand einen Namen zuordnen konnte, übersetzte der Lageraufseher das Wort *Cork* ins Französische: *Bouchon*. Ich habe es wahrscheinlich einfach hingenommen, auf jeden Fall wurde es nie korrigiert. Wann ich den Vornamen Jacques erhalten habe, weiß ich nicht mehr, aber das geschah vermutlich auf dem langen Marsch nach Deutschland.«

Rolf stieß einen leisen Pfiff aus. »Sie wissen also immer noch nicht, wer Sie in Wirklichkeit sind?«, fragte er staunend. »Vielleicht hat Ihnen die Frau in Ihrem Traum den Korken überreicht. Vielleicht haben Sie vor dem Krieg mit ihr ... gefeiert ... Sie wissen schon?«

Der junge Wachsoldat wurde rot wegen seiner Anspielung. »Vielleicht.« Jacques zwinkerte ihm zu, in der Hoffnung, die quälende Unterhaltung beenden zu können. Der freundliche Soldat lachte leise und verschwörerisch.

In dem Moment ertönte ein ärgerlicher Ruf, und sie sahen, wie ein andere Wachsoldat Rolf zu sich winkte.

»Ich muss gehen«, seufzte der Deutsche. »Wir sehen uns, Jacques.«

Jacques bekam einen Hustenanfall. *Verfluchtes Gas*, dachte er und fragte sich zum wiederholten Mal, ob sein Leiden sich zu der gefürchteten Tuberkulose auswuchs, die so viele geschwächte Lungen befiel. Als er wieder zu Atem gekommen war, hob er grüßend die Hand. »Ich laufe nicht weg«, versprach er dem jungen Mann und entlockte ihm ein Grinsen. »Was ist überhaupt los?«

»Wir bereiten uns auf Besucher vor«, verkündete Rolf.

»Ach, kommt jemand aus Berlin?«

»Nein, nein, nichts dergleichen. Einige Ärzte aus der neutralen Zone.«

Jacques runzelte die Stirn. »Warum?«

»Das weiß ich nicht. Mit mir wird über wichtige Themen nicht geredet. Ich bekomme aber einen Tritt in den Hintern, wenn ich nicht hingehe und helfe, alles für die Besucher aufzuräumen.« Er winkte Jacques zu und schnippte seinen Zigarettenstummel weg.

Ärzte aus der neutralen Zone, dachte Jacques. *Nun, das lenkt die englischen Offiziere bestimmt von den schrecklichen Umständen und dem Mangel an Brot ab.*

Zwei Tage später rief man Jacques. Er runzelte die Stirn, als er seinen Namen hörte.

»Hier«, antwortete er und erhob sich. Hoffentlich bekam er keine Probleme.

»Sie sollen sich melden.« Der Wächter gehörte nicht zu den freundlichen.

»Warum?«

»Stellen Sie keine Fragen!«

Jacques warf einen Blick zurück auf die Männer, mit denen er sich die Unterkunft teilte. Sie pfiffen aufmunternd.

»Mach ihnen die Hölle heiß, Jack!«, riet ihm Captain William Jones, der sich immer noch nicht an die französische Aussprache des Vornamens gewöhnen konnte. Sie machten die ganze Zeit Witze darüber, dass sie Jacques zum Ehrenengländer ernennen wollten.

»Frag sie, ob wir mehr Holz kriegen können! Es ist zu kalt hier«, schlug Major Hugh Blackman vor.

Jacques grinste. »Am besten frage ich auch nach neuem Tee, wenn's recht ist«, entgegnete er sarkastisch.

»Ja, bitte, alter Knabe. Aber nur Vickery's Darjeeling. Und denk dran, second flush! Das ist der beste Tee der Welt.«

Alle lachten, als Jacques salutierte.

»Ich hätte gern eine Dose Kaviar«, erklärte Captain Jones.

Jacques folgte dem deutschen Wachmann, dessen Stiefel auf dem grauen Steinboden hallten. Sie durchquerten das gesamte Schloss bis zu dem Teil, in dem die Verwaltung und die deutschen Soldaten untergebracht waren. Hier war Jacques noch nie gewesen, und je weiter sie gingen, desto komfortabler wurde es. Er entdeckte kostbare Tapeten an den Wänden und üppige Polstermöbel. Das Klacken der Stiefelabsätze wurde von dicken Teppichen geschluckt. Sesselgruppen standen vor hohen Steinkaminen, und in der Ferne hörte er Musik. Die Laute kamen ihm vor wie ein Echo aus der alten Welt.

Schließlich traten sie durch eine Flügeltür und gelangten in einen riesigen Raum, in dem drei Männer mit düsterem Gesichtsausdruck an einem großen Tisch voller Unterlagen saßen. Eine Stenografin mit Hornbrille begrüßte als Einzige Jacques mit dem Anflug eines Lächelns.

Der Mann in der Mitte sprach zuerst. »Danke. Sie können ihn dalassen.«

Der Wachmann warf Jacques einen leicht spöttischen Blick zu und ging.

Jacques blickte die Fremden an und bekam einen Hustenanfall. Er konnte sich nicht auf die Situation konzentrieren, weil der Husten ihn gänzlich vereinnahmte. Zu seiner Überraschung und Dankbarkeit reichte ihm jemand ein Glas Wasser, und er spürte eine Hand im Rücken. Auch die Stimme klang freundlich. »Hier, trinken Sie und kommen Sie erst einmal wieder zu Atem.« In den Augen des Mannes las er nur Mitgefühl. Er redete englisch, aber mit europäischem Akzent, den Jacques nicht einordnen konnte.

»Danke!«, stieß er hervor. Der Husten war so heftig, dass er zunächst nicht einmal einen Schluck trinken konnte.

Die Männer warteten geduldig, bis der Anfall nachließ.

»Verzeihung«, murmelte Jacques schließlich und räusperte sich ein paarmal. Er trank das Glas in einem Zug leer. Dann schüttelte er dem Mann, der ihm geholfen hatte, ungelenk die Hand. Die Fremden in Zivilkleidung setzten sich wieder, und Jacques blickt sie stumm an.

»Können wir das Gespräch auf Französisch führen?«

Jacques nickte.

»Danke, Monsieur Bouchon. Dürfen wir Sie Jacques nennen?«

»Selbstverständlich. Das ist der einzige Name, den ich habe.« Unbeabsichtigt klang er sarkastisch. »Ich meine, man hat Ihnen wahrscheinlich berichtet, dass ich das Gedächtnis verloren habe. Dieser Name ist mir gegeben worden.«

Der dürre Mann nickte. »Ja, das wissen wir. Wir möchten uns Ihnen vorstellen. Ich bin Doktor Anders Keller.« Keller nannte auch die Namen der anderen, doch Jacques achtete nicht darauf, sondern erwiderte lediglich ihr grüßendes Nicken und kurzes Lächeln. Erst jetzt, als Keller zum Kamin wies, fiel Jacques ein Mann auf, nicht in Uniform, mit einem bleistiftdünnen Schnurrbart und einem wie mit dem Rasiermesser gezogenen Scheitel im pomadigen Haar. »Doktor Kurz ist Deutscher, aber er ist nur anwesend, um sicherzustellen, dass wir unsere Wahl klug treffen.«

Wahl? Jacques wartete verblüfft.

In seinem freundlichen Tonfall sprach Keller weiter. »Wir sind eine von zehn Delegationen aus neutralen Ländern, die Verantwortung dafür tragen, ausgewählte Soldaten in Deutschland in Schweizer Internierungslager zu überführen.«

Jacques schnaubte leise, tat jedoch rasch so, als müsse er schniefen. Als er merkte, dass niemand im Raum scherzte, hustete er kurz. »Wie kommt das?«, stammelte er, unsicher, wie er reagieren sollte.

»Die Schweiz und das Rote Kreuz bemühen sich aus humanitären Gründen, den Gefangenen in deutschen Lagern bessere gesundheitliche Bedingungen zu bieten, indem sie sie in Schweizer Lager überführen.«

Jacques hätte sich am liebsten gekniffen. »War das ein Witz?« Unwillkürlich hatte er die Frage laut gestellt.

»Das ist kein Witz, Leutnant Bouchon, aber ich verstehe Ihre Verwirrung.«

»Sie können sich vorstellen, wie merkwürdig sich das nach all den Jahren als Gefangener anfühlt.« Erneut musste er husten und rang verzweifelt nach Luft.

»Uns ist klar, dass dies für alle Gefangenen überraschend kommt. Wir fühlen uns dieser Aufgabe verpflichtet«, sagte Doktor Keller und warf dem Deutschen im Raum einen raschen Blick zu. »Aber Sie werden kein freier Mann sein. Nur innerhalb der Grenzen der Stadt, in die Sie gebracht werden, dürfen Sie sich frei bewegen.«

Der Mann musterte ihn über seine randlose Brille hinweg, und Jacques sah an seinem Gesichtsausdruck, dass der Begriff *Gefangener* in der Schweiz nicht so eng gesehen wurde. Widerfuhr ihm das alles wirklich? Er musste sich auf die Worte des Mannes konzentrieren.

»... und wir haben erfahren, dass Sie 1915 einem Gasangriff ausgesetzt waren.«

Jacques nickte. »In Ypern, ja. Dort wurde ich auch gefangen genommen.«

»Und an die Zeit davor haben Sie keine Erinnerung?«

»Ich kann mich an den grünen Nebel erinnern. Er durchdringt bis zum heutigen Tag meine Träume. Von da an weiß ich nichts mehr, auch nicht von den Augenblicken, kurz bevor der grüne Nebel kam. Die Erinnerung an diesen Nebel löst Panik in mir aus. Ich kann kaum noch atmen, mein Puls rast, und ich habe das Gefühl, mein Herz explodiert gleich.« Hilflos sah er den Mann an. »Ich habe es versucht, Sir. In den letzten zwei Jahren der Gefangenschaft hatte ich das Gefühl, mein Hirn würde innerlich bluten, weil ich mich so sehr angestrengt hatte, um mich zu erinnern. Es gibt kleine ... äh ... wie soll ich sagen? Es sind Bilder, eher Vignetten, die sich vor meinem geistigen Auge entfalten. Ich sehe eine Frau und andere Menschen, die ich nicht kenne, aber kennen sollte. Sie bleiben aber weiterhin Fremde für mich. Ich weiß nicht, ob ich überhaupt Leutnant bin. Ich weiß nur, dass ich Franzose bin, ganz bestimmt kein Bretone, und dass ich 1915 in Ypern kämpfte.« Er schwieg, weil er merkte, dass er viel zu schnell geredet hatte. Vielleicht klang er in seiner Verzweiflung zu aggressiv. Flehend musterte er die anwesenden Ärzte.

»Ihr Husten ist die Folge von Chlorgas, wie es in Ihrer Akte steht.«

»Ich bin kein Arzt«, gestand Jacques mit einem Schulterzucken. »Aber ich habe das sichere Gefühl, dass meine Lunge vor dem Krieg stark und gesund war.«

»Dürfen wir Sie untersuchen, Leutnant Bouchon?«

»Werde ich für die Schweiz ausgewählt?«

»Möglicherweise«, erwiderte Keller liebenswürdig, und auch die anderen Schweizer Ärzte lächelten, während sie sich erhoben. »Könnten Sie vielleicht Ihr Hemd für uns ausziehen? Brauchen Sie Hilfe?«

Jacques blickte auf seinen Arm, der am Ellbogen amputiert worden war. »Nein, ich habe gelernt, wie ich mir selbst helfen kann, danke.«

»Sie sind groß. Sie waren sicher sehr stark«, bemerkte Keller, der Jacques einer Reihe von Tests unterzog.

»Vermutlich, Sir.«

»Ich stelle fest, dass Ihr Händedruck sehr fest ist, fester als bei den meisten.«

Jacques blickte Keller fragend an.

»Das hat mich auf den Gedanken gebracht, dass Sie vielleicht mit den Händen gearbeitet haben. Und zwar so häufig, dass Ihr Griff so kräftig wurde.«

Jacques zuckte mit den Achseln.

»Behalten Sie es in Erinnerung, wenn diese Bilder kommen!«

Der Deutsche trat hinzu und sprach in abgehacktem Französisch. »Faszinierend, dass Sie als Franzose bei den Engländern sind.«

Jacques warf ihm einen Blick zu. »In der Tat, aber ich vermute, alle bekannten Einzelheiten stehen in den Unterlagen. Es ändert sowieso nichts, weil meines Wissens alle meine Kameraden tot sind, die meisten infolge des Gasangriffs.«

»Aber Sie haben überlebt.«

»Ja, ich habe überlebt. Ich weiß allerdings nicht, wie oder warum.«

Der Deutsche kniff die Augen zusammen, schien jedoch zufrieden zu sein.

Die Ärzte untersuchten Jacques gründlich, hörten seine Lunge ab, klopften auf seinem Rücken herum und überprüften seinen Blutdruck. Anschließend berieten sie sich flüsternd in ihrem schweizerischen Französisch, das er größtenteils verstand.

»Danke, Leutnant. Sie dürfen sich wieder anziehen und hören bald von uns.«

»Wie bald, Herr Doktor Keller?«, wagte Jacques zu fragen, als er sein Hemd überzog und es geschickt mit einer Hand zuknöpfte.

»Bis zum Wochenende«, versicherte ihm der Arzt. Er wandte sich zu der Stenografin um. »Danke, Lena.«

Lena läutete eine Glocke, und kurz darauf erschien der unfreundliche Wachsoldat, um Jacques zu seiner Unterkunft zu begleiten.

»Danke, dass Sie mir eine Chance geben wollen«, verabschiedete er sich von den Ärzten. Er war sich nicht ganz sicher, welcher Wochentag gerade war und in wie vielen Tagen die Woche enden würde.

Nach einigen kühleren Tagen war das Wetter besser geworden, wie seine Mitgefangenen bemerkten. Das kam allen zugute. Ein Arzt unter ihnen drängte seine Kameraden, sich bei jeder möglichen Gelegenheit die Sonne auf den Rücken scheinen zu lassen, vor allem diejenigen, die wie Jacques Atemprobleme hatten.

Gerade hatte er sein karges Mittagessen, bestehend aus einer Scheibe Brot mit Marmelade, im Hof zu sich genommen. Die Pakete, die von zu Hause eintrafen, wurden mit allen geteilt. Jacques war einer von zwei Offizieren, die keine Sendungen erhielten.

Wie üblich lehnte er deshalb alles Zusätzliche ab, weil er nichts beisteuern konnte.

»Ach, komm schon, Corky! Du weißt doch, dass uns die Herkunft der Pakete einerlei ist!«, tadelte ihn Captain William Jones. Jacques hatte nichts gegen seinen Spitznamen, ähnlich wie alle anderen. Jones wurde Ducky genannt, aber Jacques wusste nicht genau, warum das so war. Es hatte wohl etwas mit dem englischen Sport Kricket zu tun, aber er verstand es trotzdem nicht.

»Ja, ich weiß, aber mir ist trotzdem unbehaglich dabei«, erwiderte er Ducky, der ihm Marmelade angeboten hatte.

»Das ist wirklich nicht nötig. Ich möchte einfach, dass du in dieser Marmelade mein Dorf schmeckst. Ich habe schon als kleiner Junge Brombeeren gepflückt und bin am Fluss angeln gegangen. Mehr als winzige Fischchen haben wir allerdings nie gefangen. Ich hoffe wirklich, dass ich das Dorf eines Tages wiedersehe.«

»Ganz bestimmt, Captain«, versicherte ihm Jacques.

»Du kommst vielleicht sogar noch früher nach Hause als ich, wenn du hier herauskommst. Schweiz, was? Nimmst du den mit?« Er wies auf den Korken, den Jacques geistesabwesend in der Hand hin und her gedreht hatte.

»Er verbindet mich mit meiner Vergangenheit. Ich würde wirklich weinen, wenn er mir abhanden käme.«

»Sei nicht so dramatisch, alter Knabe! Vielleicht hast du ja während der Verlegung irgendwo etwas getrunken, und der Korken hat gar keine Bedeutung.« Jones betrachtete ihn. »Was steht drauf?«, fragte er und kniff die Augen zusammen.

»*Ancre*«, entgegnete Jacques. »Das bedeutet Anker.«

»Warum soll ein Champagner Anker heißen? In der Champagne gibt es weit und breit kein Meer.«

Die Bemerkung des Captain löste irgendetwas in Jacques aus. Er wollte danach greifen, doch in diesem Moment traten zwei Wachsoldaten zu ihnen. Einer von ihnen war Rolf.

»Leutnant Bouchon? Kommen Sie mit uns!«, sagte er.

»Was ist passiert?« Ducky erhob sich.

»Wir brauchen einen französischen Übersetzer. Wir haben zwei neue Gefangene und verstehen sie nicht«, erklärte einer der Wachsoldaten auf Deutsch.

Jacques nickte, berichtete dem Captain rasch, worum es sich handelte, und schloss sich den beiden Wachsoldaten an, amüsiert darüber, dass sie zu zweit und bewaffnet gekommen waren. Wohin sollten sie denn hier in Deutschland fliehen? Diese Frage hatte er auch seinen Kameraden schon einmal gestellt. Daraufhin hatte ihm der Major geantwortet, es sei die Pflicht jedes englischen Soldaten, aus der Gefangenschaft zu fliehen.

»Die Deutschen wissen das«, hatte Major Blackman erklärt. »Deshalb sind sie vorsichtig.«

»Woher kommen denn die neuen Gefangenen?«, fragte Jacques die beiden Wachmänner, als sie das Gebäude betraten.

»Keine Ahnung. Einer ist Araber, Marokkaner vielleicht. Der andere ist klein und behaart. Der kommt vielleicht aus dem Süden.«

Die Wächter führten ihn in ein Büro, wo zwei Männer mit gesenkten Köpfen saßen.

»Fragen Sie sie nach Informationen! Wir brauchen Namen, Rang, Division.«

Der Araber blickte auf. Er trug eine gelblich grüne Uniform. Jacques redete mit ihm. Der Soldat löste ein seltsames Prickeln in seinem Kopf aus. Aber er konnte ihn doch nicht kennen! Der Mann stammte aus Algerien, und Jacques gab den Wachen die gewünschten Informationen.

»Die Truppen heißen Tirailleurs. Dieser Mann kommt aus Constantine, östlich von der Hauptstadt Algier gelegen.«

Der deutsche Soldat schrieb alles auf und blickte zu dem anderen Gefangenen hinüber, der bisher noch nicht den Kopf gehoben hatte.

»Capitaine?«, fragte Jacques. Der Mann sah ihn aus wässerigen Augen an. Jacques stellte sich ihm vor. »Wir müssen nur Ihre Ankunft notieren, damit Ihr Name in die Listen aufgenommen wird. Ihre Familie oder andere Soldaten werden schon nach Ihnen suchen.«

»Ich bin Jerome«, sagte der Mann.

Das Prickeln in Jacques' Kopf verstärkte sich und wurde zu einem Rauschen. Er hörte nicht mehr, wie der Mann seinen Nachnamen sagte. Rolf packte ihn am Arm.

»Bouchon!«

Verwirrt blinzelte Jacques. Sein Atem ging stoßweise, und ein Hustenanfall überwältigte ihn. Zum Glück nur kurz, aber alle starrten ihn jetzt an. Er taumelte leicht, und Rolf hielt ihn fest.

»Was ist los mit Ihnen, Bouchon?«, knurrte er auf Deutsch.

»Mein Name ist nicht Bouchon. Ich heiße auch nicht Jacques.«

Völlig überrascht sah Rolf ihn an.

»Ja, das wissen wir«, knurrte Otto, der andere Wachsoldat, und trat einen Schritt auf ihn zu.

»Ja«, keuchte Jacques. »Mir ist gerade eingefallen, wer ich bin.« Staunend blickte er Rolf an. »Ich heiße Jerome.«

»Ja, ich habe Jerome gesagt«, erklärte der neue Gefangene.

Rolf sah zwischen den beiden hin und her. »Und Ihr voller Name?«, fragte er dann.

Aufgeregt zog Jacques den Korken aus der Tasche. »Da steht nicht *ancre*! Es heißt Delancré! Ein Teil des Namens ist abgerieben.«

»Jerome Delancré?«, fragte Rolf.

Jerome schüttelte den Kopf. »Nein. Aber ich weiß jetzt, warum ich den Korken bei mir trage. Delancré ist eine Champagnerfirma. Mein Name ist Jerome Méa«, triumphierte er. Als er zum ersten Mal seit drei Jahren seinen Namen aussprach, brach ihm die Stimme. Er wandte sich an den Mann, der die Personalien der Gefangenen aufnahm. »Sie müssen meinen Namen auf der Liste ändern. Sofort! Es muss sofort geschehen. Meine Familie wird bestimmt schon nach mir suchen.«

»Beruhigen Sie sich, beruhigen Sie sich!«, flüsterte Rolf ihm zu. »Ich kümmere mich darum. Übersetzen Sie zunächst die Worte des Gefangenen!«

Jerome Méas Gedanken überschlugen sich, und er konnte sich kaum auf die Aufgabe konzentrieren. Zunächst aber gab er alle Einzelheiten über die neuen Gefangenen weiter. Als er wieder in den Hof der Gefangenen zurückgebracht wurde, packte er Rolf am Arm.

»Sie müssen mir helfen, Rolf!«

»Halten Sie den Mund!«, warnte Otto.

»Ach, komm, Otto! Er wird doch sowieso in die Schweiz geschickt.«

Der ältere Soldat warf Rolf einen bösen Blick zu.

»Werde ich tatsächlich verlegt?«

Rolf nickte. »Morgen.«

»Dann umso mehr. Ich muss einen Brief aufgeben, Rolf. Bitte!«

»Ich sehe zu, was ich tun kann«, versprach Rolf und bedachte seinerseits Otto mit einem finsteren Blick. »Keine Sorge, er wird bei den Ärzten ein gutes Wort für uns einlegen. Vielleicht werden wir versetzt.«

Ducky Jones schrieb den speziellen Formbrief für ihn, den Gefangene versenden konnten. Jerome zitterte zu stark, und ein einhändiger Mann, der zitterte, hätte viel zu lange gebraucht, zumal er die rechte Hand verloren hatte. Mit dem Umschlag in der Hand, der sein Schicksal besiegelte und sein ganzes Leben umfasste, suchte er nach Rolf, um ihn mit zwei Dutzend Zigaretten zu bestechen.

Die Offiziere hatten alle für Jerome Méas Sache zusammengelegt. Sein Schicksal hatte Zuversicht bei ihnen ausgelöst. Einer der beliebtesten Mitgefangenen ging nicht nur in die Schweiz, sondern es war ihm auch gelungen, seine Erinnerung wiederzuerlangen. Das musste gefeiert werden! Man plante sogar ein Festmahl für den Abend, indem sie alles zusammensuchten, was sie an Essbarem auftrieben.

Er jedoch musste diesen Brief abschicken, bevor er Deutschland verließ und sich noch weiter von Épernay ... seiner Frau entfernte. Oh, seiner schönen, geliebten, trauernden Frau. Ob sie ihn aufgegeben hatte? Konnte er es ihr verdenken? Er zitterte immer noch vor Erregung, als Rolf kam.

»Für mich?«, fragte er, als er die Zigaretten sah.

»Wenn Sie wollen, können Sie sie verkaufen. Ich bitte Sie nur, diesen Brief über das Rote Kreuz nach Paris zu schicken.«

Rolf seufzte. »Otto meinte, das könne eine Ewigkeit dauern, so wie der Krieg sich entwickelt. Briefe brauchen viele Monate. Das wissen Sie.«

»Ich habe schon eine Ewigkeit hinter mir, Rolf.«

»Wir sind mit den Aufnahmelisten der Gefangenen im Verzug. Das müssen Sie verstehen. Ich habe das überprüft. Es geht nicht nur um uns, sondern es betrifft alle Gefängnisse, wie man mir berichtete. Sie werden weg sein, bevor wir den Brief überhaupt aufgeben können.«

»Tun Sie das für mich?«

»Ja. Aber Sie werden als Jacques Bouchon überführt werden. Es ist zu spät, um die Unterlagen zu ändern. In einigen Stunden sind Sie schon unterwegs.«

»Sie haben gesagt, morgen.«

Rolf schüttelte den Kopf. »Ich mache die Regeln nicht, Bouchon.«

»Ich heiße Méa«, korrigierte ihn Jerome.

»Nun, das mag sein, aber Jacques Bouchon geht auf den Transport in die Schweiz.«

18

Épernay
Juni 1918

Seit dem Kuss waren einige Tage vergangen, und Charlie hatte Sophie seitdem nicht mehr gesehen. Aus ihrem Schal, den er um seinen Arm geschlungen hatte, stieg ihm ihr Duft in die Nase. Wie gern hätte er auch die Wärme ihrer Haut darin gespürt! Zugleich war er besorgt, dass die Routine, an die er sich mit den Jahren gewöhnt hatte, allzu schnell bröckeln konnte. Endlose Kriegstage hatten ihn zu einem skrupellosen, scheinbar kaltherzigen Mörder gemacht, der offenbar nicht sterben konnte. Doch ein einziger Kuss von einer Frau, die er bewunderte und begehrte, machte ihn verletzlich. Und plötzlich, so stellte er entsetzt fest, verspürte er Angst vor dem Tod, weil der ihm Sophie entrissen hätte.

Charlie fühlte sich nur äußerst ungern schwach, aber er hätte weitere Einschränkungen in Kauf genommen, wenn er dadurch zu Sophie hätte gehören können. Insgeheim wunderte er sich, dass er tatsächlich immer noch Charlie Nash aus den Schützengräben von Ypern war. Er sollte sich schämen! Stattdessen schmiegte er seine Wange an den Schal und atmete ihren Duft ein. Sogleich hatte er das Gefühl, sie stünde neben ihm. Ihr Parfüm roch nach Orange und Sandelholz. Es erinnerte ihn daran, dass er sich während seines Studiums gern mit Parfümherstellung beschäftigt hätte. Seine Professoren hatten sich darüber lustig gemacht, und so hatte er sich letztendlich für ihr Bild vom Mann im weißen Kittel entschieden, statt seinen Herzenswünschen nachzugeben.

Er trauerte um diese Jugendschwäche. Sophies Duft erinnerte ihn daran, dass Parfüm ebenso die Unterschrift einer Frau war, als ob sie ihren Namen mit Tinte geschrieben hätte. Selbst wenn sie einen Raum kurz vorher verlassen hatte, konnte man an ihrem Parfüm noch feststellen, dass sie darin gewesen war. Immer wenn er diesen Duft roch, musste er sofort an Sophie Delancré denken, obwohl er nicht wusste, wie das Parfüm hieß oder wie der Flakon aussah, der es enthielt. Charlie war sich sicher, dass er es unter hundert Parfümsorten erkannt hätte.

Er mochte es auch, wie der Schal mit dem Paisleymuster um seinen Arm und um seinen Hals geschlungen war. Das fühlte sich romantisch an ... von ihrem Nacken zu seinem. Sie hatte recht gehabt. Sein tauber Arm mit der versehrten Hand war gewichtlos geworden, seitdem er nicht mehr schwer an der Seite herunterhing. Wenn die verwundete Hand durch diese Unterstützung ausheilte, würde er sie bestimmt wieder bewegen können.

Wie man ihm berichtet hatte, lief er viel herum. Dass er dabei einen Frauenschal trug, kam ihm kaum lächerlich vor. Eigentlich hatte er sich noch nie in seinem Leben glücklicher gefühlt. In Sophies Armen hatte er einen Blick auf das Paradies erhascht. Er hatte genügend Frauen gehabt, um zu wissen, dass er sich tatsächlich in diese Frau verlieben konnte. Keine einzige der schönen Frauen, deren Zuneigung er genossen hatte, war mit Sophie zu vergleichen. Was war das Besondere an ihr? In seinem Leben hatte es andere, im traditionellen Sinn schönere Frauen gegeben, mit geraderen, eleganteren Nasen, makellos geschwungenen Augenbrauen, porzellanweißer Haut. Die kleine Narbe auf der Stirn verlieh Sophie einen Ausdruck ständiger Erheiterung. Er musste unbedingt in Erfahrung bringen, was diese Narbe verursacht hatte. Eines ihrer Augen war ein wenig dunkler als das andere, aber das sah man nur, wenn man ihr so nahe kam wie bei einem Kuss. *Wie viele Männer mochten ihr wohl so nahegekommen sein?*, fragte er sich in einer plötzlichen Anwandlung von Eifersucht.

Rasch verdrängte er den Gedanken und widmete sich stattdessen in Gedanken ihren Händen. Sie hatte lange Finger, stark von Jahren harter Arbeit. Die Haut war übersät mit winzigen Wunden und Schrammen, die sie ohne jede Verlegenheit, vielleicht sogar mit Stolz zeigte. Und während die meisten, mit denen sie in Reims zusammenarbeitete, eine weiße Haut von ihrem unterirdischen Leben hatten, war Sophies Haut leicht gebräunt. Allerdings schien ihr das nichts auszumachen. Und darin lag ihr Zauber begründet. Sie war nicht eitel und daher auch nicht arrogant oder geziert. Sie war eine Frau, die sich ihren Reichtum erarbeitet hatte, aber ihr Selbstbewusstsein hatte nichts mit zur Schau getragener Überlegenheit zu tun. Sie glaubte ganz einfach an sich selbst. Er hatte andere selbstbewusste Frauen gekannt, aber ihm fiel keine ein, die Sophie auch nur nahekam. Alle Blicke folgten ihr, und ihre Stärke beeinträchtigte ihre Weiblichkeit nicht. Im Gegenteil, sie erhöhte sie sogar noch, wenn sie sich in den waldgrünen Augen widerspiegelte. Ihre Schönheit lag in ihrem Lächeln. Als sie es ihm zum ersten Mal geschenkt hatte, war ihm warm ums Herz geworden. Früher hatte er sich über solche Gefühle lustig gemacht, nun aber stockte ihm der Atem, wenn sie ihn mit ihrem warmen Lächeln begrüßte ... das nur ihm galt. Er wusste, dass er kitschig war, aber diese Emotion war neu für ihn und fühlte sich belebend an.

Den Gedanken an ihren Ehemann schob er beiseite. Daran wollte er noch nicht denken. Irgendwann würde er sich diesem Thema stellen, aber jetzt noch nicht. Er fragte sich, wie sie wohl dazu stand, aber immerhin hatte sie ihn bereitwillig geküsst. Sie hatte ihrem Verlangen nachgegeben.

Charlie kam an verschiedenen Bretterbuden vorbei, in denen geschäftiges Treiben herrschte. In einer dieser Baracken reinigten Frauen Fässer, und es roch nach feuchter Eiche. Er beobachtete eine Weile, wie sie Wasser in die großen Fässer gossen, die bald schon den Wein der diesjährigen Ernte enthalten würden. In einem anderen Schuppen wurden Flaschen gespült. Bis zu den Ellbogen tauchten die Frauen ihre Arme in die Seifenlauge und unterhielten sich, während die Glasflaschen klappernd aneinanderschlugen. Auf dem gesamten Anwesen herrschte eine umtriebige Atmosphäre, und die Frauen glaubten wohl, dass der schreckliche Krieg bald ein Ende hätte. Charlie beobachtete, wie Säcke von einem Wagen abgeladen wurden, und sein scharfer Geruchssinn verriet ihm, dass sie Hefe enthielten. In einem anderen Schuppen befand sich Zuckerrohr. Viel schien nicht mehr übrig zu sein, aber was wusste er schon?

Zwei kleine Mädchen hüpften auf ihn zu. Sie waren ungefähr gleich alt, und einer fehlten die vorderen Milchzähne, und sie lispelte niedlich.

»Bist du ein Soldat?«, fragte sie.

»Ja. Aber ich bin kein Franzose.«

»Ich kann dich aber verstehen«, erwiderte sie. Ihre Freundin – vielleicht war es auch ihre Schwester – kicherte.

»Weil Französisch so eine schöne Sprache ist«, antwortete er. »Wie heißt du?«

»Ich bin Clemence«, erklärte das lispelnde Mädchen.

Fragend blickte er ihre Freundin an.

Sie deutete auf sich. »Mein Name ist Marcelle.«

»Soll ich dir einmal alle Flaschen zeigen?«, fragte Clemence.

»Ja, gern«, erwiderte Charlie, der nicht genau wusste, was die Kleine mit ihrer Frage meinte.

Ohne zu zögern, ergriff Clemence seine Hand. Marcelle hakte sich bei ihr ein, und sie führten ihn eine kurze Steintreppe hinunter.

»Meine Mama arbeitet hier«, sagte Marcelle. »Aber ich finde das nicht schön.«

»Warum nicht?«, fragte Charlie, ganz bezaubert von den Kindern.

»Ach, das ist nur, weil sie Angst vor der Dunkelheit hat. Ich aber nicht«, meinte Clemence. »Ich bin wie Madame Delancré.«

»Ach ja?«

»Ja«, versicherte sie ihm. »Sie hat vor nichts Angst.« Durch ihr Lispeln klangen ihre Worte noch mutiger.

Ein muffiger Geruch wie nach Pilzen empfing ihn. Er spürte, wie die Wärme des Tages nachließ, als sie am Fuß der Treppe stehen blieben. Charlie staunte mit offenem Mund. Frauen standen wie Arbeitsameisen an langen Holzregalen mit endlosen Reihen von schräg gestellten Flaschen. Sie drehten sie schnell, konzentriert und mit äußerster Präzision.

»Maman!«, schrie Clemence. Beide Mädchen rannten zu ihrer Mutter und störten sie bei der Arbeit.

Charlie merkte, dass die Frau leicht verärgert war, trotzdem lächelte sie die Kinder an, während sie sie leise ermahnte. Sie deuteten auf ihn, und als sie sich umdrehte, trat er rasch auf sie zu.

»Entschuldigen Sie! Madame Delancré schlug vor, ich solle mich auf dem Gelände umsehen. Ich bin einer ihrer Verwundeten«, sagte er und hob zur Unterstützung seiner Worte den Arm.

»Ja, das sehe ich.« Sie lächelte. »Ich erkenne auch Madames Schal.«

»Wir brauchten unbedingt eine Schlinge.« Charlie erwiderte das Lächeln der Frau. »Sind das Ihre Töchter?«

»Clemence, aber Marcelle könnte es auch sein. Sie sind unzertrennlich.« Die Mädchen hüpften davon, weil etwas anderes ihre Aufmerksamkeit erregte. »Ihre Mutter ist kürzlich gestorben, und ihr Vater ist 1915 gefallen, deshalb gehört sie jetzt zu unserer Familie.« Sie zuckte mit den Achseln, und Charlie drang nicht weiter in sie. Hier half jeder jedem.

»Ich wollte Sie nicht bei der Arbeit stören. Wie heißt dieser Vorgang, wenn Sie die Flaschen drehen, um den Winkel zu verändern? Es sieht großartig aus, wenn ich Ihnen dabei zuschaue.«

»Wir haben viele Wörter dafür. Nur eine Bezeichnung wäre doch langweilig.« Die Frau lachte, und auch Charlie schmunzelte.

»Wir nennen es *remuage*«, sagte eine vertraute Stimme. »Hallo, Adeline!«

»Madame.« Die Frau deutete einen Knicks an.

Charlie drehte sich zu Sophie um. »*Remuage*«, wiederholte er.

»Man nennt es auch *Rütteln*. Jemand, der so erfahren ist wie Adeline, rüttelt viele tausend Flaschen am Tag. Ihr

Ehemann hat den Rekord gehalten ... mit zwanzigtausend Flaschen an einem Tag.«

Ungläubig blickte Charlie von Sophie zu Adeline. »Das ist wirklich außergewöhnlich.«

»Ja, das ist es. Wir lassen Sie jetzt weiterarbeiten, Adeline. Soll ich Ihnen alles zeigen?«, fragte Sophie Charlie.

»Wenn Sie Zeit haben.«

»Ja, ein Weilchen kann ich mich freimachen.«

Nach ihrem Kuss schmerzte ihn der förmliche Umgangston. Da aber viele Menschen in der Nähe waren, wollte er Sophies Ruf nicht aufs Spiel setzen.

»Wissen Sie etwas über den Herstellungsprozess von Champagner, Charlie?«

Lieber hätte er mit ihr über den Kuss gesprochen. Hatte er ihn sich nur eingebildet? Das wäre verzeihlich gewesen. Er räusperte sich. Sophie sollte entscheiden, wann sie das Thema ansprechen wollte. »Ich bin ein blutiger Anfänger«, räumte er ein.

»Nun, der Rüttelprozess dient dazu, das Sediment, das nach dem Gärungsprozess übrig bleibt, in den Flaschen zum Hals zu bewegen, damit wir den Wein davon befreien können. Der Wein reift zuerst in Fässern, dann in Flaschen.«

»In Ordnung«, stimmte er zu, damit sie weiterredete. Die Leidenschaft in ihrer Stimme verzauberte ihn.

»Nun, das Rütteln sieht ganz einfach aus, nicht wahr? Sogar ein einhändiger Mann könnte es durchführen.«

Er grinste. »Ja.«

»Aha«, sagte sie. Ihre Augen funkelten amüsiert. »Aber der Rüttler hat ein Geheimnis. Er allein weiß, wie weit er jede Flasche drehen muss, heute nach links, morgen vielleicht nach rechts. Und der Winkel muss so präzise angepasst werden, dass ein Neuling die Veränderung gar nicht erkennt. Und dabei wird die Hefe immer weiter zum Hals hochgeschoben, bis wir sie entfernen können.«

»Wie viele Umdrehungen pro Flasche sind nötig?«

»Vielleicht dreißig.«

Er stieß einen leisen anerkennenden Pfiff aus.

»Ich habe das schon auf den Knien meines Großvaters gelernt. Bis ich groß genug war, um an das gesamte Pult heranzureichen, habe ich immer die unteren Flaschen gedreht.« Sie warf ihm einen Blick zu. »Adeline hat das übrigens nicht ernst gemeint. Sie arbeitet schon seit vor dem Krieg für Delancré. Und sie ist sogar noch besser, als ihr Ehemann es war. Sie hat mehr Gefühl für den jungen Wein und seine Bedürfnisse.«

»Das klingt sehr mütterlich«, bemerkte Charlie, als sie ihn immer weiter in die Gänge hineinführte, vorbei an anderen Arbeitern. Einige davon waren Kinder, was ihm ein Lächeln entlockte.

»Nun, das stimmt«, erwiderte sie. »Ich sorge für meinen Wein so liebevoll, wie eine Mutter für ihr Kind. Das muss ich. Sehen Sie nur die vielen Menschen, die davon abhängen.«

»Wie weit reichen diese Gewölbe?«

»Noch eine ganze Strecke mit zahlreichen Windungen. Natürlich nicht so weitläufig wie in Reims, aber die Höhlen erstrecken sich unter dem gesamten Anwesen. Keine Sorge, Charlie, ich bin schon als kleines Kind durch diese Kavernen gestreift. Mit verbundenen Augen und ohne Licht fände ich meinen Weg. Kommen Sie! Ich möchte Ihnen etwas zeigen.«

Sie führte ihn in einen ruhigen Teil der unterirdischen Gänge, wo Flaschen in der Horizontale lagerten. Es war still, und das einzige Licht spendete eine Laterne, die sie unterwegs mitgenommen hatte.

»Hier ist es wie im Kloster«, stellte Charlie fest.

Wieder lächelte sie. »Wir beten alle für ein gutes Jahr. Ja, diese Flaschen ruhen sich gerade aus. Ich setze große Hoffnung in diesen Jahrgang.« Sie blickte ihn an und stellte die Laterne ab. »Jahrgangschampagner wird nur aus den drei wichtigen Traubensorten hergestellt, die in der Champagne angebaut werden. Pinot Noir, Chardonnay und Meunier.« Sie zählte die Bezeichnungen an einer Hand ab, und er begriff, dass sie ihm die Bedeutung der Traubensorten klarmachen wollte. »Und alle aus demselben Jahr.«

»Dann ist das hier also Ihr bester Champagner?«

Sophie runzelte die Stirn und fuhr mit dem Finger zärtlich über die Versiegelungen. »Die Vorstellung könnte falsch sein. Junger Champagner ist spritzig und fruchtig. Wenn er sorgfältig gemacht und präzise gemischt ist, schmeckt er köstlich. Jahrgangschampagner wird jedoch weniger wegen seiner Spritzigkeit als vielmehr wegen seiner Komplexität genossen. Der Duft entfaltet sich mit der Zeit, und wenn man es richtig anstellt, ist er ein wirklich außergewöhnliches Getränk. Aber man braucht viel Zeit, viel Lagerraum, und die Herstellung birgt unerwartete Probleme.«

»Den Krieg zum Beispiel.« Charlie lächelte traurig.

Sophie nickte. »Ja, Krieg und ...«

Sie kam nicht mehr dazu, ihren Gedanken auszusprechen. Charlie hatte sie an sich gezogen und ihre Worte mit einem raschen Kuss erstickt.

»Ich konnte nicht widerstehen«, murmelte er und legte seinen Kopf an ihre Stirn. »Du hast mir gefehlt.«

»Charlie ...«, begann sie.

Er hörte ihr Zögern und bekam sofort Angst, dass er sie

missverstanden oder ihre Freundlichkeit ausgenutzt hatte.
»Wolltest du nur nett sein, als du mich geküsst hast?«

»Nein, so nett bin ich wirklich nicht. Ich küsse nicht jeden verwundeten Soldaten, der mir über den Weg läuft.«

»Habe ich mir zu viel herausgenommen?«

»Wenn das so wäre, hättest du dir eine Ohrfeige eingefangen«, erwiderte sie mit leisem Lächeln, das er nicht deuten konnte. »Ich bin diejenige, die sich entschuldigen muss.« Unsicher runzelte er die Stirn. Eigentlich wollte er sie nicht loslassen, aber es fühlte sich einfach nicht mehr richtig an, sie so übergriffig in den Armen zu halten. »Ich habe die Situation ausgenutzt.«

»Warum sagst du das?«

Sophie hob die Schultern. »Ich fühle mich ...« Er sah ihr an, dass sie nach dem richtigen Wort suchte. Resigniert verzog sie das Gesicht, als sie es gefunden hatte. »Ich fühle mich verletzlich.« Sie berührte seine Wange. »Und du bist seit langer Zeit der erste Mann, der meine Aufmerksamkeit so erregt, dass ich mich vergessen habe. So etwas hielt ich nie für möglich ... ich meine, den Gedanken, mit jemand anderem als mit Jerome zusammen zu sein.« Sie lächelte. »Es ist einfach, sich in dich zu verlieben, Charlie.«

»Aber jetzt willst du es nicht mehr zulassen?«

Immer noch lächelnd nickte sie. »Ich bin wieder zu Verstand gekommen«, stellte sie fest. »Und ich habe mir ins Gedächtnis gerufen, dass mein Mann vermisst ist. Dass er tot ist, kann nur vermutet werden. Ich bin diejenige, die einen Fehler gemacht hat. Ich hätte mich von meinen Gefühlen nicht überwältigen lassen dürfen.«

Er maß sie mit eindringlichen Blicken. »Dann empfindest du also etwas für mich?«

Beschämt nickte sie. »Und das verursacht mir Schuldgefühle. Ich habe seit Tagen mit mir gehadert, weil ich so schwach war.«

»Du bist einsam, sehnst dich nach Zuneigung und fühlst dich zu mir hingezogen.«

»Ja, genau.« Sie seufzte.

»Gut zu wissen«, konterte er sarkastischer als beabsichtigt.

»Charlie. Bitte versteh doch, dass ich nicht kann«, flehte sie mit bitterem Unterton. »Nicht, bis ich mir über Jeromes Schicksal sicher bin. Ich bleibe dem Mann treu, den ich liebe und den ich geheiratet habe. Das zwischen uns war ein Moment verrückten, selbstsüchtigen Verlangens.«

Charlie senkte den Kopf. »Glaubst du tief im Herzen, dass er noch lebt?«

»Mich überfällt große Angst, falls er nicht mehr lebt.«

»Angst? Wieso? Du bist doch schon seit Jahren ohne ihn, ich ...«

»Es geht um seinen Bruder«, stieß sie hervor.

Charlie kniff die Augen zusammen. Eine merkwürdige Bemerkung! »Was ist mit seinem Bruder?«

Sophie seufzte leise, blickte zur Seite und löste sich aus seinen Armen. »Louis meint, Ansprüche auf mich zu haben.«

»Pardon?« Ihre Antwort erstaunte ihn. »Aber warum denn?«

Sie zuckte mit den schmalen Achseln und verzog gequält das Gesicht. »Louis fühlt sich im Recht, weil er mich damals als Erster sah.« Sie erzählte ihm die Geschichte der ersten Begegnung. »Aber ich habe mich in Jerome verliebt ... in dem Augenblick, als er das Zimmer betrat. Ein Klischee, nicht wahr?«

Traurig hob Charlie die Schultern. »Ach, ich weiß nicht ...

Ich glaube, bei dir ging es mir genauso, als du von der Oper geplaudert und beim Waschen meine Haut gestreichelt hast.« Er sah, wie sie errötete, und fand sie begehrenswerter denn je. »Und du meinst, dieser Louis konnte dir nicht verzeihen, dass du dich in seinen Bruder verliebt hast?«

»Nein, darum geht es eigentlich nicht. Ich glaube, wenn es so wäre, dann könnte ich sogar Mitleid mit ihm haben. Unerwiderte Liebe ist die schmerzlichste Art von Liebe, nicht wahr?«

»Vermutlich ja.«

»Charlie«, sagte sie und musterte ihn eindringlich, »es fällt nicht schwer, sich die Frauen vorzustellen, deren Herzen du allein durch deine ausweichende Art gebrochen hast.« Sie lächelte. »Das macht deinen Charme aus, aber es würde die Frau an deiner Seite in die Verzweiflung treiben.«

Er nickte, als ob er mit ihr übereinstimme.

»Nein. Louis hat einfach das Gefühl, das Recht dazu zu haben.«

»Ist das ein ernsthaftes Problem geworden?«

»Er macht mir seine Absichten unmissverständlich klar. Er denkt, jetzt, da Jerome vermisst wird und seiner Meinung nach ganz bestimmt nicht mehr lebt, muss er an dessen Stelle treten. Er glaubt, das Richtige zu tun. Schließlich versprach er seinem Bruder, sich um mich zu kümmern.«

»Aber doch nicht, dich zu heiraten!«

Sophie verzog das Gesicht. »Seiner Ansicht nach ist das der nächste Schritt. Er tut mir etwas Gutes und erfüllt den Wunsch seines Bruders. Für ihn ergibt das alles einen Sinn, aber mich entsetzen und erschrecken seine Pläne.«

Charlies Gesichtsausdruck verdüsterte sich. »Und er hält damit zweifellos das Vermögen zusammen.«

Sie nickte. »Zweifellos«, wiederholte sie. »Louis ist kein

Winzer. Er wird sich nicht um die Weinstöcke kümmern, und er wird mir auch keine Arbeit abnehmen. Nein, Louis will teilhaben am Gewinn des Hauses Delancré und mich unter dem Vorwand heiraten, den Namen Méa erhalten zu wollen.« Ihr schauderte, und Charlie schüttelte den Kopf. Er verstand nicht ganz, was sie meinte. »Er will Kinder haben. Er hat darauf bestanden, dass das ein Teil unseres Abkommens ist. Anscheinend hat er sich alles genau überlegt. Mir hat er zugesichert, dass ich ein völlig eigenständiges Leben führen darf. Ich darf in Épernay wohnen bleiben, während er in Paris lebt.«

»Aber du sollst sein Kind austragen?« Charlie klang angewidert.

»Seine Kinder«, entgegnete sie und warf ihm einen gequälten Blick zu. »Er ist das genaue Gegenteil von Jerome. Ich finde es schrecklich, dass er das von mir verlangt.«

»Ach, zum Teufel, Sophie! Du musst dich diesem Druck nicht beugen. Er hat doch keine Macht über dich. Du bist eine wohlhabende Frau und trägst den Familiennamen ... oder?«

Sie nickte und fuhr mit dem Finger über den Staub auf einer alten Flasche.

»Das verstehe ich nicht«, wiederholte er und machte eine ratlose Geste. »Warum mischt sich Louis in dein Leben ein?«

»Weil er mir hinsichtlich meiner Nachforschungen beim Roten Kreuz hilft. Er hat Verbindungen zu Leuten, die ich nicht erreiche.«

»Warte!« Charlie schüttelte den Kopf. »Das ist doch ein Widerspruch. Warum sollte er dir helfen, seinen Bruder zu finden, wenn er doch will, dass Jerome weiter vermisst und als tot erklärt wird?«

»Da hast du recht«, stimmte sie zu und verzog das Gesicht, als wolle sie sagen: *Ja, es ist kompliziert.* »Wir haben ein Abkommen. Wenn er sozusagen jeden einzelnen Stein umdreht, und es gibt immer noch keine Nachricht von Jerome, dann muss ich in die Heirat mit ihm einwilligen. Aber das wird nicht geschehen, Charlie. Er glaubt wie alle anderen auch, dass Jerome tot ist, und deshalb vertraut er darauf, dass sein Handel mit mir zustande kommt. Ich aber werde alle seine Kontakte benutzen, um ihm das Gegenteil zu beweisen.«

»Und wenn du scheiterst?«

»Ich werde Louis nie heiraten. Ich werde nie zustimmen.«

»Du willst ihn an der Nase herumführen?«

Sophie schluckte. »Ich brauche seine Hilfe. Es geht nicht nur um mehr Informationen über Jerome. Er hat Kontakte, über die er mir sogar Zucker besorgen will.«

»Zucker?« Charlie stellte sofort den Zusammenhang her. »Ich habe die Säcke in den Schuppen gesehen.«

»Das ist alles, was wir noch haben. Um dieses Jahr Champagner herzustellen, ist es nicht genug. Und gerade dieses Jahr will ich einen Champagner aus der ersten Ernte des Hochzeitsweinbergs machen. Ein gutes Verhältnis zu Louis bedeutet, dass ich Zucker bekomme.«

Empört schüttelte Charlie den Kopf. »Ein gutes Verhältnis? Es ist unerhört, wie er dich deswegen bedrängt!« Wütend schlug er mit der Faust gegen die Wand. »Du hast etwas Besseres verdient!«

Sophie lächelte traurig. »Die Keller hören alles und bewahren es in ihrem Gedächtnis. Danke, dass du so schlüssig zusammengefasst hast, wie ich mich fühle.«

»Sophie, hör mir zu! Du darfst auf diesen Wahnsinn nicht eingehen. Mir scheint Louis wirklich ein schrecklicher Mensch zu sein.«

»Ich möchte Louis nicht in meiner Nähe haben, aber ich brauche seine Unterstützung. Am schlimmsten ist seine Methode, alle seine Vorschläge als absolut vernünftig darzustellen.«

»Er ist nichts als ein schmieriger Erpresser.« Wütend marschierte Charlie auf und ab. Sie ließ es schweigend geschehen und beobachtete ihn mit halb amüsierter, halb trauriger Miene. »Lassen wir Louis mal beiseite, und beantworte meine Frage: Wärst du Jerome nie begegnet, könntest du mich dann lieben?«

Charlie sah ihr an, dass sie über eine barmherzige Lüge nachdachte. Doch sie entschied sich für die Wahrheit. »Wäre ich in einer anderen Lebenslage, müsste ich zugeben, dass sich meine Gefühle für dich manchmal gefährlich der Liebe nähern. Als ich heiratete, konnte ich mir nicht vorstellen, jemals auch nur einen Funken Interesse für einen anderen Mann zu haben. Bis vor Kurzem glaubte ich, dass es für mich nur Jerome gäbe.«

»Und jetzt?«

»Und jetzt sehe ich erschrocken, wie leicht du dicht an mich herangekommen bist, Charlie. Eigentlich war ich nicht bereit für dich, ich habe das nicht für möglich gehalten. Das bringt mich aus der Fassung. Ja, natürlich könnte ich dich lieben ... und am meisten verstört mich, dass es vielleicht schon geschehen ist. Deshalb muss ich jetzt stark sein. Ich muss meine Gefühle unterdrücken, bevor ich dich, mich und Jerome – falls er gefunden wird – in Verzweiflung stürze.«

»Dann erzähl seinem Bruder von mir!«, erwiderte er. »Lenk ihn von der Spur ab!«

»Aber er muss mir doch weiterhin bei der Suche nach Jerome helfen«, warf sie ein.

»Sophie, du hast ihn 1915 verloren und seitdem nichts mehr von ihm gehört. Das stimmt doch, oder?«

Sie nickte.

»Es hört sich grausam an, aber es ist unwahrscheinlich, dass er jemals gefunden wird. Schließlich habe ich auf den Schlachtfeldern mit ihrem abgrundtiefen Schlamm gekämpft. Jerome ist höchstwahrscheinlich bereits dort begraben.«

»Ich weiß.«

»Weißt du es wirklich? Es ist ein einziges Massengrab.«

»Trotzdem habe ich noch Hoffnung.«

»Trotzdem hast du mich geküsst«, entgegnete er.

»Ich habe doch erwähnt, es war ein Moment ...«

»Nein, Sophie, das war es nicht. Ich war dabei. Ich glaube nicht, dass du irgendetwas gegen deinen Willen tust. Und dazu gehört auch Louis' Erpressung.« Überrascht blickte sie ihn an. »Du erlaubst ihm, sich so zu verhalten, weil es dir nützt. Aber bei diesem Mann solltest du wachsam sein. Er scheint sich nicht so leicht beeinflussen zu lassen.« Sophie nickte ernst und gab zu erkennen, dass sie ebenfalls dieser Meinung war. »Und dein Kuss war nicht der Kuss einer Freundin ... oder einfach nur ein Irrtum. Es war ein Kuss der Liebe. Er war gewollt und innig. Du hast mir mit diesem Kuss mehr gesagt als Dutzende von Frauen in einem viel längeren Zeitraum.«

»Dutzende?«, wiederholte sie.

Er blinzelte verdutzt, trat näher und zog sie zu sich heran. »Sophie, ich habe noch nie in meinem Leben eine Frau so sehr begehrt wie dich. Frauen erleuchteten mein Leben wie hübsches Feuerwerk, das hell strahlt und bald darauf erlischt. Aber du bist wie eine Brandwunde. Du bist die Erste, die eine Narbe hinterlässt. Jetzt werde ich um dich kämpfen, aber du musst zustimmen.«

Er ließ ihren Arm los. Offensichtlich erwartete sie, dass er sie nach seinen leidenschaftlichen Worten erneut küssen würde, aber die Neuigkeiten über Jeromes Bruder bildeten ein unüberwindbares Hindernis und waren für ihn wie ein Schlag in die Magengrube.

Sophie blickte ihn an, und auf ihrem Gesicht spiegelte sich ihre Zerrissenheit wider. Zumindest sah er an ihrer Unsicherheit, dass sie aufrichtig war und nicht nur beherrscht.

»Ich will es. Ich will dich, Charlie, aber ich muss wegen Jerome sicher sein. Deshalb dränge ich Louis, mir den Beweis zu liefern. Wenn jemand es fertigbringt, dann er.«

Charlie nickte unglücklich. »Und wenn sich herausstellt, dass ich recht habe? Vorsicht, Sophie! Am Ende verfängst du dich in Louis' Falle, weil du ihm etwas schuldig bist.«

»Ein für alle Male: Ich habe nicht die Absicht, seine Frau zu werden.«

»Ihn an der Nase herumzuführen ist gefährlich«, gab er zu bedenken. Ratlos fuhr er sich mit der gesunden Hand durch die Haare, die ihm immer wieder in die Stirn fielen.

»Ich habe keine andere Wahl«, erklärte sie und breitete die Arme aus. »Ich muss erfahren, ob mein Ehemann tatsächlich tot ist ... damit ich ...«

»Was?«, fragte er. »Sag es mir, Sophie!«

»Damit ich mit dir zusammen sein kann, Charlie.« Sie trat einen Schritt zurück, wütend auf sich, auf ihn, auf die ganze Welt. »Bisher habe ich nur nach ihm gesucht, weil ich es wissen musste. Ich habe mich einfach geweigert, dieses Wort *vermisst* als angemessen zu betrachten. Nun aber habe ich plötzlich einen neuen Grund, die Wahrheit zu erfahren.« Es schien sie zu quälen, dass sie das zugeben musste.

Charlies Zorn verging so rasch wie ein Feuer, das mit Wasser gelöscht wird.

Sophie seufzte. »Die Telefonleitungen sind wieder instand gesetzt. Das erfuhr ich von einem ranghöheren Militär in Reims.«

»Ja?« Er bezweifelte, dass er das Ergebnis der Unterredung erfahren wollte.

»Die Franzosen können im Moment niemanden von deiner Brigade erreichen. Dann fragte er mich, ob du unter diesen Umständen noch einige Wochen hierbleiben könntest.«

Die Information überraschte ihn, denn Sophie hätte ihn leicht loswerden können. »Was hast du geantwortet?«

»Ich habe ihm gesagt, du seist eine große Belastung. Immerzu wolltest du geküsst und umarmt werden.«

Erleichtert blickte er sie an. Sie lachte, und unwillkürlich musste er mitlachen. Das Geräusch hallte von den Kalksteinwänden wider, und das Echo erfüllte sein Herz. Frohsinn war das einzige Heilmittel für die Empfindungen der beiden. Er musste jetzt wirklich tapfer sein und sie loslassen. »Ich weiß, bedürftige Soldaten sind eine Pest.« Er grinste sie an. »Sophie, es tut mir leid.«

Unverwandt erwiderte sie seinen Blick. »Das muss dir nicht leidtun. Du hast recht. Ich war auch dabei. Ich habe den Kuss herausgefordert, ich war daran beteiligt ... auch ich habe ihn genossen, und er bedeutet mir sehr viel. Und doch kann ich nicht vollständig loslassen, solange ich über Jeromes Schicksal im Unklaren bin, und das ist einfach nicht anständig dir gegenüber. Also, mir wäre es lieber, wir würden uns noch nicht ineinander verlieben.«

»Für mich kommt das leider zu spät.« Er sah ihr an, wie schwer es auch ihr fiel. »Louis ist gefährlicher, als du dir vorstellen kannst.«

»Ich habe keine Angst vor Louis.«

»Ich soll also bleiben?« Er wartete. »Du musst es schon aussprechen, Sophie, sonst gehe ich.«

»Ja, ich möchte, dass du bleibst, weil ich schwach und egoistisch bin.« Sie lächelte traurig. »Du darfst gern bleiben, zumal du noch nicht gesund genug bist, um zur Armee zurückzukehren.«

»Die britische Armee will mich sicher nach England zurückschicken.«

»Nun, dazu müssen sie dich erst einmal ausfindig machen. Können wir Freunde bleiben, ohne ein Liebespaar zu sein?«

»Wir können sogar enge Freunde sein«, versprach er ihr leise. »Aber, Sophie ...«

»Ich weiß, Charlie. Gib mir ein bisschen Zeit!« Sie berührte sein Gesicht mit zärtlichen Händen. Er seufzte gequält. »Komm, lass uns die Weinberge ansehen!«

Am liebsten wäre er für immer in den schützenden Kellern geblieben ... Sophie in den Armen, der Champagner ringsum, während über ihnen der Krieg tobte. Er wollte nicht mehr für sein Land sterben, er war nicht mehr bereit, einen anderen Menschen zu töten, und einen Laborkittel wollte er auch nie wieder anziehen. Sie bückte sich, um die Laterne aufzuheben, mit der sie ihn in die Sonne hinausführen wollte, und er folgte ihr. Ihre Berührung vermisste er bereits jetzt.

19

Der Weinberg, den Sophie in Augenschein nehmen wollte, lag ganz hinten auf ihrem Besitz. Dazu mussten sie einen Bach überqueren. Sophie befürchtete schon, dass ihn dies an seine Flucht vom Schlachtfeld erinnern könnte. Allerdings zeigte er keine Anzeichen dafür, dass er unter einem Trauma litt. Und wenn es so war, dann hatte er die Geister der Vergangenheit rasch hinter sich gelassen. Sie kamen durch winzige Dörfer, die sie innerhalb weniger Minuten durchquert hatten.

»Schaffst du es den Hügel hinauf?«, fragte sie, als sie merkte, dass er schwerer atmete als sie. Vermutlich hatte er Schmerzen.

»So etwas nennen wir ein Hügelchen«, sagte er auf Englisch. »Das ist kein Hügel. Mir geht es gut.«

Sie ließ seine Antwort gelten, ging aber langsamer und redete während des Aufstiegs, der ihn zum Keuchen brachte. Sein schweres Atmen überspielte sie mit Worten. »Die meisten Chardonnaytrauben bauen wir außerhalb von Chouilly in Côte des Blancs an. Das liegt auf der anderen Seite.« Sie wies in die Richtung hinter dem Haus. Schließlich standen sie oben auf dem kleinen Hügel. »Und dort unten, in Hautvillers«, erläuterte sie, »bauen wir Pinot noir an.«

Er blickte in die Richtung, in die sie deutete, und entdeckte Reihen hellgrüner Blätter. Die Weinstöcke standen voll belaubt in der Sommerhitze. Sie sahen gesund aus und trugen dicke Trauben. Sophie wandte sich zu Charlie um, und ihr Herz tat einen Satz, als sie seinen staunenden Gesichtsausdruck erhaschte. In diesem Moment wirkte er wie ein Junge. Alles, was er so fest in sich verschlossen hielt, entfaltete sich vor Sophies Augen. Sie fühlte, wie der Weinberg auf Charlie wirkte. Jahre des Krieges und der Verzweiflung erwiesen sich bei diesem schönen Anblick auf einmal als nebensächlich.

»Diese Trauben sind ungeheuer wichtig für guten Champagner«, bemerkte sie.

»Vermutlich kannst du ohne diese Ernte überhaupt keinen Champagner machen, stimmt's?«, fragte er.

»Wie soll ich das am besten erklären? Pinot noir ist wie unser Rückgrat. Ohne Wirbelsäule könntest du nicht stehen, du würdest am Boden kauern.« Sie deutete auf die Weinstöcke. »Das Gleiche gilt für Champagner. Ohne das Rückgrat, das diese Traube für den Wein bildet, wäre er schwach und kraftlos im ...« Sie rieb die Fingerspitzen aneinander und suchte nach dem richtigen Wort.

»Körper«, beendete er ihren Satz.

Ihr Gesichtsausdruck hellte sich auf, und ihre Augen weiteten sich. »Ja, genau. Der Champagner hätte keinen Körper. Bei dieser Traube kannst du am klarsten erkennen, was sie dem Wein verleiht. Sonst bewirkt sie nichts. Es gibt keine Entwicklung, sie ist einfach, wie sie ist ... auf deiner Zunge, in deiner Nase, in deinem Mund. Lebendig, aber nicht rund ... man kann mit ihr nichts abmildern.«

»Ich verstehe, aber wahrscheinlich ist es ein Balanceakt, weil du eben Chardonnay erwähntest.«

»Ja ... das ist tatsächlich meine Lieblingssorte.« Sie zögerte, als wolle sie mehr sagen, sprang stattdessen aber zu einem neuen Gedanken. »Und natürlich gibt es auch die

Müllerrebe ... sehr widerstandsfähig gegen Kälte, macht den Wein spritzig, greift schnell an mit köstlicher Fruchtigkeit und Beweglichkeit im Duft, wenn ich so sagen darf. Sie ist zart und kann den Champagner im Mund auf eine Weise abrunden, wie es kein Pinot noir vermag.«

»Ich höre dir so gern zu, wenn du von deinem Wein sprichst! Ich könnte dir den ganzen Tag lauschen«, sagte er und musterte sie eindringlich. Sie spürte seinen Blick tief im Innern und wusste, was er suchte. Konnte sie es ihm geben? Würde sie vor dem rätselhaften englischen Captain abermals kapitulieren? »Hör nicht auf!«, drängte er. Vielleicht spürte er ja, dass sie an einem Kreuzweg angekommen war. »Erzähl mir von deinem Chardonnay, deiner Lieblingstraube!«

»Ah«, seufzte sie, froh über die Ablenkung. »Sollen wir weitergehen?« Sie deutete zum Hochzeitsweinberg hinüber. »Chardonnay gilt in dieser Gegend als die Königstraube. Wir verneigen uns vor ihrer Majestät und danken für die Macht, die sie unserer Arbeit verleiht. Sie vor allem macht unseren Wein so delikat. Chardonnay bringt das gesamte Charisma des Champagners hervor. Dieser Weinberg war Jeromes Hochzeitsgeschenk an mich.«

Er schenkte ihr ein breites Lächeln. »Erzähl weiter!«

»Es ist Chardonnay, der den Wein anmutig macht, ihm die charakteristischen Noten von Blumen, Zitrus ... ja, sogar von Mineralien gibt.« Sie war jetzt völlig in ihr Thema vertieft. »Ohne Chardonnay ist der Wein nicht komplex genug, unterscheidet sich ein Champagner nicht vom anderen. Wo sie wächst, nimmt diese Traube die Düfte des ganzen Gebietes an. Sie entwickelt sich nur langsam. Gerade wegen dieses Aspekts kann die Traube den Wein Jahre hindurch begleiten. Sie altert nur langsam.«

Sie gingen an einer Reihe entlang.

»Das klingt, als sei sie dein Held.« Er lächelte.

Sie nickte. »Eigentlich meine Heldin«, stellte sie klar. »Alle reden von ihr als dem König ... dem Kaiser. Aber insgeheim ist sie meine Königin.« Sie lächelte. »Irgendwann erzähle ich dir mehr über sie. Du wärst ein guter Champagnerhersteller, Charlie. Du begreifst, dass die Trauben eine Persönlichkeit haben, dass es einen Balanceakt bedeutet, alle diese Charakteristika hervorzuheben, ohne dass sie sich gegenseitig hinunterziehen. Die Kraft des Pinot muss durch die Müllerrebe ausgeglichen werden, während die milde Natur der Müllerrebe durch die Komplexität, die der Chardonnay hereinbringt, verstärkt wird.«

Er lächelte. »Also ... wenn der Korken herausgezogen ist und die Bühne dem Champagner gehört, dann müssen sie zusammenwirken und harmonieren, unabhängig von ihren Unterschieden, damit sie mehr Applaus bekommen«, schloss er mit einer umfassenden Geste.

Sophie starrte ihn an. Ob er ihr wohl ansah, wie viel Freude er ihr mit seiner Bemerkung machte? »Jammerschade, dass die Welt sich nicht wie ein guter Champagner verhält. Harmonie, Frieden, Lust ... jede Traube gibt ihr Äußerstes, ihr Bestes für eine großartige Champagnererfahrung.«

»Ich verstehe nicht viel von Wein. In England trinken wir eher Bier und Spirituosen, allerdings in geringerem Maß. Nur die Reichen trinken Wein.«

»Aber dies ist kein Wein, Charlie. Dies ist Champagner, die heilige Dreieinigkeit der Trauben.«

»Klingt nach Ketzerei«, bemerkte er und hob die Brauen.

»Nein, keineswegs. Das, was sie zusammen bewirken, ist eher ein Geschenk Gottes. Ich bin bloß eine Sterbliche, die ...«

»... die Arbeit des Himmels vollendet«, beendete er ihren Satz. Mittlerweile waren sie unter einer hohen Eiche angekommen. »Du liebe Güte, die ist ja riesig!«

»Sie stand schon immer hier und spendet den Arbeitern Schatten. Als Kind bin ich hinaufgeklettert, wie schon mein Vater vor mir, und ich glaube, auch sein Vater.«

»Und deine Kinder werden auch darauf herumklettern«, versicherte ihr Charlie.

Sie schenkte ihm ein trauriges Lächeln. »Vielleicht.«

Es fiel ihr schwer, Charlie anzusehen und seinen schönen Mund nicht zu küssen. Ihre Entscheidung fühlte sich richtig an, sie war verantwortungsbewusst und korrekt, aber es war trotzdem schwer, diesem Mann zu widerstehen. Dass sie sich begegnet waren, schien vom Schicksal vorbestimmt. Es gab nicht den geringsten Grund, warum sich ein Chemiker aus Liverpool in eine Champagnerherstellerin aus Épernay verlieben sollte. Dennoch hatten sie sich geküsst, und ohne jede Absicht hatte etwas Wunderbares seinen Anfang genommen. Noch dazu war es ohne jede Ankündigung geschehen. Sie hatte geglaubt, vor jedem romantischen Gefühl gefeit zu sein. Sie liebte Jerome, und es tat unendlich weh, ihn vermutlich verloren zu haben. Dass sie überhaupt einen anderen Mann berühren und küssen konnte, hatte sie im Nachhinein entsetzt. Daher beruhte ihre ablehnende Haltung vermutlich auf purer Scham. Sie war erleichtert, dass Charlie ihre Entscheidung billigte, aber tief im Herzen wusste sie, dass sie ihn besser weggeschickt hätte. Seine Geduld ließ wahrscheinlich nach ... und das schon bald. Während des Gesprächs mit dem Armeeangehörigen hätte sie die Möglichkeit gehabt. Er hatte ihr angeboten, wenn auch nur halbherzig, Charlie zu einer englischen Sammelstelle zu bringen. Sie hätte das Angebot annehmen sollen.

Ihre verantwortungsbewusste Seite ermahnte sie. *Du kannst nicht alles haben, dich an ihm mit gesittetem Abstand erfreuen, während du ihn eigentlich immer noch dicht bei dir hältst.* Ihre egoistische Seite hatte gewonnen. *Er muss erst kräftiger werden, dann lasse ich ihn nach England zurückkehren.*

Als sie später über den Weg zurückgingen, fanden sich ihre Hände dann und wann unabsichtlich. Anscheinend war Charlie klug genug, ihre Bedenken zu spüren, und er hatte nicht die Absicht, sie in der Öffentlichkeit zu kompromittieren.

Gerade hatten sie die Kuppe des Hügels erreicht, der ihnen erneut einen weiten Blick über die Dörfer hinweg bis auf Sophies Haus gewährte. Charlie erzählte ihr eine ausschweifende Geschichte über den Tag, als er gerufen worden war, um einer extrem dicken Dame aus einem schmalen Schrank in der Schule zu helfen. Er übertrieb seine Geschichte maßlos, vor allem da er merkte, wie sehr sie sich amüsierte. Wie gern hörte er sie immer wieder lachen! Sophie liebte es, wie unterhaltsam er erzählen konnte. Nie hätte sie vermutet, dass der Patient aus dem unterirdischen Lazarett so komische Geschichten erzählen konnte.

»... und da ich noch nicht so groß war, hing mein Gesicht mittlerweile zwischen Mrs. Slocombes linker Hinterbacke und ...«

»Ah, da bist du ja, liebste Sophie!« Unvermittelt blieben sie stehen, und ihre Mienen wurden ernst. Louis Méa kam auf sie zu. »Mir kam zu Ohren, dass ich dich wahrscheinlich hier antreffe. Und dann hörte ich dich lachen. Ein wundervolles Geräusch!« Sein lächelnder Blick glitt zwischen den beiden hin und her. Sophie, die ihren Schwager nur zu gut kannte, blieb nicht verborgen, dass sein fröhlicher Ausdruck aufgesetzt war. »Und Sie sind ...?«, fragte er Charlie.

»Louis, welche Überraschung!« Sie wusste, dass ihre Stimme nach schlechtem Gewissen klang, und so etwas nahm er sofort wahr. Sie musste unbedingt klüger vorgehen, als er es von ihr erwartete. »Äh ... darf ich dir einen der tapferen alliierten Soldaten vorstellen, die sich zurzeit in meinem Sanatorium in Épernay erholen?« Louis musterte Charlie mit leicht feindseligem Blick. »Das ist Captain Charles Nash von den Leicesters. Captain Nash, das ist mein Schwager, Monsieur Louis Méa.«

»Ah«, sagte Charlie und warf Sophie einen Blick zu. »Der Mann, von dem wir eben noch sprachen. Verzeihen Sie mir, ich kann Ihnen leider nicht die Hand schütteln.« Er wies auf seine Schlinge.

»Sie haben über mich geredet?«

»Ja, Madame Delancré berichtete mir, wie sehr Sie sie bei der Suche nach Ihrem Bruder unterstützen.«

»In der Tat. Welch hübscher Schal!«, stellte Louis fest.

»Ich bin die Verbände leid, Monsieur«, erwiderte Charlie. »Ich habe beschlossen, dass meine Gesundung bunter vonstattengehen soll.«

»Sehr leuchtende Farben!«, rief Louis aus. Sophie seufzte erleichtert, dass er den Schal offensichtlich nicht erkannte. »Sie sprechen ein hervorragendes Französisch, Captain Nash. Ich muss Ihnen zu Ihrer heiteren Persönlichkeit gratulieren. Ihr lautes Lachen habe ich auf der anderen Seite des Hügels bereits gehört.« Er blinzelte scheinbar verwirrt. »Madame Delancré hat auf alle diese Wirkung. Man sollte ihren Geist in Flaschen füllen, als einen Zaubertrank, der jeden verwundeten Soldaten sofort wieder gesund macht.«

»Louis!« Sophie trat vor und küsste ihn auf die feisten Wangen. Er würde die leise Warnung in ihrem Ton verstehen, auch wenn Charlie damit nicht vertraut war. »Dies ist der Mann, den mein Cousin Gaston gerettet hat.«

»Ich verdanke ihm mein Leben«, sagte Charlie.

Louis hob die Schultern. »Der Kommandant erzählte mir von Ihnen, Captain. Nach allem, was ich höre, haben Sie sich selbst gerettet. Sie haben wahre Heldentaten begangen.« Seine liebenswürdigen Worte verhüllten kaum den Sarkasmus, mit denen sie ausgesprochen wurden. »Gaston de Saint Just versicherte mir, dass seine Männer Sie nur aus dem Wasser gezogen haben. Sie haben sich mutterseelenallein durch die feindlichen Linien geschlagen, obwohl Sie schwer verwundet waren. Ein wahrer Held.« Er schenkte Charlie ein gönnerhaftes Lächeln, und Sophie spürte, wie sich ihr Magen zusammenzog. Ihr wurde klar, dass Louis Charlie bereits als neues Hindernis sah. »Alle Mädchen lieben Helden, Captain Nash. Selbst Madame Delancré kann ihnen nicht widerstehen.«

»Davon weiß ich nichts«, entgegnete Charlie. »Ich kann mich an gar nichts erinnern.«

»Warum hast du nach mir gesucht, Louis?«, fragte Sophie nur scheinbar unbekümmert. Sie hoffte, dass ihr Schwager den scharfen Unterton wahrnahm. »Ich habe nicht mit dir gerechnet.«

»Äh ... ich finde den Weg zurück allein, Madame Delancré«, warf Charlie ein. »Danke, dass Sie mir Ihren Weinberg gezeigt haben. Ich helfe gern. Was auch immer Sie an Arbeit für einen einhändigen Soldaten finden, will ich gern erledigen.«

»Danke. Ich denke über Ihr Angebot nach.«

Charlie nickte formell. Erneut wandte er sich an Méa. »Auf Wiedersehen, Monsieur. Ich hoffe, es gibt bald gute Nachrichten von Ihrem Bruder.«

Er schritt den Hügel hinab zum Haus, und Sophie wandte sich an ihren Schwager.

»Was um alles in der Welt führt dich hierher, Louis?«

»Du kannst dich ja kaum von dem Captain losreißen.«

Sophie warf ihm einen verächtlichen Blick zu. »Nein, Louis, ich kann mich von meinen Weinbergen im Moment nicht losreißen ... vor allem nicht, wenn ich dieses Jahr eine Ernte einbringen möchte. Captain Nash hat mich begleitet. Ich denke, der Spaziergang und die Unterhaltung helfen ihm bei der Genesung.«

»So etwas würde jedem von uns helfen, Sophie.«

»Und deswegen gönnst du ihm die Zeit hier nicht?«

Verlegen schüttelte er den Kopf. »Nein, aber sei vorsichtig!«

»Warum?«

»Du könntest deinen guten Namen gefährden.«

Empört funkelte sie ihn an. »Soll das eine Anschuldigung sein?«

»Keineswegs. Ich warne dich nur.«

»Inwiefern?«

Louis seufzte. »Tragen sie deinen Schal abwechselnd? Werden sie alle ab und an mit besonderer Aufmerksamkeit bedacht, einschließlich der persönlich begleiteten Besichtigungstour? Oder steht der englische Captain über allen anderen Verwundeten, für die du sorgst?«

Sie hatte geglaubt, der Schal sei ihm entgangen, aber wieder einmal führte er ihr vor Augen, wie genau er alles wahrnahm. »Der Schal war vor einer Woche im Lazarett einfach gerade zur Hand. Und ja, ich finde, er ist ein guter Begleiter.«

»Ein Hund ist auch ein guter Begleiter. Dieser Mann ist in dich verliebt.«

»Mach dich nicht lächerlich!« Wütend marschierte sie an ihm vorbei. Schrecklich, dass er sie offenbar so gut klar durchschaute!

»Mache ich mich lächerlich? Ich beschütze nur mein ...«

»Was, Louis? Ich hoffe, du wolltest nicht *Vermögen* sagen.«

Er lächelte verschlagen. »Ich wollte sagen, ich beschütze nur meines Bruders Frau.«

Verärgert stieß Sophie die Luft aus. »Deine Ängste sind unbegründet.«

»Gut. Ich habe nämlich Neuigkeiten.«

Sophie blieb stehen und musterte Louis mit finsterem Blick. »Welche Neuigkeiten?«

»Vom Roten Kreuz. Deshalb bin ich gekommen. Man hat etwas gefunden.«

20

Aus der Entfernung sah Épernay auch nach fast vier Jahren Krieg völlig unbeschädigt aus. Ein Wunder, dass Reims trotz aller Zerstörungen standgehalten hatte. Keine Straße war mehr intakt, die prächtige Kathedrale lag zerschmettert am Boden. Die Stadt hatte nicht kapituliert, obwohl die Apokalypse über sie hereingebrochen war. Mit dem Anblick der Ruinen von Reims verglichen, wirkte Épernay wie eine Szenerie von einer Urlaubspostkarte. Während das östliche Frankreich explodierte, brannte und einstürzte, sah Épernay aus wie ein wunderschönes Mädchen, das einen herrlichen Sommer genoss.

Charlies romantische Gedanken brachen ab, als er einen Trupp Soldaten sah, der die Straße entlangmarschierte. Die Männer erinnerten ihn daran, dass auch diese Gegend nicht gänzlich unberührt vom Krieg geblieben war. Nur für den zufälligen Betrachter sah es so friedlich aus. Der schwere Tritt und die düsteren Mienen der Soldaten zeugten davon, dass sie dem Tod ins Auge geblickt und viele Kameraden verloren hatten. Auch aus dieser Region waren Männer in den Krieg gezogen. Den Frauen, die auf den Feldern oder in Sophies Kellern arbeiteten, hatte der Krieg Ehemänner, Söhne, Geliebte genommen wie überall in Frankreich und darüber hinaus. Und bei aller Schönheit lebte dieses Gebiet seit vier Jahren in ständiger Angst, von den Deutschen eingenommen zu werden. In anderen Gegenden Frankreichs hingegen hatte man noch nie eine deutsche Uniform gesehen. Das indes war ein kleinlicher Gedanke, denn auch dort waren die Männer in den Krieg gegangen. Am Fuß des Hügels wartete Charlie, bis die Soldaten vorbeigezogen waren. Nur zwei wandten die Köpfe, um ihn anzusehen ... müde Blicke, die rasch wieder abgewandt wurden. Er hätte nicht sagen können, ob Abscheu oder Neid darin gelegen hatte ... vielleicht beides. Er wusste, dass jeder dieser Soldaten auf der Stelle mit ihm getauscht hätte. Für sie war er ein abenteuerlicher Anblick, halb mit seiner englischen Uniform bekleidet, den Kragen offen und den Arm in einer Schlinge, die aus einem Schal mit Paisleymuster bestand. Beneideten sie ihn, weil er nicht mehr in den Krieg musste, oder wünschten sie ihm alles Gute, weil er der nächsten Schlacht entronnen war? Er hob grüßend die Hand, aber niemand erwiderte die Geste.

Als er zum Haus zurückkehrte, wartete Gaston de Saint Just auf ihn im Vestibül. »Kommandant«, begrüßte er ihn und nickte, als Gaston aufstand und ihn anlächelte, elegant wie immer, das blonde Haar gepflegt.

»Sie sehen viel besser aus, Captain Nash.« Gaston war größer und breiter als Charlie. Er trug seine Uniform mit Stolz, und das mit vollem Recht, wie Charlie fand. Dieser Mann galt nicht nur in der Gegend als Held.

»Danke, Sir.« Sie mochten unterschiedlichen Armeen angehören, aber der militärische Rang spielte immer eine Rolle, ganz gleich, aus welchem Land er stammte. Charlie wusste, dass er einem Vorgesetzten Respekt erweisen musste. »Gibt es Neuigkeiten von der Brigade, Sir?«

Gastons Miene wurde ernst.

»Was von Ihrer Brigade übrig geblieben ist, befindet sich

südlich von Épernay. Die Männer halten sich vor allem in Étréchy auf. Ihre Erlaubnis vorausgesetzt, habe ich sie informiert, dass Sie hier sind und sich von Ihrer Verwundung erholen. Wenn Sie Kontakt aufnehmen möchten ... die Entfernung ist nicht sonderlich groß. Wenn Sie wollen, bin ich Ihnen gern behilflich.«

»Das ist sehr freundlich, vielen Dank. Was ist mit den Leicesters ... gibt es etwas Neues über sie, Sir?«

Gastons Miene wurde noch ernster. »Ihre Tiger haben einen schweren Schlag erlitten, Captain. Das muss ich Ihnen nicht erzählen, Sie waren ja mittendrin. Es war das reinste Schlachtfest.«

»Wie viele?«, fragte Charlie. Vor Verzweiflung klang seine Stimme ganz heiser.

»Alle«, erwiderte Gaston ohne Umschweife. »Solche Nachrichten kann niemand beschönigen. Ihr Bataillon ist auf Kadergröße zusammengeschmolzen.«

Kader. Nur noch Verwaltung und vielleicht einige Verwundete. Charlie brach es das Herz. Es war noch schlimmer, als er befürchtet hatte, und er musste sich mit der heilen Hand am Geländer abstützen.

»Es tut mir leid, dass ich Ihnen diese Nachrichten überbringen musste.« Gaston wartete, und als Charlie schwieg, sprach er weiter. »Soweit ich weiß, wurde das Regiment formell in die fünfundzwanzigste Division eingegliedert.«

»Sind noch Versprengte zu erwarten, Sir?«

»Meinen Informationen nach, Captain, wurden alle verbleibenden Soldaten, etwa eine Handvoll, ins sechste und siebte Bataillon überführt.«

»Demnach gibt es die Leicester Tiger nicht mehr.« Charlie schüttelte den Kopf. Sein Gegenüber schwieg respektvoll. Schließlich stieß Charlie die Luft aus und blickte Gaston wieder an. »Danke, dass Sie das alles herausgefunden haben, Sir!«

Gaston nickte. »Ich bedaure das Schicksal Ihrer Männer zutiefst, Captain, sie waren tapfer bis zum Schluss. Ich bin sicher, dass die Tiger wiederauferstehen werden.«

In diesem Moment trafen Sophie und Louis ein. Charlie fand, dass sie blass und gequält aussah, aber sein Gesichtsausdruck wirkte nicht viel anders. Trotzdem fand sie ein Lächeln für Gaston, als er sie formell mit Wangenküsschen begrüßte. Charlie warf sie einen Blick von der Seite zu, und er spürte, dass sie ihm damit etwas sagen wollte. Überrascht begrüßte Gaston Sophies Schwager Louis.

»Ja, ich komme aus Paris, nachdem ich gestern Neues über Jerome erfuhr.«

Charlie blickte zu Sophie hinüber, aber sie erwiderte seinen Blick nicht.

»Neues?«, wiederholte Gaston und griff nach Sophies Arm.

Sie nickte. »Das französische Militär hat angeblich seine Jacke gefunden. Man ist sich allerdings nicht ganz sicher. Die Untersuchung wird jetzt von der Armee über alle Abteilungen bis zum Roten Kreuz geführt. Also warten wir.«

»Es ist bestimmt Jeromes Jacke. Da bin ich sicher«, beteuerte Louis.

Seinem Tonfall war nicht die Spur von Trauer anzumerken, er klang völlig sachlich.

»Ich habe so lange gewartet«, seufzte Sophie, »und bleibe weiterhin geduldig.« Sie rang sich ein müdes Lächeln ab. »Nun ja. Wie kommt es überhaupt, dass du unangemeldet hier bist, Gaston?«

»Ich habe dem Captain Nachrichten überbracht«, murmelte ihr Cousin leicht verlegen.

»Heute scheint ein großer Nachrichtentag zu sein«, bemerkte Louis. »Ich hoffe, im Salon erwartet uns etwas Anständiges zu trinken. Guten Tag, Captain Nash.« Er nickte Charlie zu und wandte sich an den Kommandanten. »Gaston, es ist mir immer wieder ein Vergnügen. Komm, meine Liebe!«, forderte er Sophie auf und nahm sie am Ellbogen. »Wir überlassen die Soldaten ihren Soldatengesprächen, nicht wahr?«

»Welche Nachrichten?«, fragte sie und blickte Gaston und Charlie an, ohne auf Louis zu achten. Er seufzte und blieb neben ihr stehen.

»Über das Regiment des Captain«, erwiderte Gaston. »Ich dachte, er würde Frankreich vielleicht gern hinter sich lassen.«

»Eigentlich bin ich noch nicht bereit, dieses schöne Land zu verlassen, Sir«, gestand Charlie.

Der Kommandant lächelte verwirrt. »Sie haben Ihre Pflicht getan, Captain. Niemand kann mehr von Ihnen verlangen. Und lassen Sie uns pragmatisch sein ... in Ihrem Zustand sind Sie weder für Ihr Land noch für Frankreich von Nutzen.«

»Es geht mir nicht um Nutzen für mein Land. Noch nicht einmal um den Krieg. In dieser Hinsicht bin ich ganz sicher nutzlos, Sir.«

»Dann sollten Sie aufbrechen, Captain«, warf Louis ein, der beschlossen hatte, wieder an der Unterhaltung teilzunehmen.

Charlie drehte sich um und richtete seine Antwort an Louis. Er hatte eigentlich nicht damit gerechnet, so bewusst für Sophie eintreten zu müssen. Aber er ließ nicht zu, dass der arrogante, verweichlichte Louis in die Fußstapfen seines Bruders trat. Innerhalb der letzten Sekunden war ihm klar geworden, dass es ihm wesentlich lieber gewesen wäre, Jerome würde zurückkehren und Sophie in die Arme schließen, als dass dieser verschlagene, erpresserische Louis seinen Willen bekam. Anscheinend hatte er den einen Krieg verlassen, um in einen anderen zu geraten. »Ich bin allerdings nicht nutzlos für Madame.«

Plötzlich blitzten Louis' Augen auf. Es war kein Hass, es war noch nicht einmal Eifersucht. Charlie begriff, dass es wesentlich komplexer war. Dieser Mann bekam anscheinend immer, was er wollte, und fühlte sich durch Charlies Anwesenheit bedroht. Charlie war ein Außenseiter und brachte die Ordnung seines Lebens durcheinander. All das sah er jetzt in dem fast unmerklichen Aufblitzen, das der Franzose dennoch nicht verbergen konnte.

»Was meinen Sie damit?«, fragte Gaston stirnrunzelnd und warf Sophie einen fragenden Blick zu.

»Ich glaube, ich kann Madame Delancré von Nutzen sein, Sir«, antwortete Charlie. Er sah zu Sophie hinüber. Ein Lächeln umspielte ihre Mundwinkel. »Ich kann ...«

»Madame Delancré hat keinen Bedarf an einem verkrüppelten englischen Soldaten, Captain Nash, wenn Sie mir meine unsensible Bemerkung verzeihen wollen«, warf Louis ein.

»Ja, das kann ich«, erwiderte Charlie gleichmütig.

»Wie bitte?«

»Ihre unsensible Bemerkung verzeihen.«

Louis rang nach Luft, während Gaston sich zu voller Größe aufrichtete, als hätte er den Unterton wahrgenommen. »Captain, ich überlasse Ihnen die Entscheidung, obwohl ich Sie natürlich gern dorthin brächte, wo sich die Engländer in dieser Gegend versammeln.«

Gastons Hinweis darauf, was Charlie tun sollte, war

völlig korrekt. Es konnte ihm als Desertieren ausgelegt werden, wenn er nicht zustimmte und sich seiner Brigade, seinem Regiment nicht anschloss. Selbst wenn er Sophie helfen wollte, so kam doch das Armeeprotokoll an erster Stelle.

»Oh, da könnte ich aushelfen, Gaston!«, rief Louis voller Herablassung. »Ich bringe den guten Captain nur allzu gern nach Étréchy, um dir die Mühe zu ersparen und ihm den Transport zu ermöglichen. Ich habe mein Auto dabei.«

Gaston blickte abwägend von Sophie zu Charlie, dann zog er eine Karte aus der Tasche und entfaltete sie auf einem Tisch. Neugierig beugte sich Louis darüber. »Dorthin müsstest du fahren.« Gaston wies auf eine Ortschaft südlich von Épernay. »Genau hier im Süden.«

»Das kommt mir alles viel zu schnell«, protestierte Sophie und wandte sich an die beiden Männer. »Der Captain ist wirklich noch nicht gesund genug.«

»Hat man gesagt, was man mit mir vorhat?«, fragte Charlie den Kommandanten.

Gaston zuckte mit den Achseln. »Nein, aber ich nehme an, Sie werden nach England zurückgeschickt.«

»Nachmittagstee mit ... wie nennen Sie das?« Louis suchte nach den richtigen Worten. Charlie runzelte die Stirn und heuchelte Interesse. »Ach ja, mit Scones und Sahne.«

Da er *Scones* falsch ausgesprochen hatte, korrigierte Charlie ihn. Louis blinzelte irritiert, was Charlie insgeheim freute. Schließlich hatte der Franzose ihn beleidigen wollen. »Es ist nicht weit weg von hier, oder?«, fragte er Gaston. »Ich kann doch leicht auch selbst nach Étréchy kommen, nicht wahr?«

»Nein, nicht besonders weit«, bestätigte Gaston.

»Dann schlage ich vor, dass der Captain hierbleibt, bis er

wieder völlig gesund ist. Nach Étréchy kann auch ich ihn bringen«, bestimmte Sophie mit fester Stimme.

»Es ist wirklich kein Problem«, beharrte Louis. »Ich nehme ihn mit. Packen Sie Ihre Sachen, Captain Nash!«, drängte er.

Sophie blinzelte verärgert. »Charlie, warten Sie bitte! Gaston, mir ist zwar klar, dass du wesentlich mehr Einfluss hast, aber man hat mir bereits versichert, dass niemand mit den Engländern in Étréchy in Kontakt treten kann, solange die Kommunikationsleitungen nicht wieder offen sind.«

Charlie wandte sich an den Kommandanten. »Verzeihen Sie mir, Sir! Ich nahm an, Sie hätten direkt mit der britischen Armee gesprochen und von dort eine Antwort bezüglich meiner Person erhalten.«

»Eigentlich nicht«, räumte Gaston ein. »Ich habe lediglich die Nachricht versandt, dass Sie sich hier aufhalten.« Er hob die Schultern. »Ich versuche nur zu helfen.« Leicht verwirrt blickte er zwischen Sophie und Charlie hin und her, als täte es ihm leid, dass er erst jetzt ihr Zögern bemerkte.

»Dann wissen meine Landsleute also nicht, dass Sie mich zu ihnen bringen wollen, Sir?«

Der Kommandant schüttelte den Kopf. »Möglicherweise, wenn sie die Nachricht gelesen haben, aber angesichts ihrer derzeitigen Probleme gehe ich eher nicht davon aus.«

»Captain!«, fuhr Louis stirnrunzelnd dazwischen. »Ich könnte mir denken, dass Sie so schnell wie möglich zu Ihrem Regiment zurückkehren möchten. Wir sehen doch alle, dass der Kommandant lediglich die normale Prozedur beschleunigt.« Es hörte sich so an, als unterstelle er Charlie, seine Krankheit nur zu simulieren.

Charlie ging gar nicht darauf ein. »Mein Regiment gibt es

nicht mehr, Monsieur Méa. Wenn ich dort einfach so auftauche, dann dürfte das ein ziemliches Problem werden.«

Sophie stieß einen empörten Seufzer aus. »Gaston, ich bezweifle sehr, dass der Captain in seinem derzeitigen Zustand dort von Nutzen sein könnte. Er wäre eher eine Last, oder nicht?« Sie wandte sich an Charlie. »Fassen Sie das bitte nicht als Beleidigung auf!«

Er schüttelte den Kopf, denn er hatte ihre Worte sowieso nicht so verstanden.

»Wie meinst du das, Sophie?«, fragte Louis, als ob seine Meinung bei diesem Gespräch eine Rolle spielte.

Sophies Tonfall blieb leicht. »Captain Nash ist zur Erholung hierhergekommen. Es ist offensichtlich, dass er nicht an die Front zurückkehren kann und wahrscheinlich nach England zurückgeschickt wird.«

»Ja, und?« Louis tat übertrieben verwirrt. »Wollen wir das nicht auch erreichen?«

»Nein, das bezweifle ich. Die Engländer finden es möglicherweise nicht sonderlich hilfreich von einem Zivilisten, wenn er jemanden bei ihnen abliefert, der für sie ein Problem darstellt. Hier ist Captain Nash kein Problem. Im Gegenteil, hier finde ich ihn äußerst hilfreich.« Gaston verkniff sich ein Lächeln, aber Sophie fuhr fort, ohne auf die empörte Reaktion ihres Schwagers zu achten. »Er sollte hierbleiben, bis er wieder reisen kann und seine Hand ihre Kraft zurückgewonnen hat. Dann kann ich - auch dank meiner Verbindungen - über seine Vorgesetzten dafür sorgen, dass er zu den britischen Streitkräften gebracht wird. Gaston, die Engländer in Étréchy wollen wohl kaum Verwundete haben, solange sie ihre Regimenter neu organisieren, oder?« Wie Charlie feststellte, wartete sie die Antwort nicht ab. »Ich kann mich natürlich irren, aber die Briten ziehen es sicherlich vor, dass jemand wie der Captain über den Kanal geradewegs nach Hause transportiert wird. Du bist doch gewiss auch meiner Meinung, oder?«

Am liebsten hätte Charlie *Bravo* gerufen, schwieg aber und bemühte sich, nicht allzu neugierig auf die Entscheidung zu wirken.

»Ja, so könnte man es ausdrücken«, stimmte Gaston ihr vorsichtig zu.

»Ich wüsste nicht, wie man es sonst ausdrücken sollte«, sagte Sophie so freundlich, dass Charlie am liebsten applaudiert hätte.

»Das ist wahrscheinlich klüger, als Étréchy mit einzubeziehen«, sagte er stattdessen und nickte, als wäre dies eine Entscheidung, die sie gemeinsam getroffen hatten. »Und ich bin nicht hilflos, sondern ganz sicher, dass ich meine Division in diesem Sinn informieren kann.«

Er blickte zu Louis hinüber, der den Blick aus Echsenaugen erwiderte ... geduldig, verschlagen, uralt.

Sophie lächelte. »Und was geschieht mit deinem Regiment, Gaston?«, fragte sie, als wäre das Thema abgeschlossen.

Sie ist sehr diplomatisch, dachte Charlie, *hat aber ein stählernes Rückgrat.* Was sie zu dem Gespräch beigetragen hatte, war freundlich, aber unmissverständlich vorgetragen worden. *Das macht der Krieg mit den Überlebenden,* dachte er.

»Unsere Jungs werden abgezogen«, erwiderte Gaston.

»Dann hoffe ich, du bleibst zum Abendessen, bevor du gehst.«

Gaston nickte erfreut.

»Louis, ich bringe dich rasch zum Auto. Du wartest bestimmt schon ungeduldig darauf, mehr über die Sache herauszufinden, über die wir in Bezug auf Jerome sprachen.«

Louis kniff die Augen zusammen. »Nun gut, wenn meine Hilfe nicht gebraucht wird, fahre ich«, stieß er achselzuckend hervor. »Belegt der Captain nicht eins deiner kostbaren Betten?«

Einen Augenblick lang fürchtete – hoffte – Charlie, Sophie würde sagen: Nein, er teilt das Bett mit mir. Aber sie lächelte ihren Schwager nur an. »Nein, er zieht noch heute in einen der Schuppen. Du hast mir keine Gelegenheit gegeben, dir davon zu erzählen. Unser Gast ist nämlich Chemiker, und er hat einige kluge Vorschläge, um den diesjährigen Jahrgang zu verbessern. Nicht wahr, Captain Nash?«

Charlie schluckte, verbarg aber seine Überraschung und erwiderte ihr Lächeln. »Nun«, sagte er, als mache es ihn verlegen, seine klugen Vorschläge darzulegen, »Ihr Vertrauen ehrt mich, Madame.«

Louis wirkte nicht überzeugt. »Und Sie können bei der Herstellung von Champagner behilflich sein?«

»Äh ... ja, ich wollte Madame Delancré meine Pläne diese Woche unterbreiten. Mir fiel das eine oder andere ein, als sie mich heute herumführte. Ich glaube, ich kann dem Haus Delancré bei der Produktion helfen, wenn Sie mir die kühne Behauptung verzeihen.« Woher holte er das denn? Selbst Sophie wirkte beeindruckt, und dabei hatte sie die Lüge doch erst in Gang gebracht. Sie sah aus, als hätte sie am liebsten gelacht, und wenn dieses Theater noch lange weitergespielt wurde, dann brach er bestimmt auch in Gelächter aus.

»Ich verstehe. Und das können Sie deshalb, weil Sie Chemiker sind, wenn Sie nicht gerade als Captain bei der britischen Armee dienen?«

»Das ist richtig. Wir Chemiker verfügen über Mittel und Wege.«

»Die über Giftgas hinausgehen, wie ich annehme«, ätzte Louis.

Gaston hob die Brauen, und Sophie stieß einen angewiderten Laut aus. »Wirklich, Louis, muss das sein? Vor allem, wenn ich bedenke, was mit deinem eigenen Bruder passiert ist.«

»Wegen Leuten wie ihm und diesem Deutschen Haber gibt es überhaupt tödliche Gase!«

»Captain Nash ist in die Armee eingetreten, um nicht zur Giftgasentwicklung gezwungen zu werden!«, rief Sophie. Louis' Attacke erstaunte sie.

»Nun, du scheinst ja viel über sein Leben und seine Arbeit zu wissen, meine Liebe. Aber ich vermag leider nicht zu erkennen, wie ein englischer Soldat, der in einem Labor gearbeitet hat und wahrscheinlich noch nie in seinem Leben Champagner getrunken hat, so viel von deinem Geschäft verstehen will. Das erfordert doch spezielle Kenntnisse.«

Sophie hatte für Charlie gekämpft, und jetzt würde er für sie gegen diesen schrecklichen Schwager kämpfen.

»Ich will Sie mit meinen Gedanken nicht langweilen, Monsieur«, argumentierte Charlie. »Aber eine meiner Ideen bezieht sich darauf, wie der Gärungsprozess in seinem Gleichgewicht unterstützt werden kann.« Eigentlich hatte er noch gar nicht ernsthaft darüber nachgedacht, aber jetzt, da er den Begriff einfach schon einmal in den Raum gestellt hatte, stellte er fest, dass sich in seinem Hinterkopf neue Pläne entwickelt hatten. Sie kündigten sich selten laut an, sondern nahmen, wie ein Dampfzug, nach und nach Fahrt auf. Zunächst wollte er diese Metapher erwähnen, besann sich dann jedoch eines Besseren. Stattdessen wandte er sich an Gaston. »Ich kann Ihnen nicht genug danken für Ihre Hilfe, vor allem, dass Sie mir das Leben gerettet haben.

Ich werde mich jedoch selbst um alle notwendigen Schritte kümmern, um zu den Streitkräften zurückzukehren, Sir. Wie Madame sagte, wird man wahrscheinlich darauf bestehen, dass ich direkt von hier zur Küste fahre, statt zuerst nach Étréchy. Ich werde dem General von der Großzügigkeit und dem Heldenmut Ihrer Männer berichten, Kommandant de Saint Just.« Er salutierte.

»Das weiß ich sehr zu schätzen, Captain.« Auch Gaston salutierte.

»Mit Ihrer Erlaubnis, Madame Delancré, werde ich jetzt meine Sachen zu den Baracken bringen.«

»Die anderen zeigen Ihnen, wo Sie hinmüssen«, erwiderte sie, absichtlich beiläufig. »Gaston, möchtest du dich frisch machen?«

Ihr Cousin nickte und entfernte sich zusammen mit Charlie. Bevor sie in unterschiedliche Richtungen abbogen, hörten sie Sophie sagen: »Ich bringe dich hinaus, Louis.«

Sophie wusste, dass sie Louis besänftigen musste. Bevor sie etwas sagen konnte, drehte er sich zu ihr um, als sie die Eingangstreppe hinunterstiegen. »Wolltest du mich absichtlich demütigen?«

»Ach du lieber Himmel, nein!« Sophie tat unschuldig und erstaunt. »Ich dachte, du hättest nur ein freundliches Angebot gemacht, den Captain nach Étréchy zu fahren.«

»Das hat sich aber anders angehört, meine Liebe. Im Gegenteil, du hast ziemlich aggressiv geklungen.«

»Louis, der Vorschlag ergab keinen Sinn. Außerdem hat Captain Nash wirklich raffinierte Vorschläge, um mir bei der Produktion zu helfen.«

»Die Amerikaner sind in den Krieg eingetreten, Sophie. Du wirst ihn nicht mehr lange bei dir behalten können.«

»Ich bezweifle, dass die Deutschen das genauso sehen.«

»Das werden sie aber. Ihr Vorstoß auf Paris stockt, vor allem wegen der kürzlichen Geschehnisse.«

»Nun, wenn die Waffen endlich schweigen, glaube ich gern an das Ende des Krieges.«

Er blinzelte verärgert. Vermutlich fand er sie zu gleichgültig. »Wir hatten ein Abkommen.«

»Ich würde es eher ein loses Einverständnis nennen«, widersprach sie. »Aber noch ist nichts bewiesen.« Sie wusste, dass sie auf einem Drahtseil balancierte.

»Du hast mich um einen Beweis für Jeromes Ableben gebeten. Der aktuelle Stand der Dinge kommt dem ziemlich nahe. Ich wollte dir die Information ersparen, Sophie, aber jetzt berichte ich dir alles. Somit wird kein Zweifel mehr daran bestehen, wie mein Bruder gestorben ist. Ein Mann vom Roten Kreuz, ein Arzt, hat es mir geschildert. Das Gas greift die Luftwege an. Viele Soldaten, die Gas eingeatmet haben, greifen sich an den Hals und reißen sich die Kleidung vom Leib, um Luft zu bekommen.« Er hustete. »Verzeih mir diese realistische Schilderung! Aber deshalb wurde wahrscheinlich seine Jacke gefunden.«

Sie ließ sich nicht ködern, da sie wusste, dass er mit voller Absicht so grausam war. »Und wo befindet sich Jerome, was glaubst du?«, fragte sie gleichmütig.

»Ich kann es nicht genau sagen, aber allgemein ist man der Meinung, dass Jerome mit Tausenden seiner Landsleute im Schlamm von Ypern begraben liegt.«

Obwohl dies Charlies Worten entsprach, ließ Sophie sich nichts anmerken. Vor Louis würde sie nicht zusammenbrechen. »Dann erfahren wir es also nie mit Sicherheit?«

Er räusperte sich. »In Bezug auf seine Leiche? Nein, es sei denn, wir tragen den Schlamm Kilometer um Kilometer ab und sind bereit, uns Zehntausenden von Leichen zu stellen, die wir dort finden.«

»Ich muss mehr wissen, Louis.« Sie tat ihr Bestes, um entschuldigend zu klingen.

»Pass auf, Sophie!«

»Worauf?«

»Das weißt du sehr gut. Er ist gefährlich für dich.«

»Louis, du redest Unsinn«, sagte sie lächelnd und trat mit ihm zu seinem wartenden Chauffeur, der salutierte, als sie näher kamen.

»Und du bist absichtlich begriffsstutzig.«

»Ach ja?«

Er blickte sie unverwandt an. »Ich sehe schon, was passieren wird.«

»Dann muss ich blind sein, ich sehe gar nichts.«

Er trat einen Schritt näher und winkte seinem Chauffeur, er solle sich entfernen. »Er liebt dich. Der Mann hat in deinem Leben nichts zu suchen, hat hier nichts zu suchen. Er hat keinen Platz im Herzen der Menschen von Épernay. Wenn du zulässt, dass die Sache weitergeht, dann brichst du ihnen das Herz.«

»Das ist sehr ungehobelt von dir, Louis. Ich glaube, die Leute von Épernay sind den Alliierten dankbar.«

Er berührte ihren Arm. »Beleidige mich nicht!«

Sie schüttelte seine Hand ab, ohne ihren Ärger zu zeigen. Ihre Worte jedoch waren scharf. »Du solltest mich weder belehren noch mir Vorschriften machen. Ich führe mein Leben, wie es mir beliebt und wie *mein* Gewissen und *meine* Instinkte mich leiten. Und bitte vergiss nicht, dass ich als Witwe allein lebe und keinem Mann Rechenschaft schuldig bin.«

»Und du solltest besser unsere Vereinbarung nicht vergessen. Während wir hier sprechen, finden die französische Armee und das Rote Kreuz mehr über die gefundene Uniformjacke heraus. Ich bin zuversichtlich, dass ich bald den Beweis in Händen halte, dass mein Bruder tot ist. Allerdings muss das dann erst von den Gerichten bestätigt werden. Ich sollte noch erwähnen, dass ich den benötigten Zucker besorgen kann. Er liegt für den Transport nach Épernay bereit.«

Seine Worte bewirkten genau das, was er beabsichtigt hatte ... sie trafen sie mitten ins Herz.

»Genieß den Sommer und die Weinlese ohne Bedrohung!«, riet er ihr. »Aber wenn du Champagner herstellen möchtest, weißt du, wo ich erreichbar bin. Doch es wird dich etwas kosten, und du kennst meinen Preis. Leb wohl, Sophie!« Er küsste ihr die Hand, und sobald er sich weggedreht hatte, wischte sie sich den Handrücken ab.

Louis stieg ins Auto und sah sich nicht um, als es aus der Einfahrt hinausfuhr.

Es war Sommer, aber Sophie hatte noch nie so gefroren.

21

Schweiz
Juni 1918

Die Zugfahrt zur Grenze war für Jerome das schönste Erlebnis seit seinem Hochzeitstag. Wie anders damals das Leben doch gewesen war! Erinnerungen an Sophie überfluteten ihn, und jede noch so kleine Szene war ein Geschenk. Er erinnerte sich wieder an seine Weinberge, und das bis ins kleinste Detail, zum Beispiel, wie die Erde zu jeder Jahreszeit roch. Er schmeckte seine Trauben, fand in ihrem Saft den Duft des Terroirs. Er erinnerte sich an den Sommerhimmel über Avize und vor allem daran, wie das Haar der schönsten Frau der Welt golden schimmerte. Auf einmal wusste er wieder, wie ihre Haut schmeckte, wenn er sie küsste. Sophie Delancré. In Gedanken hörte er ihre Stimme und erinnerte sich an ihre Berührung, an ihre Lippen. Auch ihr Gesicht, das ihm im Gefangenenlager vollständig entschwunden war, sah er wieder vor sich.

Was mochte aus Sophie geworden sein, während die Amnesie seinen Geist gefangen gehalten hatte? Wenn das Giftgas ihn bald umbrachte – wenn er seinem Lungenleiden erlag –, dann musste er sie vorher noch einmal sehen, sie noch einmal küssen, ein letztes Mal bei ihr liegen. Er musste sie in den Armen halten und ihr erklären, dass er sie durch seine Abwesenheit nie hatte verletzen wollen. Sie musste wissen, dass er immer nur darum gekämpft hatte, zu ihr zurückzukehren, seit er in den Krieg gezogen war. Das alles wusste sie ja gar nicht. Jerome zog das Rollo des Fensters herunter, um seine Wut darüber hinauszustoßen, dass er so lange als ein anderer gegolten hatte. Er hatte jeden im Lager vor seiner Abreise in die Schweiz angefleht, seinen Namen zu ändern, aber er war auf taube Ohren gestoßen. Keiner ließ sich davon überzeugen, dass er nicht der Mann war, dessen Name auf den Dokumenten stand.

»Beweisen Sie es!«, hatte ihn einer der älteren Aufseher angeherrscht. »Sie haben doch selbst gesagt, Sie seien Jacques Bouchon. Passen Sie auf, dass Sie nicht noch vors Kriegsgericht kommen. Denn wenn Sie tatsächlich dieser Jerome Méa sind, dann haben Sie gelogen.« Höhnisch hatte er das Gesicht verzogen. »In der Schweiz können Sie tun und lassen, was Sie wollen, aber hier gelten Sie als Jacques Bouchon, als der Sie auch gekommen sind. Wir haben alle Unterlagen vorbereitet.«

»Meine Frau und meine Familie haben keine ...«

»Bitte, hören Sie auf! Es ist mir gleichgültig. Bringt ihn weg!«, hatte er geschrien und war aufgestanden, um sich ein kühles Getränk aus dem Krug auf der Anrichte einzuschenken. »Und schafft mir einen besseren Ventilator herbei!«, hatte er seinen Adjutanten angepfiffen und auf das Gerät gedeutet, das in einer Ecke des Raumes vor sich hin ratterte. Jerome hatte er bereits vergessen.

»Reden Sie doch mit Ihren wohltätigen Gefängniswärtern!«, hatte einer der Wachbeamten ihm erklärt, als er zum Wagen geführt wurde und immer noch darum bat, mit Paris telefonieren zu dürfen.

Und jetzt stand er also hier im Gang des Zuges. Neben ihm rauchte ein Soldat. Sie hatten einander kurz gegrüßt und dann geschwiegen. Vermutlich konnte der andere Mann es auch kaum fassen, dass er hier war. Er bezweifelte, dass der andere auf der Tuberkuloseliste stand. Eher wirkte er wie im Schockzustand, so ruhelos, wie er auf und ab ging, bei jedem Geräusch zusammenzuckte und unruhig mit den Augen rollte. Jerome hatte kein Interesse an einer neuen Bekanntschaft und wollte auch nicht über seine Kriegserfahrungen sprechen. Deshalb wandte er sich ab und ließ den warmen Sommerwind über das Gesicht und durch das Haar streichen, während er sich mit dem Gedanken anfreundete, dass er zumindest geistig, wenn nicht sogar offiziell frei war. Man hatte ihm mitgeteilt, dass das Schweizer Militär für ihn verantwortlich sei, er aber immer noch als Gefangener der Deutschen betrachtet werde.

»Allerdings nur auf dem Papier«, hatte der Mann, der seine Daten aufnahm, ihm augenzwinkernd versichert.

Er hatte keine Weisungsbefugnis, wie sich Jerome dachte. Deshalb hatte er ihn erst gar nicht auf seine wahre Identität hingewiesen. Bevor sie Lausanne erreichten und er auf Menschen traf, die ihm helfen konnten, musste er sich überlegen, wie er seine Identität tatsächlich beweisen konnte. Wie sollte er das anstellen? Er hatte keine Papiere, die ihn als Jerome Méa auswiesen. Er hatte nicht einmal mehr seine Uniformjacke, um seinen Rang und seine Division zu bestätigen. Er hatte nur seine Erinnerungen, um die Verantwortlichen davon zu überzeugen, dass er nicht derjenige war, dessen Namen er irrtümlich seit Jahren trug.

»Dann werde ich also nicht zurückgeschickt?«, hatte er gefragt.

Der Mann hatte freundlich gelächelt. »Ganz bestimmt nicht. Das sind Ihre letzten Momente in Deutschland, Leutnant Bouchon.«

Jerome lächelte vor Erleichterung und mit einem neuen Freiheitsgefühl.

»Sie haben Ihr Land stolz gemacht, Leutnant. Die Schweiz freut sich, Ihnen einen sicheren Aufenthalt bieten zu können.«

Er hatte wirklich Glück. In der Schweiz würde man ihm bestimmt helfen, Kontakt zu Sophie aufzunehmen. So viele verlorene Jahre. Er kannte seine geliebte Sophie. Sie hatte bestimmt alles in ihrer Macht Stehende getan, um ihn ausfindig zu machen. Aber wie sollte sie das schaffen, nachdem Jerome Méa irgendwo zwischen Ypern und München verschwunden war, ohne Gedächtnis, verloren für seine Armee, verloren für Frankreich?

Doch jetzt, da er darüber nachdachte, ein neues Leben zu beginnen, durchdrang ein neuer Feind sein Leben. Hatte seine schöne Frau ihn aufgegeben? Hatte sie, weil sie es nicht besser wusste, seinen Verlust hingenommen, ihre Trauer überwunden und einen neuen Verehrer erhört? Vielleicht hatte sie sogar wieder geheiratet. Er war schon länger als drei Jahre von zu Hause weg. Wahrscheinlich hatten die Behörden ihr erklärt, Jerome Méa sei tot. Und selbst wenn sie nicht wieder geheiratet hatte, hatte sie womöglich eine neue Liebe gefunden. Der Gedanke daran schmerzte wie eine frische Wunde, aber er konnte es ihr nicht verdenken, wenn sie so gehandelt hatte. Er musste einfach beten, dass niemand sie erobert hatte. Das hätte Louis nicht zugelassen, versicherte er sich. Sein Bruder hatte bestimmt die Hoffnung nicht aufgegeben, dass Jerome gefunden würde, sofern es noch keine Bestätigung für seinen Tod gab. Sicher hielt er auch Sophies Hoffnung lebendig.

Bei dem Gedanken ging es Jerome sofort besser. Er öffnete die Augen und betrachtete die Landschaft. Wie grün sie war! Diese Üppigkeit hatte so lange in seinem Leben gefehlt, dass er ganz vergessen hatte, wie wunderbar der Anblick einer Blumenwiese war. Sein ganzes Leben lang hatte er so etwas Einfaches wie eine Blüte für selbstverständlich gehalten. Jetzt kam es ihm so vor, als erblicke er das Paradies.

Der Dampfzug hatte Konstanz verlassen, eine süddeutsche Kleinstadt am Bodensee, nahe der Schweizer Grenze. Jerome wusste nicht mehr, wie viele Stunden er schon im Zug saß, seit er in Heidelberg aufgebrochen war. Sie waren mehrmals umgestiegen, aber er konnte sich nicht mehr an die Namen der Bahnhöfe erinnern. Immer wieder wurden die Züge länger, nachdem man neue Waggons angehängt hatte. Schließlich mussten so viele glückliche Gefangene wie er transportiert werden. Am Rheintal entlang waren sie nach Süden gefahren. An einem Punkt hätte er schwören können, in der Ferne die vertrauten Geräusche der Schützengräben zu hören, Geschützdonner und Bomben, aber auch das war verschwunden ... genauso wie Deutschland. Als der Zug in Montreux hielt, wurden die Reisenden von lächelnden Schweizern und einer Musikkapelle begrüßt. Jubelnde Menschen säumten die Gleise, als der Zug in ein Alpendorf einfuhr, wo die meisten ausstiegen. Er und seine Kameraden waren erstaunt von dem begeisterten Empfang. Hoffentlich störten sich die Menschen nicht an ihren verblüfften Mienen.

Als der Zug endlich in Lausanne einfuhr, warfen Frauen als Willkommensgruß Blumen auf die Gleise und den Bahnsteig. Ein Kinderchor sang, und Männer geleiteten die Gefangenen als Ehrengarde aus dem Zug. Ein freundlicher Helfer reichte Jerome eine Augenklappe für sein linkes Auge, das milchig und blind starrte. Wundersamerweise gab ihm auch jemand eine französische Uniformjacke, und der Ärmel auf der Seite seines fehlenden Arms wurde vom Ellbogen an sorgfältig zurückgesteckt, als ihm ein weiterer Helfer in die Jacke half. Jerome humpelte zwar, aber es beeinträchtigte ihn nicht, und so lehnte er die Krücke ab, die ihm angeboten wurde.

Auf dem Bahnsteig blieb er stehen. Obwohl es nicht seine Landsleute waren, kam er sich vor wie ein heimkehrender Held. Tausende von Menschen begrüßten ihn. Ihre fröhliche Stimmung beflügelte ihn so, dass er danach durch die Straßen zu schweben schien. Manche seiner Kameraden weinten, andere blickten sich staunend um. Ein Mann taumelte gegen ihn und drohte offenbar in Ohnmacht zu fallen.

»Wir haben die Hölle verlassen und den Himmel gefunden!«, rief er aus, während Jerome ihn festhielt und dabei selbst um ein Haar das Gleichgewicht verlor.

Jerome konnte nur nicken, er bekam keinen Ton heraus.

Begleitet von lächelnden Schweizern, die wahrscheinlich zum offiziellen humanitären Korps gehörten, und eskortiert von militärischem Personal, fuhren die Soldaten einem neuen Leben in Lausanne entgegen. Dort wurden sie schließlich in ihren Unterkünften abgeladen. Jerome fand sich in einem noblen Hotel unweit des Genfer Sees wieder. Sein Zimmer war zwar klein und lag im Dachgeschoss, aber es war für ihn allein, und er musste es mit niemandem teilen. Das war die größte Überraschung. So lange hatte er schon keinen Raum für sich allein gehabt, dass er nicht mehr wusste, wie sich Privatsphäre anfühlte.

»Es tut mir leid, Leutnant«, sagte ein Mitglied seiner Eskorte in tadellosem Französisch. »Wir hatten leider keine Kenntnis von Ihrem verletzten Bein, sonst hätten wir Sie in einem geeigneteren Zimmer untergebracht. Ich sorge sofort dafür, dass Sie in einer der unteren Etagen wohnen können.«

Erstaunt blickte Jerome den Mann an, der ihm die Treppe hinaufgeholfen hatte. »Danke für Ihre Bemühungen, aber Sie brauchen sich nicht zu entschuldigen. Sie können sich nicht vorstellen, was dieses Zimmer für mich bedeutet. Und es ist alles in Ordnung. Treppensteigen tut mir gut. Für Ihre Großzügigkeit kann ich Ihnen nicht genug danken.«

»Wir helfen gern jederzeit, so gut wir nur können.«

»Aber bei Ihnen herrscht sicherlich auch Lebensmittelknappheit, oder?«

Der Mann nickte. »Trotzdem wollen wir unseren Beitrag leisten. Wir waren entsetzt, als die Deutschen vor vier Jahren ins neutrale Belgien einmarschierten, und haben schon seit 1916 humanitäre Hilfe angeboten. Wie gern hätten wir Sie schon früher aufgenommen.«

Die liebenswürdigen Worte des Mannes, die offenbar typisch für die Schweizer waren, rührten Jerome. Bevor er aber etwas erwidern konnte, bekam er einen heftigen Hustenanfall. Mitfühlend sah der Mann zu, wie er sich vorbeugte und nach Luft rang, während der Husten seinen Körper schüttelte. Als es vorbei war, lächelte Jerome entschuldigend. »Und all das hier ist wirklich für mich? Ich bin es gar nicht mehr gewöhnt, ein Zimmer für mich allein zu haben.«

»Es gibt keinen Tourismus mehr in der Schweiz, Leutnant«, erklärte der Mann achselzuckend. »Niemand macht hier mehr Urlaub. Die Hotels in den Alpen sind froh, dass sie ihre Zimmer mit Internierten füllen können. Dieses Hotel beherbergte vor allem deutsche und englische Reisende. Sie können sich also vorstellen, dass man hier mehr als froh ist, wenn wieder Leute hier wohnen.« Er räusperte sich. »Äh ... wir müssen noch einige Formalitäten erledigen, Leutnant. Sie sind zwar ein Gast, aber Sie verstehen sicher, dass die Deutschen Sie weiter als ihren Gefangenen betrachten. Deshalb haben wir vereinbart, einen gewissen Grad an Disziplin aufrechtzuerhalten.«

Jerome nickte. Dieses Zimmer allein fühlte sich schon wie Freiheit an. »Damit habe ich kein Problem. Darf ich mich in der Stadt frei bewegen?«

»Selbstverständlich, Leutnant Bouchon, aber nicht über die Stadtgrenzen hinaus. Unsere Beziehung basiert auf gegenseitigem Vertrauen. Wir müssen zwar nicht jeden Ihrer Schritte kennen, aber wir verlassen uns darauf, dass die Internierten die Regeln einhalten. Damit können wir auch weiterhin kranken und verwundeten Gefangenen einen Aufenthalt anbieten, ohne dass Deutschland sich beschweren oder eingreifen muss.«

»Ich habe nicht die Absicht, die Regeln zu brechen.«

»Danke, Leutnant. Wenn Sie dann diese Einverständniserklärung bitte lesen und hier unterschreiben«, bat er und deutete auf eine gestrichelte Linie auf einem Formular. Jerome sah, dass der Name seines Alter Ego aufgedruckt war.

»Ich muss Sie um etwas Wichtiges bitten.«

»Ja? Wie kann ich Ihnen behilflich sein?«

Er wies auf den Namen. »Es ist nur ... ich bin nicht dieser Mann.«

Der Schweizer blickte ihn verwirrt an. »Ich verstehe nicht.«

»Ja, es ist auch kompliziert. Ich bin nicht Leutnant Jacques Bouchon.«

Der Mann blinzelte. »Aber Sie befanden sich unter diesem Namen im Gefangenenlager.«

»Ja. Wie gesagt, es ist kompliziert.«

Der Mann klappte seinen Aktenordner zu. »Oh, das ist äußerst ungewöhnlich und bedauerlich. Wer sind Sie, Sir?«

»Ich bin Leutnant Jerome Méa.« Er nannte seine Kompanie und seine Division, merkte jedoch, dass der Mann ihm nicht mehr zuhörte. »Vielleicht müssen wir die Angelegenheit Ihrem Vorgesetzten vortragen.«

»Ja, ja ... gewiss. Meine Güte, ist das verwirrend! Es wird vermutlich einige Zeit in Anspruch nehmen, Leutnant. Ich habe keine Ahnung, welche Prozeduren erforderlich sind. Wie ist es denn dazu gekommen?« Bevor Jerome antworten konnte, hob er die Hand. »Ach, es ist wohl besser, wenn Sie es mir nicht erklären, sonst bringe ich die anderen nur durcheinander. Sie sollten es besser von Ihnen direkt hören. Können wir es für den Moment bei Ihrem alten Namen belassen?«

»Natürlich. Es tut mir leid, ich wollte Sie nicht beunruhigen ...«

»Nein, bitte! Eigentlich können wir uns auf die deutschen Unterlagen verlassen, und wir sind auch stolz auf unsere tadellos geführten Akten.«

»Es ist ja niemand schuld. Es ist ein Missverständnis, das einige Jahre zurückliegt. Ich werde alles erklären, wenn Sie den richtigen Ansprechpartner für mich gefunden haben.« In seinen Worten lag die Botschaft, dass nicht zu viele Personen die Geschichte weitergeben sollten, damit sich die Information nicht bei jedem Kontakt veränderte. »Ich kann warten«, versicherte Jerome dem Schweizer. »Und ich bin Ihnen sehr dankbar für ihre Hilfe und Ihre Geduld.«

»Wir bemühen uns für alle unsere Internierten um Verbindung zu ihren Familien. In Ihrem Fall aber wäre es sicher nicht ratsam, Familienmitglieder zu kontaktieren, deren Namen nicht zu Ihrem Nachnamen passen. Wir erlauben leider auch keine Telefonanrufe, zumal die Leitungen in Frankreich zurzeit nicht zuverlässig sind. Ich hoffe, Sie verstehen unsere schwierige Lage.«

»Ich habe so lange gewartet, da kommt es auf ein paar Tage mehr nicht an«, erwiderte Jerome so freundlich, wie es ihm möglich war. Er wollte nicht zeigen, dass sich sein Herz am liebsten aus dem Käfig befreit hätte, in dem es gefangen war. Er musste unbedingt Sophie erreichen.

Sein Gegenüber blickte ihn verlegen an. »Entschuldigen Sie!«

»Bitte, Sie brauchen sich nicht zu entschuldigen. Sie sind alle so nett zu uns. Niemand von uns ist diesen Luxus, die Pflege und die sanften Stimmen ringsum noch gewöhnt.«

»Gern. Ich lasse Sie jetzt allein. Bis wir eine formelle Bestätigung erhalten, werden wir Sie als Leutnant ... äh ... Bouchon führen.«

Jerome wäre am liebsten in Tränen ausgebrochen, aber er lächelte schief. »Ich verstehe.«

»Danke, Leutnant. Abendessen wird ab achtzehn Uhr serviert, Frühstück ab sechs Uhr morgens.« Er rang sich ein Lächeln ab. »Sie werden sich rasch an die Gepflogenheiten gewöhnen. Auf Ihrem Bett liegt eine kleine Broschüre mit allen Einzelheiten zu Ihren Beschränkungen und den Regeln, an die wir uns halten müssen.« Jerome nickte. »Sie können sich jetzt ausruhen, Leutnant. Falls Sie etwas brauchen, können Sie sich jederzeit an die Rezeption wenden.«

»Ich bin Ihnen zu tiefem Dank verpflichtet.«

Der Mann lächelte. »Keine Ursache. Übermorgen werden Sie mit den Arztterminen und der Behandlung beginnen. Hier hat jeder mehr als vierundzwanzig Stunden Zeit, um sich einzugewöhnen.«

Mit diesen Worten ging er und schloss die Tür leise hinter sich. Kein Türenknallen und keine genagelten Stiefel der Gefängniswärter mehr. Das Abendessen wurde um achtzehn Uhr serviert? Hoffentlich erwartete man nicht, dass er einen Anzug trug. Hätte ihn die Situation nicht so sehr berührt, hätte er gelacht. Wie hätte er sich gefreut, wenn alle Männer, die ihm im Gefangenenlager ans Herz gewachsen waren, sein glückliches Los hätten teilen können. Es erschien ihm ungerecht, dass nur Kranke und Verwundete diesen Aufenthalt bewilligt bekamen, aber er war trotzdem unendlich dankbar. Vielleicht würden ja die letzten Monate seines Lebens angenehm werden, und er konnte immerzu an Sophie und die Zeit denken, die ihnen gestohlen worden war.

»Du kannst kommen, Tod«, murmelte er. »Ich durfte einen Blick in den Himmel erhaschen. Aber hol mich nicht, bevor ich Sophie wiedergefunden habe.«

22

Épernay
Juli 1918

Tagsüber benutzte Charlie die Schlinge, und in der Nacht schnallte er sich die Prothese an, damit seine Hand heilen konnte. Seit dem Zusammentreffen mit Louis Méa waren Wochen vergangen, und er hatte Sophie die ganze Zeit über nicht gesehen. Das lag sicherlich an der Nachricht über die Entdeckung der Uniformjacke ihres Mannes. Er hatte sich mit der zeitweiligen Trennung abgefunden und wollte ihr Zeit lassen, ihre Gedanken und Gefühle zu ordnen.

Ohne den engen Kontakt zu ihr, ohne die Stimme zu hören, die er liebte, ohne das Lächeln zu sehen, bei dem er dahinschmolz, hatte er viel Zeit zum Nachdenken. Dass er Sophie liebte, war keine Frage. Ihm ging es eher darum, ob sie sich auch in ihn verliebt hatte und ihn jemals genug lieben konnte, um Jerome loszulassen. Jerome war wie ein Geist, stets gegenwärtig, und seit die Jacke gefunden worden war, war er zurück, überlebensgroß. Charlies Instinkt sagte ihm, dass Sophies Suche nach ihrem Ehemann trotzdem nicht weitergekommen war. Wahrscheinlich war er als Person aber wieder greifbarer und nicht so unsichtbar wie zuvor. Charlie fühlte mit ihr. Für sie musste es so gewesen sein, als ob Jeromes Gespenst alles gesehen hatte, den Kuss, jeden Blick, jedes Mal, wenn ihre Hände sich gefunden hatten. Jerome war immer da, in Sophies Gedanken, in ihrem Herzen ... in ihrem Bett, wohin sich Charlie so sehr sehnte. Mindestens genauso intensiv wie Louis wünschte er sich, dass Jerome tot war. Andererseits hätte er auch den lebendigen Jerome und Sophies Glück begrüßt, wenn das bedeutete, dass dieser schreckliche Louis endlich aus ihrem Leben verschwand.

Nach drei Wochen harter Arbeit in den Weinbergen fühlte er sich stärker, und ihm kam der Gedanke, zur Armee zurückzukehren und sich dort einsetzen zu lassen, wo man ihn brauchte. Wie es aussah, war der Krieg vorbei, nur die Deutschen waren noch nicht restlos überzeugt, und so lange würde in Europa gekämpft.

Wenn Charlie nicht arbeitete, nutzte er die ruhige Zeit, um das Anwesen besser kennenzulernen. Er spazierte durch die Weinberge und plauderte mit den Arbeitern, die sich gern von ihm ausfragen ließen. Er spähte in jede Baracke und schlenderte durch die unterirdischen Gänge. Dabei hielt er immer eine Zitrone in der versehrten Hand, um seine Kraft zu trainieren. Er konnte noch nicht wirklich zudrücken, aber dass er sie überhaupt festzuhalten vermochte, sprach für eine Gesundung der Muskeln und Sehnen. Besonders gern half er den Frauen beim Rütteln. Schnell hatte er gelernt, dies mit einer Hand zu bewerkstelligen. Seinen zwei kleinen Freundinnen brachte er bei, mit Kieselsteinen Murmel zu spielen. Eines Morgens hatte Clemence die Steinchen aufgehoben und in seine Hand gelegt. Tatsächlich hatte er ihre Fingerspitzen auf seiner Haut gespürt. Für einen Mann, der geglaubt hatte, seine Hand sei tot, war das ein großes Glücksgefühl. Er kam sich vor wie jemand, der aus einem dunklen Wald in den warmen Sonnenschein trat.

Kurz hatte er die Augen geschlossen, um den Moment auszukosten. Er wollte ganz sichergehen, dass er sich das alles nicht einbildete. Seine Handfläche prickelte ganz leicht. Seine Finger waren immer noch taub, aber er spürte trotzdem ein seltsames Regen, so als ob die Nerven zum Leben erwachten. Konnte das tatsächlich so sein?

Plötzlich keimte Hoffnung in ihm auf.

Es gab eine Zukunft für ihn ... als gesunder Mann. Zumindest war es ein Anfang. Etwas, worauf er aufbauen konnte. Ein Leben, an das er glauben konnte.

Er ließ seine kleinen Freundinnen ihr Spiel spielen und stieg in die Kellergänge hinunter, um mit diesen Gedanken allein zu sein. Er würde eine Zukunft haben, zwar ohne Sophie, aber immerhin eine Zukunft, und er musste über seine nächsten Schritte nachdenken. Hier unten in den Gewölbekellern war das Leben ganz anders als in den Schützengräben an der Front, und doch fühlte er sich wie in einer Höhle. In der Dunkelheit änderte sich das Leben nie. Hier war er sicher.

Er kam an einem beleuchteten Keller vorbei. Arbeiter gossen Wasser über Fässer, und neugierig trat Charlie näher. Die Männer waren daran gewöhnt, ihn auf dem Gelände zu sehen. Viele hoben die Hand. Es machte ihm Freude, ihren Gruß zu erwidern, so als ob er Freunden begegnet wäre.

Einer nahm die Zigarette aus dem Mundwinkel. »Eine Vorsichtsmaßnahme, Captain«, antwortete er auf Charlies unausgesprochene Frage. Dann hob er die Schultern, als wolle er sagen: *Wer weiß schon, ob es funktioniert?*

»Wovor?«

»Madame spürt jede Temperaturveränderung. Es ist wohl ein bisschen wärmer, als wir es möchten.«

»Geht der Gärungsprozess schneller vonstatten, als Sie es gern hätten?«

»Als Madame es gern hätte«, korrigierte Étienne ihn grinsend. Er war unrasiert, und tiefe Falten durchzogen sein Gesicht. Charlie dachte bei sich, dass der alte Mann es genauso *gern hätte*. Er war sicher außerordentlich erfahren. »Der Gärungsprozess muss langsam und stetig sein, damit der Champagner sein Aroma entwickeln kann. Ich fürchte, wir lagern die Fässer nicht tief genug.«

Charlie nickte, erfreut, dass er schon wieder Neues über die Champagnerherstellung gelernt hatte. Er war mittlerweile zu der Erkenntnis gelangt, dass Chemie zwar die Basis war, aber die Champagnerherstellung selbst nichts mit Chemie zu tun hatte. Nein, es war eine Kunst, genau wie beim Malen, Schreiben oder Dichten gehörten Gefühle dazu. Reine Chemie zerstörte alle Gefühle.

»Sind Sie schon lange hier tätig?«

»Ich habe schon für Madames Vater gearbeitet. Und als Vierjähriger habe ich Botengänge für ihren Großvater erledigt.« Der alte Mann nickte und erinnerte sich. »Mein Vater arbeitete für das Haus Delancré.«

Charlie stieß einen leisen Pfiff aus. »Allein schon die Geschichte der Menschen in diesem Unternehmen ist unglaublich.«

Étienne schmunzelte. »Jetzt sind nur noch wir Alten übrig. Alle unsere Söhne kämpfen oder ...«

Charlie sah ihm an, dass er mit seinen Gefühlen kämpfte. Er trat näher. »Es tut mir leid.«

»Beide Söhne sind tot. Niemand mehr, der unsere Familiennamen weiterträgt. Der eine starb, bevor er heiraten konnte, der andere, bevor er seiner Frau ein Kind machen konnte. Sie haben auch beide bei Delancré gearbeitet.«

»Haben Sie sonst noch Enkel?«, fragte Charlie.

Der alte Mann nickte. »Meine Tochter hat zwei Kinder. Meine Enkelin ist eine Freude. Ich hoffe, dieser Krieg ist zu Ende, bevor sie meinen Enkelsohn zur Armee holen. Er heißt auch Étienne.«

Charlie lächelte schief. »Bitten Sie Ihre Tochter, dass er Ihren Familiennamen als Teil seines Namens führen darf!«

Der Mann starrte ihn an. Mit seinen großen, knotigen Händen umklammerte er den Rand des Eichenfasses und dachte über Charlies Vorschlag nach. Schließlich wandte er den Blick ab und strich über das Holz, das mit den Jahren dunkel geworden war. »Ich bin hier drin«, murmelte er. »Ein Teil von uns allen befindet sich in diesem Wein. Und ein bisschen von all unseren Seelen gibt dem neuen Champagner seinen Geschmack.«

Charlie gefielen diese Worte, denn sie spiegelten all das wider, was er mittlerweile im Leben wichtig fand. Materielle Bedürfnisse bedeuteten ihm nichts mehr. Vier Jahre lang war sein kostbarster Besitz ein Gewehr gewesen, mit dem er andere hatte töten können. Nie wieder wollte er eine Waffe besitzen, aber sie hatte ihn gelehrt, wie wenig aus seinem früheren Leben überhaupt noch eine Rolle spielte. Beförderung, Status, Ansehen, Verdienst, der Traum, ein eigenes Auto zu besitzen, ein Haus zu kaufen, all das erschien wertlos angesichts dessen, was er erlebt hatte. Nichts davon hätte ihm auf dem Schlachtfeld etwas genützt. Der Krieg, vor allem in den Schützengräben, machte alle Männer gleich, reduzierte sie auf einen Finger am Abzug.

Was allerdings in den Schützengräben eine Rolle spielte, waren Gefühle. Sie trieben die Soldaten an, machten sie stark. Auch Liebe war wichtig ... füreinander, für die Lieben zu Hause, für das Land, das sie verteidigten.

Dies hier, diese spirituelle Verbindung, von der Étienne sprach und die Sophie vermutlich teilte ... sie war jeden Kampf wert. Es ging um die Lebensart einer Gegend und der Menschen, die dort lebten, um Wurzeln, die Generationen zurückreichten, um die Zukunft. Und sie zeugte vom Bestreben, jedes Jahr ein bisschen besser zu sein als im Vorjahr, nicht wegen der Bezahlung oder des Ansehens, sondern einfach nur wegen der daraus entstehenden Zufriedenheit. In den Fässern lebte die Vergangenheit, und jedes Fass behielt ein wenig von den Menschen zurück, die hier gearbeitet hatten, um es an den nächsten Jahrgang weiterzugeben.

Charlie wollte dem Mann gern etwas von dem Optimismus vermitteln, der ihn erfüllte. »Ihre Söhne leben in diesen Kellern ... in diesen Fässern und im Wein.«

Étienne lächelte. »Madame hat ihren Familiennamen beibehalten. Ihrem Ehemann schien das nichts auszumachen.«

Das war Charlie noch gar nicht aufgefallen. »Eine moderne Frau.«

Étienne tippte sich an die große Nase. »Ein moderner Mann. Ich glaube, er hat sie sogar dazu ermutigt. Er wollte, dass sie stolz ist auf ihren Familiennamen, dass sie damit weitermacht. Und wenn sie einen Sohn hätten, der Junge ... na ja ...« Er seufzte.

Charlie nickte. »Sie ist noch jung. Sie hat noch Zeit genug.«

»Ja, ja, sie ist noch jung genug, Captain, aber die beiden waren das beliebteste Paar in der ganzen Gegend. Alle liebten sie. Sie passten in jeder Beziehung großartig zueinander.«, sagte er. »Von hier bis hier«, fuhr er fort und wies vom Kinn bis auf die Schläfe. Damit wollte er wohl andeuten, welch schönes Paar sie gewesen waren. »Madame Delancré ist ebenso schön wie klug, die ideale Mischung aus ihren Eltern ... sie mögen in Frieden ruhen. Und sie fand den richtigen Mann, der ihre Klugheit anerkannte und sie ermunterte, sie auch einzusetzen. Es betrübt uns alle, dass er nicht mehr unter uns ist.« Der Alte schüttelte den Kopf. »Das ist ein Fass, das nur sehr schwer gefüllt werden kann.«

Charlie bekam Gewissensbisse. Wollte er sich wirklich in diese offenbar ideale Beziehung hineindrängen? Der perfekte Mann hatte Sophie bereits erobert. Charlie verzieh sich, dass er sich in sie verliebt hatte. Welcher Mann hätte ihr schon widerstehen können? Aber die einfachen Worte des alten Étienne machten ihm vor allem eines klar: Er musste zurückstehen, damit sie in keine peinliche Lage geriet. Vielleicht sollte er sich sofort zurückziehen. Wenn er ihr wieder gegenüberstand, würde es nur allzu schwer für sie beide werden.

»Arbeitet Ihr Enkel denn auch hier?«

»Ja, Étienne macht Botengänge.« Der alte Mann lachte, als hätte er einen Witz darüber gemacht, wie sich die Vergangenheit wiederholte. »Trinken Sie mit mir auf meinen Enkelsohn!«

Das konnte Charlie schlecht ablehnen. »In Ordnung. Und was trinken wir? Für Champagner ist es noch ein bisschen früh.«

»Es ist nie zu früh für Champagner«, erwiderte der Alte. »Nein, probieren Sie das hier!« Er wies auf ein umgedrehtes Fass, um das einige Hocker standen. Charlie beobachtete, wie Étienne eine gedrungene dunkle Flasche ohne Etikett aus einem Eiskübel zog.

»Was ist das?«, fragte er, als der alte Knabe den Korken herauszog und zwei schmutzige kleine Gläser mit einem winzigen Schluck füllte. Die Flüssigkeit sah aus wie goldener Sirup.

»Probieren Sie!«, drängte der Mann.

Charlie nahm einen Schluck. Überrascht schmeckte er Alkohol und eine schwere Süße. »Du liebe Güte! Was ist das?«

Étienne lachte dröhnend. »Wir nennen ihn Ratafia. Der von Madame ist der beste der ganzen Gegend.«

Charlie wiederholte den Namen. »Aber was ist es?«

Étienne schmunzelte. »Ganz schön stark.«

»Ja, das stimmt«, pflichtete Charlie ihm bei. »Wie wird das Getränk hergestellt?«

»Aus dem Trester.« Der alte Mann erkannte wohl, dass Charlie ihn nicht verstand. »Das ist der Likör, der von der Weinproduktion übrig bleibt.«

»Vor oder nach der Gärung?« Charlie trank noch einen Schluck, beeindruckt von der kühlen, köstlichen Süße. Das Getränk konnte man sicher sowohl als Aperitif als auch zum Dessert oder zum Käse servieren.

Der alte Mann zuckte mit den Schultern. »Das ist die Flüssigkeit, die von den gepressten Trauben und von der Haut, den Kernen und Stängeln übrig bleibt. Allerdings setzt die Gärung schon ein, wenn der Saft ausgepresst wird.«

»Dieser Ratafia schmeckt unglaublich gut.«

»Ja, vor allem ihrer, und darauf ist sie ganz stolz. Madame Delancré achtet auf einen guten Geschmack. Aber hier im ganzen Umkreis macht jede Familie Ratafia, Monsieur. Wir alle haben Flaschen davon zu Hause, für den Fall, dass Gäste kommen. Manche Frauen backen auch damit oder fügen ihn anderen Getränken hinzu.«

»Wozu denn?«, fragte Charlie fasziniert.

Dem alten Mann schien es nichts auszumachen, Charlie etwas beizubringen. »Ich kenne Häuser, die ihren Ratafia an Hersteller verkaufen, deren Aperitifs nach Zitrone,

Kirsche, Aprikose, ja, sogar nach Anis schmecken ... Kennen Sie Grappa?«

Charlie schüttelte den Kopf.

»Kommt aus Italien. Jedes Land hat seinen eigenen Tresterschnaps.«

»Ratafia«, sinnierte Charlie. Der Klang des Wortes gefiel ihm. »Er schmeckt so süß.«

»Mögen Sie ihn?«

»Ja«, bestätigte Charlie und leerte sein Glas auf einen Zug. Dann stand er auf. »Guten Tag, Étienne. Danke.«

»Kommen Sie gern wieder. Ich habe genug davon.« Charlies neuer Freund grinste und winkte zum Abschied.

Charlie betrat den unterirdischen Gang und brachte mit Kreide eine Markierung an, sobald er abbog. Vielleicht verirrte er sich ja. Er besaß nicht Sophies Kindheitserfahrung und vertraute seinem Orientierungssinn nicht allzu sehr. Hier in der Dunkelheit, die nur ganz schwach von einem Lichtschein erhellt wurde, formte sich eine Idee in seinem Kopf, die nur etwas mit Chemie zu tun hatte.

Unter dem Vorwand, die Ernte beaufsichtigen zu müssen, die dieses Jahr früh eingebracht werden sollte, war Sophie in Reims geblieben. Das war eine gute Entschuldigung. In Épernay wäre sie nur von Erinnerungen überwältigt worden. Und die musste sie verdrängen, nachdem ihre Nachforschungen doch keinen Erfolg hatten. Am Tag zuvor hatte sie jedoch den Mut zur Rückkehr gefunden und war im Schutz der Nacht nach Hause gekommen.

Bald würde Louis aus Paris anreisen, um ihr die Nachricht zu überbringen, dass es nach der Entdeckung der Uniformjacke Papiere gab, die bestätigten, dass Jerome zu den unbestätigten Toten gehörte und nicht länger als vermisst galt. Eine einfache Änderung der Wortwahl hätte ihr ganzes Leben geändert. Jetzt war es an der Zeit, Jeromes Kleidung ein für alle Male zusammenzupacken und sie an Bedürftige zu verschenken. In den drei Jahrzehnten, die er gelebt hatte, hatte Jerome nicht viel Eigenes erworben. Als Bruder besaß er jedoch viel. Zusammen mit Louis hatte er das weitläufige Anwesen der Familie in Avize geerbt, die Weinberge mit ihrem Zubehör und allen Besitz seiner Eltern. Trotz seines Reichtums hatte Jerome jedoch nicht viel für sich selbst ausgegeben. Er war nicht raffgierig, und solange Sophie ihn kannte, hatte er nie etwas anderes gewollt als sie. Er trug keinen Schmuck, wollte kein Auto. *Warum, wenn die Pferdekutsche mir gute Dienste leistet?* Neue Möbel bedeuteten ihm genauso wenig wie neue Schuhe und neue Kleidung. Jerome bevorzugte abgetragene Sachen.

»Ich habe es gern bequem. Ich trage gern Sachen, die zu meinem Leben gehören«, hatte er gesagt, als sie seine Weinberghose zum x-ten Mal geflickt hatte.

Ihr Ehemann begehrte wenig.

»Nur dich. Du bist mein ganzes Verlangen. Dein Glück. Deine Gesundheit. Deine Liebe. Was dich glücklich macht, stimmt auch mich froh.«

Deshalb gab es nur wenige Dinge im Haus, die an die vier Wochen erinnerten, die sie als Mann und Frau hier gelebt hatten. Außer seinem Kompass vielleicht, den er ihr in der letzten Nacht in die Hand gedrückt hatte, als sie zusammengelegen und geweint hatten.

»Behalt ihn! Ich habe ihn hier drinnen«, hatte er gesagt und die Hand aufs Herz gelegt. »Du bist mein wahrer Norden. Den Rückweg zu dir werde ich immer wieder finden.«

Sophie lehnte sich an die Wand und blickte aus dem Fenster ihres Dachbodens in Richtung Avize, wo Jerome geboren worden war, und ihre Tränen flossen. Niemand war bei ihr, aber das war auch nicht nötig. Sie weinte für sich allein, weil sie die neuesten Nachrichten verarbeiten musste. Schlimmer noch, sie musste einsehen, dass Louis seinen Willen durchgesetzt hatte. Charlie wäre nur noch eine schöne Erinnerung, an der sie sich von Zeit zu Zeit erfreuen konnte. Sie waren nicht so weit gegangen, dass Charlies Verbleib gerechtfertigt gewesen wäre. In einem anderen Leben, in einer anderen Situation wären sie Liebende gewesen, ein starkes Paar, und sie hätten eine gute Ehe geführt. Der Krieg hatte sie zusammengebracht, und nun mussten sie sich wieder trennen. Sie wusste, dass sie richtig handelte. Jetzt war offiziell bestätigt worden, dass Jerome noch leben musste. Nachdem sie immer noch keinen Zucker bekommen hatte und der Krieg weiterging, musste sie für den diesjährigen Champagner eine Entscheidung treffen.

Auch wenn es sie quälte, dachte sie noch einmal an ihr letztes Telefongespräch mit Jean vom Roten Kreuz.

»Sind Sie überzeugt, Monsieur, dass mein Mann nicht hilflos umherirrt, so verwundet, dass er sich nicht an den eigenen Namen erinnert?«

»Das bezweifle ich«, hatte Jean mit Nachdruck erwidert. »Ich verstehe Ihren Schmerz, Madame, und verstehe, dass Sie noch immer hoffen. Sie sind in Ihrem Leid nicht allein. Es gibt so viele Frauen, die nicht wissen, wo ihre Männer gefallen sind.« Sophie hatte eine Weile geschwiegen, unfähig zu einer Antwort. Verzweifelt hatte sie sich auf den Knöchel gebissen. Sie unterdrückte ein lautes Schluchzen, wenn sie sich vorstellte, wie sich Jerome bei seinen letzten Atemzügen keuchend an die Kehle griff, bis ihn der Schlamm verschluckte. Eilig fuhr Jean mit den Formalitäten fort. »Nach der Entdeckung seiner Jacke und seiner Ausweispapiere passen wir Jeromes Status entsprechend an. Das Rote Kreuz betrachtet ihn nun offiziell endgültig als vermisst.«

Eine nette Art, um seine Worte zu umschreiben. *Es gibt keine Hoffnung mehr. Betrachten Sie Ihren Mann als tot ... und machen Sie weiter mit Ihrem Leben, wie es auch Millionen anderer Frauen tun.* Natürlich sagte er nichts davon laut, sondern blieb höflich und mitfühlend.

»Ich spreche Ihnen mein tief empfundenes Beileid aus, Madame Delancré«, erklärte er freundlich.

Und jetzt musste sie sich also damit abfinden, Louis zu heiraten. Dann bliebe sie Jerome treu und würde seine Weinberge weiterführen, in seinem Namen Champagner produzieren und einen Sohn gebären, damit der Name erhalten blieb. Bei dem Gedanken überlief sie ein Schauer. Es gab keine Entschuldigungen mehr. Sie hatte weder Zeit noch Zucker.

23

Épernay
August 1918

Seit jenem Telefongespräch waren vierzehn Tage vergangen. Sophie hatte sich in die Arbeit im Hospital gestürzt, kaum mehr als einige Stunden in der Nacht geschlafen, weil sie sich lieber ablenken und um die Sorgen anderer Menschen statt um die eigenen Probleme kümmern wollte. Jerome war immer gegenwärtig, wenn sie allein war und schlafen wollte, verwundert darüber, dass sie nicht erschöpfter war. Er sagte immer, sie solle ihn vergessen, ein neues Leben beginnen, schließlich sei sie jung und reich, könne sich noch auf viele Jahre freuen und so viel Liebe geben ... vor allem Kindern.

Und doch, als sie vor zwei Tagen nach Épernay zurückgekehrt war, um die Erinnerungen an Jerome wegzupacken, war er auf einmal in ihrem unruhigen Schlaf erschienen und hatte ihr genau das Gegenteil vermittelt.

Such nach mir! Lass mich nicht sterben!

Sie zwang sich zum Aufwachen. Als sie auf die Uhr blickte, stellte sie fest, dass sie kaum zwei Stunden geschlafen hatte. Und die ganze Zeit über war Jerome in ihrem Traum gegenwärtig gewesen. So ging es nicht weiter. Sie funktionierte zwar, aber wie eine Aufziehpuppe. Sie musste endlich ihr Leben wieder in die Hand nehmen, wie sie es getan hatte, bevor Jerome im Krieg vermisst wurde. Der Krieg war gewonnen, die Deutschen zogen sich zurück. Sie hatten nichts erreicht außer Albträumen, Schmerz, Furcht, Tod und Zerstörung in ganz Europa, auch in ihrem eigenen Land.

Vielleicht war dies der richtige Zeitpunkt für Neuanfänge. Sophie war ohne Ankündigung nach Épernay zurückgekehrt, hatte zwar Ausschau nach Charlie gehalten, aber gleichzeitig gehofft, ihn nicht zu sehen. Sie hatte sich auf ihren Dachboden zurückgezogen, nichts gegessen und ihre Mitbewohner in Sorge versetzt, während sie sich mit ihrem Schmerz auseinandersetzte und einen Waffenstillstand zu schließen versuchte. Nach zwei Tagen schließlich hatte sie gebadet, sich angezogen, ein kleines Frühstück zu sich genommen und ihren Angestellten versichert, dass es ihr gut gehe.

»Vor zwei Wochen ist mein Mann für tot erklärt worden, und das habe ich jetzt angenommen. Seit diesen Nachrichten hat sich nichts geändert«, erklärte sie den besorgten Mitarbeitern, die im Salon standen. »Es verstärkt nur, was wir alle hinnehmen müssen.«

»Es tut uns allen sehr leid, dass die Nachricht die Wunde wieder geöffnet hat, Madame«, sagte die Haushälterin.

Sophie lächelte ihr treues Personal an. Jeder von ihnen hatte einen wichtigen Menschen verloren. »Wir alle teilen die Trauer des anderen. Danke für eure Freundlichkeit!« Nach Charlie wollte sie nicht fragen, obwohl ihr die Frage auf der Zunge lag. Sie lächelte traurig. »Nun ist es an der Zeit für mich, in die Keller zurückzukehren. Es gibt viel zu tun.«

Später am Morgen setzte sie sich mit dem Küchenpersonal zusammen. Sie wollte zeigen, dass sie sich wieder voll auf ihre Rolle als Haushaltsvorstand konzentrierte und dafür sorgte, dass alles reibungslos verlief.

»Captain Charlie hat nach Ihnen gesucht, Madame«, sagte die Köchin und rührte in dem Topf, der auf dem Herd stand. Sie hatte ihr in den letzten Tagen immer wieder Essen hinaufgeschickt, und Sophie hatte ein schlechtes Gewissen, weil sie es nie angerührt hatte.

»Ach ja?«

»Er fragt ständig nach Ihnen«, fügte die Köchin hinzu.

Sophie wusste, dass sie ihre kluge Köchin nicht hinters Licht führen konnte. Marie war seit zwanzig Jahren im Haus, kannte sie schon, als sie noch ein Mädchen gewesen war und sich ein Törtchen stibitzt hatte, bevor es abgekühlt war.

Es roch nach Gemüsesuppe, die für das große Mittagessen gekocht wurde. Der Duft nach frisch gebackenem Brot erfüllte die Luft. Es war von dem Mehl gebacken worden, das Sophie mitgebracht hatte. Sie blinzelte. »Nun, das ist nett von ihm. Ich treffe ihn bestimmt.«

»Er hat erwähnt, dass er jeden Tag mit Adeline in den Kellern arbeitet«, erklärte Marie über die Schulter hinweg. Ihr Tonfall klang beiläufig, aber ihr Blick sagte etwas anderes. Sophie wusste, dass die Köchin Charlie ins Herz geschlossen hatte. Sie hätte bestimmt nichts dagegen einzuwenden gehabt, wenn Sophie sich auf eine Liebesbeziehung mit dem englischen Captain eingelassen hätte.

»Ich verstehe. Danke. Ich schaue auf jeden Fall nach ihm.«

Sie verließ das Haus durch den Hintereingang und eilte über den Weg neben dem Garten zu den Kellern. Sie hörte kein Geschützfeuer, es roch nicht nach Kordit. *So war es früher*, dachte sie verwundert. Der Gedanke durchbrach ihre

Trauer, als sie die Treppe zum unterirdischen Labyrinth hinunterstieg.

»Was jetzt?«, fragte sie laut und wusste, dass die Keller lauschten. Immer schon hatte sie ihren Gedanken zugehört, wenn sie als Kind hier herumgelaufen war. Die Keller hatten zugehört, wenn sie als Sechs- oder Siebenjährige vor scheinbar unlösbaren Problemen gestanden hatte, die in Wirklichkeit ganz banal waren. Sie hatten ihre Verzweiflung über Jeromes Verlust mitbekommen, Sophie festgehalten, sie beruhigt und ihr geholfen, die vergangenen Jahre zu überstehen. Zwar antworteten die Keller nie, aber sie gewährten ihr den Raum und den richtigen geistigen Rahmen, um über ihre Probleme nachzudenken. Und auch jetzt eilte sie durch die unterirdischen Gänge, atmete die mineralhaltige Luft tief ein und vernahm ihren beruhigenden, stummen Rat.

Charlie hörte das Knirschen von Schritten, drehte sich aber nicht sofort um. Vielleicht war es einer der anderen Arbeiter, die in dieser Welt unter Épernay ihrer lebenslangen Tätigkeit nachgingen.

Sophie erreichte ihn, als er gerade eine Laterne hochhielt, um den riesigen Raum in diesem Teil der Keller auszuleuchten.

»Dieser Bereich erinnert mich immer an eine Kathedrale«, sagte sie und durchbrach die Stille. Es war die Stimme, nach deren Klang er sich so gesehnt hatte, doch als er sie jetzt hörte, überfiel ihn Traurigkeit. Hoffentlich fand er die richtigen Worte, um ihr seine Entscheidung mitzuteilen.

»Wie geht es dir, Charlie?«, fragte sie, als er sich umwandte.

Er zog die Hand aus der Schlinge und überraschte sie damit, dass er die Faust öffnen und schließen konnte. Seine

Finger fühlten sich immer noch steif an, aber seine Hand gehorchte wieder seinen Kommandos. »Die Übungen helfen mir«, bemerkte er.

Sophie lächelte. »Das sind gute Nachrichten, Charlie. Ich freue mich, das zu hören.« Ihre Haut war fahl, ihre Wangen wirkten eingefallen.

»Sophie, warst du krank?«

»Ich war traurig, Charlie. Nicht trauriger als alle anderen, die mit diesem Krieg leben müssen. Ich spürte aber, dass ich meine Trauer allein tragen muss.«

Charlie runzelte die Stirn. »Warst du in Reims?« Er klang anklagend, dagegen konnte er sich nicht wehren.

»Ja.« Sie senkte den Blick, als schäme sie sich für ihre Abwesenheit, doch dann hob sie das Kinn. Vielleicht hatte sie sich ja ins Gedächtnis gerufen, dass sie niemandem – und ganz bestimmt nicht ihm – Rechenschaft schuldig war.

Er nickte nur. Bei unzähligen Gelegenheiten hatte man ihm vorgeworfen, dass sein Schweigen andere verrückt machte. Auch jetzt wartete er darauf, dass Sophie weiterredete.

»Es ist schön, dich zu sehen«, sagte sie.

Er hörte ihr Zögern. »Es ist schön, *dich* zu sehen«, antwortete er. Eine verlegene Pause entstand, in der sie sich nur ansahen. *Na los, Charlie!*, mahnte er sich. *Ihr habt beide genug gelitten.* »Hör zu, Sophie!«, begann er in sanfterem Tonfall. »Ich habe auf dich gewartet, weil ich nicht gehen wollte, ohne mich von dir zu verabschieden.«

Sie konnte ihren Schrecken nicht verbergen. »Du gehst?«

»Gaston hatte recht. Ich sollte nach meinen Leuten suchen.«

»Der Krieg ist so gut wie vorbei. In der Schlacht von Amiens ist ...«

»Ich weiß, Sophie. Aber ich fühle mich hier fehl am Platz. Jede Minute, die ich länger bleibe, bewege ich mich in den Fußstapfen eines anderen Mannes.«

»Charlie ...«

»Lass mich ausreden!«, bat er leise. »Alles, was ich über Jerome höre, zeigt mir, dass du und er füreinander bestimmt sind. Es war gut, dass wir eine gewisse Distanz bewahrt haben. Was in deinem Dachboden geschehen ist, können wir als Fehler, als Missverständnis, als falsches Urteil begreifen.«

Sie durchbohrte ihn mit einem Blick, der ihm sagte, dass er sie beleidigt hatte. »Es war nichts dergleichen.«

Er öffnete die Handflächen, froh darüber, dass auch seine versehrte Hand ihm gehorchte. »Mir macht es das Herz leichter, wenn du in dem Bewusstsein weiterlebst, dass wir uns in jenem Augenblick beide vergessen haben.«

Sophie nickte zögernd.

»Ich liebe dich, Sophie, aber ich gehe, weil jede Minute mit dir es mir schwerer macht. Ich sollte aufrichtig sein und dir für diese erzwungene Trennung danken. Sie hat mir die Zeit gegeben, meine Gedanken zu ordnen ... und mein gesunder Menschenverstand hat gesiegt. Obwohl es mir das Herz zerreißt, bewundere ich deine Entscheidung, Jerome die Treue zu halten und weiter darauf zu hoffen, dass er gefunden wird. Kein Soldat kann mehr von der Frau erwarten, die er zurücklässt. Vielleicht ist es genau diese Einstellung, die Jerome irgendwo am Leben erhält. Und wenn er eines Tages zu dir zurückkehrt, können wir im Stillen einander danken, dass wir ihn auf diese Weise geehrt haben.«

Er nickte ermutigend, damit sie ihm zustimmte.

»Charlie, Jerome kommt nicht nach Hause zurück.«

Er sah die Tränen in ihren Augen. »Warum sagst du das jetzt?«

»Weil es bestätigt wurde.«

Er blinzelte. Es dauerte eine Weile, bis er die Worte begriff. »Er ist tot?«

Sie zuckte zusammen. »Man hat seine Uniform und jetzt auch seine Ausweispapiere gefunden. Sie waren voller Blut. Vermutlich wegen unserer Geschichte habe ich die Nachforschungen beim Roten Kreuz mit Nachdruck betrieben. Und dann kam dies ...« Sie zog ein zerknülltes Stück Papier aus der Tasche. Ihre Stimme bebte. »Ich ... äh ... habe es aufgeschrieben, damit ich mir nicht alles nur einbilde.«

Schmerzerfüllt starrte Charlie sie an. Die Nachrichten mochten nur sie etwas angehen, aber letztlich betrafen sie auch ihn. Seine Entscheidung hatte sich nicht geändert. Sie war noch nicht bereit, einen anderen Mann zu lieben, aber jetzt fiel es ihm noch schwerer, sie zu verlassen. »Was hat man dir gesagt?«

Schniefend wischte sie sich über die Wangen, aber ihre Tränen liefen immer weiter. Sie räusperte sich, damit sie sprechen konnte. Ihre Stimme zitterte, als sie ihm vorlas, wo die Dinge gefunden worden waren, nämlich in dem Gebiet, in dem der Giftgasangriff stattgefunden hatte. Es gab Zeugenberichte. »Anscheinend konnten viele noch weiter als zwei Kilometer weit laufen, bevor das Gas sie endgültig niederstreckte. Viele Leichen von Jeromes Einheit wurden dort gefunden.« Sie schniefte wieder. »Ich will es gar nicht weiter vorlesen.«

»Hat man ihn denn auch gefunden?«

Sophie schüttelte den Kopf. »Aber seine blutige Uniformjacke und die Papiere. Man riet mir, jegliche Hoffnung aufzugeben.«

»Du sagtest, er habe anderen geholfen. Das Blut könnte auch von einem Kameraden stammen«, warf Charlie ein.

Sie nickte. »Das habe ich auch gesagt. Aber die Behörden glauben fest daran, dass er mit all den anderen tief im flandrischen Schlamm begraben ist. Man hat seinen Status in *dauerhaft vermisst* geändert, was eigentlich nur *im Feld gefallen* heißt. Und man wird nicht weiter nach ihm suchen.« Sie zitterte am ganzen Körper, aber ihre Stimme klang fest. »Offenbar hat man die Geduld mit mir verloren ... selbst Louis weigert sich, noch weiter nachzufragen.«

Er trat einen Schritt auf sie zu, und sie ließ sich von ihm in die Arme schließen, um an seiner Brust zu schluchzen.

»Mit dem Verstand wusste ich natürlich, dass er tot sein musste«, murmelte sie mit erstickter Stimme. »Wäre er noch am Leben, ob im Lazarett oder im Gefangenenlager, hätte ich nach über drei Jahren bestimmt etwas von ihm gehört. Aber mein Herz wollte ihn einfach nicht gehen lassen.«

Charlie schwieg und hielt sie einfach nur fest umschlungen.

»Geh bitte noch nicht, Charlie! Bleib nur noch ein paar Tage. Ich brauche deine Freundschaft.«

Er löste sich von ihr und sah sie an. Sein Gesichtsausdruck spiegelte wider, wie zerrissen er war. »Ich bleibe bis nach der Weinlese.«

»Danke.«

Charlie stieß die Luft aus. Wie gern hätte er sie mit einem Kuss getröstet, aber das hätte zusätzliche Komplikationen bedeutet, die sie vielleicht vermeiden wollte. »Komm! Sollen wir ein bisschen spazieren gehen? Ich weiß, dass du die Keller liebst, aber frische Luft tut dir bestimmt gut.«

Während sie gingen, fühlte Charlie den Schwebezustand, in dem er sich befand, besonders stark. Die Zuneigung, die sie füreinander empfanden, war zu ihrem Besten auf Eis gelegt. Er hätte es nur schwer erklären können, aber er wusste, dass Sophie sein Verhalten verstand. Sein Verlangen nach ihr hatte indessen nicht nachgelassen. Sie brauchte ihn nur anzusehen, und er würde ihr jederzeit sein Herz und sein ganzes Leben zu Füßen legen. Dieser aus Vernunft geborene Waffenstillstand zwischen ihnen konnte und würde nicht andauern, und er war froh, dass er ein absehbares Ende hatte. Nur ungefähr eine Woche.

Im Chardonnayweinberg ließen sie sich nieder. Hier waren die Trauben schon geerntet und gärten bis zum nächsten Frühjahr in Fässern. Dann würden sie sich durch die Magie der Winzerin in Champagner verwandeln. Auch in den anderen Weinbergen wurden die Trauben, die später reif wurden, von den Stöcken geerntet.

Sophie und Charlie teilten sich eine Flasche Champagner von 1915. Beide wussten, dass dies ihr letzter privater Moment war. Deshalb hatte Sophie beschlossen, zum Abschied eine Flasche ihres besten Jahrgangssekts zu öffnen.

»Was schmeckst du?«, fragte Charlie, um sie auf andere Gedanken zu bringen.

»Trauer«, flüsterte sie, und er spürte, dass sie es ernst meinte.

»1915 war für uns beide ein schreckliches Jahr.«

Sie nickte. »Champagner trinkt man am besten auf einem Fest oder wenn man gute Laune hat. Er liebt Glück, und er sollte so schmecken, als ob man sich verliebt. Wer ihn trinkt, sollte ein bisschen beschwipst sein, aber auf gute Art, als ob im Moment des prickelnden ersten Schlucks das Leben selbst einen anregt.«

»Wie ein erster Kuss?« Er ärgerte sich über die Worte, die ihm da herausgerutscht waren.

Sophie lächelte und schien es nicht als spitze Bemerkung zu betrachten. »Wie Dutzende von Küssen mit jemandem, dem man nicht widerstehen kann.« Rasch wandte sie sich wieder dem Champagner zu. »Das ist unser bester. Ich schwöre, ich schmecke Schießpulver darin.«

Charlie wechselte das Thema. »Wie geht es Gaston?«

»Ich habe nichts von ihm gehört.«

»Er ist im Moment bestimmt sehr beschäftigt. Bald schon wird er wieder zu deinem Leben gehören. Was ist mit Louis?«

»Im Moment grollt er mir und sieht über mich hinweg. Aber auch das wird sich ändern, da bin ich mir sicher. Du wirst mir fehlen, Charlie.«

Er schüttelte den Kopf. Dazu wollte er nichts sagen. »Erzähl mir etwas über den Wein aus diesem Weinberg! Möglicherweise ist es meine letzte Unterrichtsstunde bei dir.«

Sophies Blick ruhte länger auf ihm, als ihm lieb war, und er schlug die Augen nieder.

»Wie ich schon sagte, ist Chardonnay eine Göttin mit unterschiedlichen Persönlichkeiten, je nachdem, wo sie wächst. Sie ist zu wichtig, als dass man sie lange hinhalten kann. Deshalb wird sie als Erste geerntet.«

»Sprich weiter!« Er pflückte eine Traube und zerdrückte sie im Mund. Seine Augen weiteten sich.

»Süß, nicht wahr?«

»Ja«, wunderte er sich. »Überraschend süß.«

»Die meisten denken, Tafeltrauben seien süßer, aber das ist ein Irrtum. Und hast du bemerkt, wie dick die Haut ist?«

Er nickte.

»Voller Geschmack, deshalb stellen wir hauptsächlich Wein aus diesen Trauben her.«

Charlie spuckte die Schalen aus. »Wie viele Trauben brauchst du für ein Glas Champagner?«

Sie lachte. Ein herrliches Geräusch, wie er fand. »Das

prüfen wir nicht so genau nach«, meinte sie und hob die Schultern.

»Ungefähr!«, ermutigte er sie.

Sophie zuckte mit den schmalen Achseln. »Vielleicht eine durchschnittliche ganze Traube ... wie die da, von der du gerade gegessen hast.«

»Und diese Göttin ...?«

»Nun, wie du gemerkt hast, ist sie süß, wenn sie reif ist.«

Er nickte.

»Und sie ist kapriziös.«

»In welcher Hinsicht?«

»Sie neckt dich. Manchmal kann sie ganz zart sein ... als wolle sie flirten.« Sie lächelte. »Aber sie kann auch je nach Terroir erstaunliche Geschmacksrichtungen annehmen ... äh ... verstehst du diesen Ausdruck?«

Charlie runzelte die Stirn. »Der Boden?«

»Ja, die Landschaft. Wo sie wächst. Was wächst hier?« Sie deutete auf die Erde, die von so dunklem Rot war, als wäre sie mit Blut getränkt. »Was gibt *dieser* Erde ihren Geschmack?«, fragte sie. »Chardonnay kann neutral sein und einfach nur den vorhandenen Geschmack absorbieren, aber bei der Champagnerherstellung spiegelt er den Geschmack der Erde wider. Es kann ein ganz strenger mineralischer Geschmack sein ... als ob ein Stahlschwert hindurchführe.«

Charlie lachte. »Wenn du es so beschreibst, sehe ich es im Geist richtig vor mir.«

»Die Erde kann auch fruchtig sein, als ob man in einen frischen Apfel beißt. Bei hundert Prozent Chardonnay erreichst du fast immer eine sehr trockene, kühle, zitronige Note. Stell dir vor, du reibst über die Haut einer Zitrone! Genau das bekommst du.«

»Hat Chardonnay denn keine eigenen Charakteristika?«

»Ah ... nein. Diese Annahme wäre falsch. Ich sagte, sie *kann* neutral sein, aber sie ist es nicht immer. Manchmal ist sie stark und verwirrt uns mit etwas Marmeladigem wie Aprikose. Oder sie erstaunt uns mit würzigem Anis- oder sogar Ingwergeschmack.«

Er lachte. »Wie kann das sein?«

»Du solltest von dieser Traube wirklich beeindruckt sein«, meinte Sophie und drohte Charlie spielerisch mit dem Finger. »Sie ist ein Chamäleon.«

»Ich merke dir an, dass du beeindruckt bist.«

»Ich liebe sie. Sie ermutigt mich, über alles hinauszugehen, was früher war, die Tradition zu missachten, Menschen wie meinen Vater, meinen Großvater, seinen Vater und so weiter nicht zur Kenntnis zu nehmen. Sie will, dass ich alle Erfahrungen hier in Épernay missachte, die wir sonst immer beachtet haben.«

»Und was sollst du stattdessen tun?«

»Rebellisch sein. Jerome erwartete das immer von mir. Die Chardonnaytraube will, dass ich meinen Champagner nur aus ihren Trauben herstelle. Sie glaubt nicht, dass wir die anderen brauchen. Deshalb schenkte mir Jerome diesen Weinberg zur Hochzeit.«

Der Chemiker in Charlie war fasziniert. Da hatte jemand gewagt, sich vom Bekannten und Vertrauten zu entfernen. »Und was würde passieren, wenn du es tatsächlich tätest?«

Sophie lächelte nachdenklich. »Ich würde mich für einen Jahrgang auf die kapriziöse Natur dieser Traube verlassen. Allerdings könnte das eine ganze vergeudete Ernte bedeuten, ein Jahr Arbeit für alle Beteiligten ... all die Mühsal, die Anstrengung, die Zutaten und ...«

»Warum hast du es nicht bereits versucht?«

»Ich ziehe es offenbar vor, davon zu träumen. Ich habe Angst vor der Realität.«

»Gut, dann erklär mir doch, warum es dir wichtig ist, abgesehen von den Geschmacksgründen, die du beschrieben hast!«

»Nun, es reizt mich, weil Chardonnay weniger Zucker braucht, und das bedeutet größere Reinheit. Die Beziehung zwischen der Traube und mir würde vollkommen auf Vertrauen basieren. Sie würde darauf vertrauen, dass ich sie zum richtigen Zeitpunkt pflücke, sie sanft presse, ihren Saft rasch heraushole, weil ich tief im Herzen daran glaube«, sagte sie und legte eine Hand auf die Brust. »Ich glaube, sie weiß, was ich als Nächstes tun muss ... die Gärung ist schon in ihr angelegt. Du hast ihre reife Süße geschmeckt. Ich habe das Gefühl, sie könnte alles allein vollbringen. Aber wenn sie mich bräuchte – und ich würde die ganze Zeit dabei sein –, dann könnte ich sie ausgleichend unterstützen. Wir wären wie zwei aufeinander eingespielte Akrobaten, die sich bei ihren Flügen durch die Luft völlig vertrauen.«

Charlie pfiff anerkennend. »Du musst es einfach tun.«

»Bis zum Kriegsausbruch nahm ich Rücksicht auf Jeromes Weinstöcke, seine harte Arbeit und unseren geringen Chardonnayanbau.«

»Aber du hast doch gerade gesagt, dass er dich ermutigt hat ... er wollte doch, dass du genau das tust.«

»Er war ein großzügiger Mann, aber seine Trauben lagen ihm wie seine Kinder am Herzen. Nie ließe er zu, dass sie missbraucht oder für selbstverständlich gehalten werden ... oder aus einer Laune heraus eingesetzt werden.«

»Ach, komm, Sophie! Wirklich?«

»Chardonnay ist kostbar. Wir dürfen ihn nicht für meine Spielerei ... für ein Experiment verschwenden.«

»Versprich mir, dass du diesen Champagner eines Tages kreierst!«

Sie stieß ihn liebevoll an. »Ich verspreche es.«

Das Bedürfnis, sie zu küssen, wurde übermächtig, stattdessen aber ging er schneller. Er war entschlossen, sich nicht mehr auf dieses Abenteuer einzulassen.

Wie gern hätte er seine Finger mit den ihren verschränkt, wie die verschlungenen Weinreben ringsum, die nicht ordentlich in Reihen wuchsen. Der Wissenschaftler in ihm wollte Ordnung, gerade Reihen, ordentlich aufgebundene Reben. Vielleicht. Aber er sollte sich nicht einmischen. Das Wissen von Generationen hatte dieses Paradies hervorgebracht. Also widerstand er dem Verlangen, ihre Hand zu ergreifen. »Erzähl mir vom diesjährigen Wein!«

»Nun, unabhängig von meinem privaten Traum sind die drei traditionellen Trauben alle Königinnen. Chardonnay – meine Lieblingstraube – habe ich zu einer Göttin herangezogen, aber alle sollten als Majestäten angesprochen werden.«

Charlie lachte leise. »Vermutlich bringt jede Traube ihre besondere Gabe mit, damit der Schaumwein großartig wird.«

»Genau«, erwiderte sie. Ihre Augen funkelten wie der Champagner, den sie herstellte. »Bei idealer Balance schmeckst du die Vollkommenheit dreier unterschiedlicher Königinnen, die zusammen ein majestätisches Glas ergeben.«

»Ich möchte alles lernen. Beschreib mir alles!«

»Chardonnay kennst du jetzt gut. Du hast sie geschmeckt und hast ein Gefühl dafür. Ich teste dich am besten einmal. Wenn wir den Winter außer Acht lassen, weil dann die Landschaft schläft und meine Weinberge sich in ihren

Armen entspannen ... Ah, ja«, unterbrach sie sich. »Die Landschaft hält die drei Majestäten im Arm. Sie kümmert sich um sie, liebt sie, beschützt sie.«

Sophie, Charlies Liebe zu ihr, ihre Stimme, ihre Geschichten ... sie ließen ihn zum Leben und zur Sonne zurückkehren, sodass ihn die düsteren Gedanken aus den Schützengräben nicht länger umfingen. Ob sie wohl wusste, wie sehr er sie brauchte und wie schwer es ihm fallen würde, sie in einer Woche zu verlassen?

»Wenn wir also den Winter beiseitelassen«, fuhr sie fort, »haben wir drei Jahreszeiten. Wenn du dem Chardonnay eine Jahreszeit zuordnen müsstest, welche wäre das?« Sie blickte ihn drängend an, offensichtlich sollte er unbedingt die richtige wählen. »Was meinst du?« Sophie legte ihm die Hand auf die Brust. »So stelle ich Champagner her ... mit Gefühl, mit meinem Herzen.«

Charlie holte tief Luft. Um ihretwillen wollte er alles richtig machen. Chardonnay. Die Traube war süß gewesen, aber nicht so überwältigend süß, dass er nicht auch das geschmeckt hatte, was Sophie erwähnt hatte: Apfel und eine Zitrusnote.

»Welche Farbe ist dir in den Sinn gekommen, Charlie?« Sie reichte ihm eine Traube. »Probier noch einmal!«

Er zerdrückte die Traube im Mund, und die erste Farbe, die ihm dabei einfiel, war grün. Er untersuchte den Geschmack genauer und stellte fest, dass es ein gedämpftes Grün war, wie ein reifender junger Apfel. Aber dann schmeckte er die Sonne, nicht heiß und hell, sondern eher wie die Wärme am Morgen. Gelb mischte sich mit dem harten Silberschein des Mondes. Das war weder Sommer noch Herbst. »Frühling«, stieß er hervor und hätte am liebsten den Atem angehalten. *Bitte, lass mich recht haben!*, dachte er. Er hatte das Gefühl, den wichtigsten Test abgelegt zu haben, der je von ihm verlangt worden war.

Sophie kreischte vor Freude. »Charlie, mein Charlie. Ja! Chardonnay ist Frühling.«

»Und jetzt beschreibst du, welche Art von Frau sie ist«, verlangte er. »Du liebe Güte, das war anstrengend«, gestand er und stieß die Luft aus. »Ich hatte schreckliche Angst, es falsch zu machen.«

»Du kannst es nicht falsch machen ... es ist wie Kunst. Es geht darum, was *du* fühlst und siehst, und um deine Erfahrung beim Schmecken. Aber ich bin froh, dass du meine Sicht teilst.« Strahlend vor Freude sah sie ihn an. »Die Frau hinter dieser Traube ist chic. Kennst du dieses Wort?«

Er nickte.

»Sie ist kenntnisreich ... sie spielt gut Tennis, ist aber auch sehr belesen. Sie ist sportlich, liebt aber auch die Kunst, klassische Musik und ist doch in ihrer Ausstrahlung ganz Avantgarde. Sie kann auf einer Party auftauchen, alle blendend unterhalten und wieder verschwinden.«

»Wohin?«

»Zur nächsten Party natürlich!« Sophie tat entsetzt, dass er das nicht wusste. »Sie hat etwas Leichtlebiges. Du kannst ihr zusehen, sie aber nicht berühren. Sie ist unerreichbar; für dich da, aber niemals ganz. Verstehst du das?«

»Ja, natürlich.« *Du bist Chardonnay, Sophie*, dachte er, während er ihr zuhörte. Wenn sie über Champagner sprach, wurde sie immer leidenschaftlicher und verlor sich in dem Thema. Sie war nur noch reine Freude und dachte nicht an den Krieg, an Not und Elend.

»Als Nächstes haben wir Pinot Noir. Das ist eine Traube, die den Champagner unvergleichlich macht. Sie ist spontan und kann Spaß machen, aber sie hat auch scharfe Kanten. Betrachte sie bloß nicht als selbstverständlich! Sie ist reif ... sie ist eine Mutter und daher stark.«

»Ihre Farbe?«

»Diese Königin hat alle Rottöne, vom ganz hellen Rot bis zum dunkelsten Braunrot. Sie ist immer warm, deshalb besitzt sie auch ein unvorhersagbares Temperament, das beruhigt werden muss.«

»Ihre Jahreszeit?«

»Was meinst du?«, fragte Sophie.

»Nun, bei der temperamentvollsten unserer Majestäten würde ich den Sommer wählen.«

»Und damit hättest du recht.« Sie lächelte. »Sommergewitter.«

»Ich liebe es, mit dir zu reden, Sophie. Ich könnte für den Rest meines Lebens an diesem Pflaumenbaum sitzen, und es würde mir reichen, nur deine Stimme und die Geschichten über deine Trauben zu hören.«

Sie strich ihm über die stoppelige Wange. »Wie viele Frauenherzen hast du schon mit solchen Worten erobert?«

Er schlug die Augen nieder. »Ich glaube, die meisten Frauen halten mich für einen Hallodri.«

»Was bedeutet das?«

»Nun, sie glauben, ich bliebe nicht lange bei ihnen.«

»Aber sie verlieben sich trotzdem in dich.«

»Das habe ich nicht gesagt.«

»Charlie, das musst du auch nicht. Jede Krankenschwester in Reims wollte dich pflegen. Du bist ein gut aussehender Mann, aber du bist verwundet. Das warst du schon vor dem Krieg ... ich glaube, der Krieg hat dir einen Vorwand gegeben, deinen Schmerz auszuleben.«

Er blickte sie an und wusste nicht, was er sagen sollte. Sie durchschaute ihn. Sophie war nicht nur die erste Frau, sondern überhaupt der erste Mensch, der ihn verstand. Kein Wunder, dass er bei ihr gesund geworden und aus der totalen Leere zurückgekehrt war. Sie war für jeden Mann ein Grund zur Rückkehr.

»Eine Traube fehlt noch«, sagte er ausweichend, um nicht auf ihre Feststellung antworten zu müssen.

»Ja. Es gibt Meunier. Sie ist eine freundliche, liebevolle Frau, die Großmutter. Sie besitzt edlen Schmuck, den sie sich mit der Zeit verdient hat. Allerdings trägt sie ihn nicht immer besonders geschmackvoll.«

Charlie lachte fröhlich. »Sie braucht Chardonnay und Pinot noir, um zu wissen, welchen Schmuck sie anlegen soll.«

»Genau! Zu dieser Traube gehören die Ocker-, Beige- und Brauntöne, und damit bildet sie einen schönen Hintergrund für die helleren Farben. Sie ist unser Herbst. Mild, aber nicht ohne Strenge, ebenso lebhaft wie herzlich. Sie bringt Weichheit und Abrundung, wo immer diese Eigenschaften gebraucht werden.«

»Also verwenden die Champagnerhersteller traditionell nur diese drei Traubensorten.«

»Sie verehren sie. Allerdings müssen sie ausbalanciert werden.«

»Und du, du Rebellin, willst aus diesen Traditionen ausbrechen.«

»Und nur eine einzige Königin ehren ... ja.«

»Du bringst das zustande.«

»Ich fürchte sie.«

»Du produzierst ja jetzt schon Champagner, der überall verehrt wird. Du weißt, was zu tun ist, wie du es angehen musst ... du fühlst es hier.« Er schlug sich mit der Hand aufs Herz.

»Und trotzdem habe ich meine Theorie noch nicht getestet.«

»Weil es Risikobereitschaft erfordert. Du warst dein Leben lang zuverlässig. Alle verlassen sich auf dich und vertrauen dir. Warum solltest du dich nicht auch einmal irren? Weil du dann die anderen und auch dich im Stich lässt? Trau dich doch einfach mal zu scheitern, Sophie! Vermutlich wirst du dabei nur gewinnen.«

Er sah ihr an, wie seine Worte sie erfreuten. Sie stand auf und reichte ihm die Hand, um ihn hochzuziehen. »Ich denke darüber nach, Charlie. Jetzt, da Jerome nicht mehr da ist, bin ich eher zu diesem Risiko bereit als je zuvor. Vielleicht nächstes Jahr im Frieden, wenn mein Chardonnay keine Angst vor Bomben, Feuer oder verängstigten Arbeitern haben muss ...« Sie seufzte. »Charlie, ich weiß, dass dies unser Abschied ist. Wir haben nur die zwei Worte *Leb wohl* noch nicht ausgesprochen. Darf ich dich denn umarmen, ohne ...«

Er nickte und sank in ihre Arme. Stumm hielten sie einander fest. Sie brauchten nichts mehr zu sagen, die Umarmung sagte alles.

Charlie küsste Sophie, ganz kurz nur, auf den Scheitel. Er räusperte sich. »Ich schreibe dir.«

»Das hoffe ich.«

Sie sahen einander verlegen an. Sie hatte niemanden, er hatte niemanden, und jetzt stand dieser schreckliche Schwager zwischen ihnen. Charlie hätte sie gern gebeten, noch zu warten. Sie sollte sich Louis vom Leib halten, und in einem Jahr würde er zurückkommen, um zu sehen, wie sie für ihn empfand. Aber er schwieg. Die Trennung war vollzogen. Nur Sophie konnte die Grenze überschreiten und ihre Zukunft ändern.

»Und ich hoffe, der Champagner, den du dieses Jahr herstellst ... von der Pressung letztes Jahr ...« Er verzog das Gesicht und hoffte, das Richtige zu sagen. Als sie nickte, fuhr er fort. »Ich hoffe, dieser Champagner wird ein Triumph. Für Frankreich, für Épernay, für das Haus Delancré. Ich werde in England danach Ausschau halten.« Als sie nicht antwortete, blickte er sie besorgt an. »Was ist los?«

»Ich kann dieses Jahr keinen Champagner herstellen.«

Verwirrt trat Charlie einen Schritt zurück. »Warum nicht?«

Traurig hob sie die Schultern. »Wir haben keinen Zucker mehr. Der letzte wurde für die Gärung der diesjährigen Pressung verwendet. Wir haben keine Möglichkeit, um den Champagner abzurunden und auszubalancieren.«

»Aber du musst doch keinen Zucker hinzufügen, oder?«

»Ich füge so wenig wie möglich hinzu, das stimmt. Manchmal ist es geradezu verschwindend wenig, aber ich muss Zucker dahaben, um gegebenenfalls den Alkohol auszugleichen. Einfach weiterzumachen, obwohl ich weiß, dass ich keinen Zucker habe, wäre unverzeihlich und verschwenderisch.«

Er seufzte enttäuscht. »Kannst du dir den Zucker denn nicht anderswo besorgen?«

Sophie ging weiter. »Niemand hat welchen. Ich hatte zu Beginn des Kriegs volle Lager, weil ich so gut wie gar keinen Zucker verbraucht habe. Ich ziehe Zuckerrohr vor und zahle lieber höhere Preise. Aber im Moment gibt es keinen Nachschub mehr, weder aus Afrika noch aus der Karibik. Zuckerrüben wachsen hier, aber ...« Sie seufzte niedergeschlagen.

»Wo wachsen Zuckerrüben?«, fragte er. Man musste sich doch irgendwie behelfen.

»Auf Feldern, die nur noch Schlachtfelder sind. Außerdem werden kaum noch Zuckerrüben angepflanzt, und was übrig ist, dient Menschen und Tieren als Nahrung. Wir müssen warten, bis das Land sich erholt hat und die Äcker wieder bestellt werden.«

Aber es steckte mehr dahinter, das sah er ihr an. »Und dann ist da noch Louis.«

»Er hat irgendwo eine Bezugsquelle für Zucker. Entweder weiß er, wo er ihn bekommt, oder er hat tatsächlich ein Lager angelegt, weil er wusste, dass Zucker im Laufe des Krieges knapp und begehrt wird.«

»Nein, Sophie, nein!«

»Du weißt, dass ich diese Entscheidung treffen muss.«

»Warte noch damit!«

»Worauf? Darauf, dass Zuckerrüben wieder ausreichend nachwachsen? Dass sich der Handel erholt und wieder Schiffe mit Zuckerrohr aus Übersee kommen? Jahre, in denen die Trauben meiner Weinberge verderben?«

»Dann ist es eben so.«

Sie blinzelte verärgert. »Du hast ja keine Ahnung, worum du mich bittest.«

»Ich bitte dich darum, klug zu sein. Gut zu dir selbst zu sein. Denk dabei nicht an mich! Aber Louis? Er wird dich vernichten.«

»Er wird mich in Ruhe lassen. Wir können getrennte Lebenswege gehen, so wie er es vorschlägt.«

»Sophie, du denkst nicht klar. Du bist emotional. Glaubst du wirklich, dass Jerome das wollte?«

Sie konnte ihm nicht antworten.

»Ich denke darüber nach«, murmelte sie nach einer Weile.

Er hatte nicht beabsichtigt, dass seine Worte wie eine Drohung klangen. »Ich finde eine Lösung, bei der du deinen Schwager weder wegen des Zuckers, wegen deiner Sicherheit noch wegen der Weinstöcke deines verstorbenen Ehemannes heiraten musst.«

Er klang wütend und ein wenig angewidert. Und er konnte ihr ihre gereizte Haltung nicht verübeln.

»Du willst also Zucker für mich herbeizaubern, Charlie? Vielleicht kannst du mir auch meinen verstorbenen Mann zurückzaubern. Eine Heirat mit Louis ist für mich der einzige Weg, um Wein zu Ehren von Jerome zu produzieren. In sentimentaler, emotionaler und professioneller Hinsicht bedeutet dieses Jahr für mich alles, um Champagner aus diesen Trauben herzustellen. Und bei dir klingt es so, als wolle ich Louis an meiner Seite haben.«

»Bei dir hört es sich so an, als hättest du die ideale Lösung gefunden.«

Sie gab ihm eine Ohrfeige. Mit fester Hand. Mit einer Kraft, die von den Jahren harter Arbeit im Weinberg zeugte. Sein Kopf ruckte zur Seite, und er taumelte, fand jedoch rasch sein Gleichgewicht wieder. Hätte er in einen Spiegel geblickt, dann hätte er bestimmt den Abdruck ihrer fünf Finger gesehen. Ihre Reaktion war nicht die erste, vielleicht auch nicht die letzte, denn es fiel ihm leicht, Frauen zur Weißglut zu treiben. Aber er bezweifelte, dass jemals wieder eine Frau ihren Abdruck auf seiner Wange hinterließ, die er so sehr liebte wie Sophie. Und er hasste den Gedanken, dass sie sich für einen Geist verschleuderte. Verletzt, traurig und wütend blickte er sie an.

»Oh, Charlie ... ich ...« Sie schlug die Hände vor den Mund, und ihre Augen füllten sich mit Tränen.

»Du brauchst dich nicht zu entschuldigen. Ich habe es verdient. Louis hingegen hat dich nicht verdient. Ich werde dich verlassen. Bevor ich aber gehe, setze ich meine Fähigkeiten als Chemiker für dich ein. Wenn dieser Champagner das Symbol für das Ende des Krieges ist und dir mehr bedeutet als dein ganzes restliches Leben, dann muss es so sein. Aber dazu brauchst du mit Sicherheit nicht Louis' Ring am Finger.«

»Dann wirk bitte einen Zauber für mich, bevor du gehst, Charlie!«, bat sie mit leiser Stimme. Sie klang entschuldigend, aber auch anklagend. Er hatte sie mit Worten ebenso verletzt wie sie ihn mit ihrer Ohrfeige.

Im Chardonnayweinberg, den sie so sehr liebte, ließ er sie stehen, und noch im Fortgehen glaubte er, die Lösung schon zu kennen. Aber er musste handeln, bevor Louis noch mehr Druck auf Sophie ausüben konnte.

24

Lausanne
August 1918

Seit Wochen schon wurde Jerome regelmäßig vom Arzt untersucht und unternahm lange Spaziergänge um den See. Der Sommer war warm und prachtvoll, wegen des blauen Himmels ebenso wie wegen des Gefühls der Freiheit, den er vermittelte. Man ermunterte die Internierten, Sport zu treiben, und trotz seines beschädigten Beins und seines blinden Auges nahm Jerome an allem teil, von leichten Wanderungen bis zu Kanufahrten. Seine Lunge schien sich überraschenderweise zu erholen, was er auf das nahrhafte Essen zurückführte.

Er hatte seinem Arzt erklärt, er freue sich aufs Rodeln, erkannte jedoch an den besorgten Blicken des medizinischen Personals, dass dies für ihn wohl nicht infrage kam.

»Wollen wir hoffen, dass Sie keinen Schweizer Winter erleben müssen, Leutnant«, sagte die Schwester, als sie den Verband über seinem Auge wechselte. »Die Ärzte machen sich Sorgen um Sie, weil Sie einen unpassenden Sport ausüben wollen.« Sie lächelte verschwörerisch. »Ich besorge eine elegantere Augenklappe für Sie.«

»Warum?«

»Damit Sie auf Veranstaltungen gehen können und gut aussehen.« Ihr flirtender Tonfall machte ihn nervös.

Er schnaubte leise. »Heute Abend gibt es ein Dinner und ein Konzert, nicht wahr?«, fragte er, um das Gespräch in ungefährlichere Bahnen zu lenken.

»Nehmen Sie teil, Leutnant?« Sie lächelte. Sie war ein hübsches kleines Geschöpf, zehn Jahre jünger als er und neu bei den Krankenschwestern, die sich um ihn kümmerten. Sogar ihm fiel auf, dass sie Gefallen an ihm fand. Aber er achtete darauf, sie nicht zu ermutigen. Manchmal hätte er ihr am liebsten den Rat gegeben, in ihrer offenen und freundlichen Art vorsichtiger mit den jüngeren Soldaten umzugehen, vor allem mit den französischen. Die meisten hatten seit Jahren keinen Kontakt zu Frauen mehr gehabt. Und hier, wo sie Freiheiten genossen, viel freie Zeit und Zugang zu Alkohol hatten, konnten sie, ausgehungert nach weiblicher Gesellschaft, leicht über die Stränge schlagen.

Allerdings verkniff er sich die Ratschläge. Wenn die junge Frau ihn nicht als großen Bruder ansah, empfand sie sie sicherlich als Bevormundung. Zudem machte sie einen selbstbewussten, klugen Eindruck, und die Oberschwestern hatten bestimmt allen jüngeren Schwestern klargemacht, wie komplex ihre Aufgabe hier war. »Ja, natürlich«, antwortete er.

»Schade, dass Sie heute Abend nicht singen. Ich habe mir das Programm angesehen.« Jerome zuckte mit den Achseln. »Dafür gibt es Raclette. Kennen Sie das in Frankreich auch?«

»Den Käse?« Jerome runzelte die Stirn. »Ich dachte, Lebensmittel in der Schweiz seien rationiert. Zweieinhalbtausend Kalorien für jeden Internierten, hat man mir gesagt.« Und er war dankbar für jede einzelne Kalorie.

»Anscheinend nicht, wenn es um unseren Lieblingskäse geht.« Die Schwester zwinkerte.

»Ich habe ihn vielleicht als Kind schon einmal probiert, als wir in der Schweiz zu Besuch waren.«

Sie lächelte beeindruckt. »Ist er Ihnen denn auch richtig serviert worden ... auf Schweizer Art?«

Jerome schüttelte den Kopf. »Daran kann ich mich nicht erinnern.«

»Sie hätten es bestimmt nicht vergessen. Man kann den Käse nicht kalt essen. Das Käserad wird erhitzt, und man kratzt den geschmolzenen Käse auf den Teller. Wir essen ihn mit Kartoffeln. Ich erinnere mich, dass meine Großmutter ihn bei besonderen Gelegenheiten mit Kirschwasser servierte.« Ihre Augen weiteten sich. »Auf jeden Fall ist es ein köstliches Gericht, Leutnant.« Leise seufzend fuhr sie mit dem Verbinden fort. »Was gibt es denn in Ihrem Teil von Frankreich Besonderes?«

Er wusste, dass sie ihn ablenken wollte, weil die Tropfen brannten, die sie in sein verletztes Auge träufelte. Aber nach all dem Schmerz des Krieges empfand er die Behandlung als Gnade.

Außerdem genoss er die sanfte Berührung ihrer weichen Hände auf seinem Gesicht, während sie seinen Kopf leicht zurückrückte.

»Nun ...«, begann er und nahm ungewollt den Duft ihres Parfüms wahr, der hinter dem Antiseptikum zu erahnen war. »In der Gegend um die Marne haben wir einen besonderen Käse. Er ist weich mit einer weißen Rinde und wie Ihr Käse aus Kuhmilch.« Der erste Tropfen schmerzte wie die Hölle, aber obwohl er zusammenzuckte, redete er weiter. »Er ist cremig, bröselig und riecht nach Pilzen. Schon die Mönche im Mittelalter stellten ihn her.«

»Noch ein Tropfen!«, warnte sie. »Was gibt es denn sonst noch Spezielles in dieser Region?«

Jerome grinste. »Nun, abgesehen vom Champagner wachsen bei uns Trüffel.«

»Oh!«, rief sie entzückt. »Ich habe nur einmal Trüffel gegessen. Sagt man nicht, sie seien ein Aphrodisiakum? Aufpassen, es brennt!«, fügte sie hinzu.

Erneut durchzuckte ihn der kalte Schmerz, und er blinzelte. Über ihre Frage ging er besser hinweg und wechselte das Thema.

»Wenn das Auge tot ist, warum müssen wir es dann behandeln?«

»Man hat mir gesagt, es erhält das Auge. Sie wollen doch sicher nicht, dass es entfernt wird, oder?«

Er zuckte mit den Achseln. »Es ist hässlich.«

»Ja, aber Sie nicht ... bei Weitem nicht«, erwiderte sie. In ihrer Bemerkung nahm er jugendliche Romantik wahr und drehte absichtlich das Kinn weg, damit sie es nicht länger umfasste. Zwar nicht so schnell, dass sie beleidigt war, aber doch so fest, dass sie dachte, er bemerke ihren flirtenden Tonfall nicht. »Wenn Ihr Augenlid geschlossen und zugenäht ist, wird das Ihr Aussehen verändern, und das wollen wir nicht. Außerdem werden Sie mit einer gut sitzenden Augenklappe noch attraktiver aussehen, Leutnant.«

»Und dann gibt es noch die rosafarbenen Kekse«, unterbrach er sie.

Fragend blickte sie ihn an, als sie das Fläschchen mit den Augentropfen wieder verschloss.

»Man nennt sie Rosen von Reims. Sie sind knusprig, zart und schmecken nach Vanille, eine ganz alte Backtradition.« Ein Gedanke kam ihm. »Meine Frau backt sie.«

Sie blickte ihn überrascht an. »Man hat mir gesagt, Sie hätten keine Familie.« Er hörte ihr die Enttäuschung an.

»Das steht so in den Akten, weil sich vor Jahren ein Fehler eingeschlichen hat«, erklärte Jerome. »Helfen Sie mir, Agatha?«

»In welcher Hinsicht?« Sofort klang sie misstrauisch und erinnerte ihn daran, dass er ein Gefangener war und sie unglücklicherweise eine seiner Wärterinnen.

Er lächelte. »Ich will nicht entkommen, aber ich muss meine Familie erreichen.«

Erleichtert verzog sie das Gesicht. »Oh«, sagte sie lächelnd, »da gibt es eine ganze Mannschaft von ...«

»Nein, den offiziellen Weg will ich nicht beschreiten.«

Sofort wurde ihre Miene wieder abweisend, und sie kniff die graublauen Augen zusammen. »Das verstehe ich nicht, Leutnant. Sie können den Kontakt schneller herstellen als ...«

»Das weiß ich«, unterbrach er sie und lächelte entschuldigend. »Ihnen sind die Hände gebunden.« Er unterstrich seine Worte mit einer Geste, als sie ihn verwirrt ansah. »Ich bin nicht Jacques Bouchon, das war ich nie.«

»Jetzt verstehe ich gar nichts mehr, Leutnant«, gestand sie.

»Als ich gefangen genommen wurde, wusste ich nicht, wer ich war. Ich hatte das Gedächtnis verloren.«

Er sah ihr an, dass ihr langsam klar wurde, wovon er redete. Zugleich wich sie auch zurück. »Nein, Leutnant, ich kann Ihnen nicht helfen.«

»Agatha, ich flehe Sie an ... nur ein Brief«, bettelte er. »Der schadet doch niemandem.«

Agatha schüttelte den Kopf. In ihrem hübschen Puppengesicht zeichnete sich tiefer Zweifel ab. »Es gibt strenge Regeln.«

Jerome konnte nur an Agathas romantisches Herz appellieren. »Ich weiß, dass Sie mich mögen, Agatha, und es ist ein Segen, dass Sie sich um mich kümmern. Wenn nur alle Soldaten ein solches Glück hätten wie ich ... auch wenn Sie mir schmerzhafte Tropfen verabreichen müssen.« Sie hatte die Augen niedergeschlagen, aber er suchte ihren Blick und entlockte ihr ein kleines Lächeln. »Ich bin sehr dankbar, dass ich hier sein darf ... und dankbar, dass Sie so freundlich zu mir sind.«

Ihr Blick wurde wieder kokett. »Das ist meine Aufgabe, Leutnant.«

»Die Sie wahrscheinlich besser verrichten als die meisten Kolleginnen. Sie sind so fröhlich und - gestatten Sie mir die Worte - so außerordentlich hübsch.«

Agatha seufzte leicht. »Das dürfen Sie gern sagen«, hauchte sie.

»Meine Frau ist so schön wie Sie. An unserem Hochzeitstag brach der Krieg aus, und ich meldete mich sofort freiwillig.« Entsetzt öffnete Agatha den Mund. »Sie wollte so gern ein Kind, aber dazu hatten wir keine Zeit mehr. Uns blieben nur siebenundzwanzig Tage, bis ich ins Feld musste. Ich versprach ihr, Weihnachten wieder zu Hause zu sein. Seitdem sind drei Weihnachtsfeste vergangen, und obwohl Sophie mein Ein und Alles ist, hatte ich lange Zeit vergessen, wer ich war. Sie muss glauben, ich sei tot. Können Sie sich vorstellen, wie sie sich fühlen muss?« Jerome trat einen Schritt auf Agatha zu. »Ich möchte wenigstens noch einmal ein Lebenszeichen von meiner Frau bekommen, bevor ich sterbe.«

»Sterben?«

»Wussten Sie, dass ich einem Gasangriff ausgesetzt war? Manchmal brennt meine Lunge wie Feuer. Wahrscheinlich sterbe ich, bevor sie erfährt, dass ich seit mehr als drei Jahren um eine Rückkehr kämpfe.«

»Oh, Leutnant, sagen Sie so etwas doch nicht!«

»Wissen Sie, Agatha«, fuhr Jerome mit leisem Lächeln fort, »wenn es mein Schicksal ist, bald zu sterben, dann will ich es annehmen. Aber ich möchte sie nur erreichen und ihr noch ein einziges Mal sagen, wie sehr ich sie liebe, wie sehr ihre Existenz mein Leben heller gemacht hat.« Agatha seufzte ergriffen. »Sie muss wissen, dass ich an sie denke, an uns, an unsere Liebe, bevor ich endgültig gehe.«

Agathas Augen wurden feucht, seine romantischen Worte berührten sie. »Reden Sie nicht so, Leutnant! Ich werde darum bitten, dass sich die Familienabteilung bevorzugt um Ihre Angelegenheit kümmert.«

»Man hat mir versichert, dass dies bereits geschieht«, erwiderte er und bemühte sich, nicht allzu niedergeschlagen zu klingen. »Aber bevor alle offiziellen Vorschriften befolgt worden sind, könnte ich längst tot sein.«

Sie nickte. »Alles scheint sehr lange zu dauern.«

Jeromes Miene hellte sich auf. Ihm kam ein Gedanke. »Agatha, ich sage Ihnen etwas. Ich habe einen Bruder in Paris. Wenn Sie ihn für mich anrufen könnten, wäre mir schon geholfen.«

»Ich bin nicht sicher, ob ich ...«

»Nur ein kurzer Anruf«, drängte er. »Sie brauchen Ihren Namen ja nicht zu nennen. Sie müssen ihm nur sagen, Jerome lebt, und wo ich mich aufhalte. Den Rest erledigt er dann. Nach diesem kurzen Anruf können Sie vergessen, dass ich Sie je um einen Gefallen bat.«

»Und dann?« Sie runzelte die Stirn.

»Louis wird sich um die Sache kümmern. Er gibt nicht so schnell auf. Und er hat so gute Verbindungen, dass sich die Vorgänge sicher beschleunigen lassen. Dann kann ich mit Sophie in Kontakt treten, bevor ... nun ja, bevor es zu spät ist.« Er ergriff Agathas Hand und küsste sie. Es war eine intime, freche Geste, aber so kurz, dass sie keine falsche Deutung zuließ. Er hatte nur die Absicht, ihr seine Dankbarkeit zu zeigen und sie zum Handeln zu bewegen. »Wollen Sie das für mich tun? Ein Anruf? Ich bezahle Sie dafür, was immer Sie benötigen.« Er musterte sie eindringlich. Hoffentlich fand sie ihn tatsächlich attraktiv genug, denn er verließ sich einzig und allein auf seinen Charme. »Und dann können wir tanzen gehen und feiern.«

»Tanzen?«

»Ja! Sehen Sie über mein Humpeln hinweg! Bei der nächsten Gelegenheit werde ich Sie im Tanzsaal umherwirbeln. Mein Glück wird grenzenlos sein, wenn ich weiß, dass ich meine Frau noch einmal sehen oder mit ihr sprechen kann. Ich werde so lange mit Ihnen tanzen, bis Sie völlig erschöpft sind.«

Sie kicherte, als er sie um die Taille fasste und sie herumschwenkte. Anschließend ließ er sie sofort los, damit ihm sein Tun nicht als unschicklich ausgelegt werden konnte.

Agatha seufzte resigniert. »Ich versuche es, Leutnant, aber ich darf die Regeln für Gefangene nicht umgehen.«

Er hatte das Gefühl, das Herz würde ihm vor Erregung aus der Brust springen, aber er musste Ruhe bewahren. »Ich bitte Sie nur, es zu versuchen. Hier ist die Nummer. Sehen Sie, ich kann mich mittlerweile wieder an alles erinnern. Es ist unglaublich.« Er musste weiterreden, damit sie keine Angst bekam. Rasch kritzelte er Louis' Adresse und seine Telefonnummer auf ein Stück Papier. »Das ist mein Bruder, Louis Méa.«

Ihr Gesicht wurde ernst. »Ich werde nur sagen, dass Leutnant Jerome Méa unter dem Namen Jacques Bouchon Patient im Krankenhaus von Lausanne ist. Meinen Namen werde ich nicht nennen.«

»Genau!«, rief er aufgeregt. »Danke, Agatha!« Er riskierte es, sie auf beide Wangen zu küssen. »Ich hoffe, wir sehen uns heute Abend beim Konzert.«

Sie wurde rot. »Ich auch. Fassen Sie Ihr Auge nicht an. Die Medizin muss wirken, ganz gleich, wie heftig es juckt.«

Lächelnd blies er ihr einen Kuss zu, als sie ging. Dann seufzte er erleichtert. Die Anspannung hatte ihn völlig erschöpft. Vielleicht war er seiner geliebten Sophie einen Schritt näher gekommen.

Jerome trat an das kleine Fenster seines Dachzimmers. Das Auge brannte noch von der Behandlung, war aber jetzt wieder verbunden. Er blickte auf die Küstenlinie des Genfer Sees. Es war ein schönes Bild ohne jedes Anzeichen für den zerstörerischen großen Krieg, der jenseits der Grenze immer noch tobte. Die Sommersonne hatte viele Menschen an den Strand gelockt, und das Wasser, in dem sich Badegäste tummelten, glitzerte saphirblau. Bestimmt waren einige davon Internierte. Vielleicht sollte er auch schwimmen gehen und sich nicht um sein ausgezehrtes Aussehen kümmern, weit entfernt von dem stattlichen Mann, der er gewesen war, als er Sophie einen Heiratsantrag gemacht hatte. Sie hatte wahrscheinlich mittlerweile die erste Trauer überwunden und lebte jetzt mit dem Wissen, dass er nicht mehr war und sie sich allein um ihre Zukunft kümmern musste. Aber sie würde es schaffen. Sophie war die unabhängigste Frau, die er jemals kennengelernt hatte. Sie hatte einen starken Willen. Sie würde einen anderen Mann finden. Sie war jung genug, um neu anzufangen, eine Familie zu gründen. Wenn er noch ein einziges Mal mit ihr reden konnte, würde er ihr all das sagen. Er würde ihr begreiflich machen, dass er ihr ein gutes Leben wünschte, ein glückliches Leben, das mit seinem Segen eine neue Ehe und Familie anstrebte. Aber sie sollte auch wissen, dass er jetzt nur an sie, an ihre gemeinsame Zeit dachte, und dass er es unendlich bedauerte, sie verlassen zu haben, vor allem, dass sie so lange ohne eine Nachricht von ihm hatte leben müssen. Es wäre ein Schock für sie, wenn sie erfuhr, dass er ein Gefangener war. Seine Gedanken überschlugen sich, als er versuchte, aus allen möglichen Blickwinkeln zu betrachten, wie sie die Nachricht aufnehmen würde, dass er lebte. Schließlich gelobte er, von jetzt an geduldig zu sein und darauf zu hoffen, dass Agatha seinen Bruder erreichte und dass Louis für ein gutes Ende sorgte.

Er konzentrierte sich auf die heiteren Szenen am Seeufer. Die Schweizer versuchten, wieder zur Normalität zurückzufinden. In Lausanne gab es Musikabende und Theatervorführungen, unter anderem mit Soldaten besetzt, die damit beschäftigt wurden. Die Aktivitäten sollten die Laune heben und den Männern helfen, wieder Anschluss ans zivile Leben zu finden. Selbst Jerome hatte sich bereit erklärt, an den Konzerten wie dem heute Abend teilzunehmen. Schon in der Zeit im Gefangenenlager war er häufig zum Mitsingen aufgefordert worden. Auch hier setzte er seinen schönen Bariton ein, um die Internierten und die Schweizer Konzertbesucher zu unterhalten. Unwillkürlich freute er sich, als er sein Foto auf den Konzertprogrammen sah.

Es klopfte an der Tür, und Dr. Müller trat ein.

»Ah, guten Tag, Jacques. Wie geht es Ihnen?«

Jerome grinste. »So gut wie lange nicht mehr«, erwiderte er.

»Wirklich?« Der Arzt lächelte erfreut. »Das ist ja sehr erfreulich.« Er überflog das Krankenblatt an Jeromes Bett und verglich es mit der Akte, die er dabeihatte. »Sie haben Ihre Tropfen schon bekommen?«

Jerome. »Gerade eben, vor ein paar Minuten.«

»Gut, gut. Sie haben auch eine ausgezeichnete Farbe«, bemerkte der Arzt. »Das freut mich sehr. Ich habe Sie letzte Woche singen hören, Jacques. Ich mag Operetten.«

Jerome nickte. »Für meine Frau habe ich immer Arien gesungen. Sie liebt die Oper.« Würde der Doktor nach diesen Worten dafür sorgen, dass er Sophie schneller erreichte?

»Ah, deshalb legen Sie so viel Gefühl hinein. Ich verstehe Ihre Ungeduld, Jacques ...«

»Jerome«, korrigierte Jerome.

Der Arzt nickte verlegen. »Wir stellen Nachforschungen an. Nun«, sagte er, entschlossen, das unleidliche Thema zu wechseln, »bekommen Sie alle Ihre Rationen?« Er untersuchte Jeromes Ohren.

»Ja, wirklich großzügig. Ich bekomme Schokolade, Tabak, echten Kaffee und echte Milch.«

Der Arzt schmunzelte. »Sagen Sie *Aah!*«, forderte er ihn auf und tastete Jeromes Hals ab. Jerome tat, was er sagte. »Gut. Sehr gut. Ich sehe, Schwester Agatha hat den Verband um Ihr Auge gewechselt. Wie fühlt es sich an? Keine Schmerzen?«

»Nein, keine«, erwiderte Jerome. »Es ist in jeder Hinsicht tot und blind. Ich kann nicht klagen, und Schwester Agatha sagt, sie möchte mir eine schönere Augenklappe besorgen.«

»Ja, das kann ich für Sie organisieren. Darf ich Sie jetzt abhören?«

Jerome mochte die Schweizer. Seit er täglich mit ihnen zusammen war, hatte er ihre Großzügigkeit zu schätzen gelernt. Ihr singendes Französisch würzten sie mit einem

Lächeln. Trotzdem spürte er bei ihnen ein Unbehagen, eine kollektive Melancholie, als ob sie sich immer auf schlechte Nachrichten vorbereiteten. Vielleicht lag es daran, dass sie neutral waren, umgeben von kriegführenden Nationen. Oder hatte es etwas damit zu tun, dass sie sich jahrhundertelang mühsam in den Bergen durchschlagen mussten? Die Landschaft war so ganz anders als in seiner Heimat. Er knöpfte sein Hemd auf. »Wussten Sie, dass es im Ballsaal dieses Hotels Musik und Tanz gibt?«

»Ja, meine Frau und ich waren vor zwei Wochen hier. Es sollte ein Versuch sein, aber ich glaube, jetzt finden die Veranstaltung häufiger statt. Die Internierten haben ein wundervolles Tanzorchester gegründet, nicht wahr?«

Jerome lächelte. »Ich glaube, die Engländer lieben solche Auftritte.«

»Oh, ehrlich gesagt glaube ich, allen Internierten geht es nach der langen Gefangenschaft ähnlich. Aber Sie mögen recht haben ... die Briten sind wesentlich stärker ... äh, wie soll ich sagen ... dem Theater verfallen.«

Jerome schwieg, weil der Arzt ihn aufforderte, ein paarmal tief ein- und auszuatmen. Schließlich wies er ihn an, sich wieder anzuziehen.

»Hmm, es pfeift nur noch leicht. Haben Sie gerade gehustet?«

»Ja, eben.« Heute wollte er keine schlechten Nachrichten hören.

»Ist es nicht großartig, dass Sie nie husten müssen, wenn Sie singen?«

Jerome blinzelte, doch dann lächelte er. »Darüber habe ich noch nie nachgedacht, Herr Doktor Müller, aber Sie haben recht.«

»Das kommt daher, weil Sie gesunden.«

»Aber gerade eben habe ich doch ...«

Dr. Müller machte eine abwehrende Geste. »Wie fühlen Sie sich hier, Leutnant Bouchon?« Müller fasste sich an die Schläfe.

Jerome zuckte verwirrt mit den Achseln. »Besser.«

»Ausgezeichnet. Albträume?«

»Manchmal, aber nichts, was ich am nächsten Morgen nicht verarbeiten kann.«

»Gut. Langweilen Sie sich?«

»Nein.« Jerome wirkte entsetzt.

»Das geht vielen so, nachdem sie daran gewöhnt sind, das Gefangenenlager in Deutschland verlassen zu haben. Es freut mich, dass Sie das anders sehen.«

»Ich würde gern arbeiten, wenn das ...«

»Nein, nein, das meinte ich nicht, mein Junge! Ich sehe nur, wie sich manche Internierten langweilen und daher mehr Alkohol trinken. Dadurch werden sie nachlässiger. Aber Sie leben ein völlig gesundes Leben, und ich bin froh, dass Sie zugenommen und Farbe bekommen haben.«

Er musste ihn einfach fragen, es hatte ja keinen Zweck, feige zu sein. »Und wie mache ich mich so, Herr Doktor?«

»Nun, das ist es, Jacques ... äh, Leutnant. Ich glaube, dass Ihr Gesundheitszustand sich gebessert hat, und zwar ziemlich schnell.«

»Gebessert?«, wiederholte Jerome. Er merkte selbst, dass er erschrocken klang.

Der Arzt nickte. »Ihr Humpeln ist nicht mehr so ausgeprägt, also werden Ihre Muskeln in diesem Bein von Ihren langen Spaziergängen immer stärker. Dazu kann ich Ihnen nur gratulieren. Diese Märsche sind eine Herausforderung für Ihre Lunge, aber anscheinend geht es Ihnen gut dabei. Ihr Auge ... nun ja, da wird sich nichts ändern, Sie werden nicht wieder sehen können. Aber offensichtlich kommen Sie mit Ihrem verbliebenen Auge zurecht. Zumindest stelle ich fest, dass Ihre Sicht nicht beeinträchtigt ist. Auch die Amputationswunde heilt wesentlich besser, seitdem wir die zweite kleine Operation vorgenommen haben. Haben Sie in dem Bereich Schmerzen?«

»Der Stumpf ist taub«, sagte Jerome. »Herr Doktor Müller, was ist mit der Tuberkulose?«

»Das ist die beste Nachricht.« Der Arzt klang herzlich. »Nicht jeder Soldat, der Giftgas eingeatmet hat, muss an Tuberkulose sterben. Bei den ersten Fällen ging man davon aus. Tatsächlich sind viele an den Komplikationen durch das Gas gestorben, und viele hatten eine lange Leidenszeit. Seitdem haben wir viele Männer behandelt, die wie Sie nicht zwangsläufig dem Gas erlegen sind. Ihre Lunge ist beschädigt, das stimmt, aber sie wird wieder mühelos arbeiten. Das ist jetzt schon der Fall. Und vielleicht wird sie auch noch stärker.«

»Was sagen Sie da, Doktor?« Jeromes Nacken prickelte vor Aufregung, und Optimismus stieg in ihm auf.

Der Arzt wirkte erfreut. »Bei Ihnen gibt es keine Anzeichen für Tuberkulose mehr, Leutnant. Ich glaube, von jetzt an werden Sie immer gesünder. Los, mein Junge, zurück in die Heimat, wenn dieser Krieg endlich einmal endet! Ich hoffe, Ihnen schon bald zum Abschied hinterherwinken zu können.«

25

Paris
August 1918

Wäre Louis doch nur nicht ans Telefon gegangen! Sein Haus war eines der wenigen in Frankreich, das über diese Vorrichtung verfügte. Die meisten seiner Freunde aus der höheren Gesellschaft waren immer noch der Ansicht, dass sie dieses moderne Gerät nicht brauchten, das sich in London verbreitete wie die Pest.

Louis betrachtete sich als einflussreich und zur städtischen Elite gehörend und hatte so bald wie möglich ein Telefon installieren lassen, ungeachtet der Tatsache, dass das Telefonieren mit der Mehrheit seiner Freunde noch gar nicht möglich war. In geschäftlicher Hinsicht, so fand er, bedeutete es einen Fortschritt, der so wichtig war wie die Industrielle Revolution. Er freute sich über jedes laute Klingeln und hoffte, dass die Nachbarn erschrocken hochfuhren. Im Moment jedoch fragte er sich, wer ihn wohl anrufen mochte.

Zu seiner Überraschung kam der Anruf aus der Schweiz.

»Entschuldigung, ich habe Ihren Namen nicht verstanden«, sagte er stirnrunzelnd und versuchte sich zu erinnern, wen er in der Schweiz kannte. »Sagten Sie Lausanne?«

Die Frau am anderen Ende der Leitung, die sehr jung klang, räusperte sich. »Ich sagte, ich bin eine Krankenschwester aus Lausanne ...« Wieder verstand er ihren Namen nicht. Das kam ihm merkwürdig vor, aber er begriff zumindest, dass sie aus einem Krankenhaus anrief. »Spreche ich mit Monsieur Louis Méa?«

»Ja, in der Tat«, erwiderte er. Woher um alles in der Welt kannte man in einem Lausanner Krankenhaus seinen Namen? »Wie kann ich Ihnen behilflich sein, Mademoiselle?« Er schätzte einfach, dass sie unverheiratet war. Worum ging es überhaupt?

»Ich habe eine Nachricht für Sie, Monsieur.«

»Ach ja?« Louis' Interesse war geweckt.

»Sie ist von einem Herrn – einem Patienten – namens Jacques Bouchon ...«

»Ich glaube, Sie haben sich verwählt«, unterbrach er sie. »Ich kenne niemanden, der so heißt. Es tut mir leid.«

»Er ist ein Internierter ... ein französischer Kriegsgefangener, von den Deutschen gefangen genommen.«

Louis blinzelte verwirrt. »Entschuldigen Sie, aber Sie sind ganz bestimmt an die falsche Person geraten.«

»Sie sind doch Louis Méa, oder?«

»Ja, aber ...«

»Ich rufe an im Auftrag Ihres Bruders, Leutnant Jerome Méa. Wie er sagt, wird er bei uns unter einem falschen Namen geführt. Er möchte, dass Sie ihn sofort im Krankenhaus in Lausanne anrufen. Ich gebe Ihnen die Nummer.«

Louis spürte, wie ihm alle Farbe aus dem Gesicht wich und er so weiß wurde wie die Milch, die er gerade getrunken hatte, um nach dem Alkoholexzess am Abend zuvor den sauren Geschmack im Mund abzumildern. Ihm wurde übel, aber es hatte nichts mit seinen nächtlichen Vergnügungen im Bordell des *Moulin Rouge* zu tun. »Wie bitte?«

»Bitte, notieren Sie sich die Nummer, Monsieur! Ich

habe nicht viel Zeit und bin nicht befugt, diese Information weiterzugeben.« Sie sagte eine Telefonnummer, und er schrieb sie zwar auf, war aber mit seinen Gedanken ganz woanders.

»Sind Sie noch da, Monsieur?«

»Sind Sie sicher, dass er sich Jerome Méa nennt?« Louis' Stimme klang fremd, viel höher als sonst.

»Ja, Monsieur. Er sagt, er sei Winzer aus einem Ort namens Avize in der Champagne. Er bat mich ...«

Leise legte Louis den Hörer auf und unterbrach damit die Verbindung mit der jungen Krankenschwester aus Lausanne. Seine Gedanken überschlugen sich, aber er zwang sich zur Ruhe. Seine nächste Entscheidung würde lebenswichtig sein.

Sophie war in Louis' Pariser Wohnung eingeladen worden. Insgeheim war sie erstaunt, wie kurz die Entfernung zur berühmten Oper war. Im obersten Stockwerk konnte man bestimmt das schimmernde Dach ihres Lieblingsgebäudes sehen. Obwohl die eleganten, von Haussmann angelegten Avenuen leicht zu Fuß zu erreichen waren, lag Louis' Wohnung im heruntergekommenen, berüchtigten Vergnügungsviertel Pigalle. Als ihre Eltern noch lebten, durfte sie diese Gegend zu Fuß nicht durchstreifen, aber sie wusste, wie es dort zuging.

Nach und nach lernte sie Louis besser kennen, und ihr war klar geworden, dass er nichts ohne sorgfältige Abwägung tat. Die beiden Brüder hätten unterschiedlicher nicht sein können. Jerome war ungestüm und spontan, während Louis bei allem nüchtern und bedacht vorging. Jerome hatte nie gründlich überlegt, deshalb war er auch einfach in den Krieg gezogen. Sicher hatte sich Louis dieses

Viertel, diese Straße, genau diese Wohnung ausgesucht, um nahe an seiner geliebten Oper zu wohnen, gleichzeitig aber an der frivolen Seite von Paris teilhaben konnte. Sein Vorschlag, sie könnten ein getrenntes Leben führen, wenn sie erst einmal verheiratet waren, beruhte nicht auf Großzügigkeit ihr gegenüber, nicht einmal auf höflicher Rücksichtnahme in Bezug auf Jerome. Nein, Louis wollte sein eigenes Leben behalten und sich nicht für seinen ausschweifenden Lebensstil entschuldigen müssen.

»Wo bist du abgestiegen?«, rief er ihr aus der kleinen Küche zu, in der vermutlich sonst nicht viele Aktivitäten stattfanden.

»In einem kleinen Hotel in der Nähe der Oper!«, rief sie und legte ihren Hut ab.

Er wollte offenbar Kaffee zubereiten und wirkte sehr nervös, als er wieder erschien. Zum ersten Mal sah sie ihn so. Vielleicht lag es daran, dass sie in seinem privatesten Umfeld stand. Vielleicht wollte er ja unbedingt, dass ihr seine Wohnung und damit auch er gut gefiel.

»Bist du sicher, dass wir nicht besser in ein Café gehen sollten? Das Wetter ist so schön!«, sagte er.

Sie sah ihm an, dass ihm das lieber gewesen wäre. »Warum nicht?«, erwiderte sie, um ihm einen Gefallen zu tun. Schließlich wollte sie etwas von ihm.

Minuten später saßen sie an einem Tisch auf dem Bürgersteig vor einem kleinen Café.

»So ...«, sagte er. »Ist das nicht herrlich?« Er wandte sein rundes Gesicht der Sonne entgegen und seufzte. »Viel besser, als so beengt in meiner Wohnung.«

Seine Wohnung war gar nicht beengt, und Sophie hatte bereits reichlich viel Zeit in der Sonne verbracht, während seine blasse Haut davon zeugte, dass er sich eher selten im

Freien aufhielt. Wahrscheinlich saß er eigentlich lieber im Café und hatte diesen Tisch vor der Tür nur ihr zuliebe gewählt. Er gab sich betont lässig, und sie hatte keine Ahnung, was in ihm vorging. Bis sie herausbekam, was hinter seinem unruhigen Verhalten steckte, würde sie sich einfach neutral verhalten, beschloss Sophie. »Ja, es ist herrlich in der Sonne«, stimmte sie ihm zu, als der Kellner an den Tisch trat.

»Monsieur Méa, willkommen«, sagte er. »Madame«, begrüßte er sie und verzog die Mundwinkel zu einem kleinen Lächeln. »Kaffee?«

»Zwei bitte, André«, erwiderte Louis, ohne Sophie nach ihren Wünschen zu fragen. »Und ich hätte gern einen kleinen Byrrh.« Jetzt erst wandte er sich an Sophie. »Meine Liebe, ein Aperitif für dich?«

»Nein, nur Kaffee, danke.«

Der Kellner nickte und verschwand.

»Ich mochte Chinin noch nie«, bemerkte sie und zog ihre Baumwollhandschuhe aus.

»Weil es so bitter schmeckt?«

»Das mag ich eigentlich ganz gerne. Nein, es ist eher dieser medizinische Geschmack, der mir nicht zusagt.«

»Das ist genau der Punkt, meine Liebe. Es wird ja auch als gesundes Getränk beworben. Der Alkohol, den man hinzufügt, soll ja nur den Geschmack übertünchen«, sagte er schmunzelnd. »Aber eigentlich trinken wir alle es genau deshalb so gern.«

Höflich fiel sie in sein Lachen ein, als der Kellner zwei kleine Tassen Kaffee und ein winziges dreieckiges Glas mit einem siruparentigen Likör servierte.

»Auf deine Gesundheit!«, rief er aus, verlor keine Zeit und trank das Glas aus.

Sophie nickte und trank einen Schluck Kaffee, während sie beobachtete, wie er sich über die Lippen leckte. Bei dem Gedanken, wie sie über ihren Körper glitten, schauderte sie.

Louis saugte an den Lippen, um keinen Tropfen des Byrrh zu vergeuden. Er fragte sich, ob es Ekel war, der wie ein Blitz über Sophies Gesicht schoss, oder ob sie plötzlich Angst hatte. Er konnte nur hoffen, dass sie sich vor ihm fürchtete, denn so brauchte er sie. Der Telefonanruf vor drei Tagen hatte ihn aufgewühlt, und dies zuzugeben kostete ihn größte Anstrengung. Dank seiner hochrangigen Kontakte zum Roten Kreuz hatte er erfahren, dass Jerome *so gut wie tot sei*. Das rief er sich ständig ins Gedächtnis. Er hatte sogar die Vorsichtsmaßnahme ergriffen, seinem Freund Jean beim französischen Roten Kreuz zu drohen, nie und unter keinen Umständen Sophie auch nur den kleinsten Funken Hoffnung zu schenken. Jetzt wartete er nur noch auf das offizielle Zertifikat, mit dem die Armee den Tod seines Bruders bestätigte. Dieser unerwartete Anruf einer fremden Frau aus einem anderen Land ließ sich doch sicher leicht als nichtig erklären.

Er hatte versucht, den Anruf der Krankenschwester aus dem Gedächtnis zu tilgen. Als ihm das nicht gelungen war, hatte er sich betrunken und gehofft, dass ihm dies beim Vergessen half. Aber am vergangenen Morgen war er mit Übelkeit und pochenden Kopfschmerzen erwacht, und sofort war ihm wieder eingefallen, dass sein Bruder möglicherweise unter einem falschen Namen noch lebte. Das Gedächtnis gehorchte ihm offenbar noch, denn der Anruf aus Lausanne verfolgte ihn.

Die Nachricht hätte zu keinem schlechteren Zeitpunkt

kommen können. Seine Geldgeber verloren langsam die Geduld. Louis brauchte die sofortige Sicherheit der Weinberge seines Bruders, vom Vermögen der Delancrés ganz zu schweigen.

Die Empfehlung der Bank, er solle die Wohnung in Pigalle aufgeben, um in ein weniger teures Viertel zu ziehen, war lächerlich. Den Vorschlag seines persönlichen Bankiers, er solle die Wohnung in Paris verkaufen und sich für eine Weile nach Avize zurückziehen, fand er grauenhaft.

Er brauchte nur Zeit. Und Sophie. Wenn er mit ihr verlobt war, wenn er auch nur das Gefühl hatte, Zugang zum Besitz seines Bruders zu haben, würde die Bank sicher stillhalten. Und wenn sich herausstellte, dass Jerome tatsächlich lebte und in einem Schweizer Krankenhaus dahinvegetierte, dann war trotzdem nichts verloren.

Sein Bruder sollte ruhig zurückkehren. Louis würde Sophie großzügig freigeben, den Ring seiner Mutter zurücknehmen, die Vereinigung des glücklichen Paares feiern und sich auf die Kinder freuen, die zweifellos in wenigen Jahren kommen und den Namen Méa erhalten würden. Er hätte dann seine Haut gerettet. Er brauchte nur ein wenig Zeit, um die Investitionen aufzubessern, die im Krieg so sehr gelitten hatten. Aber mit Zeit und einem kleinen Zuschuss war alles zu reparieren. Sein Gedankenchaos beruhigte sich, alles hörte sich kalkuliert und vernünftig an.

Er musste Sophie den Ring an den Finger stecken, und bei einer kleinen Abendgesellschaft würden sie dann eine förmliche Vereinbarung feiern. Dazu würde er einen der wichtigen Finanziers einladen, der dann die anderen zu seinen Gunsten beeinflusste. Den Anruf aus der Schweiz würde er einfach leugnen. Wer konnte ihm schon etwas beweisen? Wer würde es überhaupt versuchen? Wenn Jerome tatsächlich lebte, würde er bei Kriegsende wahrscheinlich in die Heimat überführt werden. Bis dahin hatte Louis nicht die Absicht, dem Anruf einer Fremden nachzugehen. Auf gar keinen Fall.

Er betrachtete die schöne Sophie, die ihren Kaffee trank, und stellte sich vor, wie angenehm es wäre, mit ihr ein Kind zu zeugen ... oder es zumindest zu versuchen. Allein der Versuch würde ja schon Spaß machen.

»Louis, deine Nachricht klang dringend. Hast du weitere Neuigkeiten?«

Keine, die ich dir mitteilen werde, Sophie, dachte er. »Dringend weniger als wichtig. Du sollst wissen, dass ich meine Meinung geändert habe. Ich habe es ein letztes Mal versucht«, log er. Beinahe machte es ihn traurig zu sehen, wie sich ihre Augen vor Hoffnung weiteten. »Leider bekam ich von höchster Stelle, dem Ministerium, nur eine weitere Bestätigung, dass Jerome als in Flandern gestorben gilt«, erklärte er und schüttelte traurig den Kopf. Der Hoffnungsfunke in ihren Augen erlosch. »Die offiziellen Stellen brauchen keinen weiteren Beweis als seine blutbefleckte Jacke und die Annahme, dass er in einen Giftgasangriff geraten und gefallen ist, verloren im flandrischen Niemandsland. So hat man es mir vor zwei Tagen beschrieben. Es ist bewiesen, Sophie. Mehr können wir unter diesen Umständen nicht erreichen, und wir sollten von jetzt an unser Leben auf pragmatischste Art und Weise weiterführen.«

Sie wussten beide, was er meinte. Louis genoss den Ausdruck der Verzweiflung auf ihrem Gesicht. Sie wollte – sie brauchte – sein Mitgefühl, und zwar in Gestalt von Zucker. Nur zu gern wollte er ihr diesen Gefallen erweisen, aber die Sache hatte einen Preis ... wie alles.

»Also, der Zucker ...«, begann er vorsichtig. Er sah, wie sie einatmete. Sie hatte doch gewusst, was kam, er brauchte gar nicht so vorsichtig zu sein. »Soll ich ihn nach Épernay schicken?« Die Frage kam so vernünftig heraus, dass Louis sich selbst wunderte. »Du stehst doch sicher kurz vor einer Entscheidung wegen des diesjährigen Champagners, oder?«, fragte er ganz unschuldig, als ob er es nicht genau wüsste.

»Ich habe nur noch wenige Tage«, antwortete sie mit gepresster Stimme und stellte ihre Kaffeetasse ab. »Ich brauche den Zucker.«

»Ich weiß, meine Liebe«, sagte er, trank den Byrrh aus und griff in seine Jackentasche, um die kleine Ringschachtel zu betasten. »Sollen wir?«

Wieder einmal wurde Sophie mit dem schrecklichen Anblick der Ringschachtel konfrontiert. Dieses Mal öffnete Louis sie nicht, sondern stellte sie nur auf den Tisch neben sein leeres Glas.

»Louis, fühlst du tatsächlich im Herzen – tief in deiner Seele –, dass Jerome tot ist?« Sie wartete seine Antwort nicht ab. »Ich nämlich nicht ...« Louis wurde blass und musste husten. Hastig griff er in seiner Jackentasche nach einem Taschentuch. »Oh, ist alles in Ordnung, Louis?«, fragte Sophie, als sein heftiger Hustenanfall sie unterbrach.

»Ja, ja, meine Liebe«, krächzte er. Er trank einen Schluck kalten Kaffee. »Äh ... Entschuldigung. Um deine tief empfundene Frage zu beantworten, ja. Ja, ich glaube von ganzem Herzen, dass mein geliebter Bruder sein Leben für Frankreich hingegeben hat. Der Beweis ist unwiderlegbar. Die Armee hat seine blutbefleckte Jacke und seine Dokumente gefunden. Es gab Zeugen, die beobachten mussten, wie er bei diesem schrecklichen Gasangriff zu Boden stürzte. Das sind drei wichtige Hinweise auf sein Ableben, und unserem Ministerium reichen sie. Ich sprach mit dem General, der sagte, unter den gegebenen Umständen würden die zuständigen Dienststellen rasch die notwendigen Untersuchungen einleiten, um den Totenschein auszustellen und dich endlich aus deinem Zustand des Nichtwissens zu befreien.«

Er wandte den Blick ab und sah in Richtung der wenigen Passanten, die vorbeikamen. Als er sich wieder an Sophie wandte, wirkte er abwesend.

»Und wenn er nicht tot ist?«

»Und plötzlich auftaucht?«

»Ja, vielleicht.«

»Du trägst ja nur den Ring. Du kannst ihn zurückgeben.«

»Und dann bin ich einfach so wieder frei?«, fragte Sophie, entsetzt und fasziniert zugleich.

Louis zuckte mit den Achseln. »Wenn wie durch ein Wunder, an das nur du allein glaubst, Jerome wieder in unser Leben tritt, dann bist du schließlich immer noch verheiratet, nicht wahr?«

Sie nickte.

Erneut zuckte er die Achseln. »Trag meinen Ring ein Jahr lang nach dem offiziellen Kriegsende! Das ist mehr als ausreichend Zeit für meinen Bruder, um von den Toten aufzuerstehen und zurückzukehren. Wenn das nicht der Fall ist, hältst du dich an unsere Vereinbarung, und wir heiraten.«

Wenn sie das Ganze nur als geschäftlichen Handel betrachtete, musste sie insgeheim zugeben, dass Louis nicht ganz unvernünftig klang, eigentlich war er sogar großzügig. Er machte Kompromisse, während sie alles bekam, was sie kurzfristig brauchte.

»Louis, kann ich dich nicht einfach für den Zucker bezahlen?«, fragte sie und lächelte ihn hoffnungsvoll an.

Er erwiderte ihr Lächeln. »Das klingt einleuchtend, aber weißt du, meine Liebe, ich habe etwas, was du unbedingt brauchst, und du hast etwas, was ich genauso unbedingt brauche. Zwar finde ich es ganz schrecklich, eine so schöne und intelligente Frau wie dich auf ihren Bedarf an Zucker zu reduzieren, aber vereinbart ist vereinbart.«

»Ein Pakt mit dem Teufel«, erwiderte sie leicht amüsiert, obwohl sie ihm am liebsten ihren Kaffee ins Gesicht geschüttet hätte. »Ein Jahr nach dem offiziellen Kriegsende?«

»Das vereinbaren wir mit dem heutigen Tag, wenn du den Ring annimmst.« Er hob eine Hand. »Sobald du den Zucker erhalten hast, werden wir sowohl in Épernay als auch in Paris eine Gesellschaft geben, auf der wir uns als verlobt erklären.«

»Und was ist, wenn ich selbst an Zucker gelange oder ihn gar nicht brauche, in der Zeit zwischen Kriegsende und der offiziellen Ankündigung unserer Verlobung?«

Er lachte leise, und es klang grausam. »Oh, meine Liebe, du bist unbezahlbar ... Ich weiß doch, dass dein Wein in der zweiten Gärung ist und nach dem Entfernen des Bodensatzes unbedingt Zucker braucht. Aber wenn du tatsächlich in diesem Zeitrahmen Zucker bekommen solltest, dann kannst du mir den Ring zurückgeben. Ich bin zuversichtlich, dass dir dieser Zaubertrick nicht gelingt.«

Bei diesem Wort musste sie an Charlie denken, wie sie ihn geohrfeigt hatte ... wie sehr er Magie in ihr Leben bringen wollte. Ihr wurde ganz übel bei dem Gedanken, wie sie in diesem kalkulierten, widerlichen Spiel, auf das sie sich nie hatte einlassen wollen, in die Ecke gedrängt wurde.

Doch Jerome hatte ihre rebellische Natur bewundert, ihre Fähigkeit, Risiken einzugehen.

Sophie griff nach dem Kästchen mit dem Ring. »Liefere den Zucker!«, verlangte sie und beobachtete, wie sich Louis' Mundwinkel zufrieden hoben.

26

Épernay
August 1918

Er hatte mehr Flaschen gerüttelt, als er zählen konnte, und der Geruch nach Hefe, der von der Gärung in der Luft hing, war mittlerweile sein ständiger Begleiter geworden.

Die Ohrfeige, die Sophie ihm versetzt hatte, schmerzte nicht lange, aber die Erinnerung daran blieb. Er war immer noch wütend, aber klug genug, um sich klarzumachen, dass er gar nicht genau wusste, was ihn so aufbrachte. War er wütend auf sich, weil er in die Fußstapfen eines anderen Mannes getreten war, auf Sophie, weil sie ihn abgewiesen hatte ... oder auf Louis, der eine verletzliche Frau auf schlimmstmögliche Art und Weise ausnutzte? Die feige Erpressung erschien ihm als das Schlimmste, und er hatte tagelang im dunklen Keller beim Flaschenrütteln darüber nachgedacht. Den Kontakt mit Sophie hatte er vermieden, aber auch sie war nicht in seine Nähe gekommen. Vielleicht war ihr der Gefühlsausbruch peinlich, und sie ging ihm deshalb aus dem Weg.

In wenigen Tagen würde er aufbrechen und für immer aus ihrem Leben verschwinden. Er wusste, dass der zweite Gärprozess kurz vor dem Abschluss stand, und Sophie musste den Bodensatz entfernen, der durch das Rütteln nach oben in den Flaschenhals gestiegen war. Ohne den *liqueur d'expédition* zu ersetzen, konnte man die Flaschen nicht entkorken, und der Zucker wurde unbedingt gebraucht, damit die Traube ihre Persönlichkeit entfalten konnte.

Ungeachtet ihrer Auseinandersetzung wusste Charlie sehr genau, wie wichtig vor allem dieser Jahrgang für Sophie war. Ihr erster Champagner vom Hochzeitsweinberg und vielleicht sogar ihr erster Jahrgang, der vollständig aus Chardonnay hergestellt wurde. Selbst Charlie wünschte sich, dass Sophies Plan aufging, weil er so ganz ihrer Persönlichkeit entsprach. Eine rebellische Champagnerproduzentin eiferte anderen stolzen Frauen nach, die ihren Champagner ebenfalls durch neue Methoden groß gemacht hatten. Um dieses Ziel zu erreichen, brauchte sie Zucker. Es schien ihm wichtig, dass gerade er ihr dabei half. Vielleicht wäre dies sein geheimes Vermächtnis an sie, das von seiner Liebe zu ihr sprach. Vielleicht konnte er ihr etwas hinterlassen, ohne dass andere es zerstörten. Ob er seine neuartige Idee wohl in die Tat umsetzen konnte? Sein Verstand sagte ihm, dass es nicht nur plausibel war, sondern in der Chemie der Natur lag. Würde Sophie ihm erlauben, es auszuprobieren? Er würde ihr erklären, dass es eine Lösung war, eine Antwort auf ihr Problem. Und es bedeutete, dass sie sich in diesem dunklen Handel ihrem Schwager Louis nicht ausliefern musste.

Stundenlang hatte Charlie auf die Flaschen gestarrt, in denen die Hefe den Zucker verzehrt hatte, und dabei ständig über seinen Plan nachgedacht, mit dessen Hilfe ein frischer, neuer Champagnerjahrgang entstehen konnte.

Jetzt war er so weit, dass er sich freute, als er Sophie im Keller sah. Wie lange sie schon da war, wusste er nicht. Sie war ins Gespräch vertieft, und Étienne und sie hatten die Köpfe zusammengesteckt. Seit er sie zuletzt gesehen hatte, war sie dünner geworden, doch ihre schlichte dunkle Arbeitskleidung sah immer noch so aus, als wäre sie in einem Modeatelier gefertigt worden. Sie trug keine Hose, wie es sich so viele Frauen im Krieg angewöhnt hatten, weil sich Männerarbeit damit einfacher verrichten ließ.

Wie gern hätte er sie in einem schönen Kleid gesehen ... vielleicht gar in einem Negligé mit offenem Haar. Aber den Tagtraum schob er energisch zur Seite, als er mitbekam, wie hitzig sie debattierte. Sie schien zu spüren, dass er sie beobachtete, und als sie über die Schulter zurücksah, trafen sich ihre Blicke. Sie hatte ihn erwischt, wie er sie anstarrte, und dabei wollte er doch möglichst unbeteiligt wirken. Sophie nickte und hob grüßend die Hand, aber er erwiderte den Gruß nicht. Es war sein letzter Versuch, Widerstand zu leisten. Sie beugte sich zu dem alten Mann hinunter und küsste ihn auf den Scheitel, bevor sie im Keller umherging und jeden *Einzelnen* begrüßte. Charlie bewunderte die sanfte Art, mit der sie ihre Leute führte; sie vertraute ihnen, und sie liebten sie.

Und dann trat sie auf ihn zu.

»Charlie«, murmelte sie, »können wir reden?«

»Gibt es noch etwas zu sagen?« Wie störrisch er klang!

Sie bedachte ihn mit einem Blick, als wäre er ein eigensinniges Kind. »Bitte, Charlie, verzeih mir! Ich konnte nicht schlafen, weil ich mich so schlecht benommen habe.«

»Vergiss es!« Jetzt klang er einfach nur übellaunig.

»Ich kann nicht vergessen, was passiert ist. Und ich werde es nicht vergessen. Gestatte mir, es wiedergutzumachen!«

Charlie versuchte, gleichgültig zu klingen, so als ob ihn das alles langweilte. Doch seiner angespannten Körperhaltung war deutlich anzumerken, dass er das Gegenteil empfand. »Lass uns einfach sagen, wir haben diese … äh … Episode beide verschuldet. Außerdem reise ich nächste Woche ab, zuerst mit dem Zug nach Calais und dann aufs Schiff nach England.«

Sophie wirkte entsetzt, aber sie gab nicht auf. »Meine Eltern haben mich nicht dazu erzogen, die Hand gegen einen anderen Menschen zu erheben.«

»Warum dann gegen mich, Sophie?«

Sie blinzelte und suchte nach einer Antwort. »Es gibt doch die Redensart, dass man immer jene am meisten verletzt, die man am meisten liebt.«

»Ja, eine praktische Redensart.« Er lächelte freudlos, hasste sich jedoch selbst dafür, dass sie sich so winden musste.

»Aber es stimmt doch, oder?« Sie blickte ihn eindringlich an. »Und ich liebe dich, Charlie. Ich erlaube mir nur nicht, diesem Gefühl nachzugehen.«

Trotzig erwiderte er ihren Blick und nickte bedächtig. »Ich nehme deine Entschuldigung an.«

»Danke«, erwiderte sie ernsthaft. »Sag mir doch, was wirst du in England tun?«

Er zuckte mit den Achseln. »Das weiß ich noch nicht so genau. Ich muss erst wieder repatriiert werden, aber es besteht auch die Möglichkeit, dass ich Frankreich gar nicht so schnell verlassen muss.« Sophie warf ihm einen scharfen Blick zu. »Es wurden Aufräumkommandos gegründet«, erklärte Charlie. »Das sind Einheiten alliierter Soldaten, die sich vergewissern, dass sich in Frankreich keine deutschen Soldaten mehr aufhalten. Es gibt auch Suchkommandos für die Gefallenen.« Sie zuckte zusammen. Traurig schüttelte Charlie den Kopf. »So viele Familien warten auf Nachrichten von ihren Liebsten.«

»Wie ich?«

»Genau. Tatsächlich liegt es an deiner Situation, dass ich meine Dienste anbieten möchte. Zu Hause wartet niemand auf mich, und wenn ich nach gefallenen Soldaten suche, kann ich wenigstens etwas Gutes tun. Sie finden, Kontakt zu ihren Frauen, Müttern und all jenen herstellen, die auf Nachrichten warten.«

»Das klingt so, als wäre das etwas für dich.«

Er nickte, offenbar froh, dass sie es so sah. »Bevor ich gehe, möchte ich aber gern noch eine Idee mit dir teilen«, bemerkte er so beiläufig wie möglich.

»Ich hoffe, es ist die Magie, nach der ich mich sehne.«

»Könnte sein«, erwiderte er geheimnisvoll.

Sie musterte ihn, und er sah ein amüsiertes Flackern über ihr Gesicht huschen ... es war nur ganz kurz, aber es war unübersehbar. Es gab also noch Hoffnung, dass sie als Freunde auseinandergingen.

»Willst du es mir erzählen?«, fragte sie.

Er nickte. »Kommst du mit mir zu meiner Unterkunft?«

»Nun, das ist eine verlockende Einladung«, erwiderte sie.

Er lachte. »Ich hoffe, du traust dich, sie anzunehmen«, entgegnete er spielerisch.

Ihr leises Lachen versetzte ihn in gute Laune, und ihm wurde ganz warm ums Herz.

»Als Feigling hat mich noch niemand bezeichnet«, erwiderte sie und hob herausfordernd die Brauen.

Als sie ankamen, war der Schlafsaal leer.

»Oh, hier ist aber gut aufgeräumt«, bemerkte sie und blickte sich um.

Staubpartikel tanzten wie winzige Mücken im Licht, das durch die Fenster fiel. Ein Sonnenstrahl glitt über ihr Haar, und es schimmerte. Er musste sich abwenden, denn das

Verlangen nach ihr drohte seine kaum verheilte Wunde wieder aufzureißen.

Er bückte sich, um im Schrank zu kramen. »Hier leben eben Soldaten«, sagte er, als ob das alles erklärt hätte.

»Du wirst mir fehlen.« Sie klang wehmütig.

Eine verlegene Stille entstand.

»Jedenfalls ...«, begann er, aber sie redete im gleichen Augenblick los.

»Und ... welche wichtige Information hast du für mich, Charlie?« Ihre Munterkeit wirkte aufgesetzt. »Entschuldigung, ich ... du wolltest gerade etwas sagen.«

»In Ordnung.« Er richtete sich auf, eine Champagnerflasche ohne Etikett in der Hand. »Es geht um deinen Jahrgangschampagner für dieses Jahr.«

Sophie runzelte die Stirn. »Dieses Jahr wohl kaum! Wie ich dir bereits sagte, geht es nicht ohne Zucker ... beziehungsweise ohne Louis, und ich habe mich noch nicht entschieden ...« Zweifelnd verzog sie das Gesicht.

Charlie hob eine Hand, um sie zu unterbrechen. »Nun, du solltest keinen Kompromiss eingehen. Ich glaube, du kannst dieses Jahr Champagner herstellen, sofern du flexibel bleibst ... und dich traust.« Erregt blickte er Sophie an. »Ich glaube, ich habe dein Zuckerproblem gelöst.«

Sie wirkte völlig überrascht.

»Dies ist der Jahrgang 1917«, stellte sie fest und wies mit dem Kinn auf die Flasche, die er in der Hand hielt. »Der erste Saft aus den Hochzeitsreben.«

»Ja. Er wartet darauf, degorgiert zu werden, das heißt, die Hefe wird entzogen. Dann bekommt er die zusätzliche Dosis Zucker, wenn mich nicht alles täuscht.« Er schwieg und sah, wie sie von einem Fuß auf den anderen trat, als ob er ihre Neugier erweckt hätte.

»Sprich weiter!«, verlangte sie.

»Zum Kühlen habe ich die Flasche die ganze Nacht über in den Bach gelegt. Dadurch wird er ein bisschen grob, oder?«

»Mein Champagner ist nicht grob«, erwiderte sie amüsiert. Sie klang aufrichtig fasziniert.

»Nein, mein Versuch war ein bisschen grob, da ich nicht über deine Fähigkeiten verfüge. Gewöhnlich dauert es seine Zeit, bis sich alles im richtigen Verhältnis miteinander vermischt hat. Deshalb ist es für den Augenblick nur ein Hinweis darauf, wie es dank deiner Klugheit und Erfahrung werden könnte. Étienne hat mir geholfen.« Er bemühte sich, die Flasche mit der gesunden Hand zu entkorken, und war froh, dass sie das nicht übernahm. Sonst wäre er sich unzulänglich vorgekommen. »Ah ja«, sagte er, als der Korken mit einem zufriedenstellenden *Plopp* herauskam. Er ergriff zwei Gläser, die er für diesen Augenblick im Schrank bereitgestellt hatte, und schenkte den noch nicht vollendeten Champagner ein.

»Charlie, was hast du meinem Champagner hinzugefügt?«

Er grinste. »Etwas, das dir sehr am Herzen liegt. Ich habe Delancré Ratafia hinzugegeben.«

Überrascht starrte sie ihn an. Sie wollte etwas sagen, bekam jedoch keinen Ton heraus.

»Es könnte gelingen, oder? Dein zuckriger Ratafia, ein Nebenprodukt deiner Trauben, muss einfach die Lösung sein. Du gibst nichts hinzu, was nicht hineingehört. Ratafia beschädigt weder die Bläschen noch den Geschmack. Als Chemiker bin ich sicher, dass das zum Erfolg führt.« Er reichte ihr ein Glas und freute sich, als sie ihn völlig verblüfft ansah.

»*Quelle folie!*«, flüsterte sie und kostete das Getränk.

»Es ist gewagt«, sagte er, »aber es ist auf keinen Fall verrückt, oder?«

»Nein, nicht verrückt.« Sie schüttelte den Kopf. »Es ist kreativ und einfallsreich.«

»Du weißt, dass es gelingen kann, Sophie. Wenn du Ratafia verwendest, hältst du den Champagner rein. Er stammt ganz und gar aus Épernay und von dir, weil er nur Trauben aus deinem Weinberg und von der gleichen Lese enthält. Ich schlage ja gar nicht vor, dass du das jetzt jedes Jahr machen sollst, aber was den Jahrgang 1918 angeht … Ich glaube, das wird ein absoluter Triumph für Reims, für das Haus Delancré, für die Champagnerhersteller der Region und vor allem für die Frauen von Épernay. Sie sind stark geblieben und haben die Weinstöcke gehegt, damit der Champagner fließen kann.« Er erwärmte sich an seiner Erregung, alles Mürrische war vergessen. »So wird man sich an dich erinnern. Du hast vor dem Feind nicht kapituliert … und darin schließe ich persönlich auch deinen Schwager mit ein.«

Sie verzog das Gesicht zu einem schiefen Lächeln.

»Du machst 1918 Champagner, trotz der vielen Toten und Verwundeten, trotz der zerbombten Weinberge, ohne Zucker. Wenn Frankreich über seinen Feind triumphiert, stehst du zu deinem Heimatland. Du hast die Flaschen, um deinen Mut zu beweisen, und kannst diesen Mut zu Geld machen.«

Seine Augen blitzten, und er vermutete, dass seine Worte ihren Geist ebenfalls belebten.

»Darauf trinke ich, Charlie. *Santé!*« Sie stieß mit ihm an.

»Auf dich«, erwiderte er.

Sie lächelten einander an und tranken gleichzeitig einen

Schluck. Einen kurzen Moment lang hielt er vor Spannung die Luft an, aber dann breitete sich ein Lächeln auf Sophies Gesicht aus, machte ihre Grübchen sichtbar, erreichte ihre Augen und ihre Stimme.

»Oh, Charlie!« Erneut trank sie einen Schluck, schmeckte ihm nach. »Wenn du wüsstest, wie viel mir das bedeutet! Du kluger, kluger Chemiker.«

»Und?«

»Es ist ein Wunder«, gestand sie kopfschüttelnd. »Ich habe dich zum Zaubern herausgefordert, und du hast Magie gewirkt. Vielleicht hast du mich gerade vor meinem Schicksal gerettet.«

»Louis?«

Sie nickte. Er spürte, wie Erregung und Erleichterung in ihr aufstiegen ... wie zwei Säulen, die sie stützten. »Wenn wir es so machen, kann ich seinen Zucker ablehnen ... und ihm den Ring zurückgeben.«

»Dann lehne beides ab, denn ich verspreche dir, dass es gelingen wird«, sagte er. »Was schmeckst du? Ich muss es aus der Perspektive des Winzers verstehen.«

Sophie hob eine Schulter. »Das ist natürlich eine sehr persönliche Frage. Der Wein ist eine Göttin, vergiss das nicht!« Er lächelte und lehnte sich entspannt an die Wand. »Er ist nicht eindeutig im Geschmack, und das macht ihn auf meiner Zunge zu einer sinnlichen Erfahrung. Ich schmecke ein komplexes, edles, süßes Aroma von Akazien mit Duftnoten von Zitronenblüten ... hell und lebhaft. Aber nach ein oder zwei Sekunden beruhigt sich die Lebhaftigkeit und vermittelt einen Eindruck von Mirabelle.« Charlie runzelte die Stirn. »Das sind kleine gelbe Pflaumen«, erklärte sie. »Sie erzeugen einen glatten, samtigen Geschmack.« Sophie trank einen weiteren Schluck. »Mmm! Meine schöne Göttin hat einen großartigen Abgang, mit vollem, frischem Zitrusgeschmack. Der Ratafia fügt eine schöne Tiefe hinzu.«

»Und jetzt fass das alles in wenigen Worten zusammen!«, riet ihr Charlie. »Denn so wirst du den Champagner verkaufen.«

Sie stand ganz still da und schmeckte ihrem letzten Schluck nach. »Wenn dieser Champagner gereift und abgerundet ist, fängt er in seinem Geschmack die letzten Tage und die Wärme des Sommers ein.«

Er lächelte. »Und jetzt gib ihm einen Namen!«

»Er kann nur *der Unsterbliche* heißen.« Sie warf ihm einen zärtlichen Blick zu. »Ich weiß nicht, was ich sagen ... wie ich dir danken soll ...«

Charlie schüttelte den Kopf. »Diese Lösung ist mein Dank an dich«, gestand er ernst. »Weil du dich um mich gekümmert hast. Weil du mich gerettet hast.«

»Dich gerettet?«

»Vor mir selbst. Jetzt habe ich das Gefühl, dass ein Leben vor mir liegt. Ich hätte es gern mit dir verbracht, aber ich habe meinen Frieden gemacht, Sophie. Vielleicht willst du mich in zwei Jahren wiedersehen, wenn ... nun ja, du weißt schon. Vor allem ist es mir wichtig, dass du nicht vor Louis kapitulieren musst. Du kannst deinem Herzen folgen und mit diesem besonderen Jahrgang deinen Mann ehren ... alle jene ehren, die gefallen sind. Dann kannst du das Kriegsende feiern. Ich weiß, Jerome wäre stolz auf dich. Ich freue mich, dass du dieses Jahr Champagner herstellen kannst und ich einen winzigen Teil dazu beigetragen habe.«

Er konnte es nicht ertragen, dass Tränen in ihren Augen schimmerten und sie traurig war, da sie doch feiern sollten. »Los!«, drängte er, um sie aufzuheitern. »Bestätige mir noch einmal, wie klug ich bin!«

Es war die richtige Strategie, denn lächelnd nahm sie erneut einen Schluck. »Nun, der Alkoholgehalt ist ein bisschen zu hoch ... das müssen wir einstellen. Aber ja, ja, der Zucker des Ratafia wird das Notwendige tun, um den diesjährigen Jahrgang zu produzieren. Er schmeckt leicht anders, aber ich glaube, das spielt keine Rolle. Die Trauben wurden im Krieg geerntet, aber er ist im Frieden gereift. Wenn er verkorkt, etikettiert und im Frieden verkauft wird, dann kann ich mir keinen Jahrgang vorstellen, der emotional stärker belastet wäre.«

Sie sahen sich an. Sophie stieß einen leisen Schrei des Glücks aus, und Charlie lachte. Er hatte nicht damit gerechnet, dass sie ihr Glas abstellen und ohne jede Vorwarnung die Arme um ihn schlingen würde.

»Sophie ...«

»Sei still!« Sie schüttelte den Kopf, als gestatte sie sich nicht, ihre Motive infrage zu stellen.

Charlie war überrascht. »Was tust du da?«

»Wonach sieht es denn aus?«

Er runzelte die Stirn. »Ich dachte ...«

»Ich auch. Aber Charlie, mir ist klar geworden, dass ich den Rest meines Lebens niemandem treu sein kann, der nicht mehr da ist. Er hat sich den Tod nicht ausgesucht. Ich habe mir nicht ausgesucht, dass er in den Krieg zog. Das Leben hat den Weg für uns gewählt, und niemand ist schuld. Aber seit vier Jahren war alles so traurig. Jetzt ist der Frieden gekommen und damit für uns alle die Gelegenheit, auf neue Reisen zu gehen. Warum soll ich dann unglücklich und allein bleiben? Du reist in wenigen Tagen ab, weil ich auf der Erfüllung meiner Pflicht bestand. Nun, ich bin es leid, immer nur meiner Pflicht zu folgen. Plötzlich spüre ich eine unglaubliche Erregung ... ich kann ein neues Leben beginnen. Aber nicht mit Louis, sondern mit einem Mann, den ich liebe. Das würde mein Jerome mir wünschen ... wieder zu lieben. Ich wollte das Beste, was mir seit Langem widerfuhr, einfach gehen lassen ... aus Pflichtbewusstsein. Nein. Jetzt stehe ich hier und verlange von mir selbst, wieder glücklich zu sein. Und wenn ich bei dir bin, bin ich glücklich.«

»Es sei denn, du ohrfeigst mich.«

»Charlie ...«

»Das war ein Scherz.« Er blickte sie forschend an und wusste nicht recht, was er sagen sollte. Ihre veränderte Einstellung machte ihn ungläubig, aber er empfand auch Verzweiflung. »Ich muss gehen, das verstehst du doch, oder?«

Sie nickte. »Ich weiß. Aber du wirst zu mir zurückkommen, nicht wahr?«

Geschah das jetzt wirklich? Wieder lag sie in seinen Armen, das hätte er sich nicht vorstellen können. Beide waren sie den richtigen Weg gegangen, waren einander respektvoll und verantwortungsbewusst begegnet, aber Sophie hatte recht. Sie hatten nur im Hinblick auf die Vergangenheit so gehandelt, statt sich auf die Zukunft zu freuen. »Sophie, bist du dir sicher?«

Sie schloss die Augen und küsste ihn sanft. Dann wartete sie ... und ließ ihn entscheiden. Charlie spürte, wie sich die gerade verschorfte Wunde über seinem Herzen wieder öffnete. Es war ein Abgrund, aber er ließ sich einfach fallen. Er zog sie fester an sich, und ihr Kuss wurde leidenschaftlicher, dauerte an, bis alle zögernden Fragen beantwortet waren.

27

Lausanne
Ende August 1918

Jerome stand am Ufer des Genfer Sees und blickte nach Frankreich, zur Gemeinde Évian-les-Bains hinüber, zu einem Badeort, der reiche Feriengäste anlockte. Auch seine Familie hatte dort schon Urlaub gemacht. Als Junge hatte er dort mit seiner Mutter und seinem Bruder eine Tante besucht, die in einer Villa am See lebte. Bisher hatte er sich nicht gestattet, intensiv an Frankreich zu denken, zumal er sich nicht vorstellen konnte, je zurückzukehren. Er hatte damit gerechnet, in der Schweiz zu sterben, aber noch heute würde er tatsächlich mit dem Zug nach Frankreich fahren, um dort als Held begrüßt zu werden. Nur dass er für die Behörden nicht als Jerome Méa dort ankäme, sondern als Jacques Bouchon.

Er blickte auf das Schreiben, das die zuständige Krankenschwester ihm vor wenigen Augenblicken ausgehändigt hatte. Es enthielt ein Lebewohl von seinen Schweizer Gastgebern, die ihm gute Heimkehr und ein glückliches Leben wünschten.

»Wiederholen Sie noch einmal, was er gesagt hat!«, drängte er. »Bitte, Agatha!«

Seufzend wiederholte sie zum dritten Mal das Telefonat, das sie mit Louis geführt hatte.

»Und dann war die Leitung auf einmal tot?«

»Ja, seltsam, denn vorher war die Verbindung völlig störungsfrei.«

»Und es war eindeutig mein Bruder?«

»Er bestätigte zweimal, dass er Louis Méa sei.«

»Hätte es nicht ein Freund sein können?«

Sie schüttelte den Kopf. »Nein, es sei denn, dieser Freund hätte zweimal gelogen.«

»Nein, nein, Sie haben ja recht! Nun, der Krieg mag zu Ende sein, aber das bedeutet natürlich nicht, dass die Telefonleitungen besser geworden sind. Vielleicht wird sogar noch mehr telefoniert als früher«, sagte er hoffnungsvoll. Das war seine Überzeugung und alles, was er hatte. Daran würde er sich festklammern. »Danke, Agatha. Ich schulde Ihnen einen Tanz, wenn es Ihnen nichts ausmacht, mit einem einarmigen, einäugigen, hinkenden Gefangenen zu tanzen.«

Ihr strahlendes Lächeln sagte ihm, dass sie seinen Vorschlag nach wie vor verlockend fand. Bald schon würde er der Frau, die er liebte, dieselbe Frage stellen. Im Moment jedoch wollte er nur daran denken, wie sich sein Bruder und Sophie freuen würden, wenn sie die Nachricht erführen. Das war sein neuer Tagtraum ... er stellte sich vor, wie Louis Sophie die freudige Nachricht überbrachte. Die Tränen, das Lächeln, die glücklichen Ausrufe, wenn sie sich endlich in den Armen lagen.

Sophies Herz war so leicht wie lange nicht mehr. Es lag nicht nur daran, dass die Alliierten die Deutschen über die Grenzen zurücktrieben und dass die dunkelste Stunde hinter ihnen lag. Endlich konnte sie auch hinnehmen, dass Jerome tot war und nicht mehr wiederkam. Jetzt konnte sie in kleinen Schritten in ein neues Leben aufbrechen. Im

Stillen würde sie immer um ihn trauern, aber ihr Leben lag wieder vor ihr. In Erinnerung an ihren Mann bewusst allein zu bleiben hatte keinen Sinn. Sie dachte an die Witwe Clicquot, die viele als erste Frau in der Champagne bezeichneten. Ihr Mann war gestorben, als sie etwa im gleichen Alter war wie Sophie jetzt, aber sie hatte eine Tochter, die sie lieben und großziehen konnte ... für die sie lebte. Die andere Frau, die Sophie inspirierte, Louise Pommery, war einundvierzig, als sie ihren Mann verlor und das Geschäft übernahm. Wenn Sophie zehn Jahre älter wäre, dächte sie vielleicht auch nicht daran, noch einmal zu heiraten und eine Familie zu gründen.

Nein, ihre Lage unterschied sich von der anderer Frauen, und sie traf ihre Entscheidung den Umständen entsprechend, statt es allen recht machen zu wollen. Sie fand es nicht romantisch, sich von den Freuden des Lebens fernzuhalten, nur um in den Augen anderer eine ehrenwerte Witwe zu sein.

Sie löste sich aus Charlies Kuss und entspannte sich in seinen Armen. Es fühlte sich alles so richtig an.

»Sophie«, flüsterte er. Seine Stimme war heiser vor Verlangen. »Kann ich dich heute Abend sehen?« Sie wusste, was das bedeutete.

Sie nickte. Sie wollte ihre Lebensumstände gar nicht analysieren, sie wollte nur ihren Gefühlen folgen. »Ja, ich will dich sehen. Komm ins Haus! Im Erdgeschoss halten sich nur wenige Menschen auf. Meiner Haushälterin gebe ich heute Abend frei.«

»Darf ich bleiben? Ich will dich loslassen.«

Sie lächelte. »Ich möchte, dass du bleibst. Dann kann ich dich eine Zeit lang loslassen, damit du deine Angelegenheiten regelst und endgültig zu mir zurückkehrst.«

»Das ist nicht wahr, oder?«, fragte er und kniff sie, um sie zum Lächeln zu bringen.

»Doch, Charlie, so wahr, wie der Krieg ein Ende nimmt. Ich weiß nicht, wie lange es dauert, aber wir alle müssen hart daran arbeiten, wieder Struktur in unser Leben zu bringen. Reims muss wieder aufgebaut werden, und das wird viele Jahre dauern. Aber die Vorstellung, dass die Geschäfte wieder geöffnet haben und die Menschen nach Belieben durch die Stadt bummeln, wird uns tragen. Ich stelle mir vor, mit welcher Freude die Schulen den Unterricht wieder aufnehmen, und bald wird auch die Bank öffnen, und wir müssen nicht länger mit Notgeld bezahlen. Auch hier in Épernay liegt ungeheuer viel Arbeit vor uns. Wir müssen die zerstörten Weinberge neu anlegen. Und erinnere mich daran, dass ich die falsche Wand einreiße, die ich auf Gastons Vorschlag hin hinter dem Wohnzimmer habe einziehen lassen.« Charlies Augen weiteten sich. »In einem der Ställe steht ebenfalls eine solche Wand. Dahinter versteckt sich die wertvollste Flaschenkollektion des Hauses Delancré.« Sie lächelte und dachte daran, wie Gaston ihr beigebracht hatte, die Flaschen umzuetikettieren, um ihre kostbarsten Jahrgänge und Cuvées zu schützen. »Ich muss wieder nach vorn schauen ... mit dir.«

Er umarmte sie und vergrub sein Gesicht an ihrem Hals. Eine Minute lang standen sie schweigend da und genossen den Augenblick.

»Ich liebe dich, Sophie«, sagte Charlie schließlich und löste sich aus der Umarmung. »Das habe ich noch nie zu einer Frau gesagt, außer zu einer Schnecke, die ich unter dem Fenster neben meinem Bett hielt. Ich muss zugeben, ich liebte Ermintrude wirklich, aber diese Liebe verblasst im Vergleich zu meinen Gefühlen für dich.«

»Ich fühle mich geehrt!«, rief sie lachend und strich ihm über die Wange. »Schöner, lustiger, kluger Charlie! Wie glücklich bin ich, dich gefunden zu haben. Danke, dass du mein Leben gerettet hast, Charlie. Ich kann es kaum erwarten, Louis zu sagen, dass ich seinen Zucker nicht brauche.«

»Und auch nicht seinen Ring. Trag meinen Ring, Sophie! Wenn du jemals wieder heiraten willst, dann heirate mich!«

Sie küsste ihn, sanft und zärtlich. »Nur dich, Charlie. Heute Nacht werde ich es dir beweisen.« Sie warf ihm einen verschwörerischen Blick zu, auf den er nichts zu antworten brauchte. Sie wusste auch so, was er bei ihm bewirkte. Sein Verlangen brachte sie zum Kichern. Wie viel Macht Frauen doch über Männer hatten!

»Ob ich überhaupt durchhalte bis heute Abend?«, stöhnte er.

»Du musst«, sagte sie und löste sich von ihm.

Charlie knurrte leise. »Nun gut. Ich brauche Ablenkung. Jetzt ist der Moment, in dem sich Sophie Delancré ihren Traum erfüllt. Lass uns den neuen Champagner mit Ratafia nur aus Chardonnay herstellen!«

Sophie schluckte. »Du weißt, dass ich meinen kostbarsten Chardonnaywein riskiere?«

Es war eine rhetorische Frage, aber er antwortete trotzdem. »Natürlich weiß ich das, Sophie, aber geh das Wagnis ruhig ein! Du kannst nur gewinnen. Es wird gelingen, das verspreche ich dir.«

Ihre Blicke begegneten sich. Sie hatte das Vorhaben schon so lange im Herzen bewegt, dass es inzwischen Teil von ihr selbst war. Es war ihr Geheimnis, ihr geheimer Schatz, den sie von Zeit zu Zeit hervorholte, um ihn zu bewundern. Aber sie hatte ihn immer wieder weggelegt, eingeschlossen und nicht weiter verfolgt ... bis zum nächsten Mal. Bei Charlie klang alles auf einmal so real, so erreichbar ... so erschreckend. Und wenn es nun eine Katastrophe wurde? Wenn nun der Ratafia und der Champagner aus Chardonnay scheiterten, komplett danebengingen? Würde sie damit in Champagnerkreisen zur Zielscheibe von Spott? Würden die Männer in den Champagnerhäusern laut zum Ausdruck bringen, warum sie es nicht leiden konnten, wenn Frauen sich in ihr Geschäft einmischten?

Ach, zur Hölle damit! Schärfere Stimmen - Frauenstimmen - unterstützten sie. Die Witwe Clicquot und Madame Pommery lachten über ihre Unsicherheit. Und sie wusste, dass sie recht hatten. *Wir sind auch Risiken eingegangen!*, riefen sie. *Um in dieser Branche Überraschendes zu erreichen, mehr Respekt zu gewinnen, musst du mutig sein. Für eine Frau ist es schwerer, aber du hast Schultern, die das stemmen können.*

Himmel! Sie würde es tun. Plötzlich fühlte es sich so richtig an, und außerdem hatten auch die Männer alle Hände voll damit zu tun, ihren Champagner ohne Zucker herzustellen. Sie hatte Glück.

»Sag mir, wie ein Champagner nur aus Chardonnay schmecken wird«, forderte Charlie sie auf. Er ergriff ihre Hand, verschränkte seine Finger mit ihren. Zweifellos wollte er sie von ihrer Ängstlichkeit ablenken.

Es war genau die richtige Frage.

»Ah«, seufzte sie, als glitte sie in ein warmes Bad. Lächelnd schloss sie die Augen, um sich den Geschmack vorzustellen. »Hell am Gaumen, ein Gefühl strahlender Leichtigkeit, aber nicht ganz so eindeutig. Die Gaben kommen erst nach und nach zur Geltung. Zuerst eine Andeutung von Brioche mit einem Hauch von Buttergeschmack, der nachlässt, um getrocknete Früchte hervorzulocken, und schließlich wirst du von dieser Üppigkeit verführt, überrascht von der Kühle einer Zitrone. Ein subtiles Mundgefühl – besser kann ich es nicht beschreiben –, das sich je nach Laune, vor allem nach deiner Laune, in jede Richtung entwickeln kann.«

»Was bedeutet das?«

Sie öffnete kurz die Augen und sah ihn an. »Nun, Charlie, wenn du schlechte Laune hast, dann schmeckt der Champagner anders, als wenn du verliebt bist. Und der Geschmack ist individuell, denn deine trübe Stimmung schmeckt anders als meine.«

»Ich wette, deine Liebe schmeckt genauso wie meine.«

Sie lächelte und schloss wieder die Augen. »Aber mein Champagner aus Chardonnay läuft immer auf eine mineralische Note hinaus, weil das seine Stärke ist. Die Göttin weiß, woher sie kommt. Sie respektiert die Kreideböden und die Kalksteinhöhlen, die sie genährt haben. Und sie wird sich auf deiner Zunge in einem erfrischenden Spritzer auflösen.«

»Das will ich schmecken«, flehte er und brachte sie damit zum Lachen.

»Ich habe dir bisher noch nichts von ihren Bläschen erzählt.«

Er legte ihr den Arm um die Hüften, aber sie entwand sich ihm spielerisch. Ihre Haarsträhnen lösten sich aus ihrem Chignon. Das verlieh ihr ein so laszi255 Aussehen, dass sie schon dachte, Charlie wolle sie auf der Stelle hier und jetzt lieben. Wie dicht sie doch selbst daran war, sich ganz in seiner Liebe zu verlieren. Sie spürte ihre Körper, ihre Haut berührte sich, und sie bewegten sich auf eine Weise, die alles andere im Leben für eine Zeit lang unwichtig machte.

»Die Bläschen sind so zart, dass sie wie Ballerinen auf

dem Gaumen tanzen. Sie steigen elegant auf, reichen sich an der Oberfläche die Hand und verbeugen sich.«

Er applaudierte ihrer Beschreibung, eher ungeschickt, weil er aufgrund der Schlinge die Bewegung zwar ausführen, aber kein Geräusch erzeugen konnte. Trotzdem brachte er seine aufrichtige Freude darüber zum Ausdruck, wie gut sie ihren imaginären Champagner beschrieb. »Wir werden diesen Champagner herstellen«, versicherte er ihr und zog sie in einen sehnsüchtigen Kuss. »Zögere nicht, Sophie! Folge deinem Traum.«

»Wir werden ihn gemeinsam herstellen, Charlie. Heute Nacht werden wir uns lieben, und morgen produzieren wir Champagner.«

Wiegend tanzten sie zu einer Musik, die nur sie allein hörten. Als er sie sanft umherschwenkte, fiel ihr Blick auf einige Kriegsgazetten, die in einem offenen Schrank lagen. »Charlie«, murmelte sie. »was sind das für Zeitungen?«

Sie blieben stehen, und er folgte ihrem Blick.

»Das sind Gazetten. Ich habe dir doch erzählt, dass ich einen Mann traf, der Räumtrupps organisierte, um Frankreich sicher zu machen und unsere Gefallenen zu bergen.« Er zuckte mit den Achseln. »Er hätte gern mitgemacht, falls er gesund zurückgekommen wäre.« Er wies mit dem Kinn auf die Zeitung, die sie in der Hand hielt. »Jede Woche suche ich nach seinem Namen.«

Verwirrt linste Sophie auf die Zeitung. »Diese Blätter habe ich noch nie gesehen.«

»Sie wurden in der Schweiz publiziert. Ich habe sie mir schicken lassen.«

»Warum publizieren die Schweizer solche Meldungen?«

»Für die Gefangenen. Seit 1916 nimmt die Schweiz Internierte auf. Das weißt du doch sicher, oder?«

Verneinend schüttelte sie den Kopf und blätterte weitere Gazetten durch. »Was meinst du mit Internierten?«

Charlie blickte sie überrascht an. »Du liest doch die deutschen Gefangenenlisten, oder?«

»Ja, natürlich.«

»Nun, vor Jahren hat die Schweiz ausgehandelt, dass schwer verwundete oder kranke Soldaten in die Schweiz ausreisen dürfen, wenn sie in den deutschen Gefangenenlagern nur unzureichend versorgt werden.«

»Das wusste ich nicht«, räumte Sophie erstaunt ein.

»Sie sind da zwar immer noch Gefangene, weil die Schweizer strenge Regeln einhalten müssen, aber sie leben in Jugendherbergen, Pensionen und Hotels in der friedlichen Schweiz, mit gutem Essen, medizinischer Versorgung und jeder Möglichkeit zur Genesung. Die Bedingungen dort sind ungleich besser als alles, was sie vorher erlebt haben. Ich meine, schau dir das mal an!« Er ergriff eine der Zeitungen. »Die ist vom ... warte ... letzten Februar. Hmm ... wo ist das?« Er blätterte die Seiten durch. »Ah ja, hier, im Mittelteil werden immer Fotografien veröffentlicht. Hier sind die Internierten beim Wintersport. Sieh doch nur, sie lernen Skifahren! Und die hier rodeln! Und es gibt noch eine Menge anderer Aktivitäten.« Er griff nach einer weiteren Ausgabe. »Das hier ist die neueste Zeitung, einige Wochen alt. Sieh doch nur, sie schwimmen! Das ist der Genfer See in Lausanne. Und es gibt Konzerte und Aufführungen, sogar Operetten werden von den Soldaten aufgeführt.«

Konsterniert blinzelte Sophie. »Ich hatte keine Ahnung, Charlie. Darf ich mir die eine oder andere Ausgabe mitnehmen?«

»Selbstverständlich. Nimm sie alle, wenn du möchtest. Harry Blake ist nicht dabei.« Vorsichtig fügte er hinzu: »Jeromes Namen habe ich auch nicht entdeckt. Ich schaue nach ihm.«

»Nein, nein, ich erwarte nicht, ihn zu finden! Ich finde es aber sehr lieb, dass du auch nach ihm gesucht hast. Danke. Ich bin einfach nur neugierig, und vielleicht stoße ich ja auf Namen, die mir bekannt sind. Viele Frauen suchen noch immer nach ihren Liebsten. Danke, ich nehme mir einfach einen Stapel.« Sie schüttelte den Kopf, als wolle sie das Thema verbannen. »Bist du eigentlich schon zum Festmahl in den Weinbergen eingeladen worden, Charlie? Damit verabschieden wir uns von den Weinstöcken, bevor sie sich in die Winterruhe zurückziehen.«

»Ja, wir sehen uns dort am Abend, aber noch mehr freue ich mich auf danach.«

Spielerisch drohte sie ihm mit dem Finger, und sie lachten beide.

28

Zusammen mit Étienne und Charlie sammelte Sophie in den Kellern allen verfügbaren Ratafia ein. Sie wollten die Menge an süßem Likör für das *dégorgement* abmessen, bei dem die toten Hefezellen entfernt wurden. Bei diesem Prozess ging unweigerlich Wein verloren, der dann durch den Ratafia ersetzt wurde. Anschließend wurden die Flaschen neu verkorkt, damit der Jahrgang 1918 reifen konnte.

Sie stellte fest, dass Charlie fleißig mitarbeitete. Ab und zu blickte er sie an und lächelte, und sie stellte sich vor, dass er beobachtete, wie das lachende Mädchen sich innerhalb weniger Sekunden in eine ernsthafte Unternehmerin und die erfolgreiche Champagnerproduzentin verwandelte. Vielleicht wurde ihm gerade klar, dass sie viele Personen in einer vereinte, und sie hoffte, dass er sie deswegen umso interessanter fand. Ihre Gedanken stiegen auf wie die Bläschen im Champagner. Sie war glücklich. Zum ersten Mal seit vier Weinlesen empfand sie eine fast kindliche Freude. Sie dachte darüber nach, dass jetzt alle Waffen in Frankreich schwiegen, ein erfolgreicher Jahrgang produziert wurde, die Bewohner von Reims ihre Stadt wieder aufbauen würden, die Bewohner von Épernay nicht mehr unter der schrecklichen Spannung leiden mussten, mit der sie so lange gelebt hatten. Vor allem aber dachte sie an ihren ganz besonderen Champagner. Ihr Traum wurde Wirklichkeit. Damit ehrte sie Jerome und ihre Liebe, setzte ihm ein Denkmal. Das Rad des Lebens hatte sich endlich gedreht.

Deshalb erschreckte es sie auch, als sie aus dem Keller gerufen wurde, weil Louis eingetroffen war. Er lehnte an seinem Auto, vor dem eine ganze Wagenladung Zucker aufgebaut war.

Er strahlte sie an, als sie auf ihn zukam und sich die Hände an der Schürze abtrocknete. »Ich habe keine Zeit verloren, meine Liebe.«

»Louis, ich ...«

»Du weißt nicht, was du sagen sollst, nicht wahr?«, fragte er herablassend. »Aber es macht mir Freude, dich zu überraschen und mein Versprechen einzulösen. Zucker für meine Dame, wie versprochen.« Mit einer triumphierenden Geste deutete er auf den Wagen, als ob sie nicht selbst sähe, womit er beladen war. »Und jetzt, mein geliebtes Mädchen, ist es an der Zeit, dass du dein Versprechen einlöst«, sagte er, ergriff sie am Arm und zog sie in eine Ecke, wo niemand sie hören konnte.

Sophies gute Laune sank in sich zusammen, als sie ihn anblickte. Sie hatte das Chaos angerichtet, jetzt musste sie es auch auflösen. Sie richtete sich auf und holte tief Luft.

Louis wies auf die Zuckersäcke. »Ladet sie ab!«, herrschte er die beiden Männer auf dem Wagen an, die auf seine Anweisungen warteten. Dann wandte er sich an Sophie. »Wo sollen die Säcke gelagert werden, Madame Delancré?«

Sie blickte zu den Männern hinüber, die vom Wagen herabsprangen, und beschattete die Augen mit der Hand, um sich vor der Sonne zu schützen. »Meine Herren, ich lasse Ihnen etwas Kaltes zu trinken und etwas zu essen anrichten.« Sie deutete auf das Haus. »Begeben Sie sich in den Salon, aber fahren Sie bitte zuerst den Wagen hinter das Haus.«

Sie sah Charlie näher kommen, und sein Gesichtsausdruck verriet ihr, dass er die Situation abschätzte.

»Ah, Captain Nash, immer noch hier?«, fragte Louis mit lauernder Miene.

Charlie verzog das Gesicht zu einem Lächeln. Sie kannte ihn mittlerweile gut genug und wusste, wie sehr er ihr gemeinsames Geheimnis genoss. »Guten Tag, Monsieur Méa. Hatten Sie eine gute Fahrt?«

»Ja. Captain, ich nehme an, Sie arbeiten jetzt für Madame Delancré. Wären Sie wohl so freundlich, den Männern zu zeigen, wo der Zucker gelagert werden soll, den ich mitgebracht habe? Jemand muss das Entladen überwachen. Sophie, ich bin sicher ...«

»Das ist nicht die Aufgabe des Captain, Louis, danke. Ich führe den Betrieb, falls du das vergessen hast.« Sie sagte das ganz freundlich und begleitete ihre Worte mit einem Lächeln, als ob sie eine beiläufige Bemerkung mache, aber der warnende Unterton in ihrer Stimme war nicht zu überhören.

»Oh, nein, nein, keineswegs! Ich wollte die Dinge nur beschleunigen, meine Liebe.«

Sie nickte, immer noch lächelnd, und wandte sich erneut an den geduldigen Fahrer und seinen Begleiter. »Fahren Sie nach hinten zum Haus, damit Sie die Straße nicht versperren. Bitte laden Sie den Wagen nicht ab. Gehen Sie in den Salon und nehmen Sie die vorbereiteten Erfrischungen zu sich«, wies sie die Fuhrleute an. Kurz blickte sie zu Charlie hinüber.

Der grinste. »Madame, ich zeige den Männern auch sehr gern, wo sie das Pferd ausspannen können, damit es gefüttert und getränkt wird.« Er hatte offensichtlich seinen Spaß, schließlich wusste er ja, dass auf den abscheulichen Schwager eine Überraschung wartete.

»Ja, gut, danke, Captain.«

Charlie sprang auf den Wagen und zeigte dem Fahrer den Weg.

Sophie wandte sich wieder an Louis, dessen Miene seine Verwirrung widerspiegelte.

»Meine Liebe, was geht hier vor?«

»Ich erkläre es dir. Trinkst du einen Kaffee mit mir, Louis? Vielleicht sogar einen Cognac?« *Den wirst du vielleicht brauchen,* dachte sie.

In dem behelfsmäßigen Lazarett lagen keine Patienten mehr. In ihrem Empfangsraum herrschten wieder elegante Möbel und dekorative Gegenstände vor, und Louis seufzte zufrieden, als er sah, dass alles wieder beim Alten war.

»Es riecht immer noch nach Desinfektionsmittel«, bemerkte er, als Sophie aus dem Salon zurückkam. Sie hatte ihre Schürze abgelegt und die Haare zu einem Chignon zusammengebunden. »Aber es ist doch eine willkommene Erleichterung, meine Liebe, dass wieder Normalität einkehrt.« Sie beobachtete, wie er die Gemälde in Augenschein nahm. Einige davon waren unbezahlbar wertvoll. Das Limogesporzellan befand sich wieder in der Vitrine, und die vergoldeten Buchrücken in den Regalen schimmerten im Sonnenlicht. Louis hatte sich in den Love Seat am Fenster gesetzt; offensichtlich erwartete er, dass sie sich zu ihm setzte, aber sie trat um den Esstisch aus Walnussholz herum, an dem ohne Mühe zwölf Personen sitzen konnten, ausgeklappt sogar vierundzwanzig. Es machte sie froh, dass der Tisch glänzend poliert war und die vertraute Silberplatte wieder darauf stand, die sie bald mit Obst füllen würde. Die Silberleuchter waren geputzt, denn ihr Hauspersonal hatte ganze Arbeit geleistet.

»Ja«, pflichtete sie ihm bei. »Die Veränderung in diesem Teil des Hauses ist die Bestätigung dafür, dass die Welt wieder zu Verstand kommt. Es gibt jetzt nur noch zwei Patienten, und die sind in ein Zimmerchen neben der Küche gezogen. Ich hatte schon ganz vergessen, wie schön dieser Raum hier im Spätsommer ist.« Sie rief sich zur Ordnung. Jetzt war nicht die Zeit für belangloses Plaudern, sie musste Louis seinen Ring und den Zucker zurückgeben und ihn nach Paris schicken. Es klang einfach, aber es kam ihr vor wie ein unüberwindbarer Berg, den sie besteigen sollte.

»Louis ...«

Jeanette brachte den Kaffee und einige frisch gebackene Kekse. Sophie lächelte das Hausmädchen freundlich an, als es das Tablett abstellte, und dankte ihr, als es das Zimmer wieder verließ. Sophies Magen zog sich zusammen.

»Vielleicht sagst du mir jetzt, meine Liebe, warum du nicht willst, dass der Zucker abgeladen wird?« Louis Stimme klang gleichmütig, aber unter seinen Worten lag ein scharfer Unterton.

Sie schenkte ihm Kaffee ein und hielt ihm die Gebäckschale hin. Louis stellte Tasse und Untertasse achtlos auf einen Beistelltisch mit hübschen Schnitzereien, und Sophie dachte unwillkürlich, dass es ihrer Mutter lieber gewesen wäre, wenn Louis das Porzellan nicht auf den weichen Holztisch gestellt hätte, aber sie konzentrierte sich sofort wieder auf Louis, als er sich räusperte. »Nun?«

»Möchtest du einen Cognac, Louis?«, fragte sie.

»Nein, ich möchte eine Antwort.«

Sie setzte sich ihm gegenüber und legte die Hände in den Schoß. *Sag es einfach!* »Louis, es ist mir etwas peinlich, aber ich muss dir sagen, dass ich deinen Zucker nicht mehr brauche.«

423

Er blinzelte, als er ihre zögernde Eröffnung hörte. Da er schwieg, blieb ihr nichts anderes übrig als fortzufahren.

»Ich habe mein Problem gelöst, beziehungsweise der Captain hat es gelöst.«

»Und das soll heißen ...?«

Sophie atmete tief durch. »Wie du weißt, ist Captain Nash Chemiker, und er hatte einige neuartige Vorschläge hinsichtlich der Herstellung des Champagners.«

»Weil er darin so viel Erfahrung hat?«, fragte Louis sarkastisch.

»Nein, Louis«, erwiderte sie. Sie war dieses vorsichtige Vorgehen leid. »Captain Nash hat seine Kenntnisse auf den chemischen Prozess angewandt, der in der Champagnerflasche stattfindet. Die Hefe ist ...«

»Bitte!«, unterbrach er sie. »Du brauchst mir keine Lektion in der Champagnerherstellung zu geben.«

»Nun, dann musst du mir glauben, dass er eine Möglichkeit gefunden hat, den Zucker für die Endphase hinzuzufügen, ohne auf den fragwürdigen Handel zurückgreifen zu müssen, den du mir vorgeschlagen hast.«

»Ich verstehe.«

»Ach ja?«

»Ich verstehe, dass du meinen guten Rat in den Wind schlägst und dir Anweisungen von einem Scharlatan geben lässt, der sich eine reiche Witwe angeln will.«

Sophie atmete tief durch. »Er ist alles andere als ein Scharlatan, obwohl ich zugebe, dass Charlie tatsächlich gezaubert hat.«

»Ah, wir nennen uns also schon beim Vornamen? Du liebe Güte, ihr seid vertraut miteinander! Habe ich dich nicht vor ihm gewarnt, meine liebe Sophie? Habe ich dich nicht darauf hingewiesen, dass du dich auf gefährliches Terrain begibst, wenn du so viel Zeit mit dem englischen Soldaten verbringst?«

Sophies Tonfall wurde schärfer. »Ehrlich gesagt, Louis, lege ich keinen Wert auf deine Ratschläge. Lieber vertraue ich meinem eigenen Instinkt. Und mein Instinkt sagt mir, dass sich Charlie – ein wirklich guter Freund – völlig selbstlos darum bemüht, die ihm erwiesene Freundlichkeit zu erwidern. Er packt überall mit an und trägt dazu bei, ein Problem zu lösen, das mir den Schlaf raubt. Du hingegen wolltest meine Notlage ausnutzen, hast sogar darauf gelauert. Louis, wie stolz bist du darauf, die Witwe deines Bruders erpresst zu haben? Wie gut findest du es, dass du bis zum Äußersten gegangen bist, um mich in dein Bett zu locken? Dabei bevorzugst du doch eigentlich – korrigiere mich, wenn ich mich irre! – einen geheimen perversen Lebensstil. Ich weiß, dass dieser Zucker, den du mitgebracht hast, nicht auf regulären Wegen zu erhalten ist. Also hast du sicher jemanden erpresst, um an ihn heranzukommen. Du bist kein guter Mensch, Louis. Du bist selbstsüchtig, und ich lasse nicht zu, dass du Hand an mich legst, dass du meinen Besitz, Jeromes Besitz oder auch den Reichtum meiner Familie an dich reißt. Ich fürchte, genau diese Absicht steckt hinter deiner angeblichen Großzügigkeit.« Sie sah ihm an, dass sie ins Schwarze getroffen hatte. Gleichzeitig fragte sie sich, warum sie so lange gebraucht hatte, um Klarheit zu erlangen. »Keinen Moment lang glaube ich, dass deine Bemühungen um mich nicht zu deinem eigenen Vorteil getroffen wurden … oder schlimmer noch, Louis«, sagte sie, als ihr ein Gedanke durch den Kopf schoss. »Steckst du in Schwierigkeiten? Das ganze Gerede, ich solle deinen Ring tragen, ohne dass uns daraus eine Verpflichtung erwächst, hörte sich so überzeugend an. Jetzt aber erkenne ich, was dahintersteckt. Ich glaube, du wolltest mich benutzen, um dich finanziell abzusichern.«

»Wie kannst du es wagen?«, knurrte er und sprang auf, aber Sophie blieb ruhig sitzen und wartete. Das Schlimmste war gesagt. Er trat auf sie zu. »Du böse, verwöhnte Verführerin. Du benutzt dein Geschlecht, um deine Ziele zu erreichen.« Entsetzt öffnete sie den Mund, es kam jedoch kein Ton heraus. »Vermutlich hast du dem Engländer deine Zuneigung vorgegaukelt und ihn so gefügig gemacht.«

Sie hasste es, dass er sie so wütend machte, aber dazu konnte sie nicht schweigen. »Oh, du bist genauso grässlich, wie ich vermutet habe, Louis. Alles war nur gespielt. Du hast einfach nur so fürsorglich getan. Aber der erste Eindruck täuscht nie. An dem Tag, an dem ich dich kennenlernte, empfand ich nur Abscheu. Der wurde noch größer, als dein Bruder kam, in jeder Hinsicht dein genaues Gegenteil. Das ist Teil deines Lebensproblems, nicht wahr? Jerome war in allem besser als du, Louis. Er war freundlicher, klüger, stärker, mutiger, begabter, großzügiger ... Ich könnte noch mehr aufzählen, aber ich will meinen Atem nicht mehr an dich verschwenden. Und ja, der Captain und ich, wir mögen uns«, gab sie zu. Diesen letzten Stachel musste sie ihm versetzen. »Vielleicht werden wir eines Tages sogar heiraten.« Sie beobachtete den Schrecken, der in seinen Augen aufblitzte. »Und was dich angeht, Louis, so hoffe ich, dass ich dich nie wiedersehen muss. Nimm deinen Zucker!«, rief sie. »Verlass mein Haus, verschwinde aus meinem Leben! Ich weiß nicht, was du in deinem Leben so treibst, aber ich will nichts damit zu tun haben. Die einzige Verbindung, die wir haben, ist Jerome. Und da er nicht mehr lebt, haben wir überhaupt nichts mehr gemeinsam.«

Sein Lächeln war grausam. »Bis zu einem gewissen Grad

hast du recht, Sophie. Ich brauche eine Finanzspritze, aber ...«

Sie wollte ihn endlich loswerden. »Wie viel?«, unterbrach sie ihn.

Er zögerte, und sie sah förmlich, wie es in seinem Kopf ratterte. Er war schamlos und nahm ihre Anschuldigungen in Kauf, um sein finanzielles Problem zu lösen. »Ich werde das Haus in Avize verkaufen, das geht dich nichts an.«

»Dein Elternhaus!« Sie klang verletzt. »Und das Elternhaus von Jerome.« Sie wusste, dass er ihr absichtlich diesen Köder hingeworfen hatte, musste ihn aber trotzdem schlucken.

»Jerome braucht es ja wohl kaum noch.«

Sie wollte nicht mit ihm handeln. »Was ist es wert?«

Er lachte. »Warum? Willst du es kaufen?«

»Nenn mir eine Zahl, Louis!«

Er nannte eine total überzogene Summe, aber sie zuckte mit keiner Wimper.

»Ich informiere meinen Steuerberater in Paris. Er soll das Geld auf dein Konto überweisen. Ich erwarte, dass meine Anwälte dann den Grundbucheintrag erhalten. Der Steuerberater teilt dir die Adresse mit.«

Louis sah sie mit einer Mischung aus Wut und Hass an, aber was er dachte, kümmerte sie nicht mehr.

»Warum tust du das?«

»Damit du endlich aus meinem Leben verschwindest. Ich hatte nie die Absicht, dich zu heiraten, Louis, obwohl du es wahrscheinlich genau darauf abgesehen hattest. Ich fühle mich beschmutzt, dass ich in einen solchen Sumpf hineingezogen wurde. Ich habe gelogen. Ich habe gespielt. Ich habe dich für meine Zwecke benutzt. Deshalb betrachte das Geld für das Haus als Wiedergutmachung für mein schlechtes Benehmen. Aber ich meine es ernst. Ich will dich nie wieder sehen.« Sophie atmete schwer. Louis wirkte immer noch geschockt, als suche er nach der Falle. »Wie gefällt dir dieser Handel, Louis? Du kannst dein zügelloses Leben weiterführen und meinetwegen unter der Brücke landen. Falls du mittellos wirst, ist mir das völlig gleichgültig. Jedenfalls wirst du mein Haus nie wieder betreten. Das Haus in Avize wird rechtmäßig der Familie Delancré gehören. Ist das klar? Abgemacht?« Das letzte Wort spie sie förmlich aus, so als hinterließe es einen schalen Geschmack in ihrem Mund.

Seine kleinen Augen wurden noch dunkler, als sie es sonst schon waren. »Ja.«

»Gut.« Sie deutete auf den Ring, den sie auf einen kleinen Tisch neben ihren Stuhl gelegt hatte. »Er gehört dir. Nimm ihn! Soll ich dir den Zucker abkaufen?«

Er lächelte träge. »Nun, das erspart weitere Unannehmlichkeiten.«

Sie nickte angewidert. »Ich kenne den Zuckerpreis, Louis. Hierbei kannst du nicht so maßlos überziehen wie bei dem Hausverkauf. Ich zahle dir die aktuelle Rate plus fünfundzwanzig Prozent für deinen Aufwand. Das ist wesentlich mehr, als du auf dem schwarzen Markt dafür bekämst. Du kannst ihn aber auch sofort wieder mit nach Paris nehmen. Das ist mir wirklich gleichgültig.«

»Nein, ich gehe auf deine Bedingungen ein«, knurrte er und griff nach dem Ringkästchen. Seinen Kaffee hatte er nicht angerührt.

»Dann setze ich meinen Steuerberater und meine Anwälte in Kenntnis. Ich glaube, mehr ist nicht zu sagen.«

»Oh, es gibt durchaus noch etwas zu besprechen, meine Liebe. Ich denke, dein Captain Nash ist ein trauriger Narr, dass er auf deine Ränke hereingefallen ist. Wahrscheinlich wird er eine schreckliche Überraschung erleben.«

»Hinaus!«, rief sie, wütend, dass er sie noch immer treffen konnte. Allerdings hatte sie keine Ahnung, was er mit seinen Worten sagen wollte. Vielleicht wollte er nur emotionalen Schaden anrichten. »Ich will dich nie wieder sehen.«

»Das wirst du auch nicht. Wer hätte gedacht, dass das süße Mädchen, das am Arm meines Bruders zum Altar schritt, eine Schlampe ist. Ich habe Glück gehabt, dass ich dich nicht heiraten muss, meine Liebe.«

Louis drehte sich auf dem Absatz um, und Sophie biss sich auf die Lippen und schwieg. Am liebsten wäre sie in Tränen ausgebrochen.

29

Als der Spätsommer langsam in den Herbst überging, feierte Sophie ihr traditionelles Picknick für ihre Arbeiter im nahen Weinberg. Bei Tisch drehte sich das Gespräch vor allem um den Wiederaufbau von Reims.

Charlie hielt sich still zurück und ließ die Unterhaltung an sich vorüberziehen. Dies war eigentlich nicht sein Platz, obwohl er sich nirgendwo mehr zu Hause fühlte als hier in Épernay. Endlich gehörte Sophie ihm. Ein herrliches Wort! *Gehören* ... nicht nur für lange, lange Zeit, sondern mit der freudigen Erwartung, künftig verheiratet zu sein, zu ihr zu gehören. Plötzlich ersehnte er das so sehr, dass er sich von ihrer glücklichen Miene losreißen musste, als sie hier Hof hielt. Er wusste nicht, wie das Treffen mit Louis verlaufen war, denn sie hatten keine Zeit gehabt, darüber zu sprechen. Auf seine Frage hin hatte sie nur matt gelächelt.

»Wie erwartet war es unangenehm, aber es ist erledigt«, hatte sie gesagt, und es schien, als wollte sie es dabei belassen.

Er hörte ihren sanften Tadel vom anderen Ende des Tisches, als sie auf eine Bemerkung einging. Er hasste es, so weit von ihr entfernt zu sein. Hätte er näher bei ihr gesessen, wäre er Gefahr gelaufen, unter dem Tisch nach ihrer Hand zu greifen oder ihr etwas zu trinken einzuschenken, nur um sie berühren zu können. Nein, vor ihren Arbeitern durfte er sie nicht verraten. Irgendwann wäre sie sicher bereit, ihre Beziehung öffentlich zu machen. Und so hielt er Abstand.

»Marie, wir dürfen nicht klagen. Wir alle haben Menschen verloren, die unserem Herzen nahestehen. Wir dürfen traurig sein, aber wir dürfen unseren Schmerz nicht über den Schmerz der anderen erheben. Vor einigen Tagen hörte ich von einer Stadt, die seit 1914 immer wieder von den Deutschen eingenommen, verloren und wieder eingenommen wurde. Die Frauen dort haben alles verloren, ihre Ehemänner, Söhne, Geliebten, Brüder, Väter, Onkel, ja, sogar Schwestern und Mütter. Sie sind so allein, ihre Stadt ist zerstört. Und diese Frauen, die kaum für ihre Kinder sorgen können, reden vom Wiederaufbau. Wir müssen durchhalten. Wir trauern, ja, aber wir werden unsere Stadt, unsere Leben, unsere Hoffnungen und die Zukunft für unsere Kinder wieder aufbauen.«

Darauf folgten zustimmendes Nicken und Gemurmel.

Charlie blickte über den behelfsmäßigen Tisch, der aufs Geratewohl zwischen den Reben aufgestellt worden und nun mit den Überbleibseln des Picknicks übersät war.

»Ich frage mich, was aus dem Ernährungsministerium wird«, warf er ein, um vom Thema abzulenken. »Seine Mitglieder sind jetzt sicher überflüssig.«

»Sie haben alles nur Erdenkliche besteuert«, meinte jemand.

»Wir fangen neu an«, versprach Sophie. »In Reims hörte ich neulich, dass Frankreich fast die Hälfte seines Agrarlands verloren hat, das vor dem Krieg bewirtschaftet wurde. Alles ist zerstört.«

»Vor allem hier bei uns«, ergänzte einer der alten Männer.

»Auf jeden Fall im Norden«, stimmte Charlie zu, als er an die traumatisierte Landschaft dachte. »Es wird Jahre dauern, bis der Schaden behoben ist«, sagte er, dankbar für den Käse und die Früchte, die organisiert worden waren. Es gab kein Fleisch bei diesem Picknick, aber Sophies Arbeiter hatten eine schmackhafte dicke Suppe aus heimischen Pilzen und dicken Bohnen gekocht, die mit ihrem intensiven Aroma fast nach Fleisch schmeckte. Charlie war erstaunt, mehrere Brotlaibe zu sehen, die alle gierig miteinander teilten. Er ging davon aus, dass es Sophie dank ihrer unglaublichen Überzeugungskraft gelungen war, über ihr Netzwerk Mehl für diese Brote zu bekommen. Charlie war sicher, dass sie eine ganze Weile keine solche Fülle zu schmecken bekommen würden. Ihre Blicke trafen sich über dem Tisch, der von den letzten Strahlen der untergehenden Sommersonne vergoldet wurde.

Die Schatten der Flaschen und großen Tonkrüge wurden länger, als die Sonne langsam versank. Charlie hatte seine Jacke nicht ausgezogen, ob wegen der Kälte oder weil das Ende des Ärmels ausgefüllt war, wusste er selbst nicht genau. Er bog die Hand, die sich jetzt so viel stärker anfühlte. Die Frauen spürten den nahenden Herbst und zogen ihre Schals enger um den Körper. In den Weinbergen würde der Baldachin aus raschelnden goldenen und roten Blättern bald wie ein kaiserlicher Mantel fallen. Die Reben würden wissen, wann die Zeit gekommen war, um sich zu verabschieden ... und es war, als drängten sie ihn, dasselbe zu tun. Zeit für ihren Schlaf. Zeit für das Ende der Sommerromanze. Jedoch nicht für ihn, denn er war verliebt, und die Frau, die er anbetete, erwiderte seine Liebe. Warum fühlte er sich dann so wehmütig?

Sophie riss ihn aus seinen Gedanken, als sie gegen ihr Glas klopfte. Der Klang klimperte durch den Weinberg, und die Gespräche verstummten sofort, bis sich alle Blicke auf sie richteten.

»Ich danke euch. Sicher haben wir alle diese Zusammenkunft zwischen den Reben genossen.« Sie legte eine Pause ein, während ihre Gäste auf den Tisch klopften und zufrieden lächelten. »Das nächste Mal, wenn wir uns wie heute treffen, kann ich euch hoffentlich ein Mahl auftischen, das dem Herbstfest von 1912 in nichts nachsteht und das seinesgleichen sucht.« Angesichts des Beifalls musste Charlie lächeln. Offensichtlich war es eine denkwürdige Feier gewesen. Eine Frau machte die Bemerkung, dass sie die jährliche Charlottetorte vermisse. Charlie blickte zu Sophie hinüber und bemerkte, dass sie errötete. Er hatte sich nichts dabei gedacht, doch der Blick, den sie ihm zuwarf, und die Art, wie sie die Frau ansah, die die Bemerkung gemacht hatte, erregten seine Aufmerksamkeit. Was bedeutete die Atmosphäre rings um den Tisch? Wieso war die Torte so wichtig, dass Sophie nicht weiter darauf eingehen wollte? Ging es um Jerome? Schwebte sein Geist um den Tisch, während alle festlich tafelten?

Rasch fasste sich Sophie wieder. »In unserem Weinberg ist es friedlich geworden, und das meine ich in jeder Hinsicht ...« Sie hielt inne, als alle laut applaudierten, nachdem der Krieg endlich vorbei war. Sie hob die Schultern. »Und so habe ich etwas sehr Wichtiges, etwas Aufregendes mit euch zu teilen, weil ihr mein Leben und das Champagnerhaus mit mir teilt.«

Es wurde wieder still, und sie wartete, bis das Gemurmel aufgehört hatte.

»Unser einzigartiger englischer Soldat, der zu einem vertrauten Gesicht und guten Freund für uns geworden ist«, erklärte sie und nickte ihm zu, »hat mir heute einen Weg gezeigt, den ich vorher nicht sehen konnte.«

Charlie blinzelte, als sich die Blicke auf ihn richteten. Er senkte den Kopf, überrascht von der eigenen Befangenheit, aber vor allem von der Tatsache, wie wichtig ihm Sophies Anerkennung war.

»Genau wie ich seid ihr sicher traurig, ausgerechnet in dem Jahr, in dem wir den Frieden feiern sollten, keinen Champagner herstellen zu können. Dessen Produktion ist es, worum sich unser Leben dreht und wofür wir in diesen so schwierigen Zeiten hart arbeiten.« Wieder gab es Nicken und zustimmendes Gemurmel. Und wieder wartete Sophie, bis Stille einkehrte. »Nun, unser guter Captain Charlie Nash hatte eine Idee, die unser Dilemma lösen kann ... nein, lösen wird. Dann lässt sich unser Chardonnay-Champagner endlich für den Verkauf verkorken.«

Die Blicke wurden aufmerksamer, leise Überraschungsrufe drängten sie, mit ihrer Erklärung fortzufahren. Ohne Zeit zu verlieren, erzählte sie dann, dass ihre üppigen Vorräte an Ratafia den fehlenden Zucker ersetzen würden.

Étienne lächelte freundlich, war er doch bereits in das Geheimnis eingeweiht und von dessen Kühnheit beeindruckt. Am Tisch aber herrschte vollkommene Stille, und die Atmosphäre ähnelte einem gemalten Stillleben. In der Ferne hörte Charlie einen Vogel singen. Das an sich war etwas so Besonderes, dass er sich ganz auf den wunderbaren Klang konzentrieren wollte, den er auf dem Schlachtfeld so vermisst hatte. Vogelgezwitscher wurde seiner Meinung nach als allzu selbstverständlich betrachtet. Erst wenn es verstummt war, wurde es bemerkt. Er erkannte den vertrauten Gesang eines Rotkehlchens, das besonders freudig, aber auch klagend klingen konnte. Das Lied des Vogels verstärkte das tiefe Schweigen der Menschen am Tisch nur noch mehr.

Es war Sophie, die es unterbrach. »Nun?«

Stimmen erhoben sich in der friedlichen Stimmung, übertönten den Vogel. Große, knotige Altmännerhände klopften Charlie auf den Rücken, Frauen lächelten ihm zu, seufzten und klatschten leise.

Sophie strahlte. »Captain Nash, das klingt nach einer einmütigen Zustimmung.«

Er räusperte sich. Sie konnten nicht wissen, wie viel ihm ihr Lob bedeutete. »Verdammt, vorhin war es so still, dass ich richtig erschrak«.

Noch lauteres Gelächter.

»Niemand dachte je zuvor daran. Deine Idee ist einzigartig, Charlie. Wie du merkst sind wir alle völlig überrascht.« Sophies Erklärung war überflüssig, aber die Umsitzenden klatschten wieder Beifall. »Es ist ein so inspirierender Gedanke, dass ich ihn sofort in die Tat umsetzen werde. Unser Wein ist fertig und ruft uns. Ich habe die Probe verkostet, die Charlie mit Étienne vorbereitet hat. Vielen Dank!«, rief sie und hob ihr Glas. »Ich habe vor, morgen zu degorgieren. Statt den Wein mit Zucker zu versetzen, werde ich nur Ratafia zugeben. Bitte betet darum, dass es gelingt, zugunsten von uns allen.«

Die Pfiffe und Beifallsrufe wurden stärker, Gläser wurden geschwenkt, anerkennende Blicke richteten sich auf Charlie.

Ja, das war das Leben, das er sich wünschte. Nichts konnte es noch zerstören.

Inzwischen wurde es schneller dunkel. Bald läge die beißende Kälte des Winters in der Luft. Sophie fühlte seine Bedrohung an der Fensterscheibe, als die Kühle über die Landschaft driftete, die sie so sehr liebte. Das Negative in ihrem Leben befand sich auf dem Rückzug. Irgendwie konnte sie es eher hinnehmen, dass Jerome nicht mehr da war. Es erfüllte sie mit Erleichterung, dass auch Louis verschwunden war, und es war ihr gleichgültig, wie hoch der Preis für seine Abwesenheit wäre. Die Erinnerung an den Krieg verblasste, der Frieden stand vor der Tür, und sie gestattete sich, verliebt zu sein. Wie befreiend war es doch, die Fesseln der Trauer abzulegen und sich der Vorfreude hinzugeben! Sie hatte gebadet, das Haar ausgebürstet und die Haut parfümiert. Wie wäre es, von einem Mann berührt zu werden, wie es seit Jahren nicht mehr geschehen war. Sie war zutiefst erschrocken und aufgeregt zugleich.

Sie erwartete Charlie am späten Abend. Er hatte beschlossen, mit Étienne in die Keller zurückzukehren, um die Wein- und Ratafiaflaschen ein letztes Mal zu zählen. In einigen Tagen würde er aufbrechen, und sie wusste nicht, wie lange es dauern würde, bis sie sich wiedersahen. Daher war diese Nacht für sie beide wichtig. Sie würde ihre Liebe und ihre Absichten vollenden. Sie konnten sogar andere an ihrem Wunsch teilhaben lassen, zusammen mit Charlie ein Paar zu sein.

Sophie sah sich in der Dachstube um, ihrem privaten Raum seit so vielen Jahren. Eigentlich sollte sie wieder ins Haupthaus ziehen, obwohl es ihr schwerfallen würde, diesen Rückzugsort aufzugeben. Sie hatte sich daran gewöhnt, sich unter den Dachbalken zu bücken, liebte den Holzgeruch und das schöne Licht, das nur für sie durch die Gauben zu schimmern schien. Ihr Blick schweifte über die wenigen Möbel und fiel auf die Schweizer Zeitungen, die sie aus Charlies Schlafsaal mitgebracht hatte. Sie waren das einzig Unvertraute ringsum. Dann schaltete sie die Deckenlampe ein und lehnte sich im Sessel ihrer Mutter zurück, immer noch erstaunt, dass sie nichts von den Internierungslagern gewusst hatte. Warum nicht? War sie so zerstreut gewesen, dass sie nicht aufgepasst hatte? Oder waren ihr die Nachrichten irgendwie entgangen?

Sie überflog mehrere der Zeitungen mit einem Gefühl der Verwunderung über das Leben, das diese Männer als Gefangene hatten genießen dürfen. Auf den Fotos sahen sie so glücklich aus. Einige hatten Gliedmaßen verloren, andere trugen Verbände um den Kopf, manche stützten sich auf Krücken, und wieder andere waren scheinbar unversehrt, obwohl sie wusste, dass sie es wahrscheinlich nicht waren. Das Leben in der neutralen Zone trug sicher zur Verbesserung ihres Gesundheitszustands bei. Vielleicht aber überdeckte das Lächeln bei näherem Hinsehen die wahren Gefühle der Männer. Schließlich waren sie isoliert und abgeschnitten von den Kameraden, mit denen sie seit Kriegsbeginn zusammen gewesen waren. Und nun verglichen sie die Realität mit ihren persönlichen Verlusten.

Zwei von Sophies Arbeiterinnen – starke, wunderbare Frauen, die beide für ihre Kinder sorgten – warteten auf Nachrichten über ihre vermissten Ehemänner. Wie Jerome waren diese einfach verschwunden, verletzt, umgekommen, gefangen genommen. Keine der Frauen wusste etwas über ihren Mann. Sorgfältig hatte Sophie die Gefangenenzeitungen, die aus Deutschland stammten, auf der Suche nach entsprechenden Namen durchstöbert. Ohne Erfolg.

Aber hier gab es vielleicht neue Hoffnung. Charlie hatte ihr schon bestätigt, dass Jerome nicht unter den Internierten war, und so suchte sie nur nach den anderen Männern. Welche Freude hätte sie überbringen können, wenn sie nur einen einzigen Namen fände. *Remuer ciel et terre*. Das war der Lieblingsspruch ihres Vaters gewesen, und den würde sie realisieren. Ja, Himmel und Erde würde sie in Bewegung setzen, um wenigstens einen der vermissten Soldaten zu seiner Familie zurückzubringen.

Sie überprüfte das Datum der Zeitung in ihrer Hand. Die stammte vom letzten Monat und enthielt Fotos von Konzerten, welche die Internierten veranstaltet hatten. Belustigt betrachtete sie die stark geschminkten Männer in ihren Kostümen. Ein solcher Spaß war sicher auf seine Weise heilsam.

Sophie fand einige Bilder von einer Oper und lächelte, als sie erkannte, dass *Mirette* gewählt worden war, eine komische Oper, die ursprünglich in französischer Sprache geschrieben, aber für das *Britain's Savoy Theatre* umgearbeitet worden war. Deutlich ließ sich erkennen, dass die Soldaten eine gute Show für jedermann auf die Beine gestellt hatten. Außerdem fiel ihr auf, dass anders als bei den deutschen Gefangenenkonzerten etliche Frauen mitgewirkt hatten. Dadurch hatten die Männer keine Frauenrollen übernehmen müssen. Sie fragte sich, ob es sich um Krankenschwestern oder Schweizer Hotelangestellte handelte. Amateuraufführungen konnten doch wirklich Spaß verbreiten.

Mit einem wehmütigen Seufzer blickte sie auf die Uhr. Es war fast neun Uhr. Charlie würde bald kommen. Nach dieser Nacht ließ sich ihr Herz ganz bestimmt nicht mehr umstimmen. Er war stark gewesen, weil sie es von ihm verlangt hatte. Nun aber hatte ihre Nachgiebigkeit seine Entschlossenheit so weit geschwächt, dass es kein Zurück mehr gab. Die Nacht zusammen zu verbringen und einander intim kennenzulernen, würde ihrer beider Leben unwiderruflich verändern. *Bist du dazu bereit, Sophie?* Vor wenigen Stunden noch war sie sich sicher gewesen, ihre Zuversicht und Leidenschaft hatte sie beide überwältigt. Jetzt jedoch, als sie auf diese Zeitung blickte, schmerzte ihr Herz von Neuem. Ihre Schuldgefühle meldeten sich und klopften ihr auf die Schulter. Vielleicht war es auch die hässliche Auseinandersetzung mit Louis und seine schreckliche Drohung. Sie wusste immer noch nicht, was er gemeint hatte, und beruhigte sich selbst, dass sie es – ehrlich gesagt – auch gar nicht wissen wollte.

Angewidert wedelte Sophie mit der Zeitung und wollte sie gerade zusammenfalten und beiseitelegen, als ihr Blick auf ein Foto eines der Schauspieler fiel. Die Bildunterschrift lautete: *Jacques Bouchons mitreißender Bariton erfreute und unterhielt die vielen Zuschauer, die seine Darstellung des Zigeunercharakters Bobinet genossen.*

Sophie starrte in die Augen, die ihr aus der Zeitung entgegenblickten. Der Mann trug volles Bühnen-Make-up und ein Gewand mit weiten Ärmeln. Seine Kniehose steckte in Stiefeln, und er trug eine mit Riemen verschnürte Weste. Ein Arm fehlte. Und er trug eine Augenklappe. Trotz des Kostüms und der unfrisierten Haare wusste sie, dass dieser suchende Blick aus dem einen Auge in der Farbe des Nachthimmels, dem tiefsten Dunkelblau, auf die Welt sah. Sie konnte nicht schlucken, und ihr Mund war staubtrocken. Noch einmal las sie die Bildunterschrift. *Jacques Bouchon.* Wie konnte das sein, wenn dieser Mann ganz sicher Jerome Méa war?

Keuchend rang Sophie nach Luft. Sie stand auf und lief hin und her. Sie griff nach dem Dachsparren über ihr und umklammerte ihn so fest, bis ihre Knöchel so weiß wurden wie ihre Lippen, die sie fest aufeinanderpresste, um nicht zu schreien. Das konnte nicht sein! Hatte Louis das gemeint? Louis wusste es! Aber wie? Hatte das Rote Kreuz ihn unterrichtet? Nein, das hätte Jean ihr mitgeteilt.

Ihre Gedanken flatterten umher wie ein Schwarm Schwalben, die herabstießen und wieder kehrtmachten. Wenn Louis wusste, dass Jerome am Leben war, warum hatte er es ihr nicht gesagt? Warum? Weil er ihr Geld brauchte, darum. Sophie fühlte, wie sie erschauerte, als wäre das Fenster aufgestoßen worden, um die kalte Luft hereinzulassen. Gedankenverloren zog sie einen Strickschal vom Wandschirm mit dem Spiegel, schlang ihn um die Schultern und steckte ihn unter den Armen fest.

Wieder griff sie nach der Zeitung. Jetzt hatte sie keinen Zweifel mehr. Der Mann auf dem Foto war Jerome, ein Bariton, ein französischer Soldat, die gleichen Gesichtszüge.

Er war also in der Schweiz interniert.

Sie würde sofort anrufen. Höchste Erregung raste durch ihren Körper, und sie zitterte noch heftiger, schärfte aber ihre Gedanken. Sie ging zur Tür, und als sie nach der Klinke griff, klopfte es leise.

»Sophie?«

Charlie! Schrecken und Schuld überwältigten sie. Jetzt half nur Ehrlichkeit. Sie öffnete die Tür und sah, wie er auf der Stufenleiter stand und sie anstarrte. Sein gerötetes Gesicht zeigte ein strahlendes Lächeln, und er schnaufte, weil er die Treppen heraufgerannt war. Er wollte so schnell wie möglich zu ihr kommen und wirkte leicht betrunken.

Zweifellos hatte er mit Étienne einige Schluck genommen.
»Sophie?«

Sie drängte ihn zurück, kletterte hinter ihm die Stufen hinab, und er half ihr hinunter. Unfähig zu sprechen, starrte Sophie ihn an. Hungrig prägte sie sich sein schönes Gesicht ein, denn sie begriff, dass sie ihn nun für immer verlieren würde. Seine vollen Lippen schürzten sich verwirrt, er runzelte die starken Brauen und musterte sie ernst. Seine glückliche Beschwipstheit war verschwunden.

»Was ist passiert?«

»Jerome.«

Schweigend blinzelte er, aber seine Miene veränderte sich nicht. Also musste sie die angespannte Stille durchbrechen. Sie hob die zerknitterte Zeitung und schwenkte sie vor ihm hin und her. »Er ist einer der Internierten!«, stieß sie atemlos hervor. »Er singt Opern.« Sie klang völlig entsetzt.

»Beruhige dich!«

»Hier, schau nur! Es gibt ein Foto von ihm.« Fahrig bemühte sie sich, die Seiten umzublättern, und er nahm ihr die Zeitung aus der Hand.

»Lass mich!« Er schnippte zum Mittelteil mit den Bildern.

»Da!« Sie wies mit dem Finger auf das Bild.

Nur einen Herzschlag später schaute er sie wieder an. »Da steht, es ist ein Mann namens Jacques B ...«

»Ich weiß, was da steht. Aber es ist Jerome, ich schwöre es.«

Er betrachtete sie zärtlich, voller Zuneigung, aber sie wollte schreien, auf ihn einschlagen, ihr Entsetzen bekunden, dass sie den Mann, den sie liebte, nicht haben konnte. Der Mann, den sie einmal geliebt hatte, war noch am Leben. Selbst für sie klang das wie die Geschichte einer Verwechslungskomödie. Aber es war keine Fiktion. Es war ihr Leben.

»Ich muss in die Schweiz!«, stieß sie hervor und presste sich an ihn.

»Sophie ...«

»Charlie, es tut mir so leid. Aber er ist mein Ehemann. *Remuer ciel et terre*.« Sie beobachtete ihn, wie er tief Luft holte, als er die volle Bedeutung ihrer Worte begriff.

Traurig nickte er.

»Ich bitte dich, nicht zu warten.«

»Und doch werde ich es tun. Denn genau dasselbe fühle ich für dich. Wenn ich Himmel und Erde in Bewegung setzen muss, werde ich es tun.«

Sie berührte seine Wange, frisch rasiert, wie sie bemerkte, und er legte ihr seine Hand auf den Arm. Sie wollte ihn küssen, wusste, dass er sie küssen wollte, aber sie konnte nicht ... nicht jetzt, mit Jeromes Bild vor Augen. Es war, als ob Charlie – so sehr liebte er sie – die Veränderung spürte. Sie litt höchste Qual seinetwegen, obwohl sie wusste, dass sie der Grund dafür war.

Sophie lehnte die Stirn an seinen Kopf. »Ich wünschte, ich könnte alles zurücknehmen.«

»Nein, mehr habe ich nicht von dir. Ich brauche die Erinnerung.«

»Verzeih mir, Charlie!«

Sie wusste, dass er für sie den Helden spielte, als er schief grinste. »Wäre ich dein Ehemann, dann wäre ich sehr stolz darauf, dass du so mutig für mich gekämpft hast.«

Seine Worte berührten sie tief, und sie konnte ihre Tränen nicht länger zurückhalten. Schließlich flossen sie in Strömen, und er küsste sie sanft auf beide Wangen.

»Geh und bring ihn zurück, Sophie!«

Sie streifte seinen Mund mit den Lippen, schmeckte die eigenen Tränen und lief rasch davon. Ihre Füße flogen die Treppen hinunter, und sie gestand sich nicht ein, dass sie floh.

30

Paris
September 1918

Der Mann nahm die Anrede stehend entgegen.

»Guten Morgen, Leutnant. Ich bin Colonel Sheridan. Nehmen Sie Platz, bitte!« Er lächelte, wärmer als das Feuer, das im Ofen brannte. »Sie müssen mir verzeihen. Ich fürchte, mein Französisch ist eingerostet.« Nun, da die Formalitäten erledigt waren, reichte er ihm überaus freundlich die Hand.

»Mein Englisch ist zuverlässig«, erwiderte Jerome mit einem Lächeln, als sie sich die Hände schüttelten.

»Dem Himmel sei Dank. Ich habe Tee bestellt. Möchten Sie ...?«

Jerome nickte. Er mochte eigentlich keinen Tee, ahnte aber, dass die Ablehnung einer Beleidigung gleichgekommen wäre. Schließlich gossen die Engländer stets Unmengen des schwarzen Blätteraufgusses in sich hinein.

»Danke.«

»In den letzten vier Jahren haben wir ein Zeug getrunken, das eher aufgewärmtem Schlamm glich, doch endlich ist es mir gelungen, eine Dose Darjeeling zu ergattern. Und nur den besten ... *Vickery's*, wenn schon, denn schon. Meine Frau hat ihn mir geschickt, damit ich feiern konnte. Zum Glück gibt's *Fortnum's*, nicht wahr?«

Freundlich runzelte Jerome die Stirn. Er verstand die Worte, erfasste ihre Bedeutung aber nicht.

»Entschuldigung, alter Junge! Wahrscheinlich rede ich unverständliches Zeug. Bin zu aufgeregt, nachdem dieser dreckige Krieg endlich vorbei und der Hunne auf der Flucht ist.« Sheridan lächelte breit.

Schon immer hatte Jerome die Engländer gemocht, aber sie waren wirklich ein wunderliches, ziemlich seltsames Volk.

Ein Mann trug ein Tablett herein.

»Ich habe meinen eigenen Teewärmer dabei«, erklärte Sheridan mit gewissem Stolz, keineswegs befangen, wie lächerlich sich das anhörte. Jerome war noch mehr von ihm angetan, als der ranghöhere Offizier mit dem Schnurrbart auf einen Hut deutete, der auf der Teekanne saß und von dessen Spitze fröhliche Troddeln herabhingen.

»Meine Frau hat ihn für mich gestrickt. Ich hasse kalten Tee.«

»Hervorragend.« Jerome enthielt sich jeder weiteren Bemerkung zu der Teekannenhaube.

Der Tee wurde eingeschenkt und gereicht.

»Ein herrliches Gebräu, nicht wahr?«, wollte der Colonel wissen und schmatzte vor Wohlbehagen.

In der Tat war der dampfende goldene Tee erfrischend, mit einem klaren, ziemlich blumigen Aroma. Er schmeckte überraschend gut. Jerome nickte mit echter Bewunderung und lächelte.

»Konnte kein verflixtes Teesieb finden. Also passen Sie auf die Blätter auf, alter Junge!«

»Er schmeckt köstlich, danke. Ich frage mich, warum ich niemanden von den französischen Behörden treffe«, versuchte Jerome die Sprache wieder auf das eigentliche Thema zu bringen.

»Nun, Sie stellen ein gewisses Rätsel für uns dar, alter Junge. Sie wurden mit britischen Gefangenen transportiert, und wir halten es für die beste Lösung, den Papierkram für Ihre Entlassung sauber und ordentlich zu erledigen. Dann kehren Sie zu Ihrer Kompanie zurück, und man wird sich um alles Weitere kümmern«, sagte Sheridan und schien zu hoffen, dass seine einfache Erklärung eines ansonsten hochkomplizierten Prozesses Jerome weiterhalf. »Allerdings fürchte ich, dass es einen kleinen Haken gibt.«

»Ja, Sir.«

»Könnten Sie es in Ihre eigenen Worte fassen?«

»Danke, Colonel.« Und er begann mit seiner langen Erzählung, ohne eine Kleinigkeit auszulassen. Ein Dutzend Male war er alles im Kopf durchgegangen, seit er das Krankenhaus verlassen hatte und in Paris angekommen war. Es war ihm überraschend schwergefallen, den Schweizern Lebewohl zu sagen, die so großzügig gewesen waren. Vor allem dachte er an Schwester Agatha, die mit den Tränen gekämpft hatte, als er sie sanft auf beide Wangen geküsst, ihr unverwandt in die Augen gesehen und ihr gedankt hatte, dass sie so fürsorglich gewesen war. Sie hatten ihr Geheimnis bewahrt, sodass nur sie beide wussten, was es bedeutete. Er fragte sich, ob die arme Agatha wegen seiner kryptischen Worte etwa gehänselt wurde.

»Ich bin beunruhigt, hatte aber Zeit, mich an meine Situation zu gewöhnen. Jetzt will ich nur nach Hause zurückkehren, meine Frau wiedersehen, meine Familie umarmen.« Er starrte den Colonel an. »Irgendetwas stimmt nicht, oder?«

»Nun, alter Junge, ich muss Ihnen sagen, dass ich gestern einige Informationen erhalten habe, und ich war so frei, einen Herrn Louis Méa anzurufen ...«

»Das ist mein Bruder. Großartig, er ...«

Der Colonel hob die Hand, sein Schnurrbart zuckte. »Dieser Herr Méa hat verneint, jemals einen Anruf aus der Schweiz erhalten zu haben.«

»Aber das kann nicht sein! Die Krankenschwester ist mir gut bekannt, ich habe ihr vertraut und ...« Seine Worte wurden immer leiser. »Was haben Sie ihm gesagt? Haben Sie ihm alle Details genannt, Sir?«

»Nun, ich sagte, ein Schweizer Krankenhaus. Ich habe weder den Namen genannt noch den genauen Ort, weil ich gar nicht dazu kam. Er bestritt, überhaupt angerufen worden zu sein, und war ziemlich schroff, soweit ich mich entsinne.« Traurig zuckte er mit den Achseln. »Können Sie eigentlich beweisen, was Sie behaupten?«

So waren sie zum Ausgangspunkt zurückgekehrt. »Bringen Sie meinen Bruder her!«, verlangte Jerome, als wäre das die einfachste Sache der Welt.

»Gern, wenn ich könnte. Ich fürchte, Monsieur Méa wurde weggerufen.« Wieder hob er eine Hand. »Bitte fragen Sie mich nicht, wohin, ich habe keine Ahnung! Er hat mir nichts Näheres mitgeteilt, aber ich weiß, dass es um eine Regierungsangelegenheit ging. Nun, ich verstehe Ihr Dilemma, aber können Sie die Angelegenheit auch aus unserer Sicht nachvollziehen?«

Jerome wollte vorschlagen, dass Sophie nach Paris kommen sollte, falls Louis verhindert war. Allerdings wusste er, dass man sich herausreden würde. Schließlich durfte man einer trauernden Witwe mit gebrochenem Herzen nicht noch mehr Aufregung zumuten. Die Entschuldigungen und Beschwichtigungen hatte er jetzt schon im Ohr.

Jerome rang um Worte, und der Colonel schenkte ihm ein knappes Lächeln. »Wie auch immer, schauen Sie nicht so traurig drein, alter Junge! Keine Panik! Es gibt eine Lösung, die uns nur einfallen muss. Sie sind ganz gewiss nicht der letzte falsch verlegte Soldat mit falschem Namen, für den wir den richtigen Weg finden müssen. Zumindest sind Sie wieder in Paris.«

»Ja, es tut gut, Frankreich zu riechen«, stimmte er vorsichtig zu, nicht ganz sicher, was er damit meinte. Er wusste, dass es wahrscheinlich seltsam klang, aber der unverkennbare Duft nach starkem Kaffee in den Cafés verriet ihm deutlich, dass er zu Hause war. Die Asche stinkender französischer Zigaretten lag in der Luft, aber er liebte den Geruch und erkannte, wie sehr er Frankreich in all den Jahre vermisst hatte.

Sheridan nickte. »Schon gut. Lassen Sie uns anfangen, Ihren Lebenslauf zu erstellen! Ich möchte es unmittelbar von Ihnen hören. Wo ist Ihr Zuhause, Leutnant?«

»Épernay.«

»Gut. Vielleicht könnten Sie mir Ihren vollen Namen nennen und den vollen Namen Ihrer Frau.«

Er tat es, ohne zu zögern.

»Hervorragend«, meinte der Colonel. Die Spitze seines Stiftes kratzte über ein Formular. Jerome beobachtete, wie der Colonel seine Verletzungen mit einem einzigen stahlharten Blick erfasste. »Was war es, Leutnant?«

Jerome wusste genau, was sein Gegenüber wollte. »Ein Brand, Sir, nach einem Gasangriff in Ypern 1915.«

»Datum?«

Ohne Zögern nannte er es.

»Ihr genauer Aufenthaltsort, soweit Sie sich entsinnen.«

Jerome erklärte es ihm.

»Nun erzählen Sie mir, woran Sie sich erinnern.«

Gehorsam führte Jerome den Colonel durch die schmerzlichste Episode seines Lebens.

»Es tut mir sehr leid für Sie.«

»Das ist sehr nett von Ihnen. Die Krankenschwestern versicherten mir, dass ein Mann mit Augenklappe eine faszinierende Ausstrahlung hat.« Angesichts von Jeromes schwarzem Humor verzog der Colonel das Gesicht zu einem sympathischen Lächeln. »Ich komme klar, Colonel Sheridan«, beruhigte ihn Jerome.

»Eine zweite Tasse? Wir warten noch auf jemanden«, sagte Sheridan mit breitem Lächeln.

Das Haus im 10. Arrondissement, vor dem sie stand, war typisch für die Dritte Republik, erbaut im Stil der Neorenaissance mit reich behauenem blassgrauem Stein und einem steilen, hohen, kohlschwarzen Schieferdach. Seine symmetrische Bauweise wurde hervorgehoben durch ein Türmchen mit einem Glockenspiel mit drei Glocken für die Uhr in der Mitte. Wie aufgefordert, schritt Sophie durch die Türen geradewegs in das riesige Rathaus und wurde durch mehrere Gänge geführt. Sie nahm an, dass bereits überall in den Rathäusern der Stadt ähnliche Repatriierungsverfahren durchgeführt wurden, obwohl die Waffen noch nicht gänzlich schwiegen. Ihr Inneres fühlte sich an, als wände sich eine Akrobatentruppe um ihre Eingeweide, würde stürzen, Saltos schlagen und springen. Sie hatte alle möglichen Schritte unternommen, jedes Quäntchen Einfluss genutzt, um in die Schweiz reisen zu können. Als letzten Ausweg hatte sie sich als verschollene Verwandte von Jacques Bouchon ausgegeben, als das Rote Kreuz in etlichen dringlichen Telefonanrufen darauf beharrt hatte, dass dieser Soldat keine lebenden Angehörigen hatte. Doch letztendlich fand sie heraus, wo er interniert war, und erfuhr die Namen des Klinikpersonals, das sich um ihn gekümmert hatte. Anfangs hatte sie mit einem freundlichen Arzt gesprochen, der ihr versicherte, dass der gesuchte Mann zwar nicht sein eigener Patient gewesen sei, dass aus seinen Unterlagen aber hervorgehe, dass dieser auf dem Weg nach Paris sei und dass es sich um einen Witwer aus Großbritannien handele. Das glaubte sie immer noch nicht, doch bei der Erwähnung von Paris hatte ihr Herz wie wild geschlagen. Sie musste mehr erfahren, bevor sie sich auf den Weg dorthin machte. Konnte sie mit einer anderen Pflegeperson sprechen? Der nette Arzt hatte ihr den Gefallen getan. Zwar konnte er niemanden benennen, der unmittelbar mit Leutnant Bouchon zu tun gehabt hatte, aber er verwies sie an eine Oberschwester.

»Das ist die Schwester Oberin.« Sie hörte sich Sophies Erklärungen an.

»... und ich frage mich, ob er jemals viel von sich erzählt hat.«

»Mir nicht, aber ich weiß, dass er Schwester Agatha vertraute. Er sprach gern über leckeres Essen«, gluckste sie. »Über einen Weichkäse, über rosafarbene Kekse, die ursprünglich mit Roter Bete gefärbt wurden ... über solche Dinge.«

»*Roses de Reims*«, murmelte sie, während ihr ein kalter Schauer über den Rücken lief.

»Ja, genau. So nannte er sie.«

»Noch etwas?«

Sie stellte sich vor, wie die Frau in Lausanne den Kopf schüttelte. »Schwester Agatha ist nicht da, aber ich entsinne mich, dass er eine hübsche Stimme hatte und gern sang. Er weigerte sich, an Krücken zu gehen, aber sein Bein wurde besser, und er wanderte viel, um stärker zu werden. Er war höflich, amüsant, sehr beliebt. Nach der zweiten Operation heilte seine Hand sehr gut, und wir hofften, sein Auge retten zu können, damit die Farbe sich nicht veränderte.«

Sophie wurde übel. Handelte es sich wirklich um Jerome, oder klammerte sie sich verzweifelt an einen Strohhalm?

»Ach ja, und er trug immer einen Korken bei sich. Einen Champagnerkorken.«

Sophie stockte der Atem.

»Madame?«

»Ich bin noch da. Einen Champagnerkorken, sagen Sie?«

»Lange Zeit in seiner Gefangenschaft hatte er sein Gedächtnis verloren. Es tut mir leid, Sie müssen wirklich mit jemandem sprechen, der täglich mit ihm zu tun hatte. Ich dürfte Ihnen die Informationen eigentlich gar nicht geben. Viele dieser Nachrichten stammen aus zweiter Hand.«

»Bitte, Madame ... was war mit dem Korken?«, fragte Sophie voller Verzweiflung.

»Nichts, wirklich nichts. Ich erinnere mich, dass jemand meinte, er halte den Korken fest, um sich seiner selbst zu vergewissern.«

Nein, dachte Sophie. Er behielt den Korken, weil er ihn daran erinnerte, dass er eine Frau hatte, die auf ihn wartete. Sie kannte den Korken, wusste, dass darauf der Name Delancré eingebrannt war. Er war alles, was Jerome von ihr zurückbehalten hatte.

Und gerade als sie bereit war, das ganze Protokoll beiseitezuschieben und von den Schweizern vollständige Auskunft zu verlangen, bekam sie einen Anruf von einem britischen Colonel in Paris. Er half einem französischen Internierten, der mit englischen Soldaten zusammen war, bei der Rückkehr.

»Wie kann das sein?«, hatte sie gefragt.

»Oh, trotz der straffen Schweizer Organisation herrscht

Chaos«, hatte er gemeint. »Ich wurde angerufen, weil meine Frau Französin ist und ich besser mit der Sprache zurechtkomme als die meisten, obwohl ich nicht unbedingt richtig gut Französisch spreche. Wir haben mehrere Truppenverbände in die Heimat zu überführen, also wurde ich hergeschickt, um auszuhelfen. Wahrscheinlich kann ich schneller etwas mit den britischen Truppen und Namen auf unseren Listen anfangen.« Er stöhnte. »Aber ich will Sie nicht langweilen.« Sie lächelte, als sie seiner freundlichen Stimme lauschte. »Nun, ich habe gehört, Sie sind hinter einem französischen Burschen her, der irgendwie seinen Weg in die britischen Listen gefunden hat ... einem Soldaten namens Jacques Bouchon. Ist das richtig?«

»Ja. Bitte sagen Sie mir, ob Sie Neuigkeiten haben!«

»Nun ja, die habe ich tatsächlich.«

Sie hielt den Atem an.

»Madame Delancré, sind Sie noch da?«

»Ja ... ja, Entschuldigung, ich höre.«

»Ich glaube, wir haben den Mann, den Sie suchen. Er kam gestern früh an und steht für morgen auf meiner Liste. Ich frage mich, ob es für Sie machbar wäre, nach Paris zu reisen.«

»Ich werde dort sein«, sagte sie, ohne ihm die Gelegenheit zu geben, ihr eine andere Möglichkeit anzubieten.

Er gab ihr die Adresse. »Fragen Sie am Empfang nach mir! Wir schicken Ihnen jemanden, der Sie nach oben begleitet. Darf ich fragen, Madame Delancré, in welcher Beziehung Sie zu diesem Soldaten stehen?«

»Ich glaube, dieser Mann ist mein Ehemann.«

Selbst wenn sie es versucht hätte, wäre der arme Colonel nicht erschrockener gewesen.

Er stotterte, bis sie ihm erklärte, dass ihr Ehemann vermutlich das Gedächtnis verloren hatte und sie sicher war, dass es sich um ihn handelte. Zum Beweis wollte sie Fotos mitbringen. Am Ende des Gesprächs war der Colonel ebenso fasziniert wie begierig, ihr zu helfen.

»Nein, ich werde nichts sagen, der Schock wäre zu groß. Madame, bitte verzeihen Sie mir, aber ich muss seine Aufrichtigkeit prüfen. Kommen Sie doch um elf Uhr dreißig wieder, Madame Delancré! Dann gehen wir es an.«

»Der Gedanke, diesen Mann hinters Licht zu führen, gefällt mir nicht. Vor allem dann nicht, wenn er mein Ehemann ist.«

»Keine Finten, das versichere ich Ihnen. Diese Soldaten sind durch die Hölle gegangen. Sie haben Schreckliches durchlitten und überlebt. In ihr früheres Dasein zurückzukehren ist eine riesige Herausforderung. Das gilt besonders für einen Mann wie Jacques Bouchon, wenn er Ihr Mann ist und irgendwie die Verbindung zu seiner Vergangenheit verloren hat. Dann benötigt er Geduld und Verständnis. Meiner Erfahrung nach kann sich genauso gut herausstellen, dass er ein Betrüger ist.« Er seufzte. »Ich bin nur vorsichtig, verstehen Sie?«

»Ich werde darauf vorbereitet sein, Colonel Sheridan.«

»Das wäre klug. Wir sehen uns morgen, Madame.«

Und hier saß sie nun, knetete nervös den Griff ihrer Handtasche und wartete darauf, in das Büro gerufen zu werden, in dem hoffentlich ihr Ehemann saß.

Der Adjutant des Colonel trat auf sie zu. »Madame Delancré?« Sie schreckte auf, doch es gelang ihr, Ruhe zu bewahren, als sie dem Mann wieder zunickte, der sie vorher am Empfang begrüßt hatte. »Würden Sie mir bitte folgen?«

Sie stand auf, glättete ihre leichte Wolljacke und berührte die adrette, etwas schräg sitzende Cloche. Sie hatte mit sich gerungen, was sie anziehen sollte, und sich für ein dunkles, aber elegantes Kostüm in tiefem Pflaumenblau entschieden, das so weit von Épernays Farben entfernt war, wie sie es bewerkstelligen konnte. Sie wollte Jerome nicht erschrecken, wenn er es wirklich war. Mit ihren ochsenblutfarbenen Lederhandschuhen umklammerte sie die samtene Handtasche. Sie knipste den Verschluss zu, bevor sie sicherstellte, dass ihre taupefarbene Satinbluse ordentlich am Hals geschlossen war. Sie trug nur einen Hauch hellrosafarbenen Lippenstift. Sie wog viel weniger als damals, als sie ihren Mann zum letzten Mal umarmt hatte. Falls es wirklich Jerome war, würde er diese braun gebrannte gertenschlanke Frau überhaupt als seine Ehefrau erkennen?

In Wahrheit waren sie doch eigentlich Fremde geworden.

»Danke.« Sie lächelte den Mann neben ihr an, bevor er an die Tür klopfte.

Jerome sah das breite Lächeln des Mannes, aber trotzdem hatte er das Gefühl, dass ihn etwas erwartete, dass er eine Prüfung bestanden hatte. Er hörte ein Klopfen an der Tür.

Der Colonel nickte, als hätte er darauf gewartet. »Herein.«

Jerome drehte sich um und sah, wie der Bursche des Colonel eine schmale, elegante Frau hereinführte, gekleidet in die dunkle Farbe des Burgunderweins. »Guten Morgen, Madame Delancré«, sagte der Colonel, und in Jeromes Ohren klingelte es laut.

Dann hörte er kein einziges Wort mehr. Er kämpfte sich auf die Füße, und die Züge der einzigen Frau, die er je von ganzem Herzen geliebt hatte, verschwammen vor seinem gesunden Auge. Wie konnte er sie nur jemals vergessen haben? Er hörte, wie ihre Stimme brach, als sie seinen Namen aussprach.

Die Überflutung seiner Gefühle verstörten ihn so sehr, dass er seine Verzweiflung am liebsten laut herausgeschrien hätte. Hoffentlich war es nicht Angst, sondern Sympathie, die er in den vertrauten Zügen der dunkelblonden Frau entdeckte. Sie war seine Ehefrau, das wusste er, aber dadurch wurde die Schönheit dieser ausgezehrten Gestalt umso quälender.

»Jerome ...«, war alles, was sie herausbrachte, bevor er schwer auf seinen Stuhl zurücksank und mit lautem Stöhnen vier Jahre voller Seelenqualen hinter sich ließ.

Den Schock, vermischt mit tiefstem Kummer, konnte Sophie bei Jeromes Anblick nur mühsam verbergen. Sie hatte geglaubt, bereit zu sein, und war nicht auf ihre heftigen Emotionen vorbereitet. Der Sturm riss an ihrem Haar, in ihren Ohren pfiff es, und sie musste blinzeln. Dennoch rührte sich nichts im Raum. Ihre Erinnerung an den Mann, den sie zum Abschied geküsst hatte, passte nicht zu diesem versehrten Menschen, der auf seinem Stuhl zusammengebrochen war. Er versuchte, den verwundeten Teil seines Gesichts zu verbergen, ein Ärmel hing lose vom Ellbogen herab. Sie musste hart schlucken, als ihr bewusst wurde, dass Jerome nie mehr seine geliebten Reben schneiden würde.

Sie linste zu dem Colonel hinüber, dessen Schnurrbart zuckte. Er hüstelte leise. *Ist das Ihr Ehemann?*, fragte sein Blick über die Brille hinweg. Sophie nickte.

Der Colonel räusperte sich nachdrücklich. »Nun, dann lasse ich Sie beide für eine Weile allein.«

»Danke«, murmelte Sophie und wartete, bis der Mann den Raum verlassen hatte. Wie unter einer Last erhob sie sich, griff nach der Flasche auf dem Tisch und goss etwas in ein Glas, das sie ihm reichte.

»Jerome.«

»Es tut mir so leid, dass ich dich verlassen habe.«

Sophie rang nach Luft. Eine Entschuldigung? Das hätte sie am allerwenigsten erwartet, insbesondere nach ihrer Begierde, Charlie zu küssen, Charlie zu lieben. Die Tatsache, dass sie um ein Haar mit Charlie ins Bett gegangen wäre, um ihre Lust zu stillen, nährte den Gefühlssturm, der in ihr tobte. Sie sprach aus, was sie auf dem Herzen hatte. »Aber du bist zu mir heimgekommen. Nur das zählt.« Das würde ihm sicher mehr helfen, als die Worte *Ich liebe dich* oder *Ich habe dich vermisst*.

Jerome nahm das Wasser mit zitternder Hand entgegen und stürzte es in einem Zug hinunter. Dann blickte er seufzend zu ihr auf. »Sophie«, begann er etwas gefasster und zog den Champagnerkorken aus der Tasche, den er seit seinem Hochzeitstag bei sich trug. »Ich bin daheim, weil du mir auf dem Weg geleuchtet hast ... selbst als ich verloren war. Das war immer so, und ich wusste, es war wichtig. Mir musste nur wieder einfallen, warum das so war.« Seine Stimme war dieselbe, aber sie hatte diese wundervolle Leichtigkeit des Humors verloren, an die sie sich erinnerte. Sie hatten sich noch nicht berührt, beide fühlten sich unbehaglich. »Habe ich dich gefunden, oder hast du mich gefunden?«

Sie öffnete ihre Handtasche, zog die zerknitterte Zeitung hervor und faltete sie auseinander. Er starrte auf das Bild, bevor er wieder seufzte. »Ich war sehr gut an jenem Abend«, witzelte er.

Und das war alles, was für ein herrlich vertrautes Lachen benötigt wurde, das beide umhüllte und Sophie mit der Freude erfüllte, die ihr über die Jahre seiner Abwesenheit verloren gegangen war. Sie kauerte sich neben ihn, legte ihm eine Hand auf den Arm und fühlte einen Schauer der Erregung, als sie sich an die Form seiner Finger, die Furchen und Knöchel seiner Hände erinnerte. Sie spürte der silbrigen Spur der Narbe einer Verletzung nach, die er sich beim Sturz von einem Baum im Weinberg zugezogen hatte. Unter seinem Dach hatte sie auch mit Charlie gesessen. Und sie erinnerte sich an Jeromes Stimme. Diese volltönende Stimme, die sie immer erregt hatte, war in ihr Leben zurückgekehrt ... und er war noch immer in der Lage, sie unbeschwert zu benutzen.

»Weißt du, dass ich meine andere Hand fühle und sie sich auf deine legen will ... sie will dich so gern streicheln«, murmelte er.

Bei diesen Worten wurde ihr die Kehle eng, und sie rang um Fassung. »Dann benutz deinen schönen Mund, Jerome, und küss mich!«

Das ließ er sich nicht zweimal sagen, und die Vertrautheit, die Sophie vor dem Krieg so viel Sicherheit geschenkt hatte, kehrte als lustvolle Kaskade zurück. Sie fühlte die Lippen, die ihr den ersten Kuss ihres Lebens gegeben hatten, als spirituelles Gegenstück zu sich selbst und vereinte sich mit Jerome in wiedergefundener Liebe. Sie weinten, als sie sich küssten, und sie schämten sich ihrer Tränen nicht. Sie küssten sich, bis Sophies Beine in der kauernden Stellung schmerzten und sie das Bedürfnis verspürte, sie auszustrecken. Sie gestand es ihm und befreite sich lachend aus seiner Umarmung.

Schniefend und lächelnd zugleich drängte sie ihn zu reden. »Erzähl mir alles, Jerome! Ich will es wissen.«

Ohne sich um ein Protokoll zu kümmern, schmiegte sie sich auf seinen Schoß und lauschte seiner Stimme, die seine traurige Geschichte in den fehlenden Jahren seit seinem letzten Brief erzählte.

»Also bist du Jacques Bouchon? Ich meine, können die offiziellen Stellen deinen Namen wieder ändern?«

»Sofort. Du bist der Beweis, nach dem sie gesucht haben.«

»Ich bin dein Beweis«, wiederholte sie lächelnd. »Das gefällt mir.« Wieder küsste sie ihn.

Es klopfte an der Tür, und dann blieb es eine ganze Weile still, sodass Sophie Zeit hatte, hastig von Jeromes Schoß zu rutschen und sich das Haar zu richten. Er erhob sich ebenfalls, weil er es vermutlich leid war, behindert auszusehen. Sie ging zur Tür und öffnete sie in Erwartung des Colonel. Und da stand er und strahlte, aber er hatte einen Mann bei sich.

»Louis«, sagte sie und bemühte sich, jegliche Emotion aus ihrer Stimme zu verbannen.

»Ist er es wirklich? Ist er hier?« Louis klang verblüfft, ehrfürchtig und drängte hinter ihr in den Raum. »Ich habe alles abgesagt, um zu kommen. Jerome! Du *bist* es tatsächlich!«

»Louis, oh, mein lieber Bruder! Ich dachte, du wärst nicht in Paris!«

Sie hörte Louis eine Entschuldigung murmeln, beobachtete, wie die beiden Brüder sich küssten, und blickte zum Colonel hinüber, der die Wiedervereinigung offenbar gerührt betrachtete.

»Ich bin so froh, dass er gekommen ist. Wunderbar, dass alles zu einem glücklichen Ende gekommen ist!«, flüsterte er. »Ich bin so sehr daran gewöhnt, Familien schlechte Nachrichten zu überbringen, dass ich überglücklich für Sie bin, Madame.«

Sie lächelte mit all der Anmut, die sie aufbringen konnte, und ließ sich nicht anmerken, dass ihr bei Louis' Anblick ganz schlecht wurde. »Ich muss wohl meinen Ehenamen wieder annehmen«, sagte sie, weil ihr nichts anderes einfiel.

»Oh, Leutnant, wie wunderbar!«, rief der Colonel. »Nun lässt sich sagen, dass Sie wieder mit Ihrer Familie vereint und mit größter Gewissheit Jerome Méa sind.« Jerome sah aus, als wolle er vor Freude in Tränen ausbrechen, und Sophie war bewusst, dass sie dieses Glück nicht zerstören durfte. »Ich gehe und kümmere mich um den ganzen Papierkram. Klingt das gut?«

»Danke, Sir«, sagte Jerome und wandte seine Aufmerksamkeit wieder Louis zu. »Louis, ich muss dich nach dem Anruf fragen.«

»Welchen Anruf, Bruder?« Louis wirkte verwirrt, aber Sophie spürte die Durchtriebenheit, die Jerome entweder gar nicht bemerkte oder nicht voll erfasste.

»Ich bat eine Krankenschwester namens Agatha Huber, dich anzurufen. Sie hatte deine Nummer, sagte, sie hätte mit dir gesprochen.«

»Ja, der Colonel erwähnte es. Ich weiß nichts Genaues. Nur dass ein Mann, bei dem es sich angeblich um Jerome Méa handelte, in der Schweiz interniert war. Aber ich hatte nicht die geringste Ahnung, worüber er damals sprach oder worüber du jetzt sprichst.« Er klang entsetzt, als ob er die ganze Sache nicht glauben könne. »Hat die Krankenschwester das behauptet?«

»Agatha versicherte mir, die Nummer angerufen zu haben, die ich ihr gegeben hatte. Der Mann am anderen Ende der Leitung habe bejaht, Louis Méa zu sein, und es dann sogar noch einmal bestätigt.«

»Dann lügt sie! Oder ein Fremder gab sich für mich aus.« Jetzt klang Louis beleidigt. »Mein Bruder, wann soll das gewesen sein?«

Jerome zuckte mit den Achseln. »Kurz bevor ich die Schweiz verließ ... vor vierzehn Tagen vielleicht.«

»Das ist ja schrecklich. Ich habe keinen Anruf aus der Schweiz erhalten. Glaubst du, ich hätte dich in Lausanne dahinsiechen lassen, wenn ich davon gewusst hätte?«

»Nein, nein, natürlich nicht!«, antwortete Jerome verwirrt. »Aber sie schien mir keine Lügnerin zu sein.«

»Du bist zu Hause, Bruder, ist das nicht das Wichtigste?« Louis wandte sich an Sophie. »Du musst doch außer dir sein vor Freude, Sophie, meine Liebe.«

»Das kannst du dir gar nicht vorstellen, Louis«, erwiderte sie und war sich sicher, dass nur er die Spitze in ihren Worten hören konnte.

Der Colonel kam mit einem Stabsmitarbeiter im Schlepptau zurück. »Nun, dann wollen wir Sie entlassen, Leutnant Méa. Hm, vielleicht würde es Monsieur und Madame nichts ausmachen, unten im Empfangsraum auf Sie zu warten? Es wird gerade Tee serviert.«

Sophie erkannte, dass dies kein Vorschlag war. »Natürlich. Louis, wollen wir? Ich warte unten in der Halle auf dich, Jerome«, sagte sie, immer noch voller Glücksgefühle, dass er es war, der da stand.

»Nicht wieder verschwinden!«, verabschiedete er sie mit einem Augenzwinkern.

Scheinbar höflich folgte sie dem Offiziersburschen in den Empfangsraum.

»Bitte bedienen Sie sich!« Er deutete auf das Silbertablett mit dem Tee. »Es wird nicht lange dauern.«

Als sich die Tür hinter ihm geschlossen hatte, fuhr Louis

sie an: »Sieh an ... so hat sich dein Glaube an ihn doch bewahrheitet!«

»Ich bin froh, dass du es so siehst«, konterte sie.

»Ich frage mich, was er von seiner untreuen Frau hält, wenn er von dem englischen Captain erfährt, der sich in ihr Herz geschlichen hat.«

»Er muss sich keine Sorgen machen, Louis, weil ihm nichts zu Ohren kommen wird.«

»Oh, ist das so? Und wie willst du das verhindern?«

»Indem ich dich warne. Falls du Captain Nash auch nur einmal anders als auf offizielle Weise erwähnst, erzähle ich Jerome von deinen Absichten mir gegenüber und wie du mich erpresst hast.«

Nachlässig schnippte Louis eine Fluse vom Jackett. »Ich würde es abstreiten. Du hast keinen Beweis«, entgegnete er leichthin, vollauf überzeugt.

Sie musterte ihn mit finsterem Blick. »Was ist mit dem Geld, das du angenommen hast? Ich kann belegen, dass es überwiesen wurde.«

»Ein Geschenk, meine Liebe. Ich kam wegen meiner finanziellen Lage zu dir. In deiner unnachahmlichen Liebenswürdigkeit und Sorge um deinen Schwager hast du mir angeboten, meine Schulden zu bezahlen. Das ist wunderbar, und ich bin dir ewig dankbar.« Er lächelte gerissen und leckte sich die Lippen. »Du kannst es nicht mit mir aufnehmen, Sophie, meine Liebe. Du machst mir keine Angst. Und Avize wird wieder mir gehören, wenn ich erst einmal mit meinem Bruder gesprochen habe.«

Sophie starrte Louis an und entschloss sich zu einer letzten Drohung. »Dann gebe ich dir nur noch eins mit auf den Weg, Louis.« Er trat einen Schritt auf sie zu, als wolle er sagen: *Was könntest du denn schon Verletzendes gegen mich vorbringen?* Er hob sogar die Handflächen, als wolle er ihren Schlag abwehren.

»Wenn du keinen Anruf aus der Schweiz bekommen hast«, fuhr sie ihn an. »Und wenn der Colonel dir keine Einzelheiten mitgeteilt hat, woher wusstest du dann, dass Jerome, um es mit deinen Worten auszudrücken, in Lausanne dahinsiechte?«

Sie beobachtete, wie sich die Miene ihres Schwagers umwölkte. Seine ganze Belustigung fiel ab, als sei die Last zu schwer für sein Gesicht. Plötzlich erschlafften seine Wangen, seine höhnisch gekräuselten, vollen rosigen Lippen erstarrten vor Schreck. Er blinzelte.

»Du hast einen Fehler gemacht, Louis. Wir haben dein Leugnen mitbekommen, aber wir habe auch gehört, dass du Lausanne erwähntest. Nun, Jerome mag nur das Beste von dir denken und in seiner Verwirrung den Rückschluss nicht gezogen haben, ich aber habe es sehr wohl und werde es nicht vergessen. Auch werde ich nicht erlauben, dass Jerome es vergisst, wenn du nicht ein für alle Mal aus unserem Leben verschwindest. Ich werde nicht dulden, dass du in meiner Nähe dein Gift versprühst. Du kannst nur hoffen, dass Jerome niemals erfährt, welche Schlange sein Bruder in Wahrheit ist. Du kannst nur hoffen, dass er immer gut von dir denkt und sich einfach nur fragt, warum du dich nicht öfter blicken lässt. Verschwinde! Kriech wieder in deine Lasterhöhle in Pigalle und wirf deinen dunklen Schatten nie mehr über Épernay! Sollten wir uns zufällig begegnen, können wir höflich sein, vielleicht sogar freundlich. Wir beide aber wissen, dass wir nur so tun. Wenn du dir wünschst, dass dir die Liebe deines Bruders und womöglich seine Großzügigkeit erhalten bleiben - das ist seine Sache und nicht meine -, dann schlage ich vor, unser Geheimnis zu bewahren.« *Sag es!*, forderte sie sich auf. »Quid pro quo, Louis.«

»Zur Hölle mit dir, Sophie!«, knurrte er und wandte sich zur Tür.

Erleichterung durchflutete sie, aber sie ließ ihrer Stimme nichts anmerken. »Leb wohl, Louis. Oh, und noch etwas ...«

Er drehte sich um und starrte sie finster an.

Trotz seines abscheulichen Verhaltens erlebte Sophie einen Moment der Klarheit, in dem sie zu der Überzeugung gelangte, sich nicht ebenso schäbig benehmen zu wollen. So tief würde sie nicht sinken. Sie atmete durch, um sich zu beruhigen. »Louis, ich meine es ehrlich, dass du abgesehen von deiner Erpressung ein amüsanter Gesellschafter bist, auch wenn wir uns nicht mögen. Alles, was passiert ist, wird daran nichts ändern.«

Er schaute sich zu ihr um, plötzlich auf andere Art verblüfft. »*Pardon?*«

»Nein, ich meine es ehrlich. Du bist lustig, du bist witzig, du bist elegant, du hast ein sicheres Auftreten und eine gute Erziehung. Du liest, magst Kunst, liebst Musik. Du schätzt die feinen Seiten des Lebens ...« Sie zuckte die Achseln. »Ich fand dich anziehend.«

»Was soll das?«, fragte er konsterniert.

»Ich möchte dir sagen, dass du der richtigen Frau viel zu bieten hast. Nach diesem Krieg gibt es so viele alleinstehende Frauen, die entzückt wären, dich als Gefährten zu bekommen. Ganz zu schweigen von deinem Namen, den eine Frau bei einer Hochzeit bekäme. Finde sie, heirate sie, bekomme das Kind oder sogar Kinder mit ihr und entdecke die Liebe, Louis. Da fehlt etwas in deinem Leben. Die Liebe wird dich verändern. Du wirst die Welt mit anderen Augen sehen, wenn du eine Frau findest, die sich in dich verliebt ... in Louis Méa, genau so, wie er ist, mit seinen Fehlern und seinen Vorzügen. Dies ist keine Entschuldigung, sondern nennen wir es einen Waffenstillstand. Wir haben keinen Grund, uns gegenseitig zu verletzen. Was du Jerome angetan hast, geschah aus Angst um dein Geld, um deine Zukunft. Du wolltest ihm nicht schaden. Du liebst ihn auf deine eigene Weise. Also bleib dabei. Du hast das nötige Geld, um neu anzufangen. Ich missgönne es dir nicht mehr. Also fang neu an! Ich wünsche dir ein gutes Leben in Paris, wie du es dir ausgesucht hast. Aber bleib offen, um eine Frau zu finden, die du liebst und die dich ebenfalls liebt.«

Er musterte ihr Gesicht, als suche er nach jener Art von Durchtriebenheit, die seine zweite Natur war. Vergeblich. Schließlich nickte er.

»Also dann, ein Waffenstillstand ... weil wir beide Jerome lieben.«

»Einverstanden.«

»Leb wohl, Sophie!«

»Und, Louis?«

Er wandte sich um.

»Ich lasse dich glimpflich davonkommen«, erklärte sie. »Daher geh mir in Zukunft aus dem Weg!«

»Ich habe keine Angst vor dir, Sophie«, sagte er, eher belustigt denn herablassend. »Eher bin ich beeindruckt von deiner Standhaftigkeit und deiner Fähigkeit, über meine Übergriffe hinwegzusehen und, in der Tat, meiner Sache zu helfen.« Er gluckste leise. »Aber nein, eingeschüchtert fühle ich mich nicht.«

»Nun, wenn du nach Hause fährst und dich zu deinem Erfolg beglückwünschst, denk bitte an eines ... ich gebe dir das Geld nicht einfach so.«

Er blinzelte.

»Es ist kein Geschenk.«

»Noch mehr Bedingungen?«, fragte er immer noch sorglos.

»Noch eine. Das Geld, das ich dir gebe, soll deine privaten Schulden bezahlen, aber ich habe auch deinen Schuldschein erworben.«

Er runzelte die Stirn. »Warum?«

»Sagen wir, als zusätzliche Sicherheit. Mir gehört jetzt der Schuldschein für deine elegante Wohnung in Pigalle, Louis. Solltest du dich nicht daran halten, dich in Zukunft noch gemeiner verhalten als in der Vergangenheit oder gar glauben, es sei genügend Zeit vergangen, um Jerome eine Information zu enthüllen, die unserer Ehe schaden könnte, werde ich die Hypothek aufkündigen und mein beträchtliches Vermögen und alle meine Verbindungen einsetzen, damit du bankrott gehst.« Sie lächelte. »Sind wir uns darüber im Klaren, wo die Linie verläuft, die du nicht übertreten wirst?«

»Vollkommen im Klaren«, antwortete er beleidigt.

»Viel Glück«, wünschte sie und öffnete die Tür. »Schließ sie hinter dir und schau nicht zurück!«

31

Sophie schmiegte sich an Jerome, als sie im Zug saßen, der sie nach Reims zurückbringen würde. »Danke, dass du nach Hause kommst.«

»Bist du sicher?«

Sie runzelte die Stirn. »Worüber?«

»Bist du glücklich, dass ich wieder da bin?«

Tief bestürzt lehnte sich Sophie zurück.

»Ich tue mich schwer, mir eine schöne Frau an meiner Seite vorzustellen, während ich als Krüppel mit nur einem halben Gesicht und einem Arm neben ihr herhumpele und ...«

Sie hätte nicht schockierter sein können, wenn er sie geohrfeigt hätte. »Jerome, du hast ein Auge verloren, nicht dein Gesicht. Und hältst du so wenig von mir, dass du glaubst, dein Aussehen war der Grund, warum ich dich geheiratet habe? Kannst du dich nicht mit der Tatsache abfinden, dass du einer der glücklichsten Männer auf der Welt bist? Dass du lebst, dass du geliebt wirst? Du hast eine ganze Stadt, die dich zu Hause als Held willkommen heißen wird. Du hast ein Leben, in das du zurückkehren kannst. Anders als viele deiner Kameraden hast du überlebt.«

»Du hast recht, es tut mir leid ... ehrlich. Seit mein Gedächtnis zurückkehrte, hatte ich Albträume, dass ein anderer Mann meinen Platz eingenommen hätte.«

Schuldgefühle schüttelten sie, wie die Flaschen, die in

ihrem Pult gerüttelt wurden. »Lass Jacques Bouchon hinter dir! Ich habe mich in dein Inneres, nicht in dein Äußeres verliebt.« Sie tippte ihm auf die schmale Brust und fragte sich, wie sie ihn wieder zu jenem kräftigen, stämmigen Mann aufbauen sollte, der er einmal gewesen war. »Nicht weil du zwei sehende Augen hattest und ein rechtes Bein, das dir gehorchte, oder zwei Arme. Ich finde, mit der Augenklappe siehst du aus wie ein Held«, sagte sie und beugte sich zu ihm vor, um einen Kuss darauf zu drücken. »Und ich finde, diese Narbe, auf der dein Haar nicht wachsen will, erzählt davon, dass du in der Schlacht gekämpft und überlebt hast.« Sie küsste die Narbe. Dann berührte sie die Stelle, an der sein Arm hätte sein sollen. »Du hast den Arm geopfert, um Frankreich zu schützen. Dafür bewundere ich dich nur umso mehr. Und dein Hinken. Neben dir hergehen zu dürfen macht mich stolz.«

»Ich bin nur noch ein halber Mensch«, klagte er.

»Und ich bin deine andere Hälfte«, antwortete sie. »Mir ist bewusst, dass ich keinen Feigling geheiratet habe. Kein Selbstmitleid mehr, Liebling! Wie gern bringe ich dich nach Hause. Wie gern zeige ich dir deine tapferen Weinberge, die stark geblieben sind und auf dich warten.«

»Kannst du mir verzeihen, dass ich dich so lange vergessen habe?«

Ganz kurz überprüfte Sophie seine Züge, um abzuwägen, ob sie ihm die Wahrheit sagen sollte. »Ja«, antwortete sie fest, damit kein Zweifel aufkam. Beinahe hätte sie hinzugefügt, dass er ihr auch vergeben konnte. Aber dieses Geheimnis hätte ihn nur verletzt, und jetzt sollte einfach nur die Zeit der Heilung anbrechen. Nur sie, Charlie und Louis wussten davon. Und so musste es bleiben, beschloss sie.

Ihre Romanze mit Captain Nash hatte geschäumt wie das freudige Prickeln einer frisch geöffneten Flasche Champagner. Aber genau wie die alkoholischen Bläschen fast ebenso schnell starben, wie sie lebten, verhielt es sich mit ihrer Liebe zu Charlie. Sie war leuchtend aufgestiegen, doch nun musste sie schwinden. Ihre Wege mussten sich trennen, da ihre Welt in ihre frühere Umlaufbahn zurückkehrte.

Jerome roch nach Seife und der englischen Vaseline, die er an diesem Morgen benutzt hatte, um sein Haar ordentlich zu kämmen.

»Es gefällt mir nicht, wenn du so zahm aussiehst.« Sie schob die Gedanken an Charlie beiseite, um sie an einem Platz zu verstauen, wo sie niemals gefunden wurden. »Ich mag dich wild und zerzaust«, sagte sie und zauste ihm das Haar.

Er stellte sich aufrechter hin, und ihr fiel erst jetzt wieder auf, wie groß ihr Mann war. Er besaß noch immer breite Schultern, und seine Stimme hatte immer noch dieses tiefe, sanfte Rollen.

»Ich möchte dich küssen.«

»Du brauchst keine Erlaubnis.« Sie lächelte, ihr Schmerz um Charlie flatterte wie ein gefangener Vogel, und dann öffnete sie ihr Herz, damit er entkommen konnte. Jetzt entschied der schöne Vogel, der ihr mit seinem traurigen Lied so viel versprochen hatte, dass er frei war. Und er floh ... und wusste, dass er dies musste.

Jerome schloss die Augen und fand ihre Lippen. Mehr Erinnerungen strömten zurück. Ihre Körper erkannten sich wieder. Wie von unsichtbaren Fäden gezogen lehnten sie sich aneinander, der Kuss wurde tiefer, keiner von beiden machte Anstalten, den anderen wieder gehen zu lassen.

Das Rütteln mochte Charlie am liebsten. Die sich wiederholende Tätigkeit war gut für seine heilende Hand und besonders die Finger. Rasch lernte er, wie man es richtig und schnell anstellte. Er erlaubte dem Wein und seinem Bodensatz, ihn zu unterrichten, obwohl er auch in Sophie und Étienne geduldige Lehrer hatte. Charlie glaubte, dass er nun ein Gewinn für das Rüttelteam war, besser als jemand, auf den man immer ein Auge haben musste. Es gefiel ihm, den leisen Gesprächen der Frauen zu lauschen, und versuchte nicht zu erröten, wenn sie absichtlich eine saftige Bemerkung in seine Richtung machten. Die Frauen, die keine Witwen waren, hatten einen besonders federnden Gang und eine Leichtigkeit in den Stimmen, je mehr Nachrichten von den Siegen der Alliierten eintrafen. Er betete, dass alle ihre Männer nach Hause kommen würden.

Alle, außer Sophies Mann? Nein. Das war grausam.

Aber er konnte seine private Freude nicht verhehlen. Ihr Sinneswandel hatte sich angefühlt wie das Morphium, das man ihm im Feldlazarett verabreicht hatte. Wie die Droge nahm er allen Schmerz weg. Während dieser wenigen Stunden in der letzten Woche hatte Charlie Nash gewusst, dass er dort war, wo er hingehörte, wo er immer hatte sein wollen ... er war zu Hause. Sophie wohnte in seinem Herzen, und doch sagte ihm etwas tief im Innern, dass sie nicht die Seine werden würde. Es niemals gewesen war. Liebte sie ihn? Ja, aber das war es nicht, woran er zweifelte. Seine Unsicherheit lag bei dem anderen Mann, den sie liebte, der zuerst dagewesen war, der rechtmäßigen Liebe ihres Lebens. Charlie verstand, dass ihre Romanze unter anderen Umständen niemals zustande gekommen wäre. Zufällige Entscheidungen hatten dazu geführt, dass er während der Apokalypse im Frühling in die falsche Richtung gerannt war, auf einen arabischen Soldaten zu, der ihn halb tot aus dem Fluss gefischt hatte, zu einem französischen Kommandanten, der ihn in das Lazarett im Untergrund von Reims geschickt hatte, und zu Sophie Delancré, die gerade Schicht hatte, als er eingeliefert wurde. Durch ein Zusammentreffen von Streichen, mit denen sich irgendwelche Mächte auf seine Kosten einen Spaß machten, wurden sie zusammengeführt, damit zwei gebrochene Seelen einander entdeckten, die wussten, wie sie sich gegenseitig heilen konnten.

Und gerade deshalb war es so traurig, dachte er, als er die Flaschen in den Rüttelpulten drehte, dass es in ihrer Beziehung immer drei Personen geben würde, selbst wenn Jerome tot war. Zwar wollte sein Herz etwas anderes glauben, aber seine Intuition wusste es besser.

Der Sommer war vorbei.

Und sie war gegangen, um Jerome wiederzufinden.

Sie war so sicher gewesen, dass er es war. Charlie seinerseits war überzeugt, dass sie recht hatte.

Sophie würde mit ihrem Ehemann zurückkehren.

Trotzdem, es wäre feige, in diesem Augenblick zu gehen. Und er war nicht bereit, der Feigheit beschuldigt zu werden, jetzt, da der Krieg zu Ende ging. Nein, er würde sie ein letztes Mal sehen, ihr Strahlen sehen und ihr ein tapferes Lächeln zeigen.

Wenn es tatsächlich Jerome auf dem Foto war, warum hatte er so lange geschwiegen und seine Anonymität bewahrt? Charlie glaubte, dass es viele Männer gab, die vielleicht nie mehr mit der Normalität konfrontiert werden wollten, nach allem, was sie von der dunklen Seite der Menschheit gesehen und erlebt hatten. Vielleicht war es hart, wieder zu vertrauen. Vielleicht war es hart, wieder Gelächter oder Gesang zu hören. Es mochte sich unmöglich anfühlen, zu tanzen oder sich einfach zu erlauben, glücklich zu sein. Es konnte sich anfühlen, wie ein Verrat an den Männern, die nicht überlebt hatten. Er verstand das alles, weil er sich den Weg zurückgekämpft hatte, aber nur wegen Sophie. Jeder brauchte einen Ort oder einen Menschen, zu dem er zurückkommen konnte. Vielleicht war dies der Grund hinter allem.

Sophie war dankbar, dass Gaston sie vom Bahnhof in Reims abholte. Sie ließ die beiden Männer in aufgeregter Wiedersehensfreude reden. Sie hatten so viel zu besprechen.

Gaston erklärte, dass er die Neuigkeiten von jenseits der Schweizer Grenze verfolgt habe, aber nie Jeromes Name veröffentlicht gesehen und daher angenommen habe, dass er nie gefangen genommen, nie interniert worden sei. »Es tut mir so leid. Ehrlich gesagt, kann ich einfach nicht glauben, dass wir beide Ypern überlebt haben.«

Verlassene Schützengräben durchzogen kreuz und quer die Kalkebenen der Champagne. Sophie hatte sich an den Anblick gewöhnt, aber sie beobachtete, dass die Landschaft ein Schock für Jerome war, durchlöchert von Kratern und übersät mit Kriegsschrott, mit Stacheldraht, Panzern, zerstörten Maschinen, verdrehtem Metall. Sie war sicher, dass die Gefechtslinien an der Marne nicht anders aussahen als die anderen Schlachtfelder in Europa, aber dies war ihre Heimat. Und zweifellos schmerzte es ihren Mann, selbst zu sehen, wie schlimm sie zugerichtet worden war.

»Meine schöne Champagne sieht aus wie ich.« Abwesend starrte Jerome aus dem Fenster. »Zerstört.«

»Beruhige dich! Épernay ist nicht so verwüstet«, beschwichtigte ihn Sophie.

In wenigen Tagen hatte sie Geburtstag. Gewiss war die

Rückkehr eines Ehemannes das schönste Geschenk, von dem jede Frau in Frankreich träumte. Sophie aber vermutete, dass sie dieses Jahr mit aller Kraft gegen ihre Tränen ankämpfen und sie zurückhalten musste. Wäre Jerome doch nur in der Lage gewesen, aus der deutschen Gefangenschaft heraus Kontakt mit ihr aufzunehmen, hätte sie einem anderen Mann niemals ihr Herz geöffnet.

Schuldgefühle fraßen innerlich an ihr. Sosehr sie wert auf Aufrichtigkeit in ihrem Leben legte, durfte sie Jerome doch keineswegs die Wahrheit sagen. Solche Ehrlichkeit würde ihre noch zerbrechliche Beziehung zerstören. Sie fühlte Schuld, weil sie Charlie ermuntert hatte, und noch mehr, weil sie ihn nicht hatte gehen lassen, als er den Mut dazu gefunden hatte. Sie war schwach gewesen. Sie war selbstsüchtig gewesen, weil sie ihr künftiges Leben mit ihm verbringen wollte. Sie wusste, dass sie diese Schuld allein tragen musste.

»Kannst du dich an all das erinnern?«, fragte Gaston über die Schulter hinweg.

Nachdenklich schüttelte Jerome den Kopf. Von dieser Seite sah er unversehrt aus, und sie fragte sich, welche Dämonen zu der anderen Seite dieses Gesichts gehörten. Sie konzentrierte sich wieder auf Jeromes Worte. »Ich hatte all das wie ein Bild im Kopf, das nie verblassen oder unscharf würde. Weißt du, meine Liebe, selbst als ich mein Gedächtnis verloren hatte, konnte ich diese Felder nicht vergessen«, erklärte er und drehte den Korken, den er immer bei sich trug, zwischen den Fingern. »Sie lockten mich zurück in die Realität. Die Gefangenschaft war nicht die Realität, die ich erwartete oder wollte, aber ich war wieder lebendig.«

»Bedauerst du es?« Sie konnte nicht anders, musste ihn einfach fragen.

»Am Leben zu sein, meinst du?«

Sophie nickte und fragte sich insgeheim, ob sie zu weit gegangen war.

»Nicht zu den Toten zu gehören, das habe ich oft bedauert, ja, natürlich. Anfangs jeden Tag, nach dem ersten Jahr häufig. In letzter Zeit habe ich einfach hingenommen, dass ich nie mehr in das Leben zurückkehren werde, das mir früher so gut gefiel. Es ist schwer zu erklären, warum mir das so unmöglich vorkam. Bis 1916 war ich ein Betrüger, ich hatte vergessen, wer ich war, wer ich gewesen war.«

»Und jetzt?«

»Dich wiederzusehen war wie eine Droge, die alle Zweifel und Verzweiflung ausschaltet. Dass du mich noch willst« – er wies mit der Hand auf seine Verwundungen –, »macht mich zum glücklichsten Mann Frankreichs.« Er blickte hinter ihr aus dem Fenster. »Ich fühle, wie sich meine Seele nach den Weinfeldern ausstreckt. Wir können wieder Reben anbauen. Auf Freundlichkeit reagiert alles, nicht wahr? Diese Weinberge und ich ... wenn wir Pflege und Zuneigung empfangen, können wir zu einer neuen Version dessen werden, was wir einmal waren.« Er nahm ihre Hand und küsste sie. »Ich verdanke dir mein Leben, Sophie. Danke, dass du an mich geglaubt hast ... mich gefunden hast.«

»Sie hat dich niemals aufgegeben, Jerome«, sagte Gaston, und Sophie brachte es nicht fertig, die beiden Männer anzusehen.

Étienne blickte zuversichtlich drein. Seine Vorfreude fühlte sich an, als würde eine weitere Person im schwachen Kellerlicht um sie herumtanzen. »Lassen Sie uns mit Ratafia auf den Neuanfang mit unserem neuen Champagner anstoßen!« Étiennes zerklüftete Gesichtszüge verzogen sich zu einem breiten Grinsen. Er zog sein Taschenmesser heraus, klappte es auf und griff nach einer der Flaschen mit dem Likörwein. »Sie sind ein kluger Chemiker, Captain Charlie.«

»Ich freue mich, dass ich etwas von mir in Épernay zurücklassen kann«, erwiderte er, froh, seine Gefühle laut auszusprechen, als wolle er sich selbst versichern, dass er gehen und nicht wiederkommen würde.

Étienne reichte ihm ein kleines Glas und tippte mit seinem Wurstfinger auf Charlies Brust. »Sie lassen mehr hier als Ihre kluge Wissenschaft, nicht wahr? Vielleicht etwas, das hier drinnen sitzt.« Wieder stieß er sein Gegenüber behutsam an.

Charlie konnte den Mann nur anstarren. Wieso war er nur auf den Gedanken gekommen, Sophie und er könnten so schlau sein und es geheim halten?

»Sie müssen sich nicht schämen.«

»Sie hat mich gerettet.«

»Und Sie haben sie ebenfalls gerettet. In vier Jahren hat sie kein einziges Mal so gelächelt, wie sie jetzt lächelt. Und nicht ihr Mann hat diesen Sonnenschein zurückgebracht ... das waren Sie!«

»Weiß noch jemand davon?«

Der alte Mann schüttelte den Kopf.

»Ich breche auf, Étienne.«

»Ich weiß, und es ist richtig, dass Sie gehen. Wenn sie ihn gefunden hat, müssen die beiden all das wiederentdecken, was sie einmal hatten. Hier in Épernay sind wir sehr stolz auf dieses Paar.«

Charlie nickte.

»Dass sie wieder vereint sind, ist auch Teil von Épernays Heilung. Die Erde wurde vier Jahre lang verletzt. Es ist nicht von Bedeutung, dass wir weitab von den Hauptschlachtfeldern leben. Alles hängt mit allem zusammen. Ich bin sicher, Épernay weiß, was in Reims geschah, quer durch Ostfrankreich, sogar bis hinauf nach Belgien. Épernay kennt das Leid der Landschaft. Der Wein, den sie mit Ihrer Hilfe hergestellt hat, wird ebenso ein Wein des Kummers wie auch des Feierns sein. Er ist besonders bedeutend, weil wir ihn in Friedenszeiten nach den langen Kriegsjahren entkorken. Aber er wird auch die Erinnerung an Kampf und Gram enthalten. Und auch Sie werden in ihm sein ... und Ihre Erinnerung an sie.«

»Danke für Ihre Freundschaft!«, rief Charlie und erhob sein Glas.

»Endlich auf den Frieden und auf die Freundschaft! Sie werden hier immer Freunde haben, Captain.«

»Warum hier?« Bestürzt wandte sich Jerome zu Sophie um.

»Das ist wichtig. Du kehrst als Held heim«, beharrte Gaston.

»Sophie, ich ...«, begann er mit angsterfüllter Stimme.

»Hör mir zu!«, bat sie eindringlich. »Du wirst nie anders aussehen als heute. Also wird es nichts ändern, wenn du dich versteckst. Du warst im Krieg, und alle, die noch stehen können, sind sich bewusst, dass sie dank Männern wie dir noch leben.« Sie klopfte ans Fenster. »Die meisten ihrer Lieben kommen nicht zurück. Deine Verwundungen legen Zeugnis ab von der Strafe, die du für dein Land auf dich genommen hast ... für die Menschen dieser Stadt. Du solltest sie voller Stolz tragen, für sie, für mich, für uns.«

«Ertrage deine Verletzungen«, ergänzte Gaston. »Lass nicht zu, dass sie dich tragen müssen! Halte die Uniform in Ehren! Halte dich selbst in Ehren! Frankreich verlangt nichts mehr von dir. Und nun schlendere neben deiner Frau durch deine Stadt!«

Sie hatte keinen Zweifel, dass Jerome für die Stadtbevölkerung genauso schneidig aussah wie für sie. Die Augenklappe verdeckte seine Verletzung, und trotz der Narbe über seinem gut aussehenden Gesicht hatten ein sauberer Haarschnitt und eine gute Rasur Wunder gewirkt. Beide waren sie noch nicht so weit, die lebendige, leidenschaftliche Zuneigung ihrer Ehe neu zu entdecken, aber in ihrem Hotel hatten sie zusammen gebadet und das Gefühl vertrauter Haut an Haut genossen. Sie hatte ihm gezeigt, dass sie vor seinen Verwundungen nicht zurückschreckte und dass ein einzelner Arm genügte, um sie zu umfangen. Zweimal hatten sie warmes Wasser nachlaufen lassen, während sie über die letzten Jahre sprachen. Danach waren sie innig umschlungen eingeschlafen. Sie berührten, aber erforschten sich nicht. Noch nicht.

Sophie fand, dass Jeromes Humpeln irgendwie passend war, und ermunterte ihn, stolz voranzuschreiten. Es dauerte nicht lange, bis die Passanten sie bemerkten. Es begann wie ein Flüstern, dann wurde es ein Raunen. Die Menschen pfiffen und klatschten.

»Das gilt dir«, bemerkte Jerome bescheiden. Er schien nicht glauben zu können, was sich vor seinen Augen abspielte.

»Sie sehen mich hier oft genug. Nein, der Beifall gilt dir. Ein Sohn Épernays kehrt nach Hause zurück.«

Vor Rührung wurde Sophie die Kehle eng, als sich immer mehr Frauen, ältere Männer und umherstreifende Kriegsrückkehrer am Straßenrand versammelten. Bald hatten die Frauen ihre Körbe abgestellt oder ein kleines Kind auf die Hüfte gehoben, damit sie winken und jubeln konnten.

»Du zweifelst zu viel. Komm, geh mit mir die Straße entlang zu deinem Haus!«

Seit Jerome zum letzten Mal hier gewesen war, hatte sich die vertraute Straße in eine Avenue umgewandelt, an der die Häuser der wichtigsten Champagnermacher lagen. Im Krieg waren viele aus Reims nach Épernay übergesiedelt. Jeromes Augen weiteten sich, als er sah, wie sich seine Heimatstadt ausgedehnt hatte.

»Das ist ja kaum zu glauben«, staunte er voller Ehrfurcht.

Die Kunde von Jeromes Rückkehr hatte sich wie ein Lauffeuer verbreitet. Immer mehr Menschen erschienen an der Straße, auf der Jerome nach Hause gelangen würde. Der Beifall wurde zum Jubel. Alle kannten ihn.

»Sie erkennen mich.« Jerome klang erschüttert und bewegt. Er wandte sich zu seiner Frau um, und in diesem Blick erkannte sie die echten Gefühle des Mannes, den sie geheiratet hatte. Noch lag nicht jener Funke in seinem Auge, aber eindeutig war etwas entzündet worden. »Ich liebe dich, Sophie.«

Sie nickte. »Ich weiß, ich wusste es immer.«

32

Unter der Erde, wo kein Jubel zu hören war, hielt Charlie eine Sekunde lang den Atem an, während Étienne sein Glas erhob. Er hatte offizielle Champagnerschalen gewählt, damit der alte Winzer das wertvolle Gebräu zum ersten Mal kosten konnte.

»Er ist noch sehr sauer, Etienne ...«

»Still, Captain! Ich weiß ... muss mich konzentrieren.«

»Alles klar, aber rede mit mir! Ich will verstehen, was du schmeckst.«

Étienne nickte. »Wenn ich abgieße, bekomme ich mein erstes mineralisches Bouquet. Jedenfalls hoffen wir alle, dass es so ist. Ich bin erleichtert, dass der gesüßte Ratafialikör den schönen Duft von Madames Wein nicht vertrieben hat.« Achselzuckend schnüffelte er über dem Glas. »Er hat sogar eine zusätzliche warme Note, die von der winzigen Zugabe des sirupartigen Pinot stammt.«

Als der alte Mann weitersprach, hielt Charlie sein Glas hoch. »Die Bläschen bleiben klein und lebhaft«, erklärte der alte Winzer. Charlie beobachtete, wie sie zu einer sich drehenden Perlenschnur aufstiegen, die Oberfläche durchbrachen und tapfer zum Rand schwammen, um die *Collerette* zu bilden. Sie waren perfekt, wie bei disziplinierten Tänzerinnen wusste jedes Bläschen, wo es wann sein musste. Charlie wusste mittlerweile, dass diese Tänzerinnen noch zur Blüte gelangen mussten, um im Abgang auf der Zunge dem Champagner das Aufregende und den Applaus zu verleihen.

»Auf Sie, Captain, auf Ihre Idee!«

»Auf Sie, Étienne, dass Sie daran geglaubt haben«, erwiderte Charlie und stieß mit Étienne an.

»*Santé!*«, sagten sie gemeinsam und neigten ihr Glas für einen ersten Schluck.

»Wie immer hat Madame Zurückhaltung bewiesen und die Dosage auf drei Gramm Zucker pro Liter beschränkt.«

»Ich dachte eher, sie hätte sie verdoppelt«, vermutete Charlie.

»Darin liegt immer die Versuchung für andere *Champenois*. Das sieht Madame Sophie ganz anders. Sie setzt immer so wenig Zucker wie möglich zu. Gemeinsam haben Sie einen beachtlichen Champagner abgeliefert, wie ich glaube.«

»Ich habe mir Sorgen gemacht, dass das Ergebnis wie ein Champagnercocktail schmecken könnte«, begann Charlie, doch Étienne schüttelte schon bei der Vorstellung entschieden den Kopf.

»Nein. Er hat sein eigenes besonderes Aroma, aber es ist immer noch ganz entschieden ein Champagner. Eigentlich ...« Étienne führte seinen Gedanken nicht zu Ende. Beide hörten es im selben Augenblick.

Es war fern, aber durchdringend, fand den Weg hinunter in die stillen Keller. Und es war anhaltend. Étienne seufzte und stellte sein halb ausgetrunkenes Glas auf einem Fass ab.

»Sophie?«, fragte Charlie laut, obwohl er die Antwort bereits kannte.

»Kommen Sie mit, Captain Charlie! Nur dieses eine Mal müssen Sie noch tapfer sein.«

Jeder von Charlies schweren Schritten schien ihn immer weiter von Sophie wegzuführen, statt sich ihr zu nähern. Er folgte Étienne, und zusammen stiegen sie aus dem Keller ins sanfte Sonnenlicht eines späten Herbstabends. Nebeneinander schritten sie den Weg hinauf, der um die Seite des Herrenhauses herum zu seiner beeindruckenden Front führte. Diese ging auf die Hauptstraße von Épernay. Charlie fiel leicht zurück, folgte aber Étienne zu den Säulen, die das Tor einrahmten. Wie zum Empfang einer Delegation stand es weit offen.

Nach der gemäßigten Temperatur im Keller war es hier draußen sehr frisch. Der kühle Wind, der durch die Weinberge wehte, prickelte wie Brennnesseln auf Charlies Wangen, während er hemdsärmelig am Tor stand. Er strengte sich nicht übermäßig an, um etwas zu sehen, so wie manch einer neben ihm. Er wusste schon, wer kam. Er spürte, wie sich sein Magen verknotete.

»*Let her go, Charlie!*«, wisperte der Brennnesselwind.

Er beobachtete, wie sich die einzige Frau, die er je geliebt hatte, am Arm eines französischen Kriegsheimkehrers näherte. Die beiden gingen so dicht nebeneinander, dass keine Hand zwischen sie gepasst hätte. Sie hatte ihn einmal verloren, und sie ließ ihn nie mehr gehen. Das verriet dieser Anblick.

Charlie sah die Verwundungen, die der Krieg diesem Mann aus Épernay zugefügt hatte, aber er ging aufrechter, als Charlie erwartet hatte. Als sie ankamen und Étienne sie liebevoll, mit bebendem Kinn und verklärtem Blick begrüßte, nahm Charlie wahr, wie Jerome sich hinabbeugte, um seine Frau auf den gesenkten Kopf zu küssen. Mit seiner Augenklappe und dem ordentlich gefalteten, hochgesteckten leeren Ärmel sah er Zoll für Zoll wie ein Held aus.

Charlie war sicher, dass die Frauen dahinschmolzen, als Jerome sein Gewicht auf das stärkere Bein verlagerte, um seine Frau zu umarmen, ihren Körper zu spüren ... genau wie Charlie es am liebsten getan hätte. Wie Charlie es nie mehr tun würde.

Und dann hob Sophie den Kopf und sah Charlie an, während Jerome von der jubelnden Menge abgelenkt wurde. Ihr Blick flehte um Vergebung. *Könnte ich zwei Menschen sein*, sagte dieser Blick, *würde ich zwei Leben mit den beiden Männern leben, die ich liebe.*

Charlie konnte die Szenerie nicht länger ertragen. Er wandte sich zu Gaston um. *Time to go, Captain*, verriet der Gesichtsausdruck des französischen Kommandanten.

Charlie wusste, dass er recht hatte. Am liebsten hätte er dem Kommandanten anvertraut, dass er und Sophie fast einander gehört hätten, aber damit wäre nichts gewonnen gewesen.

»Ich hole mein Gepäck«, murmelte er und drehte sich rasch um.

»Captain Nash?«

Er tat, als hätte er nichts gehört, und ging weiter auf das Haus zu.

»Charlie?« Er konnte sie nicht abweisen. Also hielt er inne und drehte sich um. Keine Frage, sie verstand seine Misere. »Charlie«, wiederholte sie, den Tränen nahe, und ihre Gefühle standen ihr ins Gesicht geschrieben. Sophie hatte sich aus der Schar der Umstehenden gelöst, die den französischen Leutnant beglückwünschten, ihm die verbliebene Hand schüttelten und ihn auf beide Wangen küssten.

»Tu das nicht!«, sagte er sanft. »Jedes Wort, das wir sagen, macht es nur schwerer.« Er war froh, dass Gaston zurückgeblieben war und bei Jerome stand.

Sie nickte, schluckte die Tränen hinunter und trocknete sich die Augen mit einem Taschentuch. »Dabei habe ich jedes Wort so gemeint, wie ich es gesagt habe.«

»Aber jetzt hat sich alles geändert.«

Sie schüttelte den Kopf. »Nein, nichts hat sich verändert. Aber das ist die Last, die ich tragen muss, die Tragik meines Lebens, mit der ich meinen Frieden machen muss. Ich liebe zwei Männer, und du musst mir verzeihen, dass ich eine treue Ehefrau bin. Ich hatte nie Gelegenheit, die beste aller Ehefrauen zu sein, und das will ich jetzt nachholen.«

Er zwang sich zu einem Lächeln, denn er verstand ihre schwierige Lage. »Sophie, ich weiß, dass du Jerome immer geliebt hast.«

»Ich habe euch beide geliebt und musste mir erst gestatten, dich in mein Herz aufzunehmen. Es tut mir leid, dass wir unser Glück nicht ausleben konnten und dass dich die Trennung so schmerzt.«

Charlie fand Sophies verletzte Miene eher zum Lachen, und er grinste noch breiter. Die beiden Franzosen kamen näher, aber Gaston hielt Jerome so lange wie möglich auf, damit Sophie und Charlie das wichtige Gespräch zu Ende führen konnten.

»Es muss dir nicht leidtun. Du hast mir einen kurzen Blick auf das Glück gestattet. Nur mit dir konnte ich so etwas erfahren.« Er lächelte.

»Du wirst das Glück finden, Charlie.«

Er schüttelte den Kopf. »Nein, das werde ich nicht. Mein Herz ist nicht so stark, Sophie. Dieser Verlust braucht Zeit. Lass mich dich weiter lieben! So leicht kann ich dich nicht vergessen.«

Bevor sie weitersprechen konnte, trat er vor und küsste sie auf beide Wangen. Es sah aus wie eine höfliche Geste, aber niemand sah, wie er ihre Hände drückte und wie sie ihre Hände auf seinen Arm legte und streichelte.

»Ich liebe dich, Charlie«, flüsterte sie.

»Das weiß ich.« Er lächelte und wandte den Blick ab, um Jerome zu begrüßen.

»Und Sie sind Captain Nash«, sagte Jerome. »Von Ihnen habe ich so viel von meiner Frau gehört. Offenbar haben Sie in unseren Kellern hart gearbeitet.«

»Ich habe versucht, mich nützlich zu machen, ja. Willkommen zu Hause, Leutnant.«

»Es ist kalt. Sollen wir hineingehen?«

Die Menge zerstreute sich. Jerome und Sophie bedankten sich winkend für den überschwänglichen Empfang.

»Sophie?« Das war Gaston. »Äh ... Captain Nash und ich dachten, wir sollten bald gehen. Er will unbedingt zu seiner Einheit, und da ich schon einmal hier bin, will ich ihm helfen, seine Reise so bald wie möglich hinter sich zu bringen.«

»Heute?«, fragte sie voller Verzweiflung.

»Jetzt sofort. Ich war lange genug von meinen Männern weg und bin froh, deinen Ehemann sicher wieder unter sein eigenes Dach gebracht zu haben«, sagte Gaston, als ob alles entschieden sei. »Haben Sie gepackt, Charlie?«

»Ja. Ich wollte sowieso spätestens morgen aufbrechen, und so ist es eine großartige Gelegenheit, mit Monsieur de Saint Just fahren zu können. Ich kann mir keine bessere Reisebegleitung vorstellen«, sagte er wieder mit diesem Lächeln, das er sich für die beiden Männer neben ihm abrang. Sein Leben lang hatte er ein künstliches Lächeln aufgesetzt und wusste, wie man es vortäuscht.

»Liebling«, fragte Sophie ihren Mann, »weißt du, was wir getan haben, kurz bevor ich nach Paris fuhr?«

Jerome lächelte arglos »Keine Ahnung, mein Schatz.«

Sie erzählte ihm von dem neuen Champagner.

»Ratafia«, wiederholte Jerome.

»Äh ... der zwanzig Jahre alte Pinot.« Charlie klang, als hätte er alle ihre Weine durchprobiert.

»Es ist sehr aufregend«, meinte Sophie. »Geh schon einmal hinein! Ich sause in den Keller und sehe nach, ob Étienne und seine Leute alles so erledigt haben, wie ich es ihnen aufgetragen habe.«

Jerome lachte. »Du wirst dich nie ändern. Ich war vier Jahre weg, und immer noch komme ich erst an zweiter Stelle.« Charlie bemerkte, wie Sophie bei diesen Worten unwillkürlich die Augen niederschlug. »Es ist gefährlich, sich in diese Frau zu verlieben, Captain Nash. Sie ist wie ihre Trauben ... unberechenbar!«

Sophie gluckste. »Nimm ein Bad und trink einen Schluck, Liebling! Ich bin in einer Minute zurück und helfe. Dann weiche ich dir nicht mehr von der Seite.«

»Versprochen?«

»Versprochen«, sagte sie, bevor sie sich abwandte.

«Gaston, würden Sie Jerome bitte hinaufhelfen?« Sie wartete nicht auf eine Antwort. »Charlie, zurück in den Keller mit uns! Wir müssen zu Ende bringen, was wir uns vorgenommen haben.« Sie zog sogar an seinem Ärmel, als fürchte sie, dass er ihr nicht folge.

»Geben Sie mir fünf Minuten, Gaston!«, versprach er.

»Fünf Minuten«, willigte Gaston kühl ein, und Charlie hätte gewettet, dass Gaston keine Sekunde lang glaubte, sie hätten etwas Wichtiges wegen des Weins zu besprechen.

Sophie führte Charlie zurück in den Bereich, in dem Étienne die Verkostung vorbereitet hatte. In der Ferne hörten sie Stimmen ... die Frauen nahmen nach der Aufregung über Jeromes Ankunft ihre Tätigkeiten wieder auf. Im Arbeitsbereich des Kellers würden Étienne und seine Helferinnen und Helfer den Wein degorgieren und ihn mit Ratafia dosieren. In Gedanken sah Sophie schon die Etiketten vor sich. Sie musste sie neu drucken lassen, vielleicht in verändertem Stil. Dann wären die Flaschen schon auf den ersten Blick als etwas Besonderes zu erkennen, als limitierter Champagner mit höherem Alkoholgehalt, um die neue Welt des Friedens zu feiern.

Sie ging Charlie voraus und wagte es nicht, ihn anzusehen, aber nun musste es sein. Sie drehte sich um, wusste nicht, was sie sagen sollte. Er wusste es.

»Da gibt es nichts zu sagen«, meinte er freundlich. »Niemand trägt irgendeine Schuld. Aber wichtiger ist noch, dass ich mich auf meine Weise für euch beide freue.« Er schenkte ihr ein trauriges Lächeln.

»Bereust du unsere Begegnung?«

Er musterte sie, als hätte sie ihn in seiner Ehre verletzt, und schüttelte den Kopf. »Nein, wie könnte ich?« Er zog eine Schulter hoch. »Du hast mich auf so viele Arten aus der Ödnis zurückgeführt. Ich bin dankbar, auch wenn ich nicht glaube, jemals zuvor einen solchen Schmerz empfunden zu haben. Ich fürchte, es wird erst noch schlimmer, bis ich gelernt habe, dich nicht mehr zu vermissen und ohne dich zu leben.«

»Oh, Charlie!« Sie konnte nicht anders, sie trat auf ihn zu und schlang ihre Arme um ihn. »Es tut mir so, so leid.«

Sie lehnte den Kopf an seine Stirn und war dankbar, dass er nicht auf weitere Intimitäten drängte. Dann aber erinnerte sie sich, ohne wirklich überrascht zu sein, dass Charlie diese Linie nie überschritten hatte. Nur ein einziges Mal hatte er sich zum Leichtsinn hinreißen lassen, als er sie zum ersten Mal oben auf dem Dachboden des Hauses geküsst hatte, und das würde sie niemals bereuen.

»Ich weiß auch nicht, was ich tun soll. Ich fühle mich schlecht und verängstigt. Du sollst nicht gehen, aber ...«

»Aber du musst stark sein. Keiner von uns konnte es voraussehen, und ich weiß, dass du es mit den Dämonen aufnehmen wirst, die ihn im Griff haben. Er braucht Zeit und deine Liebe.« Er seufzte, ließ sie los, nickte und fuhr sich mit der Hand durch das dicke Haar. Es ähnelte dem von Jerome, doch in diesen Tagen kannte sie Charlies Haar besser als das ihres Ehemannes. Sie wusste, wie es sich anfühlte, wie es roch, wie es sich an den Ohren lockte und wie es ihm über ein Auge fiel, wenn er sich über die Arbeit beugte.

Sophie sah Charlie an. Er hatte recht. Sie und Jerome würden neu anfangen, einen neuen Weg finden, um miteinander zu leben und zu hoffen, dass die alte Liebe ausreiche, um darauf aufzubauen ... um die neue Liebe zu verdrängen, die in ihr erblüht war. »Sehe ich dich jemals wieder?« Selbst in ihren Ohren klang es weinerlich.

»Willst du, dass mein Herz für immer gebrochen bleibt?« Er lachte freudlos. »Nein. Ich muss gehen, und das war's.«

»Was wirst du tun?« Sie berührte seine Wange, verspürte das Bedürfnis, ihn ein letztes Mal zu küssen. Aber wie sollte sie das anstellen, ohne dass es sich peinlich oder verzweifelt anfühlte.

Er lächelte. »Ich werde es schaffen, Sophie. Mein ganzes Leben lang war ich allein. Sich um einen anderen Menschen zu kümmern, das ist neu für mich. Wie ich dir erzählt habe, werde ich Harry Blake suchen. Wenn dieser Krieg endgültig vorbei ist, werde ich nach Deutschland reisen, um in Bayern einen Mann namens Willi zu finden. Er war mein Feind, aber auch mein Freund, als wir einander in einem Lastkahn das Leben retteten.«

Sie fühlte, wie die Emotionen sie überwältigten und ihr den Atem raubten. Ihre Augen schwammen in Tränen. »Ich kann den Gedanken nicht ertragen, dich nie wiederzusehen.«

»Doch, du wirst es aushalten, weil du unglaublich stark bist. Das hast du ja im Krieg bewiesen.« Plötzlich hörten sie in der Ferne Schritte näher kommen. »Ich will dir danken, dass du die außergewöhnlichste Frau bist, die ich je kennenlernen durfte. Und wenn du den 1918er trinkst, dann denk an mich! Ich werde in den britischen Geschäften danach suchen und so viele Flaschen kaufen, wie ich mir leisten kann. Dann schmecke ich dich in dem Getränk.«

Heiße Tränen rannen ihr über die Wangen. »Wir sind beide in dem Champagner vereint, Charlie.«

Er zog sein Taschentuch hervor und tupfte ihr die Augen trocken. »Ja, wir tanzen in den Bläschen, lieben uns in den Tiefen des Saftes dieses herrlichen Sommers, küssen uns, wenn wir emporsteigen, um lachend die Oberfläche zu durchbrechen. Ich werde dich in jedem deiner Champagner schmecken, den ich in den nächsten Jahren kaufen werde.«

»Und ich werde dich in jeder Flasche Ratafia schmecken, die ich jemals herstellen werde.«

Er grinste, und sie fühlte, wie ihr Lächeln zurückkehrte. »Jedes Mal, wenn er deine Lippen berührt, dann küsse ich dich aus der Ferne.«

»Und während ich meinen Ehemann Jerome liebe, musst du wissen, dass ich dich immer aus der Ferne lieben werde, Charlie.«

Er starrte sie an, und sie spürte den gemeinsamen Schmerz, verbunden durch Ranken der Qual, die sie umschlangen, um sie aneinanderzufesseln und den harten Schlag der grausamen Entscheidung abzumildern. Dann würde ihrer beider Leid in einer unsichtbaren, unzerstörbaren Umarmung festgehalten.

Die Schritte waren jetzt ganz nahe.

»Leb wohl, Sophie.«

Aus den dunklen Gängen tauchte der Kommandant auf.

»Ist meine Zeit um?«, fragte Charlie.

»Schon vor zwei Minuten.«

Sophie umfasste Charlies Gesicht mit beiden Händen, um sich genau einzuprägen, wie sich seine Wange anfühlte, seine Stoppeln im unrasierten Gesicht, die Wehmut in seinem Blick, als er sie ein letztes Mal ansah. Sie wusste, dass sie diesen Mann nie wiedersehen würde, allein die Erinnerung blieb ihr. Sie beugte sich vor, um ihn auf beide Wangen zu küssen, liebkoste mit den Lippen die rauen Bartstoppeln. Und dann, in einem Augenblick, den sie für immer im Gedächtnis behalten würde, berührte sie zum Abschied flüchtig seine Lippen. »Leben Sie wohl, Captain Nash.«

Und ohne eine Antwort abzuwarten, wich sie zurück und lief in den Keller hinein, tief in den Schoß der Dunkelheit, wo niemand ihre Tränen sah. Ihr Schluchzen wurde von den Kalkwänden aufgenommen und war dort sicher aufgehoben. Die Gewölbe kannten sie seit ihrer Geburt und erinnerten sich an alle ihre Tränen. Sie würden Sophie trösten, wenn sie wiederkäme, um wegen Charlie zu weinen. Und das würde bestimmt bald geschehen.

Aber jetzt war es Jerome, zu dem sie floh und mit dem sie ihre Liebe neu entdecken musste. Sie musste ihn von den

Toten zurückführen, unter denen er gelebt hatte. Einen Winter lang hatten sie jetzt Zeit, um wieder zueinander zu finden, während die drei Göttinnen in ihren Feldern schliefen und erst im Frühling erwachten, um ein friedliches Frankreich zu begrüßen.

Epilog

Jerome hatte ein abendliches Picknick im Chardonnayweinberg geplant, den er vor fast fünf Jahren zur Feier der Verbindung mit Sophie gepflanzt hatte, und seine Frau konnte sich nichts Heilsameres vorstellen, als durch die Reihen der nun stillen Reben zu schlendern. Es wäre ihre letzte Gelegenheit, einen romantischen Moment zu genießen, bevor es zu kalt wurde. Sophie hatte Jeromes Vorschlag wundervoll gefunden und das Essen selbst vorbereitet.

»Was gibt es denn?« Voller Vorfreude spähte Jerome in den Korb, der im Salon bereitstand.

Sie gab ihm einen Klaps auf die Hand, die eine Pflaume stibitzen wollte. »Wir haben unser Brot«, sagte sie und schwenkte ein knuspriges Baguette, das erst vor Kurzem aus dem Herd gekommen war. »Wir haben Schinken, Chutney, etwas Käse.« Er stieß einen glücklichen Laut aus. »Ein paar Pflaumen, wenn du welche übrig lässt ... und ich habe mit unseren allerletzten Pfirsichen einen Clafoutis gebacken, der noch warm ist.«

»Sahne?«

»Selbstverständlich.« Sie lächelte.

»Champagner?«

»Oh!« Überrascht lachte Sophie auf. »Ich hole Gläser. Wie konnte ich den vergessen?«

Er küsste sie sanft auf den Nacken. »Nun, ich bin dir voraus. Ich habe einige Flaschen im Fluss liegen. Ich hole sie und treffe dich unten im Garten. Gib mir zehn Minuten!«

Sie bemerkte, dass Jerome zwei Decken unter dem Arm trug.

»Eine, um sie auf den Boden zu legen«, antwortete er auf ihre Frage hin.

»Und die andere?«

»Um unsere nackten Körper zu bedecken.« Er zwinkerte. »Ich habe Pläne.«

Ihn wieder so spitzbübisch zu erleben, nicht länger befangen wegen seiner Verwundungen, war Balsam für ihre Seele. Er bewegte sich leichter, sein Hinken besserte sich, und er war schon beeindruckend geschickt mit nur einem Arm. Mit der Augenklappe glich er einem verwegenen Piraten. Aber immer wenn sie daran dachte, fühlte sie einen kleinen schmerzhaften Stich, weil sie sich quälend an den köstlichen Augenblick auf dem Speicher erinnerte, als Charlie Nash seinen Piratenhaken geschwenkt und ihr Herz erobert hatte.

Dieses Herz litt noch immer, weil es gebrochen war, weil es hatte wählen müssen. Sie hatte ihre Entscheidung nicht infrage gestellt, aber das machte den Verlust nicht leichter. Als Jerome ihr mit einem Grinsen vorausgegangen war, durchquerte sie ihren Lieblingsraum, der den Esstisch und das Porzellan ihrer Eltern enthielt. Sie zog den Brief aus der Tasche, der vor einigen Tagen für sie gekommen war. Sie hatte ihn schon mehrmals gelesen und schwor sich, dass dies das letzte Mal war, bevor sie ihn endgültig beiseitelegte.

Die Blätter ließen sich leicht entfalten.

Liebe Sophie,
vernichte diesen Brief, wenn Du musst. Aber nach meiner hastigen Abreise mit wenig mehr als meiner Uniform und

Deinem Seidenschal, den ich wie einen Schatz hüte, musste ich Dir einfach schreiben. Ich rieche noch immer Deinen Duft, und solange er anhält, werde ich das Gefühl bewahren, dass Du in meiner Nähe bist.

Wieder musste Sophie schlucken.

Vielleicht erinnerst Du Dich, dass ich Captain Harry Blake vom 20th London erwähnt habe. Nun, falls nicht, wir hatten uns zufällig in einer Kirche getroffen, als wir beide in der Nähe von Albert stationiert waren. Wir bewunderten eine Statue der Heiligen Jungfrau mit dem Kind. Um diese goldene Madonna hatte sich eine Legende gebildet, dass der Krieg enden würde, wenn sie fiel. Wir alle wünschten, dass es so käme. Die Alliierten und der Feind versuchten, sie mit ihrer Artillerie umzustoßen, und als das nicht gelang, entstand der Aberglaube, dass jene Armee den Krieg verlieren würde, die sie zu Fall brachte. Ich glaube, wir waren beide fasziniert, sie an einem der seltenen Tage ohne unsere jeweilige Einheit zu sehen. Wir freundeten uns bei einem Glas Bier an, und er schrieb mir, als ich noch in Épernay war, um mir von seinen Plänen zu berichten. Wie ich hatte er es nicht eilig, nach England zurückzukehren. Er hatte den Auftrag übernommen, Suchmannschaften zu führen, und schlug mir vor, das auch zu tun, nachdem man mehr Männer vor Ort brauchte. Da bin ich nun und schreibe Dir aus Fromelles.

Als sie die Zeilen zum ersten Mal gelesen hatte, musste sie tief durchatmen. Charlie war nur wenige Stunden von Épernay entfernt, aber er hätte genauso gut auf der anderen Seite der Welt sein können, denn sie durften sich nie wiedersehen.

Sie fuhr fort, die vertrauten Worte zu lesen.

Ich führe einen der Trupps durch Ostfrankreich. Wir stoßen kaum auf Widerstand des auf dem Rückzug befindlichen Feindes, der nun geschlagen, undiszipliniert und verzweifelt versucht, nach Deutschland zu gelangen. Wir vermerken jeden Gefallenen, den wir finden, erfassen Einzelheiten, stellen sicher, dass wir den Angehörigen die persönlichen Sachen übersenden können. Neulich fand Harry einen britischen Soldaten, und es war besonders traurig, dass dieser seine Schokoladendose nicht geöffnet hatte, die ihm unsere Majestäten und Rowntree's 1915 geschickt hatten. Ich glaube, ich habe meine gleich am ersten Tag leergegessen. Jetzt benutze ich die Dose, um darin Wildblumen aufzubewahren, die ich in Épernay gepresst habe. Außerdem enthält die Dose eine der Delancré-Folien von dem besonderen Ratafia-Champagner, die wir verwendet hatten, bevor ich ging. Sie bedeuten für mich glückliche Erinnerungen, wenn ich sie betrachte.

Sophie schlug die Hand vor den Mund, um nicht laut aufzuschluchzen. Sie blickte auf die Uhr ... noch wenige Minuten, dann musste sie gehen. Mit Tränen in den Augen las sie das Ende des Briefes.

Und so helfe ich Familien in der Hoffnung, ihnen ein wenig Frieden über das Schicksal ihrer Lieben zu verschaffen. Es fühlt sich gut an, vor allem nachdem ich weiß, was Du durchgemacht hast. Ich frage mich immer noch, wie ich überlebt habe ... und warum. Doch das ist eine Frage, die niemand beantworten kann, also warum damit hadern? Meine liebste Sophie, Du sollst wissen, dass ich versuche, Pläne für die Zukunft zu machen. Ich will nicht in die chemische Indus-

trie zurückkehren. Von Dir inspiriert werde ich wahrscheinlich in den Norden nach Schottland gehen ... irgendwohin, wo es windgepeitscht und einsam ist, wo reines Wasser fließt und die Gerste kräftig wächst. Dort will ich lernen, wie man Whisky macht, und vielleicht meine eigene Destillerie eröffnen.

Sophie drehte die Seite um, sie wusste, was nun kam, musste es aber noch einmal rasch zu Ende lesen.

Ich hörte, wie Harry mit dem Besitzer der Dose voller Schokolade sprach, die eine Nachricht seiner Freundin namens Kitty enthielt. Es war, als ob er sich mit diesem Soldaten unterhielt, und ich war bewegt. Es war einer der großen Fehler meines Lebens, dass ich meine Gefühle nicht zeigte. Deshalb fühlte ich mich mit Dir, Sophie, wie neu geboren. Ich danke meinem Schicksal, dass ich Dich kennenlernen durfte, dass ich eine Zeit lang erfahren durfte, wie es sich anfühlt, jemanden zu lieben und geliebt zu werden.

Jeden Tag meines Lebens werde ich Dich vermissen, aber ich weiß, dass ich mir ein neues Leben ohne Dich aufbauen muss. Ich habe die große Hoffnung, dass ich eines Tages einen deutschen Soldaten namens Willi Becker finde. Ich hoffe, er hat ebenfalls überlebt. An jenem schrecklichen Morgen der Schlacht im Mai haben wir uns gegenseitig das Leben gerettet. Er soll erfahren, dass ich seinen Rat befolgt und mein Herz geöffnet habe. Trotz des Schmerzes, den ich verspüre, bereue ich nicht, mich verliebt zu haben.

Also, auf Dich, Sophie, und auf die Liebe, darauf, dass Du mit dem Menschen zusammen bist, den Du schon immer geliebt hast und immer lieben wirst. Sei glücklich, denk ab und zu an mich und wisse, dass Du Freude und Hoffnung in mein Leben gebracht hast. Beide sind ein Geschenk. Und ich wünsche Dir und der Göttin eine lange und fruchtbare Zeit zusammen. Ich kann es kaum erwarten, bis ich den 1918er in England in den Regalen stehen sehe. Ich werde einige Flaschen kaufen, auf Deine Gesundheit trinken und Dich in der schäumenden Süße schmecken, die wir zusammen fanden.

Ich liebe Dich, Sophie. C x

Sophie tupfte sich die Wangen ab, um den Tränenstrom zu trocknen. In einer Suppenterrine aus Limogesporzellan, die auf dem Esstisch stand, versteckte sie Charlies Brief. Später würde sie dafür ein geeigneteres Versteck suchen. Sie stand mitten im Raum, in dem sie die Auseinandersetzung mit Louis gehabt hatte, und linste durch das Fenster über dem Sofa auf die Weinberge. Die Sonne stand tief und leckte mit goldener Zunge über die Reben. Der Herbst kündigte sich an. Der Sommer ging zu Ende. Das Leben, wie sie es gekannt hatte, ging schlafen, und es fühlte sich richtig an, dass Charlie nicht mehr in Frankreich lebte, dass er ganz aus ihrem Leben verschwunden wäre, wenn die Reben zu einem neuen Frühling erwachten. In diesem Augenblick willigte sie ein, dass sie ihn hatte gehen lassen ... jetzt. Ohne sich ein Zögern zu erlauben, nahm sie den Brief wieder heraus, griff nach einer Streichholzschachtel und warf sie in den Picknickkorb.

Sie lief aus dem Haus und in den Garten, wo sie in dem privaten Bereich abseits der Ställe und des Kellereingangs innehielt. Dort zündete sie ein Streichholz an, hielt eine Ecke von Charlies Brief in die Flamme und beobachtete mit halb verzweifeltem, halb erleichtertem Gefühl, wie er angesengt wurde und Feuer fing. Es kam ihr vor, als wäre dies das Feuer der Leidenschaft, das in der kurzen Zeit hell gebrannt hatte, während sie mit Charlie die Freiheit der Liebe genossen hatte.

Die auflodernde Flamme rollte das Blatt zusammen und brannte sich durch die innigen Worte hindurch. Sophie hielt das Papier fest, bis sie sich fast verbrannte, dann ließ sie es fallen und sah zu, wie es zwischen dem Herbstlaub verbrannte, das noch nicht trocken genug war, um Feuer zu fangen. Sie bückte sich und grub mit einem Löffel aus dem Picknickkorb ein kleines Loch in den Boden, bevor sie die Asche von Charlies Brief hineinschob. Dann häufte sie Erde und dürre Blätter von Épernay darüber. Schließlich stand sie auf und seufzte. Sie würde ihn nicht vergessen, aber sie fühlte sich erleichtert.

»Sophie?« Sie blickte auf und sah Jerome winken.

»Entschuldige, ich wurde aufgehalten.«

Er grinste, keineswegs beleidigt, und hielt triumphierend eine Flasche hoch. In diesem Moment des Glücks sah sie ihre vielversprechende Zukunft vor sich. Da stand er, groß und unglaublich gut aussehend, obwohl ihm ein Arm und ein Auge fehlten. Sein Grinsen war sorglos und schief, genauso wie damals, als sie sich in ihn verliebt hatte. Er trug seine abgetragenen Lieblingssachen, von denen sie sich nie hatte trennen können. Nun war sie einfach froh, so vorsorglich gewesen zu sein. Vielleicht hatte ihre Seele gewusst, was ihr Herz nicht wusste.

Als sie ihn ansah, erblickte sie eine strahlende Zukunft. Beinahe hörte sie die Stimmen der plappernden Schar kleiner Kinder, die er mit ihr bekommen wollte. Ihre Welt war eine Idylle im Vergleich zu so vielen anderen, und es war wichtig, dass sie voller Überzeugung in diese Welt zurückkehrte. Als sie auf Jerome zuging, begann er laut zu singen. Sie musste lachen und wusste, dass sie Charlie nun gehen lassen konnte und alles mit offenen Armen empfangen würde, was Jerome ihr versprach.

Die Sonne versank hinter dem Horizont und hinterließ einen Himmel, der aussah, als wäre farbige Tinte darüber ausgegossen worden. Blau floss in Lila und machte den Weg frei für Rosa, das sich vor leuchtendem Kirschrot und Orange verbeugte, um schließlich in einem letzten Atemzug aus schimmerndem Bernstein und Gold dem scheidenden Tag die Reverenz zu erweisen.

Und als sie durch die Rebenreihen gingen, fühlte Sophie, wie die Göttin sich mit einem zufriedenen Lächeln zu ihrem Schlummer niederlegte, und sie erkannte, dass auch sie dieses Lächeln auf den Lippen trug. Sie waren eins ... es herrschte Frieden ... und sie waren glücklich.

Danksagung

Auf diesem Roman haben viele Menschen ihre Fingerabdrücke hinterlassen, und ohne ihre großzügige Hilfsbereitschaft hätte ich ihn nicht schreiben können.

Dass ich Sophie Signolle zufällig auf der Avenue de Champagne traf, als ich ihr schönes französisches Herrenhaus und Heim der Maison Gonet bewunderte, war allein schon eine glückliche Fügung. Ich ging die Straße entlang auf der Suche nach einer Inspiration ... und fand Sophie, die uns auf ein Glas ihres feinsten Champagners einlud. Wir unterhielten uns, und sie versprach, mir bei meiner Geschichte zu helfen, vor allem da ihr Leben so gut zu meiner fiktionalen Heldin passte. »Ich verlasse mich darauf, dass ich eine wundervolle Liebesgeschichte bekomme«, witzelte sie, als wir uns zum Abschied umarmten. Ich traf Sophie bei drei weiteren Gelegenheiten in Épernay, und beim letzten Besuch waren wir zu Gast in ihrem wunderschönen Heim. Sofort hatte ich das Gefühl, das Haus zu kennen, das in diesem Buch eine der Hauptrollen spielt. Im Roman fällt Charlies erster Blick auf das Haus, als die Sophie im Buch ihn nach Épernay begleitet. Nachdem ich meine Recherche beendet hatte, öffnete die Maison Gonet zum ersten Mal ihre Türen für Übernachtungsgäste. Sollten Sie einmal in die Champagne reisen, könnten Sie dort übernachten.

Sophie Signolle verlor ihren Vater, kurz nachdem mein eigener Vater starb. Daher waren wir während der Entstehung des Romans beide in Trauer, und das stellte eine zusätzliche emotionale Verbindung zwischen uns her.

Mithilfe von Sophies Netzwerk lernte ich aus Kontakten, aber insbesondere von ihrer Tochter Diane, die für Château Vieux Landat arbeitet, dem Weingut in der Nähe von Bordeaux, das sie von ihrem Vater geerbt hat. Einen ganzen Tag lang verbrachte sie mit mir in den Kellern. Auch Benjamin Dagot war unermüdlich behilflich mit dem Übersetzen und Aufspüren historischer Informationen. Danke an Nicolas Signolle, Chloé Delaporte von der Maison Gonet und Marie-Claire, Sophies lieber Tante, für ihr großartiges Essen. Während ich dies schreibe, kommt Marie-Claire gerade zu dem im Roman beschriebenen Haus, weil Kirschmarmeladenzeit ist. Nie habe ich bessere Marmelade gekostet, als ich zu Gast in diesem Haus war.

Ich danke Isabelle Rousseaux, die private Führungen rings um Reims und Épernay veranstaltet, für ihre Zeit und dafür, dass sie mich Michel Jolyet vorstellte, einem Fotografen, der mir in seiner Bibliothek Fotos aus dem Ersten Weltkrieg und der Region zeigte. Das Treffen war unschätzbar wertvoll für mich. Auch organisierte Michel für mich eine ganz private Führung durch die Crayères von Veuve Clicquot in Reims, und ohne die üblichen Touristenmassen konnte ich mir im Geist die Bilder aus dem Leben der Menschen in Reims im Untergrund während des Ersten Weltkrieges ausmalen. Danke auch dem Team von Veuve Clicquot für seine großzügige Hilfe.

Ohne die Unterstützung von Bloomsbury Press und der akademischen Arbeit der Historikerin Susan Barton in ihrem brillanten Buch *Internment in Switzerland during the First World War* hätte ich niemals so viel über diesen Aspekt des Ersten Weltkrieges herausgefunden. In der Tat wusste ich nicht, dass es Internierung in der Schweiz gab, und es bot sich eine prächtige Lösung für eine ärgerliche Sackgasse, in der ich mich festgeschrieben hatte.

Und dann ist da natürlich die übliche Kavallerie, die um meine Bücher kreist. Wenn es um den Ersten Weltkrieg und die französischen Schlachtfelder geht, fände ich schwerlich jemanden, der so sachverständig ist und mir so entschlossen hilft, in Bezug auf militärische Dinge authentisch zu bleiben wie den Historiker Simon Godly. Er leitet mich über Moore und Schützengräben, führt mich durch Niemandsland und tut sein Bestes, damit ich mir die Landschaft in diesen vier furchtbaren Jahren vorstellen kann, die heute völlig anders aussieht. Den ganzen Roman hindurch hielt mich Simon eng an der Kandare mit seinen umfangreichen Notizen und allen militärischen Themen, von den richtigen Uniformen über die richtigen Anreden, mit der die Leute angesprochen werden sollten, bis hin zu ihrer Sprache. Sein nachdrückliches Räuspern, wenn ich mir gelegentlich der Geschichte zuliebe die eine oder andere Freiheit erlaubte, bleibt mir in Erinnerung. Aber das passiert nun manchmal, und ich entschuldige mich für diese Stellen. Alle Irrtümer gehen auf meine Kappe, auch der Fehler, dass ich Sophies Weinberg so nahe an die Frontlinie von Reims verlegt habe. Jeder, der eine Führung über die französischen Schlachtfelder benötigt, sollte sich an Simon wenden. Er ist ein ehemaliger britischer Polizist, brillant ... und witzig.

Danke auch an Alex Hutchinson, Archivarin und Geschichtsfan. Obwohl sie mit ihren eigenen Projekten und ihrem dritten Roman genug zu tun hat, nimmt sie sich noch Zeit, mich auf meinen Spritztouren durch England zu begleiten. Eigentlich sollte ein Abschnitt dieses Buchs in England spielen, und wir haben zusammen recherchiert. Aber als es zum Schreiben kam, erkannte ich, dass die Geschichte in Frankreich bleiben musste, mit einem kurzen Abstecher nach Deutschland und in die Schweiz. So schafften es unsere Bemühungen nicht bis in die Endfassung, aber das bedeutet nicht, dass ich ihre fundierte Hilfe nicht zu schätzen weiß, der es nie an Energie, Begeisterung oder Inspiration fehlte. Im nächsten Roman wird sie mit mir wieder durch Yorkshire stapfen. Halten Sie Ausschau nach ihr und ihrer Quality-Street-Reihe!

Herzlichen Dank an Ali Watts, meine Verlegerin und Freundin, die vier Entwürfe aushielt, bis wir endlich auf den einen stießen, bei dem wir alle freudig aufseufzten. Dieses Buch war ein schwer errungener Sieg, weil ich es in einer Zeit der Trauer geschrieben habe. Zweifellos bedurfte es deshalb so vieler Entwürfe, bis es sich richtig anfühlte. Ich zolle Ali Beifall, denn sie trieb mich an und bestärkte mich, nach dem richtigen Rezept zu suchen. Das fanden wir wegen eines beiläufigen Kommentars meiner lieben Herausgeberin Amanda Martin, die stirnrunzelnd etwas sagte, das ein Feuerwerk in meinem Kopf entzündete und für diesen fünften Entwurf verantwortlich war. Davon waren wir alle begeistert, als er wohlbehalten zum Redigieren abgeliefert wurde. Und ich danke Penelope Goodes für ihre Bemühungen während des Lektorats und Saskia Adams für das strenge Korrekturlesen.

Mein Dank geht auch an Louisa Maggio für ein sensationelles Cover. Ich bin so aufgeregt, dass dieses Buch mit einem so großartigen, einladenden Cover auf den Markt kommt. Danke für deine fantastische Arbeit.

Lieben Dank an meine ganze Familie, insbesondere an Ian, Will und Jack, die mich unterstützten, verwöhnten und mich auch in schweren Zeiten zum Lachen brachten. Lachen ist wirklich heilsam, und obwohl dieses Buch nicht leichten Herzens geschrieben wurde, hoffe ich doch, dass Sie am Ende ein Lächeln finden und wissen, dass Sophie die richtige Entscheidung getroffen hat.

Rezepte

Sabayon

In dem Roman *Der Champagnergarten* wird Sophie Delancré von ihrem Schwager Louis Méa zum Lunch in das berühmte *Hôtel de Crillon* in Paris eingeladen. Laut Louis geht die Tradition in diesem Hotel weit zurück, und so bestellt er nach einem Fischgericht ein Sabayon, das die beiden Méa-Brüder schon in der Kindheit geliebt haben.

Sabayon ist eines der einfachsten süßen Desserts und die Grundlage vieler Süßspeisen wie Pudding oder Eiscreme. Für die edelste Zubereitung benötigt man drei Zutaten, und zwar Eigelb, Zucker und Ihren Lieblingsgeschmack ... alles von geriebener Orangenschale oder Vanille bis hin zu Kaffee oder Alkohol. Bei Letzterem denken Sie sich Amaretto, Mokkalikör, Moscato ... was immer Sie mögen.

Viele werden Sabayon vielleicht als die italienische Zabaglione wiedererkennen, die angeblich auf die Medici im mittelalterlichen Florenz zurückgeht und mit süßem Marsalawein gemacht wird. Die Franzosen haben ihre eigene Version mit Champagner, die meiner Meinung nach unbedingt in diesem Buch vorkommen musste.

Diese schöne, elegante Eiercreme ist die perfekte Begleitung zu gedünstetem Obst, warmem Kuchen oder knusprigen dünnen Keksen wie den beliebten französischen *Langues de Chat*, also Katzenzungen, wie wir sie kennen.

Mein Rezept enthält keine stabilisierende Zutat, daher müssen Sie schnell, entschlossen und geduldig vorgehen. Dann klappt es. Wenn Sie wollen, können Sie die Creme auch mit Sahne stabilisieren, die man sanft unter den seidigen Schaum hebt. Die Creme lässt man im Kühlschrank ruhen, um sie dann über etwas zu löffeln, das ganz Ihrer Fantasie überlassen bleibt (Sie können den Löffel auch gleich in den Mund stecken, wenn niemand Sie beobachtet).

Alles, was Sie außer den drei erwähnten Zutaten brauchen, sind Hitze, eine Edelstahlschüssel, ein Stieltopf mit leicht siedendem Wasser und ein großer Schneebesen, viel Ausdauer und Ihr Versprechen, dass Sie rühren werden, bis Sie mit einer schaumigen, dicken Creme belohnt werden.

Dieses Rezept ergibt vier Glasschälchen Sabayon, mehr als genug, um auf Beeren, einem Kompott aus Herbstfrüchten oder einfach mit Keksen zum Hineintunken zu einer Flöte oder einer Schale Champagner serviert zu werden. Wenn Sie mit Sahne stabilisieren, ist die Gefahr gebannt, dass sich die Zutaten trennen, und Sie können das Dessert im Voraus zubereiten.

Wählen Sie einen schönen, trockenen Schaumwein, wie Taylor's aus dem Clare Valley oder ihren Lieblingssekt.

Zutaten
　3 extra große Eigelb
　115 g Streuzucker
　180 ml Schaumwein

Zubereitung

Wasser im Stieltopf zum Sieden bringen. Es darf nicht wild kochen, damit das Eigelb nicht gerinnt. Und es darf auch kein Dampf in die Mischung gelangen.

Die Eigelbe und den Zucker in der Edelstahlschüssel gut verrühren, bis die Mischung blassgelb ist.

Den Schaumwein dazugeben und alles verrühren.

Nun geht es auf den Herd. Die Schüssel auf das leicht siedende Wasser stellen und rühren. Am besten klappt es mit einer Achterbewegung. Schlagen Sie keine Blasen, sondern stellen Sie eine lockere Wolke aus feinem hellem Schaum her. Sorgen Sie für Unterstützung, denn womöglich hält ihr Arm nicht durch! Ich habe abwechselnd mit beiden Händen gerührt und beinahe die Hunde um Hilfe gebeten. Beißen Sie die Zähne zusammen und machen Sie weiter! Die Masse wird dicker, fest und verliert ihr schaumiges Aussehen, bis sie aussieht wie eine heruntergeplumpste große Kumuluswolke.

Wenn Sie beim Achterschlagen bandartige Spuren in der Creme entdecken, haben Sie es wahrscheinlich geschafft.

Dieses kleine, aber elegante Dessert können Sie ganz wunderbar und entspannt servieren, warm aus der Schüssel, auf Raumtemperatur abgekühlt oder mit untergezogener Sahne tiefgekühlt. Natürlich verhindert der Alkohol, dass die Creme ganz durchfriert, aber als festes Semifreddo auf einem heißen Obsttörtchen würde sie sich ebenfalls großartig machen.

Als ich dieses Buch zu Beginn des Winters 2020 beendete, hatten wir so viele Falläpfel von unserem Baum geerntet, dass ich mein Sabayon mit Apfelkompott und leicht gerösteten Mandeln servierte. Himmlisch!

Fionas Champagnertrüffel

Manchmal möchte man kein Dessert nach einem Essen ... vielleicht ist es Ihnen eher nach Käse und seinen Begleitern oder einer Flöte Champagner zumute. Aber ehrlich, mag nicht jeder eine süße Kleinigkeit? Ich muss zugeben, dass ich mich betrogen fühle, wenn ich zu jemandem nach Hause zum Essen eingeladen werde und nach dem Hauptgericht ein Stück Camembert zum Abnagen bekomme. Dann möchte ich fragen: *Verdammt, wo bleibt der Pudding?* Wie wäre es also mit einer Leckerei, die in jeder Hinsicht ebenso elegant und einfach ist wie das Sabayon. Es wird ähnlich wie das im *Champagnergarten* beschriebene Dessert und natürlich mit Champagner zubereitet. Ich fordere alle heraus, Nein zu einer mit Kakao bestäubten Champagnertrüffel aus dunkler Schokolade zu sagen.

Mit nur drei Hauptzutaten werden Sie hoch belohnt, wenn Sie mit Schokolade höchster Qualität und Sahne arbeiten.

Wenn Sie das Gemansche beim Trüffelrollen nicht mögen – ich übrigens auch nicht –, können Sie die Trüffeln als Würfel servieren oder als *Square Pastilles*, wie ich sie lieber nenne. Wie auch immer, ich bestäube sie gern mit bitterem Kakao, aber Sie können sie so dekorieren, wie es Ihnen gefällt. Ich habe mit essbarem Blattgold experimentiert ... mehr Mühe, als das Ganze wert ist, aber mit ihrem schimmernden Glanz sieht die Süßigkeit teuer und festlich aus. Wenn Sie Blattgold verwenden, brauchen Sie einen kleinen, sauberen, trockenen Pinsel und müssen sicherstellen, dass die Fläche der Trüffel, auf die Sie es auftragen wollen, frei von Kakao ist. Andernfalls haftet es nicht.

Ihr Champagner kann spritzig oder abgestanden sein, wie sie es lieber mögen. Ich habe eine frisch geöffnete Flasche genommen. Man braucht aber nur 50 ml, also machen Sie nicht extra eine dafür auf, es sei denn, Sie wollen zu diesen Leckereien ein Glas genießen.

Die Trüffeln sind sehr reichhaltig, aber ihre köstliche, feste Konsistenz wird im Nu in Ihrem Mund schmelzen. Unter dieser tiefen Schokoladigkeit stoßen Sie auf die deutliche, frische Säure des Champagners, eine wunderbare Kombination.

Zutaten

280 g dunkle Schokolade (mindestens 70 % ist ideal), gerieben (oder einfach gebrochen, wenn Sie so faul sind wie ich)

1/2 Tasse schwere, fettreiche Sahne

eine Prise Salz

50 ml Champagner

Kakaopulver von hoher Qualität, gesiebt

Zubereitung

Eine rechteckige Kuchenform ganz leicht mit Butter einfetten und mit Backpapier auslegen (15 x 15 cm oder kleiner). Papier so zuschneiden, dass es an den Seiten übersteht und eine *Hängematte* bildet, mit deren Hilfe Sie die erstarrte Trüffelmischung herausheben können.

Schokolade mit Sahne und Salz in eine Schüssel geben. Nun werden feinfühlige Menschen eine Schüssel über leicht siedendem Wasser benutzen, doch ich bin ein großer Fan der langsamen Mikrowellenmethode. Ich arbeite geduldig mit 30 % Leistung und 30-Sekunden-Schritten, bis ich eine schöne, glatte Masse bekomme. Aber schmelzen Sie die Schokolade einfach so, wie Sie es am liebsten mögen. Aus dem Wasserbad nehmen und den Champagner unterrühren. Die seidig geschmolzene Schokolade in die vorbereitete Form füllen und über Nacht ruhen lassen.

Die Schokolade sollte sich leicht herausheben lassen, da Sie die Form mit Papier ausgelegt haben. Wenn Sie nachhelfen müssen, können Sie mit einem stumpfen Messer, das Sie in heißes Wasser getaucht und abgetrocknet haben, die Ränder lösen.

Um Ihre Trüffeln zu formen, erwärmen Sie ein Messer in kochendem Wasser, begradigen die Ränder und schneiden die Trüffelmasse in Würfel. Wenn Sie wollen, können Sie die Würfel auch zu Kugeln rollen. Die Trüffel in dem gesiebten Kakao wälzen (dabei alle Flächen aussparen, die Sie vielleicht mit Blattgold verzieren wollen). Gegebenenfalls Blattgold aufbringen. Bis zum Servieren im Kühlschrank aufbewahren, aber einige Minuten vor dem Genuss herausnehmen. Im Kühlschrank sind sie einige Tage in einem luftdichten Behälter haltbar.

Mit einer Flöte Champagner servieren ... oder einfach alle Trüffel selbst mit einem Glas Champagner aufessen, wenn Sie dieses Buch noch einmal lesen.